國家圖書館出版品預行編目資料

新譯歸有光文選／鄔國平注譯.——初版二刷.——臺北市：三民，2021
面；　公分.——(古籍今注新譯叢書)

ISBN 978-957-14-5133-6（平裝）

846.6　　97023289

古籍今注新譯叢書

新譯歸有光文選

注譯者　鄔國平
發行人　劉振強
出版者　三民書局股份有限公司
地　址　臺北市復興北路 386 號（復北門市）
臺北市重慶南路一段 61 號（重南門市）
電　話　(02)25006600
網　址　三民網路書店 https://www.sanmin.com.tw

出版日期　初版一刷 2009 年 1 月
初版二刷 2021 年 1 月
書籍編號　S033080
ISBN　978-957-14-5133-6

鄔國平 注譯

新譯歸有光文選

三民書局 印行

歸有光畫像

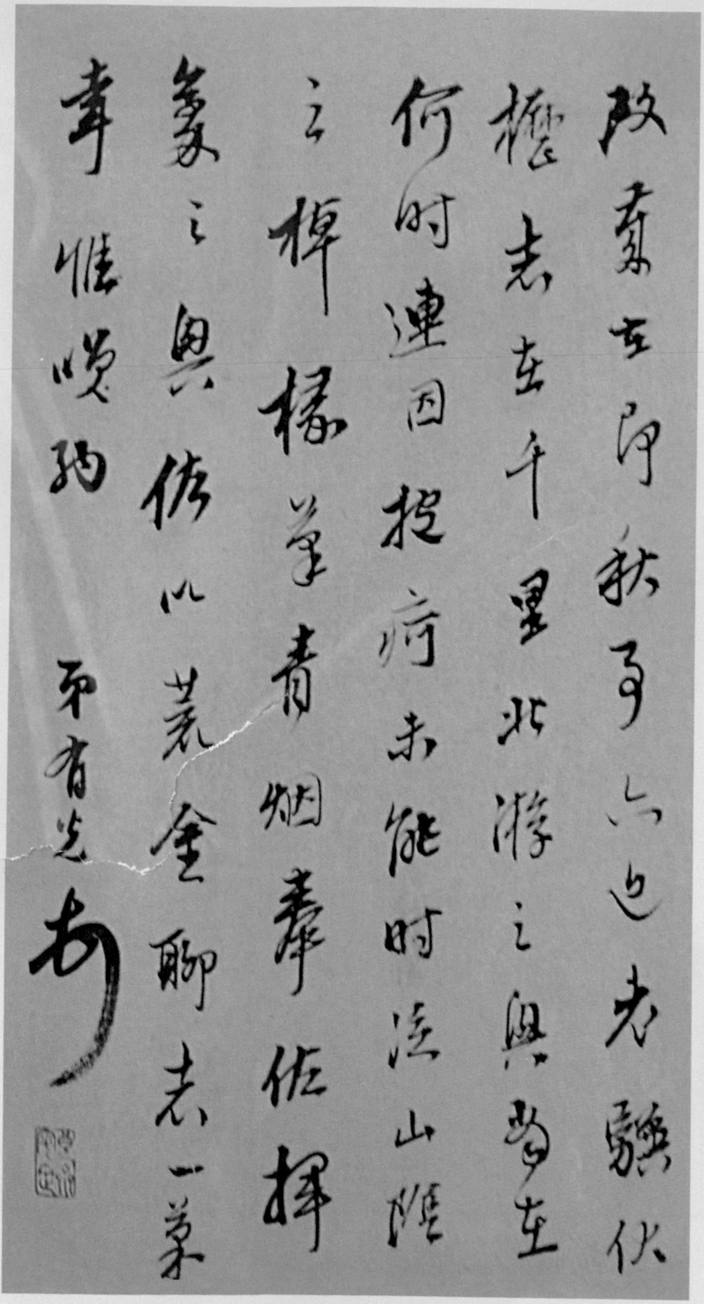

歸有光尺牘手跡

刊印古籍今注新譯叢書緣起

劉振強

人類歷史發展，每至偏執一端，往而不返的關頭，總有一股新興的反本運動繼起，要求回顧過往的源頭，從中汲取新生的創造力量。孔子所謂的述而不作，溫故知新，以及西方文藝復興所強調的再生精神，都體現了創造源頭這股日新不竭的力量。古典之所以重要，古籍之所以不可不讀，正在這層尋本與啟示的意義上。處於現代世界而倡言讀古書，並不是迷信傳統，更不是故步自封；而是當我們愈懂得聆聽來自根源的聲音，我們就愈懂得如何向歷史追問，也就愈能夠清醒正對當世的苦厄。要擴大心量，冥契古今心靈，會通宇宙精神，不能不由學會讀古書這一層根本的工夫做起。

基於這樣的想法，本局自草創以來，即懷著注譯傳統重要典籍的理想，由第一部的四書做起，希望藉由文字障礙的掃除，幫助有心的讀者，打開禁錮於古老話語中的豐沛寶藏。我們工作的原則是「兼取諸家，直注明解」。一方面熔鑄眾說，擇善而從；一方面也力求明白可喻，達到學術普及化的要求。叢書自陸續出刊以來，頗受各界的喜愛，使我們得到很大的鼓勵，也有信心繼續推廣這項工作。隨著海峽兩岸的交流，我們注譯的成員，也由臺灣各大學的教授，擴及大陸各有專長的學者。陣容的充實，使我們有更多的資源，整理更多樣化的古籍。兼採經、史、子、集四部的要典，重拾對通才器識的重視，將是我們進一步工作的目標。

古籍的注譯，固然是一件繁難的工作，但其實也只是整個工作的開端而已，最後的完成與意義的賦予，全賴讀者的閱讀與自得自證。我們期望這項工作能有助於為世界文化的未來匯流，注入一股源頭活水；也希望各界博雅君子不吝指正，讓我們的步伐能夠更堅穩地走下去。

新譯歸有光文選 目次

導讀

在中國散文史上，人們不會忘記這樣的一個名字——歸有光。五百年過去了，時間洗汰了多少雄偉壯麗燦爛顯赫的事物，無窮的繁華和光榮轉瞬都滅跡了，然而，歸有光傾注其摯情寫就的散文，感動過古人，如今依然在感動現代的讀者。它好比既望的月光，永遠清明如水，在人們心頭撩起悠長的夜思。只要有像歸有光這樣的作者存在，我們就不應當無端懷疑人世間還有東西可以稱為悠久。

一

歸有光，字熙甫，又字開甫，號震川，又號項脊生。生於明正德元年十二月二十四日，趕著歲末來到世上，而西曆已經是一五〇七年初頭。他的家鄉崑山，今屬江蘇省。遠祖自唐宋以後，官越做越小，到歸有光祖、父，皆以讀書力田為業，逐漸降為一般人家。然而家人依然懷念著往昔的光榮，不泯振興家道的願望。歸有光祖母一直將她祖父上朝使用過的一條象笏珍藏在箱子，她不甘心「吾家讀書久不效」的現實，相信總有一天境況會改變。聰明、刻苦的歸有光讓她看到了一線復興的希望，一日，她將這條象笏鄭重地交給了孫子，說：「他日，汝當用之。」（見歸有光〈項脊軒志〉）話語含著殷殷的期待之情。這成為歸有光終身孜孜追求功名的動力。

他早年就有四方之志，以為治理天下當如良醫治病，是自己的責任。他每為不能像古代豪傑恣放地按照自己願望做事而深感苦惱，便借高聲大言維繫心理的平衡，《自生堂記》回憶道：「予是時年少放誕，慨然以古皐、夔自命。」這招來別人的嘲笑，也引起一些人忌恨，從而使他在同齡人中陷於孤立。〈與吳三泉〉信說：他與二百餘名秀才一起參加讀書等活動，「時嘗會聚堂下，笑語喧譁，而僕踽踽無所與，讀壁上碑刻，仰面數屋椽耳。」這恰似一幅鴻鵠不與燕雀共飛的畫圖，逼真地寫出了年輕的歸有光傲然性氣。明代中期，社會進入了按部就班、慢速運行的階段，它適合循規蹈矩、機靈而順俗者生存，想超越方規、表現自己能力的人，其生存空間卻是極小的。歸有光不願被平庸的環境淹沒掉，他以古代良吏自期，幻想有朝一日被慧眼發現，脫穎而出，有一番大作為。他尤其心儀司馬遷，想像自己也能像這位偉大的史學家運用如椽之筆，寫出大文章，經世濟用，為後世所尊敬。他是一個好高騖遠的青年，對追求創造和卓越有足夠多的自信，而適應世俗的能力又明顯偏弱，這決定他未來所走的必然是一條不平坦的道路。

他從二十歲開始參加鄉試，連考五屆，至三十五歲獲應天鄉試第二名中舉。又從次年即三十六歲開始，參加進士考試，連考九屆，直至六十歲才考中三甲進士。四十年寶貴的生命就這樣在科舉考試中消耗，他自述在這一條道路上「垂老不肯自摧挫」，「不退卻」（〈上萬侍郎書〉），這固然反映他性格的堅毅，對自己的自信和負氣不屈，但是，考試落榜（尤其是屢試進士不第）讓他感受到的委屈、沮喪、恥辱，也是一言難盡。

後人尊稱歸有光是時文大師，然而他實際的應試成績並不佳，這二者相去甚遠，究竟是怎麼一回事？雖然任何考試都不可避免的帶有偶然性，對此，「運氣」二字可能是對不可解釋的事物最好的一種解釋。但是，像歸有光屢試進士不第是不能簡單歸於偶然性或運氣所致。徐學謨〈書歸僕丞解惑篇後〉一文為歸有光長期考試落榜的原因作出了有說服力的解釋，他說：

蓋熙父（引者按：歸有光）自鄉薦後，嘗以為舉業可無學而能，即棄去不復習，而益習古文詞，比應試簷晷間，已不能促辦，稍信筆攄寫胸中所自得而已，于有司之繩尺闊如也，故試輒不利。予在禮部久累科，拾其落卷，則寄還熙父，欲慫恿之略尋時套也。（《徐氏海隅集》文編卷二十三）

很清楚，歸有光落榜的主要原因，就在於他的答卷「於有司之繩尺闊如」，不合「時套」。其實這倒不是因為歸有光沒有能力去掌握時文的格套，而是他不認同當時八股文流行的「時套」，想把古文的因素植入時文，變軟熟為新警，變淺近為古奧，即所謂以古文為時文。然而在考官眼裡，歸有光的文章顯然不對路子，因而將它淘汰。這與後來時文風格發生改變，人們視歸有光以古文為時文的作品為範文，給予高度評價，情況是不相同的。惡魔一般的考試經歷，使歸有光對八股科舉制度的弊端有了切膚而深刻的認識，另外，他屢試不第，更引起了人們對他高度的關注和同情，這又使他的名聲進一步增大了。

由於考中進士的等第低，嘉靖四十四年（西元一五六五年），歸有光被授予長興縣知縣。長興今屬浙江省，與崑山隔著一座太湖，煙波浩瀚。有時候，歸有光望著湖上行船，想念家鄉和親人，也回憶年輕時代的夢想，每想起祖母交給他象笏時說的一番話，想到自己的理想與現實之間竟橫亙如此巨大的溝壑，感受十分複雜。然而他並不因此氣餒，他的性格是不屈服，不退縮。出仕的歲數高，他常常想到古代老臣也能建立豐功偉績；縣令位低權輕，他又常常想起先賢在這一職位做出的名傳青史的勳業，他用這些故事勉勵自己，做一個稱職的縣令。他辦事的風格取寬不取嚴，與時相左，短期的效率可能不明顯，不像吆三喝五的縣老爺，上司說辦的事情立時三刻就能見到成效，而歸有光則著眼於對人「元氣」的養護，風俗的培植，意在根本，功求長遠。這在官場上許多人看來是迂腐可笑不足為的，因此受到非議和嘲弄，他不以其為然。他關心弱勢平民的利益，遇到他們與豪右發生利害衝突，則往往是抑豪右，扶平民。對於上司，他不應酬，不奉承，對於他們下達的指示，酌情執行，如果是嚴重擾民的事，他會頂著不辦，他以為這有利於恢復吏治古風。結果，豪右與官府不能忍受他如此「不識時務」，聯合起來排擠他，使他被迫離開長興。為此，縣生員還鬧了一次「學潮」，他們出於義憤，聯名上書要求留任歸有光，帶頭的因此遭到拘捕。這可以說是對歸有光在長興縣三年政績最好的鑒定。

隆慶二年（西元一五六八年），歸有光調任順德府馬政通判，次年夏五月赴任。順德府，治所在今河北邢臺。通判是一個閒職，歸有光所能做的只是一些傳遞公文的事情，十分無聊。對於思想作為的人來說，最苦悶、最難熬的無過於閒著，所以這段日子歸有光感到異常寂寞和痛苦。稍使他感到欣慰的事情是，他在任上編纂了一本《馬政志》，可見作者良史之才。這年冬天，他入京賀萬壽節，被留在京城供筆劄。隆慶四年（西元一五七〇年），陞南京太僕寺丞，仍留京，掌內閣制敕房，纂修《世宗實錄》。這一方面可以閱覽內閣藏書，另一方面又可以發揮自己的文才，儘管他對人際關係還不甚滿意，總的說這一任命是符合他心願的。歸有光似乎終於找到了自己合適的崗位，顯得心平氣舒，可以說這是他一生中最滿足的日子。他想好好利用現有的環境和條件，繼續勤奮地著述，流傳後世。然而，他從小虛弱多病，此時身體已經載不起他的雄心和抱負，隆慶五年（西元一五七一年）正月十三日，歸有光在京逝世，享年六十六歲，天下為之歎惜。

李贄〈寄答京友〉說：「夫才有巨細。有巨才矣，而不得一第，則無憑，雖惜才，其如之何？幸而登上第，有憑據，可藉手以薦之矣，而年已過時，則雖才如張襄陽，亦安知聽者不以過時而遂棄，其受薦者又安知其不以既老而自懈乎。」除了「上第」二字和最末的一句話外，李贄這番話彷彿說的就是歸有光，為他畫了一幅像。

二

由以上介紹可知，歸有光的仕途經歷十分平常，就此而論，史家是不屑為他立傳的，然而他卻在《明史．文苑傳》占有一席地位。這倚憑什麼？毫無疑問，是歸有光的古文成就獲得了史家首肯。中國正史體例的核心觀念雖然是官本位思想，但是又並非完全如此，也能容納一些真有才具、做出貢獻而官位不顯的人物，這是包含在舊史書中的精華。

歸有光生長和活動的明正德、嘉靖、隆慶三朝，文壇一方面充滿濃厚的復古氣氛，另一方面又有人對此表示異議而別求創作的途徑，是一個物極而漸趨相反的時代。形成主要對峙的是前後七子和唐宋派兩個陣營。從前後七子方面情況看：歸有光十六歲，何景明卒；二十四歲，李夢陽卒；李攀龍比他小九歲，王世貞比他小二十一歲。再看唐宋派方面情況：唐順之比他小二歲，王慎中比他小四歲，茅坤比他小七歲。歸有光看到了前七子謝幕，而又比後七子及唐宋派唐、王、茅三氏的資格都老，他是這時期文壇演變的目擊者。然而歸有光不只是文壇風氣變化的見證人，而且更是參與其中，積極推動文風發展的建設者。

前後七子以「文必秦漢」相號召，尤其是「二李」（李夢陽、李攀龍）傾全力恢復艱深僻奧的文章風格，反抗宋朝以後形成的、並占主導地位的以平美為特色的散文傳統，他們提倡的秦漢文風因為時人所「陌生」而喚起了新鮮的感覺，重新獲得比較廣泛的認同，出現了一股聲勢浩大的復古聲浪。然而，即使在這種情況之下，平美的文風依然是文壇的主流。李攀龍因主張斷然，且文風與其主張高度一致，因而在該派中具有代表性，以他為例可以說明這個問題。王世貞〈李于鱗先生傳〉載，李攀龍「側弁而哦若古文辭者，諸弟子不曉何語」，因而嘲笑他為「狂生」。該文又說：時人對於李攀龍的散文，「駭與尊賞者相半」❶。由此可見，即使在前後七子復古運動的後期，李攀龍所嚮往的古文，以及他本人寫作的古文作品，也還並未被大家普遍地熟悉或接受。這可以從一個側面證明，散文的主流不在於此。

唐宋派對於秦漢散文尤其是《史記》、《漢書》也是推崇的，可是他們更強調學習唐宋大家的文章，以為只有在掌握了唐宋古文法則的基礎上，再上求與秦漢散文的精神相續接，才是有效的途徑。而且他們對於前人的散文，主張求其神似，反對模仿。所以他們對沿著唐宋古文發展而來的明代當下的文風，在理論上予以肯定，在寫作實踐中予以維護，不採取否定現狀和復古的方式，這與前後七子形成鮮明的對照。這一派的聲勢雖然沒有像前後七子那麼洶湧澎湃，可是那時多數文人就是這麼寫文章的，而且它又與時文保持著緊密的聯繫，所以，這一派實際代表了當時文壇的主流。

歸有光走著一條與前後七子不同的散文創作道路。他在古文發展觀方面，相信自然生變，不相信不合自然進程的、生硬的逆轉，所以他不以為前後七子所鼓吹的文風會有前途。另外，他對唐宋古文流衍到明代而產生平庸軟熟的弊端，也深有憂心，改良的願望遠比唐順之、王慎中等人強烈。所以，歸有光一方面依然遵循唐宋以後的主流文風撰寫古文，同時又突破其藩籬，這主要是指積極地汲取《史記》風神和筋力，將其融入到平美的古文風格中。總而言之，歸有光的文學觀與前後七子主要表現為一種對峙的關係，與唐宋派則以相互呼應為主，而在呼應中，歸有光又更多地表現出改良現實文風的自覺願望。

他具體的文學批評主張，要義有如下幾項：

(一)強調學習《史記》。歸有光自謂「性獨好《史記》」(〈五嶽山人前集序〉)，自詡對它「獨有所悟」

---

❶ 引自李攀龍《滄溟集》附錄，隆慶六年張佳胤序刻本。王世貞在文章中作為對照而又談到，人們對李攀龍的詩歌「則心服靡間言」。這主要是指七子同人或中立派別做出的反應，如果從反對派方面的情況來看，這一判斷是不能夠成立的。然而王世貞指出人們對李攀龍的散文與詩歌有不同的評價，當是可以相信的事實。前後七子提倡「文必秦漢，詩必盛唐」，就他們的實際創作而言，詩歌的成績在文章之上，得到的支持相對也多。人們對李攀龍散文和詩歌的不同評價在這方面具有相當的代表性。

〈花史館記〉），他評點的《史記》是一生心血的結晶。該書不僅揭示文章作法，也加意求究作者的大義用心。他愛好《史記》的寫作藝術，又重視酌取司馬遷思想，尤其對他批判現實的精神多有肯定和借鑑。

㈡反對否定唐宋古文傳統。〈項思堯文集序〉痛斥前後七子及其追隨者「詆排前人」，即針對他們蔑視唐宋以後的古文傳統而言，歸有光針鋒相對地提出：「文章至于宋、元諸名家，其力足以追數千載之上而與之頡頏。」這與前後七子割裂的、留首去尾的散文史觀截然不同。

㈢批判模擬風氣。〈與沈敬甫〉信云：「但今世相尚以琢句為工，自謂欲追秦漢，然不過剽竊齊梁之餘，而海內宗之，翕然成風，可謂悼歎耳。區區里巷童子強作解事者，此誠何足辨也。」他又說：「近來頗好剪紙染采之花，遂不知復有樹上天生花也。」他稱這些都是「俗子論文」（〈與沈敬甫〉），只會將作者引入泥沼。他指出：學古的意思是學古人抒寫真情，而不是模擬古人的腔調，所謂「千古哭聲未嘗不同，何論前世有屈原、賈生耶？以發吾之憤憤而已。」（〈與沈敬甫〉）

㈣作者既要寫胸中所有還需要加強藝術琢磨。〈與沈敬甫〉說：「文字又不是無本源，胸中盡有，不待安排。只是放肆不打點，只此是不敬。」其中「不待安排」是指抒情真實，不虛偽，否定「放肆不打點」是指尊重文章法則，多加琢磨。這裡他特別強調，作者對於文章寫作藝術應當抱持「敬」的態度。

㈤寫文章忌「喜異而忽其常」，所以不應當只記述「感慨激發、非平常之行」（〈沈母丘氏七十序〉）。重視「常」是歸有光一條重要的寫作經驗，也是他貢獻給古代文論的重要意見。

㈥作者要保持堅定的信念，不必因為一時不被別人賞識而動搖信心。他囑人作文不要「為外道所勝」，不要「為外面慕羶蟻聚之徒動其心」，而要時刻保持自己的「清明之氣」。一時得不到賞識並無關係，因為文章「如璞中之玉，沙中之金，此市人之所以掉臂而不顧也」，可是文章並不因此而改變定價，所以不必為此而喪失信心（以上引文皆見〈與沈敬甫〉）。

上述文學主張貫穿於歸有光一生的寫作活動中，在很大程度上決定了他的創作成就和個人特色的形成。

三

歸有光是一個積極入世的文人，一直關心世事，他的書齋和社會之間沒有門板的隔閡，他的筆以生活為墨汁，浸蘸得分外飽滿。他從閱讀中求得前人的思想經驗，用之於觀察和思考自己所處的現實，目光敏銳，往往能夠發現社會民生和吏治所存在的問題及弊端，予以尖銳的批判，提出改進的積極建議，體現出公共關懷意識。這使他相當一部分文章帶有旺健的「火氣」，形成批判的傾向。

他主要批判了以下的社會現象：

(一)侵漁百姓

明朝中期，社會開始醞釀動盪，外部的因素如北方有韃靼、瓦剌部落族擾，東南有倭寇引起的騷動，內部的因素則是官府不斷加重盤剝，一遇災害，老百姓走投無路，鋌而走險。歸有光長期生活在江南，親眼目睹倭寇之害，曾參加崑山抗倭的活動。明人鄭若曾《江南經略》卷二下記載：嘉靖三十三年夏，倭寇攻城，縣令祝乾壽曾與「舉人歸有光」等人「籌畫便宜」，組織堅決有效的抵抗，「城得不破」。歸有光〈崑山縣倭寇始末書〉就是根據他親身的經歷寫成的一篇「報告文學」。與有些官員、文人將一切罪責往倭寇一推了事不同，歸有光卻在思考這樣一個問題：為什麼發生倭寇之變時，當地卻有人不顧官府嚴禁，與倭寇「私通」，甘願當「嚮導羽翼」？難道心地不善一句話就能夠將這一現象解釋透徹？非也。歸有光給出了另一種截然不同的答案：

兵燹之餘，繼以亢旱，歲計無賴，萬姓嗷嗷。顧又加以額外之徵，如備海防，供軍餉，修城池，置軍器，造戰船，繁役浩費，一切取之於民。議及官帑，輒有擅專之罪。然此亦適中有司之計，蓋官帑有限，而取之於民者無盡藏，得以恣其侵漁耳。

夫東南賦稅半天下，民窮財盡，已非一日。今重以此擾，愈不堪命，故富者貧，而貧者死。其不死者，敝衣枵腹，橫被苛斂。皆曰：「與其守分而瘐死，孰若從寇而倖生？」恒產恒心，相為有無，無足恠者。若非頃者大為蠲除，恐此輩不外而倭，即內而盜矣。未必皆斯民之過也。（〈上總制書〉）

他以為，根本原因是官府「恣其侵漁」，把百姓逼上了絕路，而人的求生本能讓他們墮落而去助倭，或成為強盜。其禍根其實在於官方實施的制度和豢養的貪官，「未必皆斯民之過也」。這在坐江山者聽起來，無異於是一種「強盜邏輯」，而歸有光本於民間的「草根性」思惟在這裡得到了充分顯示。他針對官吏所謂「俗不善」之說，進行嚴正地反駁：「嗟夫！民之望于吏者甚輕，茍不至于虐用之，而示之以可生之塗，無不竭蹶而趨奉之者。今則不然，徒疾視其民，而取之惟恐其不盡，戕之惟恐其不勝。民俛首不敢出氣，而閭巷誹謗之言，或不能無。如是而曰俗之不善，豈不誣哉！」（〈送攝令蒲君還府序〉）這一席話句句鏗鏘有力，將治民者的歪理徹底拆穿。

㈡公論不明

明朝官員的擢升和黜退，有專門的考核制度，然而，這種考核制度建立在逐級彙報基礎之上，參與其中遊戲，或操縱輿論的，往往是有權勢背景的人物，民間輿論很難有效得到反映，更談不上被尊重，因此，官員的命運未必與百姓、政績有真實的聯繫，甚至可能存在顛倒的關係。歸有光認為這造成公論不明，是吏治敗壞的一個癥結，也是使正直之士喪氣失望的原因。他說：

承平既久，士無賢不肖，率以資敘，交馳橫騖，布列天下之要位，以行其恣睢之意，窮閻之民，愁苦籲告，而扳援憑藉，巧文掩護，時得忠勤之褒。至於仁人志士，不幸偃蹇於卑服，竭力以行其所志，而蒙其恩者，交口贊頌，上之人猶掩而弗聞，而獨以其意制輕重於其間，公論在於下而上弗知，有識之士所以掩鬱喪氣而長歎也。（〈送夾江張先生序〉）

歸有光本人在長興縣令任上被擠走，也是因為負責考核的上司片面聽信豪右誣告，對底層百姓的公論置若罔聞所致。他說：民間的「是非甚真」，而「今在位者，徒信流言，小民之情，其伏也久矣。」（〈與王禮部〉）他對這樣的現狀十分感慨。歸有光強調應當重視公論，又以為真正的公論在民間，不在豪右和官府，這些都是深刻卓越的意見。

他對只為了自己富貴而競奔仕途的文人十分不屑，看到國家倚重這些人，不免憂心忡忡：

而比年以來，士風漸以不振。夫卓然不為流俗所移者，要不可謂無人也，自餘奔走富貴，行盡如馳，莫能為朝廷出分毫之力，冠帶褎然，輿馬赫奕，自喻得意，內以侵漁其鄉里，外以芟夷其人民。一為官守，日夜孜孜，惟恐囊橐之不厚，遷轉之不亟，交結承奉之不至，書問繁於吏牒，餽送急於官賦，拜謁勤於職守。其黨又相為引重，曰：「彼名進士也。」故雖犖然肆其恣睢之心，監察之吏，冠蓋相望，莫能問也，居無幾何，陞擢又至矣。其始羸然一書生耳，才釋褐而百物之資可立具，此何從而得之哉？亦獨不念朝廷取之者何如，用之者何如，爵祿寵錫之者何如也。豈其平居無懇惻之意歟？將富貴之地，使人易眩，失其守歟？世之所倚重者盡賴此輩，而如是彌望，君子蓋以為世道無窮之慮焉。

（〈送吳純甫先生會試序〉）

這是一幅很醜惡的「陞官圖」，對鑽營者醜惡的心態刻畫得入木三分。歸有光深刻之處在於，他認為這些人的壞，可能並不是一踏進官場「富貴之地」以後才開始的，可能他們原本就缺乏「愍惻」之心。然而他們卻得到委任，並且被不斷擢升，這只能證明國家的評價系統出了嚴重的問題。紊亂的評價系統造就了一大群勢利小人，具有諷刺意味的是，這群小人又承擔著管理國家、引導社會風氣、教誨弟子的責任，他們都能成為當時社會人類靈魂的工程師。這豈不糟糕透頂！

(三)才士不得出頭

這是針對八股科舉制度存在的弊端而言。明朝中期以後，對入仕者要求進士出身越來越嚴格，也就是說，門越來越窄。歸有光不以為這是進步，他留戀從前實行的「三途並用」（即進士、科貢、吏員都得到重視）較為寬大的任賢路線，認為只重進士必生偏頗，為此撰有〈三途並用議〉一文。他對惟進士是重，循名不責實，因而失去了進退官員的公正性，提出尖銳批評：

自進士之科重，而天下之官不得其平矣。夫委之以任而責其成，當論其人之才不才，與其事之治不治，不當問其進士非進士也。而今世則不然。……歲遣御史按行天下，以周知其吏之賢否。而御史所至，汲汲于問其官之所自。苟不肖也，進士也，必其所改容而禮貌之，必其所列狀而薦舉之也，而銓曹之陟者恆于是。既而罪跡暴著，而加之罪罰矣，猶若難之。苟賢也，非進士也，必非其所改容而禮貌之，必非其所列狀而薦舉之也，而銓曹之黜者恆于是。既而功顯實著，而加之賞矣，猶若難之。是以暴吏恣睢于民上，莫能誰何；而豪傑之士一不出於此途，則終身俛首，無自奮之志。間有卓然不顧於流俗，欲少行其意，不勝其排沮屈抑，逡巡而去者多矣。（〈楊漸齋壽序〉）

過拘人為制定的「資格」，不顧實際，必然壓抑豪傑之士，使他們難以出頭。又當時官場上普遍存在年齡歧視現象，即重視年輕的，輕視年老的（見〈上萬侍郎書〉），也壓抑了一部分「老成」的官吏。這些都不利於人才發揮作用。然而另一方面，天下又每每「有無才之歎」，對此，歸有光一針見血地指出：「以有才而不用，或用之而不盡其才，與夫用之而違其才，是三者，天下所以無才也。」（〈瀫山周先生六十壽序〉）

不惟如此，歸有光對於八股取士制度本身也多有非議。〈與潘子實書〉說：「科舉之學，驅一世于利祿之中，而成一番人材世道，其敝已極。士方沒首濡溺于其間，無復知有人生當為之事。榮辱得喪，纏綿縈繫，不可脫解，以至老死而不悟。」〈山舍示學者〉說：「近來一種俗學，習為記誦套子，往往能取高第。淺中之徒，轉相放效，更以通經學古為拙。……然惟此學流傳，敗壞人材，其于世道，為害不淺。」〈跋小學古事〉諷刺在科舉制度下，士人「以記誦時文為速化之術」。對這種「利祿」之途造成的危害有如此明確的認識，在當時很罕見。他還指出，八股取士無法區分「其為人之賢不肖，及其才與不才」（〈南雲翁生壙志〉）。他為扼於科場的才傑撰文鳴不平，表明他甚至還以為科舉有時是在汰優留劣。儘管歸有光一生無法擺脫科舉的羈縻，這種認識和批判卻是深刻的。明末清初，一部分學者在總結明朝文風士習的教訓時，也認識到科舉制度所造成的弊端，黃宗羲、顧炎武、閻若璩都將矛頭指向了明朝的科舉制度，予以一定程度的批判。這些都與歸有光的思想認識一脈相承。桐城派之祖方苞受到歸有光古文的顯著影響，他也經常批評八股時文，如說：「余自始應舉即不喜為時文，以授生徒強而為之，實自惜心力之失所注措也。」（〈李雨蒼時文序〉）這顯然也與歸有光批評時文有關。

歸有光真是有眼光、能揭發社會嚴重弊端的人，他沒有權位，只能發表一些清議，這為他的散文帶來了幾分洞察和批判世事的勁爽氣。

四

歸有光嚮往秦漢古儒之學，對朱熹、王陽明學說接受與批評間有，相對於玄遠的思致，他更關心、也更願意思考日常人倫和普通的人性問題。在這方面，他對荀子學說的態度值得提出來作一介紹。

荀子言「性惡」，孟子言「性善」，互相對立，然兩家都是儒家學說的代表，唐以前都受到重視。可是宋代以後，孟子「性善」說受到理學家高度推崇，與其相對的荀子「性惡」說則受到排抑，從此荀子名聲一落千丈，荀孟地位懸殊，這種情況一直延續至明代都未改變，甚至還加劇了。

歸有光同情荀子及其學說，整理過《荀子》。在〈荀子序錄〉一文，他說：

當戰國時，諸子紛紛著書，惑亂天下。荀卿獨能明仲尼之道，與孟子並馳。顧其為書者之體，務富于文辭，引物連類，蔓衍夸多，故其間不能無疵，至其精造，則《孟子》不能過也。自楊雄❷、韓愈皆推尊之，以配孟子。迨宋儒，頗加詆黜，今世遂不復知有荀氏矣。悲夫！學者之于古人之書，能不惑于流俗而求自得于心者，蓋少也。

❷ 楊雄，今多作「揚雄」。清代學者段玉裁等考證「揚」是「楊」之誤，此說可信。歸有光對于人物、制度、地理喜歡用古名，他在文中稱「楊雄」，也是出于相同的習慣。本書正文均依底本作「楊雄」，其他則按照今人習慣作「揚雄」。

認為《荀子》雖然「不能無疵」，「至其精造，則《孟子》不能過也。」表現了歸有光與理學流行之後的普通見解非常不同的評價態度。在理學的時代，人們對人性的看法，普遍接受孟子的「性善」說，排斥荀子的「性惡」說。歸有光則在〈性不移說〉一文為荀子「性惡」學說作辯護，他說：「人之性有本惡者，荀子之論特一偏耳，未可盡非也。」認為荀子「性惡」之說雖然不足以反映人性的全部，但是它確實道出了人性的一部分真相，所以不能將荀子學說一概否定。荀子主「性惡」，更是為了強調人於後天努力的絕大必要，希望人的惡性通過修習得到矯改。歸有光對於這一點似乎缺乏信心，〈性不移說〉談到：小人與人相處，無非做「害人之事」，好比「虎豹毒蛇必噬必螫，實其性然耳。」人們的一切努力最多只能使他們「革面」，如果要讓他們「豹變」，即使堯舜也無法做到。對於改造人的惡性的可能，態度又更比荀子消極。

歸有光之所以認同荀子的「性惡」學說，並且以為人的惡性難以徹底改造，這主要不是由於辨思所致，而是來自於他自己對現實社會生活的觀察和經驗，也包括對歷史上的人物和事件的省察。前文他所揭發和批判的社會尤其是官場上的惡習和弊端，許多正是根植於人性惡的土壤而萌發的毒芽，流出的毒汁。又比如〈甌喻〉諷刺的欺詐善良的無賴，〈讀金陀粹編〉批判的「世人稍有毫毛輕重，人情即隨以異，甘心附會，無所不至」的勢利態相，以及〈書張貞女死事〉、〈張貞女獄事〉等文所暴露抨擊的窮凶極惡的靈魂，都無不是人性惡的種種表顯。在歸有光看來，歷史和現實、上層及下層的生活中，「惡」無時不在，無處不在，腐蝕著空氣，腐蝕著人們的精神，對無辜造成傷害且不以為過，他認為，作為一個作者，就是要對這些東西進行揭露和鞭韃。所以，「性惡」正好證明文學的必要，也催喚著作者的責任。這種認識決定了歸有光許多文章按其性質而言，是批判的，揭發社會濁惡，抨擊人性不良，從而顯出其作品的思想和力量，而這些文章的風格多激揚慷慨，幽憂憤切。即使表現善美的作品（如他敘寫和抒發親情的文章），也有與他對惡的認識部分相關。因為他對人類之惡有那麼深切的瞭解，又懷著那麼深沉的痛恨，才加倍地感到真摯親密的家人關係和感情是多麼純潔，多麼值得寶貴和珍惜。這樣與僅僅平面化寫善、寫親情的作品，自會顯出深淺厚薄的差別，文章的效果自然也不可同日而語。

五

歸有光一生走過的地方不多，經常到北方是因為赴京應考不得不去，他在〈送同年孟與時之任成都序〉說：「余生吳中，獨以應試經行齊魯燕趙之郊，嘗慕遊西北，顧無繇而至。」何止是西北，即使他的家鄉江南一帶很多名勝，他也很少涉足。他嘗自恨一生足跡不出里閈，所見所聞無奇節偉行可紀。許多日子裡，他在荒野江濱，教授子弟，過著冷清枯寂的生活。這一方面是家庭經濟條件限制，另一方面也是他非常重視家庭，有很強的家庭責任心所致，他為家計而勤勉教書，不停地「打工」，不肯丟下飯碗去做行雲僧、活神仙，去瀟灑地浪跡俠游；即使出外授學，走得也不遠，二三百里光景，以便可以隨時照顧家庭，或者得到家人的照顧。所以他很少寫遊記，景色文章寥寥無幾。他也很少為當時的大人物或各式各樣名人及他們的家人寫東西，因為他入仕途很晚，官位又低，大人物、名人不來請他寫。他們很知道自己的身價，又精於交通、傳名之道，曉得請誰寫文章可以給自己帶來更大、更久遠的名聲，王世貞為應付這一類事情就很忙，《弇州山人四部稿》中此類文章也多。這些人都未曾料到，歸有光的文章竟能夠流傳到今天，而且還在被讀者喜歡。如果他們地下有知，大概也會後悔吧？

歸有光很多文章是寫人物的，而且主要是「小人物」。他們看得起歸有光，以為他實在是了不起，以得到他的一篇文章為莫大的光榮。歸有光因為大人物、名人不需要他的文章，不來向他求文，這反而使他有精力去觀察生活在底層的普通人，即小人物。他自己也樂意為左鄰右舍、近村遠墟的無名輩寫一則生平，敘一段經歷，流露他們的開心和滿足，憂愁和哀傷，如〈送童子鳴序〉、〈前山丘翁壽序〉、〈碧巖戴翁七十壽序〉、〈沈母丘氏七十序〉、〈雪竹軒記〉、〈婁曲新居記〉、〈朱肖卿墓誌銘〉、〈陳君厚卿墓誌銘〉、〈王君時舉墓誌銘〉、〈葉母墓誌銘〉、〈南雲翁生壙志〉、〈何長者傳〉、〈筠溪翁傳〉等。他有一批失志的朋友和相識，他們在社會上輕如鴻毛，在仕途無立足之地，可是，對於世況都有深徹的感受，他們引起了歸有光深深的同情，願意替他們抒鬱積之氣，其實也是說自己的心中話，於是這一類文章就有了作者借人立照的特點，如〈陸允清墓誌銘〉、〈吳純甫行狀〉、〈魏誠甫行狀〉、〈跋唐道虔答友人問疾書〉、〈撫州府學訓導唐君墓誌銘〉、〈張自新傳〉等。在中國文學史上，為歸有光帶來崇高聲譽的，無疑是他一篇篇抒寫親情的散文，充滿深情和摯愛，讓人讀後深受感動而不忍釋手，如〈先妣事略〉、〈項脊軒志〉、〈世美堂後記〉、〈王氏畫贊並序〉、〈祭外姑文〉、〈寒花葬記〉、〈亡兒翽孫壙志〉、〈思子亭記〉、〈女如蘭壙志〉、〈女二二壙志〉等，它們都是明代散文史上一顆顆璀璨的珍珠❸。這些作品的主人公，都是作者的親人，又都是一些普普通通的人物。

可是，有些人動輒好以「大手筆」苛責作者，所以對歸有光過多寫日常的事和平凡的人物不滿意，以為瑣瑣卑卑，沒有氣象，甚至連尊敬他的方苞也這樣批評：「震川之文，鄉曲應酬者十六七，而又徇請者之意，襲常綴瑣，雖欲大遠於俗言，其道無由。」（〈書歸震川文集後〉）歸有光確實寫過些應酬作品，主要集中在壽序諸體。這與當時江南風氣有關，對於求文者，歸有光不忍拒絕（見〈陸思軒壽序〉）。他自己對於應酬文也不滿意，抱著一種「亦以為慰人子之情，姑可」的態度（〈李氏榮壽詩序〉）。從這方面說，方苞的批評自有見地和道理，然而，如果不聯繫歸有光具體的經歷，這樣的指責不免顯得空洞，而且，他人如果再借用「鄉曲應酬」一句話將歸有光為里巷小人物撰文立照的寫作意義一筆抹掉，就更加不妥當了。中國古代文人缺乏的，正是寫小人物的意識；一部中國古代文章史所缺少

❸ 本書沒有選入〈思子亭記〉，主要是考慮已經選了內容接近的〈亡兒翽孫壙志〉，作為選本，自宜儘量放寬採擷文章的範圍，以見全豹。特此說明。

的，也正是為小人物寫作的傳統。現代寫作與古代寫作有許多不同，而以上這一點，又恰好是二者存在的重大區別。歸有光散文創作特別有意義的一點，就是他將筆觸伸進了社會上普通人的生活和心靈中，以他們為主角寫了許多作品。這雖然有他個人經歷的原因，毫無疑問，與他的意識也是密不可分的，他主張寫「常」，就包括肯定寫常人常事，在這個問題上，歸有光的主張與他的寫作實際是一致的。我們今天回首古今文學演變，對於歸有光古文這一寫作特色在中國文章傳統中的意義就可以看得更清楚了。

六

世上有一類文章是身處鬧局中人寫的，春風滿懷，氣宇軒昂，指點江山，情滿意足，這可謂是順利人寫的得意華章；另一類文章是落寞人寫的，讀上去似乎秋氣蕭瑟，鬱結不舒，精神縈旋於內不往外遺泄，然而作者對事理、人情精透洞徹的把切，令人思考和警覺，猶如晚暮時節衰黃的茅草葉子，冷冷淡淡卻長滿鋒利的齒刺，碰它以後，久久難平被它激發的恰似灼傷一般的感覺，往往這是久歷磨難的人寫的失意的作品。歸有光備嘗人生的艱辛，不是一個熱鬧的人，他被拒絕在熱鬧環境的門外，這使他得了一個好處，與虛浮誇誕的文風隔了一層，他習慣用冷雋的眼光、筆墨來看來寫人世間的事情，讓人看到繁華後面的衰逝，炎熱背後的冷寂，在「常」的背後相伴隨的沒有止境的「無常」。〈卅有堂記〉、〈見村樓記〉等文，無不如此。姚鼐〈與王鐵夫書〉說：「文章之境莫佳於平淡，措語遣意有若自然生成者，此熙甫所以為文章之正傳。」歸有光文章有情氣激揚的一面，對於他厭惡的事情，甚至不惜用刻薄的語言去諷刺，所以不完全是平淡。儘管如此，他古文風格的主要特點，是能夠在平實、簡練中，顯現精彩，所以姚鼐以上說明還是得其要領的。姚鼐說的「平淡」、「自然生成」，是指文章行文和語言風格於舒緩平靜中聚斂堅韌之力。我們也應當這樣去認識他對歸有光文章的概括。如我們能夠從歸有光的文章感受到，其中蘊涵不平的感憤，但是表面不放暢乖露，猶如一江清澈、平靜的水流，下面卻石骨相疊，嶙峋堅確。

他在〈王府君墓誌銘〉曾記載，他同鄉的一位長者臨死前，囑咐後人請歸有光為他撰寫墓誌銘，說：「吾見世之為銘誌者，率以美行飾其人，顧亦何當，而使死者長愧於地下。惟歸子文質，幾得其實。」歸有光聽到別人對自己文章作這樣的評價，引為知己，很滿足。「質」而「得其實」，不徒然地「以美行飾其人」，這確實是歸有光撰寫傳記一類文章所追求的理想，也確能道出他這類文章的特點。當然，信實並不是歸有光對文章唯一的要求，他在這個基礎上，非常重視將文章寫得生動可讀。熱愛生動精彩，幾乎是他與天具隨的一種性分。他的記憶力並不算很強，可是，他對「好」的文章的直覺非常敏感、準確。孫岱《歸有光年譜》載：他年輕時，一次，與好友季子升經過王文恪故宅，讀壁上都穆撰寫的壽序，全文二千餘字，「還家錄之，子升訛二字，先生多脫誤，以意改竄，其文益善，子升曰：『吾正苦不如熙甫之忘耳。』」這一件事情足以說明，歸有光過人的長處正在於他對文章美具有得天獨厚的創造力。他在自己文章中經常會引用成語，然而若將它們與原文逐一核對，便會發現，不少地方被改變了，而結果是改變的引文置於他的文章中更合適，更自然，更美。這與他「以意改竄，其文益善」，是一樣的情況。

歸有光是最善於寫細節的散文大師，他許多動人的名篇，幾乎都是與出色的細節描寫分不開，通過小事點染，收到以小見大、若輕實重的效果。雖然細節作為散文的構成之一，在別的散文家筆下也經常出現，不同的是，在許多散文家筆下，細節往往只是文章的點綴，它們的出現就像是露珠偶爾一閃的清輝，很快就會被其他繁密的敘述所淹沒。歸有光的散文不同，細節往往構成文章的主體，有些作品幾乎好像就是因為細節而存在，如果失去了這些細節，文章本身似乎也就消失了。如著名的〈項脊軒志〉，如果將小鳥啄食、東犬西吠、大母和老嫗的言談、聽足音而能辨人、亭亭如蓋的枇杷樹等一系列的細節都刪落，還剩什麼呢？又比如〈陳君厚卿墓誌銘〉、〈王君時舉墓誌銘〉、〈葉母墓誌銘〉等等，都是通過一件件小事，一句句言語，才勾勒出人物的精神和品質。對於歸有光來說，人物傳記的寫作準備好像就是要尋找到他們的小事細節，這些有了，文章也有了，否則，徒成空洞無氣脈貫注的死架子，呆駱駝。這是他很重要的一條散文寫作經驗。他的散文第二個特點是，每在對人物和事情敘述之後，出以精彩的語段，畫龍點睛，給讀者留下深刻難泯的印象。如〈太學生陳君妻郭孺人墓誌銘〉先講述郭孺人一生持家，任其勞苦，將麗服珍飾屏去不御，兒子奮發讀書即將有成，等等，這些都在平鋪實敘中向讀者完成交待。接著，作者寫她臨終時，對子女從容敘述生平，說她自己「若操舟渡江，舟中之人今已登岸，而操舟者沒焉」，說著說著，「因唏噓不自已」。郭孺人的形象頓時因這三言二語而臻鮮明、突出，文章也立即化平為奇，不同一般。〈太學生陳君妻郭孺人墓誌銘〉在歸有光散文中不算太出色，歷來讀者也似乎沒有去留意它，可是該文的這一特點，卻是歸有光文章一種典型的寫法。這種寫法略似孟郊〈遊子吟〉在寫足慈母縫衣一事之後，忽而用「誰言寸草心，報得三春暉」十字宕開，作為結束，在拓展和昇華詩意的同時，使詩歌頓成境界，顯得更美。歸有光散文常用此法，可見詩文之理相通。

歸有光古文雖然是沿著唐宋一線下來，與八大家相比，又出現了不同的面貌。關於這一點，王鳴盛曾經作過這樣的論述：

> 七大家（引者按：實際上是指唐宋八大家）之文，大抵皆取正面，震川則取反面、旁面、側面，如畫家烘雲托月之法。畫有逸品，有神品，有能品。逸品全以氣韻勝，脫去形模，品為最高。震川之文，畫之逸品也。琵琶箏笛，入耳喧喧，詘然而止，了無餘韻，琴有泛聲，乃在弦外，鹽止于鹹，梅止於酸，而良庖治之，恒令味溢於鹹酸之外。震川之文，弦外有聲，酸鹹外有味者也，是故言在此而意在彼，節愈短而趣愈長，或似顯而實幽，或似近而忽遠，褒中帶刺，欲抑先揚，一篇之中，文外重旨，

言中隱義，有不可以遽測者焉。（〈鈍翁類稿序〉）

王鳴盛不以文學批評名家，他對歸有光文章的特點卻獨有會心，講得仔細、具體、貼切，多讀幾篇歸有光文章後，你就會覺得他說得好。

七

歸有光及其古文在文學史上的遭遇，先抑後揚。方苞說：

昔北地主盟詞壇，煊赫一時，而歸熙甫以老舉子抱遺經于荒江寂寞之濱，聲光暗淡，迨榮華銷歇，熙甫之文獨流傳宇內。（〈劉氏宗譜序〉）

王鳴盛說：

明自永、宣（引者按：永樂、宣德）以下尚臺閣體，化、治（引者按：成化、弘治）以下尚偽秦漢，天下無真文章者百數十年。震川歸氏起於吾郡，以妙遠不測之旨，發其澹宕不收之音，掃臺閣之膚庸，斥偽體之惡濁，而于唐宋七大家及浙東道學體又不相沿襲，蓋文之超絕者也。（〈鈍翁類稿序〉）

二人將歸有光及其散文沉浮的命運，以及在文學史上的意義，都講得很概括。具體來說，歸有光之被高度肯定，是在「文必秦漢」之說逐漸受到廣泛質疑，唐宋文章傳統由此反而更加暢行的大背景之下，才發生的一種接受現象。要為二個階段：

1.晚明至清初，嘉定四子、錢謙益、歸莊為歸有光文章張目，尤其是錢謙益，將歸有光作為明文貫通於唐宋文章傳統的一朝代表，並且把他當作批判前後七子的有力武器，從而產生廣泛影響，使歸有光得以確立在文壇的地位，而他與歸莊一起整理歸有光文集（歸莊在這方面做的工作實際影響更重要），也為歸有光作品的廣泛流傳提供了可能和保證。

2.清朝桐城派進一步發揚唐宋文章傳統，也以歸有光文章為聯繫唐宋與明清的橋梁，他們對歸有光文章的藝術特色多有總結。姚鼐《古文辭類纂》多選入歸有光各類文章，這些文章被作為歸有光的古文名篇得到廣泛認同，對於普通讀者來說，從《古文辭類纂》接受歸有光的影響遠比從歸莊整理的歸有光文集直接和廣泛，所以經過桐城派這一接受環節之後，歸有光的影響更廣被於普通的讀書人，或者也可以說，深入到了民間，這種影響一直延續到今天。

歸有光生前很重視別人對他文章的態度，這種習慣在他年輕時就養成了，誰重視自己，欣賞自己的文章，他就認為這個人眼光清澈，相反，誰貶低自己，對自己的文章抱冷淡的態度，拿別人來壓他，他就認為此人俗，目瞖不能辨物，枉為文人。如果僅看表面，自然會以為，歸有光過於自珍，不免近於狷狂一路。其實他不是恃才傲物的人，他不過是要求人們尊重優秀的文人，尊重世上真正的好作品，不允劣者揚眉，優者反而俯首，褻瀆了讀者的趣味，至於這個被要求受尊重的對象究竟是他自己還是別人，那是無所謂的，誰值誰就有權利接受。所以，他流露這一番珍愛之心，是為文章的尊嚴起見，是維護善類的赤裸裸的坦白。他對自己的文章有多少成色，在哪個水平等次上，明白得很，好東西無端被輕視貶低，誰心裡不煩？所以也可以說他在這問題上是不雜私心的，即使有，也是甚細而微。時間不是已經證明歸有光對他作品的自我認同恰如其分、恰充其量，並未過盈其辭嗎？

最後，簡單介紹一下歸有光文集編纂和流傳情況，並對本書原文的出處作一說明。

歸有光生前曾取自己部分文章編為《都水稿》四卷，該書當年是否刊行，不詳。現知歸有光文集初始曾刻於閩中，是歸有光門人王子敬令閩時所刻，稱閩本或復古堂本。上下二卷，書名不詳（見歸莊〈書先太僕全集後〉、《震川先生集凡例》）。另一本刻於達州（見蔣以忠〈刻震川歸先生全集序〉）。這二種書流傳很少，已佚。

後世流傳的歸有光文集主要有：一、《歸先生文集》三十二卷，歸子祜、歸子寧編次，通稱昆山本。二、《震川先生文集》二十卷，歸道傳編次，通稱常熟本。三《震川先生集》三十卷、《別集》十卷、歸莊校勘。此本刻於清康熙十四年，後來流傳最廣，影響也最大，《四部叢刊》本、《四部備要》本《震川先生集》皆據此影印或排印，上海古籍出版社校點本也以此作為底本。四、《歸震川先生未刻稿》二十五卷，歸濟世編集，清初鈔本。

本書主要根據上海古籍出版社《震川先生集》採錄原文，唯〈五嶽山人前集序〉錄自陳文燭《二酉園文集》卷首、〈寒花葬記〉錄自《歸震川先生未刻稿》卷十七。

編著本書，我參考了：胡懷琛《歸有光文》（上海商務印書館一九二八年），張家英《歸有光散文選注》（上海古籍出版社一九八五年），張家英、徐治嫻《歸有光散文選集》（百花文藝出版社一九九五年），趙伯陶《歸有光文選》（蘇州大學出版社二〇〇一年），孫岱《歸有光年譜》（嘉慶四年三瀣齋刻本），張傳元、余梅年《明歸震川先生有光年譜》（臺灣商務印書館一九八〇年）。

鄔國平 謹識

尚書敘錄

【題解】西漢伏生所傳、用漢代通行的文字寫成，稱今文《尚書》；傳說孔安國所獻、取之孔子宅壁中、用蝌蚪文書寫的，為古文《尚書》。對於後世流傳的所謂古文《尚書》，吳棫、朱熹等多持疑。吳澄《四經敘錄》更明確指出，今文《尚書》「其間闕誤顛倒固多，然不害其為古書也」；而「孔壁真古文書不傳」，人們讀到的所謂古文《尚書》，是後人偽造。這代表了《尚書》文獻研究史上一個很重要的階段，為清人閻若璩《古文尚書疏證》全面、徹底地對古文《尚書》進行證偽創造了一定條件。

歸有光贊同吳澄的觀點，評吳著是「不刊之典」。吳棫、朱熹、吳澄還從二書文辭的角度指出，今文《尚書》詰曲聱牙，辭義古奧；古文《尚書》文從字順，平緩卑弱。歸有光也很同意這樣的判斷，認為後人「雖悉力模擬」上古「文辭、格制」，「終無以得其萬一之似」，所以這是區別二書真偽的一項標誌。儘管如此，當時許多人卻仍舊蹈常習故，漫不尋省，吳澄等人的見解未得到世人「尊信」。歸有光因吳澄之說，也將古文《尚書》與今文《尚書》釐析為二，並以本文表示自己明確的主張。

本文寫於作者在鄧尉山讀書時，即嘉靖十八年（西元一五三九年），歸有光三十四歲。

余少讀《尚書》❶，即疑今文、古文❷之說。後見吳文正公❸《敘錄》❹，忻然以為有當於心。揭曼石❺稱其「綱明目張，如禹之治水❻。」信矣。自是數訪其書，未得也。己亥❼之歲，讀書於鄧尉山❽中，頗得深究《書》之文義，益信吳公所著為不刊之典❾。因念聖人之書存者，年代久遠，多為諸儒所亂。其可賴以別其真偽，惟其文辭、格制⑩之不同。後之人雖悉力模擬，終無以得其萬一之似。學者由其辭，可以達於聖人，而不惑於異說。今伏生⑪《書》與孔壁所傳⑫，其辭之不同，固不待於別白⑬而可知。

昔班固志《藝文》，有《尚書》二十九篇，《古經》十六卷⑭。《古經》，漢世之偽書，別於經，不以相混，蓋當時儒者之慎重如此。而唐之諸臣不能深考，猥以晚晉雜亂之《書》定為義疏，而漢、魏專門之學遂以廢絕⑮。夫《書》之厄已至矣。伏生掇拾於流亡⑯之餘，以篤老之年，廑廑⑰垂如綫之緒于其女子之口，千萬世之下，因是可以稍見唐、虞、三代⑱之遺，而可不知所愛惜哉！

朱子⑲蓋有所不安，而未及是正，吳公寔有以成之。而今列于學官者，既有著令⑳，薦紳先生㉑莫知廣石渠㉒、白虎㉓之異義，學者蹈常習故，漫不復有所尋省。以數百年雜亂之《書》，表章㉔於一代大儒㉕之手，而世亦莫能以尊信之，可歎也已。

余未見吳公書，乃依髣其意，釐為今文如左，而存其〈敘錄〉於前，以俟㉖他日得公書參考焉。

【注 釋】❶尚書 儒家經典之一，「尚」即「上」，它是春秋以前政府重要文件和部分追述古事作品的彙集，故以為名。傳說孔子所編。西漢初存二十八篇，由伏生傳授，此為今文《尚書》。漢武帝時從孔子宅壁所得為古文《尚書》，其書是否真實存在過，後人對此有懷疑。東晉梅賾向朝廷獻所謂孔壁古文《尚書》，是一部偽書。❷今文古文 漢朝通行隸書，時稱今文；與此相對，先秦的文字稱古文。用今文書寫的儒家經典為「今文經」，用先秦古文書寫的經典稱「古文經」。❸吳文正公 吳澄（西元一二四九～一三三三年），字幼清，晚稱伯清，一號草廬先生，謚文正。撫州路崇仁縣（今屬江西）人。早立志，撰「矯輕警惰」銘以自策勵。宋進士，入元官翰林學士，是元朝著名理學家，當時有「北有許衡，南有吳澄」之說（見揭傒斯〈神道碑〉）。著有《吳文正集》、諸經《纂言》和《老子注》等。❹敘錄 指吳澄《四經敘錄》。按吳澄原著有《尚書敘錄》，前載今文，而別繫古文於後。他後來又著《纂言》，則盡去古文，而獨注今文二十八篇。兩書均已佚。今傳〈四經敘錄〉一文保存了他對古今文《尚書》的見解。❺揭曼石 揭傒斯（西元一二七四～一三四四年），元朝文學家，字曼碩，一作曼石，龍興富州（今江西豐城）人。崇理學，善詩文，官至翰林侍講學士。著有《揭文安公全集》。❻綱明二句 揭傒斯撰吳澄〈神道碑〉：「乃若吳公研磨六經，疏滌百氏，綱明目張，如禹之治水。雖不獲任君之政，而著書立言，師表百世，又豈一材一藝所得並哉！」禹，奉舜命治洪水，開溝渠進行疏導，獲得成功，成為舜的繼承人。❼己亥 西元一五三九年。歸有光三十四歲。❽鄧尉山 在江蘇吳縣西南，相傳漢代鄧尉隱於此，故名。又名萬峰山、玄墓山。❾不刊之典 不可更改、不可磨滅的典籍。古人書寫於竹簡，有訛則削以改之，此稱「刊」。❿格制 指文章的佈局結構。⓫伏生 即伏勝。西漢濟南人，字子賤。秦朝博士，因能傳《尚書》，漢文帝欲召之，時伏生年近百歲，言不可曉，詔太常使掌故鼂錯往受之，口授其書二十九篇。今所傳二十八篇，為今文《尚書》。⓬孔壁所傳 指古文《尚書》。劉歆〈移書讓太常博士〉：「及魯恭王壞孔子宅，欲以為宮，而得古文於壞壁之中，……《書》十六篇。天漢之後，孔安國獻之，遭巫蠱倉卒之難，未及施行。」今流傳的古文《尚書》二十五篇係梅賾偽造。⓭別白 分辯。⓮昔班固三句 班固（西元三二～九二年），字孟堅，扶風安陵（今陝西咸陽東北）人。所著《漢書》首創〈藝文志〉。記載《尚書》目錄有「《尚書》古文經四十六卷，經二十九卷。」按：歸有光「《古經》十六卷」「十」前闕「四」字。⓯唐之諸臣三句 唐初孔穎達等奉敕修《尚書正義》，所據是梅賾所獻本，該本將伏生所傳和梅賾自己偽造的二十五篇重新編輯而成。此書由朝廷頒佈發行，產生極為深遠的影響，《十三經注疏》本即是這個本子。猥，錯誤。⓰流亡 流失。⓱廑廑 僅僅。廑，通「僅」。⓲唐虞三代 堯、舜、夏、商、周。⓳朱子 朱熹。（西元一一三〇～一二〇〇年），字元晦，徽州婺源（今屬江西）人，僑寓建陽（今屬福建）。南宋曾任秘閣修撰等職。他是著名的理學家，世尊稱朱子。著有《四書章句集注》等。⑳著令　明令。㉑薦紳先生　官員。薦紳，亦作「搢紳」。插笏於腰際的大帶，是古代高級官員的裝束。㉒石渠　石渠閣，在未央殿北。西漢甘露年間，大臣蕭望之奉詔主持石渠閣會議，會上諸儒討論五經異同，宣帝親制臨決。㉓白虎　白虎觀，在北宮。東漢建初四年，章帝令大臣與京師諸儒聚會白虎觀，考議五經同異，其討論記錄由班固等整理結集為《白虎通義》。㉔表章　表彰。㉕一代大儒　指吳澄。㉖俟　等待。

【語譯】我年輕時讀《尚書》，就懷疑今文、古文的說法。後來知道文正公吳澄有《尚書敘錄》一書，其見解與我很相契，感到由衷高興。揭傒斯稱讚該書「綱領明確，細目具體，猶如大禹治水。」這個評價確實是可信的。從此以後，我多次尋訪這部書，不曾獲得。嘉靖十八年，我讀書於鄧尉山中，對《尚書》文義作了比較深入地探求，更加相信吳澄公所著是一部經得起時間考驗的著作。由此聯想到，現在存世的聖人典籍，由於年代久遠，多數經過各個時代文人之手，已經被搞亂了。可以用來作為區別真偽的可靠依據，只有其文辭和體格的不同，在這些方面，後人儘管竭力模仿，結果總是連萬分之一的相似也達不到。所以讀者通過書的語詞，可以直接認識哪些是聖人傳下來的部分，而不會被各種異說所迷惑。現在，伏生所傳的今文《尚書》與取之於孔子宅壁的古文《尚書》，這兩種書的語詞互相不同，是不需要分辨就能夠一目了然的。

往昔班固撰寫《漢書・藝文志》，記載有《尚書》二十九篇，《古經》十六卷。所謂《古經》，是漢代的偽書，將它與經典區別開來，不使兩者互相混淆，當時的學者對待此事的態度是如此慎重。而唐代各位文臣對文獻不做深入稽考，錯誤地以東晉已經混淆的《尚書》，作為注解、詮釋的本子，漢、魏時期專門的學問從此就廢絕了。《尚書》的厄運可謂達到了極點。伏生收集整理該書還未散失的剩餘部分，以他很老的年紀，用僅如絲線一般微弱的口氣講授給他女兒聽，千萬年以後，借助於他的收集整理，還可以略略窺見堯、舜，以及夏、商、周三代的遺存，豈能不加以珍惜呢！

朱熹對傳本已經表示不太放心，然而來不及糾正它，吳澄公才完成了這項事業。而現在放在儒學官員面前的書，受到朝廷明文肯定，學官們不懂得應當像西漢石渠閣、東漢白虎觀兩次會議那樣，對書的異義提出更多質疑，而學者們則安於循舊習常，漫不經心地對待讀物，不再加以思考。雜亂失真的《尚書》，經過一代大儒的釐別和表彰，已經有數百年之久，然而世人卻不知道尊信它，真是很可歎呀。

　　我沒有見到吳澄公所著書，於是大約依照他的意見，將《尚書》分成如下的文本，同時把他的這篇〈四經敘錄〉置於卷前，以待將來得到吳澄公著作以後再互相進行參考。

【研析】在清初閻若璩《古文尚書疏證》問世以前，懷疑古文《尚書》是一部偽書的只是極少數人，然而他們卻接近學術的真際。歸有光也是懷疑者之一，他這篇文章吸收了吳澄的意見而態度更加明確。吳澄說：「伏氏書雖難盡通，然辭義古奧，其為上古之書無疑；梅賾所增二十五篇，體制如出一手，採集補綴，雖無一字無所本，而平緩卑弱，殊不類先漢以前之文。夫千年古書最晚乃出，而字畫略無脫誤，文勢略無齟齬，不亦大可疑乎？」（〈四經敘錄〉）歸有光也指出，作偽者對書的內容雖然可以顛亂偽造，「惟其文辭、格制」，後人「雖悉力模擬，終無以得其萬一之似」，因此可以作為辨別「真偽」的可靠證據。今人說語言帶有某種「化石」的特質，留下了時代的年輪，難以複製。歸有光所論述的意思與今人非常接近。他的話後來被閻若璩引用，並得到進一步發揮，閻若璩說：「歸熙甫有言，所可賴以別其真偽，惟是文辭、格制之不同，後之人雖悉力摹擬，終無以得其萬一之似。余因思周公有〈大誥〉，而王莽以翟義亂，亦作〈大誥〉，蘇綽以文體之弊，又作〈大誥〉，一載《漢書》，一載《北史》。試取而讀之，不特莽不類於周公，即綽距莽未遠，亦不類。蓋莽在酷擬《尚書》，如嬰兒之學語，可為鄙笑。綽較少勝於莽，然就其條達比偶處，已不似漢人手筆，況周初乎？其各為時代所限如此。」（《古文尚書疏證》卷八）後人僅僅視歸有光為一個散文家，其實他在學術史上也有多方面貢獻，本文對古文《尚書》的辨偽，即是顯著一例。

　　歸有光在文章中強調，應當學習班固著錄古籍「慎重」的態度，要「愛惜」前人艱難取得的學術成果，並且樹立「尊信」真理的風氣。他自然鄙夷作偽者，然而接受者「不能深考」，以偽為真，推波助瀾，這也是非常不負責任的行為，從而造成古書的厄運和文化的悲劇。歸有光認為這是由於接受者不「慎重」、不「愛惜」導致的嚴重後果。另外，當偽跡已經被人揭露，真相已經得到說明的時候，人們能不能放棄陳見舊說，轉而接受新的正確的意見，這方面不如人意的地方依然很多。歸有光指出，制度上某種獨裁式的規定、官員對待「異義」簡單粗暴的態度，以及一般學者「蹈常習故，漫不復有所尋省」的惰性，這些因素在真偽、是非之爭中都起著阻礙真理的不光彩的作用。偽學術而有大市場，原因在此。歸有光為此而深感可悲可歎，他希望學術不能服從勢力和習慣，而要服從真理。

荀子序錄

【題 解】荀子大體屬儒家，卻有別異的思考，正因為如此，歷來對荀子的評價比較複雜。大致地說，唐以前一般認為他「大醇而小疵」（韓愈〈讀荀子〉），可是進入宋明理學的時代，荀子遭到的詬病漸多而甚。如宋陳淵〈答張子猷給事致遠〉說：《荀子》「豈特小疵而已。」陸九淵說：「文以理為主，《荀子》與理有蔽，所以文不雅馴。」（《象山語錄》卷四）明方孝孺〈讀荀子〉：「要其大旨，則謂人之性惡，以仁義為偽也，妄為蔓衍不經之辭，以蛆蠹孟子之道，其區區之私心，不過欲求異於人，而不自知卒為斯道讒賊也。」歸有光則認為，荀子思想雖有偏頗，卻堪與孟子並馳，誰也無法將它毀傷，無法使它沉埋。表現了一種不從眾論的獨立見解。

《荀子》❶三十二篇，唐大理評事楊倞❷常❸移易其篇第，而今篇中亦多有失倫次者。余欲重加釐整，而憚于紛更，第別其章條，或句為之斷長短，皆有意焉。而時有蕪謬，取韓子「削其不合者附于聖人之籍」❹之意，與其他脫文衍字，並為識別，讀者可以一覽而知也。

當戰國時，諸子紛紛著書，惑亂天下。荀卿獨能明仲尼❺之道，與孟子❻並馳。顧其為書者之體，務富于文辭，引物連類，蔓衍夸多，故其間不能無疵，至其精造❼，則《孟子》不能過也。自楊雄、韓愈皆推尊之，以配孟子❽。迨宋儒，頗加詆黜，今世遂不知有荀氏矣。悲夫！學者之于古人之書，能不惑于流俗而求自得于心者，蓋少也。

【注　釋】❶荀子　原名《孫卿子》（見《漢書・藝文志》），荀子著。荀子，名況，亦曰荀卿，漢避宣帝諱，改稱孫卿，戰國趙人。曾仕楚，為蘭陵令。他評議當時諸子各家學說，主持儒家思想而又別開生面，提出「法後王」、「性惡說」等著名觀點。❷楊倞　唐憲宗元和十三年（西元八一八年）官大理評事。撰《荀子注》二十卷，改變原書篇第次序，《荀子》書名由此得以確定。❸常　曾。❹韓子句　韓子，韓愈（西元七六八～八二四年），字退之，河南河陽（今河南孟縣）人，郡望昌黎，世稱韓昌黎。貞元八年（西元七九二年）進士及弟，官吏部侍郎，卒諡文。他是著名的古文家，與杜甫並稱「杜詩韓文」。著有《昌黎先生集》。引文見其〈讀荀子〉。籍，書籍。❺仲尼　孔子，名丘，字仲尼。❻孟子　孟軻，戰國時鄒（今山東鄒縣）人。後世儒家尊為亞聖，地位僅次於孔子，主張「性善說」。❼精造　思想精深之處。❽自楊雄二句　揚雄〈君子篇〉評《孟子》與孔子「異乎不異」；評《荀子》「同門而異戶也，惟聖人為不異。」認為二者與孔子看似有所不同，其實並不相異。韓愈〈讀荀子〉：「考其辭，時若不醇粹，要其歸與孔子異者鮮矣，抑猶在（孟）軻、（揚）雄之間乎！」揚雄（西元前五三～西元一八年），字子雲，西漢蜀都成都（今屬四川）人，曾官給事黃門郎、大夫。著有《法言》、《揚子雲集》等。

【語　譯】《荀子》三十二篇，唐朝大理評事楊倞曾改變其書原來的篇目次序，而現在的本子也有多處先後篇次不合理的地方。我打算重新加以編輯和整理，又擔心頭緒紛繁，變動過多，便只對它的章句和條目作出分別，或者點斷書的句子長短，所有這一切，都包含著我自己的見解在內。對於書裡某些錯謬之處，採用韓愈「削去其不符合者，使歸附於聖人的經典」這一意見，把改動的地方與書裡別的脫文和衍字，都一一記載清楚，以示不同，讀者由此可以一目了然。

在戰國時代，諸子紛紛著書立說，惑亂天下。惟有荀卿能夠闡明孔子的思想，與孟子並駕齊驅。荀子著書的特點是，非常重視文辭的繁富，引用它物，連綴相同之事，反覆進行推衍，以多為勝，所以書裡不能沒有瑕疵，至於他思想精深之處，卻是《孟子》也無法超過的。從揚雄、韓愈都知道推尊荀子，認為他與孟子的地位相當。而從宋儒開始，對荀子作了許多詆毀和排斥，以至於目前連荀子其人都不為大家所知曉了。可悲啊！學者對於古人撰寫的書，能夠不受流俗的蒙蔽，求得自己對它的真知，這樣的人實在太少了。

【研　析】荀子、孟子皆是古代有建樹的思想家，然而荀子對孟子頗有詆訾，說明二人的思想側重不同，這本來也是被人們理解的。可是隨著孟子地位上升，揚孟抑荀漸成主流，宋代以後更甚。本來荀子思想自有其深邃的洞察，有其不可消磨的光彩，歸有光認為，其中雖然「不能無疵，至其精造，則《孟子》不能過也。」表現了與流俗之見非常不同的評價態度。在理學的時代，人們對人性的看法，普遍接受孟子的「性善說」，排斥荀子的「性惡說」。歸有光則在〈性不移說〉一文為荀子「性惡論」作辯護，他說：「人之性有本惡者，荀子之論特一偏耳，未可盡非也。」歸有光的許多散文都是在揭發社會濁惡，抨擊人性不良，這使他的散文作品顯出其力量和思想，而這顯然同荀子的學說有其一脈相承的地方。所以他在本文為荀子鳴不平，並不是偶然的。

歸有光愛好獨立思考，這是他性格和思想的重要特點。他深深感到，「能不惑于流俗而求自得于心」無論是對於處世行事，還是對於研求學問，文學寫作，都十分珍貴，然而他感到悲哀的是，他所處的恰是一個「惑于流俗」而不能自拔的時代。因此本文的意義，還在於表現出作者對獨立的學術精神的積極呼籲。

項思堯文集序

【題解】 項文煥（西元一五二二～一五六八年），字思堯，號為齊居士、孤嶼山人，永嘉（今浙江溫州）人。屢試不第。著有《亦與堂稿》、《亦與堂漫錄》。父親項喬官至廣東參政，愛好文學，不事險棘靡豔，著有《甌東文集》。項喬與羅洪先、唐順之交甚歡，羅、唐二氏亦終身待項文煥以國士之禮。項文煥的文學旨趣受到他父親和唐順之的影響，與句擬字模的七子一派異趣，這是他得到歸有光賞識的原因。作者在文章中直斥李攀龍、王世貞為「妄庸人」，肯定唐宋文章傳統，以對古文真有所得自勉勉友。歸有光科舉考試屢屢失利，氣不得發舒，本文憤斥王世貞可能事出有因，主要則是緣於二人文學宗趣的不同。

永嘉項思堯與余遇京師❶，出所為詩文若干卷，使余序之。思堯懷奇未試❷，而志于古之文，其為書可傳誦也。蓋今世之所謂文者難言矣。未始為古人之學，而苟得一二妄庸人❸為之巨子，爭附和之，以詆排❹前人。韓文公❺云：「李、杜文章❻在，光燄萬丈長。不知❼群兒愚，那用❽故謗傷！蚍蜉❾撼大樹，可笑不自量。」文章至于宋、元諸名家，其力足以追數千載之上而與之頡頏❿，而世直⓫以蚍蜉撼之，可悲也。無乃⓬一二妄庸人為之巨子以倡道⓭之歟！

思堯之文，固無俟⓮于余言，顧⓯今之為思堯者少，而知思堯者尤少。余謂文章，天地之元氣，得之者其氣直⑯與天地同流。雖彼其權足以榮辱毀譽其人，而不能以與于⑰吾文章之事，而為文章者亦不能自制其榮辱毀譽之權于己，兩者背戾⑱而不一也久矣。故人知之過于吾所自知者，不能自得也，已知之過于人之所知，其為自得也。方且⑲追古人于數千載之上，太音之聲⑳，何期于〈折楊〉、〈皇華〉㉑之一笑。吾與思堯言自得之道如此。思堯果以為然，其造㉒于古也必遠矣。

【注　釋】❶京師　京城，指北京。歸有光與項思堯這年同在京城參加進士考試。❷懷奇未試　懷奇抱才，卻沒有機會發揮。此指沒考中進士，依然在仕途之外。❸一二妄庸人　指李攀龍、王世貞，後七子首領。❹詆排　誹謗、排斥。❺韓文公　韓愈，卒諡「文」。詩句引自〈調張籍〉。❻李杜文章　李白、杜甫的詩歌。文章，古人也用以指稱詩歌。❼不知　不料。❽那用　何必；怎能。❾蚍蜉　大蟻。❿頡頏　鳥在飛行時，上下之貌。意謂互相比配。⓫直　居然。⓬無乃　豈非。⓭倡道　倡導。道，同「導」。⓮俟　待。⓯顧　語氣詞，在句子裡無實義。⓰直　真。⓱以與于　意謂用其權勢干預。⓲背戾　相違背。⓳方且　將要。⓴太音之聲　指遠古時代的雅音。㉑折楊皇華　皆是上古的俗曲名。《莊子・天地》：「大聲不入於里耳，〈折楊〉、〈皇荂〉，則嗑然而笑。」〈皇荂〉又作〈皇華〉。㉒造　到達。

【語　譯】永嘉人士項思堯和我相遇於京城，取出他撰寫的詩文若干卷，囑我寫序。思堯才情奇異，尚未施展，他有志於古人的文章，故這部書能被人們誦讀而獲得流傳。現在大家談論的所謂「文」真是難說得很呢。於古人的道德文章不聞不問，卻隨隨便便將一二狂妄而平庸之人奉為文豪，爭相附和在他們的周圍，對古人則盡情地詆毀和摒絕。韓愈有詩寫道：「李杜詩歌長存人世，如萬丈光芒照耀四方。不料群小如此愚蠢，竟然肆意地誹謗中傷。蚍蜉卻想搖撼大樹，又怎能不貽笑大方。」詩歌文章發展到宋、元時期的各位名家，其成就足以企及數千年以前的文人，與他們並駕齊驅，然而世人居然像蚍蜉撼樹一般欲搖動他們的地位，豈非自不量力而渺小可悲！這難道不是一二狂妄而平庸的「文豪」倡導的結果嗎！

思堯的文章確實不用我揄揚鼓吹，遺憾的是，今天像思堯這樣的文人很少，能夠賞識思堯的人就更少了。我以為，文章是天地之間的元氣，一旦稟受了這種元氣，文章真堪與天地同生而共存。雖然有的人權勢足以榮辱毀譽他人，可是他們對於我的文章又能怎麼樣呢；反過來說，作者雖然能夠創作佳構，卻不擁有榮辱毀譽自己命運的權利——這兩者互相違背，不能一致，已經很久了呀。所以，別人對我的瞭解勝似我對自己的瞭解，表明我還沒做到真有所得；我對自己的瞭解勝似別人對我的瞭解，才算真有所得了。將要去追求數千年之前的古人，遠古時期的雅樂，又怎能期待進入聽慣了俗曲豔歌的耳朵而博取其開心呢？我向思堯談了上述貴在自得的道理。思堯果真認同我的話，必能學習古人而取得很高的成就。

【研析】 這是歸有光一篇很著名的文論，以「妄庸人」三字概括當時文壇首領李攀龍、王世貞，猶如醍醐灌頂，使主流文人集團的尊容頓然變得蒼白了。前後七子倡「文必秦漢，詩必盛唐」，斷言「宋無詩」，宣稱不讀宋以後書，其本意是以第一義教人。但其追隨者（尤其是後七子勢力張大以後）不願多讀古人作品，以其首領之作為範文者大有人在。如當時王世貞《弇州山人四部稿》盛行海內，人們奉《藝苑卮言》為金科玉律，大致反映了這一情況。應該說，這與復古領袖的初衷是很有距離的。歸有光對文壇這樣的現狀甚為憂慮和憤慨。唐宋派相對於前後七子，對歷朝散文的發展歷史和價值評判顯得完整和妥當一些。歸有光盛讚「宋、元諸名家」之作足以與前人的宏文鉅製相「頡頏」，引韓愈詩句，譏否定派是「蚍蜉撼大樹」，這種散文史觀大致是公允的。

歸有光認為，優秀的文章皆得之「天地之元氣」，它們的生命也同天地一樣長久。掌握著評衡之權的人縱其一己之私心，任意「榮辱毀譽」，是一種不正常的現象。他說文章貴在自得，莫為洶洶的輿論所左右，要相信自己的追求，相信學術的公論。這對消除批評界的霸氣，保持冷靜、公允的批評心態很有必要，沒有這樣的氛圍，正常、有益的文學批評就無從談起。文章為項思堯說話，其實也是作者自抒不平，林雲銘評本文是「借題寫照」（《古文析義》卷十六），誠是確論。

玉巖先生文集序

【題解】周廣（西元一四七四～一五三一年），字充之，號玉巖、抑齋，崑山（今屬江蘇）人。弘治十八年（西元一五〇五年）進士。正德年間，以政績授御史。上疏革除四弊，直指武宗義子宦官錢寧，遭貶官，幾乎被置於死地。世宗即位，復故官，仕至南京刑部右侍郎，得疾暴卒。嘉靖末，贈右都御史。周廣疾惡如仇，剛正不阿，平生嚴冷無笑容，不受一切請託，巡撫江西，墨吏皆望風而去。王世貞〈像贊〉：「萬目睽睽，指為直臣。」《明史》卷一百八十八有傳。他著有《玉巖集》。嘉靖中任江西按察司副使時，又與林庭棉合著《嘉靖江西通志》，書中設「姦宄」一門，仿諸史「姦臣、酷吏傳」例，以示鑒戒，學者認為這種獨特的體例為周廣所創（見《四庫全書總目提要》）。周廣不以文名，而氣節風動海內。歸有光表彰鄉賢，景仰的正是他一身凜然正氣。本文借讚頌周廣，對明武宗時期的黑暗政治進行了批判。

約撰於嘉靖二十五年（西元一五四六年），歸有光四十一歲。

《玉巖先生文集》故刑部右侍郎周公所著。公諱廣，字充之，別自號玉巖，崑山太倉❶人。太倉後建州，故今為州人。公舉弘治乙丑❷進士，歷莆田❸、吉水❹二縣令，以治行❺為天下第一，徵試浙江道❻監察御史。廑兩月，上疏諫武宗皇帝❼，佞幸❽疾之，欲寘之死，而上不之罪也，故得無下詔獄❾，貶懷遠❿驛丞⓫。而佞幸者怒未已，使人遮道刺公，公偽為頭陀⓬，持波嗢囉⓭以行乞四百餘里，乃免。武定侯郭勛[14]鎮嶺南[15]，承望風旨[16]，偽以白金[17]試公，公拒不受。一日攝[18]公，閉府門，箠擊[19]之，幾死。行省[20]官惕息[21]莫敢救，御史有言而解。久之，遷建昌[22]令，再貶竹寨驛丞[23]。會武宗晏駕[24]，今上[25]即位，詔舉遺逸，公復為御史。尋[26]遷江西按察司僉事，歷九江兵備副使、江西提學副使、福建按察使、巡撫江西、右僉都御史，陞南京刑部右侍郎[27]。公自起廢，不十年至九卿[28]，不可謂不遇。而遂不幸以死，不能究[29]其用也。然天下稱武宗之世能以直諫顯者，自公之外，不過數人耳。天子中興，思建萬世之業，則正色而立於朝廷如公者，豈可一日而無哉！

故嘗以謂士之忠言讜論[30]，足以匡皇極[31]而扶世道，使之著[32]於廟廊[33]，澤被生民，世誦其詞而傳之，宜矣。若夫詆訐[34]叫號，不見省采，徒為一時之空言，似不足以煩紀載，而學士[35]猶傳道之不絕，豈不以天下之欲生也久矣[36]。有其言，足以轉亂為治，利安元元[37]，雖不見之施行，而實天啟[38]其人，使昭一世之公道，後之人猶搤腕拊掌[39]，幸其時能用其言而不至於壞也。

國家累洽[40]休明[41]，迨[42]敬皇之世[43]，百姓安生樂業，有富庶之效。武宗承緒，不改其舊，則生民何幸。而金貂左右[44]、佞幸倡優[45]之笑，縱橫亂政，而上常御豹房(46)，輕騎媠出(47)，六宮愁怨，未有繼嗣之慶(48)。胡僧(49)挾左道(50)，以梵咒弭賊(51)，則樊並、蘇今嘯聚之禍(52)蔓衍無窮，淮南、濟北覬覦之謀(53)乘間而發。是時元老大臣特從容勸上蚤(54)朝而已，亦未敢端言(55)之也。公奮不顧身，指切時事，而尤惓惓以欲法堯、舜，當法孝宗(56)為言。使公言獲用，天下蒼生，豈不受其福哉？此予所以讀公之疏，於本朝否泰升降之際，未嘗不三復而歎息也。公好性理之學，與魏恭簡公(57)相善，故諸子皆及恭簡之門，而居官政績多可紀，語具其門人陸光祿鰲(58)所述行狀(59)中。

公歿十餘年，太倉兵備副使南昌魏侯良貴(60)為公江右(61)所造(62)士，登堂拜公像，求遺稿，捐俸刻之。公之子士淹、士洵(63)以序見屬，因著公平生大節而論之如此云。

【注釋】❶崑山太倉　南朝梁大同初設崑山縣，弘治十年（西元一四九七年）析崑山之新安等三鄉、常熟之雙鳳鄉、嘉定之樂智等二鄉，置為太倉州，屬蘇州府，今屬江蘇。❷弘治乙丑　西元一五〇五年。❸莆田　今屬福建。❹吉水　今屬江西。❺治行　治理的政績。❻道　明清時在省與府之間設置的監察區。❼武宗皇帝　朱厚照，在位十六年（西元一五〇六～一五二一年），年號為正德。❽佞幸　宦官，此指錢寧。周廣上疏諫議四事，其第三條直斥錢寧，故招致嫉恨。❾詔獄　關押欽犯的監牢。❿懷遠　今屬廣西。⓫驛丞　官名，明清時在各省少數州縣設置，掌管郵傳、迎送之事。⓬頭陀　梵文dhūta的譯音，意為「抖擻」，即去掉塵垢煩惱。因用以指僧人，常專指行腳乞食的僧人。⓭波嗢囉　碗盆一類器皿。⓮郭

勛　鳳陽府人，郭英六世孫，襲封武定侯。正德年間鎮守二廣。世宗時「大禮議」迎合帝意，得寵倖，權傾一時。後被疏下獄死。⑮嶺南　唐貞觀中置嶺南道，明代的廣東、廣西布政司皆屬其地域。此指二廣。⑯承望風旨　迎合帝王大臣的旨意。此實指倖臣宦官。⑰白金　銀子。⑱攝　逮捕。⑲箠擊　鞭打；拷打。⑳行省　元代「行中書省」之略稱，是最高地方行政區的名稱。明代改為承宣布政使司，仍沿稱行省之名。㉑惕息　形容惶恐。㉒建昌　今屬江西永修。㉓再貶竹寨驛丞　《明史·周廣傳》：「（錢）寧矯旨，再謫竹寨驛丞。」竹寨驛，在沅州（今屬湖南芷江）。㉔晏駕　車駕晚出。古代帝王死亡的諱辭。㉕今上　當今皇帝，指明世宗朱厚熜，在位四十五年（西元一五二二～一五六六年），年號為嘉靖。㉖尋　不久。㉗南京刑部右侍郎　明成祖遷都北京，同時保留南京的首都地位，稱南都，各部官員設置同於北京，實權則大不相同。㉘九卿　中央各行政機關的高級官職。㉙究　盡。㉚讜論　直言。㉛皇極　君道，指君主治理天下的正道。㉜著　記載。㉝廟廊　朝廷。㉞詆訐　譭謗攻擊。㉟學士　學生；文人。㊱天下之欲生也久矣　意謂天下人民陷於痛苦不堪的境地已經很久了。㊲元元　民眾。㊳啟　開導。㊴搤腕拊掌　握腕、摩掌，表示興奮激動的情緒。㊵累洽　謂太平相承。洽，合。㊶休明　美好清明。㊷迨　到。㊸敬皇之世　指明朝弘治年間。明孝宗朱祐樘，稱敬皇帝。在位十八年（西元一四八八～一五〇五年），年號為弘治。㊹金貂左右　指侍從貴臣。漢朝侍中、中常侍之冠，於武冠上加黃金璫，並用貂尾作為裝飾。㊺佞幸倡優　指善於諂媚奉承的邪臣。幸，同「倖」。倡優，原指以音樂歌舞或雜耍戲謔娛人的藝人，此指陪皇帝荒玩的宦官。㊻豹房　《明史·武宗本紀》載：正德二年八月「作豹房」，十六年「崩於豹房」。豹房中多置珍玩、女御，又集番僧及教坊司樂人員，武宗作樂其中，對臣下的進諫皆不採納。㊼嬪出　耦出，指成雙地離開皇宮。嬪，「娟」的訛字。娟，耦。見王先謙《漢書補注》引王念孫說。㊽未有繼嗣之慶　武宗無皇嗣，死後由其叔興獻王朱祐杬子朱厚熜繼位。㊾胡僧　西域的僧人。㊿左道　邪僻的道術。51以梵呪弭賊　用佛家咒語退敵。賊，指民眾暴動和王室內亂。52樊並蘇令嘯聚之禍　西漢成帝永始三年（西元前一四年）「十二月，尉氏男子樊並等十三人殺陳留太守，劫掠吏民，自稱將軍，謀為大逆。」（荀悅《前漢紀》卷二十六）「（永始三年）十二月，山陽鐵官徒蘇令等二百二十八人攻殺長吏，盜庫兵，自稱將軍，經歷郡國十九。」（班固《漢書·成帝紀》）此指民眾暴動。53淮南濟北覬覦之謀　西漢文帝三年（西元前一七七年），濟北王劉興居反，失敗後自殺。六年，淮南王劉長謀反，失敗後被流放，死於道中。覬覦之謀，奪取帝位的野心和陰謀。此指明朝寧王朱宸濠正德十四年（西元一五一九年）謀亂，被王守仁所敗。54蚤　同「早」。55端言　嚴正地諫爭。56孝宗　武宗父親朱祐樘。57魏恭簡公　魏校（西元一四八三～一五四三年），字子才，崑山（今屬江蘇）人。其先本李姓，居蘇州葑門之莊渠，因自號莊渠。弘治十八年（西元一五〇五年）進士，累遷國子祭酒、太常卿。卒謚恭簡。著有《大學指歸》、《六書精蘊》、《莊渠遺書》等。唐順之為其弟子。《明史・儒林》有傳。58陸光祿鰲　陸鰲，崑山（今屬江蘇）人。正德五年（西元一五一〇年）舉人。光祿，光祿卿，官名。59行狀　文體名，記述一個人生平經歷和事蹟。60魏侯良貴　魏良貴，字師孟，南昌府新建（今屬江西）人，王守仁撫江西，兄弟四人咸從學，深為王守仁所許。嘉靖四年（西元一五二五年）舉人，十四年（西元一五三五年）進士，官右副都御史。歸有光稱他經過周廣栽培，此當在周廣任江西提學副使時。侯，對士大夫的尊稱。61江右　江西的別稱。62造　培養；造就。63士淹士洵　周廣第二子周士淹、第三子周士洵，歸有光朋友。

【語　譯】《玉巖先生文集》是過世的刑部右侍郎周公的著作。周公名廣，字充之，又自號玉巖，崑山太倉人。太倉後來建為州，所以他是現在的太倉州人。周公弘治十八年乙丑考中進士，先後出任莆田、吉水二縣的縣令，治理的政績居天下第一，被徵召擔任浙江監察御史，僅過兩個月，他上疏向武宗皇帝進諫，武宗寵倖的宦官對他恨之入骨，想置他於死地，然而皇帝並不想治他死罪，所以無法將他投入關押欽犯的監獄，被貶為懷遠驛丞。宦官猶不解恨，派人在途中對他行刺，周公偽裝成一個行腳乞食的僧人，手持碗盆一路行乞四百多里，才算躲過一難。武定侯郭勛鎮守嶺南，稟承宦官的旨意，設計用銀子向他行賄，引他上鉤，周公拒不接受他們的財物。一天，將周公逮捕，關閉官府大門，對他進行拷打，幾乎斷氣。行省大官戰戰兢兢，不敢相救。後來有御史上言諫止，才被放回。過了很久，升為建昌縣令，又被貶為竹寨驛丞。正逢武宗駕崩，當今皇上繼位，發佈詔書薦舉遺賢逸才，周公重新恢復御史的官職。他很快陞任江西按察司僉事，歷任九江兵備副使、江西提學副使、福建按察使、巡撫江西、右僉都御史，陞任南京刑部右侍郎。周公從重新起用之日起，不到十年時間就陞至九卿重臣的顯職，不能說在仕途不順達，然而不幸去世，他的才能沒有全部得到施展。然而天下的人都說，武宗時能以直言敢諫而獲得彰著名聲者，除了周公之外，僅僅只有極少數幾個人而已。世宗繼位中興，想建立萬世宏業，那麼，朝廷像周公那樣剛正不阿的大臣，又怎能一日或缺呢！

所以我曾經認為，士人的忠言直論，足以匡助君主正軌，扶持世道人心，使它們記載、顯揚於朝廷，恩澤被於百姓，世人口誦其詞，不斷傳播，這自然十分必要。至於那些攻擊叫罵的言辭，不被採錄，徒然地成為一時之空言，似乎用不著費心將它們記載下來，然而，文人學士仍然不斷地將它們到處傳播，這豈不是表明天下人在盼望活命的境況之下過日子實在是太長久了。有這樣一種言論，足以使亂世轉化為治世，為百姓帶來利益和安定，儘管沒有得到實施，實際上是上蒼開導其人，讓他說出世上公道之所在，後世的人讀了以後仍然會握腕擊掌，情緒激動，殷切地希望那時能用這種言論而不至於使世道敗壞。

國家太平清明，歷朝相承，到了弘治年間，老百姓安生樂業，呈現富裕的景象。如果武宗繼承其事業，不改變過去的傳統，老百姓該是多麼幸運。可是，他身邊的侍從貴戚、諂媚邪臣，隨心所欲，擾亂朝政，而皇上自己經常沉湎於「豹房」，與喜愛的女子駕著輕車成對地進出，致使後宮妃子心生愁怨，一生沒有生養子嗣之喜慶。西域僧人挾持旁門左道，宣稱能運用佛家咒語去擊退敵人，結果，像漢代樊並、蘇令之流聚眾造反的禍害不斷蔓延，無窮無盡，西漢王室成員淮南王和濟北王奪權的陰謀，也趁機發生。當時，元老大臣只是從容不迫地規勸皇上要每天一早勤理朝政，僅此而已，也都不敢嚴正地諫諍。周公奮不顧身，針對時事提出嚴格的批評，特別是他懇切地強調，應當學習堯、舜，效法父親孝宗，假如周公的諍言得到實行，天下蒼生，豈不受其福蔭？正因為這個原因，我讀周公的上疏奏章，對於本朝禍福盛衰之際的變化，未嘗不反覆思量，發出深深的歎息。周公愛好性理之學，與恭簡公魏校關係親善，所以他的兒子們都拜魏校為師。他做官期間多有值得記載的政績，這些內容寫在他的門生光祿卿陸鰲為他編撰的傳記行狀裡。

周公逝世後十餘年，他在江西提攜的人才太倉兵備副使南昌人魏良貴，前來登堂敬拜周公遺像，搜求遺稿，捐出自己的俸資刊刻行世。周公兒子士淹、士洵囑我寫序，因此謹對周公生平大節敘述並贊論如上。

【研　析】為文集寫序，著重敘述作者「生平大節」，絕少直接涉及其作品，對此，《四庫全書總目提要・玉巖集》解釋其原因是：「（周廣）文名不甚著，故歸有光序止著其生平大節，而不論其詩文之工拙。」古代文與人的關係，或人以文傳，或文以人傳，或人與文並可傳，作序者往往視其具體情況而確定序文內容的偏重所在。歸有光本文稱讚的周廣，以人品著稱，而讀了序，周廣作品文如其人的特點也似乎已經隱約可見。

本文第一部分是敘述，簡要地再現出周廣一生剛正不阿、敢言直諫的事蹟；第二部分是贊論，評議和讚美他這種端正的士風和人品。古代史傳通常由敘與贊二部分構成，本文的結構與史傳相仿，不同之處在於，史傳敘長贊短，而本文贊論部分與敘述部分的篇幅各占一半，這反映出歸有光撰寫此文帶有借人物以議論朝政時局的用意。

為了鮮明地寫出周廣的行事大節，文章通過敘述迫害方力量的強大和手段的毒辣，來完成對人物的刻畫。這種從對面形容的寫法，好比借雪寫梅，越寫得寒雪嚴重，梅花的精神就越顯得傲然挺拔。此外，作者還運用對比的手法，如說，當周廣遭遇迫害時，「行省官惕息莫敢救」；又說，當「公奮不顧身，指切時事」時，「是時元老大臣特從容勸上蚤朝而已，亦未敢端言之也。」猶如一松一草，雙方形成較然的對比，對一方的讚頌，正是對另一方莫大的諷刺。以上這些反襯、對比手法的運用，非常顯著地提高了描寫人物的效果，從而成為本文的一個寫作特色。

歸有光在〈夏淑人六十壽序〉又一次提到周廣，可與本文一起參看，他說：「有光因慨然思公之遺德，而念今之去公之世未幾也，居公之位，食公之祿，未嘗乏人也，能不婾合苟容，摧折於萬乘之威，而盡言天下之事者幾人哉！以其身試不測之區，卒保其要領而垂庥其妻子者，又幾人哉！」歸莊在該文後附識語說：「丙午歲嘉靖二十五年也。自大理大獄之後，天威益厲，群臣進言者多得罪，故有『摧折於萬乘之威』，及『保其要領』等語。府君文往往感慨時事，讀者須論其世。」歸莊指出，歸有光的文章多感慨他自己時代的「時事」，因此讀他的作品應當結合歸有光本人所處的時代和社會，方能夠理解他的心情，他的表達。這是一條很有價值的意見，閱讀本文以及其他的許多文章也當採取如此的態度。

山齋先生文集序

【題解】周鳳鳴（西元一四八九～一五五〇年），字於岐，又作于岐，號山齋，崑山（今屬江蘇）人。正德九年（西元一五一四年）進士，任刑部福建司主事，遷廣西司員外郎，進郎中，仕至大理左寺丞，嘉靖十一年（西元一五三二年）冬，御史馮恩上疏，直斥張孚敬等大臣。世宗認為他藉此發泄對「大禮議」不滿，「仇君無上，死有餘辜」（《明史‧馮恩傳》），論死。周鳳鳴疏救忤旨，被奪官削職。他立志有為於天下，居官明練，善於吏斷，時有重獄疑獄，多參與裁決。性廉隅端直，有時望，以無罪罷黜，士論多敬而惜之。罷歸十八年，雖眾臣疏薦，終不復用。事蹟詳見顧夢圭〈大理寺丞周公墓誌銘〉（《疣贅錄》卷三）。著有《東田集》、《後樂堂集》、《西曹弼教錄》、《職方奏議》。

歸有光敬重周鳳鳴的品德，在〈山齋先生六十壽序〉一文中不僅表彰他的氣節，且寄予他東山再起的期望，說「先生之所存者在天下」。然而周氏卻死了，即使他不死，也不可能得到起用。對此，歸有光在本文中深表惋惜和感慨。

本文撰於嘉靖二十九年（西元一五五〇年）以後，歸有光已過四十五歲。

今天子❶即位十年間，吾崑山之仕於朝者，遍列九卿侍從，幾與大省比❷。刑部尚書周康僖公❸與其子大理寺丞于岐，同時在位。而永嘉張文忠公❹方秉國，公父子皆以失張公意，先後罷去❺。居閒，以詩文自娛。康僖公年八十餘，而大理僅餘六十以終。

前歲，公次子太僕丞❻以《貞菴漫稿》❼見屬為序。至是，大理孫廷望還自太學❽，復請序其祖之文。余及侍康僖公，又辱大理知愛，不可以辭。

嘗讀武宗毅皇帝遺事，時寧藩不軌❾，臨安胡永清❿為按察司副使，奏事中陰⓫折之。而王府交通近倖⓬，必致胡公死地，禁繫連年。而給事中御史章⓭連上，大臣亦擁護⓮之。故遼左⓯之謫，姑以慰謝驕王⓰。卒賴朝廷清論，而一時薰天之勢，迄不能致胡公於死。

方永嘉⓱用事，御史馮恩⓲上書，歷詆大臣。永嘉與吏部汪尚書⓳尤惡其指切⓴，欲傅致㉑之死。會皇子生，將放赦。故事㉒諸司各條㉓事款，上之公卿，平議㉔其可行者，書之詔㉕中。而大理條款，類有以為馮御史地㉖。永嘉與吏部怒，大理遂去官，而馮御史亦得不死。嗟乎！直臣端士，世不可一日無，設不幸陷於罪戮，旁觀者不出力以爭之，則囚纍㉗孤臣，縻死㉘無日矣。余每論此，未嘗不流涕歎息也。

大理精於法律，或疑其文深㉙，然論議未嘗不引大體。易州㉚上巨盜二人，一人瘐死㉛，一人病。此兩人皆死，則所誣引㉜皆不能白，乃餔藥㉝之。其後獲真盜，而誣引者皆出。夷人㉞郎撦松犯邊，獲其兄子郎尚加禿，坐㉟以「親屬相容隱律」㊱，減死論，以懷㊲遠夷。薦都督馬永㊳任邊將，尚書以有前詔永不許起用，欲奏請，曰：「若奏不可，其人終不用矣。」卒薦之，朝論翕然㊴稱服。惠安伯㊵提督㊶團營㊷，尋有旨，以豐城侯㊸佐之。豐城以侯當先伯㊹，奏改勅，下兵部議。曰：「侯先伯者，常也。若上所命，則公以下宜。」皆不敢抗。其在朝可稱紀者如此。

余嘗謂士大夫不可不知文，能知文而後能知學古。故上焉者能識性命之情，其次亦能達於治亂之跡，以通當世之故，而可以施於為政。顧㊺徒以科舉剽竊之學以應世務，常至於不能措手。若大理，所謂有用者，非有得於古文乎？予故述其行事大略，以俟後之君子讀其文而求論其世㊻者。凡為文若干卷，曰山齋者，其自號也。

【注　釋】❶今天子　指明世宗朱厚熜，參見〈玉巖先生文集序〉注㉕。❷吾崑山之仕於朝者三句　據歸有光〈山齋先生六十壽序〉所記述，嘉靖早期崑山人為顯官達宦者有毛澄、朱希周、周倫、周廣、魏校、方鵬、柴奇、顧鼎臣等，故有「仕宦之邦」的稱號。九卿侍從，泛言朝廷大臣。九卿，秦漢以奉常（太常）、郎中令（光祿勳）、衛尉、太僕、廷尉、典客（大鴻臚）、宗正、治粟內史（大司農）、少府為九卿，是中央各行政機構的總稱。比，並列。❸周康僖公　周倫（西元一四六三～一五四二年），字伯明，號貞翁，崑山人。弘治十二年（西元一四九九年）進士，官御史，操履耿介，以忤劉瑾斥歸，正德中累遷南京刑部尚書。卒諡康僖。著有《貞翁稿》、《西台紀聞》等。文徵明撰有〈周康僖公傳〉，載《甫田集》卷二十八。❹張

文忠公　張璁（西元一四七五～一五三九年），字秉用，後賜名孚敬，字茂恭，號羅峰，永嘉（今浙江溫州）人。「大禮議」力持繼統不繼嗣之說，世宗大悅，超拜翰林院學士，以禮部尚書兼文淵閣大學士輔政，卒贈太師，謚文忠。張璁樹黨逐異己，與士大夫結怨甚深，然他嚴於律己，多有政績。著有《禮記章句》等。❺公父子二句　周倫論事忤張璁意，遂被罷去。馮恩疏斥張璁被論死，周鳳鳴卻申救之，亦被逐。❻公次子太僕丞　周倫三子：周鳳鳴、周鳳起、周鳳來。此指周鳳起。❼貞菴漫稿　當是周倫的文集。❽太學　古代設於京城的最高學府。❾寧藩不軌　寧王朱宸濠叛亂。參見〈玉巖先生文集序〉注(53)。❿胡永清　臨安（今浙江杭州）人，弘治六年（西元一四九三年）進士，官刑部郎中、按察副使。因向朝廷揭發朱宸濠陰謀，被誣下獄，謫遼左，後得釋歸。⓫陰　暗中。⓬王府交通近倖　謂寧王朱宸濠勾結明世宗身邊寵信的權貴。⓭章　奏章。指言官上疏論救胡永清。⓮擁護　贊同。⓯遼左　遼東的別稱。明置定遼東衛，治所在今遼寧遼陽，轄區相當於今遼寧大部。⓰驕王　指朱宸濠。⓱永嘉　指張璁。⓲馮恩　字子仁，號南江，華亭（今上海松江）人。嘉靖五年（西元一五二六年）進士，授行人，擢南京御史。彗星見，劾張孚敬、汪鋐，下獄論死，減戍雷州，後赦歸，隆慶初進大理寺丞。時稱「四鐵御史」，謂其口、膝、膽、骨皆強硬如鐵。⓳汪尚書　汪鋐，字宣之，婺源（今屬江西）人。弘治十五年（西元一五〇二年）進士，累官至吏部尚書兼兵部，後被劾罷。謚榮和。⓴惡其指切　馮恩在上疏中，以張孚敬為根本彗，汪鋐為腹心彗，視其為國家的禍根。故二人對馮恩恨之入骨。㉑傅致　羅織。傅，附益。㉒故事　慣例。㉓條　逐件列出。㉔平議　評議。㉕詔　皇帝的詔書。㉖類有以為馮御史地　似有為馮恩說話的。㉗囚纍　囚犯。㉘糜死　死亡。糜，毀壞。㉙文深　即「深文」，指引用法律嚴苛。㉚易州　今河北易縣。㉛瘐死　囚犯在獄中因受刑、飢寒或患病而死。㉜誣引　誣告攀引無辜者入罪。㉝餔藥　餵食和治療。㉞夷人　古代漢人對西北少數民族輕蔑的稱呼。㉟坐　定罪。㊱親屬相容隱律　據《明史・刑法志一》、《續文獻通考》卷一百三十六記載，該律制定於洪武五年（西元一三七二年），次年更定。根據其法律，兄弟叔侄等親屬之間互相包庇隱瞞犯罪事實，可以減罪。同時規定，犯謀反惡逆，不適用此律。郎擀松犯邊是大惡死罪，對其侄子也作減罪處理，是屬於特殊的寬大。㊲懷　懷柔；籠絡；安撫。㊳馬永　字天錫，遷安（今屬河北）人。正德十三年（西元一五一八年）累官至都督同知。善治兵，重視利用間諜，戰屢勝。上書明世宗乞宥「大禮議」獲罪諸臣，被屏廢。由於大臣交章推薦，重新起用，卒於軍。《明史》卷二百十一有傳。㊴翕然　一致貌。㊵惠安伯　張偉，永城（今屬河南）人，充總兵官，仕至太子太傅，封惠安伯，嘉靖十四年卒，謚靖襄。㊶提督　統領。㊷團營　明朝自土木堡之役後，京軍三大營（五軍、三千、神機）遭受重大損失。景泰中，於謙從三營中選精兵十萬，分十營集中操練，稱團營。嘉靖時罷團營，恢復舊制。㊸豐

城侯　李旻，直隸定遠（今屬安徽）人。李彬後裔。嘉靖初襲封豐城侯，嘉靖十年卒。㊹侯當先伯　《明史・職官志五》：「公、侯、伯，凡三等，以封功臣及外戚。」侯的爵位比伯高。㊺顧　可是。㊻讀其文而求論其世　《孟子・萬章下》：「頌其詩，讀其書，不知其人可乎？是以論其世也。」

【語譯】當今天子即位十年以來，我們崑山人在朝廷做官的，遍及在皇帝身旁的九卿大臣和侍從，幾乎可與大省相比。刑部尚書康僖公周倫與他的兒子大理寺丞周於岐，同時都居於官位。永嘉人文忠公張璁把持朝政時，周公父子皆因為與他意見相左，先後被罷黜而離開朝廷。閒居期間，以吟詩作文自娛。康僖公活了八十餘歲，而大理寺丞僅六十餘歲就去世了。

前年，周公次子太僕丞囑我為《貞菴漫稿》作序。現在，大理寺丞的孫子周廷望從京城太學回家，又請我為他的祖父寫序文。我曾侍候過康僖公，又得到過大理寺丞的謬愛，對此自然義不容辭。

過去曾經讀武宗皇帝的遺事，當寧王朱宸濠圖謀叛亂之際，臨安人胡永清當時任按察司副使，他寫奏章暗中向朝廷作了舉報。寧王府勾結武宗身邊得寵的權貴，定然要置胡公於死地，將他囚禁多年。當時給事中、御史都不斷遞上奏章，為他申辯，大臣們也表示贊同和支援。所以後來將胡公貶謫到遼東，以此給了驕橫的寧王一點面子。最終依靠朝廷上正直的輿論，寧王那怕一時氣焰熏天，到最後也達不到置胡公於死地的目的。

張璁執政時，御史馮恩給皇帝上書，對各位大臣一一進行抨擊。張璁與吏部尚書汪鋐對於他的攻擊尤其感到憎惡，欲羅織罪名，將他害死。適逢皇子誕生，將實行大赦。按照從前的慣例，所有的部門都將有關的事項報告給公卿，由公卿評議，選定其中可行的內容，寫入皇帝的詔書。大理寺丞周於岐獻上的條款，似有為馮恩說話的意思，張璁和汪鋐勃然動怒，大理寺丞因此遭到罷免，而馮御史也得以不死。此事真令人感歎啊！正直的官員和人士，世上是一天也不可缺少的，倘若有人不幸陷入死罪，旁觀者不出力為他們抗爭，那麼囚犯和罪臣，就會被不斷地處死，沒完沒了。我每當議論到這一類事情，未嘗不為之流涕，為之歎息。

大理寺丞精通法律，有人嫌他引用法律嚴苛，其實他論理議事未嘗不是從大的方面進行判斷。易州解押上來二個大盜犯人，一個死於獄中，一個患上重病。如果這兩人都死了，被誣告入獄的人就再也不能挽回自己的清白，大理寺丞於是就為他餵食，給他醫治。後來捕獲了真正的盜賊，遭誣告而入獄的人都獲得了釋放。西北少數民族郎撦松侵犯邊境，抓獲了他侄子郎尚加禿，援用「親屬互相包庇隱瞞條律」，對他作免去死罪的減刑處理，以示對邊遠少數民族懷柔安撫的用意。他推薦都督馬永出任邊防將領，尚書則提出皇帝過去對馬永曾有永遠禁止起用的詔書，想以此為由上奏反對，他說：「如果上奏反對的話，該人就終身不得復用了。」最後他還是向朝廷推薦，此事獲得朝廷輿論一致稱讚和佩服。惠安伯張偉統領團營，不久又下聖旨，令豐城侯李旻佐助張偉。李旻提出，侯的爵位比伯高，應當居先，上奏要求修改任命，此奏章發下到兵部討論。大理寺丞說：「侯居伯之先，這是一般的情況。如果是皇上的任命，則李旻公以居下為宜。」別人皆不敢表示反對。他在朝為官時可以受到稱頌和記載的言行，都類似於此。

我曾經說過，士大夫不可以不知曉文義，能知曉文義，然後才能知道學古。如此，上者能夠識得性命的道理，其次也能夠瞭解治亂的歷史，將這些與現實相結合，從而可以在自己從政時加以實施。可是世人僅僅用科舉考試、剽竊模擬的一套手段應付世務，遇到事情經常束手無策。像大理寺丞周於岐，他有用於世的本領，難道不是從古代文獻中得來的嗎？我所以敘述他一生大略的事蹟，為了讓以後的君子讀他文章時，能夠瞭解他所處的時代。此書文章一共若干卷，「山齋」是他的自號。

【研　析】「以緘默為老成，以謇諤為矯激」（馮恩語，引自《明史》本傳），歸有光對這種庸俗的士風極其鄙薄，他的許多文章都是為了激勵和培養士人的正氣而作，以為士人該站出來講話的時候就應該講話，不應該畏縮，明哲保身。本文思考的一個問題是，當像馮恩這樣的「直臣端士」「不幸陷於罪戮」時，其他人怎麼辦？是袖手旁觀，還是出力相爭？通過這一考驗，可以清楚看出人們的心態。歸有光稱讚周鳳鳴疏救馮恩，雖然因此得罪皇帝、大臣而遭奪官，卻使「囚纍孤臣」免於一死，他代表了「朝廷清論」，其精神是官員和士人中最寶貴的。

周鳳鳴不僅品德清正，而且「精於法律」，善於斷事，議論符合大體。對此，歸有光採取與詳寫他疏救馮恩不同的方法，僅用簡筆略舉四事，證明他精明、幹練的吏能。一詳一略，合而觀之，周鳳鳴全人具備。其實寫他吏能也是從側面寫他的品德，二者互為補充。歸有光〈張貞女獄事〉中曾寫到一個所謂「老法司」，以精於法律惑人，行枉法妄為之實，助紂為虐，欺壓良民，自己從中漁利。兩人同樣是主持獄事的官，品性的高尚和卑汙、光明和陰暗，相懸如同天地。

文章最後，忽生「士大夫不可不知文」的議論，好似空穴來風，實是續接文章開頭周鳳鳴後人請序之意，然作者又並非徒以此為呼應之筆，而是藉此疊瀾興濤，矛頭直指「徒以科舉剽竊之學以應世務」，面對實際問題卻「不能措手」的俗士以及培養這種俗士的八股制度。於是本文最終結穴到崇尚古文古學，貶斥時藝俗學。以闢一新境為結束，是文章避弱之法，有力者用之，可以產生豹尾之效。

雍里先生文集序

【題　解】顧夢圭（西元一五〇〇～一五五九年），字武祥，世居山雍里，因以為號，崑山（今屬江蘇）人。嘉靖二年（西元一五二三年）進士，任刑部浙江司主事、南吏部郎中，歷升廣東布政司參議、福建按察使、江西右布政使，託病乞致仕。他在〈採石訪李白祠〉詩裡詠道：「不戀華池供奉地，甘作遐荒放逐臣。」懷抱由此可見。他蒞官清勤，曾撰〈應詔陳言疏〉、〈乞停止採珠疏〉等，要求革除時弊。呂柟以梅花比擬他的為人（見歸有光〈雍里顧公權厝誌〉），當時以為佳話。王慎中〈像贊〉稱他，「有不可奪之氣而示之以弱，有不可罔之智而守之以愚，有不可窮之辯而處之以默，有不可量之積而藏之以無。」素有文名，著《疣贅錄》九卷、《續錄》二卷，《入蜀稿》二卷。《四庫全書‧疣贅錄》提要評顧夢圭的詩文「皆平正通達，直抒胸臆，無鉤章棘句之習」，「蓋當有明中葉風氣初更，學問移於姚江（王守仁），而文章未移於北地（李夢陽），猶沿長沙（李東陽）舊格者。」

歸有光一方面稱讚顧夢圭識時達變，關注世用，一方面又肯定他的文章道勝旨遠，重視根本而不以枝葉相炫耀，表達了他對從政和文章的看法。《疣贅錄》卷首載有本文，根據文末題署，作於嘉靖三十三年（西元一五五四年），歸有光四十九歲。

雍里先生少為南都❶吏曹❷，歷官兩司❸，職務清簡，惟以詩文自娛。平居❹，言若不能出口❺，或以不知時務疑之。及考其蒞官❻所至，必以經世為心，殆非碌碌❼者。嗟夫！天下之俗其敝久矣。士大夫以媕婀❽雷同、無所可否❾為識時達變，其間稍自激勵[10]，欲舉[11]其職事，世共訾笑[12]之，則先生之見[13]謂不知時務也固宜。予讀其應詔陳言所論天下事[14]，是時　天子厲志[15]中興之治，中官[16]鎮守歷世相承不可除之害，竟從罷去。昔人所謂文帝之於賈生所陳，略見施行矣[17]。當強仕[18]之年，進位牧伯[19]，為外臺[20]之極品[21]，亦不為不遇。而遂投劾[22]以歸。家居十餘年，閉門讀書，恂恂[23]如儒生。考求六經[24]、孔、孟之旨，潛心大業，凡所著述，多儒先之所未究。至自謂甫[25]弱冠[26]入仕，不能講明實學[27]，區區[28]徒取魏、晉詩人之餘，摹擬鍛鍊以為工，少年精力耗于無用之地，深自追悔，往往見於文字中，不一而足。暇日以其所為文，名之曰《疣贅錄》。予得而論序之。

以為文者，道之所形也。道形而為文，其言適與道稱[29]，謂之曰「其旨遠，其辭文，曲而中，肆而隱」[30]，是雖累千萬言，皆非所謂「出乎形，而多方駢枝於五臟之情者」[31]也。故文非聖人之所能廢也。雖然，孔子曰：「天下有道，則行有枝葉；天下無道，則言有枝葉。」[32]夫道勝，則文不期少而自少；道不勝，則文不期多而自多。溢于文，非道之贅哉？於是以知先生之所以日進者，吾不能測矣。錄凡若干卷，自舉進士至謝事[33]家居之作皆在焉，然存者不能什一[34]，猶自以為疣贅云。

【注　釋】❶南都　明成祖遷都北京後，仍稱南京為南都，保留完整的政府機構。❷吏曹　吏部。曹，古代分科辦事的衙門或部門。❸兩司　布政使和按察使的合稱。布政使為一省最高行政長官，按察使主管一省的司法。❹平居　平時。❺言若不能出口　指寡言少語，性格沉靜。❻蒞官　就官職。蒞，到。❼碌碌　平庸無能。❽媕婀　依違阿附。❾可否　判斷是非去取。❿激勵　發憤。⓫舉　振興。⓬訾笑　譏笑。⓭見　被。⓮其應詔陳言所論天下事　顧夢圭任南吏部郎時，應詔論六事，尤其對朝廷派宦官監督各地鎮守將官之危害的論述，非常犀利，明世宗因此下令撤還宦官。陳言，陳述主張。⓯厲志　銳意；磨礪意志。⓰中官　宦官。⓱昔人所謂二句　班固《漢書・賈誼傳贊》：「追觀孝文，玄默躬行，以移風俗，誼之所陳，略施行矣。」此處用漢文帝採納賈誼某些方面的政見，類比明世宗對顧夢圭一些革弊主張的實施。⓲強仕　四十歲的代稱。⓳牧伯　指州郡長官，古之太守。⓴外臺　外官，與朝官相對。㉑極品　最高的官品。㉒投劾　呈遞彈劾自己的文書。這是古代棄官的一種方式。㉓恂恂　溫順恭謹貌。㉔六經　儒家六部經典，即《詩》、《書》、《禮》、《易》、《春秋》、《樂》。㉕甫　才。㉖弱冠　古代男子二十歲成人，行加冠禮，弱冠即快加冠的年齡。後也稱男子二十或二十幾歲的年齡為弱冠。㉗實學　切實的學問。㉘區區　微末小事。㉙稱　相符。㉚其旨遠四句　引《周易・繫辭下》中的話。「曲而中」二句，原文作「其言曲而中，其事肆而隱」。曲，委曲。中，中正。肆，放縱。隱，伏藏。㉛出乎形二句　《莊子・駢拇》：「附贅縣疣出乎形哉，而侈於性。」「多方駢枝於五藏之情者，淫僻於仁義之行。」意謂身上多餘的肉塊和長出的毒瘡（贅、疣），並非人天生所有；在人的自然性情（「五藏之情者」）外，再提出種種德行的要求，這是多此一舉。歸有光引用《莊子》的話，肯定合道有益尚用的文章決然地不同於文字垃圾。方，「旁」的通假字，歧出。駢枝，並生枝連的足趾和手指。㉜孔子曰五句　引語出自《禮記・表記》。鄭玄注：「行有枝葉，所以益德也；言有枝葉，是眾虛華也。」枝葉，比喻滋生的事物。㉝謝事　指辭官。㉞什一　十分之一。

【語　譯】雍里先生早年任官職於南京吏部，又分別在布政使和按察使二個部門供職，職務清簡，惟以吟詩作文自娛。平時，他好像不能言辭似的，因此有人以為他不知時務，對他的能力表示懷疑。然而，從他做官的經歷來看，他每到一地都非常關心經世致用，絕對不是碌碌無為者。令人歎息呀！天下的風俗已經敗壞很久了。士大夫以阿附雷同、不置可否為識時務，知世變，一旦有人稍為發憤，想做好自己職務內的事情，天下的人就一起譏笑他，在這樣的風氣下面，先生被人認為不識時務是必然的。我讀他應詔上書論述天下事務，當時天子銳志中興事業，對於宦官擔任一方鎮守之職這一歷朝不可革除的弊端，終於採納其建議而加以廢止。情況略如古人所謂，漢文帝對於賈誼的陳述，一般都接受和施行了。在他四十歲時，晉升為州郡長官，這是地方上最高一級的官職，也不能說在仕途不順達。然而，他卻遞交辭呈離開了宦途。

他居家十多年，閉門讀書，溫順恭謹猶如儒生。探求儒家六經，以及孔、孟的旨義，潛心於學術大業，他所編撰的著作，多是從前儒者缺乏研究的。他甚至這樣說自己，才二十歲就進入了仕途，不能探明切實的學問，只是徒然地學魏、晉詩人流傳下來的作品，模擬並刻意構思、組織，追求工巧，以此為滿足，少年時代的精力都耗費在這些無用的事情上，為此深感後悔，這類文字常常流露在他的作品裡，不一而足。閒暇時他將自己所撰文章編成一集，取名為《疣贅錄》，我得到後寫這篇論作為序。

我以為，文章由道構成。道由無形成為有形，這就是文章，所以，其語言所表述的正好與道相符合，這樣的文章可以稱之為「其旨義深遠，其語言文雅，婉曲而中正，恣肆而含蓄」，它們雖然千言萬語，都並非所謂「形體所產生，多有心神情性之外而旁出的駢連指趾」。所以，文章並非是聖人所能拋棄的東西。儘管如此，孔子說：「天下有道，則實際的行動多；天下無道，則修飾的文字多。」道占上風，不期望修飾之文少它自然會少；道居下風，不期望修飾之文多它自然會多。修飾之文溢出實際需要，難道不是道的贅疣嗎？由此可以肯定，先生將來一天天進步到什麼程度，是我所不能預測的。文集所錄一共若干卷，從中進士到辭官居家各個階段的作品都包括在書裡，然而所保存的還不足全部作品的十分之一，先生還認為這些是贅疣吶。

【研　析】假如把一個人比作一本書，那麼他可能經常處在被別人誤讀的狀態。據歸有光本文及〈雍里顧公權厝誌〉所述，顧夢圭雖然中有主見，蒞官「必以經世為心」，只因為他「為人敦重」，「自奉如寒素」，不隨便苟同，「言若不能出口」，便被別人以為「不知時務」。而真正的「碌碌」無才之輩，只因為他們善於投機取巧，「媕婀雷同，無所可否」，反而被認為是「識時達變」。發生這樣的誤讀，表明世俗籠罩在集體的偏見之下，其結果必然是對人物揚抑相反，褒貶顛倒。〈雍里顧公權厝誌〉感歎「世之能成其志者蓋少也」，原因之一，當是正直而有志的人們其前程受到了世人這種誤讀的阻抑。歸有光對這樣的敝俗深表痛恨，對因此而受到傷害的正人君子同情倍至。

歸有光在文中還談了對詩文的看法。他堅持道形文生的觀點，認為文是道自然結出的果實，離開了道，「雖累千萬言」，都是「駢枝」。這雖是為說明顧夢圭何以翻然追悔早年「區區徒取魏、晉詩人之餘，摹擬鍜鍊以為工」的心情，以及解釋他何以將文集取名為《疣贅錄》的原因，同時也代表了歸有光對文學的一種真實認識。它看似對文學帶有消極的傾向，其實不然，歸有光這樣的否定其著眼點還是在於對文學積極的建設，只不過他所期望的文學，是「其旨遠，其辭文，曲而中，肆而隱」的傑構，而不是徒然溢於文辭，僅僅以「枝葉」相炫耀的無真實生命的劣作。

「言若不能出口」與「應詔陳言所論天下事」、「著述，多儒先之所未究」與「摹擬鍜鍊」、有道之文與「疣贅」、「枝葉」，每相對照，如雙鏡照身，胸背皆現，寫人、議論因此都顯得充分而飽滿。

五嶽山人前集序

【題　解】陳文燭（西元一五三五年～？），字玉叔，號五嶽山人，沔陽州（今湖北沔城）人，嘉靖四十四年（西元一五六五年）進士，歷任大理評事、淮安知府、四川提學副使、福建按察使右布政使、江西左布政使官，終南京大理寺卿。致仕歸鄉後，常與親故飲酒賦詩於五嶽山房。著有《五嶽山人集》、《二酉園文集》、《淮安府志》等。陳文燭交遊甚廣，尤與後七子一派互為聲氣，在當時頗有文名。

歸有光與陳文燭及其父親皆有交情，且與陳文燭同舉進士，心頗相契。文章反對當時文壇盛行的擬古、效顰之風，主張學古應當基於作者本然，與古人自然相合。這是歸有光始終未渝的文學立場。

據《二酉園文集》卷首所載本文題署，知作於隆慶四年（西元一五七〇年），次年歸有光去世，是他晚年的作品。

余與玉叔別三年矣。讀其文，益奇。余固鄙野❶，不能得古人萬分之一，然不喜為今世之文。性獨好《史記》❷，勉而為文，不《史記》若也。玉叔好《史記》，其文即《史記》若也。信夫人之才力有不可強者。

夫西子病心而矉其里，其里之醜人亦捧心而矉其里。其里之富人見之，堅閉門而不出；貧人見之，挈妻子去之而走❸。余固里之醜人耳。若有如西子者而為西子之矉，顧不益❹美也耶？故曰「知美矉而不知矉之所以美」❺。夫知《史記》之所以為《史記》，則能《史記》矣。故曰：「喙鳴合，與天地為合，其合緡緡。」❻甚矣，文之難言也。每與玉叔抵掌❼而談，相視而笑。今見其煒煒❽爾❾，洋洋❿爾，纚纚⓫爾，別之三年而其文之富如此，能《史記》若也。

荊楚⓬自昔多文人。左氏之傳⓭，荀卿之論⓮，屈子之騷⓯，莊周之篇⓰，皆楚人⓱也。試讀之，未有不《史記》若也。玉叔生于楚，其才豈異于古耶？先是，以其稿留余者逾月，似以余為知者，而命之題其後。昔韓退之才兼眾體，故敘樊紹述則如樊紹述，敘柳子厚則如柳子厚⓲。余不能如玉叔也，況《史記》耶？夫苟能如玉叔，則亦里之捧心者⓳也。隆慶庚午⓴五月五日。

【注釋】❶鄙野　粗魯少文。❷史記　司馬遷著，紀事上起傳說中的黃帝時代，迄於漢武帝，是一部紀傳體通史名著，也是後世古文家推崇的典範作品。❸夫西子病心六句　東施效顰的故事見《莊子．天運》。西子，西施。子，用於對男子的美稱，也可用於女子。病心，心病痛。矉，同「顰」。蹙眉。里，鄉里。挈，攜。妻子，妻子及兒女。去，離開。走，跑。❹益　更加。❺知美矉而不知矉之所以美　引自《莊子．天運》。謂鄉里醜女徒然地效仿，卻不知西施為何美麗的真實原因。❻喙鳴合三句　語出《莊子．天地》。意謂鳥獸的鳴叫不是矯揉做作的，牠們合乎天然。喙，鳥獸的嘴。緡緡，無心的樣子。❼抵掌　二人互相拍著手掌，表示坐得很近，談話投機。❽煒煒　明亮；鮮麗。❾爾　然；樣子。❿洋洋　盛美。⓫纚纚　編次有條理。⓬荊楚　指楚國。西周時楚人立國於荊山一帶，故楚別名「荊」。戰國時楚國的疆域西北到武關（今陝西尚縣東），東北到今山東南部，南到洞庭湖以南，東南到今江蘇和浙江。⓭左氏之傳　左丘明為《春秋》作傳，名《左傳》。⓮荀卿之論　荀子，參見〈荀子序錄〉注❶。他撰有〈天論〉、〈正論〉、〈禮論〉、〈樂論〉等文。⓯屈子之騷　屈原〈離騷〉。⓰莊

周之篇　莊子名周。《莊子》一書有內篇七篇，外篇十五篇，雜篇十一篇。⑰皆楚人　閻若璩《潛邱劄記》卷六〈與石企齋書〉：「按荀卿，趙人，但晚為楚蘭陵令耳。莊周，劉向曰：『宋之蒙人也。』蒙城在商邱城外，正宋地，於楚何涉？」所言甚是。然歸有光所用「楚人」一詞所指寬泛，荀子曾仕楚，莊子處宋，間於齊楚，故都籠統稱為楚人。⑱昔韓退之三句　韓愈，字退之。樊紹述，樊宗師（西元七六六？～八二四年），字紹述，河東（今山西永濟西）人。唐代古文家，文風奇澀怪異。柳子厚，柳宗元，與韓愈並稱古文大家。韓愈撰有〈南陽樊紹述墓誌銘〉、〈柳子厚墓誌銘〉，他為了顯示出傳主不同的文風，這二篇墓誌銘的風格也各不相同，一近樊文，一近柳文。⑲里之捧心者　指效顰西施的鄉里醜婦。⑳隆慶庚午　西元一五七〇年。隆慶，明穆宗年號（西元一五六七年至一五七二年）。

【語　譯】我與玉叔分手已經三年。讀了他的文章，感到作得比從前更加奇瑰美妙。我固然鄙陋缺少文理，所學還不及古人萬分之一，然而不願意跟隨風氣寫現在流行的文章。我一生最喜好《史記》，然而當自己撰文時，雖然努力卻寫得不像《史記》。玉叔也喜好《史記》，他的文章風格則與《史記》相近。一個人的才氣和能力無法勉強，這是千真萬確的事！

西施患有心疾才皺眉含愁，她同鄉的醜女子卻也去效仿西施，整天捂著胸口，皺眉作態。鄉裡的富人見到她這副樣子，把家門關得緊緊的不願意出來，窮人見到她的樣子，便帶著妻子、小孩逃離了家鄉。我簡直就像是一個鄉村裡的醜女子。如果有個姑娘長得像西施一般嬌好，又能模仿西施愁眉不展的姿態，她不是變得更加美麗了嗎？所以人們說：「只知道皺眉的樣子美，卻不明白皺眉為何美的道理。」假如知道了《史記》之所以成為《史記》的道理，大概文章也能夠寫得像《史記》一樣出色了。所以人們又說：「鳥獸張嘴鳴叫，合乎大自然的天籟，這完全是出於無心。」要理解寫文章的道理，真是太困難了！我過去常常與玉叔促膝而坐，討論文章，互相發出會心的共鳴和笑聲。現在讀他的文章，辭色明麗，氣象雄壯，井然有序，離別三年以來他的創作竟如此奇麗豐富，能和《史記》一樣了。

楚國自古以來就誕生了許多文人。左丘明為《春秋》作傳，荀子擅長論說，屈原吟唱〈離騷〉，莊子有內外雜篇，他們都是楚人。請將這些作品取來讀一讀，沒有哪一種寫得不像《史記》的。玉叔從小生長楚地，他的才華怎麼會與古人殊異不合呢？在此之前，他將書稿放在我這裡已經一月多，似以為我瞭解他的作品，囑咐我寫一篇序文。以前韓愈能夠把各種風格的文章都寫得十分出色，所以他為樊宗師寫墓誌銘，文風一如樊宗師；為柳宗元寫墓誌銘，文風又一如柳宗元。可是我連玉叔文章的風格也寫不像，更何況是《史記》呢？話又說回來，假如寫的文章真像是玉叔的，那麼我也就變成那個效顰的鄉村醜女子了。

【研　析】陳文燭極力推崇《史記》，自己作文以《史記》為模範。他在〈古文短篇序〉裡說：「少，余讀《史記》，見其長於敘事，而論贊尤奇，竊歎六籍以後，善用長，又善用短，惟司馬氏哉！」歸有光也標榜「性獨好《史記》」，二人對古文有相同的嚮往和追求。然而陳文燭與王世貞等後七子也保持著很深的關係，文學上互為呼應，因此他的模範《史記》也很可能被擬古者利用來傳播和擴大其一派的文學主張。王世貞稱賞道：「玉叔文亡論所究極，庶幾司馬、左氏哉。不屈闕其意以媚法，不骫骳其法以殉意，裁有擴而縱有操，則既亦彬彬君子矣。」（〈五嶽山房文稿序〉）正透露出這樣一絲消息。作為陳文燭的好友，歸有光為他的文集寫序，一方面明確肯定他學習《史記》的成就，另一方面又從反對擬古傾向的立場去總結他學習《史記》的經驗，以顯示不同於七子表彰陳氏的主張和態度。「知《史記》之所以為《史記》，則能《史記》」；肯定作者應當自然而非刻意地去追求與自己的學習對象相「合」，這些見解是全篇的主腦。歸有光認為，似《史記》在神不在形，所以他說《左傳》、《荀子》、〈離騷〉、《莊子》「未有不《史記》若」，如果以形似而論，這就非常不好理解了，但如果從神似方面體會他說的這句話，也自有其道理。對於朋友，歸有光寓諷於勸。如說西施矉而更美，里人矉而更醜，話裡有話，耐人尋味。又如先肯定像《史記》勝於不像《史記》，結束卻又嘲諷學某人求似某人。這些地方，語氣似藏還露，欲吐又吞，筆法微為曲轉。對友人流露一腔忠厚，同時又真誠護持文學的原則，使二者相得益彰。

沈次谷先生詩序

【題解】歸有光〈跋小學古事〉稱「吾里沈次谷先生」，又說：「次谷雖不仕，亦何愧于古之所謂可以為塾師者耶？」知沈先生是歸有光同鄉，也是崑山人氏，而且沉淪鄉閭，不曾進入仕途。他喜好詩歌，曾經將蒙學書籍《小學古事》裡面記載的人物事蹟演為歌詩，「頗雜以方俗語，使閭巷婦女童稚皆能知之。」（〈跋小學古事〉）歸有光雖然不以詩歌見長，但是他對詩歌顯然有自己的期待，那就是「出於情」。沈次谷「巖處」而懷著「高尚之志」，這為他所同情；作詩「率口而言」，「憫時憂世」，這又為他所贊成。不妨說從沈次谷身上，歸有光看到了自己的一部分影子。因此也可以將本文當作作者為自己所立的一幀側影照。

余少不自量，有用世之志，而垂老❶猶困於閭里❷，益不喜與世人交，而人亦不復見過❸。獨沈次谷先生數數❹過予，必以其所為詩見示，而商確其可否。先生今年七十有八，耳目聰明，筋力強健，時獨行道中。人至山麓水涯，及佛、老之宮❺，往往見之。蓋先生同時人多凋謝，興之所寄，徒獨往耳，無與俱也。

一日，先生手自編平生所作凡若干卷，俾❻余序其首。

夫詩之道，豈易言哉！孔子論樂，必放鄭、衛之聲❼。今世乃惟追章琢句、模擬剽竊、淫哇浮艷之為工，而不知其所為，敝❽一生以為之，徒為孔子之所放而已。今先生率口而言，多民俗歌謠，憫時憂世之語，蓋大雅君子之所不廢者。文中子❾謂：「諸侯不貢詩，天子不採風，樂官不達雅，國史不明變，斯已久矣，《詩》可以不續乎❿？」蓋《三百篇》之後，未嘗無詩也。不然，則古今人情無不同，而獨於詩有異乎？夫詩者，出於情而已矣。

次谷知詩者，敢并以是質之。而其巖處高尚之志，世路艱危之跡，見于其《自序》者詳矣，故不論。

【注　釋】❶垂老　年紀將老。垂，將。❷困於閭里　指未能進入仕途。閭里，里巷。❸見過　來訪。過，訪問。❹數數　頻繁。❺佛老之宮　佛寺和道觀。老，老子，道家的創始人，道教將他奉為教主。❻俾　使。❼孔子論樂二句　《論語・衛靈公》：「鄭聲淫。」〈陽貨〉：「惡鄭聲之亂雅樂也。」放，排斥；拒絕。鄭衛，鄭國和衛國。根據古人的說法，這兩國的音樂淫慢放縱，沒有節制，與雅正音樂格格不入。❽敝　消耗。❾文中子　王通（西元五八四～六一七年），字仲淹，門人私謚文中子，絳州龍門（今山西河津）人。著有《文中子》，亦名《中說》。❿諸侯不貢詩六句　語出《文中子・問易篇》。意思是說，古代列國向王貢獻頌歌，朝廷有采詩之官，樂官制歌以符合雅道，國史則究明政治得失變化的跡象，可是這些傳統已經丟失很久，現在是到了恢復《詩經》傳統的時候。

【語　譯】我年輕時自不量力，懷著經世濟民的抱負，然而如今行將衰老，依然困頓潦倒在里巷，更加不愛與世人打交道了，世人也不再到這裡來找我。惟獨沈次谷先生常常來造訪，每次來必定帶著他自己寫的詩歌給我看，一起商榷得失。先生今年已經七十八歲，耳聰目明，筋力強健，時常獨自一人在路上行走。有人在山麓下，河水邊，或者在佛寺、道觀，往往能遇見他。因為先生同時的人多已經不在人世，他隨著自己興趣所至，隻身獨往，沒有人可以作為伴侶。一天，先生將他平生寫的詩歌親手編成若干卷，讓我寫篇序文置於書前。

詩歌的原理，豈容易講述清楚！孔子論音樂，非常強調必須嚴禁淫靡放蕩的鄭、衛之音。時下的文人卻只愛好雕章琢句，摹擬剽竊，把淫麗浮豔當成佳作，而不知道他們這樣做，用一生的精力去追逐的，最後得到的僅僅是一些為孔子所禁絕的東西而已。如今先生隨口唱吟的詩歌作品，多是反映真實民俗的歌謠，以及同情時代、憂患世道的詩句，這些都是識見高超的人士所不會否定的。王通說：「諸侯不貢獻詩歌，天子不派人采風，朝廷樂官不懂得什麼是雅樂，國家史官不明白變遷的道理，這樣的狀況已經持續很久了，《詩經》的傳統難道還不應該得到恢復嗎？」自從《詩經》三百篇以後，世上的詩歌並沒有消失。不然的話，古今的人情無不相同，難道惟獨詩歌是例外？詩歌，是人類感情的流露。

次谷是懂詩歌的人，因此我敢於冒昧地以上述的內容向他請教。而他甘心居住在荒僻的山鄉，堅持高尚的志向，以及他一生所經歷的種種艱難危困，都在他的〈自序〉裡有詳細的敘述，我就不必多言了。

【研　析】歸有光這篇序文寫了一個被邊緣化的詩人。他無緣進入仕途，一生沒有與光榮沾邊；歲月使他蒼老，隨著同時人相繼逝去，身邊的友朋也越來越少；他喜愛寫詩，詩歌的觀念和手法卻是傳統的，與「追章琢句、模擬剽竊」的時風不相吻合，所以知音很少。他雖然存在，可是默默無聞到誰也不會去注意他。他無疑是孤獨、可憐的。然而，他實在並不以為自己有什麼不幸。他獨行道中，與山水自然為伴，倘佯於佛寺道觀之間，感到精神上無限的滿足。他寫詩不是為了去贏得手握褒貶權力的大師稱讚，而是為了記述民間存在的疾苦，將心裡的幾句真情話表達出來，而對於時人很在意的其他什麼，他不放在心上。所以，他其實很充實、很驕傲，一點都不渺小，相比之下，值得可憐的反而倒是處於熱鬧場中、忘乎所以的那些俗人。文章最終似乎想說明，不是別人將這位詩人邊緣化了，而是這位詩人將別人邊緣化了，表現出孤獨者一種卓拔的力量。歸有光在這篇序文的構思上，運用了互襯的方法，讓作者本人與筆下的這位詩人交替出現，借彼形此，借此寫彼，猶如跫響迴盪於空谷，看似只寫一個人，其實寫了兩個人的遭際和精神，筆墨相當經濟，同時，又妥帖地形容出志同道合者心心相印的同情之誼。

史論序

【題解】遺石先生，崑山人，歸有光姻親，任黃岡教諭。歸有光小時候曾跟隨他學業，他很器重歸有光，從開始交往之日起，就對歸有光抱有很高的期望。他教書，好讀書，尤其喜愛讀史書，這反映他對用世之學的高度重視，與當時不出時文眼光的群儒自有迥然之別。歸有光對遺石先生的經世精神十分讚賞，本文為他所著《史論》一書作序，特別揭出和強調他身上的這一可貴的特點，同時，對士子只顧埋頭八股，對史學「益廢不講」的風氣提出了尖銳的批評和嚴重的擔憂。

西漢以來，世變多故❶，典籍浩繁，學者窮年❷不能究❸。宋世❹號稱文盛，當時能讀史者，獨劉道原❺。而司馬文正公嘗言：「自修《通鑑》成，惟王勝之一讀，他人讀未終卷，已思睡矣。」❻今科舉之學❼日趨簡便，當世相嗤笑❽，以通經學古為時文之蠹❾，而史學益廢不講矣。

遺石先生自少耽嗜❿史籍，倣古論贊⓫之體，為書若干萬言。而先生尤自珍祕⓬，不肯輕以示人。往歲司教⓭黃岡⓮，時時與客泛舟赤壁⓯之下，舟中常持《史論》數卷。會督學使者將至⓰，先生浮江出百里迎之。舟至青山磯⓱，風波大作，船幾覆，但⓲問從者：「《史論》在否？」與司馬公所稱孫之翰事絕類⓳。

之翰之書，得公與歐、蘇二公而後大顯於世⑳。先生自三五㉑載籍㉒迄於宋亡，綿絡㉓千載，非止有唐一代之事。東坡所謂暗與人意合者㉔，世必有知之矣。

有光為童子㉕時，以姻家㉖子弟獲侍几杖㉗。先生一見，以天下士㉘期之。俛仰㉙二十餘載，濩落㉚無成，恐遂沒沒㉛，有負先生之教。而先生之門人㉜，往往至大官。方㉝在黃岡，一時藩臬㉞出西陵㉟，執弟子禮，拜先生於學宮㊱，諸生㊲歎異之。而今閩省右轄秦君鰲尤篤師門之義㊳，每欲表章㊴是書而未及也。

先生語予曰：「予為序吾書，然勿有所稱述，第㊵言其人平生無他好，獨好讀書，老而不倦也。」予受命唯唯㊶，退而謹書之。

【注釋】❶多故　多患難、動亂。❷窮年　畢生。❸究　窮盡。❹宋世　宋朝。❺劉道原　劉恕（西元一〇三二～一〇七八年），字道原，筠州（治今江西高安）人。官至祕書丞。參與編撰《資治通鑑》，遇到史實紛雜難治之處，多由他處理解決。❻而司馬文正公五句　司馬文正公，司馬光，諡文正，主持修《資治通鑑》，簡稱《通鑑》。嘗，曾經。引文見《宋史》卷二百八十六〈王益柔傳〉（附〈王曙傳〉）。司馬光原話是，「自吾為《資治通鑑》，人多欲求觀，讀未終一紙，已欠伸思睡。能閱之終篇者，惟王勝之耳。」王勝之，王益柔，字勝之，官終應天府知府。史稱其好學。一讀，通讀一遍。❼科舉之學　科舉考試的內容和方法。❽嗤笑　譏笑。❾蠹　危害。❿耽嗜　酷愛。⓫論贊　附在史傳、經文之後總結性的話。贊，助，明，也是評注之文體。史贊往往表達褒貶的看法。⓬珍祕　珍視而密藏。⓭司教　指擔任教諭。司，主持。⓮黃岡　屬今湖北。⓯赤壁　在湖北黃岡城西北江濱，其山形狀如壁，有赤紅色。一名赤鼻磯。蘇軾曾遊此地，寫了前、後〈赤壁賦〉和〈念奴嬌・赤壁懷古〉詞，誤以此地為三國發生赤壁之戰的地方。⓰會督學使者句　會，遇到。督學使者，上級派出巡查教學事務的官員。⑰青山磯　在武昌府江夏縣（今屬湖北武漢）東北，濱臨長江。⑱但　只。⑲與司馬公所稱句　司馬光〈書孫之翰唐史記後〉記載：孫之翰著《唐史記》甚自重，用專門的箱笥緘藏其稿。他對家人說：「萬一有水火兵刃之急，佗貨財盡棄之，此笥不可失也。」一次住宅失火，他急忙回家，問：「《唐書》在乎？」得知書稿未受損，「乃悅，餘無所問」。孫之翰，孫甫（西元九九八～一〇五七年），字之翰，陽翟（今河南禹縣）人，官至天章閣待制侍讀。性勁果耿亮，善於持論。時人言：「終日讀史，不如一日聽孫之翰論也。」《唐史記》，編年體唐史，七十五卷。作者又取其中善惡分明，可以殷鑒者，著之為論，名《唐史論斷》，簡稱《唐論》。《唐史記》後不傳。絕類，極像。⑳得公與歐蘇二公句　司馬光之外，歐陽修〈尚書刑部郎中充天章閣待制兼侍讀贈右諫議大夫孫公墓誌銘〉、蘇軾〈答李廌書〉對孫甫的《唐史記》、《唐史論斷》也作了高度評價。㉑三五　三王五帝。㉒載籍　記載於書。㉓綿絡　綿延。㉔東坡所謂句　蘇軾〈答李廌書〉肯定孫甫《唐史論斷》「議論英發，暗與人意合者甚多。」㉕童子　童生。明朝凡習舉業的讀書人，沒有通過考試取得生員（秀才）資格以前，無論年齡大小，習慣上皆稱童生。㉖姻家　聯姻的家族或其成員。㉗獲侍几杖　意思謂得以與自己尊敬的人接近。獲，得到。侍，陪從；侍候。几杖，用器具代指人，表示敬意。几，案。㉘天下士　才德非凡的人。㉙俛仰　浮沉；坎坷。㉚濩落　淪落失意。㉛沒沒　沒有成就，默默無聞。㉜門人　弟子。㉝方　當。㉞藩臬　藩司和臬司。明朝布政使和按察使的並稱。㉟出西陵　指乘船出蜀川到中原。西陵，從秭歸的香溪到宜昌的南津，全長約七十四公里，是長江三峽最長的一個峽。蘇徹《黃州快哉亭記》：「江出西陵，始得平地，其流奔放肆大，南合湘沅，北合漢沔，其勢益張，至於赤壁之下，波流浸灌，與海相若。」描繪的正是出西陵峽至黃州的長江形勢。㊱學宮　學舍。㊲諸生　學生。㊳而今閩省句　閩省，今福建省。右轄，右參議，官名。明代在布政使下設左右參議，以分領各道。秦鰲，字子元，崑山人。嘉靖五年（西元一五二六年）進士，官終福建右參議。㊴表章　表彰，此指刊行。㊵第　僅。㊶唯唯　答應、服從的聲音。

【語譯】自從西漢以後，世事多變，動盪頻繁，記載歷史的典籍浩如煙海，學者畢其一生都無法將這方面的書讀盡。宋朝號稱是崇文的時代，當時能讀史書的，惟獨只有劉恕一人。司馬光曾經說：「自從《資治通鑑》編成以後，只有王益柔通讀過一遍，別的人還沒有讀完一卷，就已經開始打瞌睡了。」現在的科舉之學與從前的學問相比更加趨於簡便，今人嘲笑古人，將通經學古看成是對時文的危害，這樣一來，史學就更加遭到人們遺棄，不再談論。

遺石先生從早年起就酷愛史書，仿照古代史書一類論贊體，寫了若干萬字的書稿。先生對於自己的著作非常珍視，祕而藏之，不肯輕易示人。往年在黃岡主持教諭，經常與來客一起駕舟於赤壁之下，舟中常常隨身攜帶《史論》數卷。一次，適逢督學使者將到黃岡來，先生乘船行江到百里之外去迎接他。船行至青山磯，風浪大作，船幾乎傾覆，他只是問隨從的人：「《史論》在嗎？」與司馬光稱讚孫甫的事如出一轍。孫甫所著《唐史記》，由於受到司馬光及歐陽修、蘇軾二公的揄揚而聞名於世。先生所著自三王五帝的記載至宋朝滅亡，前後關涉千餘年歷史，不止是唐朝一代的史事。蘇東坡稱讚《唐史記》中的論述令人首肯，此書亦是如此，世上必定會有認識它價值的人。

有光還是童子生時，因為是姻親的關係，得以有機會跟從先生。先生一見到我，就期待我成為天下之士。坎坷浮沉二十餘年，淪落失意，沒有成就，恐怕這樣下去默默無聞，辜負了先生的教誨。而先生的學生，不少都做了大官。他還在黃岡時，當時的布政使和按察使坐船行出西陵峽，執弟子之禮，到學堂來拜謁先生，秀才們見了，都為之驚歎詫異。如今福建省右參議秦鰲尤其看重師門的恩義，一直想刊行《史論》而尚未實現。

先生告訴我：「你為我的書寫一篇序，然而不必稱讚什麼，只要說寫這本書的人平生沒有其他愛好，惟獨喜歡讀書，至老而不知疲倦。」我恭敬地接受了囑咐，從先生家退出，敬作序文。

【研析】史部一直受到經世派的高度重視，然而在八股考試這根指揮棒的調動下，士人們讀書染上了極強的功利色彩，以為史學不過是迂曲之學，不能直接為他們的科舉應試帶來「利潤」，反而只會妨礙他們修習時文，於是史學越來越被文人疏遠，這實際上反映出八股制度下的文人對經世之學採取了越來越淡漠的態度。歸有光〈史論序〉針砭明代文人的這種習氣，強調學習史部的重要性。其實他重視《史記》的傳統，也並非只是著眼於學其「文」，我們聯繫他批判時文、提倡史學來思考這個問題，才能完整理解他的思想。歸有光認為科舉之學導致史學的衰落，後來黃宗羲在〈補歷代史表序〉裡也說：「自科舉之學盛，而史學遂廢。」這顯然受到了歸有光的影響。

文章記及司馬光、歐陽修、蘇軾論孫甫的舊事，借孫甫以形遺石先生，以此勸慰遺石先生，「世必有知之矣」。歸有光一生極其可貴的精神在於，當舉世滔滔，陷於洪流之中時，他總是能夠堅持自己的信念，不為動搖，勉人待己都是如此。他寫自己：「惟九經諸史，先聖賢所傳，少而習焉，老而彌專，是皆吾心之所固然，是以樂之，不知其歲年。」（〈几銘〉）自述的志趣與《史論》作者遺石先生完全相同，二人可謂志趣相投，所以本文從某種意義上也可以說是歸有光對自己精神的寫照。

末段述遺石先生的話，這是歸有光最擅長的寫法。它的特點就是，寫人物大品格偏不從大處落筆墨，偏寫一些小事或簡單的事，卻最能顯出一個人的胸襟懷抱，最能表現出一個人的血肉身軀。遺石先生的話與〈為善居銘〉所錄陶震生前為自己所撰的墓誌銘，都脫棄枝葉，落盡豪華，一樣的真質可愛。

卓行錄序

【題解】程汝玉，休寧（今屬安徽）人。他從各種史籍中摘取行為卓異人物的傳記資料，分類編排，著為《卓行錄》一書。其書不傳。歸有光在這篇序裡，著重為「狂狷」性格的人作了辯護。這類人物在一般人的認識中，往往因為他們偏離「中行」而遭到指責。歸有光則認為，他們勝過「鄉愿」萬萬，更非「寡廉鮮恥」之徒可以望塵，表彰這些人物，可以起到「扶翊綱常，警世勵俗」的作用。這既反映出歸有光的性格，也代表了他的一種思想。

昔古聖人之治天下，既先之以道德，猶懼民之不協於中[1]，而為之禮以防之。上之賞罰注措[2]，凡治民之事，無一不歸於禮。極而至於用刑，亦曰「制百姓於刑之中」[3]而已。

孔子以布衣[4]承帝王之統，不得行於天下，退與其門人修德講學，始以仁為教。然至于其高第弟子[5]與當世之名卿大夫[6]，其於仁，孔子若皆未之輕許。而其告顏淵以「克己復禮為仁」[7]，則孔子之論未始有出於禮者也。但古之聖人以禮教天下，使君子小人皆至焉。若孔子之於其學者，獨教其為君子之事，以治其心術之微[8]，固禮之精者而已矣。然孔子終亦不以深望於人，故曰：「不得中行之士而與之，必也狂狷乎❾？」中行者，其所至宜及於仁，而於狂狷之士，孔子蓋未之深絕❿也。故於逸民⓫之徒，莫不次第⓬而論列之。至其孫子思⓭作《中庸》⓮，其為論甚精，而其法尤嚴，使世之賢者稍不合於中，皆為聖人之所棄，而鄉愿⓯之徒，反得竊其近似，以惑亂於世。孟子知其弊之如此，故推明孔子之志，而於鄉愿尤深絕之⓰。由此言之，至於後世，苟不得乎中行，雖太過之行，豈非君子之所貴⓱哉？若狐不偕⓲、務光⓳、伯夷、叔齊⓴、箕子㉑、胥餘㉒、紀他㉓、申徒狄㉔，寧㉕與世之寡廉鮮恥者一槩而論也？

自司馬遷、班固㉖而下，至范曄㉗而有〈獨行〉㉘之名，第取其俶詭異常㉙之事，而不為科條㉚。《唐書》〈卓行〉之外，又別有〈孝友傳〉㉛。大氐㉜史家之裁制㉝不同，所以扶翊㉞綱常，警世勵俗，則一㉟而已矣。

國家有天下二百年，金匱石室㊱之藏，不布於人間，亦時時散見於文章、碑志㊲及稗官之家㊳。休寧程汝玉雅志㊴著述，頗為剽摘㊵而彙別㊶之。凡為書若干卷，名之曰《卓行錄》。雖不盡出於中行，要之不悖㊷於孔子之志，故為序之云爾。

【注釋】❶不協於中　不符合中正的要求。❷注措　措施。❸制百姓於刑之中　語出《尚書・呂刑》。百姓，百官。孔穎達疏：「令百官用刑，皆得中正，使不僭不濫，不輕不重。」❹布衣　百姓。此指無權位。❺高第弟子　優異的學生。第，等次。《史記・孔子世家》說，孔子有弟子三千，其中身通六藝者七十二人。高第弟子則指七十二人中特別優秀者。❻卿大夫　西周、春秋時國王及諸侯所分封的臣屬，擔任重要職務。❼而其告顏淵一句　《論語・顏淵》：「顏淵問仁。子曰：『克己復禮為仁。』」顏淵，名回，字子淵。孔子學生。身居陋巷，簞食瓢飲而不改其樂。克己，約束自身。❽微　細微；細小。❾不得中行之士二句　《論語・子路》：「子曰：不得中行而與之，必也狂狷乎？」意謂假如世上沒有中正之士，降而求其次，一定是與狂狷之人同處。中行，行為符合中正的人。狂狷，果於進取謂狂，有所不為謂狷。❿深絕　嚴加拒絕。⓫逸民　超脫世俗的人。⓬次第　先後次序。⓭子思　孔伋，相傳曾經從曾子受業，他的門人又是孟子的老師，稱思孟學派。⓮中庸　相傳子思撰。原是《禮記》中的一篇，宋代把它與《論語》、《孟子》、《大學》合稱「四書」。⓯鄉愿　鄉間貌似謹厚其實混淆是非的人，指看似有德其實無德者。《論語・陽貨》：「子曰：鄉原，德之賊也。」⓰孟子知其弊三句　孟子斥鄉愿的話，見《孟子・盡心》下。⓱貴　尊重。⓲狐不偕　姓狐，字不偕。相傳他不接受堯禪讓，投河而死。⓳務光　夏朝人，湯將天下讓於他，不受，負石自沉於廬水。⓴伯夷叔齊　商時孤竹君的兩個兒子，父死，二人皆不肯嗣位。周代商，隱於首陽山，不食周粟而死。㉑箕子　商紂王的諸父，因諫紂王被囚禁，周滅商後獲釋放。㉒胥餘　一說是箕子的名字。又說是伍員，字子胥，吳王夫差臣，忠諫不從，抉眼而死，屍沉於江。㉓紀他　商湯時的逸人，恐湯讓天下於自己，便帶著弟子逃離，最後陷於窾水而死。㉔申徒狄　商湯時人，聽說湯讓天下，擔心受牽累，投河死。㉕寧　豈能。㉖班固　字孟堅，扶風安陵（今陝西咸陽東）人，東漢史學家，著《漢書》。㉗范曄　字蔚宗，順陽（今河南淅川東）人，南朝宋史學家，著《後漢書》。㉘獨行　《後漢書》卷八十一為〈獨行列傳〉，是范曄新的創立。他說明為何立〈獨行傳〉的原因：「雖事非通圓，良其風軌有足懷者。……其名體雖殊，而操行俱絕，故總為〈獨行篇〉焉，庶備諸闕文紀志漏脫云爾。」㉙俶詭異常　奇異不凡。㉚不為科條　不加分類。科條，謂分類整理成條款、綱目。㉛唐書二句　後晉劉昫撰稱《舊唐書》，其中有〈孝友傳〉，無〈卓行傳〉。宋代歐陽修、宋祁等撰稱《新唐書》，有〈卓行傳〉和〈孝友傳〉。㉜大氐　即大抵；大都。㉝裁制　體裁；體制。㉞扶翊　扶持；輔助。翊，通「翼」。輔佐；護衛。㉟一　同樣。㊱金匱石室　用金做的匱，用石砌的室，是古代收藏書契文獻的器具並加以保管的地方。㊲碑志　墓誌。㊳稗官之家　小說家。㊴雅志　平素有志於。雅，向來；平素。㊵剽摘　摘錄。㊶彙別　彙集、分類。㊷悖　違反。

【語譯】從前聖人治理天下，首先推行道德教化，猶且擔心人民不能歸之於中正，所以另一方面，又設立禮加以防範。執政者制定的賞罰措施，凡是關係治民的事務，沒有一項不歸結到禮。甚至於像最嚴重的行刑之事，也規定說：「令百官用刑，只求符合中正而已。」

孔子以一介布衣而繼承聖王的道統，卻無法在天下實行，便退而為學生培養道德，講解學問，開始用仁進行教育。然而即使是他優秀的學生，及當時著名的卿相大夫，孔子也似乎不曾輕易地以仁相許。他告訴顏淵，「仁就是克己復禮。」這樣看來，孔子的主張學說並沒有脫離禮的範圍。可是，古代聖人用禮教誨天下所有的人，為的是讓君子和小人各自都能夠達到。而孔子所教，只教育人們如何成為一個君子，著眼於對人的心術防微杜漸，此固然是禮教精微之所在。儘管如此，孔子其實也並非對每個人都抱著很高的期望，所以說：「如果世上沒有中正之士，降而求其次，一定是與狂狷之人同處吧？」中正之士，他們努力的話應當可以達到仁的境界，而對於狂狷之士，孔子並沒有過多地給予拒絕。所以對一些超脫世俗的人，無不依次加以論述。到他的孫子子思撰《中庸》，立論極其精確，而持法非常嚴格，如果世上的賢人稍有不合中正的地方，就都被聖人排斥在外，而無是非的鄉愿先生之流，反而被以為有某種相似而受到寬容，從而使世上的是非發生混亂。孟子發覺了這個弊端，所以闡明孔子的本意，對於無是非的鄉愿先生斥逐尤其堅決。由此說來，到了後世，如果達不到中正的標準，即使做出過頭的行為，難道不應當受到君子尊重嗎？像狐不偕、務光、伯夷、叔齊、箕子、胥餘、紀他、申徒狄，怎麼能夠將他們與寡廉鮮恥之徒一概而論呢？

從司馬遷、班固以後，到范曄《後漢書》才創立〈獨行列傳〉，只是記取奇異不凡的事，而不加以分類。《新唐書》於〈卓行傳〉之外，又別立〈孝友傳〉。大體來說，史家的體制雖然有所不同，借此輔翼綱常，警世勵俗，則是完全一致的。

國家建立至今已經有二百年，朝廷珍貴的藏書雖然未在人間流傳，不過也經常散見於文章、墓誌以及小說家寫的作品裡。休寧人士程汝玉一向懷著著述的志向，很注意摘錄這些材料，加以分門別類。所著書若干卷，取書名為《卓行錄》。書裡所記述的人雖然不全符合中正的要求，總的來說，他們並不違背孔子的思想。所以我為他這部書作序。

【研　析】歸有光認為，古代聖人以道德治天下，輔之以禮和刑，但是那時候衡量人的尺度還是寬的。孔子教人為仁而不輕許人以仁，因為「仁」境實難企及，不能「深望於人」，因此他對於「狂狷之士」採取了寬容的態度。取人之法趨於嚴厲是從《中庸》開始的，作者對不合「中」的人嚴厲拒排，致使卓立獨行之士遭到世俗歧視，而「鄉愿之徒」反被當作賢人受到尊敬，這一流弊至孟子深斥「鄉愿」才被認識到。歸有光通過這樣的釐清之後，得出結論：「苟不得乎中行，雖太過之行，豈非君子之所貴哉?」這是一篇的主腦。「四書」在明代有很高的思想地位，作為「四書」之一的《中庸》，自然也備受推崇，歸有光以上的議論顯出與時論不同的見解，難能可貴。文章中提到「狐不偕」等八人，出於《莊子・大宗師》，然而莊子批評這些人，「是役人之役，適人之適，而不自適其適也。」歸有光對他們的評價不同於莊子，肯定他們孤立特行，不屈從權勢和名利，所以他們的人格是崇高的，值得社會的同情和尊敬。本文對於理解歸有光的散文創作也有其意義。他的散文多為失志者立傳，同情他們選擇與眾不同的生活道路，理解他們偏離世俗的情感傾向，結合他在本文中的論述，可知他的散文這些特點不是偶然形成的。

正俗編序

【題　解】龔世美，崑山人。他早年起就在同學中享有盛名，卻與科舉功名無緣。歸有光對他懷著敬重之心，稱他為自己的「畏友」。本文是為龔世美所著《正俗編》撰寫的序，著重回憶友人的舊事。不僅表達對朋友的同情，而且也是為朋友深感驕傲。因為歸有光明白，遇不遇不足以論一個人是否成功，更不足以論其人是否值得尊敬。

文云：「茲余從事中秘。」歸有光留京掌內閣制敕房在隆慶四年（西元一五七〇年），序撰於該年，歸有光六十五歲。

龔君世美，余之畏友❶，卓然自立者也。先輩吳三泉先生❷善品題❸人物，不輕許可，獨愛敬君。嘗手錄其舉業文字❹，示門人曰：「諸君焉能及此？」龔君亦慕先生行高❺，嘗介先生友沈世叔請師之❻。先生駭然❼曰：「龔君，吾願為之執鞭❽而不可得，是何言耶？」既見，延❾之上坐❿，定為賓友⓫而退。一時名士⓬若李中丞廉甫⓭，常冀⓮龔君一晤，莫能得。龔君偶過⓯之，至馳柬⓰報同列⓱曰：「龔君過我矣。」其見重若此。

歲庚戌⓲，余自春官⓳下第⓴歸，龔君以〈海潮歌〉見慰。余嘆異之，其辭壯偉，直追太白〈廬山行〉㉑，余豈能及哉？頃余自長興改順德㉒，龔君以文送之，則敘事去㉓太史公㉔不遠矣。余謂今秀才㉕如龔君絕少。往來者皆聞余言，不誣也。

茲㉖余從事中秘㉗，龔君寓書，勉余以聖賢事業。頗自嗟其不遇，因示余以所作〈六事衍詩〉、〈四禮議〉、〈居家四箴〉，屬余序。余覽之，蓋皆風教㉘所關，乃余有官者之責，龔君獨惓惓㉙焉，余復奚㉚辭？夫知龔君莫若余。是作也，人能知之；人不知者，余能言之。略述龔君夙昔㉛，而為之序。

【注釋】❶畏友　在道德學問上能規勸砥礪，令人敬重的朋友。❷吳三泉先生　歸有光曾從其學，自稱門生。他也甚重歸有光，「每以古人相期」，以為與歸有光談論如「飲醇」。《震川先生別集》卷八收有〈與吳三泉〉書信十二通。以上引文見之七、之十。吳三泉死後，歸有光曾協助編輯其遺集。參見〈與吳三泉〉。❸品題　品評。❹舉業文字　科舉應試的文章，指八股文。❺行高　品行高尚。❻嘗介句　曾經通過沈世叔介紹請吳三泉先生做老師。嘗，曾經。之，指吳三泉先生。❼駭然　吃驚貌。❽執鞭　持鞭駕車。表示做卑賤的差役。❾延　邀請。❿上坐　亦作「上座」。受尊敬的席位。⓫定為賓友　結成賓客朋友的關係。⓬名士　名望高的人。⓭李中丞廉甫　李憲卿（西元一五〇六～一五六二年），字廉甫，號西川子，崑山（今屬江蘇）人。嘉靖十七年（西元一五三八年）進士，授南京吏部主事，官終巡撫湖廣左副都御史。屢上疏諫罷採辦大木，人以為難。事蹟詳歸有光〈通議大夫都察院左副都御史李公行狀〉。中丞，官名。漢代御史大夫的屬官有中丞，明人稱副都御史為中丞。⓮冀　希望。⓯過　訪問。⓰馳柬　飛快地送信。⓱同列　同僚、朋友。⓲庚戌　嘉靖二十九年（西元一五五〇年）。⓳春官　禮部的通稱。因科舉為禮部的專職，故以「春官」指會試。⓴下第　科舉考試不中。㉑太白廬山行　李白，字太白，與杜甫並稱的偉大詩人。廬山行，可能指李白〈廬山謠寄盧侍御虛舟〉，此詩感情濃郁，氣勢奔放。行，歌，樂府詩的一種。㉒頃余自長興改順德　頃，前不久。歸有光由長興知縣改任順德府馬政通判的時間是隆慶二年（西元一五六八年），次年夏五月赴任。長興，今屬浙江。順德府，治所在今河北邢臺。㉓去　離開；距離。㉔太史公　司馬遷，繼父親司馬談之職，任太史令。㉕秀才　才華穎異者。㉖茲　現在。㉗從事中秘　歸有光隆慶四年（西元一五七〇年）在北京留掌內閣制敕房，纂修《世宗實錄》。中秘，宮廷珍藏圖書文物的地方。㉘風教　風化；教化。㉙惓惓　誠懇貌。㉚奚　疑問詞，何。㉛夙昔　從前；往事。

【語譯】龔君世美是我的畏友，他卓異於眾，迥然自立。先輩吳三泉先生善於品評人物，不輕易讚揚一個人，惟獨對龔君倍加敬重。曾親手謄錄他的八股文，向自己的門生展示說：「諸位怎麼寫得到這樣的水平？」龔君也敬慕先生的高尚品行，曾經通過先生的朋友沈世叔，請求拜他為師。先生一聽，驚駭地說：「龔君，我甘願為他執鞭駕車都求之不得，這說的是哪裡的話呢？」與龔君相見，請他坐上座，最後大家訂為朋友關係才算了結此事。當時的名士像副都御史李憲卿，曾希望與龔君會晤一次，都沒有機會。龔君假如偶爾去訪問李憲卿，他便趕緊寫信告訴他的同僚、朋友，說：「龔君來訪問我了。」他就是這樣受人們敬重。

嘉靖二十九年，我參加進士考試，落第而歸，龔君寫了一首〈海潮歌〉寬慰我。我十分欣賞這首詩，語言壯偉，直追李白的〈廬山謠寄盧侍御虛舟〉，我怎麼能比得上呢？前不久，我從長興縣改任順德府，龔君撰文送我此行，至此他敘事的本領距離司馬遷已經不遠了。我曾經說，如今的秀才像龔君這樣才華顯異的人實在太少。這句話圈子裡的人都聽說了，它一點都不誇張。

現在，我在內閣制敕房掌筆事，龔君來信，用聖賢的事業勉勵我。他對自己坎坷不遇頗流露感傷的心情，還寄給我他撰寫的〈六事衍詩〉、〈四禮議〉、〈居家四箴〉，囑我作序。我讀了這些作品，都是有關教化的內容，這本來是我們做官的人承擔的責任，現在惟有龔君在真誠地關心這些事情。我又怎麼能推辭呢？誰都不及我對龔君的瞭解。這些作品，別人都能明白；而別人不知道的，我也能說清楚。敘述龔君大致的往事，作為本書的序言。

【研析】寫龔君文才出眾，卓然自立，先證之於人，再證之於己，是謂二重證明法，讀者由此如親接其人，歷歷了然。這是歸有光記人散文經常運用的方法。文中寫李憲卿冀望龔世美來訪而不可得，偶爾訪問之，「至馳東報同列曰：『龔君過我矣。』」作者不用平鋪直敘法，而是從言語口吻表現出龔世美受人尊重的程度，從而使講敘變板為靈，惟妙惟肖。這種寫法與宗臣〈報劉一丈〉描述拜謁者從權貴家出來，「馬上遇所交識，即揚鞭語曰：『適自相公家來，相公厚我，厚我！』且虛言狀。」二者有異曲同工之妙，然歸文意在讚頌，宗文旨在諷刺，二人對自己筆下的人物褒貶迥異，而寫作手法相同，生動也略約相近。

西王母圖序

【題解】《山海經》記載的西王母，是一種樣子像人，長著虎齒豹尾，蓬髮而善嘯的動物。然而在古代典籍和民間傳說中，西王母更經常是作為一位女神出現的。她常常被製成畫像，作為獻給年長女性祝壽的禮物。歸有光這篇文章也是為一幅以西王母為題材的祝壽圖寫的序，主要表示，神靈怪異在有無之間，其實很難說。文章最後聯繫明世宗信奉神仙，到處祭祀鬼神，則作者對神靈的某種懷疑，顯然是有所指的。

歸莊對此文有一個說明：〈西王母圖序〉有兩種文本，其一就是本文，其二是為王世貞兄弟所作。二者差別是文章起結的文字不同，其他主要內容一樣。本文是原作，為王氏兄弟所作的則是抄贈。同一篇文章贈予不同的對象，由此可見作者對自己這篇作品的鍾愛。歸莊又說，抄贈予王氏兄弟的文本，其中有這樣一句話：「時人未能喻其旨。」歸莊解釋道：「蓋嘉靖間陶、邵諸方士並進，上頗惑於神仙，故太僕府君借題立論。觀者忽之，故云未喻其旨也。」這可以幫助我們理解文章的旨趣所在。

新安鮑良珊❶客❷于吳❸，將歸壽其母❹，作西王母之圖，而謁予問瑤池之事❺。

予觀《山海經》❻、《汲冢竹書・穆天子傳》❼稱西王母之事，信❽奇矣。秦始皇東遊海上❾，禮祀❿名山大川及八神⓫，求蓬萊、方丈、瀛洲三神山⓬，傳⓭其物⓮、禽獸盡白，而黃金、銀為宮闕⓯。然終身不得至，但⓰望之如雲而已。

漢武帝諸方士言神仙若將可得[17]，欣然庶幾[18]遇之。穆王身極西土[19]，至崑崙之丘[20]，以觀春山之瑤[21]，乃秦皇、漢武之所不能得者，宜其樂之忘歸。造父何用盜驪、騂騮、騄耳之駟，馳歸以求區區之徐偃王[22]？穆王豈非所謂耄[23]耶？

《列子》[24]曰：穆王觴[25]瑤池，「乃觀日之所入，一日行萬里。王乃歎曰：『嗚呼！予一人[26]不足于德而諧[27]于樂，後世其追數[28]吾過乎？』」穆王蓋[29]有悔心矣。然又曰：「穆王幾[30]神人哉。能窮當世之樂，猶[31]百年乃殂[32]，後世以為登遐[33]焉。」《傳》[34]云：天子西征，宿于黃鼠之山，至于西王母之邦。執圭璧[35]，好獻[36]錦組[37]，西王母再拜[38]受之，觴瑤池之上。遂驅升[39]于弇山[40]。乃紀丌[41]跡于石，而樹[42]之槐，眉[43]曰「西王母之山」。《山海經》曰：玉山，西王母山也，在流沙之西[44]。而博望侯使大夏，窮河源，不覩所謂崑崙者[45]。此殆[46]如武陵桃源[47]，近在人世而迷者也。《武帝內傳》[48]云：帝齋[49]承華殿[50]中，有青鳥[51]從東方來，集[52]殿前。上問東方朔[53]，朔曰：「此西王母欲來也。」頃之，西王母乘紫雲輦[54]，駕五色龍上殿。自設精饌[55]，以柈[56]盛[57]桃，帝食之甘美。夫武帝見西王母于甘泉、栢梁、蜚簾、桂館[58]間，視穆王之車轍馬跡周行天下，不又逸耶？豈公孫卿所謂「事如迂誕，積以歲年，乃可致」耶[59]？然史云：「候伺神人，入海求蓬萊，終無有驗。」[60]則又何也？史又云：「時去時來，其風肅然。」[61]豈神靈怪異有無之間固難言也？

莊生[62]有言：「夫道在太極之先而不為高，在六極之下而不為深，先天地生而不為久，長于上古而不為老。西王母得之，坐乎少廣，莫知其始，莫知其終。」[63]子其歸而求之，西王母其在子之黃山[64]之間耶？今天子[65]治明庭[66]，修黃帝之道[67]，西王母方[68]遍現中土[69]，人人見之。穆滿、秦、漢之事[70]，其不足道矣。

【注釋】❶新安鮑良珊　新安，隋大業三年（西元六〇七年）改歙州置郡，後世以新安為歙州、徽州（治所皆今安徽歙縣）所轄地的別稱。此指歙縣。鮑良珊，不詳。❷客　旅居。❸吳　古國名，建都於今江蘇蘇州。❹壽其母　為母親祝壽。❺謁予問瑤池之事　謁，拜見。瑤池之事，周穆王、西王母於瑤池設宴的故事。瑤池，傳說崑崙山上的池名，西王母所居之地。❻山海經　約成書於秦、漢之間，作者不詳，多記載地理、神話、物產、風俗等傳說的內容。❼汲冢竹書穆天子傳　晉太康二年，汲郡（今河南汲縣）人不準偷盜魏襄王（一說安釐王）墓，得幾十車竹簡，共計七十五篇，其中一篇名〈穆天子傳〉。原簡早失傳。❽信　確實。❾秦始皇句　秦始皇，姓嬴名政。統一六國後，自號始皇帝，統稱秦始皇。他從統一之後的第三年開始，多次巡行今河北、山東等沿海地區。❿禮祀　按照儀式進行祭祀。⓫八神　宇宙萬物眾事的八位主宰神。《史記・封禪書》所載為：天主、地主、兵主、陰主、陽主、月主、日主、四時主。⓬蓬萊方丈瀛洲三神山　秦漢方術之士揚言：海上有三座山，名蓬萊、方丈、瀛洲，住著神仙。秦始皇相信這樣的說法，派人前去求仙。⓭傳　相傳。⓮物　物產。⓯宮闕　宮殿，樓觀。闕，宮門或城門兩側的高臺，臺上建樓觀。高臺之間有道路。⓰但　僅僅。⓱漢武帝句　意謂漢武帝時的方士以為神仙彷彿真可以求到。漢武帝，劉徹，在位五十四年。他好信神仙之說。方士，方術之士。此指自稱能訪仙煉丹以求長生不老的人。⓲庶幾　希望。⓳穆王句　穆王，周穆王，西周國王。姬姓，名滿。他曾西擊犬戎族，〈穆天子傳〉寫他西遊的故事部分由此轉化而出。極，遠到。西土，西方。⓴崑崙之丘　崑崙山，指西方極遠處的大山，高九重。傳說上居神仙，西王母即居於此。又傳說是黃河的發源地。㉑春山之瑤　春山，崑崙山中的一重高山。瑤，美玉。㉒造父何用二句　意謂周穆王何必乘著馬車，匆匆趕回國家來對付篡位的徐偃王。造父，為周穆王駕馬車的人，他的駕車技術很高超。盜驪騂騮騄耳，傳說周穆王有八匹駿馬，這是其中三匹，以少概多。駟，同駕一輛車的四匹馬。區區，小。徐偃王，相傳是東方徐國（故址今安徽泗縣）的國君。周穆王西遊時，徐偃王得到三十六國諸侯擁戴，周穆王聞訊後返回將他消滅了。歸有光〈馬政祀祠〉：「而造父幸於周穆王，得驥、溫驪、騂騮、騄耳之駟，獻之穆王。穆王使造父御，西巡見西王母，樂之忘歸。而徐偃王反，造父御穆王，日馳千里以歸，造父由此封於趙城。」㉓耄　八九十歲的老人。此謂老糊塗。㉔列子　相傳戰國時列禦寇著，原書已佚，今所傳《列子》，為魏晉人輯錄而成。其中多雜有神仙傳說故事。此處引文出自《列子．周穆王》。㉕觴　酒器。此指宴飲。㉖予一人　古代帝王自稱之詞。㉗諧　辨別，指享受。㉘追數　追究。數，責備。㉙蓋　大概。㉚幾　幾乎是。㉛猶　依然。㉜殂　死。㉝登遐　成仙。登，升。㉞傳　〈穆天子傳〉。以下引述〈穆天子傳〉的內容。㉟執圭璧　執，持。圭璧，〈穆天子傳〉作「白圭玄璧」。圭，玉製的禮器，形狀上圓下方。璧，平圓形狀、中心有孔的玉器。㊱好獻　獻禮物以結恩好。㊲錦組　色彩豔麗的絲帶。組，絲帶。㊳再拜　拜了兩拜。㊴升　登。㊵弇山　弇茲山。一說即崦嵫山，傳說是日落的地方。㊶亓　古「其」字。㊷樹　種。㊸眉　題額，意謂題在上面。㊹玉山三句　據《山海經．西山經》的內容撮合而成。其山多玉石，故名玉山。西王母山，《山海經》原文作「是西王母所居也」。流沙，沙漠。㊺博望侯使大夏三句　引用《史記．大宛列傳》裡的話。博望侯，張騫。漢武帝時，張騫出使大夏國，有功，封博望侯。大夏，古國名，在今阿富汗北部一帶。窮河源，走遍了黃河的發源地。覩，看見。㊻殆　大概。㊼武陵桃源　陶淵明〈桃花源記〉所描寫的與世隔絕的理想世界。武陵，古郡名，治所在今湖南常德西。㊽武帝內傳　即《漢武帝內傳》，署班固撰，其實是六朝人偽託。漢武帝接待西王母的故事是書裡重要的內容。㊾齋　齋戒。祭祀前整潔身心，以示虔敬。㊿承華殿　漢武帝時並無名為「承華殿」的宮殿。晉慕容熙為他妻子苻氏造宮室，名之為「承華殿」，見《晉書．慕容熙傳》。此是六朝人撰《漢武帝內傳》的一個證例。(51)青鳥　為西王母取食傳信的神鳥，後來用作信使的代稱。(52)集　棲止。(53)東方朔　西漢文學家。字曼倩，平原厭次（今山東惠民）人。官太中大夫。性格詼諧滑稽。(54)紫雲輦　紫色雲霞承托的車。輦，車。(55)精饌　精美的食物。(56)柈　同「盤」。盤子。(57)盛　放；裝。(58)甘泉栢梁蜚簾桂館　《史記．孝武本紀》載：漢武帝聽信方士的話，在長安建蜚廉、桂觀，在甘泉建益延壽觀，以候神仙降臨。甘泉，宮名，故址在今陝西淳化西北甘泉山下。栢梁，樓臺名，以柏樹為梁，在長安城中北門內，漢武帝元鼎二年春建造。(59)豈公孫卿所謂三句　公孫卿，西漢齊地人，方術之士，誘引漢武帝求仙，武帝封他為中大夫。引文見《史記・孝武本紀》。迂誕，不著邊際，與日常平凡的事情相對。60然史云四句　引文見《史記》〈孝武本紀〉和〈封禪書〉。候伺，候望。神人，神仙。61時去時來二句　《史記・孝武本紀》：「聞其音，與人言等，時去時來，來則風肅然也。」時去時來，說神仙來去蹤跡無定。肅然，形容風聲輕微而神祕。62莊生　莊子。63夫道在太極之先八句　節引自《莊子・大宗師》。道，宇宙、人世的本原。太極，最大的極限。先，上。六極，天地的四方和上下。長于上古，比上古的年代還早。得之，得到了道。之，指道。少廣，山名，在西方極遠的地方。64黃山　山名，地跨今安徽歙、黟、休寧等縣。景色雄偉秀麗，山上的雲海、溫泉、奇松、怪石稱「四絕」。65今天子　指明世宗，他迷信神仙，信用方士。66治明庭　修造祭祀鬼神的場所。67黃帝之道　此指道教。黃帝，傳說古始時代的領袖。後人將他與老子學說合稱，謂「黃老之學」。道教尊他為鼻祖。68方　正。69中土　中國。70穆滿秦漢之事　謂周穆王、秦始皇、漢武帝求仙的故事。

【語　譯】新安鮑良珊旅居吳地，將回家為他母親祝壽，畫了一幅〈西王母圖〉，來拜訪我，詢問周穆王和西王母瑤池設宴的故事。

我讀《山海經》、《汲冢竹書・穆天子傳》寫到的西王母故事，這些確實都非常奇異。秦始皇東遊到海邊，祭祀名山大川，以及主宰宇宙萬物眾事的八位神靈，尋求蓬萊、方丈、瀛洲三座神山，傳說山上的一切東西、飛禽走獸，都是白的顏色，宮闕全是黃金、白銀壘成。然而終身無法到達，只是遠遠地望見雲霧縈繞而已。漢武帝時，眾多方士談到神仙，彷彿真的可以求得似的，欣喜地期望能夠遇見神仙。周穆王親身到達遙遠的西方，登上崑崙山，藉此以觀看春山上的美玉，這是秦始皇、漢武帝沒有辦到的事情，他樂而忘歸也就非常自然。造父何必僅僅因為徐偃王造反這樣一樁小事，就非得用盜驪、驊騮、騄耳這些駿馬駕著車，載著他急匆匆地趕回來呢？周穆王難道真的是所謂老糊塗了嗎？

《列子》載：周穆王宴飲於瑤池，「於是觀看太陽落下，日行萬里。穆王因此歎道：『啊！寡人可沒有這麼高的功德，配享受如此的歡樂，後世大概會追究和數說我的罪過吧？』」周穆王可能因此而產生了悔意。然而又說：「周穆王幾乎已經是一位神人了呀。他能盡情享受當世這麼巨大的歡樂，尚且仍然有百年壽終的一日，後人卻以為他成仙升天了。」〈穆天子傳〉載：穆天子西征，住宿於黃鼠山，到達西王母的地域。他手持白圭玄璧，獻上色彩豔麗的絲帶以結恩好，西王母拜了兩拜，接受禮物，在瑤池之上設宴飲酒。於是又登上太陽沉落的弇茲山，並在其岩石上刻下事蹟，又種下槐樹，在上面題寫「西王母之山」。《山海經》載：玉山，是西王母所居之山，在沙漠西。然而博望侯張騫出使大夏國，窮盡黃河的源頭，卻沒有看到崑崙山。這好比武陵縣的桃源洞，近在人世，人們卻迷濛而不遇。《漢武帝內傳》載：武帝在承華殿齋戒，有青鳥從東方飛來，棲止於殿前。皇上問東方朔，東方朔回答：「這預示西王母就要降臨了。」一會兒，西王母乘坐紫雲車，駕著五色龍來到承華殿。她自備精美的食物，用盤子裝桃，武帝吃了覺得味道甘美。漢武帝在甘泉宮、栢梁臺、蜚簾、桂館與西王母相見，這比起周穆王坐馬車，遍行天下，不是更加舒適嗎？難道真的如公孫卿講的那樣，「事情看似不著邊際，只要積以年月，畢竟還是可以實現」嗎？然而史書說：「等候神仙降臨，出海尋找蓬萊仙山，最終都沒有應驗。」這又怎麼說呢？史書又說：「仙人一忽兒來，一忽兒走，只聽見風聲歘歘吹動。」難道是神靈怪異在有無之間，本來就是很難說的？

莊子曾經說：「道在太極之上而不顯得高，在四方天地之下而不顯得深，先於天地出現而不顯得久，比最早的時間還年長卻不顯得老。西王母得到了道，坐在西方極遠的少廣山上，不知其開始，也不知其終了。」你回家去找一找，西王母是不是在你們家鄉的黃山一帶？當今天子建造祭祀鬼神的場所，宏揚道教，西王母正在中國大地到處現身，人人睜眼就可以看到，穆天子、秦始皇、漢武帝的這些故事，已經沒有什麼稀罕了。

【研　析】歸有光懷疑、否定神仙之說，有其現實的針對性，明世宗好仙求道，擾動朝野，所以他借這篇文章流露諷喻之意。正因為文章的諷意是對著最高的統治者，所以又寫得非常含蓄和隱晦。全文對神仙的描述，似乎在有與無之間；對求仙者的經歷和體驗的敘述，也似乎在得與不得之間，沒有一處明確說出神仙不存在，或者批評求仙是妄為，不但如此，文章還似乎給人留下仙人或可遭遇，仙境或可進入的感覺。然而細細體味文章的層次及遣詞選語，如先述秦始皇「終身不得」至神山，漢武帝「庶幾遇之」而終無所遇，之後引《山海經》記敘周穆王與西王母飲酒於崑崙山瑤池，以為羨慕，似乎仙境是確實存在的，遇不遇只是在於人的運氣，然而接著又引史籍所載不睹崑崙，以及「入海求蓬萊，終無有驗」等語，予以置疑，敘述非常委婉，語氣幻而多變，從這些地方都可以感到作者良苦的用心。結束暗寓譏抑，然而措詞卻又似讚似頌，也是以文字語段表面多重的意思為外飾，流露作者對求仙所採取的保留乃至否定的確然態度。這種寫法除了是因為涉及明世宗的原因之外，也與文章是直接為〈西王母圖〉題序贈人祝壽有關，因此表達真意杳杳惚惚，讀者解與不解，兩得其便。

諷喻文直接表達諷喻的意思好寫，使諷喻文讀起來好像是在肯定其實是在批評的難寫。漢代辭賦大家司馬相如作〈大人賦〉，本意在於諷諫求仙是不現實的追求，然而賦體寫作必推類而言，極靡麗之辭，最後才透露出諷喻之意，漢武帝閱讀了這篇賦後，反而飄飄然有淩雲之志。所以當有人問揚雄：「賦可以諷乎？」揚雄回答說：「諷則已，不已，吾恐不免於勸也。」（《法言・吾子篇》）這個反諷為勸的著名例子正好說明這類文章難做。儘管如此，作者的創作意圖與作品的客觀效果其實並不是一回事。歸有光這篇文章雖然不是賦，但是在構思和表達手法上與賦體頗有相似之處，諷者讀之謂之諷，勸者讀之謂之勸，這也為讀者閱讀作品獲得豐富多彩的感受留下了寬綽的餘地。

王梅芳時義序

【題解】王肇林，字梅芳，掖縣（今屬山東）人。與歸有光同年進士，曾任吏部郎中。

在這篇為王肇林時文所寫的序裡，歸有光著重討論了人的命運問題。作者對這個問題曾經作過反覆思考，他通過自己在科舉考試中長期遭遇的坎坷經歷，深知人的命運最難預料，有時讓人覺得它彷彿存在，有時又覺得它彷彿不存在，因此，歸有光以為每一個人是否必然有預定的命運，還是很難說，沒準的事。這與王肇林所謂每個人「皆有定數」的說法，不完全相同。儘管如此，二人都對生活很有感慨。

文云：「予為令郭東，方受命過鄉郡。」歸有光於嘉靖四十四年（西元一五六五年）赴長興縣令任，作於途中，時年六十歲。

余與東萊❶王梅芳相知二十年，乙丑❷之歲，同舉進士，見之於內庭❸，執手道生平甚懽。雖在京師❹塵囂❺中，時時過從❻，坐語不覺移晷❼。梅芳論人之命運，窮達蚤晚❽，皆有定數❾，惟其所以自立者，不可以少有所失。其語亦人之所能道，而言之獨有旨❿，他人言之不能如梅芳也，以是益信其為君子。

間⓫出其所為時義⓬若干首見示。梅芳初發解山東⓭，為第一人。及試南宮⓮，即此文也，乃數詘有司⓯，至是方舉進士。梅芳之文則一而已矣，而其命運之窮達早晚所謂定數者信然。夫人之所遇，非可前知，特以其至此若有定然，而謂之數云爾⑯。曰數，則有可推⑰。夫其不可知，則適然⑱而已。雖梅芳之云數，又未有以盡之。

梅芳試政⑲天曹⑳，而予為令鄣東㉑，方受命過鄉郡㉒。而江陵周相聖㉓時在長洲㉔，亦同年相好㉕，將梓㉖梅芳之文以傳。余固㉗知梅芳之深者，因為序之。

【注　釋】❶東萊　古郡名，明代掖縣屬於古時東萊郡所轄。❷乙丑　嘉靖四十四年（西元一五六五年）。❸內庭　宮禁以內。❹京師　京城，指北京。❺塵囂　人世間的紛擾、喧囂。❻過從　訪問，來往。❼移晷　日影移動。表示時間流逝。晷，日影，比喻時光。❽窮達蚤晚　能不能進入仕途、進入仕途早還是晚。《孟子‧盡心》上：「窮則獨善其身，達則兼善天下。」窮，未入仕途，無權位。達，入仕做官。❾定數　命運。❿旨　味。⓫間　私下。⓬時義　時文；八股文。⓭梅芳初發解山東　王肇林嘉靖三十一年（西元一五五二年）在山東考中舉人。發解，中舉。⓮南宮　指禮部會試，即進士考試。⓯數詘有司　多次被考官黜落。有司，官吏，因官員各有專司的範圍，故稱。此指主持考試的官員。詘，屈抑。⓰云爾　用於語尾，表示如此而已。⓱推　推測。⓲適然　偶然。⓳試政　從政；任某方面的官職。⓴天曹　吏部。天，天官，「天官冢宰」的簡稱，《周禮》六官之一，以為是百官之長，後世以天官為吏部的通稱。曹，官府的部門。㉑令鄣東　指出任長興縣令。令，任縣令。鄣，鄣郡，秦置，治所在故鄣（今浙江安吉西北）。歸有光出任縣令的長興，位置在鄣郡東邊。㉒方受命過鄉郡　方，正。受命，接受朝廷的任命。鄉郡，指歸有光自己的家鄉。㉓周相聖　周良臣，字相聖，公安（今屬湖北）人，與歸有光、王肇林同一年中進士。江陵，指唐時的江陵府，不是明朝的江陵縣。唐上元元年（西元七六〇年）升荊州為江陵府，公安縣屬其領管。㉔長洲　縣名，今屬江蘇。㉕相好　好友。㉖梓　刊刻。㉗固　本來。

【語　譯】我與東萊王梅芳互相認識已經二十年，嘉靖四十四年，一起考中進士，相見於宮廷中，握手交談平生，甚是歡洽。儘管京城充滿紛擾喧囂，我們時時過訪來往，坐著談話不覺得時間流逝。梅芳說，一個人的命運，是否能入仕途，入仕早還是晚，這些都是有定數安排好的，只是一個人平時自修立身，那怕一丁點也不能懈怠。這種話別人也能說，而他說的特別有味道。別人講的不能與梅芳相比，因此更加相信他是一個君子。

他私下取出自己寫的幾篇時文給我看。梅芳開始考中山東舉人，為第一名。隨後參加進士考試，也是以同樣的手段寫成的文章，卻被考官多次黜落，直到現在才中進士。梅芳的時文前後並沒有什麼兩樣，而考中考不中、考中時間的早晚這些所謂預定的命運，確實讓人相信它是存在的。一個人的際遇，不能預料，只是因為到了一定時候分曉了，像是早就安排好似的，便說這是命運。說這是一種定數，則還有推測的可能。而完全不可知，則說明是一種偶然罷了。如此說來，即使梅芳說的定數，還有難以解釋的地方。

梅芳在吏部試政，而我被任命為長興知縣，正好接受任命經過家鄉一帶。公安周良臣此時在長洲，也是同一年考中進士的好朋友，他將刊刻梅芳的文章，使其流傳於世。我向來對梅芳瞭解很深，因此為文集作序。

【研　析】歸有光比較相信偶然性，覺得世上許多事情的發生、消失，人生的順利、坎坷，都可能是由於各種偶然的因素促成的，未必非如此不可。對於偶然性的問題，他在〈東隅說〉一文曾作了專門的論述，本文的見解與該文所述相吻。他對命定觀採取一定保留的態度，而他所以覺得命定論不能祛除人們的疑惑，是因為根據他的人生經驗，一個人的未來是不可預先推測的，隨時都可能會改變，而命運（數）之說則是以結果來逆推起因，以終端來解釋開始，所謂「特以其至此若有定然，而謂之數云爾。」他在本文說，王肇林一人寫作相類似的文章，或考試高中，或長期被淹抑，就說不清楚其中究竟有什麼必然性。這說的雖是一個人的仕途經歷，同時也涉及到作品評價中存在的偶然性問題，不同的讀者（負責科舉銓選的考官是特殊的讀者）對同一個人的文章可能會做出不同的評價，從而導致作品評價結論的不確定性。歸有光指出的這種偶然性現象在文學批評中普遍存在。

尚書別解序

【題解】這是歸有光為自己所著《尚書別解》一書寫的序，此書後來並未流傳。文章回憶早年讀《尚書》的情形，雖然寓有作者考試失利的一絲感慨，夾雜著些許鬱悶和無奈，整篇文章主要卻是寫讀書的愉快，並溢出作者幾分得意的傲然。畢竟他參加那次舉人考試失利，還只有二十六歲，還輸得起，不可知的未來，他有充分的信心去面對。

作於嘉靖十年（西元一五三一年）以後不久，歸有光二十六歲多。

嘉靖辛卯❶，余自南都❷下第❸歸，閉門掃軌❹，朋舊少過。家無閒室，晝居于內，日抱小女兒以嬉❺。兒欲睡，或乳于母，即讀《尚書》。兒亦愛弄❻書，見書，輒以指循行❼，口作聲，若甚解者❽。故余讀常不廢❾，時有所見，用❿著⓫于錄。意到即筆，不得留，昔人所謂「兔起鶻落」時也⓬。無暇為文章，留之箱笥⓭，以備溫故⓮。章分句析⓯，有古之諸家在，不敢以比擬，號曰《別解》⓰。

余嘗謂，觀書若畫工⓱之有畫⓲，耳目口鼻，大小肥瘠⓳，無不似者，而人見之不以為似也，其必有得其形而不得其神者矣。余之⓴讀書也，不敢謂得其神，乃㉑有意于以神求之云㉒。

【注　釋】❶嘉靖辛卯　嘉靖十年（西元一五三一年）。❷南都　南京。❸下第　此指參加鄉試，未中舉。❹掃軌　掃除車輪痕跡。比喻隔絕人事。軌，車跡。❺嬉　玩耍。❻弄　玩。❼輒以指循行　就用手指沿著書上一行行字移動。輒，則；就。❽若甚解者　好像很懂一樣。❾不廢　不止。❿用　因此。⓫著　寫。⓬昔人所謂兔起鶻落句　蘇軾〈文與可畫篔簹穀偃竹記〉：「故畫竹必先得成竹於胸中，執筆熟視，乃見其所欲畫者，急起從之，振筆直遂，以追其所見，如兔起鶻落，少縱則逝矣。」兔起鶻落，兔子剛出現，鶻鳥就從空中飛下將牠逮住。鶻，鷹一類的猛禽。⓭箱筥　指書箱。筥，圓形的竹筐。⓮溫故　《論語．為政》：「子曰：溫故而知新，可以為師矣。」溫，溫習；尋繹。⓯章分句析　對文章進行分段，並逐段逐句地講解，是經學家解說經義的一種方式。也泛指對書籍作注釋。⓰別解　與「正解」相對，表示與從前的解釋在內容和形式兩方面存在不同。⓱畫工　畫家。⓲有畫　作畫。此指繪人物畫像。⓳瘠　瘦。⓴之　助詞，置於主語和謂語之間，使句子取消獨立性，與下面的話構成完整的關係。㉑乃　卻。㉒云　句末的助詞，無義。

【語　譯】嘉靖十年，我從南京考試失利歸，閉上門，掃去門前車輪痕跡，不再出行與人交往，過去的朋友也很少來訪問。家裡沒有多餘的房間，白晝在屋裡，每日抱著幼小的女兒戲耍。孩子想睡覺時，或者母親抱去餵乳，我就讀《尚書》。孩子也喜歡玩耍書，看到書，便用手指指著字一行行移動，嘴裡一邊發出聲音，好像也很懂書中的意思似的。就這樣我時常讀《尚書》，不曾中斷，不時有所發現，便記錄下來。一旦體會到新意，即刻用筆將其全部寫出，此正是古人所謂「兔起鶻落」那一種情景。沒有空閒將它們寫成文章，就放在箱裡，以備溫故知新之用。分章析句作講解，古人這方面著作都在，我不敢與它們相比擬，因此取名為《別解》。

我曾經說過，讀書好比畫家畫像，耳目口鼻，大小肥瘦，無一處不像，而別人看了以後卻覺得不像，其中的緣故必定是畫家僅畫出了人物的形貌，卻沒有畫出人物的精神。我讀書不敢說已經獲得了書的精神，然而可以說我是在著意追求書的精神。

【研　析】本文是一篇讀書樂，寫出了作者讀書的快樂心情，以及應當用什麼態度讀書。然而作者偏從考試下第不愉快的時刻談起，娓娓道來，越說越心情開朗，越說越心滿意足，讀到終篇，不僅文章開頭作者失志不遇的陰霾一掃而空，而且還令人對作者由於下第方盡情享受自得其樂的讀書生活產生了幾分羨慕。明人徐𤊹說：「余嘗謂人生之樂，莫過閉戶讀書，得一僻書，識一奇字，遇一異事，見一佳句，不覺踴躍，雖絲竹滿前，綺羅盈目，不足踰其快也。六一公（歐陽修）有云：『至哉天下樂，終日在几案。』余友陳履吉云：『居常無事，飽暖讀古人書，即人間三島。』皆旨哉言也。」（《徐氏筆精》卷六）二人形容讀書的愉快心情，很能代表讀書人的普遍感受。然而，歸有光文中所述，與純粹消閒式的讀書不同，他讀書的時候，非常注重去發現書中的蘊義，因此字裡行間洋溢著發明和創造的欣喜。「別解」，意思即是與眾不同的理解和認識。他主張讀書不應該只是追求形貌相似，這裡包含著不以求得作品表面的意思，甚至作者的本義為滿足的看法。他強調，讀者應當努力地去發掘和豐富作品可能有的意義，並且提出自己的判斷，從而與作品的精神實現真正的融通。這種堅持遺貌求神，堅持獨立思考，重視在閱讀基礎上提出自己見解的讀書觀，體現了他重要的學術思想，也反映了他的性格特點。

文中寫幼女學父弄書，筆墨之間充滿人倫之樂，表現出孩童天真的可愛，使文章增添了情趣，與左思〈嬌女詩〉對讀，各有一番妙處。

會文序

【題解】在科舉時代，考生以文會友，聚在一起觀摩和寫作時文，包含作文競賽的意思，這稱為「文會」，在文會裡作的文章稱「會文」。會後有時也將其文章結集流傳，供其他學生揣摩。本文是為這類八股文集寫的序。

歸有光連續參加鄉試考試，皆遭失利，心情自然愉快不起來，又聽到一些風言冷語，便借此文而發「慨歎」。他批評世俗唯以中舉與否、官爵大小判斷一個人有無才能，或評價他們的文章是真璧還是碔砆。這種勢利眼光使他很生氣。他以為文章和考試，有時候是兩碼事。他想通過這一本略去作者姓名的八股文集，恢復世人失落已久的平允之心，喚醒讀者公正閱讀和評價的意識。

本文作於嘉靖十四年（西元一五三五年），歸有光三十歲。

經義❶百篇，予與諸友辛卯應試❷時會作❸也。以今觀之，純駁❹不一。然場屋取舍，又不在是也❺。後四年❻，偶見於文叔之館❼，有足以發予之慨歎者。

時之論文，率❽以遇不遇加銖兩❾焉。每得一篇，先問其名，乃徐❿而讀之，呫呫然⓫曰：「有司⓬信不誣耶！其得⓭固然耶？其失者誠⓮有以⓯取之耶？」雖辯者⓰不能詰⓱也。若斯會⓲之編，諸友之文在焉⓳。有中第⓴者，有為顯㉑官者，有為諸生㉒者，有甚不肖㉓如予者，而不為區別名字㉔。觀者於是可以平心矣。

項脊生書。

【注　釋】❶經義　指八股文。宋代科舉考試有經義的科目，取儒家經書中的文句為題，應試者闡釋其義理，故稱經義。明清沿用而變成八股文。❷辛卯應試　辛卯，嘉靖十年（西元一五三一年）。歸有光這一年在南京參加鄉試落榜。❸會作　文會中寫的文章。❹駁　雜。❺然場屋取舍二句　意謂在科舉考試中，考上還是考不上，不在於八股文作得好壞。依照〈王梅芳時義序〉的說法，其中還看人的運氣。場屋，又稱科場，進行科舉考試的地方。是，此。❻後四年　嘉靖十年後推四年，為嘉靖十四年（西元一五三五年）。❼文叔之館　文叔，不詳。館，私塾。❽率　大概。❾銖兩　謂分出輕重，比喻品評。❿徐　緩慢。⓫呫呫然　話多的樣子。⓬有司　主持科舉考試的官員。⓭得　考中。⓮誠　確實。⓯以　原因。⓰辯者　善於辯護的人。⓱詰　駁。⓲斯會　此次文會。⓳焉　此；其中。⓴中第　科舉考試合格。㉑顯　著名。㉒諸生　稱已入學的生員，即秀才。㉓不肖　不成材者。㉔不為區別名字　謂不題署姓名。區別，標明。

【語　譯】收在這本書裡的百篇八股文，是我與諸友人在嘉靖十年為了鄉試而舉行的文會上寫的。今天重新閱讀，覺得它們純駁不一。然而科舉考試場上的取捨，也並不是根據這個來的。四年以後，偶然在文叔的私塾裡看到這些文章，其中有足以引起我概歎的緣由。

時下論文，一概以該人考中還是沒考中區分水平高低，每拿到一篇文章，先問作者的姓名，然後才慢慢地讀文章，嘰嘰呱呱地說：「主考官真是好眼力啊！此人考中不是本該如此嗎？那人考砸還不是他咎由自取嗎？」即使再善於爭辯，對此也無可反駁。像這一本會文集，各位友人的文章都收在裡面，有考中的，有做了大官的，有依然是秀才的，還有實在不成材如鄙人的，然而此書編者不署明各位作者的名字，讀者於是可以用平允的心閱讀這些文章。項脊生撰。

【研　析】歸有光有很強的好勝心和自尊心，他認為自己的文章成色很高，因此懷有不同尋常的自信。然而考場失利的事實又十分無情地向他襲來，使他的心靈經受折磨。不過比考試的失敗更痛苦的是，世俗向他投去的勢利的眼光。人們的心裡很自然會這樣想，還不是因為文章作得不好才沒考中嗎？這像一把錐子深深地刺傷了歸有光的心。他認為文章是文章，考試是考試，以考試的結果論文才的高低、文章的優劣，就像是以成敗論英雄、以貌取人一樣，全然是荒唐的認識。針對「率以遇不遇加銖兩焉」的世風，他似乎提出了大聲的抗議：睜大你們的眼睛看一看吧，俗人，你們知道什麼是才！他一生替「落榜生」寫過許多深情的傳記，其中就包含著為他們洗刷世俗灑落在他們身上的塵埃這種同情的願望，也融進了他本人反覆況味過的類似的世俗酸澀。本文由見到一本略去作者姓名的經義文選，而興起無限的慨歎，特別期待世人由此能夠「平心」地對待坎坷失志而真有才華的文人，從中正流露出他千疊的心曲。由於流露的是作者真感情，講述的是作者心裡話，筆下都是切膚之言，所以文章才有無淚而悲、無聲而痛的感人效果。讀了這篇文章之後，人們對於所謂的「成功、失敗」該有深一層體會吧，而對於因此而處在光彩或灰暗圈中的人也該有一個切實的認識。

群居課試錄序

【題解】歸有光設塾教書，為配合學習時文，給學生一句一試，取其語言雅馴的試卷編而成冊，本文是為該書撰寫的一篇序文。他說，句試意在勸勉學生，而不在於引起他們互相競爭。他選錄文章的標準是，遵守格式而又不束於格式，這種時文觀也反映出他的古文觀。

本文作於嘉靖十四年（西元一五三五年）或稍後，歸有光約三十歲。

乙未❶之歲，余讀書于陳氏之圃❷。圃中花木交❸茂，開門見山，去廛市❹僅百步，超然有物外之趣。從余遊者❺十餘人，陳氏之子婿❻在焉，悉年少英傑❼可畏人❽也。每環坐聽講，春風動幃❾，二鶴交舞于庭，童冠濟濟❿，魯城沂水之樂⓫，得之几席⓬之間矣。

諸生間⓭以誦讀之暇，執筆請試⓮，求如主司較藝之法⓯。余謂考較⓰非古也，昔人所謂起爭端者也。雖然，吾觀諸子之貌恂恂然⓱，務以相下⓲，其必不至於色喜而怨勝己也。於是，定為句試⓳法，試畢，錄其言之雅馴⓴者。蓋勸勉㉑之意寓于其間，且以稽㉒其前後消長㉓之不一，廣㉔諸君相師相友之風㉕云耳。間有雄才陵轢㉖而不束於格㉗，亦予錄之所不棄也。

【注　釋】❶乙未　嘉靖十四年（西元一五三五年）。❷讀書于陳氏之圃　指歸有光在陳端家設私塾授課。陳氏，陳端，字仲德，崑山人。歸有光〈陳母倪碩人壽序〉：「嘉靖十四年，予讀書邑之馬鞍山，陳君仲德為之主人。」❸交　並。❹廛市　市場、商店集中之地。❺從余遊者　謂隨從歸有光讀書的學生。❻陳氏之子壻　歸有光〈明故例授蘇州衛千戶所正千戶陳君墓誌銘〉記載，陳端有兩個兒子，陳簡、陳第；女兒五人，嫁朱可觀、張良楨、顧袍、王楠、許某。❼英傑　傑出。❽可畏人　形容前程無量、令人敬畏的人。❾幃　帷帳。古人讀書常常放下帷帳，相當於今人在屋裡放下簾子，以免受外界的影響。❿濟濟　眾多而整齊貌。⓫魯城沂水之樂　《論語・先進》記載，孔子學生曾皙說他的志趣是，到了暮春，「春服既成，冠者五六人，童子六七人，浴乎沂，風乎舞雩，詠而歸。」魯城，指今山東曲阜。曲阜古屬魯國。沂水，河名，在曲阜縣南。⓬几席　書案和座席。⓭間　偶爾。⓮請試　要求考試。⓯主司較藝之法　科舉的主考官比試考生的方法、規矩。較，考。藝，時藝，又稱時文，即八股文。⓰考較　考試，較量。⓱恂恂然　溫順恭謹貌。⓲相下　退讓；謙恭。⓳旬試　每十日考試一次。⓴雅馴　典雅和順。㉑勸勉　勉勵。勸，鼓勵。㉒稽　求；瞭解。㉓消長　進步和退步。㉔廣　擴大。㉕風　風氣。㉖陵轢　凌駕；超越。㉗不束於格　不受文章格式的束縛。

【語　譯】嘉靖十四年，我在陳端家的園圃一邊設私塾授課，一邊自己讀書。園圃中花木並茂，開門見山，離開集市只有百步之路，卻有超然於物外的樂趣。隨從我讀書的有十幾個學生，陳端的兒子和女婿也在其中，都是年少傑出、前程無量的人。每當大家環坐聽講，春風吹拂帳帷，二隻白鶴在院庭翩翩並舞，童冠濟濟一堂，《論語》所載在魯國城外沐浴沂水的歡樂，就出現在眼前的書案和座位之間。

學生們偶爾在誦讀之餘，提著筆請我給他們考試的機會，要求像考官比試考生的情形一樣。我說，考試較量並非古制，古人認為這些只是引起人與人爭執的事因。不過，我看大家姿態溫順恭謹，充滿謙讓精神，必不至於因為一時名次居前而沾沾自喜，也不會因為別人優於自己而心懷怨懟。於是，訂出一旬一考的制度，考試結束，選出其中語言典雅和順的卷子。這樣做的目的意在於鼓勵嘉勉，而且，又可以藉此檢查前後或進步或退步的變化，以培養諸君互相為師、互相友善的精神和風氣。個別雄俊之才作文縱橫超逸，不受文章格式約束，我也予以選錄，不加遺棄。

【研　析】歸有光從二十歲開始參加第一次鄉試，此後屢遭挫折，出於生計，長期設塾授課，本文是寫他早年為塾師時的一段經歷。在科舉制時代，私塾老師雖然有需要的市場，可是本身的地位很低。歸有光一直重視教育，重視培養學生，所以不以自己塾師的身份而害羞，甚至還聊以為樂，他後來擔任縣令仍然不忘接近學生，被人排擠時又曾想到轉任學官，都說明學生、教育在他心目中的位置。本文敘述他與學生相處時愉快的生活，以及某種滿足的心情。首段寫與從遊十餘人講讀文章，「超然有物外之趣」，彷彿感受「魯城沂水之樂」，隱然以孔子自居。對於考試，他主張這是一種切磋的方式，是使大家「相師相友」的途徑，而不應當看作是引起「爭端」的手段，乃至名次高而「色喜」，名次低而「怨勝己」。對於文章的格式，他採取尊重而不屈從的態度，不求學生強行就範，因為他知道文章格式束縛不住「雄才陵轢」者，過於拘泥，只會妨礙他們上進和成長，不利於發揮他們個人的才能。能夠得到這樣一位老師的教誨，作為學生應該是幸運的。

懷竹說

【題解】夏煥字章甫，號懷竹，崑山人，歸有光表弟。他因自己第五代祖父夏昶工畫竹，便以「懷竹」為號，以示不忘祖先。本文藉此說明作為「貴籍」的後裔，應當分外珍惜他們高貴清正的家風，才是對祖先最好的懷念，而不應當是見到祖上遺物而僅僅產生短暫的感動而已，如果這樣，則是得其輕而失其重。本文宜與〈夏懷竹字說序〉互相參看，寫作的時間比〈字說序〉早，在〈夏懷竹字說序〉作者對夏煥的認識進一步加深。

夏太常❶風流雅韻❷，寄於楮墨❸間，意之所至，揮灑所及，有不自知。雖為好事者❹所珍襲❺，然不足以為太常重。蓋❻太常非命於竹❼者也，適❽也。而其子孫懷之者，非囿❾於竹者也，情也。君子之於其先❿，雖涕唾遺物⓫，莫不可珍，而悽愴怵惕⓬有不能自已⓭者。

然予有進於是⓮焉。子孫之身，即祖宗之身也。竹猶懷之，而況其身乎？凡人作事無法⓯，浪言苟行⓰，此心漫然，任其所之⓱，皆由於無所懷之故。知所懷也，則竦息⓲顧慮，擇地而蹈⓳，將不能以⓴一日自安，況曰吾祖宗之身乎？

被髮跣袒㉑而號於市，人謂之狂。俄而㉒纓冠振履㉓，揖讓進退㉔，人即以為儒者。在乎懷與不懷之間也。為太常子孫者，必慎而言，顧㉕而行，深自貴籍㉖，若持重寶㉗焉，惟恐失之，斯㉘善懷矣。苟徒出於一時感動，俄而忘之，注意於殘楮敗墨間，而失其所以重，非君子所謂孝思也。

予祖母，實㉙太常之孫女。玄孫㉚煥㉛，與予為表弟，以「懷竹」自命㉜。予故勗㉝之如此云。

【注　釋】❶夏太常　夏昶（西元一三八八～一四七〇年），字仲昭，崑山人。永樂十三年（西元一四一五年）進士。明成祖說日當居上，改名為昶。官太常寺卿，直內閣。善畫墨竹，「名價重夷裔。」（王世貞〈夏太常墨竹〉）太常，官名，主司祭祀禮樂。❷風流雅韻　性情瀟灑，趣味高雅。❸楮墨　紙與墨。此指繪畫。楮，落葉喬木，其皮可以製紙，常代稱紙。❹好事者　愛好者。❺珍襲　珍藏。襲，沿襲；繼承。指在珍藏者中相繼流傳。❻蓋　連詞。承接上文，表示理由。❼命於竹　指僅僅畫竹子。❽適　悅樂；滿足。❾囿　限於。❿先　祖先。⓫涕唾遺物　指微不足道的遺存物品。⓬悽愴惕怵　傷心悲痛。惕怵，悲傷。⓭已　止。⓮是　此。⓯無法　出格；不遵循法度。⓰浪言苟行　胡亂說話，行為馬虎。⓱之　往。⓲竦息　因敬畏而屏息。⓳蹈　踩；行。⓴以　使。㉑被髮跣袒　披頭散髮，赤足露身。被，同「披」。跣，赤腳。袒，脫衣露出上身。㉒俄而　一會兒；突然。㉓纓冠振履　戴帽穿鞋。纓，繫冠的帶子。作動詞用，繫結。振，穿鞋往上曳時發出的聲音，此指穿鞋。㉔揖讓進退　行走坐立時作揖退讓的禮節。㉕顧　思。㉖深自貴籍　以高貴的家族自愛自重。貴籍，尊顯的家族。㉗重寶　價值很高的寶物。㉘斯　是。㉙實　同「是」。就是。㉚玄孫　自身以下的第五代。玄，意思是直系親屬之間因為相隔多代而關係微昧。㉛煥　夏煥。㉜命　取以為號。㉝勗　勉勵。

【語　譯】夏太常瀟灑的性情，高雅的趣味，全都寄託在他的畫裡，他繪畫時隨其意趣所至，任其筆墨揮灑所及，有不知其然而然者。他的作品雖然被愛好者珍藏，在世流傳，然而，夏太常最值得人們尊重的其實還不是這些東西。因為夏太常並非是為了畫竹而畫竹，而是藉此達到自我適意和滿足。他的子孫緬懷寶愛他畫的竹，也並非僅僅囿於他的畫，而是嚮往他寄寓在所畫的竹裡那分高情雅致。君子對於他們自己的祖先，即使是一些微不足道的遺物，莫不珍惜愛護，並且自然而然地湧起悲哀的情懷，難以自控。

然而我由此產生了進一步聯想。子孫的身體，就是祖宗的身體。對於祖先所畫的竹尚且緬懷寶愛，更何況是對於祖先本人呢？一個人做事情不遵循法度，胡言亂語，行為苟且，心靈不受約束，放任自流，都是由於他在心裡沒有什麼被他緬懷寶愛的緣故。知道應當有所緬懷寶愛，他便會有敬畏和顧慮之心，先選擇好道路然後才行走，假如連我自己每天都感到於心不安，對我祖宗來說豈非更是如此？披頭散髮，赤足露身，叫號於市肆，人們稱這個人是瘋子。一會兒功夫，他戴帽穿鞋，行走坐立都講究揖讓的禮節，人們就把他看成是儒者。兩者的不同，就在於有所緬懷寶愛與沒有緬懷寶愛之間。作為夏太常的子孫，嚴格做到謹慎言談，思而後行，十分珍惜自己高貴的家族門風，像護持價值連城的寶貝，惟恐稍有閃失，這就是我講的善於緬懷寶愛的意思。如果只是徒然地出於一時感動，瞬間忘得一乾二淨，只留意祖先留下來的殘稿遺墨，而將最重要的東西丟棄了，這並不是君子所說的對祖宗的孝敬和緬懷。

我的祖母，是夏太常孫女。夏太常玄孫夏煥，是我的表弟，他取「懷竹」為號。所以我寫以上的話作為對他的勉勵。

【研　析】古人取字、號，或為齋室命名，都有一定的寓意，對字、號、室名的寓意加以推闡和述說，用作勉勵或醒示，這構成古代論說文專門的類別。歸有光寫過多篇這樣的文章，本文是為他的表弟夏煥取號「懷竹」而作，意在勗勉。

作者強調世宦、清望之家，其後人自應珍惜家族、祖上的清譽，以敬慎的態度處世，做一個自重而高尚的人，不要自甘墮落，淪為庸俗的凡夫，而能否做到這一點，有沒有懷念祖上遺德的自覺是一個大關係。夏太常畫竹，在他的畫作中融入了自己竹子般的清風和淡雅。歸有光希望夏太常的後裔能夠像「持重寶」一樣敬重祖上這種道德，而不是僅僅出於一時之感動，或只是看到祖上遺留的畫作表面。全文叮囑諄諄，意念切切。聯繫〈夏懷竹字說序〉所說「吾邑宦家子弟皆知自貴重」，而夏煥卻「為人滑稽，與伶人伍，衣裳偏倚，步履邪施，忽去忽來，見者咸輕之」，歸有光當時用以上話語勸勉表弟的用心也就不難明白了。

文章開頭說，夏太常擅長畫竹，這是他風流雅致自然而然地流露，藉此以自適。接著指出，好事者僅僅重其畫其實是得其輕微，子孫如果僅存親情之念也未能契入其祖上真精神。經過這樣一挫再挫，然後以「予有進於是焉」帶出一篇主見，猶如撥草見徑，吹雲望月。全文以「懷」字為針線，前後穿引，或正說，或反說，反覆申述。對「竹」字似不刻意經營，而讀畢全文，又處處可見「竹」的神髓。

夏懷竹字說序

【題解】歸有光關於夏煥取號的寓意寫過二篇文章，〈懷竹說〉寫於他妻子魏氏去世以前，〈夏懷竹字說序〉寫於魏氏去世以後。本文主要介紹夏煥立身行事不拘拘於世俗規矩，以及他在幫助作者時顯示出的善良稟賦和品性。相比於〈懷竹說〉，歸有光寫本文時對夏煥的為人已經有了更加深入的瞭解和認識。所以他將此文看作是〈懷竹說〉的序，這就是為什麼本文題目稱〈夏懷竹字說序〉的原因，其目的是為了讓讀者清楚瞭解夏煥善良的一面，同時也帶有對前文的含義不盡完全之處的某種彌補。〈懷竹說〉意在勸勉，本文意在稱讚。二篇文章寫同一個人物，都從他取「懷竹」為號說開去，然此詳彼略，各有側重，而又相輔相成，且本文對〈懷竹說〉的文意暗中略有矯正。通過這兩篇文章，讀者對夏煥本人及其家族清風能獲得更多瞭解，同時也可以明白，欲真正瞭解一個人，需要時間，也需要機會，否則容易顧此失彼。

生而無名，君子以為狄道❶。有名有字矣，又有號者，俗之靡❷也。號至近世始盛，「山、溪、水、石」遍于閭巷❸。然使❹其無誇詡❺之心，有警勉❻之意，亦非君子之所鄙❼。

夏煥章甫之號懷竹也，吾有取❽焉。先太常❾墨跡❿妙天下，尤工于竹。章甫允懷⓫于茲，托之⓬以自見，可謂知本⓭矣。予既為說以勉之⓮，而沒其美，非所以盡勸掖⓯之道，因復以予所以知章甫者冠于篇⓰曰。

吾邑⑰宦家子弟皆知自貴重，喜為容⑱，在稠人⑲中，不問可知。章甫為人滑稽，與伶人⑳伍㉑，衣裳偏倚㉒，步履邪施㉓，忽去忽來，見者咸輕之。章甫于予祖母為從孫㉔，于予室人㉕為姑舅㉖之子，內外㉗皆兄弟。室人歸寧㉘，時疾殆㉙，東還㉚，入帷轎㉛中，倉卒不可測㉜。章甫親為扶轎徐徐行，面無人色。予先驅，回顧為之隕㉝涕。章甫又棄其家，留予㉞視湯藥，終夜不寐者二旬。室人既沒，匍匐㉟營喪事者踰月。予畸窮㊱困頓，為世所棄，死喪之威㊲，煢煢無倚㊳，青燈㊴孤影，獨章甫款語㊵其旁。章甫篤㊶于義如此，人固不易知也。

昔太史公自以身不得志，于古豪人、俠士周人之急，解人之難，未嘗不發憤慨慕而極言之㊷。況予親得之章甫，此烏得㊸而無言也？

【注釋】❶狄道　戎狄之道。指野蠻未開化，缺少文明禮儀。戎和狄，都是古代對西北地區少數民族的泛稱。❷靡麗　華麗。❸閭巷　鄉里；民間。❹使　假如。❺誇詡　誇耀。詡，誇大。❻警勉　策勵、自勉。❼鄙　輕視。❽有取　意謂對夏煥取號懷竹所寄託的寓意表示贊同。❾先太常　指夏昶，見〈懷竹說〉注❶。❿墨跡　書法、繪畫。⓫允懷　思念。⓬之　指夏煥取號懷竹。⓭知本　第一個意思是不忘祖先，因為夏煥是夏昶的後裔。第二個意思是以竹為夏昶清風亮節的象徵，表示仰承祖上清美的品格。⓮予既為說以勉之　指歸有光〈懷竹說〉一文。既，已經。⓯勸掖　鼓勵扶持。⓰冠于篇　將此文作為〈懷竹說〉前面的序。⓱邑　人口集居的城鎮。此指崑山。⓲容　外表和服飾的修飾。⓳稠人　眾人。⓴伶人　樂人；演員。㉑伍　交結；相處。㉒偏倚　不整齊。㉓步履邪施　行走時躲躲閃閃，步伐不正的樣子。邪施，《孟子・離婁下》宋孫奭疏：「施者，邪施而行，不欲使良人覺也。」㉔從孫　兄弟的孫子。從，堂房親屬。㉕室人　妻子。㉖姑舅　姑表。歸有光妻子的父親與夏煥的母親是兄妹，故稱。㉗內外　內指歸有光妻子一系，外指他的祖母一系。㉘歸寧　出嫁的女子回娘家看望父母。㉙疾殆　病危。㉚東還　妻子娘家住的地方在歸有光家的西邊，所以妻子從娘家回來稱東還。㉛帷轎　四面有帷帳的女子坐轎。㉜倉卒不可測　生死難料。倉卒，非常事變，此指死亡。㉝隕　落。㉞留予　留在我處。㉟匍匐　盡力。㊱畸窮　非常困難。㊲死喪之威　《詩經・小雅・常棣》：「死喪之威，兄弟孔懷。」鄭玄箋：「死喪可畏怖之事，維兄弟之親，甚相思念。」威，畏怖。㊳煢煢無倚　煢煢，孤獨貌。倚，依靠。㊴青燈　光線青熒的油燈。常用以形容孤獨淒涼。㊵款語　親切地交談。㊶篤　堅定地守持。㊷昔太史公四句　司馬遷《史記・游俠列傳》高度稱讚豪士俠客的心氣和行為。周，救濟。極言，高度評價。㊸烏得　豈能。

【語譯】人生下來不取名字，君子認為這是戎狄未開化的表現。人已經有了名和字，還要取號，則表明世風趨向於華靡。到了近世，號才開始盛行起來，以「山、溪、水、石」為號者遍及於閭巷民間。然而，假如人們取號不含有誇耀的心理，而具有策勵自勉的用意，君子對此也並不會輕視。

夏煥章甫取號懷竹，我以為這是可取的。他的祖上夏昶官至太常，繪畫名揚天下，尤其擅長畫竹。章甫對此非常懷念，便以「懷竹」為號表示自己的這一分感情，可謂能做到不忘祖上的清風。我以前已經寫了一篇〈懷竹說〉勉勵他，然而在那篇文章中沒有談到他自己的優秀品格，這是沒有盡到鼓勵和扶持的責任，因而再將我所瞭解的章甫的為人寫出來，作為〈懷竹說〉一文的序。

我鄉做官人家的子弟皆重視保持自己高貴的身價，注重外表和服飾的打扮，在大庭廣眾中，不必開口詢問，就很容易知道他是一個什麼身份的人。章甫為人滑稽，喜歡與戲子們交朋友，身上的衣裳不整潔，走路的步子七歪八斜，行蹤突然，出沒不定，看到他的人都從心裡輕視他。章甫是我祖母的從孫子，是我妻子的姑表姐弟，從我祖母一系和妻子一系來說，與我都是兄弟。我妻子回娘家探親，當時病得很重，往東返回自己的家，進了帷幕四垂的轎子，生死之變，難以預料。章甫親自扶著轎子緩緩行走，面無人色。我走在前面，回頭看到這種情景，為之落淚。章甫又拋下他自己的家不管，留在我這裡關心病人湯水服藥諸事，徹夜不眠達二旬。我妻子去世以後，盡心盡意地幫著辦喪事一個多月。我貧窮困頓，為世人所遺棄，家裡籠罩死亡的恐懼氣氛，我獨自無依，青熒的燈火映著孤影，此時惟有章甫在身旁，與我親切交談。章甫篤於情誼，這些事情別人自然是不容易知道的。

從前，太史公司馬遷因為自己不得志，對於古代的豪傑、俠客濟人之急，解人之難的舉動，未嘗不發憤感慨，無限歆慕，而給予他們極高的評價。何況我親身得到章甫的幫助，對此又怎麼能不撰文敘述呢？

【研　析】本文宜與〈懷竹說〉同觀。作者在〈懷竹說〉主要就夏煥取號「懷竹」而闡發其義，用以警勉。而本文重在褒美夏煥篤於情誼的善良品性，為讀者寫出了一個能夠與人分擔憂愁的具體可感的人物。

文章先從夏煥被人輕視的一面說起。他不同於別的「宦家子弟」「知自貴重」，而是表面顯得浪蕩，樣子和行為都毫無風範可言，為世人所不屑。然而恰恰是這樣一個看似無可取的人，心地卻非常善良，充滿同情心，十分珍重情誼。作者因為經歷了妻子病危至去世的變故，陷於極度的悲哀和孤獨之中。在這種幾乎是絕望的境地，正是夏煥給予了作者無私的幫助和精神的支援。他悲作者之悲，想作者之想，照顧病人，料理喪事，在青燈孤影的深夜，陪伴在作者身旁款款而語。「宦家子弟」的翩翩風度與夏煥真誠的心衷和古道熱腸相比，究竟哪個更令人銘志難忘，是無須多言的。由此而聯繫歸有光〈懷竹說〉所謂「被髮跣袒而號於市，人謂之狂。俄而纓冠振履，揖讓進退，人即以為儒者」；「為太常子孫者，必慎而言，顧而行，深自貴籍，若持重寶焉，惟恐失之」，以此為夏煥的勉勵，雖然也都是道理上的話，似乎作者當時對夏煥還不免有一層薄薄的隔膜在，對他還瞭解得不夠全面。這也說明要完全瞭解一個人是一件很難的事情，唯其如此，所以古人才有「疾風知勁草，路遙識馬力」之喻。歸有光所以在〈懷竹說〉之後另撰此文，為前文有加勉之意而「沒其美」作彌補，特別強調此文宜「冠於」〈懷竹說〉之前，自是有其內心的感觸。

歸有光在本文還自述，「予畸窮困頓，為世所棄」，正是這個原因，使他更加感到夏煥給他的情誼異常珍貴，所以本文也是他的寄慨之作。

最後一段，歸有光引用司馬遷有所感而極讚俠客的例子，為自己稱讚夏煥的理由作一說明，這自然是合情入理的話，然而又似乎表示，他並不想因此而去完全改變別人對夏煥的印象，這是不是說，作者還是希望夏煥能改變一些處世態度，因此〈懷竹說〉對他的勸勉依然還是有效的呢？這也是完全有可能的。他僅說將本文「冠」於〈懷竹說〉之前，沒有說取而代之，這也不是沒有原因。從這些地方，又可以體會到作者寫文章含義之婉曲、語氣之懇切、心地之厚實。

張雄字說

【題解】古人起名命字取號，皆寓含義，而且意思互相有關，這是古人的名字之學。解說命字的原由及內在蘊意，常常表現出作者的處世態度，其體為古代論說文的一種。

歸有光此文因解說為友人命字之由，發揮老子知雄守雌的思想，說明一個人生活在世上，應當以謙下的態度與別人相處，克服勝人之心，這樣方能贏得尊敬，立於不敗之地。然而歸有光本人的性格並非屬於謙退型的一類，他時時會將胸中的抑鬱勃然噴吐，與周遭擦出火花。這顯然是一個矛盾。或許他是出於對張雄的愛護，才這樣說的；或許這種祈願是他內心懷有的更高真實，而他與世俗環境相衝突是迫於壓力不由自主做出的反應。

張雄既冠，請字於余❶。余辱❷為賓❸，不可以辭，則字之曰「子谿」。聞之《老子》❹云：「知其雄，守其雌，為天下谿❺。常德不離，復歸於嬰兒❻。」此言人有勝人❼之德，而操❽之以不敢勝人之心。德處天下之上，而禮居天下之下，若谿之能受❾而水歸之也。不失其常德而復歸於嬰兒，人己之勝心❿不生，則致柔之極⓫矣。

人居天地之間，其才智稍異於人，常有加於愚不肖之心。其才智彌⓬大，其加彌甚，故愚不肖常至於不勝⓭而求反之。天下之爭，始於愚不肖之不勝。是以⑭古之君子，有高天下之才智，而退然⑮不敢以有所加，而天下卒莫之勝⑯，則其致柔之極也。然則雄必能守其雌，是謂天下之谿。不能守雌，不能為天下谿，不足以稱雄於天下。

【注　釋】❶張雄既冠二句　《禮記．曲禮上》：「男子二十冠而字。」古代男子一般在二十歲行加冠禮，表示成年，並同時取字，以後別人稱他字以代替稱名，以示受到世俗尊重。既，已經。❷辱　使對方屈辱，這是一種謙辭。❸賓　古人行冠禮，請賢者主持，此人稱為賓。❹老子　又稱《道德經》或《德道經》，春秋時老聃著。是道家的經典著作之一。❺知其雄三句　河上公注：「雄以喻尊，雌以喻卑。人雖知自尊顯，當復守之以卑微，去雄之強梁，就雌之柔和。如是，則天下歸之如水流入深谿也。」谿，山谷；溝壑。❻常德不離二句　清成克鞏纂《道德經註》：「常德，即常道也。人之初生，常德內全，及為物所遷，則日離。故常德不離，則復歸於嬰兒。」❼勝人　超過他人。❽操　執持；運用。❾受　容納。❿人己之勝心　與人爭勝競長的心思。⓫致柔之極　《老子》：「專氣致柔。」河上公注：「專守精氣使不亂，則形體能應之而柔順。」致，達到。極，最佳境地。⓬彌　越。⓭不勝　無法忍受。⓮是以　因此。⓯退然　謙讓；抑制。⓰卒莫之勝　最終無法戰勝它。卒，最終。莫之勝，即「莫勝之」。

【語　譯】張雄舉行過加冠禮後，請我為他取字。我榮幸地成為他的冠禮主持人，當然不能推辭，於是給他取字「子谿」。

從《老子》讀到這樣的話：「知道以雄為尊的道理，又能退守雌道，自甘卑微，則能成為天下的谿谷。守著常道不離散，重新回到嬰兒的狀態中去。」這是說，一個人應該具有勝過別人的道德，然而又不應升起一定要勝過別人的念頭。道德應該是天下最高，而從禮的角度來說，又應當使自己處於最低的位置，像谿谷那樣能夠容納眾水流來。不偏離常道而重新歸於嬰兒的狀態，不產生人我互相爭勝之心，這樣才能達到「柔」的最高境界。

一個人生活在天地之間，他的才智稍微比別人高出一籌，就常常想到要淩駕於眾庶之上。才智越高，這種心理就越強烈，以致使得眾庶不堪容忍而與他們作對。天下紛爭，產生於眾庶對他們忍無可忍。所以古時候的君子，雖然具有高於天下人的才智，卻處處謙讓，不敢有所強加於別人之上，而天下最終也無法戰勝他們，說明他們已經達到了「柔」的最高境界。這樣看來，雄必須同時能退守雌道，這才可以說是天下的谿谷。不能退守雌道，就不能夠成為天下的谿谷，不足以稱雄天下。

【研　析】 歸有光思想的主體自然是儒家的，然而他的知識和精神世界也相當豐富。他曾大量閱讀佛典，錢謙益〈新刻震川先生文集序〉說：「先生儒者，曾盡讀五千四十八卷之經藏，精求第一義諦，至欲盡廢其書。而悼亡禮懺，篤信因果，恍然悟珠宮貝闕生天之處，則其識見蓋韓、歐所未逮者。」對於道家學說，他也相當愛好，一生受到老莊學說很深的影響。

本文介紹他為別人起字，取道家的認識，文章引述《老子》的話解釋所起字的含義，藉以說明知雄守雌、居高處下的道理。他以為所以應當抱如此的處世態度，是為了避免發生「人己之勝心」，不使上下之間的矛盾人為激化。這主要是對在上位者、處於優勢一方的人說的。他覺得，社會所以出現這一類紛爭，主要是有優勢的人不尊重處於劣勢的人引起的，所謂「其才智稍異於人，常有加於愚不肖之心。其才智彌大，其加彌甚，故愚不肖常至於不勝而求反之。」解鈴還需繫鈴人，解決的辦法自然是處於優勢的一方「退然不敢以有所加」，才能組織起「天下卒莫之勝」的和諧關係。這篇文章反映出歸有光的某種社會理想，同時，也啟益人的生存智慧。儘管如此，這些真正實行起來卻會遇到很多困難，道家思想在歷史上所以經常只是存在於人們的願望中，難以變成現實，是有其原因的。然而也正因為無法完全實行，所以它才會在人們的願望中一直延續和昇華，使許多人曾經重複過的相似的道理，依然具有新意。

東隅說

【題解】這是關於偶然性問題的一篇專論。歸有光指出：所謂大海的西隅、南隅、北隅、中隅諸說法，都帶有很大的偶然性，並無必然性，因為它們正是以人們自己偶然所處的位置為呼稱其方位的前提——你所處的方位變了，對同樣的這個位置其稱謂也隨之不同。作者通過這樣的比喻性文字，將他對事物偶然性的認識普遍化，認為自然界、人世間許多的東西都似此而非此，非此而似此，哪有必然可言。這是作者對「道」的領悟，它帶有老、莊思考問題的機智。

東海❶之際❷，謂之東隅❸；西海之際，謂之西隅；南海之際，謂之南隅；北海之際，謂之北隅；中央之際，謂之中隅。人知四海之際謂之隅，庸詎❹知中央之謂隅也？知中央之為隅，庸詎知四海之隅不謂之中耶？子適❺於❻其東而號曰東隅，庸詎知三海❼之際不有與我相角❽者？從三海之際而觀之，而號曰東隅；去❾三海之際而觀之，庸詎知我為東隅者？故東隅者，適然❿者也。

方⓫物之生，各有所適。蜀⓬人奚必⓭知越⓮，越人奚必知燕⓯哉？今子處乎東者也，循是以西⓰，天不加圓，地不加方⓱。循是而又東，天不加墮，地不加傾⓲。弭節乎暘谷之地，總轡乎扶桑之墟⓳，仰角宿之旦，啟曜靈之藏⓴，遊遨乎春宮㉑，泛觀乎溟渤㉒，夷然㉓隱几而噓㉔，倚梧而吟㉕者也。故東隅者，適然者也。適然，則幾乎道㉖矣。

【注釋】❶東海　泛指東面的海。本文以下說的西海、南海、北海也都是泛指。❷際　邊緣處；所在地。❸隅　側邊；角落。❹庸詎　豈。❺適　恰好。❻於　向著。❼三海　指西海、南海、北海。❽相角　相對。❾去　離開。❿適然　偶然。⓫方　當；值。⓬蜀　古國名，地域分佈在今四川西部，戰國併於秦。⓭奚必　何必。⓮越　古國名，建都會稽（今浙江紹興）。疆域主要據有今浙江北部和江蘇南端，戰國為楚所滅。⓯燕　古國名，建都薊（今北京），有今河北北部和遼寧西端。戰國滅於秦。⓰循是以西　意謂沿著你所在東面的地方往西方行走。⓱天不加圓二句　古人認為天圓地方。⓲天不加墮二句　《淮南子・天文》：「昔者共工與顓頊爭為帝，怒而觸不周之山，天柱折，地維絕。天傾西北，故日月星辰移焉；地不滿東南，故水潦塵埃歸焉。」墮，往下墜落。傾，傾斜。⓳弭節乎暘谷之地二句　意謂駕馬車來到東方最極端的日出之處。《淮南子・天文》：「日出於暘谷，浴於咸池，拂於扶桑，是謂晨明。」弭節，停車不進。弭，止。節，節奏，指按照一定的節奏緩行。一說停止鞭策駕車的馬，使緩行。節，義同鞭策的策。暘谷，日升起的地方。總，繫結。轡，駕馬的轡繩。扶桑，神話中的樹名，它生長在東方日升的地方。墟，地。⓴仰角宿之旦二句　屈原〈天問〉：「角宿未旦，曜靈安藏。」角宿，星宿名，東方蒼龍七宿的第一宿，有星兩顆，屬室女座。旦，亮。曜靈，太陽。㉑遊遨乎春宮　屈原〈離騷〉：「溘吾遊此春宮兮。」遊遨，即遨遊，遊歷。遨，遊。春宮，傳說東方青帝住的宮殿。㉒溟渤　溟海和渤海。泛指大海。㉓夷然　坦然。㉔隱几而噓　《莊子・齊物論》：「南郭子綦隱机而坐，仰天而噓，嗒焉似喪其耦。」隱几，即隱机，伏靠在几案上。噓，慢慢吐氣。㉕倚梧而吟　《莊子・天運》：「倚於槁梧而吟。」倚，靠。㉖幾乎道　差不多與道相符合。

【語譯】東海的邊緣，稱為東側；西海的邊緣，稱為西側；南海的邊緣，稱為南側；北海的邊緣，稱為北側；大地的中央，稱為中側。人們知道四海的邊緣叫做側面，豈知海的中央也可以叫做側面？知道大地的中央叫做側面，豈知四海的各個側面不可以叫做海的中央呢？你偶然對著海的東面而稱它為東側，豈知海的其他三面邊緣與這個情況不一樣呢？相對於其他三面海的邊緣來說，叫做東側，不相對於其他三面海的邊緣來說，豈能說我這裡是東側？所以稱之為東側，是一種偶然。

當事物出現的時候，都帶有各自的偶然性。蜀國人何必一定知道越國人，越國人何必一定知道燕國人呢？如今你身處東方，沿著這地方往西行，天不會越來越圓，地也不會越來越方。沿著這地方繼續往東行，天不會越來越往下墜落，地也不會越來越往一邊傾斜。駕車來到日出的地方停下，在靠近太陽的扶桑樹繫上轠繩，仰望角宿星露出晨光，藏著身子的太陽開始露臉，到東方青帝住的宮殿去遨遊，縱目觀看溟海和渤海，坦然地伏在几案噓氣，倚靠乾枯的梧桐吟誦。所以，海的東側這種說法，僅僅是一種偶然。懂得了偶然，差不多也就與道相契相通了。

【研　析】「東海之際」至「謂之北隅」連用八句相同的句式，全無變化，讀者正略覺沉悶，忽然接以「中央之際，謂之中隅」二句，出其不意，翻平成奇，由此可以體會文脈變化之理。文章隨後在「四海」和「中央」、一隅與多隅之間周旋收放，寫得「適然」二字飽滿酣暢。歸有光以學《史記》而聞名，其實他的文風也受到了《莊子》的影響。這一篇文章對偶然性的思考，不僅思致與《莊子》相吻，二者論述道理的風格也略約相似。《莊子．齊物論》：「庸詎知吾所謂知之非不知邪？庸詎知吾所謂不知之非知邪？」〈大宗師〉：「庸詎知吾所謂天之非人乎？所謂人之非天乎？」這種逆拗一般人思維特徵的新奇思索和考究，是老莊一派文章特有的徵象。歸有光這篇文章對此有所借鑒。至於「隱几而噓」出於〈齊物論〉，「倚梧而吟」出於〈天運〉，更是在語詞方面也得益於《莊子》。當然，歸有光學莊子，並沒有得其汪洋恣肆的衣缽，而是使文風歸於順穩及內斂，體現出「唐宋化」的面貌。此外，從本文第二段還可以看到歸有光創作與屈原作品之間的聯繫。「弭節」二句，帶有〈離騷〉「吾令羲和弭節兮，望崦嵫而未迫」，及「飲余馬於咸池兮，總余轡乎扶桑」的痕跡；「仰角宿之旦」二句，直接出於〈天問〉「角宿未旦，曜靈安藏」。說明歸有光寫文章對前人的借鑒是多方面的。

朱欽甫字說

【題解】歸有光這一篇字說，著重闡發一個人應當常存謹慎、戒懼之心的道理。他認為，「奇」者若不謹慎、戒懼，則容易逸入狂怪一路，而只有同時懷著敬重、謹慎之心，才可能稱得上是「天下之奇材」。在文章的最後，歸有光自述他的思想受到程朱理學的影響。程頤曾說：「堯其所為至當，而能欽慎；其才至能，而不自有其能。夫常人之情，自處既當則無所顧慮，有能則自居其功。惟聖人至公無我，故雖功高天下，而不自有，無所累於心。蓋一介存於心，乃私心也，則有矜滿之氣矣。故舜稱禹功能天下莫與爭而不矜伐，乃聖人之心也。」（《程氏經說》卷二〈書解〉）歸有光本文對敬慎態度的強調，與程說相通。

朱欽甫名邦奇，以其字弗協❶也，欲更❷之。歸子❸曰：古之有名，別稱❹而已，不必其美也。其有字也，為卑者設❺也，諱名❻而已，不必其協也。必美以協之者，非古也。雖然，有教焉❼，君子不廢也。

子之字足以為教，而徵❽諸❾其名，何謂弗協乎？蓋欽❿者，天下之事之所以成也。此心少不出於欽，而橫潰恣肆，將隳敗⓫而不可舉⓬，而精神意慮之所遺⓭者多矣。是以號為天下之奇材者，知其無以易⓮乎欽，而欽者，所以用奇者也。驊騮⓯之馬，羈馽⓰鞭策而馳騁乎千里之途；楩梓豫章⓱，參天⓲之木，必就⑲規矩⑳而充㉑乎棟梁之用。若必泛駕㉒，必銜橛㉓；必擁腫屈曲㉔以為奇者，非奇也。君子之道，智足以高天下，而不輕用其智；勇足以懾㉕天下，而不輕用其勇；有絕世㉖之姿，而常不敢有先乎庸人㉗之心，故其智勇奮而天下莫能當㉘。若必狂走叫號，挾其所貴，而希心㉙於跅弛㉚之士以為奇者，非奇也。

昔者帝堯㉛之時，天下之英才並庸㉜於朝。於是僉舉治水者莫能出鯀焉㉝。夫英賢之聚也，治水之大任也，而莫能舍鯀也，則鯀者天下之奇材。而弗欽焉，其與庸無幾㉞。兵㉟之詭變，君子惡之。然吾讀《孫子》㊱之書，多警畏之辭。而以處女用脫兔㊲，《孫子》之為奇者無出於是。欽父㊳可以類觀㊴矣，胡可更也？吾嘗聞其崖略㊵於洛、閩諸君子㊶。欽甫不以予言為迂，當為欽父終日㊷陳㊸之。

【注釋】❶弗協　指名與字的含義沒有聯繫。古人的名和字在意義上或同義，或近義，或反義，都是相互配合的，故以名與字義不相配為失謬。❷更　改。❸歸子　歸有光自稱。古代男子自稱子。❹別稱　另一種稱呼。❺為卑者設　替身份低的人設想的。稱呼別人用字不用名，表示對那個人的尊重，反過來說，也就是把稱呼別人的人置於了卑下的地位。❻諱名　忌諱用名稱呼別人。❼有教焉　古人取字，往往寓有勉勵、教誨等意思。❽徵　求證。❾諸　「之於」二字的合音。❿欽　戒慎；謹慎。⓫隳敗　失敗。⓬舉　成功。⓭遺　散失。⓮易　改變；替代。⓯驊騮　周穆王所乘八駿之一。泛指駿馬。⓰羈馽　馬籠頭和絆索，比喻牽制約束。⓱梗梓豫章　四種木名。豫章，亦作「豫樟」。枕木和樟木的並稱。⓲參天　高聳於天空。⓳就　經受；經過。⓴規矩　畫圓形和畫矩形的工具。㉑充　任；當。㉒泛駕　「泛駕之馬」的略寫。指不循軌轍，容易導致翻車的劣馬。泛，翻倒。㉓銜橛　「銜橛之變」的略寫。馬嚼子斷掉，車鉤心脫落，致使馬車翻倒。銜，馬嚼子，橫放在馬嘴裡的小鐵鏈，兩端牽在籠頭口，以便於駕御。橛，指車的鉤心。㉔擁腫屈曲　樹木臃腫彎曲。㉕慴　威慴；使屈服。㉖絕世　天下絕無僅有。㉗庸人　常人。㉘當　同「擋」。㉙希心　期望。㉚跅弛　放蕩不循規矩。㉛帝堯　傳說中遠古時代的領袖。陶唐氏，名放勳，後推選舜為繼承人。㉜庸　用。㉝於是句　是，通「時」。僉，皆。舉，推選。出，超過。鯀，傳說中堯時人。㉞其與庸無幾　《尚書・堯典》：四方諸侯一致推薦鯀治理水患，堯先表示對鯀不信任，後來接受了眾人推薦，叮囑鯀「往。欽哉！」讓他治水時態度一定要戒慎。可是九年治水，沒有功績。歸有光將鯀沒有取得治水成功的原因歸之於他「弗欽」（不戒慎）。因此他說，傑出的人如果不戒慎，與常人沒有什麼差別。庸，即庸人，常人。㉟兵　戰爭；用兵之道。㊱孫子　亦稱《孫子兵法》。戰國時兵家孫武著。孫武，字長卿，齊國人，被吳國任為大將，攻破楚國。㊲以處女用脫兔　《孫子・九地》：「始如處女，敵人開戶；後如脫兔，敵不及拒。」謂在戰爭中，開始等待戰機時，應當像處女一樣安靜；開戰後就應當像逃脫的兔子，行動迅疾。㊳父　通「甫」。㊴可以類觀　可通過觀察相同類的事物，得出認識。㊵崖略　大致的認識和思想。指以上文章所談的道理。㊶洛閩諸君子　指程朱一派理學家。程顥、程頤，洛陽（今屬河南）人，其學稱「洛學」。朱熹曾僑居並講學於福建建陽，福建簡稱閩，故其學稱「閩學」。㊷終日　整天。㊸陳　陳述。

【語譯】朱欽甫名邦奇，他覺得自己名與字的含義不相協調，想重新改一個字。我告訴他：古人所以取名，只是為了方便稱呼，不一定要追求美好的含義。人之所以有字，是為稱呼他的人尊重被稱呼的人而設的，這樣可以不直接叫那個人的名字，僅此而已，並不一定要使名與字的意思互相協調。取名字定然要追求美好的含義，而且要使二者意思相協調，這並非自古以來的定例。儘管如此，這樣取名字可以寓教誨於其中，所以君子也就沿習下來，不去改變它。

你的字完全具有教誨的含義，將它與你的名相比照，怎麼能說二者的含義不相協調呢？「欽」的意思是謹慎、戒懼，這是天下一切事業所以成功的要素。人稍微不夠謹慎，不守戒懼，就會恣肆放縱，導致墮落和失敗，不能獲得成功，精神意志因此而委頓、消散，世上這一類事情比比皆是。所以號稱是天下的奇才，相信他們一定都能做到謹慎、戒懼，唯有謹慎、戒懼，才能發揮他們非凡的才能。駿馬騂騮，只有安上馬籠頭和轡繩，加以鞭策，才能馳騁於千里之途；梗梓豫樟，都是參天大樹，必須經過規矩繩墨的矯正，才能成為棟梁之材。假如馬不顧一切地狂奔亂跑，扯斷嚼子，脫落車鉤，掀翻車子，而樹木隨其保持臃腫彎曲的樣子，以為只有這樣才稱得上是奇，其實這與奇毫無關係。君子處世之道是，智慧高於天下之人，然而不輕易使用智慧；勇力足以使天下人懾服，然而不輕易使用勇力；身姿修美舉世無雙，然而不敢懷有一絲一毫高人一等的念頭。正因為如此，他們一旦運用智慧，施展勇力，天下誰也無法抵擋。如果必以為狂奔叫嚷，憑藉自己某些長處，效仿放蕩不循規矩的人，只有這樣才算得上奇，那就錯了，因為這根本與奇沾不上邊。

從前在帝堯時代，天下英才都為朝廷所任用。那時大家都一致推薦，治理大水誰都不如鯀的本領大。天下英賢都聚集在一起，治水又是如此重大的使命，大家都以為非鯀莫屬，可以肯定鯀一定是天下的奇才。由於他不能謹守慎戒，於是他同平常人也就沒有多少差別。兵家譎詭多詐，為君子所厭惡。然而我讀《孫子》一書，其中多有警策、戒懼的句子，如說等待戰機要像處女一樣安靜，開戰以後要像逃脫的兔子一樣迅疾，《孫子》一書兵法之奇莫過於這一條。你的字「欽甫」，也可以從這方面去思考，怎麼反而要將它改掉呢？

我過去只從程顥、程頤、朱熹諸君子那裡聽到一點粗略的道理。欽甫如果不把我上面的話當作迂腐之談，我倒是很樂意為你整天地談下去。

【研　析】通篇看似在解釋一個「欽」字，說明以敬重的態度處世的重要，其實更是在說明一個「奇」字。作者反覆強調，人們一般將「奇」字理解為「橫潰恣肆」、「狂走叫號」、「挾其所貴」而目空一切，其實這些皆不足稱為奇，惟有被約束、受「鞭策」、「就規矩」，然後馳騁、任用，才是真正的「奇」。所以，「奇」是與「欽」互相關鎖的概念，是一種斂而能肆的高貴的精神和品行。「欽」與「奇」猶如兩股互相對待的線，作者在文章中將它們搓成了一條繩，說得「奇」字的意義充暢、周詳而不偏頗，這也就是前人所謂相反相成，交互為文的意思。

莊氏二子字說

【題解】作者為里人取字，藉著解說其字的含義而發揮道理，對文華過甚、浮飾相尚的習俗和文風進行了批評，提倡樸素、敦厚。本文既是道德論，也是一篇文學批評。

莊氏有二子。其伯[1]曰文美，予字之曰德實。其仲[2]曰文華，予字之曰德誠。且告之曰：文太美則飾，太華則浮。浮飾相與[3]，敝[4]之極也，今之時則然[5]矣。夫智而用[6]私，不如愚而用公。巧不如拙，辨[7]不如訥[8]，富不如貧，貴不如賤。欲文之美，莫若德之實；欲文之華，莫若德之誠。以文為文，莫若以質[9]為文，質之所為[10]生文者無盡也。一日節縮[11]，十日而贏[12]。衣不鮮好[13]，可以常服[14]；食不甘珍[15]，可以常飧[16]。故曰：「賁，無色也。」[17]賁為無色，非無色而後賁也。

吳[18]在東南隅[19]，古之僻壤。泰伯、仲雍[20]之至也，予始怪之，而後知聖人[21]之用心也。彼[22]以聖賢之德，神明之冑[23]，目睹中原[24]文物之盛，秘而弗施[25]，乃和于俗[26]。若入裸國[27]而顧[28]解[29]其衣，以[30]其民含朴，而不可以漓[31]之也。洎[32]通上國[33]，始失其故，奔潰放逸，莫之能止。文愈勝，偽愈滋，俗愈漓矣。

聞之長老[34]言，洪武[35]間，民不粱肉[36]，閭閻[37]無文采，女至笄[38]而不飾，市不居異貨，宴客[39]者不兼味[40]，室無高垣[41]，茅舍鄰比[42]，強不暴[43]弱。不及二百年，其存者有幾也？予少之時所聞所見，今又不知其幾變也。大抵始於城市，而後及於郊外[44]；始於衣冠之家[45]，而後及於城市。人之有欲，何所底止[46]？相誇相勝，莫知其已[47]。負販[48]之徒，道而遇華衣者，則目睨視[49]，嘖嘖[50]歎不已。東鄰之子食美食，西鄰之子從[51]其母而啼。婚姻聘好[52]，酒食宴召[53]，送往迎來，不問家之有無，曰：「吾懼為人笑也。」文之敝至于是乎！非獨吾吳，天下猶是也。

莊氏居吾里中，獨以朴素自好。務本[54]力業，供役[55]于縣，為王家[56]良民。德實自樹立門戶[57]，而德誠贅[58]王氏，皆以敦厚為人所信愛，此殆流風[59]末俗所浸灌而未及[60]者，其可不深自愛惜？以即[61]其所謂實，而勿事於飾；求其所謂誠，而勿事於浮。「禮失而求之野」[62]，吾猶有望也。

【注釋】❶伯　古代兄弟姐妹排行，以伯仲季為序。伯為老大。❷仲　老二。❸相與　共同出現。❹敝　通「弊」。弊病；危害。❺然　如此。❻用　為。「愚而用公」的「用」意思相同。❼辨　通「辯」。口齒利通；善辯解。❽訥　嘴笨拙；不善言辭。❾質　樸實無華。❿所為　所以。⓫節縮　節衣縮食。縮，減少。⓬贏　盈滿；豐富。⓭鮮好　鮮麗美好。⓮服穿。⑮甘珍　鮮美而珍奇的食物。⑯飧　吃。⑰賁無色也　引自《周易・雜卦》，晉韓康伯《周易註》：「飾貴合眾，無定色也。」賁，六十四卦之一，象徵文飾，也謂華美光彩貌。⑱吳　古國名。地域為今江蘇大部及安徽、浙江一部分，建都於吳（今江蘇蘇州），戰國為越所滅。⑲東南隅　東南角。⑳泰伯仲雍　二人是周太王的兒子，是吳國的始祖。《史記・吳太伯世家》「太王欲立季歷以及昌，於是太伯、仲雍乃亡荊蠻，文身斷髮，示不可用。」㉑聖人　指泰伯、仲雍。㉒彼　也指泰伯、仲雍。㉓胄　古代稱帝王或貴族的後代。㉔中原　周族發祥地在今陝西武功、旬邑、岐山一帶。此處中原指這些地方。㉕施　實施。㉖和于俗　意謂與吳地民風習俗融為一體。和，同。㉗裸國　傳說中的古國名，或說在西方，或說在南方。那裡的人不穿衣服，故名。㉘顧　乃；於是。㉙解　脫。㉚以　因為。㉛漓　澆薄。用作動詞，使變得澆薄。㉜洎　及。㉝上國　文明程度高的、強大的國家。㉞長老　年長的先輩。㉟洪武　明初朱元璋年號，自西元一三六八年至一三九八年。㊱粱肉　以粱為米飯，以肉為菜肴，指精良的膳食。粱，精細的小米。㊲閭閻　里巷內外的門。此指里巷；民間。㊳笄　女子十五歲成年行禮。㊴宴客　請客。㊵兼味　兼有幾種菜肴。㊶垣　圍牆。㊷鄰比　相挨。㊸暴　施暴；欺凌。㊹郊外　農村。郊，城外。㊺衣冠之家　做官、習禮儀的人家。㊻底止　終止。底，同「厎」。達到。㊼已　止；盡頭。㊽負販　做生意。㊾睨視　旁觀；斜視。㊿嘖嘖　讚歎聲。(51)從　向。(52)聘好　互相通好。(53)晏召　宴請。晏，通「宴」。(54)務本　從事農事。本，農業，與稱經商為末相對。(55)供役　服役；聽從官府的役使。(56)王家　國家。(57)自樹立門戶　獨自成家立業。(58)贅　男子入贅女方家庭，做招門女婿。(59)流風　流行的社會風氣。(60)浸灌而未及　未被浸灌，意謂沒有受到影響。(61)即　接近；達到。(62)禮失而求之野　《漢書・藝文志》：「仲尼有言：禮失而求諸野。」顏師古注：「言都邑失禮，則於外野求之，亦將有獲。」野，城外為郊，郊外為野，指偏遠的地方。

【語　譯】莊氏有兩個兒子，哥哥名叫文美，我給他取字德實；弟弟名叫文華，我給他取字德誠。而且我告訴他們：文采太美麗則陷於矯飾，太華豔則陷於虛浮。矯飾與虛浮一起出現，會造成極大的弊害，當今的情勢正是如此。雖有聰明才智而用之於自私自利，還不如愚魯暗昧而樂意為人為公。機巧不如拙樸，善辯不如木訥，富裕不如清貧，高貴不如卑賤。追求文采的美麗，不如注重品德的篤實；嚮往文采的華豔，不如注重品德的真誠。以文飾為文，不如以質樸為文，質樸所產生的文將包羅萬象，無窮無盡。一日節衣縮食，十天有吃有穿。衣著不求鮮麗美好，就能經常保暖；食物不求美味佳肴，就能經常吃飽。所以《周易・雜卦》說：

「象徵光華的賁卦，沒有顏色。」賁卦本身沒有顏色，不是說沒有顏色然後才能成為賁卦。

吳處於中國的東南端，古時候是一個荒僻的地方。周太王的兒子泰伯、仲雍來到這兒，我開始對他們所作所為頗感到奇怪，後來才明白這兩位聖人之所以這樣做的真正用心。他們具備聖賢的品德，是英明帝王的後代，目睹中原文明，可是並不將這些文明在這兒推廣實行，而是與吳地的民俗融合為一。好像到了一個裸身的國家，也像當地人一樣脫下身上的衣服，因為想到那兒民風純樸，不應該任意去改變或破壞。直到後來與強盛的國家開始交往以後，以前的傳統才逐漸消亡，放縱奔逸，江河日下，不可挽回。文飾越講究，虛偽越突出，風俗則越澆薄。

聽年老的人說，明初洪武年間，民間不食用精美的粱米、肉肴，里巷百姓不追求文采修飾，女子在十五歲行成人禮之前，不往身上打扮，集市不堆積奇異的物產，請客的菜肴非常簡單，房子外面不砌圍牆，鄰居大家住的都是茅房連著茅房，強者不會欺淩弱者。不到二百年，這種風俗保留下來的還有多少呢？我小時候所聞所見，現在又不知發生了多大的改變。大致的情況是，風俗的改變開始於城市，然後波及到市井細民；開始於做官、有地位的人家，然後波及到市井細民。人的欲望，怎會有滿足的時候？相互誇耀，相互競勝，不知最終會演變成一種怎樣的局面。做小買賣的，路上遇到衣著華美的人，則側著眼睛打量起來，嘴裡不斷發出嘖嘖的讚歎聲。東邊鄰居的小孩吃好吃的東西，西邊鄰居的小孩就跟他母親哭鬧著也要。結婚定聘禮，用酒食設宴招待，互相送往迎來，不根據自己家裡的實際情況，說：「我怕被別人取笑。」崇尚文飾的弊害竟然已經到了這種程度！不但我們吳地如此，天下到處都是這樣。

莊氏生活在我們鄉閭，卻能夠獨自保持樸素的美德，不受近習影響。他重視農事本業，勤快勞作，做好縣衙官府的役差，是國家的良民。德實自己已經成家立業，而德誠成了王氏的入門女婿。二人都以敦厚的秉性而受到他人的信賴和喜愛，這大概是還沒有遭到時風衰俗的汙染，對此自己怎能不深深地加以愛惜呢？要朝著篤實的方向努力，而不要沾染矯飾；要去追求真誠，而不要沾染虛浮。「禮在城市裡喪失了，到郊外的鄉間去尋求。」我對此還抱有希望。

【研　析】從老、莊開始，中國形成了一個批判華靡奢侈、嚮往真淳簡樸的思想傳統，從禮儀制度到文學批評，從居室構設到日常言談，無處不見其影響的顯著存在。歸有光在本文完全認同老、莊這種批判的傾向，甚至與《老子》、《莊子》的表述方法都相一致。

全文由為人取字而申說老、莊之義，然而他撰寫此文的真正目的卻在於針砭人們追求文飾過甚的弊害，老、莊之義是矢，敝俗是的，因此它是一篇借題發揮、表達作者人世關懷的作品。解釋取字之義後，先言吳地先民含樸抱真，泰伯、仲雍治吳而能入鄉隨俗，不變其風。至「洎通上國，始失其故」一轉，引出作者批判的由頭。然中間又略去數千年敝俗不表，徑談明朝前期吳風猶是清素儉約的，可是經過一二百年，便已經是奢風蔓延，江河日下，富者日以鬥靡誇侈為樂，貧者也「不問家之有無」，步其後塵，以儉約為恥，「懼為人笑」，寫小民心態入木三分。再由「非獨吾吳，天下猶是也」一語作結，由此及彼，推及寰宇。歸有光非止為吳地憂，實為天下憂。作者通過詳述一地一時的頹風，而使讀者概知普天之下古往今來奔潰放逸、文勝偽滋的大端，這得益於巧用文章詳略佈局之法。

歸有光是一個非常關心文學風氣的批評家，他對擬古一派的主張以及該派在吳中地區勢力日張的現狀十分擔憂，認為這是徒取聲貌之盛，而喪質樸之誠，是一種有害的文學風氣。本文指出：「文太美則飾，太華則浮。浮飾相與，敝之極也。」他主張「以文為文，莫若以質為文」，因為「質之所為生文者無盡」，「無色」之「賁」為眾彩之母，所以文學寫作不能離開誠樸這個大本。這說明歸有光的文學思想與老、莊思想有著內在的聯繫。

「夫智而用私」十二句，連貫而下，重複申述同樣的意思，然句之奇偶單雙，聲之長短沉浮，自有不同，或曰「不如」，或曰「莫若」，藉此以生變化。集腋成裘，積句成篇，倘若句子不靈動，則不免遭來堆積之譏，避免之法，可從此處體會。

二子字說

【題解】二子指歸有光與繼室王氏生育的兒子初名福孫和安孫。福孫生於嘉靖十八年（西元一五三九年），取字子祜，後以子祜為名，字伯景，號若水。安孫生於嘉靖二十一年（西元一五四二年），取字子寧，後以子寧為名，字仲敉，號徹園，考中萬曆四年（西元一五七六年）武科舉人。

本文分別敘述為二子起名、字的緣起及其含義。歸有光希望自己的兒子學習古代賢人高風大節，樹立高尚的志向，以素樸為懷，不要淪為流俗之人。

文章說：「於是福孫且冠娶。」福孫年快滿二十，當是嘉靖三十七年（西元一五五八年）。歸有光寫此文時五十三歲。

予昔遊吳郡❶之西山❷。西山並❸太湖❹，其山曰光福❺，而仲子❻生於家，故以福孫名之。其後三年，季子❼生於安亭❽，而予在崑山之宣化里，故名曰安孫。於是❾福孫且冠娶❿，予因《爾雅》之義，字福孫以子祜，字安孫以子寧⓫。念昔與其母共處顛危困厄之中，室家懽聚之日蓋少，非有昔人之勤勞天下，而弗能子其子⓬也。以是志⓭之，蓋出於其母之意云。今母亡久矣，二子能不自傷，而思所以立身行道，求無媿於所生哉？

抑⓮此偶與古之羊叔子⓯、管幼安⓰之名同。二公生於晉、魏之世，高風大節，邈⑰不可及。使孔子稱之，亦必以為夷、惠之儔⑱。夫士期以自修其身，至於富貴，非所能必。幼安之隱，叔子之仕，予難以擬其後。若其淵雅⑲高尚，以道素⑳自居，則士誠㉑不可一日而無此，不然，要㉒為流俗之人。苟得爵祿功名顯於世，亦鄙夫也。

【注釋】❶吳郡　楚漢之際析會稽郡置，以後相沿，治所在吳縣（今屬江蘇蘇州），轄境為今江蘇長江以南及浙江部分地區。隋唐曾改蘇州為吳郡。此指蘇州。❷西山　即洞庭西山。在太湖中，又名包山、夫椒山。周圍八十餘里，以縹緲峰為最高。❸並　通「傍」。瀕臨。❹太湖　古稱震澤、笠澤。襟帶江蘇、浙江二省，湖寬三萬六千頃，主要由黃浦江流入長江。湖中有大小山七十二座，與浩淼湖水相映，為東南勝景。❺光福　洞庭西山依傍太湖的一座小山。❻仲子　第二個兒子。因歸有光與髮妻魏氏已經生育一子，故與王氏生育的第一子為仲子。❼季子　第三個兒子。❽安亭　古鎮名，今屬上海市嘉定。歸有光曾長期在安亭設塾教書。❾於是　如今。是，此。❿且冠娶　將行冠禮並結婚。古代男子二十歲加冠行禮，表示成人。且，將。⓫予因爾雅之義三句　《爾雅》：祜，「福也」；寧，「安也」。古人取字，往往與名同義或近義。《爾雅》，西漢時期編的一部重要的解釋字義的著作，後來成為「十三經」之一。⓬子其子　意謂養活其子女。⓭志　通「誌」。記。⓮抑　助詞，放在句子的開頭，無義。⓯羊叔子　羊祜（西元二二一～二七八年），字叔子，泰山外城（今山東費縣西南）人。蔡邕外孫。仕魏中領軍，入晉官至征南大將軍，封南城侯。卒諡成。《晉書》本傳稱他「貞慤無私，疾惡邪佞。」「涉其門者，貪夫反廉，懦夫立志，雖夷、惠之操，無以尚也。」死後，「襄陽百姓於峴山祜平生遊憩之所，建碑立廟，……望其碑者，莫不流涕，杜預因名為墮淚碑。」⓰管幼安　管寧（西元一五八～二四一年），字幼安，北海朱虛（今山東臨朐東南）人。少孤。與華歆同席讀書，有貴官過門，華歆羨而相觀，管寧遂與歆割席而坐。漢末，避亂山居，入魏被朝廷徵召，拒不就官。⓱邈　高遠；超卓。⓲使孔子稱之二句　《論語・微子》：「逸民伯夷、叔齊、虞仲、夷逸、朱張、柳下惠、少連。子曰：『不降其志，不辱其身，伯夷、叔齊與。』謂柳下惠、少連降志辱身矣，言中倫，行中慮，其斯而已矣。謂虞仲、夷逸隱居放言，身中清，廢中權。」伯夷、柳下惠等七人都是古代節行超逸的賢者。伯夷，不願繼位的隱者，參見〈卓行錄序〉

注⑳。柳下惠，即展禽，戰國時魯國人，食邑柳下，諡惠，故稱。掌管刑獄。三次被黜，人勸他離去。他認為以直道事人總是要被黜的，不以直道事人又何必離開自己的國家。歸有光將柳下惠比作羊祜，伯夷比作管寧。儔，同類的人。⑲淵雅　深遠高雅。⑳道素　純粹樸素的德行。㉑誠　確實。㉒要　總歸；只不過。

【語　譯】我從前遊吳郡西山。西山靠近太湖的地方，有一座山叫光福山，那時我的第二個兒子在家裡出生了，所以給他起的名叫福孫。過了三年，第三個兒子出生於安亭，那時我在崑山縣宣化里，為他起的名叫安孫。如今福孫將要舉行加冠禮，快要成婚，我於是用《爾雅》裡面的字義，為福孫取字叫子祜，為安孫取字叫子寧。回想從前與這兩個孩子的母親一起在危困艱難的條件下度日，一家人歡聚的日子很少，如果不是像過去的人那樣到處謀生，辛勤勞作，簡直無法將孩子養大。因此給兄弟倆取這樣的字，實錄當時家境情況，這是出於孩子母親的意思。如今孩子母親已經去世多年，你們二人豈能不感到哀傷，因而反躬自省，樹立志向，追求大道，以便對得起生你養你的親人？

我為兒子取的字恰巧與羊祜、管寧的名字相同。二公生活於晉、魏之際，高風大節，卓然挺拔，不可企及。假如得到孔子的褒獎，他倆一定可以與伯夷、柳下惠等而視之。士大夫所能追求的是培養自己的道德，至於富貴，那是很難說的事情。管寧隱居不出，羊祜出仕做官，我很難用他們來比擬我兩個兒子的將來。至於深懷雅致，心靈高尚，以純樸清素自居，這些確實是士大夫一天都不可或缺的品格，不然，總免不了是一個俗人。不擇手段地去獵取爵祿功名，藉以顯名於人世，這是非常鄙陋的呀。

【研　析】歸有光與繼室王氏生育子祜和子寧，嘉靖三十年（西元一五五一年），王氏因病去世，使歸有光又一次承受了生活的沉重打擊。該年子祜十三歲，子寧十歲，對母親的音容已經有所記憶。轉眼七年時光過去了，孩子已經長大，可是逝者長眠地下，令生者無限懷念。歸有光此文因為孩子取字而勾起對往事的回憶，用以紀念亡妻，勉勵孩子，希望在孩子的心靈裡永遠珍藏母親對他們的恩情和寄託。

首段追憶二個孩子出生時，作者居家不定，為了謀生而與妻子分居兩地，以狀寫當時「共處顛危困厄之中，室家懽聚之日蓋少」之況。妻子以兒子出生之地為他們命名，正是想讓孩子將來記住他們降生時家裡親人勞碌奔波的景況，從而珍惜自己人生的起點，作為立身的基本。

第二段由作者為孩子取字偶然與古代賢者羊祜和管寧的名、字相同，繼續生發議論，提高文章立意，希望孩子不僅要時刻銘記亡母的關懷，而且要學習羊祜、管寧淵雅高尚的品格，像他們那樣自修其身，以清素自居，絕不與「苟得爵祿功名顯於世」的「鄙夫」為伍。

取名、取字，一以紀實，一以植德，都是父母的一片慈愛和期望，一併寫出，惟見文章漸進而漸厚。

書郭義官事

【題解】古代執政往往將民間尚義行善的一些穎異人物，旌為義官。歸有光這篇文章所記敘的郭和，也是這樣一位誠樸、仁慈而有感化力的鄉閭人物。本文記敘異類之間互相發生神奇感應的故事，取材雖然新奇，然而作者真正嚮慕的其實是人與人、人與動物及自然親善和睦，融洽共處的狀態。文章因此獲得深刻的寓意，而與單純的獵奇之作格調迥別。

郭義官❶曰和者，有田在會昌、瑞金❷之間。翁一日之❸田所❹，經山中，見虎當❺道，策❻馬避之，從他徑行。虎輒❼隨翁，馴擾❽不去。翁留妾守田舍，卒❾一歲中數至。翁還城，虎送之江上，入山而去。比❿將至，虎復來。家人呼為小豹。每見虎來，其妾喜曰：「小豹來，主⓫且⓬至，速為具⓭飯。」語未畢，翁已在門矣。至則隨翁帖帖⓮寢處。冬寒，臥翁足上，以覆煖之⓯。竟⓰翁去，復入山。如是以為常。翁初以肉飼之，稍稍與⓱米飯⓲。故會昌人言郭義官飯虎。鎮守官聞，欲見之。虎至庭，咆哮庭中，人盡仆⓳。翁亟將⓴虎去。後數十年，虎暴死，翁亦尋㉑卒。

嘉靖癸丑㉒，翁孫惠為崑山主簿㉓，為予言此。又言歲大旱，禱雨㉔不應，眾強翁書表焚之㉕。有神憑㉖童子，怒曰：「今歲不應有雨，奈何㉗令郭義官來，今則不得不雨㉘。」頃之，澍雨㉙大降。然翁平日為人誠朴，無異術也。

予嘗㉚論之：以為物之鷙㉛者莫如虎，而變化莫如龍。古之人嘗有以豢㉜之。而佛、老之書所稱異物多奇怪，學者以為誕妄不道。然予以為人與人同類，其相戾㉝有不勝其異者㉞。至其理之極，雖夷狄禽獸，無所不同。子思曰：「喜怒哀樂之未發，謂之中；發而皆中節，謂之和。」「致中和，天地位焉，萬物育焉。」㉟學者疑之㊱。郭義官事，要㊲不可知。嗚呼，惟其不可知，而後可以極其理之所至也。

【注釋】❶義官　舊時政府為表彰民間以善舉著稱的人的一種名譽性官爵。❷會昌瑞金　二縣相毗鄰，會昌在瑞金以南，明代同屬贛州府，今屬江西。❸之　到。❹田所　即田舍、農舍。郭和在城鎮和農村都有自己的家，常常往來於兩地。❺當　阻擋。❻策　鞭打。❼輒　就。❽馴擾　馴服。❾率　大概。❿比　每當。⓫主　主人，指郭和。⓬且　將。⓭具　準備。⓮帖帖　貼近貌；帖服收斂狀。⓯以覆煖之　用身軀覆蓋，為郭和取暖。⓰竟　直到。⓱與　以。⓲飯　餵。⓳仆　倒地。⓴將　令。㉑尋　不久。㉒嘉靖癸丑　西元一五五三年。㉓主簿　官名。為知縣佐官之一，負責文書簿記一類事情。㉔禱雨　通過一定儀式祈禱天降雨。㉕書表焚之　書寫祈禱文並焚告天神。表，文體名，請求之文往往用之。㉖憑　依附。㉗奈何　無奈。㉘雨　下雨。㉙澍雨　暴雨。㉚嘗　曾經。㉛鷙　兇猛。㉜豢　養。㉝戾　違背。㉞異者　異類。㉟子思曰八句　引自《中庸》，相傳《中庸》是孔子的孫子子思所撰。中節，合度。致，至；達到。位，正。育，生長。㊱學者疑之　這是指後人對《中庸》這一段話，各有不同的理解。㊲要　總之。

【語　譯】郭義官名和，他在會昌、瑞金之際有些土地。有一天，老翁到鄉下去，從一座山中間經過，看見一隻老虎擋在道上，於是揮鞭趕馬避開老虎，從別的小路行走。老虎就尾隨著老翁，樣子馴服，不再離去。老翁留自己的妾看守農舍田地，自己大概一年來看幾次。老翁回城，老虎送他到江邊，然後回到山裡去。等到老翁將要來的時候，老虎又出現了。家裡人叫牠「小豹」。每次看到老虎走來，老翁的妾就高興地說：「小豹來了，主人一定快要到了，趕快為他準備飯菜。」話音未落，老翁已經出現在門口。老虎來後，很馴服地貼近老翁身旁安臥。冬天氣候寒冷，臥在老翁雙足之上，用覆蓋的身體給老翁取暖。直到老翁回城，牠才又回到山裡去。如此這般，已經習以為常。老翁開始用肉給老虎餵食，慢慢地給牠餵米飯。所以會昌人說：「郭義官給老虎餵飯。」當地的鎮守官員聽說這件事以後，想親眼來看一看。老虎走到庭院裡，在院子中央發出咆哮，那些人都被嚇得趴在了地上。老翁趕緊令老虎離開。又過了數十年，老虎突然死了，老翁不久也離開了人世。

嘉靖三十二年，老翁孫兒郭惠來任崑山主簿，為我講了以上故事。他又說：大旱之年，祈禱上蒼降雨卻沒有感應，大家非要讓老翁書寫祈禱文，焚化而向天禱告。有神靈憑附在一個兒童身上，發火說：「今年本來不當下雨，無奈讓郭義官來祈禱，今天不得不下雨了。」一會兒，暴雨驟降。老翁平時為人誠樸，並沒有什麼妖異怪術。

我曾經講過：動物中最兇猛的莫過於老虎，而最善於變化的莫過於龍。古代的人曾經豢養過龍和虎。而佛家、道家的書裡記載的異物多屬於奇奇怪怪，學者認為這些記載荒誕不經。不過我卻以為，人與人雖然屬於同類，他們互相之間的對抗違戾有更甚於異類者。從根本上來看，那怕是夷狄少數族人、飛禽走獸，大家都無不相同。子思說：「喜怒哀樂還未流露，這是『中』；流露而皆能合度，這是『和』。」「達到了『中』、『和』，天地的位置就正常，萬物就生長。」有些學者對這些話抱有懷疑。郭義官的這些事，總之是不大好理解。不是嗎？惟其不大好理解，才可以將它看作是根本道理的一種表顯。

【研　析】文章記郭和飼虎、禱雨兩件異事，一詳一略。所以詳記虎與郭和安然相處，不僅僅為其故事本身，也為末段「人與人同類」而「相戾有不勝其異者」之議論作一伏筆，「異者」即謂人、虎不屬於同類而言。文章針線牽引，作者文心潛貫。詳略安排看似不經意，其中實有巧妙。人類與老虎似乎是敵對的，卻互相可以示以友好的關懷；人與人雖然屬於同類，可是往往互相凌辱、迫害，有過於異類者。對此，作者感觸頗深，文章寓意在此，非徒然地為了獵奇。

這使我聯想起二〇〇七年夏天在日本東京聽到的一則故事。涉谷車站附近，有一尊名叫八公狗的銅像。張嚴冰博士對我說：這條狗由一教授豢養，每天早晨教授去大學授課，狗送他至車站而返，下午再來等候他一起回家。無論風雨烈日，終年不變。一日，教授在講堂猝然病故。八公狗不知，依然每天下午來車站接牠的主人。人們為了紀念這條忠犬，募捐為牠建鑄了銅像。八公狗出席了牠自己的銅像揭幕儀式。不久牠老死，骸骨與教授同葬一穴。古往今來，中國外國，人與動物互為感應、誠篤相待相處的傳說很多，也很美好動人。歸有光此文所記人、虎故事，也屬於這一類異事，同時又突出了教誨的寓意。

書張貞女死事

【題　解】 嘉靖二十三年（西元一五四四年），嘉定安亭鎮（今屬上海）發生了一樁婆婆串通惡少殺害媳婦的大案。事後婆婆行賄辦案的官吏，掩蓋真相，同時民間又流傳著一些不利於被害媳婦名聲的說法，從而使案子無法得到公正判決。歸有光此時正好在安亭，他同情這位媳婦，對齷齪的世俗深表憤慨。為此，他在調查基礎上撰寫了一系列文章，揭示真相，伸張正義，並且聯絡鄉紳名流，讓他們出來主持公道，形成有利於官府公正辦案的輿論。這事在當地幾乎婦孺皆知，而歸有光這一組數千言的正義之文也成了他的大作品。清人汪琬〈烈婦周氏墓表〉附記說：「昔歸震川〈書張貞女死事〉，又書其獄事，又有〈貞婦辨〉，又〈與嘉定諸友書〉、〈與李浩卿〉及殷、徐、陸三子書，殆不啻數千言，丁寧反復不置。予始疑其煩，由今觀之，豈得已哉！豈得已哉！」本篇記敘張氏命案始末。《明史・列女》有張氏傳，即是根據歸有光此文寫成。

撰於嘉靖二十三年（西元一五四四年），歸有光應禮部試下第南還，時年三十九歲。

張貞女，父張耀，嘉定曹巷❶人也。嫁汪客之子。客者，嘉興❷人，僑居❸安亭。其妻汪嫗❹，多與人私❺。客老矣，又嗜酒，日昏醉無所省❻。諸惡少往往相攜❼入嫗家飲酒。及客子娶婦，惡少皆在其室內，治❽果殽❾為歡宴。嫗令婦出，徧拜之，貞女不肯。稍稍❿見姑⓫所為，私語⓬夫曰：「某某者，何人也？」夫曰：「是吾父好友，通家⓭往來久矣。」貞女曰：「好友迺⓮作何事？

若⑮長大，若母如此，不媿死耶？」

一日，媼與惡少同浴，呼婦提湯⑯。見男子，驚走，遂歸母家。哭數日，人莫得其故。其母強叩之，具以實告。居久之，媼陽⑰為好言，謝⑱貞女，貞女至，則百端凌辱之。貞女時時泣語其夫，令謝⑲諸惡少。復乘間⑳從容㉑勸客，曰：「舅㉒亦宜少飲酒。」客父子終不省㉓，反以語媼，輒致搒掠㉔。

惡少中有胡巖，最桀黠㉕，群黨㉖皆卑下之㉗，從其指使。一日，巖眾言㉘曰：「汪媼且㉙老，吾等不過利㉚其財，且多飲酒耳。新娘子㉛誠㉜大佳，吾已寢處㉝其姑，其婦寧能㉞走㉟上天乎？」遂入與媼曰：「小新婦介介㊱不可人意㊲，得與胡郎共寢，即懽然一家，吾等快意行樂，誰復言之者？」媼亦以為然。謀遣其子入縣書獄㊳。媼嘗令貞女織帨㊴，欲以遺㊵所私㊶奴。貞女曰：「奴耳，吾豈為奴織帨耶？」媼益惡㊷之。

胡巖者四人，登樓縱飲。因共呼貞女飲酒，貞女不應。巖從後攫㊸其金梳㊹，貞女詈㊺且泣，還之，貞女折梳擲㊻地。媼以己梳與之，又折其梳，遂罷去。頃之，媼方浴，巖來共浴。浴已，媼曰：「今日與新婦宿。」巖入犯㊼貞女，貞女大呼曰：「殺人！殺人！」以杵㊽擊巖，巖怒走出。貞女入房，自投於地。哭聲竟夜(49)不絕。

明日，氣息僅屬(50)，至薄暮(51)少蘇，號泣欲死。巖與嫗恐事泄，縶(52)諸床足，守之。明日，召諸惡少酣飲。二鼓(53)，共縛貞女，椎斧交(54)下。貞女痛苦宛轉(55)，曰：「何不以刃刺我，令速死！」一人乃前，刺其頸，一人刺其脅，又椓其陰(56)。共舉尸欲焚之。尸重不可舉，乃縱火焚其室。鄰里之救火者，以足蹴(57)其尸，見嚇然(58)死人，因共驚報(59)。諸惡少皆潛走。一人私謂人曰：「吾以鐵椎椎(60)婦者數四，猶不肯死。人之難死如此。」貞女死時，年十九耳，嘉靖二十三年(61)五月十六日也。

官逮小女奴及諸惡少，鞫(62)之。女奴歷指(63)曰：「是某者縛吾姊，某以椎擊，某以刃刺。」嫗罵惡少曰：「吾何負(64)於汝？汝謂姑殺婦(65)無罪，今何如？」嫗尋死於獄(66)。

貞女為人淑婉(67)，奉(68)姑甚謹，雖遭毒虐，未嘗有怨言。及與之為非，獨亢然(69)蹈白刃而不惴(70)，可不謂賢哉！夫以群賊行汚閨闥(71)之間，言之則重得罪，不言則為隱忍，抑其處此尤有難者矣。自為婦至死，踰一年，而處汪氏僅五月。或者疑其不蚤死(72)，嗟乎，死亦豈易哉！

嘉定故有烈婦祠。貞女未死前三日，祠旁人皆聞空中鼓樂聲，祠中火炎炎㊸從柱中出。人以為貞女死事之徵。予來安亭，因見此事。嘆其以童年(74)妙齡，自立如此，凜然毛骨為竦。因反覆較勘(75)，著(76)其始末，以備史氏(77)之採擇。

【注釋】❶曹巷　村名。❷嘉興　今屬浙江。❸僑居　寄居異鄉。❹嫗　年歲大的婦人。❺私　通姦。❻省　神志清醒。❼相攜　結伴。❽治　準備。❾果殽　水果，菜肴。殽，通「肴」。❿稍稍　逐漸。⓫姑　妻子稱丈夫的母親為姑。⓬私語　私下裡對人說。⓭通家　猶世交。⓮迺　即乃，卻。⓯若　你。⓰湯　熱水。⓱陽　佯；假裝。⓲謝　表示歉意。⓳謝　拒絕。⓴乘間　利用合適的機會。㉑從容　認真；鄭重其事。㉒舅　妻子稱丈夫的父親為舅。㉓省　明白；覺悟。㉔搒掠　拷打。㉕桀黠　兇殘，狡猾。㉖黨　同夥。㉗卑下之　意謂服從於胡巖。㉘眾言　當著眾人說。㉙且　將。㉚利　意動詞，謂看中，圖謀。㉛新娘子　南方稱結婚不久的女子為新娘子。娘子，女子。㉜誠　確實。㉝寢處　一起睡覺。㉞寧能　豈能。㉟走　逃跑。㊱介介　孤高；守節操。㊲不可人意　不能讓人稱心滿意。可，合；適宜。㊳入縣書獄　到嘉定縣去做監獄文書一類雜事。書獄，書寫獄詞。指從事案頭文書或擬判決詞。㊴帨　泛指巾帕。㊵遺　贈。㊶私　私通；相愛。㊷惡　憎恨。㊸攫　奪取。㊹金梳　梳。歸莊整理本改為「梭」字，說：「必是織帨之梭，非櫛髮之梳也。當以聲相近而訛耳。」汪琬〈與歸玄恭書二〉則堅持「梳」，說：「竊謂吳人雖富室，不聞以金為梭。若云銅鐵亦金之屬也，梭當以鐵為之，則非一弱女子能折明矣。且攫其織帨之梭，事勢似覺稍緩。至於攫其頭梳，則駸駸相逼，不可不加峻拒矣。蓋金梳恐非櫛具，或是首飾，如近時婦女金掠鬢、摻根簪之類。不妨傳疑。」汪琬在信的附記中，又引用歸有光友陸師道〈張烈婦詩〉「佻達定相侮，起攫頭上梳」為證。似可從。㊺詈　罵。㊻擲　扔。㊼入犯　指逼近張貞女，欲對她進行強暴。㊽杵　搗衣用的棒槌。㊾竟夜　整夜。㊿氣息僅屬　氣息奄奄。屬，相連。(51)薄暮　傍晚。薄，接近。(52)縶　捆綁。(53)二鼓　古時夜裡打鼓計時，二鼓，即二更，指晚上九時至十一時。(54)交　交替。(55)宛轉　不停地翻轉。(56)椓其陰　毀陰戶。(57)蹴　踩。(58)嚇然　同「赫然」。可怕貌。(59)驚報　驚慌地向官府報案。(60)椎　用椎敲擊。(61)嘉靖二十三年　西元一五四四年。(62)鞫　審訊。(63)歷指　一一指出。(64)負　虧待。(65)婦　媳婦。(66)嫗尋死於獄　據歸有光〈張貞女獄事〉載，汪嫗是胡巖買通獄卒，被斃而死，以此達到殺人滅口的目的。尋，不久。67淑婉　善良，溫順。68奉　侍候。69亢然　不屈貌。70不惴　無所畏懼。71閨闥　內室，指家裡。閨，小門。闥，內門。72或者疑其不蚤死　有的人責備張氏為什麼不早自盡，因為這樣就可以不遭受淩辱。歸有光認為這種責備不合情理。73炎炎　火光閃亮。74童年　年輕。75較勘　核實。76著　明。77史氏　史官。古代史官關心采風，有選擇地載入史冊，供人借鑒。

【語譯】張貞女，父親張耀，嘉定縣曹巷人。嫁給汪客的兒子。汪客，嘉興人，僑居在安亭。他的妻子汪婦，與多人通姦。汪客年紀已老，又嗜好酒，每天喝得醉醺醺，神志糊塗。一群惡少常常結伴到汪婦家來飲酒。汪客兒子娶了新婦後，惡少們都來到他們的新房，備好菜肴、果品，尋歡作樂。汪婦喚新婦出來，給他們每一位都下拜行禮，貞女不肯。漸漸發現了婆婆的行為，私下裡問丈夫：「某某人，是什麼人？」丈夫說：「他是我父親的好友，大家都是世交，來往已經很久。」貞女說：「好友卻做出這種事情來？你長這麼大，你母親竟如此，還不為此羞恥死嗎？」

一天，汪婦與惡少一道洗澡，叫新婦送熱水進來。新婦見有男子在，大吃一驚，急忙逃開，隨即回了娘家。哭了幾天，別人不明白她為什麼離開夫家和哭泣的原因。在她母親一再追問下，才說出全部實情。她在娘家住了好長日子，汪婦假裝說些好話，向貞女致歉。貞女一旦回來，就對她百般淩辱。貞女時時向丈夫哭訴，讓他拒絕這群惡少上門。同時，又通過合適的機會，鄭重其事地勸汪客說：「公公你也應當少喝一點酒才是。」汪客父子結果都沒有覺悟，反而將她的話告訴給汪婦，使她遭到拷打。

惡少中有一個人叫胡巖，最兇殘狡猾，這群人都向他俯身躬體，聽他指使。一天，胡巖當著眾人的面說：「汪婦年紀快老了，我們只不過貪圖她的錢財，並且藉此多喝幾杯酒而已。新娘子真是長得標致，我們已經睡了她的婆婆，難道新婦還能逃到天上去嗎？」於是走進來對汪婦說：「小新婦一本正經，不讓我們開心，讓她與胡郎我一起睡一回，大夥就成了一家人，我們再縱情作樂，誰還會來說我們？」汪婦一聽覺得有理。她讓兒子到嘉定縣衙去做監獄文書一類雜差，將他支開。一次，汪婦吩咐貞女編織一條巾帕，想送給她相好的一個男僕。貞女拒絕道：「他只是一個僕人，我怎麼能為僕人編織巾帕？」汪婦對她更加憎恨。

胡巖等四人，上樓縱飲作樂。叫喚貞女與他們一起飲酒，貞女不予理睬。胡巖從她身後搶過金梳，貞女一邊罵他，一邊哭泣。胡巖把金梳還給她，貞女折斷金梳，扔在地上。汪婦把自己的梳子給她，又被她折斷，這群人只好作罷。一會兒，汪婦正在洗澡，胡巖也來與她一起洗。洗完澡，汪婦說：「今天你與新婦睡覺。」胡巖逼近貞女，欲施強暴，貞女大聲呼喊：「殺人啦！有人殺人！」拿起木杵朝胡巖打去，胡巖怒氣沖沖地走了出去。貞女進了自己房間，不由自主地撲倒在地上，哭聲整整一夜都沒有停歇。

第二天，氣息奄奄，到了傍晚才稍稍蘇醒過來，痛號哀泣，只欲一死。胡巖與汪婦害怕事情敗露，就將貞女捆綁在床腳，看守著她。第二天，又將這群惡少叫到家來痛飲。二更時分，一起捆緊貞女，用棒斧交替痛打，貞女痛苦地扭動身體，說：「為什麼不用刀刺我，讓我快點死！」於是走上來一人，用刀刺她頭頸，另一人刺她兩脅，又有人用器毀其陰戶。共同來擡屍體，想將其搬出去焚毀。屍體沉重，無法擡起，只好放火燒屋子。趕來救火的鄰居，一腳踩到屍體，看見是一個死人，因此一起驚恐地向官府報案。那群惡少都悄悄地逃散。其中一個人暗地裡對別人說：「我用鐵椎敲擊她四五下，還不肯死。人竟這麼難死。」貞女死的時候，十九歲，嘉靖二十三年五月十六日。

官府逮捕小婢女及各惡少，進行審訊。婢女一個個指證說：「是某人縛我的姐姐，某人用椎擊打，某人用刀捅。」汪婦罵惡少：「我哪一點對不起你們？你們說婆婆殺媳婦無罪，今天的情況又怎麼說？」汪婦不久死在監牢。

貞女性情善良溫順，侍候婆婆甚是小心周到，雖然遭到非常虐待，未嘗有怨言。等到婆婆強行逼她墮落，則決不屈服，那怕是腳踩刀刃，也毫不畏懼，這難道還不可以稱為一個賢女子嗎！一群強盜在自己家裡做醜惡之事，揭發則重重地得罪了婆婆，不揭發隱忍在心，難以釋懷，她處在這樣一個境地真的是非常為難。自從她被娶進門到被害致死，一年多時間，而與丈夫汪氏相處只有五個月。有人指責她為什麼不早點死，這話真讓人慨歎，死豈是一件容易做的事情！

嘉定過去有一座烈婦祠。貞女死以前三天，住在祠旁邊的人聽到空中傳出擊鼓奏樂的聲音，火光從祠內立柱中騰騰地閃出，認為這是將發生貞女被害事件的徵兆。我來到安亭，瞭解到此事。歎服她年紀輕輕，就能抱有如此堅貞的志操，為之毛骨悚然，肅然起敬。因此反覆調查核對，記下事件始末，以備史家採擇。

【研　析】歸有光下第還里，所居安亭鎮發生的張貞女被害事引起了他極大的關注。一面是庶民紛紛為貞女鳴冤，一面是案件的主犯暗中行賄且散佈對貞女不利的流言，迷惑了一部分人，縣令又遲遲不肯秉公判決，致使案件一再拖延，民心撓撓不安。歸有光覺得自己有責任為被害者伸張正義，於是主動介入案件調查，呼籲公正的社會輿論。這充分反映了歸有光同情平民、關懷弱者的精神。他為張貞女之死先後寫了十餘篇文章，除本文直接記敘案件始末外，還有〈張貞女獄事〉、〈貞婦辨〉、〈答唐虔伯書〉、〈與李浩卿書〉、〈與嘉定諸友書〉、〈與殷徐陸三子書〉、〈與沈敬甫〉、〈張氏女子神異記〉、〈祭張貞女文〉、〈招張貞女辭並序〉等。為一人一事反覆撰文，這在他的寫作生涯裡並不多見，正表明他對此事的高度重視。

本文開頭大段講述案件始末，雖然事件千頭萬緒，敘來卻是節次分明，要素明確，細節又具體而充實，令讀者觀後，對胡巖等人喪心病狂的行徑無不扼腕。後面的議論抒發感慨，雖然所用的篇幅有限，而論斷鑿鑿，各種對張貞女的不情之論，皆土崩瓦解。

敘述貞女自出嫁至被害，漸次展開矛盾，善與惡的衝突一步步趨向尖銳，猶如挽弓，越拉越緊，終於演出了人間極端殘酷的一場悲劇。起先的主惡是汪嫗，隨著事件發展，胡巖逐漸成為主惡，汪嫗降為幫兇，她本身也受到胡巖的脅迫和欺騙。張貞女先後遭受他們虐待、騷擾，甚之又甚，而她剛烈的性情，也藉著事端的開展而變得越發鮮明。

作者是善於寫人的散文高手。汪嫗之縱淫，胡巖之兇殘，汪客父子之昏聵庸弱，貞女之立身堅清、凜然不可侵犯，無不栩栩如生，互相形成對照。在一篇千餘字的文章，能夠寫出一群面貌情態各異的人物，給讀者留下深刻印象，殊非容易之事。柳宗元〈河間傳〉極力形容一個病態的女性，歸有光筆下的汪嫗，與她的形象略約相似，而河間婦近於寓言，汪嫗則是寫實；柳宗元通篇寫一人，歸有光則不僅寫汪嫗，還同時出色地描寫了其他人物，他在這方面明顯地借鑒了《史記》一傳多人的寫作手法。

張貞女獄事

【題解】本文與〈書張貞女死事〉寫的是同一件命案，然而角度不同。〈書張貞女死事〉是直接記敘命案的真相，本文則報告判案過程中出現的種種枉法行徑，以此暴露在金錢面前官場的齷齪、親情的蒼白。作者謂作此文的目的是「以志世變」，說明它是一篇寫世情的作品。後來，歸有光〈與沈敬甫〉談到本文，說：「但傷訐直，不便於眼前人，祕之，俟後出可也。此文頗有關係耳。」

文章寫於嘉靖二十七年（西元一五四八年），歸有光四十三歲。

初，胡巖父子謀殺貞女。傭奴❶王秀，故嘗與嫗❷通❸，後已謝去❹。巖以金餌❺之，呼與俱來。本欲焚尸以滅跡，又欲誣貞女與王秀私❻而自殺，其造意❼為此兩端❽。蓋今豪家殺人，多篡取❾其尸焚之，官司❿以其無跡，輒置不問。故殺人往往焚尸，為吏者不可不知也。火起，人來救之。巖裸身着草履⓫，其衣為血所濺，卒⓬無衣易⓭也。人或謂：「胡郎，事如是，奈何？」巖疾視⓮曰：「若⓯謂有何事耶？」亟令汪客詣縣⓰，且如所以⓱誣貞女者。會⓲汪客醉臥縣門外，而貞女父張耀已先入告之矣。耀，弱人。其婦翁⓳已得巖金，教耀獨告朱旻。及典史⓴來驗㉑，巖尚揚揚㉒在外，為賂驗者。貞女喉下刀孔容㉓二指，尚有血沫噴湧。仵人[24]裂其頸，謾[25]曰無傷者。盡去其衣，膚青腫寸斷[26]如畫紋，脅[27]及下體[28]皆刀傷血流。市人盡呼冤，或奮擊仵人。縣令亦知仵人受賂，然但[29]薄責[30]而已。

一日，令晝寢，夢金甲神人[31]兩膊流血，持刀前曰：「殺人者，胡鐸、胡巖也。不速成此獄[32]，當刺汝心。」令驚起，問左右，知有胡巖，巖父胡堂。令因謂「堂」、「鐸」聲近訛也。逮女奴[33]鞫之，遂收巖等。

先是，嫗貲[34]千金，悉[35]寄[36]巖家。巖以是[37]益得行金[38]求解。時有張副使罷官家居，與丁憂[39]丘評事[40]，兩人時時[41]入縣。縣令問此兩人。張顧[42]丘曰：「老法司[43]謂何？」丘曰：「殺一女子，而償[44]四五人，難以申[45]監司[46]也。」蓋令多新進[47]，不諳[48]法律；又獄上御史[49]，常慮見駁[50]，損傷聲譽，故以惑之。令果問計。兩人教令以「雇工人奸家長妻律」[51]坐[52]王秀足矣。以故事益解[53]，巖等皆頌繫[54]，方俟[55]十五日再驗貞女，遂釋巖等。會令至學[56]，諸生告以大義，令方慚悔。回縣，趣[57]召巖等。巖等自謂得釋，兩人[58]亦坐縣治前，俟獄定，即持金回也。令忽縛巖等，以朱墨塗面[59]，迎[60]至安亭，且遣人祭慰貞女。兩人相顧變色，遁去。安亭市中，無不鼓舞稱快。時吳中[61]大旱，四月至于六月，不雨。及是，大雨如注。

巖復賂守卒，斃嫗于獄，欲以絕口，且盡匿其金。今亦疑[62]巖所為，然但薄責守卒而已。先是貞女之死，數有神怪[63]。至是，暴嫗尸于市，汪客夜持棺欲竊[64]斂之，鬼數百，群逐汪客去。今猶以兩人言，欲出為從者[65]。會女奴指周綸實以椎擊貞女，鞫問數四，不易辭，今無如之何，獨貸[66]朱旻。旻是夜實共殺者，不獨于戶外竊聽而已。

獄已具[67]，兩人猶馳赤日中[68]，泊舟所居數里外，竟日[69]相謀。丘曰：「我至大理[70]，此獄必反。」張對人稱巖，猶曰胡公。其無人心如此。貞女之外祖曰金炳，炳父楷，成化乙未[71]南宮[72]進士第二人，為涪州[73]知州以卒。貞女死時，炳家近，先往，見其尸，得金，遂不復言。及母黨[74]之親，多得其金，雖張耀亦色動[75]，其族有言而止。

予論貞女事已詳[76]，又著[77]其獄事，以志[78]世變。即此一事，其反覆何所不至[79]，獨恃猶有天道也。嘉靖二十七年[80]七月書。

【注釋】❶傭奴　傭人。❷嫗　汪嫗，張貞女的婆婆。❸通　通姦。❹謝去　辭退。❺餌　引誘。❻私　有私情，指通姦。❼造意　設想。此指胡巖將王秀引誘來的目的。❽兩端　兩點。一指讓王秀幫著焚屍滅跡，二指製造張貞女與王秀私通的假象。(9)篡取　奪取。(10)官司　指官府負責辦案的部門和人員。司，主辦。(11)着草履　穿草鞋。(12)卒　同「猝」。倉促；突然。(13)易　換。(14)疾視　用兇狠的眼光看。(15)若　你；你們。(16)汪客詣縣　汪客，張貞女的公公。詣縣，到縣上去報案。詣，到。(17)如所以　如同預謀的內容。(18)會　恰巧；遇到。(19)婦翁　岳父。(20)典史　辦案的官吏。(21)驗　勘察命案現場；驗屍。(22)揚揚　自若貌；得意貌。(23)容　能夠容納。(24)仵人　官府中檢驗死傷的差役。(25)謾　欺騙。(26)寸斷　歸有光〈招張貞女辭・序〉：「嘉定縣男子群入張貞女室，以椎梃亂擊，膚肉寸斷。」指皮肉因打擊裂成許多小段。(27)膂　身體兩側自腋下至腰上的部分。(28)下體　陰戶。(29)但　只。(30)薄責　輕責。(31)金甲神人　披掛金飾鎧甲的神靈。(32)速成此獄　趕快判決此案。(33)女奴　汪客家裡的婢女。(34)貲　資。(35)悉　全部。(36)寄　寄存。(37)以是　因此。(38)行金　使用金錢。(39)丁憂　守喪。舊制，子女在為父母守喪的三年期間內，不做官，不應考，不婚嫁。(40)評事　職官名。屬大理寺，掌決斷疑獄。(41)時時　常常。(42)顧　看著。(43)老法司　稱長期擔任斷獄職務的官吏。(44)償　償命。(45)申　送呈給上級。(46)監司　負有監察責任的官吏，此指監察御史。(47)新進　年輕、資歷淺。(48)諳　熟悉。(49)御史　官名。明代御史專指監察御史，分道行使糾察之責任。(50)見駁　被駁回。(51)雇工人奸家長妻律　《明會典》卷一百四十一：「凡奴及雇工人姦家長妻女者，各斬。」這是明人對男傭與女主人通姦罪的懲處。按此張貞女也成了罪人，只因為已死，不予追究而已。雇工人，傭人。家長，雇主，指男主人。(52)坐　定罪。(53)解　通「懈」。鬆懈；不嚴重。(54)頌繫　對犯人寬容，不施加刑具。頌，古「容」字。寬容。(55)俟　等。(56)學　學校。(57)趣　催促。(58)兩人　張副使、丘評事。(59)朱墨塗面　用紅漆和黑墨塗在犯人面孔，這是古代死囚的標誌。(60)迎　押送。(61)吳中　指今江蘇蘇州及與上海接壤的一帶。(62)疑　推測。(63)有神怪　出現神怪顯靈的現象。(64)竊　悄悄。(65)令猶以二句　縣令依然受到張副使、丘評事「殺一女子，而償四五人，難以申監司」說法的影響，想釋放此案的從犯。(66)貸　赦免。(67)具　定案；做出結論。(68)赤日中　烈日下。(69)竟日　整天。(70)我至大理　丘評事當時丁憂在家，守喪期結束，仍將復原職。大理，官名。即秦漢之廷尉，北齊後改稱大理寺卿。掌刑獄。(71)成化乙未　成化十一年（西元一四七五年）。成化，明憲宗年號。(72)南宮　南京舉行的廷試。(73)涪州　今重慶涪陵。(74)母黨　母親一方的親屬。黨，親族。(75)色動　動容；動心。(76)予論貞女事已詳　指作者的〈書張貞女死事〉。(77)著　明白地記述。(78)志　記。(79)其反覆何所不至　意謂在辦案過程中顛倒黑白、混淆是非的現象應有盡有。(80)嘉靖二十七年　西元一五四八年。

【語　譯】開始，胡巖父子陰謀要殺害貞女。奴僕王秀過去曾與汪婦通姦，後來離開了汪家。胡巖用金錢作為誘餌，將他叫來。本來想讓他幫著一起焚屍滅跡，再誣指貞女與他通姦而自殺，他將王秀引誘來就是為了這兩個目的。現在富豪之家殺人，多是先設法弄到被害人的屍體將其焚毀，官府因為找不到屍體痕跡，就擱置案子不加追究。所以殺人往往焚屍，辦案子的官員對此不可不知。火燒起來以後，大家趕來救火。胡巖裸著身子，腳穿草鞋，因為他的衣服被濺上了血，倉促之間找不到更換的衣服。別人對他說：「胡郎，事情到了這地步，如何是好？」胡巖兇狠地瞪著他，說：「你說怎麼辦好？」他趕緊讓汪客到縣衙報案，並且按照預謀的說法誣陷貞女。恰巧汪客在縣門外醉倒了，而貞女父親張耀先到縣裡報了案。張耀是一個軟弱的人，他丈人已經收到胡巖送去的金錢，便教張耀只告朱旻一個人。等到辦案的官吏來驗屍，此時胡巖還在外頭得意揚揚，賄賂驗屍官。貞女喉嚨下的刀口有兩個手指般大，還有血沫從創口噴湧而出。驗屍官故意將屍體頭頸撕裂，然後欺騙說沒有刀傷。脫盡死者身上的衣服，露出青腫的皮膚，一條條斷裂的形狀，猶如花紋，自腋下至腰間以及陰部，都是刀傷和流血的痕跡。全鎮人都為死者鳴冤，有人怒不可遏，動手要打驗屍官。縣令心裡也明白是驗屍官收了賄賂，然而只對他作了一點輕微的處罰而已。

一天白晝，縣令躺著休息，夢見一個披掛金飾鎧甲的神靈，兩隻胳膊流著血，帶著刀走來，說：「殺人的兇手，是胡鐸、胡巖。如果不趕緊把這件命案辦好，當心我用刀刺穿你心。」縣令從夢中驚醒，問手下人，知道有個人叫胡巖，胡巖的父親叫胡堂。縣令想了一想，說「堂」、「鐸」聲音相近，這才誤為二字。他把婢女逮來審問，於是將胡巖一行人關進了監牢。

這以前，汪婦拿出千金，寄存在胡巖家，胡巖因此有更多的金錢大肆行賄，以求平息獄事。當時有一個張副使罷官閒居在鄉，與回家守喪的丘評事（他在朝廷負責決斷疑獄方面的事務）兩個人常常到縣裡走動。縣令問二人如何看這樁案子。張看著丘，問：「你是老資格的斷獄官，覺得如何？」丘說：「殺死一個女子，而讓四五個人為她抵命，這是難以向上面監司部門交代的。」因為縣令多是剛考中的進士，不熟悉法律；加上審理的案子送報給按察御史，常常擔心被駁回，會損壞自己的聲譽，所以丘用這種話迷惑他。縣令果然向他們討教辦法。兩人教縣令按照「傭人與雇主妻子通姦」的條文來定罪，讓王秀一人抵罪就足夠了。這樣一來，縣裡辦貞女的案子更加不起勁，胡巖等人被卸下刑具，只等到十五日再次為貞女驗了屍，就準備將他們釋放出獄。一次，縣令恰好來到縣學堂，秀才們紛紛向他講述大義，這讓縣令感到既慚愧又後悔。他回到縣衙，飛速下令將胡巖等人帶來。胡巖等還以為是釋放他們，張、丘二人也坐在縣的公堂上，等候宣告結案，就好拿著禮金回家。縣令突然縛了胡巖等人，在他們臉上塗滿朱、墨二色，押送至安亭，並且派人祭慰貞女。張、丘二人你看我，我看你，顏色頓變，匆匆離開。安亭鎮上，無不歡欣鼓舞，拍手稱快。當時吳中遭遇大旱，從四月至六月，沒有下過雨。此時，甘霖驟然傾盆而至。

胡巖還向監獄看守行賄，將汪婦擊斃於獄中，想以此滅口，而且藉此獨吞她寄存的金錢。縣令也懷疑這是胡巖在背後指使所致，然而，只是輕微地責罰一下看守而已。在此以前，貞女死後，多次有神怪顯靈。至此，汪婦被暴屍於安亭鎮，夜裡，汪客帶著棺材想暗暗收屍入殮，數百個鬼魂，一起追著汪客將他趕跑。縣令仍然受到張、丘二人說過話的影響，意欲釋放從犯。由於婢女指證周綸用椎擊打貞女，反覆審問四五次，不改證詞，縣令也無可奈何，只赦免了朱旻一人。朱旻那晚上其實共同參與了對貞女的謀殺，並非僅僅在窗外竊聽而已。

案子已經做出結論，張、丘二人仍然奔走於烈日之下，將船停泊在離家數里之外，整天在一起密謀。丘說：「我守喪結束回到刑部，此案必翻。」張向別人說到胡巖，還稱他為「胡公」。二人喪失人心竟然到如此地步。貞女的外祖父名金炳，金炳父親金楷，是成化十一年南京第二名進士，任涪州知州而卒。金炳家離汪客家近，先趕到汪家，看到了貞女屍體，拿到金子後，就不再吭聲。貞女母親一方的親戚，收了不少金子，連張耀都動心轉變了態度，貞女的家族雖然心裡有話，因此都緘口不語。

我在〈書張貞女死事〉一文對此事已經做了詳細論述，現在再披露辦案的前後經過，使大家看到世風人情之衰微。就這樣一件案子，當中顛倒黑白、混淆是非的勾當暴露無遺，所幸天道尚存，可以依賴。嘉靖二十七年七月撰。

【研　析】本文與〈書張貞女死事〉是姐妹篇，作者將焦點對準偵辦張貞女案件過程中的「幕後戲」，描寫各人在這一事件中不同的反應和表現，著重暴露人們心靈深處的蝕跡鏽斑，好似一分生動傳神的人性證明。

張貞女被害鐵證如山，原本是一樁容易判斷的刑事案，由於主犯胡巖大肆行賄，結果使案件的真相受到嚴重歪曲。歸有光運用如椽之筆，深刻而犀利地揭示出在金錢面前人性的可悲和墮落。金錢使有些人變得異常貪婪、無恥，有些人變得十分奸詐、兇殘，有些人則變得極其冷漠、委瑣。為了金錢，官府差役可以指鹿為馬，朝廷官員可以枉法定案而且振振有辭，而被害人的父母和親眷則可以息事寧人，忍忿受辱。整篇文章具有強烈的漫畫效果，是對世俗深刻的諷刺。

對「老法司」丘評事和張副使的描述尤其精彩。二人以精通法律自居，知法枉法，搭檔設局，如表演雙簧，詐唬縣令，自以為得計，「候獄定，即持金回也。」等到判案結果出來，陰謀失敗，仍不甘心，「兩人猶馳赤日中，泊舟所居數里外，竟日相謀」，企圖翻案。作者以「無心人」三字形容他們，最是定評。寫縣令徵詢他倆意見時，張某有意轉問丘評事：「老法司謂何？」藉此烘托丘評事法律權威的身份，想以此來增加左右審判案件的分量。又寫丘評事在失敗之後，依然虛張聲勢，大言「我至大理，此獄必反。」這些描寫皆聲情畢肖。

對於張貞女的親人，作者寫他們受賄後，或故意不告發主犯，或沉默不言，甚至張貞女父親看到這麼多賄金，「亦色動」，族人則「有言而止」。文章的語氣冷峻有力，作者雖然沒有就此多生發議論，而悲憤的感情隨處可見，諷刺、批判的效果十分強烈。

言解

【題解】孔子以「德行、言語、政事、文學」四科設教，此見於《論語・先進》的記載。然而這是否意味著「言語」可以擺脫「德行」、「政事」而獨立？後世顯然存在這樣的一種理解，從而導致「辭人之賦麗以淫」，以及言與物、理互不相稱的現象。

歸有光此文是對「言語」或寫作性質的解釋，一方面肯定無論口述或撰寫都應當「宜于用，不宜於無用」，另一方面又強調作者應當言其所無，不言其所有，即努力去表達社會和世人所缺乏而又迫切需要的東西，從而否定了「舍德行而有言語之名」的一派。作者此文不僅一般的肯定了「言語」的重要性，更論述了什麼樣的「言語」才是重要的。這也是一篇廣義的文學批評論文，矛頭指向當時文壇句擬字摹的風氣。

言惡乎❶宜？曰：宜于用，不宜於無用。言之接物❷，與喜怒哀樂均❸也。當❹乎所接之物，是言之道也。終日而談鬼，人謂之無用矣，以其不切❺於己也；終日而談道，人謂之有用矣，以其切於己也。夫以切于己而終日談之，而不當于所接之物，則與談鬼者何異？

孔子曰：「庸言之謹。」❻非謂謹其所不可言，雖可言而謹耳。道之在人，若耳目口鼻。見之者不問，有之者不言。使人終日而言吾耳若何，吾目若何，吾口與鼻若何，則人以為狂謬❼矣，實有耳目口鼻者，不待言也。飢者言食，而飽者不言；寒者言衣，而煖者不言。

昔者宰我、子貢習聞夫子之教，而能為彷彿近似之論，其言非不依于道，而當時擬之以為言語之科❽。夫學者之學，舍德行而有言語之名，為宰我、子貢者，亦可恥矣。

曾子曰「唯」❾，顏子「如愚」❿，二子不為無實之言，而卒以至於聖人之道。孔子曰：「予欲無言。」聖人之重言也如是，聖人非以言為重者也。「四時行，百物生」，聖人之道也⓫。

【注釋】❶惡乎　如何。❷言之接物　意謂語言所表達的事物或內容。❸均　同。❹當　合適；妥當。❺不切　不合；無關。❻庸言之謹　引語見《中庸》。庸，常。❼狂謬　精神病者悖違常理，即病態。狂，瘋子。❽昔者宰我子貢四句　《論語・先進》：「言語：宰我、子貢。」《孟子・公孫丑上》：「宰我、子貢善為說辭。」《史記・仲尼弟子列傳》：宰我「利口辯辭」；子貢「利口巧辭」。孔子以德行、言語、政事、文學四科設教，弟子各有所長。宰予，字子我，一名宰我。端木賜，字子貢。二人都是孔子的學生，以擅長言辭著稱。習聞，時常聽到。擬，比擬；歸入。科，科目；類別。❾曾子曰唯　《論語・里仁》：「子曰：『參乎，吾道一以貫之。』曾子曰：『唯。』子出，門人問曰：『何謂也？』曾子曰：『夫子之道，忠恕而已矣。』」孔安國注：「直曉不問，故答曰唯。」曾子，名參。孔子學生。❿顏子如愚　《論語・為政》：「子曰：吾與回言終日，不違，如愚。退而省其私，亦足以發，回也不愚。」孔安國注：「不違者，無所怪問。於孔子之言默而識之，如愚。察其退還與二三子說繹道義，發明大體，知其不愚。」顏回，字子淵，魯國人，孔子學生。⓫孔子曰予欲無言七句　《論語・陽貨》：「子曰：『予欲無言。』子貢曰：『子如不言，則小子何述焉？』子曰：『天何言哉，四時行焉，百物生焉。天何言哉！』」天不言而四季自然運行，百物自然生長，其作用遠勝於能言之人類。孔子藉此告誡人們慎言。

【語　譯】言語究竟怎樣才算合適？回答是：應當有用，不應當無用。言語聯繫實際，這與喜怒哀樂有所感而發生是相同的。與實際的事物相結合，這是言語的根本性質和要求。整天談鬼，人們認為這毫無用處，因為這與人類自身無關；整天論道，人們認為這大有裨益，因為這與人類自身有關。因為與人類自身有關而整天談論不休，然而所談論的並不與實際事物相結合，那麼，與談鬼又有什麼區別呢？

孔子說：「平常之言也應謹慎選擇。」這句話並非說對於不能說的應當謹慎，而是說即使可以說的話也要謹慎。道對於人來說，就好像耳目口鼻。已經看見的不問，已經存在的不說。如果一個人整天說，我的耳朵如何，我的眼睛如何，我的嘴巴和鼻子又如何，別人一定會以為他是瘋子，耳目口鼻都實實在在地擺著，不需要再說。挨餓的人才談吃的，而酒足飯飽的人不說；受凍的人才談衣服，而穿得暖和的人不說。

從前，宰我、子貢長期受到孔子教誨，他們自己也能發表一些彷彿與孔子相似的言論，這些言論並非不符合道，而當時卻把他倆的言論歸入「言語」一類。學者求學，不能歸入「德行」的行列，而僅僅獲得「言語」的名聲，作為宰我、子貢，也會為此而感到羞恥。

曾子回答孔子，僅說：「明白。」顏回聽孔子說話，樣子顯得愚笨。二人不說沒有實際內容的空話，而最終卻進入了聖人大道的境界。孔子說：「我想默然無語。」聖人是如此地重視言語，然而聖人並非是重視言語本身。「大自然無言無語而四季運行，萬物生長。」這就是聖人的大道。

【研　析】古人的語言觀常常也是文學觀。歸有光強調，語言宜於用，不宜於無用；不僅談鬼為無用之文，而且，談道之文如果脫離實際事物，也是多餘的累贅，二者都沒有什麼價值。他期待「飢者言食」、「寒者言衣」關係民生實際的言辭和作品。這首先是針對一部分空言心性的道學先生，其次也是針對文壇上的摹擬論者。他引用孔子的話，說明以「謹」、寧願「無言」的態度對待寫作，是每一個與語言打交道的人應當具備的自覺。這不是輕視文，恰恰相反，是歸有光十分重視文的表現。

歸有光對於道學既予以吸收和接受，又予以批評和拒絕，本文主要表現了他對道學不滿意的一面，指出道學家「以切于己而終日談之，而不當于所接之物」，這與「談鬼者」沒有什麼區別。就道學所產生的流弊而言，歸有光這一批評相當中肯。

與空言道學不同，摹擬論者的弊端則是徒然重文，而遺棄了文章的質。對此，歸有光提出要學習曾子、顏子「不為無實之言」的態度，強調寫作「非以言為重」，應當以切合自然大道為根本，以此作為對當時文壇風氣的糾撥。

解惑

【題解】歸有光連續七次參加進士考試，每次都失敗而歸。他自己惱羞難言，別人也紛紛替他代陳不平。種種猜測隨之而生，影射之辭流傳開來。歸有光本人也曾對此信以為然。他在這篇文章暗示，鄉人的阻隔，使他在考試中遇到了不公平。他同時還寫了〈己未會試雜記〉，對此事有更詳細的敘述，可以參看。對此，徐學謨在歸有光死後寫了〈書歸僕丞解惑篇後〉一文，以見證人的身份澄清事實，證明歸有光這次落選與所謂鄉人作梗無關。徐學謨的陳述合乎情理，應當可信。本文真實映顯出歸有光受科舉考試折磨的痛苦靈魂，以及他極力用「命」為自己解惑，努力想放寬一步看待成敗得失的心靈掙扎。

本文作於嘉靖三十八年（西元一五五九年），歸有光五十四歲。

嘉靖己未❶，會❷闈事❸畢，予至是凡❹七試，復不第❺。或❻言：翰林諸學士素憐之❼，方❽入試，欲得之甚，索卷❾不得，皆觖然❿失望。蓋卷格于簾外⓫，不入也。或又言：君名在天下，雖嶺海⓬窮徼⓭，語及君，莫不斂衽⓮。獨其鄉人必加詆毀：自未入試，已有毀之者矣；既不第，簾外之人⓯又摘其文毀之。聞者皆為之不平。

予曰：不然。有舉⓰之而吾得焉，是舉之者勝也，而擠之者不勝也；有擠之而吾失焉，是擠之者勝也，而舉之者不勝也。有譽之而吾得焉，是譽之者是也，而毀之者非也；有毀之而吾失焉，是毀之者是也，譽之者非也。彼其人若非且不勝矣，而又何足與辨乎？彼其人既是且勝矣，而又何可與較⑰乎？夫莫之為而為者，天也；莫之致⑱而至者，命也。人不得而舉與擠也，不得而譽與毀也，是有天命焉。實未嘗舉也，未嘗擠也，未嘗譽也，未嘗毀也。

昔年張文隱公為學士主考⑲，是時內江趙孟靜⑳考《易》房㉑，趙又為公門生，相戒㉒欲得予甚，而不得。後文隱公自內閣㉓復出主考，屬㉔吏部主事長洲㉕章楙實㉖云：「君為其鄉人，必能識其文。」而章亦自詭㉗必得，然又不得。當是時，簾外誰擠之耶？子路被愬於公伯寮㉘，孔子曰：「道之將行也與，命也；道之將廢也與，命也。」㉙孟子沮于臧倉，而曰：「吾之不遇魯侯，天也。」㉚故曰有天命焉。

晉樂廣㉛嘗㉜與客飲酒，客見盃中有蛇，惡㉝之，歸而疾作。時河南聽事㉞壁上有畫漆角弓㉟作蛇形，廣以盃中蛇即角影㊱也。復置酒，問客所見如前。廣因告所以，而客疾遂愈。今或者㊲之言，皆盃中之蛇類也。作〈解惑〉。

【注釋】❶嘉靖己未　嘉靖三十八年（西元一五五九年）。歸有光五十四歲。❷會　正值。❸闈事　指春試，即進士考試。闈是考場的意思。❹凡　總共。❺不第　科舉考試合格列入等第，稱及第，不第即未考中。❻或　有人。❼翰林諸學士素憐

之　唐置翰林，為文學侍從之官，或掌撰擬朝廷機要文書，明代翰林院正式成為外朝官署。根據明朝制度，會試考官主要由翰林學士承擔。素，平常；一直。憐，同情。❽方　剛。❾索卷　求試卷。❿鞅然　意有未足。⓫格于簾外　《明史・選舉志二》：考試院分為考生答卷和考官閱卷兩個地方，相互隔開，稱為內外戶，「在外提調、監試等謂之外簾官，在內主考、同考謂之內簾官。」格，阻隔；屏棄。簾外，即外簾官。此指考卷未呈送到主考和同考官之前已經被外簾官棄置了。歸有光〈己未會試雜記〉：「蓋內中有一榜，外間亦有一榜，必內榜與外榜合，始無悔恨。」⓬嶺海　即嶺南，唐貞觀為十道之一，治所在廣州（今廣州市），範圍大約包括今廣東、廣西大部和越南北部地區。因地處五嶺之外，南臨南海，故名。⓭窮徼　荒遠的邊境。⓮歛衽　整理衣襟，以示恭敬。⓯簾外之人　指崑山人沈紹慶，詳見〈己未會試雜記〉。⓰舉　推薦。⓱較　計較。⓲致　施行；求取。⓳昔年張文隱公為學士主考　意謂那一年張治任會試主考官。張文隱公，張治（西元一四九〇～一五五〇年），字文邦，湖廣茶陵（今湖南長沙）人，正德十六年（西元一五二一年）進士，任南京吏部尚書、禮部尚書兼文淵閣大學士。初謚文隱，改謚文毅。著有《張治文集》、《長沙府志》。歸有光嘉靖十九年中舉，出張治之門。張治以未見歸有光中進士為平生憾事，歸有光對他感激不盡。事詳歸有光〈上瞿侍郎書〉。⓴趙孟靜　趙貞吉（西元一五〇八～一五七六年），字孟靜，號大川，內江（今屬四川）人，嘉靖十四年進士，官至文淵閣大學士，謚文肅。《明史》卷一百九十三有傳。著有《文肅集》。歸有光〈送同年孟與時之任成都序〉稱趙孟靜「風節凜然，有汲長孺所不及者。」然二人未曾見過面。㉑考易房　擔任《易經》科目的主考官。明朝科舉考試的內容為《四書》及《詩》、《易》、《書》、《春秋》、《禮記》五經。考生可以在五經中選一項作為考試的科目。房，鄉試、會試分房閱卷的場所。此指考試的科目。㉒相戒　囑咐。㉓內閣　官署名。明初廢丞相，另設華蓋殿、文淵閣等大學士，僅備皇帝顧問。明成祖始，文淵閣當值者參預機務，稱為內閣。以後其權位愈高，成為實際的宰相。㉔屬　囑。㉕長洲　今屬江蘇蘇州。㉖章楙實　其人不詳。㉗自詭　虛而不實地自稱。㉘子路被愬於公伯寮　《論語・憲問》：「公伯寮愬子路於季孫。子服景伯以告，曰：『夫子固有惑志。於公伯寮，吾力猶能肆諸市朝。』」意思是：公伯寮在季孫面前誹謗子路。子服景伯對孔子說：「季孫聽信讒言，惱恨子路。我有能力為子路辯護，讓季孫誅公伯。」子路，仲氏，字子路，一字季路，性直好勇。公伯寮，字子周，魯國人。子路和公伯寮都是孔子弟子，一起在季孫那裡做官。季孫，魯國卿，專有國政。子服景伯，魯大夫，名何。愬，同「訴」。此指進讒言。㉙孔子曰五句　引自《論語・憲問》。與，語尾助詞，無實義。㉚孟子沮于臧倉四句　《孟子・梁惠王下》：魯平公將外出會見孟子，悻臣臧倉稱孟子是匹夫，不是賢人，諫止魯平公與孟子相見。孟子知道了此事，說這是天意，並非是臧倉有什麼能耐。沮，阻止。歸有光〈己未會試雜記〉：「而人有後來言予卷為鄉人所忌，不送謄錄所，蓋外簾同官言之。然此乃命也，『臧氏之子，焉能使予不遇哉！』」流露歸有光相信自己此次落選係「鄉人所忌」的傳言。〈己未會試雜記〉寫於歸有光這一次考試失利回家途中，當寫在〈解惑〉之前。㉛樂廣　字彥輔，晉初南陽淯陽（今河南南陽南）人。善清談，官至尚書令。以下所述事，即是成語「杯弓蛇影」的典故，見《晉書・樂廣傳》。㉜嘗　曾。㉝惡　憂懼。㉞河南聽事　指樂廣的官署。樂廣曾任河南尹。聽事，廳堂；官員治事之所。㉟畫漆角弓　塗以油漆，並且用獸角裝飾的強弓。㊱角影　弓端裝飾的獸角的影子。㊲或者　有些人。

【語　譯】嘉靖三十八年，禮部進士考試結束，我至此已經整整考了七次，又沒有考中。有人說：各位翰林學士向來都同情和器重我，這次考試剛開始，他們很想能夠錄取我，到處找我的試卷就是找不著，都為此而惋惜和失望。這是因為簾外官扣壓了我的試卷，沒有被送到負責閱卷的簾內官手上。有人又說：你的名聲傳滿天下，即使嶺南荒遠地方的人，說起你，無不肅然起敬。惟獨你同鄉人非對你進行詆毀不可。還沒有開始考試，已經開始講你壞話；等落選的結果出來，那個擔任簾外官的人又摘引你試卷中的文字進行譏笑。大家聽到這些後無不為之憤憤不平。

我告訴他們：話還不能這麼說。有人擡舉我而結果我獲得了成功，說明擡舉我的人得勝，壓制我的人沒有得逞；有人壓制我而結果我遭到失敗，說明壓制我的人得勝，擡舉我的人沒有達到目的。有人揄揚我而結果我獲得了成功，說明揄揚我的人有眼力，詆毀我的人只是無根之談；有人詆毀我而結果我確實失敗了，說明詆毀我的人也自有其道理，而揄揚我的人卻沒有說準。那些人的話如果都不對而且事實使它們化為泡影，那又何必與他們爭辯？那些人的話如果有道理而且結果確實被言中，那又怎麼能與他們計較？不為而為之是天數，不求而自至是命運。別人擡舉你或壓制你，揄揚你或詆毀你，這些都無濟於事，這是因為存在天數和命運。所以，其實是沒有受擡舉，也沒有受壓制；沒有被揄揚，也沒有遭詆毀。

早年文隱公張治任大學士主持考試，當時內江人趙貞吉擔任《易經》科目的考官，他又是文隱公的門生，文隱公向他千叮萬囑，一定要錄取我，可是最終還是沒有考上。後來，文隱公以內閣官員身份又出來主考，囑咐吏部主事、長洲人章楙實說：「你是他的同鄉人，必定能辨認出他的文章。」而章楙實也自以為必定能做到，然而又未成功。那時候，簾外官中又有誰壓制我呢？子路被公伯寮在季孫面前無端誹謗，孔子說：「道如果將要興盛起來，這是命；道如果將要衰微下去，這也是命。」魯平公原來想會見孟子，被他手下懷恨孟子的官員臧倉從中作梗阻攔了，孟子說：「我之所以不能遇見魯平公，這是天數。」所以說世上的事情存在著天數和命運。

晉初人樂廣一次與客人一起飲酒，客人看見酒杯裡有蛇，心裡很恐懼，回家後就生病了。那次飲酒是在河南官署的廳堂上，牆上掛著一張畫油漆、飾獸角的弓，其形狀似蛇，樂廣認為酒杯裡的蛇就是弓的獸角影子。於是重新擺酒席，問客人看見了什麼，客人說的與上次看見的一樣。樂廣便向他解釋原因，客人的病也自然痊癒了。現在有些人說的這些話，都是杯中的蛇影。所以撰寫這篇〈解惑〉。

【研　析】在科舉考試時代，讀書人最大的失敗和挫折無疑是落第。歸有光連續參加七次會試皆無果，為此深感屈辱，他的心情異常緊張和痛苦，對於有關考試失利的流言也變得特別敏感。本文作於他第七次考試失敗之後，面對傳聞，作者努力克制內心悲恨，用「天命」慰藉自己。據徐學謨〈書歸僕丞解惑篇後〉所述，所謂「鄉人」排擠之說毫無根據，只是一些不負責任的人搬弄是非而已。然而處在痛苦中的歸有光從感情上願意相信這是真的事實，他後來終生沒有原諒這位「鄉人」，這表明他心中的「惑」其實並沒有真正消除。作者在這篇文章中採取相對理智的態度看待此事，竭力克制他自己的感情，由此我們可以認識歸有光的某些性格特點及其行事風格。更重要的是，他將自己考試失敗的真正原因歸於「天命」而並非由於「鄉人」排擠，所流露的恰是他傲然世俗的態度，文章引用《孟子》的話進行解惑，正含有以孟子自居的意思。歸有光認為自己在考試中長期經歷的坎坷和磨難，都是命中註定，難以抗違的，既不是自己無才，也並非遭人排擠，所以他不退卻。相信天命的人，可以是弱者，也可以是強者；弱者因此而消極順隨，強者則反而堅持不息。歸有光是強者，他相信天命而從不放棄努力。本文的這一點精神與《孟子・梁惠王下》所表現的主旨「賢者歸天而不尤人」（趙岐語）頗為一致。

道　難

【題　解】文章論述推行道的重要性，又突出地論述了推行道的困難，證之以蘇州知府蔡國熙和歸有光自己的仕途遭遇，顯得毋容懷疑。蔡國熙隆慶元年（西元一五六七年）由戶部郎中出任蘇州知府，執法嚴正，又推行教化，合循吏與寬大長者為一，甚有口碑，以致贏得「稽吳守之良，公為第一人」之美譽（皇甫汸〈贈郡侯蔡公國熙入覲序〉）。然而當時首輔徐階秉政，他的家奴「賈於蘇者橫」，蔡國熙嚴加追究卻被上司譴責，只好乞休回鄉（見王世貞《嘉靖以來首輔傳》卷六）。歸有光自己任長興知縣勤於職守卻反遭流言中傷，這與蔡國熙的遭際如出一轍，因此感觸很深。

在歸有光寫這篇文章時，新上臺的首輔高拱為了打擊徐階，起用蔡國熙出任蘇松兵備副使，利用他與徐階的舊隙，對徐階家人大興獄事。這於高拱而言是上演官場傾軋的舊伎倆，於蔡國熙而言也不免有挾公以泄私怨之嫌。故士大夫這次對蔡國熙就頗有微詞。這中間局勢的變化歸有光並不曉得也無法逆料，文章只限於敘述和評議蔡國熙在蘇州知府任上的政績和遭遇。

本文撰於隆慶四年（西元一五七〇年）初，作者六十五歲。

當❶周❷之時，去先王❸未遠。孔子聘於列國❹，志欲行道。晨門❺、荷蕢❻、沮、溺❼、丈人❽之徒，皆譏之，孔子不以為然，而道竟❾不可行。其與學者論政，未嘗不歸於道。如答仲弓、子張之問仁❿，皆言政也。諸子有志於治國，而春風沂水之趣，終不及曾點，故孔子舍三子而與點者以此⓫。子游為武城宰，以禮樂為教，至論君子小人，皆以學道為主⑫。則孔氏之門，雖所施⑬有大小，其與孔子之治天下一也。

自管仲⑭、申⑮、商⑯之徒以其術用於世，其規畫⑰皆足以為治，然皆倍⑱于道，故莫不有功効而禍流于後世。後世言治者，皆知尊孔氏，黜⑲百家，而見之行事，顧⑳出於申、商之下。天下嘗積世㉑弛廢之餘，一旦欲振起之而無所主持，如庸醫求治療，雜劑㉒亂投，欲如申、商一切之術，已不可得矣。

永年蔡先生之守蘇州㉓，其志汲汲㉔于為道，務在節用愛人，倣《周官》州黨族閭屬民讀法之政㉕，而時進㉖學者與之語道。吳故大郡，先生獨常從容于吏治之外，有春風沂水之趣，然習俗安於其故。或竊有異議，先生稍不自安於心，即悠然長往㉗。學者與小民之慕愛，如失父母。而余門人㉘沈孝，年已及艾㉙，有原憲㉚之貧。先生獨喜其論經有師法，時延進㉛存問㉜。以二千石㉝之重㉞，念及蓬蓽之士㉟，其留意境內之人才若此。余為今吳興㊱，竊拜先生之下風㊲，不敢以今世之吏自處，而鄧析㊳之徒，為謗日甚。先生之門，時亦有傳其言者。唯先生不然，曰：「歸君以大道治縣，汝輩何以述此言？」予曾不能如先生之所許㊴，然同心之言，未可以為世人道也。

余官邢州㊵，去永年百里，先生還家，久始知之。因造㊶其廬㊷，留飲食共語，略㊸不以官爵為意。獨言及為守事，不覺悵然，以不克㊹盡其志也。時風雪滿庭，送予出門，約明春共游太行㊺。余以入賀留京㊻，尋㊼有滁州之命㊽，欲還過永年，與先生別，作〈道難〉以為贈。

【注釋】❶當 值；在。❷周 朝代名，周武王滅商之後建立，建都鎬京（今陝西西安）。❸先王 指上古帝王如堯、舜等。❹孔子聘於列國 孔子曾周遊齊、宋、衛、陳、蔡等國，在齊、衛等國曾一度受到禮遇，但是遊列國時也遭到挫折。聘，請擔任官職。❺晨門 看門人。他評孔子是「知其不可而為之者」，見《論語・憲問》。❻荷蕢 肩挑草筐的人。蕢，草器。一次，衛國一個肩挑草筐的人聽見孔子在敲磬（樂器名），就說：「鄙哉，硜硜乎！莫己知也，斯己而已矣。」意思是說，孔子堅持自己的主張，徒然無益，這很可鄙薄。硜硜，磬聲，亦謂執拗。見《論語・憲問》。❼沮溺 長沮、桀溺。《論語・微子》載，孔子學生子路向他倆問渡口在哪，二人順便勸子路：「而與其從辟人之士也，豈若從辟世之士哉！」「辟人之士」，從對自己不善者那裡避開的人，此指孔子，「辟世之士」指隱者。❽丈人 老人。《論語・微子》載，子路遇到一位用拐杖擔著草器的老人，他對子路評價孔子「四體不勤，五穀不分。」❾竟 最終。❿答仲弓子張之問仁 《論語・顏淵》：「仲弓問仁。子曰：『出門如見大賓，使民如承大祭。己所不欲，勿施於人。在邦無怨，在家無怨。』」「見大賓」、「承大祭」都是說明為仁之道在於敬。又《論語・陽貨》載子張問仁，孔子回答：能行「恭、寬、信、敏、惠」五者於天下即是「仁」。仲弓，冉雍，字仲弓，春秋魯國人。子張，顓孫師，字子張，春秋陳國人。二人皆是孔子弟子。⓫諸子有志于治國四句 《論語・先進》載，孔子與弟子子路、曾皙、冉有、公西華討論各人的志向，子路、冉有、公西華三人談的都是如何治理國家，怎樣主司家邦禮儀，只有曾皙說自己的志向是，在暮春三月，穿著春服，與一些朋友和兒童，「浴乎沂，風乎舞雩，詠而歸。」孔子說：「吾與點也。」表示自己贊同曾皙的追求。曾皙，名點，是曾參的父親。沂水，源於山東鄒縣東北，西流經曲阜匯入泗水。舞雩，在曲阜南。與，同意。以此，就是這個原因。⓬子游為武城宰四句 《論語・陽貨》載，一次孔子經過子游任縣令的武城，「聞弦歌之聲。夫子莞爾而笑，曰：『割雞焉用牛刀？』」於是，子游用孔子從前的話來回答：「君子學道則愛人，小人學道則易使。」孔子便高興地說：子游講的完全對，自己前面是開玩笑。弦而歌之，表示子游治縣以禮以樂。子游，孔子弟子言偃，字子游。武城，魯國的城邑，在今山東費城西南。宰，縣令。⑬施　從事。⑭管仲　名夷吾，字仲，春秋潁上人。被齊桓公任命為卿，實行富國政策，使齊國成為霸主。⑮申　申不害，戰國時鄭國京人。事韓昭侯，任相十五年，重視運用權術。著《申子》一書，已佚。⑯商　商鞅，也叫衛鞅，戰國衛國人。入秦以強國之術說孝公，受重用，實行變法，執政十九年。因功封商，稱商君。後被秦惠文公下令車裂而死。⑰規畫　設計的制度；採取的措施。⑱倍　背。⑲黜　罷退；排斥。⑳顧　反而。㉑積世　多年；長期。㉒雜劑　各種各樣的藥。㉓永年蔡先生句　蔡國熙，字春臺，永年（今屬河北）人。嘉靖三十八年（西元一五五九年）進士。隆慶元年至二年（西元一五六七～一五六八年），他任蘇州知府。官至山西提學副使。講性命之學，與羅汝芳、耿定向互相劘切。著有《春臺文集》、《守令懿範》、《易解》、《論語偶見》。㉔汲汲　急切從事。㉕倣周官州黨族閭屬民讀法之政　周官，即《周禮》。州黨族閭，古代地方行政的組織層次。《周禮・地官》鄭玄注：二千五百家為州，五百家為黨，百家為族，二十五家為閭。各級管理者稱州長、黨正、族師、閭胥，掌管教治事務。屬民讀法，按照《周禮》規定，每年正月，州長、黨正、族師、閭胥將自己管理的民眾聚合在一起，向他們講一年的政令及其他法規。屬，聚。㉖時進　定期引接。㉗長往　意謂乞休還鄉。蔡國熙這次離任的原因，是他嚴治徐階家奴豪橫欺民，引起上司不滿。王世貞《嘉靖以來首輔傳》卷六：「（蔡）國熙故任蘇時，潔廉有惠愛。時（徐）階方在政，而奴之賈於蘇者橫，國熙以法外窮治之，御史聞而數難國熙，不自得，乞休家居。」㉘門人　學生。㉙及艾　指男子年滿五十歲。艾，指五十歲。㉚原憲　字子思，一稱仲憲。孔子弟子，安貧樂道。㉛延進　請來。㉜存問　尊對卑的慰問。㉝二千石　漢朝制度，郡守俸祿為二千石。後因以為郡守的代稱。㉞重　官位高。㉟蓬蓽之士　貧賤者。蓬蓽，飛蓬和蓽草。窮人用來做自己家的門戶。㊱吳興　郡名。三國吳置。歸有光任長興縣令，長興古屬吳興。㊲拜先生之下風　步後塵。㊳鄧析　春秋鄭國人，曾任大夫。有辯才，用兩可之說，滔滔不絕，教人治獄，改定《竹刑》。後被鄭國執政所害。㊴許　稱許；期許。㊵余官邢州　歸有光隆慶三年（西元一五六九年）五月赴任順德府馬政通判。邢州，州名，隋置，治所在今河北邢臺。元中統三年（西元一二六二年）升為順德府。㊶造　訪。㊷廬　家。㊸略　全然；大致。㊹不克　不能。㊺太行　太行山。㊻余以入賀留京　隆慶三年末，歸有光進北京朝賀萬壽節，留掌內閣制敕房，纂修《世宗實錄》。㊼尋　很短的日子。㊽滁州之命　歐陽修曾被謫知滁州，後用「滁州之命」表示官員受到貶謫。歸有光隆慶四年（西元一五七〇年）初升為南京太僕寺丞，這雖然不是遭貶，因為他自己希望留在北京內閣制敕房纂修《實錄》，所以對這次任命在心理上覺得與遭貶沒有區別。

【語譯】周朝的時候，離開上古帝王的時代不遠。孔子受列國聘請，想在天下推行道。晨門、荷蕢、長沮、桀溺、丈人之流，都嘲笑他，孔子對他們的嘲笑並不以為然，然而他的道最終還是無法推行。他與學者討論如何執政，總是將執政與行道結合起來。比如他回答仲弓、子張什麼是仁的問題，講的都是執政的道理。孔子一些子弟有志於治理國家，然而，能嚮往沐浴春風沂水樂趣的，他們都不及曾點，所以孔子贊同曾點，而不附同其他三位學生，原因在此。子游擔任武城縣令，用禮樂教化當地人民，以至於他論述君子和小人，也都是以學道為主要內容。說明孔子的弟子，雖然做的事業有大小之不同，在以道治天下這一點上，他們與孔子是相一致的。

自從管仲、申不害、商鞅之徒將他們的治術運用於世上，他們定下的制度和措施都足以收到治理的效果，然而這一切都是違反道的，所以，雖然都取得了成效，然而無不給後世造成禍害。後世談治理國家的人，都知道尊尚孔子，罷黜百家，可是他們施政實際，反而還在管仲、申不害、商鞅之下。天下經過長期衰敗之後，一旦想重新振起又苦於沒有良策，就好比庸醫為人治病，胡亂開一通藥方，連申不害、商鞅那樣的治術，也已經想不出了。

永年蔡先生任蘇州知府期間，他的志向在於孜孜追求道的實行，以節約時用、對人慈愛為施政要務，模仿《周禮》所載州長、黨正、族師、閭胥將自己管理的民眾召集起來，向他們傳授政令、法規的治理辦法，又定時請來學者與他們共同商討儒家之道。吳地很早就成了大郡，先生卻能在繁重的吏治之外優遊不迫，有沐浴春風沂水一般的歡樂，然而一方的習俗仍然像過去一樣，井然有序。有人在背後表示異議，先生因此而感到心裡不安，便放達地辭官還鄉了。學者與老百姓對他充滿敬慕和愛戴，如失去自己的父母一般難過。我的學生沈孝，已五十歲，像孔子學生原憲一樣貧窮。先生則欣賞他談論儒家經典能得師法傳承，時時將他請來表示慰問。以郡守尊貴的身份，能想到住在茅屋裡的窮書生，他對自己治理之下的一方人才就是這麼關心。我做吳興縣令時，暗暗以先生為自己的榜樣，不敢學當今官員的派頭，然而善於狡辯的鄧析之徒，對我的誹謗日甚一日。先生的府上，有時也會傳去一些風言風語，可是先生不以為然，說：「歸君用大道治縣，你們怎麼能講這種話？」我還沒有做到先生所讚肯期許的那樣，然而我與先生有相同的認識，這是難以同這個世上的人說的。

我做官的地方順德，離開永年百里路，先生辭官還家，很久以後才知道此事。於是去府上拜訪，留我飲食，一起交談，全然不將官爵當回事兒。只是談到做郡守時，他才不由自主地產生了遺憾，因為未能實現他全部的志向。當時風雪滿庭，先生送我出門，相約第二年春天共遊太行山。我因為入京朝賀萬壽節，隨即被任命為南京太僕寺丞，打算南還經過永年時，去向先生道別，撰這篇〈道難〉以相贈。

【研　析】這是歸有光晚年寫的一篇贈人之作。蔡國熙曾任蘇州知府，在任時汲汲推行古代儒家之道，卻遭人異議，無奈辭官還鄉，可見世風不古。歸有光欽敬蔡國熙治理大郡而能「從容于吏治之外」，讚揚他這種有道者心襟，對排擠他的勢力表示不屑一顧。後來他在異鄉訪問了蔡國熙，撰此文準備贈送給他。文章說，雖然施行古道者在世上是孤獨的，可是並非絕無僅有，以此對蔡國熙表示支援和安慰。

歸有光認為，行道之難，自古已然。孔子志欲行道，不顧別人諷刺，然而終身都沒有能夠實現自己的願望。後世儘管皆知道尊尚孔子，其實只是注重治術而不注重古道，而且治術本身也是每況愈下。這更顯示出蔡國熙以古道治理地方的精神難能可貴。歸有光還以他自己任縣令推行古道而被誹謗的遭遇，證明古道與「今世之吏」嚴重對立。整篇文章雖然是論述推行古道有諸多困難，其實是肯定和表彰行道者精神的高尚和性格的堅毅，是對後世以術治世的所謂吏治開展的批判，代表了歸有光淑清世風的一種認識和追尋。

贈人之作，從遠古娓娓談起，漸次而及所贈之人，至終篇方才道出作文相贈之意，與此類文章通常先述所贈之人和所贈之由，篇章結構恰好相反。文無定法，唯在於作者求其是而已。本文正好是一個例子。

懼讒三首

【題　解】這是三段史論，作者取漢、唐歷史上小人進讒，陷害君子的故事，論述讒言的嚴重危害。三段文章主題一致，又相對獨立。歸有光在一生中也遭到讒言陷構，對此行徑感同身受，故尤其深惡痛絕。所以，文章也是作者藉古說今，以人喻己。

〈懼讒三首〉具體寫作時間不詳，結合歸有光在長興縣令任上遭人誹謗，及他為此事寫下的一些憤憤不平的文章來看，很可能本文的寫作也與此有關。如他在〈上萬侍郎書〉為自己辯護說：「自以禽鳥猶愛其羽，修身潔行，白首為小人所敗。如此人者，不徒欲窮其當世之祿位，而又欲窮其後世之名。故自托於閣下之知，得一言明白，則萬口不足以敗之。」即與〈懼讒〉文意一致。根據這一點做判斷，本文寫於作者離開長興後不久。

(一)

班孟堅❶為〈蒯通傳贊〉❷云：「《書》放四罪❸，《詩》歌青蠅❹，春秋❺以來，禍敗多矣。昔子翬謀桓而魯隱危❻，欒書構郤而晉厲弒❼，豎牛奔仲叔孫卒❽，郈伯毀季昭公逐❾，費忌納女楚建走❿，宰嚭譖胥夫差喪⓫，李園進妹春申斃⓬，上官訴屈懷王執⓭，趙高敗斯二世縊⓮，伊戾坎盟宋痤死⓯，江充造蠱太子殺⓰，息夫作姦東平誅⓱。皆自小覆大，繇⓲疏⓳陷親，可不懼哉！」自漢以來，其如此類覆邦家者何限？然小人之害君子，而國與身亦受其禍，故史得而載之。若人有陷人於不知之中，如射工⑳、沙虱㉑，使人與國家受其陰禍㉒，而世莫能言之，己又逃其人刑天譴㉓，此尤可痛也。

【注釋】❶班孟堅　班固，字孟堅，《漢書》作者。❷蒯通傳贊　指《漢書》卷四十五〈蒯伍江息夫傳〉後的評論。蒯通、伍被、江充、息夫躬四人皆是計謀之輩。贊，此指附于史傳後面總結、評論性的文字。❸書放四罪　《尚書・堯典》載，舜把共工流放到幽州，驩兜流放到崇山，三苗流放到三危，鯀流放到羽山。❹詩歌青蠅　《詩經・小雅・青蠅》：「營營青蠅，止于樊。豈弟君子，無信讒言。」以青蠅比喻誣白為黑的小人，告誡正直的君子不要相信他們不實的話。❺春秋　時代名，因魯國編年史《春秋》得名。現一般以周平王東遷（西元前七七〇年）到周敬王四十四年（西元前四七六年）為春秋時代。❻昔子翬謀桓句　魯惠公死，因太子允年幼，以長庶子息攝國，即為魯隱公。隱公十一年，魯國大夫公子翬向隱公獻計，殺允自立，隱公不許。公子翬反而向允誣告隱公欲自立，與允合謀殺害了隱公。允登基，是為桓公。❼欒書構郤句　晉厲公六年晉楚鄢陵之戰，由於晉大夫郤至謀算正確，晉國獲大勝，這招致晉大將欒書嫉妒，而向厲公挑撥是非，厲公滅郤至。後來欒書又殺晉厲公，立晉悼公。構，陷害。弒，臣殺君。❽豎牛奔仲句　魯國大夫叔孫豹與外妻生豎牛，與正妻生孟丙、仲壬。豎牛向叔孫豹讒毀孟丙、仲壬，叔孫豹殺孟丙，仲壬逃往齊國。後叔孫豹病，豎牛使其困飢而死。奔，迫使出逃。❾郈伯毀季句　郈昭伯向魯昭公詆毀季孫意如，魯昭公攻打季平子反遭失敗，逃奔齊國。郈昭伯、季孫意如，皆是魯國大夫。逐，逃亡。❿費忌納女句　楚平王為太子建娶秦女，秦女貌美，大夫費無忌勸平王自納之，又慫恿平王殺太子。太子出逃宋國。費忌，即費無忌，一作費無極。⓫宰嚭譖胥句　吳王夫差聽信伯嚭讒言，令伍子胥自盡。後來吳國被越國打敗，夫差身亡。宰嚭，伯嚭，任吳國太宰。譖，讒毀。胥，伍子胥。⓬李園進妹句　楚考烈王無子，李園進自己妹於春申君，懷孕後嫁考烈王，生子立為太子。考烈王死，李園殺春申君滅口，他的妹妹所生子立為楚幽王。春申君，黃歇，楚國令尹，封春申君。李園，春申君舍人。⓭上官訴屈句　楚國大臣上官大夫向楚懷王詆毀屈原，屈原被疏遠。懷王後來中秦國計被俘，死於秦。執，被逮捕。⓮趙高敗斯句　趙高，秦宦官。秦始皇死，謀立胡亥上臺。斯，李斯，秦統一後任丞相。被趙高殺害。

二世，胡亥，秦統一後第二位皇帝，在位三年。後被趙高害死。縊，勒頸而死。⑮伊戾坎盟句　伊戾，即惠牆伊戾，春秋宋太子痤的老師。二十九年，宋平公命太子痤接待楚國來使，惠牆伊戾隨從。事後他向宋平公造謠太子與楚國結盟，欲亂國家。宋平公殺太子。後來明白了真相，又殺惠牆伊戾。坎，八卦之一，象徵險難。此指以結盟之事為發難的口實。⑯江充造蠱句　漢武帝晚年多病且易生疑心，以江充為使者，追查巫蠱。江充恐太子劉劇繼位對己不利，借巫蠱陷害太子。太子懼而起兵，殺江充，自己兵敗自盡。江充，本名齊，更名充，漢武帝時任水衡都尉，甚得寵信。造，興起事端。蠱，迷信以為用巫術詛咒及用木偶人埋入地下，可致人病或死，稱為「巫蠱」。⑰息夫作姦句　漢哀帝病，息夫躬與人共誣告東平王劉雲祝詛皇上，藉以邀功，劉雲被誅。息夫，息夫躬，字子微，哀帝時召待詔，後下獄死。⑱繇　由。⑲疎　指關係疏遠的人。⑳射工　相傳一種毒蟲名。㉑沙虱　一種體小而毒劇的蟲。㉒陰禍　遭受其禍殃而不知原由。㉓人刑天譴　世人的懲罰和天神的譴責。

【語譯】班固撰寫〈蒯通傳贊〉，說：「《尚書》記載著流放四個罪犯的故事，《詩經》詠唱青蠅任意地顛倒黑白，自從春秋以來，歷史上讒言造成禍亂和失敗的例子很多。從前，子翬與魯太子允合謀，魯隱公危殆而喪命；欒書向晉厲公陷害郤至，最終晉厲公也遭欒書暗算；豎牛挑撥迫使仲壬出逃，叔孫豹最後也在豎牛手裡困餓而死；郈昭伯唆使魯昭公攻打季孫意如，結果反遭失敗逃奔齊國；費無忌鼓動楚平王霸占子媳並殺害太子，太子無奈逃亡宋國；伯嚭向吳王夫差誣陷伍子胥，夫差最後國滅身亡；李園策劃妹妹與春申君懷孕再嫁楚王，春申君被李園殺害滅口；上官大夫向楚懷王詆毀屈原，懷王後來被俘死於秦國；趙高教唆秦二世殺害李斯，二世後來也被趙高縊死；惠牆伊戾造謠宋太子與敵國結盟，致使太子蒙冤被害；江充大興巫蠱之獄，導致漢武帝太子自盡；息夫躬搞陰謀，東平王劉雲無辜被誅。這些事例，都是由地位低的人顛覆地位高的人，由關係疏遠的人陷害關係親近的人。這難道還不可怕嗎！」自從漢朝以來，諸如此類顛覆國家、戕害親人的慘事發生的又有多少呢？小人陷害君子，而又使國家以及君主自己也遭受其禍害，這千真萬確，所以史書要將這些教訓記載下來。至於有的人陷害別人又不被受害者察覺，像毒蟲射工、沙虱在不知不覺中害了人，使他人和國家陰受其禍，而世人無法揭露他們，從而能夠逃避人間和上蒼對他們的懲罰，這尤其讓人感到痛恨。

(二)

唐史載盧絢、嚴挺之皆為明皇所屬意，李林甫竟以計去之，使明皇若初不知此兩人者❶。至於人主❷之所不及知者，林甫能容之進❸乎？德宗時，李希烈反，欲遣使而難其人。盧杞薦顏真卿三朝舊臣，忠直剛決，名重海內，人所信服。遂陷魯公，竟為希烈所殺❹。小人之於君子，鄉❺上❻之所惡，則毀❼以害之；鄉上之所善，則譽以害之，杞之於魯公是也。人主非至明，安得不墮其計哉？《詩》曰：「為鬼為蜮，則不可得。有靦面目，視人罔極。」❽君子不幸與之遇，能自全者鮮❾矣。

【注　釋】❶唐史載三句　指《資治通鑑》卷二百十五〈唐紀〉所載李林甫嫉妒才賢的事。盧絢，幽州范陽人，開元末，為兵部侍郎。唐玄宗羨他風標清粹，李林甫便設計使他出為華州刺史，未幾誣其有疾，不理州事，除詹事員外同正。廢於時。嚴挺之，華州華陰人，名浚，以字行。他為絳州刺史時，玄宗曾問李林甫：「嚴挺之今安在？是人亦可用。」李林甫便對挺之弟說，皇上尊兄意甚厚，為何不上書稱風疾，求還京師就醫。嚴挺之真的這樣做了。於是李林甫對玄宗說：「嚴挺之衰老，得風疾，宜授以散秩，使便醫藥。」玄宗歎息良久。屬意，重視。❷人主　皇帝。❸進　提升官職；重用。❹德宗時九句　唐淮寧節度使李希烈奉命討伐叛亂，反與叛臣勾結作亂。唐德宗建中四年（西元七八三年）正月，李希烈攻陷汝州。宰相盧杞忌恨顏真卿，趁機向唐德宗推薦，遣他前往勸諭李希烈，說：「顏真卿四方所信使，諭之可不勞師旅。」顏真卿後被李希烈殺害，年七十七歲。見《舊唐書・顏真卿傳》。三朝舊臣，唐德宗以前，顏真卿曾在唐玄宗、肅宗、代宗三朝任官職。❺鄉　如果。❻上　皇上。❼毀　誹謗。❽詩曰五句　引自《詩經・小雅・何人斯》。詩句的意思是，看不見的鬼蜮害人，無法提防；人則有面目可見，其情為何也這麼難料。蜮，短弧。傳說生長於江淮水間，能含沙射水中人影，使其人致病，人則看不見其身形。靦，有面目貌。罔極，意謂不可捉摸。❾鮮　少。

【語　譯】唐朝史書記載，盧絢、嚴浚（挺之）都是唐明皇所重視的臣，李林甫最後施計讓他們淡出，使唐明皇好像開始就不知道他們二人似的。至於那些皇上所不瞭解的人，李林甫又豈能容忍他們有機會晉升和受重用？唐德宗時，李希烈反叛，朝廷想派人前去勸說而難以找到合適的人選。盧杞推薦顏真卿是三朝老臣，忠直剛勇果斷，負海內盛名，為大家所信服。就這樣陷顏真卿於絕境，最終為李希烈殺害。小人對於君子，假如他為皇上所憎惡，就用汙衊的手段加害於他；假如他為皇上所敬重，則用誇獎的方式使他遭殃。盧杞對於顏真卿使用的就是誇獎的方式。皇上如果不是非常英明，怎麼會不陷入他們設下的圈套？《詩經》說：「鬼蜮無影無蹤，害人無法提防；人有面目可見，為何也這麼難防。」君子不幸遭遇小人，很少能保全自身而不受其傷害。

（三）

韓文公❶為人坦直，計❷無所致惡於人。為國子博士，相國鄭公賜之坐，索其所為詩書，即有讒於相國者，又有讒於李翰林者❸。語曰：「女無美惡，入宮見妒；士無賢不肖❹，入朝見嫉。」君子之致惡於小人，豈有知其所以然哉？文公作〈釋言〉以自解，既自云不懼，而何為作此文累數百言？以此見文公懼讒之深也。

【注　釋】❶韓文公　韓愈，諡文，後世稱韓文公。❷計　思忖。❸為國子博士五句　唐憲宗元和元年（西元八〇六年）六月，韓愈任國子博士，拜見宰相鄭絪。鄭絪向韓愈索要他撰寫的詩書，韓愈送呈若干篇。後來有人向鄭絪進讒言說，「韓愈曰：『相國徵余文，余不敢匿。相國豈知我哉！』」稍後又有人向翰林學士李吉甫誹謗韓愈。為此，韓愈撰〈釋言〉一文以自解。國子博士，官名。掌國子監儒家經籍傳授。❹賢不肖　賢才和愚劣之輩。

【語　譯】韓愈為人坦蕩正直，以為沒有得罪過別人。他任國子博士時，去拜見宰相鄭絪，鄭絪請他入座，向他求討他寫的詩文作品，於是馬上就有人向宰相讒毀韓愈，又有人在翰林學士李吉甫面前誹謗他。俗語說：「女子無論長得美還是醜，入宮得到皇帝寵愛必遭妒忌；士人不管有才還是沒才，在朝廷受到皇上重視定被嫉恨。」君子引起小人憎恨，豈有可以預料的緣故？韓愈撰〈釋言〉一文作自我寬解，他既然說不必害怕讒言，那又何必要寫這篇數百字的文章？以此可見韓愈懼怕讒言的程度有多深了。

【研　析】讒言是不勝防備的冷箭，是兇險狠毒的陰謀，它集中體現出人類奸詐的本性，同時它也像鏡子一樣照出人類的弱點。有人需要它，有人利用它。它無處不在，無時不在。它為一部分人帶去利益，卻使更多的人受到戕傷。受讒言傷害的總是無辜的人們，他們往往心地誠實；因讒言得利的總是陰謀家，他們天生心腸歹毒。故讒言猶如利刃的寒光，令人畏懼驚悚，因而也自然地為善良的人們所痛恨。

歸有光分別從史書和別集中摘錄古代因讒言起禍的事例，痛加譴責。三段文字各自獨立，讒言的內容也各不相同，然而暴露出讒言製造者的心理和手段都是一樣的。文章一段一議，強調讒言普遍存在於人世間，分析它們形形色色的特徵。第一段指出，除了史書記載的讒言之外，更多是生活中「陷人於不知之中」的詆毀，而讒人者因人不知得以「逃其人刑天譴」，作者認為這是世上最不公平也是最可痛恨的事情。第二段總結天下小人進讒的兩種手法，「鄉上之所惡，則毀以害之；鄉上之所善，則譽以害之。」第三段以韓愈受讒人之害，作〈釋言〉以自解的例子，告訴人們讀古人這一類作品應當由表及裡，才能理解古人真實的心境。這些都融進了歸有光自己的人生經驗。筆端充滿憤懣的感情，與說人痛癢、無關乎己者不是同一路文章。

甌喻

【題解】本文似一篇寓言，又似一篇紀實小品。作者借生活中偶然發生的一件欺詐小事，暴露和諷刺善受惡欺，又得不到輿論同情的荒謬世相。

文章的含義與〈懼讒三首〉相近，可能因為相同的事情，有感而發。若果如此，則寫於作者離開長興縣令任以後。參見〈懼讒三首〉題解。

人有置甌❶道旁，傾側❷墮地。甌已敗❸，其人方❹去之。適❺有持甌者過，其人亟❻拘執之，曰：「爾何故敗我甌？」因奪其甌，而以敗甌與之。市人多右❼先敗甌者，持甌者竟不能直❽而去。

噫！敗甌者向❾不見人，則去矣，持甌者不幸值❿之，乃以其全甌易⓫其不全甌，以其不全甌易其全甌。事之變如此，而彼市人亦失其本心⓬也哉！

【注釋】❶甌 盆盂一類的瓦器。❷傾側 傾斜。❸敗 毀損。❹方 正。❺適 恰好。❻亟 急忙。❼右 偏袒。❽直 勝訴。❾向 如果。❿值 遇上。⓫易 換。⓬失其本心 語出《孟子・告子上》，朱熹注：「本心，謂羞惡之心。」

【語譯】一人將甌置放在路旁，倒在了地上。甌破了，那人正想走。此時，恰好看見有個人帶著一只甌走過來，那人趕緊把他扭住，說：「你為什麼碰碎我的甌？」說著便搶下他的甌，把破甌給了他。市肆上的人都偏袒先前碎了甌的人，那個帶甌路過的人反而有口難辯，只好吃虧走了。

哎！自己弄碎甌的人假如沒有看見人來，他已經離開，帶著甌的人不幸被他碰上，於是他用完好無損的甌換了別人的破甌，而被別人用破甌換去了自己完好無損的甌。事情來龍去脈本來如此，然而那群市人卻這樣解決二人的紛爭，實在太不知羞恥！

【研析】歸有光筆下，一堆亂哄哄的人圍繞在一起，一個無賴和一個老實人互相爭執，相持不下，而一群圍觀者在對雙方相勸，貌似主持公道，其實亂斷是非，顛倒了黑白。結果老實人寡不敵眾，在人們指責的目光下悄悄地離去。這像一篇寓言，又像一幅漫畫。一切都好像偶然才發生，卻又似乎在生活中司空見慣。除此之外，在這幅畫面裡還有一個沒有出場的旁白者，他搖著頭，嗟歎不已，對世風的墮落憂心忡忡。這個人就是本文的作者歸有光。文章中寫得最冷峻的倒還不是那個無賴，而是一群不明事實卻又好作主張的「市人」。生活中的許多錯訛不正是由於這些人不負責任地「做主」而得以泛濫，傷及正人君子嗎？

重交一首贈汝寧太守徐君

【題解】這是代人所作的一篇贈文。徐中行是陸愚拔取的門生，官汝寧太守。陸愚家曾是太倉望族，陸愚死後，家屬遭到鄉里刁人欺凌，財產也被不法侵占。當此之際，徐中行不忘昔日師生之誼，出面輾轉訴訟，為老師後人討回了公道。在充滿勢利之交的世俗，徐中行仗義的行為顯得如此超凡脫俗，無異於清水芙蓉。王世貞《弇州四部稿》卷十五〈過故陸虞部第有感〉五言古詩，對陸愚死後其家「陵谷忽遷淪」的變故曾有具體的敘述，可以參看。歸有光以「重交」為題，強調人與人之間應當誠厚相待，而且要珍視恩情和友誼。

本文具體的寫作年代不詳。《浙江通志》卷二十九「學校・嚴州府」記及「遂安縣儒學」時說：「嘉靖二十一年（西元一五四二年），節推陸愚署縣事，重建明倫堂。」本文云陸愚死後「二十年」，則撰於嘉靖四十一年（西元一五六二年）以後，是歸有光五十七歲以後的作品。

昔博昌任彥升好擢獎士類❶，士大夫多被其汲引❷，當時有「任君」之號❸。及卒，諸子流離，生平知舊莫有收卹❹之者。平原劉孝標泫然悲之，乃著〈廣絕交論〉❺。余以為孝標特❻激于一時之見耳，此蓋自古以來人情之常，無足怪者。

今世取士之制❼，主司❽以一日之知❾，終身定門生之分。而諸省解試❿，類⓫以御史監臨⓬，主司之權遂移于簾外⓭。往往州縣官皆得閱卷⓮，其所取士，亦謂之門生。太倉陸虞部子如⓯，昔在嚴郡⓰，有事浙闈⓱，所得士三人。其二人則汝寧太守長興徐子與⑱、岳州守餘姚金某⑲也。虞部既沒，二子嗚陽、嗚鑾頗不能自振。汝寧前奉使吳中⑳，尋訪其家，厚加存卹㉑。今年，虞部故時第宅為人所侵，汝寧書抵岳州㉒，復為書展轉訟理，卒得其直㉓。劉子所謂羊舌下車之泣，郈成分宅之惠㉔，于今見之。天下知篤㉕門生分義㉖者多矣，然不能不以形勢㉗為厚薄，其于二十年不忘于既沒之後者，蓋未之見也。

二子念無以報，其從父兄㉘明謨㉙為求余文以為贈。夫汝寧敦行古道，其於為義，不啻毫毛，何足復稱述于其側㉚？雖然，客有謂信陵君㉛：「物有不可忘，有不可不忘。人有德于公子，公子不可忘也；公子有德于人，願公子忘之也㉜。」吾知汝寧之能忘，而二子烏能已于不可忘哉㉝？作〈重交〉一首。

【注釋】❶昔博昌句　任彥升，任昉（西元四六〇～五〇八年），字彥升，南朝梁博昌（今屬山東壽光）人。仕宋、齊、梁三朝。在梁，以吏部郎中掌著作，出任義興、新安太守。博學善表、奏文，與沈約並稱「任筆沈詩」。《梁書》卷十四、《南史》卷五十九有傳。史稱任昉好交結，獎進士友，得到他延譽者多升擢。❷汲引　擢升，引薦。❸任君之號　《梁書・任昉傳》：「時人慕之，號曰『任君』，言如漢之三君也。」三君指東漢竇武、劉淑、陳蕃，三人為世人所宗（見《後漢書・黨錮列傳序》）。❹收卹　收養救濟。❺平原劉孝標二句　劉峻（西元四六二～五二一年），字孝標，平原（今屬山東）人。入梁，任典校祕書等職。曾注《世說新語》。《梁書・任昉傳》載，劉峻作〈廣絕交論〉的緣起，是因為目睹了任昉生前死後的人情炎涼。東漢朱穆曾有〈絕交論〉，是一篇矯時之作。劉峻〈廣絕交論〉推廣其義，諷刺世俗，故以為題。泫然，悲傷掉淚貌。❻特　只是。❼今世取士之制　指明代科舉考試制度。❽主司　主考官。❾一日之知　考官原本不識考試者，通過短暫的閱卷機會，錄取了考生，故稱。⑩諸省解試　即鄉試，在各省省城舉行，考中者稱舉人。⑪類　按照慣例。⑫御史監臨　各省舉行鄉試，由監察御史行使主考和督察的責任。⑬簾外　即外簾官。《明史・選舉志二》：外簾官負責考場「提調、監試」，與主考、同考的內簾官相對，各有分工責任。但是明景泰年間以後，簾外的監臨官往往侵奪內簾官的職掌。⑭往往州縣官皆得閱卷　《明史・選舉志二》：「蓋自嘉靖二十五年（西元一五四六年）從給事中萬虞愷言，各省鄉試精聘教官，不足則聘外省推官、知縣以益之。」⑮陸虞部子如　陸愚，字子如，正德十一年（西元一五一六年）舉人，生有三子。陸愚死後，長子隨後亡。歸有光這篇文章提及的鳴陽、鳴鑾，是陸愚第二、第三子。虞部，明代隸屬工部，掌山澤採捕、陶冶之事。⑯嚴郡　即嚴州府，明洪武八年（西元一三七五年）置，治所建德（今浙江建德梅城鎮），轄建德、桐廬、淳安、遂安、壽昌、分水六縣。陸愚曾任嚴州府推官，掌勘問刑獄。參見歸有光〈陸子誠墓誌銘〉。⑰浙闈　浙江鄉試。⑱汝寧太守長興徐子與　徐中行（?～西元一五七八年），字子與，長興（今屬浙江）人。嘉靖庚戌（西元一五五〇年）進士，曾任刑部主事、汀州和汝寧知府、江西左布政使，卒於官。與李攀龍、王世貞詩文宗尚相近，為「後七子」成員。著有《青蘿館集》、《天目山堂集》。汝寧，府名，治所今河南汝南。⑲岳州守餘姚金某　其人不詳。岳州守，即岳州知府。岳州，治所今湖南岳陽。餘姚，今屬浙江。⑳吳中　指蘇州。㉑存卹　慰撫、救濟。㉒汝寧書抵岳州　汝寧，指徐中行。抵，寄至。岳州，指金某。㉓直　公正的結果。㉔劉子所謂二句　劉峻〈廣絕交論〉：「自昔把臂之英，金蘭之友，曾無羊舌下泣之仁，寧慕郈成分宅之德。」把臂之英，金蘭之友，皆指關係親密的友人。羊舌，即羊舌肸，字叔向，春秋晉國人。《文選》李善注引《春秋外傳》曰：「叔向見司馬侯之子，撫而泣之，曰：『自此父之死也，吾蔑與比事君也。』」寧，豈。郈成，即郈成子，名瘠，春秋魯國大夫。李善注引《孔叢子》曰：「郈成子自魯聘晉，過於衛。右宰穀臣止而觴之，陳樂而不作，酣畢而送以璧。成子不辭。其僕曰：『不辭何也?』成子曰：『夫止而觴我，親我也；陳樂不作，告我哀也；送我以璧，託我也。由此觀之，衛其亂矣。』行三十里而聞衛亂作，右宰穀臣死之。成子於是迎其妻子，還其璧，隔宅而居之。」㉕篤　誠厚。㉖分義　名分、情義。㉗形勢　情勢。㉘從父兄　即堂兄。㉙明謨　陸明謨，陸愚弟陸意子。歸有光〈陸子誠墓誌銘〉：「予之從祖母，與武岡君（引者按：陸明謨的外祖父）同祖。」據王世貞〈書歸熙甫文集後〉載，陸明謨曾為歸有光抱不平，責怪王世貞「不能推轂熙甫」。㉚夫汝寧敦行古道四句　意思謂，徐中行做的善行義事不可勝數，他幫助陸愚後人之事不足掛齒。不啻，無異於。毫毛，以鳥獸身上新長出的毛形容多。㉛信陵君　名無忌，戰國魏安釐王異母弟，封信陵君，有門客三千。㉜物有不可忘六句　引自《史記・魏公子列傳》。魏安釐王二十年（西元前二五七年），秦國攻趙邯鄲，信陵君竊兵符救趙，解邯鄲圍。

趙孝成王為了感謝信陵君，欲授封他五座城池。信陵君因此有驕矜之色。於是他的一位門下客對他講了這一番道理。[33]烏能已于不可忘哉　怎能僅僅停留在「不能忘」的程度。意思是說，不但要記在心裡，而且還要將感激之意用文章表達出來。

【語　譯】博昌人任昉生前好獎掖士類，士大夫多得到他引薦，當時人們將他與東漢竇武、劉淑、陳蕃三君並提，稱他為「任君」。他死後，他的兒子們都流離失散，生平的相知好友沒有一個人肯收養和接濟他們。平原人劉孝標對此感到非常悲哀和感慨，於是寫了一篇〈廣絕交論〉。我以為，劉孝標的文章只是被一時所見激起了義憤，這其實自古以來就是人們普遍的情態，沒有什麼可奇怪。

現在的科舉考試制度，主考官因為短暫閱卷的機會拔擢考生，考中者終身與他有了門生的名分。而各省的鄉試，按照一般慣例由監察御史做主考和督察，主考官的權力便轉移到原來負責考場提調、監試的外簾考官身上。往往州縣的知府、縣令也有資格閱卷，他們所拔取的舉人，也稱為自己的門生。太倉人陸虞部子如以前在嚴州府，曾擔任過浙江鄉試官，錄取舉人三名。其中兩名是：汝寧知府長興人徐子與、岳州知府餘姚人金某。陸虞部去世以後，他二個兒子鳴陽、鳴鑾生活遇到困難。汝寧知府上次奉命到蘇州辦公務，尋訪陸虞部家，向他們提供莫大的慰撫和周濟。今年，陸虞部遺留下的房屋遭到別人侵吞，汝寧知府寄信給岳州知府金某，又為他們到處寫信進行申訴，終於使事情得到公正解決。劉孝標〈廣絕交論〉所謂「羊舌肸見故友之子而動情感泣，郈成子分宅第讓舊交家眷安居」，這種古道熱腸在今天又見到了。天下懂得誠厚待師為門生之道的人很多，然而態度之厚薄又視其地位、權勢等情況的不同而不同，徐子與在老師死後二十年猶不忘報答師恩，這在從前還沒有先例。

鳴陽、鳴鑾二人以此恩難報為念，他們的堂兄陸明謨請求我為其寫一篇文章，作為贈謝。汝寧知府遵循古人之道做事，這於他所崇尚的弘義精神，只是一件極其微細的事情，何足以在他耳旁稱述致意？儘管如此，記得門客曾對信陵君說：「有的事情不可忘，有的事情不可不忘。別人對您有恩德，您不可以忘記；您對別人有恩德，希望您別放在心上。」我知道汝寧知府做這些事情並不希圖報答，而鳴陽、鳴鑾二人對他的感激之情又豈止是不可忘三個字所能道盡？因此撰寫〈重交〉一文。

【研　析】陸愚一家先盛後衰，經歷世態炎涼，這曾是當時文人關心的一件事情。王世貞〈過故陸虞部第有感〉詩對此曾作過如下的敘述和詠唱：「昔余奉使還，兩飲虞部家。虞部三郎君，各各鬬豪奢。初筵行大白，邀我醉梅花。此梅十畝陰，老龍吐嵯岈。酒酣吹鐵笛，萬玉亂橫斜。落月參黃昏，笑上白鼻騧。再醉牡丹亭，春光亦繁華。門大頳金盤，朵朵壓紅紗。疑將并州刀，碎裁洞庭霞。珊瑚續夜照，不惜鞭日車。此樂難數得，往往逢人誇。轉盼不十年，陵谷忽遷淪。牡丹剉食馬，老梅斧為薪。東風依舊吹，惟見菜甲春。額是虞部額，人非虞部人。中有刁家奴，濁氣搏秋旻。虞部昔肺腑，況乃手足親。一為併吞念，百巧日夜新。二子散他州，長者委黃塵。問主既已非，此梅安足論？歸來見兒豎，驕騃不能馴。撫心長太息，惻愴涕沾巾。」詩歌充滿對陸愚一家的同情和感慨。

歸有光這篇文章也是講述同樣的題材，他一方面稱賞徐中行歷久而不忘報答師恩，顧恤其後人的高誼和美德，一方面藉以譏刺世俗人情普遍的冷漠和勢利。文章以「重交」為題，是為了突出人世間這種情誼的珍貴，以及悲慨它在生活實際中稀缺難求。

文章欲稱揚徐中行篤守門生之義，敦行古道，先以任昉死後，「生平知舊」包括被他汲引的士類無人肯收恤他的子嗣，作為反襯，再以人們雖然多知報答師恩的道理，「然不能不以形勢為厚薄」，作為二重反襯，援古據今，從反面層層映出徐中行卓拔不群。文章認為任昉死後的遭遇，是「自古以來人情之常」；又說門生對待老師的態度，常以形勢為轉移，這些都是看透了人情世態的話，語氣冷峭。

跋禹貢論後

【題　解】〈禹貢〉是《尚書》的一篇，也是中國古代最早的地理著作，「禹貢」因此成為地理的代名詞。宋代學者程大昌撰《禹貢論》，是一部記載、考辨山川地理的書。《四庫全書總目提要》論該書「援據釐訂，實為博洽，至今註〈禹貢〉者，終不能廢其書也。」然其書並非作者實地調查所得，難免錯訛。宋孝宗批評它：「地理既非親歷，雖聖賢有所不知。」認為程大昌此書存在「強為之說」的弊端。陳振孫《直齋書錄解題》也指出，作者「身不親歷，……烏保其皆無牴牾？」歸有光這篇跋雖是學術短文，重點則在強調作者寫作應當注重實歷，反對臆斷這一普遍的道理。

《禹貢論》五十二篇，得之魏恭簡公❶，而亡友吳純甫❷家藏有《禹貢圖》❸，皆淳熙辛丑❹泉州❺舊刻也。泰之❻此書，世稱其精博。然予以為山川土地，非身所履，終無以得其真。太史公言張騫窮河源，烏睹所謂崑崙者❼。元世祖至元十七年❽，使驛治運河土番朵甘思西鄙星宿海❾，所謂河源者，始得其真。如泰之所辨「鳥鼠同穴」數百言❿，以為二山，而吾郡都太僕⓫常⓬親至其山，見鳥鼠來同穴。乃知宇宙間無所不有，不可以臆斷也。

【注　釋】❶魏恭簡公　魏校，諡恭簡。見〈玉巖先生文集序〉注57。❷吳純甫　吳中英，字純甫，崑山（今屬江蘇）人。

嘉靖辛卯（西元一五三一年）舉人。擅書法。善於鑒識人，歸有光八歲，吳中英見其〈葬枯骨文〉，即與定交，稱他為「班馬之才」（《江南通志》卷一百六十五）。❸禹貢圖　即《禹貢論圖》，程大昌著，已佚。❹淳熙辛丑　西元一一八一年。淳熙，南宋孝宗年號。❺泉州　今屬福建。❻泰之　程大昌（西元一一二三～一一九五年），字泰之，徽州休寧（今屬安徽）人。高宗紹興二十一年（西元一一五一年）進士，仕至龍圖閣學士，謚文簡。❼太史公言二句　《史記・大宛列傳》說張騫探尋黃河發源地，並未尋到其源頭在崑崙。參見〈西王母圖序〉注㊺。❽元世祖至元十七年　西元一二八〇年。元世祖，名忽必烈（西元一二一五～一二九四年），滅宋統一全國，在位三十四年。❾使驛治運河土番朵甘思西鄙星宿海　元人潘昂霄《河源記》載，元世祖至元十七年遣學士篤什（一作都實）為招討使，佩金虎符，西溯河源，至土番朵甘思西端之星宿海，以為是黃河之源頭。驛，驛站；驛官。此指元朝派往邊疆的使者。土番，指青藏高原。朵甘思，也稱朵甘，元明兩代對今西藏自治區昌都地區東部、四川甘孜藏族自治州西北部的稱謂。鄙，邊端。星宿海，因為那裡四周群山之間，有泉近百泓，方圓將近七八十里，登高望之，若星宿佈列，故名。❿辨鳥鼠同穴數百言　指程大昌《禹貢論下》「鳥鼠同穴」條。孔安國以為，鳥鼠共為雌雄，同穴處此山，因以名山。程大昌認為此說甚怪。他肯定鳥鼠、同穴本是二座山名。⓫都太僕　都穆（西元一四五九～一五二五年），字玄敬，人稱南濠先生，蘇州吳縣（今屬江蘇）人。弘治十二年（西元一四九九年）進士，官至禮部郎中。著有《金薤琳琅錄》、《南濠詩話》等。⓬常　曾。

【語　譯】《禹貢論》五十二篇，我從恭簡公魏校那裡得到，而亡友吳純甫家藏有《禹貢論圖》，二書皆是南宋淳熙八年辛丑泉州的舊刻本。程大昌所著《禹貢論圖》，世人稱其內容精博。然而我認為，山川土地，不是親身前往探查，終究無法知道其實際確切的情況。太史公司馬遷說，張騫尋找黃河之源，哪裡能發現人們說的在崑崙山的源頭。元世祖至元十七年，派使者巡治黃河一帶，至青藏高原朵甘思西端的星宿海，人們所謂的黃河源頭，才算真正被發現。比如程大昌用幾百字考辨「鳥鼠同穴」，得出結論這是兩座山名，然而我郡都穆太僕曾經親自到達那座山，親眼看見飛鳥和老鼠同居一個洞穴。由此可知，宇宙之間無所不有，不能根據主觀臆見就下結論。

【研　析】宋明是議論勝實證的時代，因此形成與漢朝不同的學術風氣。歸有光生長在明代中期，重視提倡質實之學，在學術史上顯示某種轉變風氣的意義。

對于地理書上記載的「鳥鼠同穴」山，歷來有兩種不同理解：一種認為是一座山，因為鳥鼠同處山上的洞穴，故名。持此說者有孔安國。另一種認為是二座山，分別是鳥鼠山、同穴山。持此說者有王肅。歸有光在這篇跋文對此作出自己的判斷。他指出二座山之說是臆見，而一座山之說是有人「親至其山」，經實地考察證明的結論。他以此為例，主張應當以求「真」的態度做學問，反對「臆斷」。這種主張與清人很相近。戴震〈與方希原書〉也說：「履泰山之巔可以言山」，「跨北海之水涯可以言水」，強調了親臨其境之於做學問的重要意義。所以歸有光此文雖然只有寥寥百餘字，卻代表了歸有光重要的學術思想，也顯示明清學風所存在的某種聯繫。

讀金陀粹編

【題解】岳飛冤死後，官修史書及有關記載刻意湮沒他的功績，以欺蒙後世。昭雪後，他的兒子岳霖會同友人一起搜集岳飛遺文，及其他第一手資料，以留真相於後世，書未成而卒。岳霖臨終叮囑兒子岳珂一定要將此事繼續下去，以對先祖有個交代。於是岳珂在父親所做工作的基礎上，重新潛心搜集，又獲得了許多珍貴的資料，編為一書，終於使岳飛這一重要人物的歷史真相得以恢復。這部書就是《金陀粹編》。岳珂有別業在嘉興金陀坊，故以為書名。歸有光此文，鋒芒向著隨勢而變異的「人情」，認為這是更足令人憂慮的人性真正的劣根。

自宰相監脩國史❶，史官之失職久矣。以❷鄂國❸之勳勞志節❹，檜❺為誣史，欲揜天下之耳目。蓋海內為之銜冤者三十年❻，始得此編而昭雪❼，其後元史臣亦採此以為傳❽。珂❾非獨為岳氏之孝子慈孫矣。

嗚呼！世人稍有毫毛輕重，人情即隨以異，甘心附會，無所不至。賊檜薰天之勢，万俟卨之徒❿，何足罪哉！何足罪哉！

【注釋】❶宰相監脩國史　自唐初建立官修史書制度後，領銜者多為大臣。以後逐漸演變為宰相監修的定制。❷以　拿，表示以某事為例。❸鄂國　指岳飛（西元一一〇三～一一四二年），字鵬舉，相州湯陰（今屬河南）人。抗金功將，最後被以「莫須有」的罪名殺害。宋寧宗時被追封為鄂王。❹勳勞志節　功勳、志操。❺檜　秦檜（西元一〇九〇～一一五五年），字會之，江寧（今江蘇南京）人。紹興年間兩任宰相，主持和議，得高宗信任。殺害岳飛。❻海內為之銜冤句　宋孝宗登基以後，岳飛得到平反。離他被害近三十年。海內，中國。古人以為中國四周為海水所圍，故云。銜冤，含冤。❼始得此編而昭雪　《金陀粹編》正編二十八卷，成於寧宗嘉定十一年（西元一二一八年）；續編三十卷，成於理宗紹定元年（西元一二二八年）。此時離開岳飛被害已經七、八十年。歸有光說的「昭雪」，不應該是指朝廷為岳飛平反的事，而是指《金陀粹編》一書使秦檜一流強加於岳飛的「誣史」徹底被推翻了。❽元史臣亦採此以為傳　《宋史》由元脫脫、阿魯圖先後領銜，歐陽玄、張起巖等總裁編撰，〈岳飛傳〉載該書三百六十五卷。❾珂　岳珂（西元一一八三～一二三四年），字肅之，號亦齋。岳飛孫。任戶部侍郎等職。除《金陀粹編》外，還著有《籲天辯誣集》、《桯史》等。❿万俟卨之徒　《宋史．岳飛傳》：「（秦檜）力謀殺之（岳飛），以諫議大夫万俟卨與飛有怨，風卨劾飛；又風中丞何鑄、侍御史羅汝楫，交章彈論。」万俟卨（西元一〇八三～一一五七年），字元忠，開封陽武（今河南原陽）人。任監察御史等職。主治岳飛獄，置其於死地。秦檜死，朝廷議復岳飛官，万俟卨又加以阻擾。

【語　譯】自從由宰相監修國史以來，史官失職的歲月已經很久。以鄂王岳飛來說，他的功勳志操如此卓越、堅貞，秦檜卻胡編顛倒是非的「誣史」，想遮掩天下人耳目。海內為岳飛含冤三十年，才借助這本書使他得到平反昭雪。後來元朝的史臣也採用此書的材料撰寫〈岳飛傳〉。岳珂不僅僅是岳氏的孝子慈孫。

可歎啊！世人稍微遇到毫毛一般輕重的變故，人情馬上隨之發生轉變，甘心附會於權勢，什麼卑鄙骯髒的事情都做得出來。奸賊秦檜熏天的惡勢力，幫兇万俟卨之徒，他們的罪行何足申討！他們的罪行何足申討！

【研　析】史書從私人著述到官方集體編撰並由宰相監修的大轉變，主要發生在唐初。從此史書的真實性如何得到保證便經常受到人們質疑。宋范祖禹說：「古者官守其職，史書善惡，君相不與焉。故齊太史兄弟三人死於崔杼，而卒不沒其罪。此奸臣賊子所以懼也。後世人君得以觀之，而宰相監修，欲其直筆不亦難乎？」（《唐鑑》卷六）胡寅也說：「古者史官世掌其職，大臣不與，天子不觀，故得直筆，取信於後世。其次則如貞觀之制，史官日隨仗入，隨事記之，猶為近古。自李義府、許敬宗不許史官聞仗後事，以行其私，姚璹乃建令宰相撰時政記，意欲迷眩千古，令韋執誼又奏，令史官撰日曆。日曆云者，猶起草也。將加是正而潤色焉耳。苟數人者誠無私意，何用為是紛紛？以其請建之紛紛，則其誣上行私之心，欲蓋而益彰矣。夫天下有公是非，不為言語文字，可以變移白黑，淆亂忠邪。故義府、敬宗、執誼之惡，至於今不泯。有志於垂名竹帛者，自修而已矣。」（引自馬端臨《文獻通考》卷五十一〈職官考五・史官〉）

歸有光同樣認為，「宰相監脩國史」導致「史官」失職，他們喪失了獨立記史的權利，從而使史書變得不再可信，更有甚者，還出現了混淆忠奸、顛倒是非的「汙史」。比如秦檜不僅害死了岳飛，而且還利用其宰相的權力，通過所謂修史使忠良蒙辱於史冊。從這方面著眼看待岳珂《金陀粹編》一書的意義，其重要性主要體現在對「信史」傳統的恢復和維護，而不僅僅是表現子孫對先祖的敬孝；它關係著國家和歷史氣脈的連續，而不僅是區區一家之私事。由此而體會文意，才會覺得作者立意之高。

「人情」始終是歸有光關注的對象，這構成他散文創作的重要內容。他不僅歌頌善而美的「人情」，而且討伐醜而惡的「人情」。本文鋒芒所向，直指世上「人情」混濁的一面，所謂「世人稍有毫毛輕重，人情即隨以異，甘心附會，無所不至」。像這樣的「人情」普遍存在於社會上，也可以說是國民性的一種吧。歸有光對這種「人情」的批判，有時是相當深刻、辛辣的。

題張幼于裒文太史卷

【題　解】這是一篇為文徵明尺牘石刻拓本寫的題辭。張獻翼是文徵明同鄉晚輩，曾與文徵明通信交往，在文徵明死後，他將文徵明寫給自己的尺牘刻在石上，使其得以保存而不致湮沒。今人周道振輯校《文徵明集》（上海古籍出版社）收有〈致幼于〉七首，其中六首輯於《張幼于刻帖》拓本。歸有光認為，從文徵明、張獻翼的交往中反映出吳中地區文人前後引接、薪火相遞融洽而溫情的傳統。他由此聯繫到自己「曠世獨立」即毫無援助的孤獨，為此深感悲涼而發出浩歎。

文太史❶既沒，幼于❷裒❸其平日所與尺牘❹，摹之石上。太史尊宿❺，幼于年輩遠不相及，而往復勤懇如素交❻。吳中❼自來先後輩相接引類如此，故文學淵源，遠有承傳，非他郡❽之所能及也。嗟乎！士固樂于有所為。若夫曠世獨立，仰以追思千載之前，俯以望未來之後世，其亦可慨也夫！

【注　釋】❶文太史　文徵明（西元一四七〇～一五五九年），名璧，一作壁，字徵明，號衡山居士，長洲（今江蘇蘇州）人。以歲貢生薦試吏部，任翰林院待詔，三年辭歸。精書畫，工詩文。與祝允明、唐寅、徐禎卿合稱「吳中四才子」。著有《甫田集》。❷幼于　張獻翼（西元一五三四～一六〇四年），一名敉，字幼于，長洲人。嘉靖中國子監生，未及功名。著有《文起堂集》、《紈綺集》。❸裒　彙集。❹尺牘　書信。❺尊宿　尊稱前輩之有重望者。❻素交　老朋友。❼吳中　指今江蘇蘇州及周圍地區。❽郡　地區行政單位。此所指相當於府。

【語　譯】文徵明太史死後，張幼于將他平日寫給自己的尺牘滙聚集在一起，刻在石上。太史是名望高重的前輩，張幼于年歲和輩分都和他差得很遠，然而文太史誠懇地不斷給他寫信，猶如是他的老友。吳中地區歷來先輩與後輩互相接引大致如此，所以文學淵源關係清晰，自遠至近不失傳承，這是其他地區無法比擬的。啊！士人固然都樂意有所作為。至於曠世獨立，無援無助，仰而追想千載以上的古人，俯而期待將要出現的來者，處於這樣的境地真令人感慨呀！

【研　析】唐初詩人陳子昂曾唱歎：「前不見古人，後不見來者。念天地之悠悠，獨愴然而涕下。」（〈登幽州臺歌〉）歸有光這篇題辭風格與它略近。作者先以讚羨之筆稱述文徵明熱心引接後輩，對早先吳中地區文人這種淳厚、親和的關係流露出難以自抑的神往之情。然後逆轉筆意，慨歎這一美好的傳統於今已經不見蹤影，結果使「有為」之士無依無靠，形影孤單，徒然地處於茫茫然的消沉境地。借前形後，由羨轉歎，寫出了一地風氣的改變以及作者內心的失落。

跋唐道虔答友人問疾書

【題　解】唐欽堯（西元一五〇一～一五五六年），字道虔，嘉定（今屬上海）人，諸生。科場不得志，晚年以貢選為撫州府學訓導。病卒於道。歸有光撰有〈撫州府學訓導唐君墓誌銘〉，記述其生平頗詳。文中談到，唐欽堯「不喜末俗剽竊之文，而好講論時務，遇事發憤有大節。」又說：「君雖不用於世，其所論議施設及於人，則皆有位者之事也。使世之君子如君之為，亦可以不曠於其官矣。」然而，「世莫能識」。明婁堅〈徐震菴先生墓誌銘〉也說：「唐以踔厲感慨，究心世務為宗。」（《學古緒言》卷九）唐欽堯空懷理想，齎志以沒，他臨終前寫的〈答友人問疾書〉將心靈中的悲愴和盤托出。據〈墓誌銘〉載，唐欽堯弟給歸有光看了這封信，歸有光以為信裡「言夢中事尤奇怪」。

本文和〈墓誌銘〉都寫於嘉靖三十五年（西元一五五六年），歸有光五十一歲。

「承尊翰❶下問，適入夢中，有失酬答。僕之賤恙❷，雅❸與眾異。他人病瘧❹多氣亂❺，僕茲❻病瘧神轉清，寒熱作而藻思❼溥❽。不足復為兄談矣。就枕之後，一念感慨，心雄萬夫。應制❾之撰述，面君❿之議論，原⓫祖宗之綱紀，究廟社⓬之安危，廷諍⓭千言，具⓮有條理。乃遂蕩清宿惡⓯，扶植天常⓰，明揚幽沉⓱，剔抉⓲淫蠹⓳，事已就緒，謝政東歸⓴。素願大慰，則夜已過分㉑。以此疾不知當屬何門㉒，而治之當用何藥也？投㉓以神明之劑㉔，止其思慮之淫㉕，恐非庸常㉖可與㉗，故僕未敢試無妄之藥㉘也。承兄愛厚，輒述病原㉙，覩畢便擲還小僕㉚，勿令世人知有此怪症也。」

余友唐道虔，以歲貢㉛待選㉜京師㉝，病痁㉞，因友人來問疾，答之如此。道虔既歿，其家得之篋㉟中。噫！士之有所負㊱而不獲施，使之至於淫溺㊲為病如此，可怨也夫！而道虔竟以是卒，其可悲也夫！

【注釋】❶尊翰　對別人來信的尊稱。翰，書信。❷賤恙　自己患病的謙稱。恙，病。❸雅　甚。❹病瘧　患瘧疾。❺氣亂　神志不清。❻茲　此；今。❼藻思　文思。❽溥　豐富；充暢。❾應制　應皇帝之命。❿面君　面對皇帝。⓫原　同「源」。尋究起源。⓬廟社　指國家。廟，宗廟，安放祖宗神牌的場所。社，土地神。⓭廷諍　在朝廷諫諍。⓮具　全部。⓯蕩清宿惡　革除積弊。宿，舊；從前。⓰天常　天理倫常。⓱幽沉　遭到壓抑的人，蒙受冤屈的事。⓲剔抉　去除。⓳淫蠹　指奸佞之臣。淫，邪奸。蠹，蛀蟲，比喻禍國害民的人。⓴謝政東歸　辭職還鄉。因唐欽堯家鄉在東南方，故稱東歸。㉑夜已過分　過了半夜。分，半。㉒何門　哪一種。門，類。㉓投　用。㉔神明之劑　能夠使神志清明的藥。㉕淫　過度。㉖庸常　平常；普通。㉗與　施。指醫治。㉘無妄之藥　驅除妄想的藥。㉙病原　病因及徵象。㉚小僕　僕人。㉛歲貢　地方貢入京師國子監的生員之一種。因為這種貢生是每年選送升入國子監，故稱歲貢。㉜待選　等候選用。明朝制度，年長的貢生符合一定條件者，可以被任命到地方擔任低級的官員。㉝京師　京城。指北京。㉞痁　瘧疾。㉟篋　竹箱。㊱負　抱負。㊲淫溺　不能自拔。

【語　譯】「承蒙您寫信來問候，剛才正在夢鄉，有失回答。我患的疾病，與眾人有很大不同。別人患瘧疾，通常神志不清，我此次患瘧疾，神志反而越發清爽，越是有寒熱，文思越是湧動流暢。這些不足以對兄叨絮。睡下之後，意中生出一片感慨，心更比萬夫雄勁。撰寫應制時文，在皇帝面前議論事理，推尋祖宗制度原委，明究國家安危情勢，在朝廷滔滔不絕諫諍，都有條有理。於是一舉徹底革除各種積弊，扶持天理倫常，使蒙寃受壓的人揚眉吐氣，奸臣佞人則都被清理掃蕩，將各項事安排就緒，我便辭職還鄉了。待平生夙願一一實現，時辰已過半夜。不知我這患的叫什麼疾病，應當用什麼藥物才能治療？服用明心靜氣的藥劑，使心靈不再胡思亂想，恐怕不是一般的郎中所能對付，為此緣故，我不敢輕易服用驅除妄想的藥物。承蒙兄對我的厚愛，便將病因、徵象一一告知如上，請你閱後把信交還給僕人，不要讓世人知道有這麼一種怪病。」

我友人唐道虔，以歲貢生的身份赴北京候選待用，患上瘧疾，因有友人向他問候疾病，便寫信告訴友人這些病況。道虔死後，他的家人從他的竹箱裡發現了這封信。可憐啊！士人有抱負志向而無法實現，結果使他沉湎不能自拔，轉成如此沉痾，真是可怨可恨！而道虔竟因此而失去生命，真是太可悲啊！

【研析】歸有光文章有以引錄代自撰一法。如〈李南村行狀〉全文主要部分的內容是直接記錄李氏後人的講述，以其文體來說，這也是今天口述傳記的雛形。他解釋採用這種寫法的原因是，「余惡夫世之撰事者弗核，故弗敢損益於憲卿（引者按：李南村的後人）之言，俾銘者考焉。」說明運用這種方法寫作，目的為了求真求信。錢謙益〈題歸太僕文集〉對〈李南村行狀〉推崇備至，評道：「雖韓、歐復生，何以過此？」（《初學集》卷八十三）本書所選的〈為善居銘〉一文情況略有相似。

本文是又一個相近似的例子。它全部引錄唐欽堯〈答友人問疾書〉，從而構成文章的主體，僅於引文之後，略添數語，鉤玄提要，抉露其精意所在，表示自己讀後感想，猶如畫龍點睛，使原作越發精光四射。

唐欽堯〈答友人問疾書〉自述末路失志時神氣迷亂的狀態，極其逼真地寫出了文人在無法實現仕途理想、為世所棄的時候，精神、心理所承受的巨大壓力和痛苦煎熬。唐氏自述在現實中無所作為，只能在夢中嘗一嘗實現抱負的甘甜，使「素願大慰」，字字句句都寫得慘痛無比。歸有光很欣賞唐氏寫的這一篇臨終自白書，所以為後人保留了明代的一篇奇文。歸有光自己的跋語文字雖短，而慨歎疊出，先曰「可怨也夫」，繼而曰「可悲也夫」，一聲比一聲沉痛，與唐氏〈答友人問疾書〉痛透心肺的語言形成統一的風格，天衣無縫。這是運用此法作文最宜留心之處，如果做不到這一點，就難免會有拼湊之嫌。

上萬侍郎書

【題解】萬士和（西元一五一六～一五八六年），字思節，號履庵，宜興（今屬江蘇）人。嘉靖二十年（西元一五四一年）進士，選庶吉士，授禮部主事，出為湖廣參政，廣東左布政使，擢副都御史，督南京糧儲，遷戶部右侍郎，隆慶二年（西元一五六八年）由戶部改任禮部，萬曆初，任禮部尚書。以剛直忤張居正，謝病歸，卒謚文恭，有《履庵集》。歸有光給萬士和寫此信的緣由是，他任長興知縣時，為上司所排斥，被免去縣令，在無法改變結局的情況下，他出於生計的考慮，提出擔任州縣的學官，可是這一要求也遭拒絕，而將他改任順德府馬政通判，看似升職，其實沒有實權。歸有光對此深感失望和不滿，故向萬士和表露心跡且為自己作辯護。

此信寫於隆慶二年（西元一五六八年），歸有光六十三歲。

居京師❶，荷蒙❷垂盼❸。念三十餘年故知❹，殊不以地望❺逾絕❻而少變，而大臣好賢樂善、休休有容❼之度，非今世之所宜有也。有光是以亦不自嫌外❽，以成盛德高誼❾之名，今海內之人見之。

有光晚得一第❿，受命出宰百里⓫，才不逮⓬志，動與時忤⓭。然一念⓮為民，不敢自墮於冥冥⓯之中，拊循⓰勞徠⓱，使鰥寡⓲不失其職⓳，發於誠然⓴，鬼神所知。使在建武㉑之世，宜有封侯爵賞㉒之望，今被挫詘㉓如此，良可憫惻㉔。流言朋興㉕，從而信之者十九㉖。小民之情㉗，何以能自達於朝廷？賴閤下桑梓連壤㉘，所聞所見，獨深知而信之。時人以有光徒讀書無用，又老大，不能與後來英俊馳騁，妄自測擬㉙，不待問而自以為甄別已有定論矣。夫監郡㉚之於有司㉛之賢不肖，多從意度㉜，又取信於所使咨訪之人。秖如㉝不覩其人之面，望其影而定其長短妍醜，亦無當矣。如又加以私情愛憎，又如所謂流言者，使伯夷㉞、申徒狄㉟復生於今，亦不免於世之塵垢，非餓死抱石，不能自明也。

昨者㊱大計㊲群吏，僅免下考。今已見謂㊳不能為吏，又使匍匐㊴於州縣，使益困迫而失其所性。輾轉狼狽，不復能自振於群毀之中。夫以朝廷愛惜人才，當使之無失其所。如有光垂老不肯自摧挫，以求進於天子之科目，至三十年而不退卻。一旦得之，使之從百執事㊵，齒㊶於下列㊷，不敢望公孫丞相㊸、桓少傅㊹，僅如馮都尉白首郎署㊺，亦足以少答天下之士彈冠振衣㊻願立於朝之志矣。今之時，獨貴少俊耳。漢李太尉嘗薦樊英等，以為一日朝會，見諸侍中並皆年少，無一宿儒大人可以備顧問者，悵然為時惜之㊼。有光顧何敢自列於昔賢之所薦，而「番番良士，膂力既愆，我尚有之。」㊽以為國家用老成長厚之風，此亦當今公卿大臣之所宜留意者也。

有光今已摧殘至此。夫士之所負[49]者，氣耳。於其氣之方盛，自以古人之功業不足為；其稍歉[50]，則猶欲比肩於今人；其又歉，則視今人已不可及矣。方其久詘於科試，得一第為州縣吏，已為逾分。今則顧念養生之計，欲得郡文學[51]，已復不可望。計[52]已無聊[53]，當引而去之。譬行舟於水，值風水之順快，可以一瀉千里；至於逆浪排天，篙櫓俱失，前進不止，未有不沒溺者也。不於此時求住泊[54]之所，當何所之乎？

茲復有瀆[55]於閤下者：自以禽鳥猶愛其羽，修身潔行，白首為小人所敗。如此人者，不徒欲窮[56]其當世之祿位，而又欲窮其後世之名。故自托於閤下之知，得一言明白[57]，則萬口不足以敗之。假令[58]數百人見譽而閤下未之許，不足喜也；假令數百人見毀而閤下許之，不足恤[59]也。故大人君子一言，天下後世以為準。有光甘自放廢[60]，得從荀卿、屈原之後[61]矣。

今茲遣人北上，為請先人敕命[62]，及上〈解官疏〉[63]，并道所以[64]。輕於冒瀆[65]。無任惶悚[66]。不宣[67]。

【注釋】❶居京師　歸有光〈戴楚望集序〉：「隆慶二年（西元一五六八年）春朝京師。」京城。指北京。❷荷蒙　承蒙。❸垂盼　看重；見愛。垂，敬語，用於上對下。❹故知　舊友。❺地望　地位名望。❻逾絕　懸殊。❼休休有容　《尚書·泰誓》：「其心休休焉，其如有容。」形容君子寬容而有氣量。❽不自嫌外　不把自己當作外人而心懷顧忌。自嫌，自生疑忌。❾誼　義。❿第　中進士。⓫出宰百里　指歸有光出任長興知縣。百里，《漢書·百官公卿表上》：「縣大率方百里。」⓬迨　及；相符。⓭忤　違。⓮一念　一種念頭。⓯冥冥　渾渾噩噩。⓰拊循　慰撫。⓱勞徠　亦作「勞來」。以恩德招之使來；慰問、勸勉前來的人。⓲鰥寡　喪偶的男女。⓳不失其職　各有所養的意思。⓴誠然　真心誠意。㉑建武　東漢光武帝劉秀年號，自西元二六年至五七年。㉒封侯爵賞　封王侯，授爵位，受獎賞。㉓挫詘　貶抑。㉔憫惻　同情。㉕朋興　叢生。㉖十九　十分之九。㉗小民之情　民意。小民，百姓。㉘桑梓連壤　意為鄉鄰。古人於宅旁種植桑樹、梓樹，因以「桑梓」為故鄉的代稱。㉙測儗　猜測；臆想。㉚監郡　指郡守、監察御史。㉛有司　謂所屬部門的官員。㉜意度　據主觀印象判斷。㉝秖如　恰似。㉞伯夷　商時孤竹君兒子，義不食周粟，餓死首陽山。參見〈卓行錄序〉注⓴。㉟申徒狄　殷時人，他憎憤社會不任用聖賢，負石自沉於河。㊱昨者　去年，指隆慶元年（西元一五六七年）。㊲大計　明朝考核州縣官員的制度。由上級累計其三年政績，分為稱職、平常、不稱職三等，稱職者升，平常者復職，不稱職者降。除此三等之外，犯貪汙等罪者付司法治罪。下所說「下考」，即謂不稱職。㊳見謂　被認為。㊴匍匐　爬行；勞頓。㊵百執事　猶百官。㊶齒　並列。㊷下列　品級低的官員行列。㊸公孫丞相　公孫弘（西元前二〇〇～前一二一年），字季，一字次卿，菑川（今山東壽光）人。四十餘歲學《春秋公羊傳》，七十歲以賢良對策擢第一，為博士。仕至丞相，封平津侯。《史記》卷一百十二有傳。㊹桓少傅　桓榮，字春卿，東漢沛郡龍亢（今安徽懷遠境）人。少習《歐陽尚書》，客傭以自給，孜孜不倦。西漢末，授徒眾數百人，雖常飢困，而講論不輟。東漢初，年六十餘始辟大司徒府，官至太常，封關內侯。《後漢書》卷六十七有傳。㊺馮都尉白首郎署　馮唐，西漢扶風安陵（今陝西咸陽東北）人。他被漢文帝擢用前，年已六七十歲，官職僅為中郎署長。文帝擢其為車騎都尉。景帝時，為楚相。武帝繼位，求賢良，舉馮唐，他已九十餘歲，不能復為官。《史記》卷一百二有傳。郎署，漢朝宿衛侍從官的公署。㊻彈冠振衣　《楚辭·漁父》：「新沐者必彈冠，新浴者必振衣。」王逸注：「拂土坌也。」意謂保持衣冠整潔，不受濁世汙染。後來其語意轉化，指布衣、隱士新潔衣冠，樂於去清明的朝廷做官。李固〈陳事疏〉：「巖穴幽人，智術之士，彈冠振衣，樂欲為用。」歸有光用後一種意思。㊼李太尉嘗薦樊英等五句　李固上順帝疏：「陛下撥亂龍飛，初登大位，聘南陽樊英、江夏黃瓊、廣漢楊厚、會稽賀純，策書嗟歎，待以大夫之位。……臣前在荊州，聞厚、純等以病免歸，誠以悵然，為時惜之。一日朝會，見諸侍中並皆年少，無一宿儒大人可顧問者，誠可歎息。宜徵還厚等，以副群望。」見《後漢書》卷六十三〈李固傳〉。李固（西元九四～一四七年），字子堅，東漢漢中南鄭（今屬陝西）人。

順帝時對策，直陳外戚、宦官擅權之弊，主張信用老成之臣。仕至太尉，下獄死。樊英，字季奇，東漢南陽魯陽（今河南魯山）人。善星算之學。順帝時徵為五官中郎將，不久稱病歸。傳見《後漢書・方術上》。朝會，臣屬朝見皇帝。侍中，官名。列侯以下、郎中以上的加官，是皇帝的近臣。宿儒，飽學的老儒。顧問，備皇帝諮詢。㊽而番番良士三句　引自《尚書・泰誓》秦穆公的話。番，同「皤」。白。此指白髮。良士，善士。膂力，體力。愆，虧損。有，親近。㊾負　依仗；崇尚。㊿歉　少。(51)郡文學　州、府學官。(52)計　思。(53)無聊　無可奈何。(54)住泊　停泊。(55)瀆　褻瀆；冒犯。(56)窮　使失去。(57)明白　澄清事實；使真相大白。(58)假令　倘若。(59)惴　不安。(60)放廢　放逐；屏棄。(61)得從荀卿屈原之後　落得與荀子和屈原一樣的命運。荀子到楚國，春申君任命他為蘭陵令。春申君死，荀子遭免職。屈原因讒被放逐，投汨羅江死。歸有光〈邢州敘述〉之三：「為令既不卒，稍遷佐邢州。雖稱三輔近，不異湘水投。」說的意思相同。(62)請先人勑命　明代制度，官員可向朝廷為自己的祖父、父母、妻子請求授予象徵榮譽的官銜或稱號。歸有光曾寫有〈請敕命事略〉，是為他死去的父母、二位去世的妻子請求封號的。(63)解官疏　即歸有光〈乞休申文〉，請求辭官。文載《震川別集》卷九。(64)所以　原故。(65)冒瀆　冒犯。(66)惶悚　惶恐不安。(67)不宣　不一一細說。是書信的格式化用語。

【語　譯】我在京城時，承蒙您對我的厚愛，令我感荷難忘。對三十多年以前的老朋友，絲毫不因為地位、名望懸殊而態度有丁點兒改變，而作為在朝大臣，好賢樂善，寬容弘量，這些都是今世所難遇的。有光於是也不把自己當作外人而心懷顧忌，以此來彰顯您的大德高義，令海內所有的人都能夠瞭解您的品德。

有光到晚年才考中進士，朝廷命我出任縣令，自己的才能不及志向，每有舉動輒與時俗相違背。然而我一心一意地為百姓辦事，不敢使自己墮落於渾渾噩噩之中，慰撫招來流離失所者，使喪偶的男女皆有所養，這些都是出於本人的誠意良心，鬼神可以為我作證。如果在東漢劉秀光武年間，這應當有望得到封侯授爵獎賞，今天反而遭到如此貶斥，實在是值得同情。一時流言蜚語叢生，十有九人信以為真，老百姓的民意，又怎麼能夠傳到朝廷？幸虧閣下與我同為鄉鄰，對於所聞所見之事，獨能深知我心，而給予充分的信任。時人以為有光只會讀書，別無本事，而且年紀又老，不能與後生英俊爭高低，妄自猜測，不做調查而自以為已經弄清是非，可以得出結論。一郡之長對於下屬官員優劣的評判，大多只憑自己的主觀印象，又過於相信他派去諮訪的人所作的彙報。這就好比沒有看見一個人面孔，只望著他的影子就認定他長得高還是矮，美還是醜，只能是瞎說一氣罷了。如果再夾雜個人的愛憎私情，又像流言所訛傳的那樣，即使伯夷、申徒狄今天再次出生，也不免會遭到世人的非議，從而非餓死山中，或抱石自沉，不能表明自己的心跡。

去年按例考核各位官員，我僅免被置於「不稱職」的下等。現在我已經被認為不能擔任官吏，卻又遣我到州縣任上苦苦勞頓，使我的處境更加困迫而違反自己的稟性。輾轉奔波，情形狼狽，不能從被眾人誹謗的處境中得到解脫。朝廷如果是愛惜人才，應當讓他們各自處於合適的位置。像有光年將衰老仍不肯消極頹唐，而在天子舉行的科舉考試中不斷努力求進，三十年來不曾退卻。一旦考中進士，讓我隨從百官，置身於低等的官員行列，不敢奢望像兩漢公孫弘丞相、桓榮少傅那樣晚年擢升達官，即使像西漢馮唐雖然白首僅為中郎署長，卻受到漢武帝薦舉，也足以使天下躍躍欲試、願意為朝廷效力的人士得到一絲安慰。當今的天下，唯以年輕後生為尊貴。東漢李固太尉曾向順帝推薦樊英等老臣，說一日與群臣一起朝見皇帝，見陪侍在皇帝身邊的近臣全是年輕人，沒有一位飽學老儒可以備皇帝諮詢，心裡悵然不歡，為天下人才感到惋惜。有光又怎麼敢將自己視為昔賢所推薦的那種飽學老儒，然而「白髮善士，體力虧缺，我尚且親近他們。」我認為，要使國家起用老成長厚者形成風氣，這也是當今公卿大臣所應當留意的政事。

有光今天已經被摧殘成這個樣子。士人聊以立身處世，全憑一股子氣。當他正處在氣盛時，連古人的功業都不被他放在眼裡；氣稍稍減弱，此時尚且想到要與今人一比高低；等到氣再繼續衰退，對他而言今人也已經變得不可企及。當我久試科舉不利時，獲得進士而出任縣令，已經感到這是非分所得。今天出於養家的考慮，想請求授予州縣學官之職，也都已經沒有指望。想來已是無可奈何，只有退出官場才合適。比如在水上行舟，遭遇順風順水，可以一瀉千里；而如果遇到滔天逆浪，船篙、櫓槳俱已遺失，尚想不停地前進，結果沒有不招致翻船溺水的。不趁此時尋找一個停泊的場所，還想等到什麼地步？

我這裡對閣下有一個冒昧的請求：我因為禽鳥尚且愛惜自己的羽毛，所以重視自己修身，保持行為廉潔，如此活到頭白卻被小人毀損。這小人，不僅想使我失去今世的官爵，而且還想抹黑我身後的清名。所以我希望借重閣下對我的瞭解，講一句公道話使真相大白，這樣，雖然眾人萬口集垢於我，都不足以對我造成毀損。假如數百人稱譽而閣下不首肯，這不值得高興；假如數百人攻訐而閣下讚許，這不值得擔憂。所以高尚君子的一句話，是天下後世的準繩。這樣，有光甘願被放逐，得以隨從於荀子、屈原之後。

此次派人北上，為先父母向朝廷請求恩封，並遞上〈解官疏〉，藉此機會，寫此信敘述原委。如此地失禮冒犯，我感到惶恐不安。不再一一細述。

【研　析】歸有光這封書信，將抒發積悃和指斥時政合而為一，他通過敘述自己盡心為民卻遭「挫詘」的經歷，提供了一份明朝官員考核制度真相的報告。「夫以朝廷愛惜人才，當使之無失其所」，然而歸有光以自身的遭遇證明，事實恰好相反。他的痛苦和憤懣皆由此而生。最傷害歸有光自尊心的莫過於明朝官場普遍存在的年齡歧視。歸有光因為科舉考試極不順利，連試八次落第，直到六十歲才考中三甲進士，這已經讓他飽受了痛苦，而進入仕途後，又遇上虎視眈眈的青年才俊，他們在歸有光這樣的「老大」面前，流露出無比的優越感，而主持銓選考核的上司，也自然而然地以為，像歸有光這樣年齡的人是「不能與後來英俊馳騁」的。這對歸有光的心理造成深重的壓迫，使他的精神更加緊張。他想起東漢李固給順帝上疏，歎息當時朝廷獨貴少俊，引起朝政動盪不安，因此建議順帝信用老成之臣。歸有光對此很有同感，因此希望執政能夠留意於此。這既是為他個人憂，也是為社稷憂。

信的最後說明，他之所以為自己辯護，是不允他人無故玷汙自己的名聲，「自以禽鳥猶愛其羽」，他自己一生「修身潔行」，可是「白首為小人所敗」，這無論如何令他無法接受。歸有光是一個負氣的文人，他不忍不屈的性格由此信而可見一斑。

關於「欲得郡文學，已復不可望」，是指之前歸有光在〈上王都御史書〉提出的一個請求，「欲從閣下乞改一文學博士之官，以養老親。顧自初登第時，已有此意，恥於求乞，而有所不敢。若至今日乃言之，近似於時窮勢迫，慕戀祿位，而不知止，故敢以不肖之軀求解，而去官雖微，而出處進退宜明，是以竊有求於閣下。」雖然他希望做一名「郡文學」（指州縣學官）是在對仕途失望以後的一種選擇，不過，這種選擇也是符合他重視教育，培養人才一貫的理想。關於學官，王慎中曾說：「今之學官，亦當世所謂位下名卑，而可以待無能者也。待無能以是官，固世之失，而非立官之初之所云也。其失已久，高才之士，不復出於其間，顧有道之君子，常擇而處焉。」（〈別虞清溪序〉）這可以幫助理解歸有光作出以上選擇時的心情。

文章中談到的公孫弘，此人議事常迎合漢武帝，不肯面折廷爭，性外寬內忌。歸有光借他為比，僅取其年老而受重用這一層意思，不及其他，然仍不免有比擬失當之嫌。

與潘子實書

【題解】潘士英，字子實，嘉定羅店（今屬上海市寶山）人。生員，「未第，然士英不戚戚，而以不及古人為恥」（歸有光〈潘用中墓誌銘〉）。後為贍養老母，出任龍泉（今屬浙江）縣學。歸有光與潘士英志同道合，關係親密，曾為潘士英父母各撰墓誌銘，在他所撰〈野鶴軒壁記〉等文也記及潘士英的性情和為人。作者在這封信裡與潘士英討論科舉和宋學的流弊，敬羨潘士英行為高蹈。

此信寫於歸有光在萬峰山（即鄧尉山）讀書時。他在〈尚書敘錄〉講自己「己亥之歲，讀書於鄧尉山中。」是此信寫於嘉靖十八年（西元一五三九年），作者三十四歲。

有光頓首❶，子實足下❷：頃❸到山中，登萬峰❹，得足下讀書處，徘徊惆悵，不能自歸。深山荒寂，無與晤言，意之所至，獨往獨來，思古之人❺而不得見，往往悲歌感慨，至于淚下。

科舉之學❻，驅一世于利祿之中，而成一番人材世道，其敝已極。士方沒首濡溺❼于其間，無復知有人生當為之事。榮辱得喪❽，纏綿縈繫，不可脫解，以至老死而不悟。足下獨卓然不惑，痛流俗之沉迷，勤勤懇懇，欲追古賢人志士之所為，考論聖人之遺經於千百載之下。以僕之無似❾，至僅❿誨語⓫累⓬數百言，感發之餘，豈敢終自廢棄？

又竊謂⓭經學至宋而大明，今宋儒之書具在，而何明經⓮者之少也？夫經非一世之書，亦非一人之見所能定。而學者固守沉溺而不化，甚者又好高自大，聽其言汪洋恣肆，而實無所折衷⓯。此今世之通患⓰也。故欲明經者，不求聖人之心，而區區於言語之間，好同而尚異，則聖人之志愈不可得而見矣。足下之高明，必有以警憒憒⓱者。無惜教我，幸甚。

【注釋】❶頓首　頭叩地施拜禮。書信使用的敬語。❷足下　古代敬語，用於下稱上或同輩之間互稱。❸頃　不久以前。❹萬峰　寺名，址在吳縣（今江蘇蘇州）西南太湖之濱的鄧尉山上。鄧尉山，相傳漢朝鄧尉隱居於此，故名。明朝初年，萬峰禪師從杭州來居，又名萬峰山，山上有萬峰寺。歸有光三十四歲讀書於鄧尉山，見〈尚書敘錄〉。❺古之人　指鄧尉。❻科舉之學　《明史‧選舉志二》：「科目者，沿唐、宋之舊，而稍變其試士之法，專取四子書及《易》、《書》、《詩》、《春秋》、《禮記》五經命題試士。蓋太祖與劉基所定。其文略仿宋經義，然代古人語氣為之，體用排偶，謂之八股，通謂之制義。」「後頒科舉定式，初場試《四書》義三道，經義四道。《四書》主朱子《集註》，《易》主程《傳》、朱子《本義》，《書》主蔡氏《傳》及古註疏，《詩》主朱子《集傳》，《春秋》主左氏、公羊、穀梁三傳及胡安國、張洽傳，《禮記》主古註疏。永樂間，頒《四書五經大全》，廢註疏不用。其後，《春秋》亦不用張洽傳，《禮記》止用陳澔《集說》。二場試論一道，判五道，詔、誥、表、內科一道。三場試經史時務策五道。」❼沒首濡溺　埋首；沉浸。❽得喪　得失。❾無似　不肖；無才。❿僅　一作「廑」，通「勤」。勤勉。⓫誨語　教誨。此指潘士英寫給歸有光的信。⓬累　連屬。指信篇幅長。⓭竊謂　私意以為。⓮明經　發明儒家經典意義。⓯折衷　經過自己真實體會而做出判斷。衷，內心。⓰通患　通病。⓱憒憒　糊塗；昏聵。此為作者自謙之詞。

【語　譯】有光頓首，子實足下：前不久到山裡，登上萬峰寺，來到您過去讀書的地方，徘徊惆悵，久久不願離開。深山荒寒淒寂，無人可與交談，隨著自己意興所至，獨往獨來，遙想漢朝隱居於此的高人，又不能邂逅，不免悲歌感慨，以至於淚水縱橫。

現在實施的科舉制度，驅使世上所有文人都去追逐利祿，國家藉此造就資用的人才並營造世風，它所產生的弊端已經達到極點。士人只知道埋首沉溺於科舉之中，對於人生其他應當積極作為的事情毫不關心。榮辱得失，纏綿束縛，不可脫解，以至於老死都執迷不醒。足下卻能卓然獨立，不受其困擾和誘惑，痛憤世人沉迷不知覺悟，自己則勤勤懇懇，一心追求古代賢人志士的高蹈行為，考求、論述流傳千百年的聖人經典。對於我這樣的才疏之輩，都寄示長達數百字的來信予以諄諄教誨，我在拜讀受益之後，又怎麼敢自甘廢棄？

又我私見以為，都說經學到宋朝而含蘊盡發，今天宋儒的書全部都在，為什麼對於經義的發明如此貧乏？儒家經典並不只是一時一世的典籍，也不是一個人的見解就能夠規定它的意義。然而學者固守沉溺於一時一人之見，不知改變，有人更為其甚，自高自大，聽上去似乎講得頭頭是道，汪洋恣肆，其實完全沒有他自己的體會和感受。這是當今之世通病所在。所以，如果想發明經義，不尋求聖人的精神，而僅僅在語言文字之間討求生活，爭論是非異同，這樣的結果是，聖人真實的思想更加無法被發現。足下學問高明，必定有足以驚醒昏憒的高見，請不吝教誨，幸甚。

【研　析】本文和歸有光〈山舍示學者〉著重檢討了明朝科舉制度的流弊。作者在本文指出：科舉將一世文人全部趨入「利祿」的途徑，「無復知有人生當為之事」，造成人才的極度凋敝。〈山舍示學者〉也說：「近來一種俗學，習為記誦套子，往往能取高第。淺中之徒，轉相放效，更以通經學古為拙。……然惟此學流傳，敗壞人材，其於世道，為害不淺。」儘管歸有光一生無法擺脫科舉的羈縻，這種認識卻是深刻的，在思想史上自有其意義。明末清初，一部分學者在總結明朝文風士習的教訓時，也認識到科舉制度所造成的弊端。黃宗羲說：明朝「三百年人士之精神專注於場屋之業」，是這一時期文章衰落的重要原因（〈明文案序上〉）。顧炎武說：「秦以焚書而五經亡，本朝以取士而五經亡。今之為科舉之學者，大率帖括熟爛之言，不能通知大義者也。」(《日知錄》卷一「朱子周易本義」條) 閻若璩說：明朝「三百年文章學問不能遠追漢唐及宋元者」，「洪武十七年甲子制定以八股時文取士」難逃其咎(《潛邱劄記》卷二) 他們都一致地將矛頭指向了明朝的科舉制度，予以一定程度的批判。這些都是對歸有光以上認識的續接。

作者對宋儒經學也提出批評。認為宋人真正能夠發明經義的實少，明人「固守沉溺而不化」，「甚者又好高自大，聽其言汪洋恣肆，而寔無所折衷」，乃是「今世之通患」，對宋明學術表示不滿和懷疑。歸有光比較崇尚漢學，對宋學有所酌取，而非議的傾向相對更為突出，對於明代學風，他的批評就更見鋒芒了。這些聲音在當時顯得非常微弱，所以歸有光深感孤獨和寂寞。也正因為如此，他特別珍視同志和道友之間的情誼，重視互相勉勵和啟誨。

示徐生書

【題解】 徐倬，崑山人，諸生，隨歸有光學。他篤於學，又注重實行。據歸有光《崑山縣倭寇始末書》記述，當縣城陷於倭寇圍困時，徐倬曾在夜間「奮義冒死」，越城請求救兵。歸有光收授學生二十餘年，講授舉子業時文，多能結合實際抉發經學大義，期待學生追求高遠的事業。此信回答徐倬提出的應當如何學習、怎樣才稱得是學者的問題，歸有光鼓勵他「翼志」、「養實」、「遠恥」，應當朝著學宜得要、學以致用的方向努力。這代表了歸有光對於學問的理解。

徐生倬，學于余四年矣。世學之卑，志在科舉為第一事。天下豪傑，方揚眉瞬目❶，群然❷求止于是❸。生非為科舉文❹，不以❺從予❻；予不為科舉文，亦無由得生。然予之期于生者，世未之知也。

今年正月，予遊金陵❼。生為書數百言，汲汲❽乎恐其志之不遂❾，而憂予之去而失所助也。予未有以答。及是，予將計偕❿北上，生愈不自聊賴⓫，復為書乞所以為學者。

夫聖人之道，其迹載于六經⓬，其本具于吾心。本以主之，迹以徵⓭之，燦然炳然⓮，無庸⓯言矣。心之蒙⓰弗亟開⓱，而假⓲於格致之功⓳，是故學以徵諸迹也。迹之著⓴，莫六經若也。六經之言，何其簡而易也。不能平心以求之，而別求講說，別求功效，無怪乎言語之支㉑，而蹊徑之旁出也。生其敏勵㉒以翼志㉓，靜默以養實㉔，檢約㉕以遠恥㉖，凝神定氣於千載之上，六經之道，必有見乎其心㉗矣。苟㉘唯浮逞譁曄㉙，與庸㉚同事㉛，而口舌是恣㉜，曰「吾有以異于人人。」則非獨生欺予，予亦欺生也。因書以勉生，且以貽㉝二三子㉞。

【注　釋】❶揚眉瞬目　沾沾自喜，自以為得意。瞬目，眨眼。❷群然　共同。❸是　此。指科舉。❹科舉文　指八股文。❺不以　不會。❻從予　向我求學。❼金陵　即今江蘇南京。❽汲汲　形容心情急切。❾不遂　無法達到；不能實現。❿計偕　舉人赴京會試。⓫不自聊賴　無所依靠。⓬六經　儒家六部經典，指《詩》、《書》、《禮》、《易》、《樂》、《春秋》。漢以後《樂》失傳。⓭徵　驗證。⓮燦然炳然　清楚明白的樣子。⓯無庸　不用。⓰蒙　蒙蔽。⓱亟開　很快的啟開。⓲假借。⓳格致之功　格物致知的功夫。格物致知，通過究物而獲得知識。⓴著　顯著；明顯。㉑支　支離繁雜。㉒敏勵　聰敏、勤勉。㉓翼志　佐助志向。翼，助。㉔養實　培養性情。㉕檢約　檢點、約束。㉖遠恥　遠離可恥的事情。㉗見乎其心　意思謂自己的心與儒家六經的道理相合。㉘苟　如果。㉙浮逞譁曄　浮誇；炫耀。譁，喧譁。曄，華美。㉚庸　常人。㉛同事　行事相同。㉜恣　任意吹噓。㉝貽　贈。㉞二三子　其他諸君。

【語　譯】徐倬，跟隨我學習已經四年。當今的世人求學目的卑下，求學者的志向以追求獲得科舉考試成功為第一等大事。天下的豪傑，正揚眉眨眼，意氣洋洋，大家都只是為了達到這個目的，別無所求。徐生如果不是為了學習八股文，不會向我來求學；我如果不能教授八股文，也不會有他這個學生。然而我期望於徐生的，世人卻並不瞭解。

今年正月，我出遊金陵。徐生給我寫了一封數百字的信，流露出焦急的心情，惟恐他自己的志向無法實現，擔心我走後沒有人再繼續幫助他。對此我沒有寫信答覆。現在，我將赴京城參加會試，徐生更加感到無人可以依靠，又寫信討教如何學習，怎樣才稱得上是一個學者。

聖人所謂的道，其表面的跡象記載於六經中，以我們自己的內心為根本，再從我們的行為去驗證，道就會非常容易明白，用不著多費言辭。人的心受到了遮蔽，不能很快開啟，這就需要下功夫參究事物以獲得知識，所以學習應當驗證於各種跡象。在各種跡象中，最明白者莫過於儒家六經。六經的內容，多麼簡明平易。人們不能平心靜氣地探求它的蘊義，卻熱衷於別求其他種種解說，或者愛好另尋功效，怪不得解說經典的文辭日益支離，而偏離正道的蹊徑縱橫旁出。徐生如果堅持黽勉立志，靜默養性，約束自己，遠離可恥的行徑，凝神定氣，始終專注於千載之上的古人和六經之道，必定能使自己的心與聖人相通。如果徒然地以喧噪、浮華為誇耀，與庸劣為一路，恣意與人爭口舌之勝，說：「我的見解與人人都不相同。」這樣的話，不但徐生欺騙了我，我也欺騙了徐生。所以寫此信勉勵徐生，並以此信贈予其他諸君。

【研　析】作為一名塾師，歸有光必須給學生講授時文作法，或按照時文的要求傳授經義；而作為一名對科舉取士制度弊端有深刻認識的清醒者，他又知道這些東西不是什麼真才實學，不是人才成長所需要的合格的營養品。若真想成為一個有益世用的人，就必須在學習時藝的同時，別求真學問。他對自己培養的學生，特別是可以期許的學生，希望他們理解自己這番心情，然而真正能夠理解他心情的學生很少。

這封信是寫給他可以期許的一位學生，歸有光完全沒有保留地向他道出自己真實的想法，可謂諄諄教誨，語重心長。他告誡這位學生，一定要「敏勵以翼志，靜默以養實，檢約以遠恥，凝神定氣於千載之上，六經之道」，千萬不能學「揚眉瞬目」、僅僅滿足於掌握時文一技之長的「天下豪傑」，也不要「浮湛譁瞱」、「口舌是恣」，一味以「異于人人」相標榜。當時捧著塾師飯碗的人何止千萬，然而真正有妙識、有境界的人卻少之又少。敢於貶低自己賴以謀生的職業，這也是歸有光不同於常人的地方。

與陸太常書

【題解】陸樹聲（西元一五〇九～一六〇五年），初姓林，字與吉，號平泉，華亭（今上海市松江）人。嘉靖二十年（西元一五四一年）會試第一，選庶吉士，授編修，歷太常卿，掌南京祭酒事，仕至禮部尚書。諡文定。他性格恬默，不趨權貴，世人重其清德骨氣。通籍六十四年，先後多次請告家居，官於南北兩京總不足十二年。著有《陸文定公集》。

歸有光晚年因高拱、趙貞吉引薦，陸南京太僕寺丞，依然留京師掌內閣制敕房，纂修《世宗實錄》，與陸樹聲偶有相見的機會。信裡流露出未能實現修史願望，如司馬遷一樣「成一家之言」，對此表示遺憾，然而從他對唐尤其是宋以後史書的不滿中，不難感受到他自視之高及一貫的傲氣。

此信寫於隆慶四年（西元一五七〇年），歸有光六十五歲。

前在京師[1]，天下士待選吏部[2]者幾[3]千人，莫不相慶幸，以為當今選用至公，請託不行，士以賕[4]通者無道進，海內清平可望，以陸公之在銓曹[5]也。及執事為太常，尋以言罷[6]，天下之士莫不觖然[7]失望。

僕山野迂愚之人，居京師，不知造請[8]。而吏部門第嚴扃[9]，雖有敬仰之心，亦無繇[10]而至焉。幸拜今命[11]，于內庭[12]始得望見，又得隨行于露寒、鳷鵲[13]之間。執事不鄙，為道生平相知之素，及相汲引之意。言雖不行[14]，而受執事之賜多矣。

執事又過稱其文有司馬子長⑮之風。子長更⑯數千年，無人可及，亦無人能知之。僕少好其書，以為獨有所悟，而怪近世數代之史⑰，卑鄙凡猥，不足復自振。嘗有志規摹前人之述作，稍為刪定，以成一家之言，而汩沒廢棄。今老矣，恐此事遂已也。

瞻望咫尺⑱，未遑⑲詣見。歲忽云暮，感愴知己之言，特人申候⑳，草草不盡。

【注　釋】❶前在京師　指嘉靖四十四年（西元一五六五年）歸有光考中進士以後，在北京等待選授官職。❷待選吏部　按明朝制度，考中進士的人，在京經過一段短時期的試用，由吏部任命官職。從中進士到接受任命這段時期，稱為待選。❸幾　近。❹賕　賄賂。❺銓曹　指文選司，明朝吏部四司之一，具體負責選授官員的事。❻及執事為太常二句　明俞汝楫編《禮部志稿》卷五十四〈尚書陸樹聲〉：「乙丑（嘉靖四十四年），進太常寺卿。」陸樹聲這次遷陞，當發生於該年他參與銓選進士官職之後。執事，古人對對方的尊稱。此指陸樹聲。太常，官名，古代為九卿之一，後來專司祭祀禮樂，明朝稱太常寺卿。尋，不久。❼觖然　不滿的樣子。❽造請　登門拜訪。❾嚴扃　守衛嚴密。❿繇　由。⓫幸拜今命　指歸有光隆慶四年（西元一五七〇年）陞南京太僕寺丞，被允留在北京掌內閣制敕房職事。⓬內庭　宮廷辦公處。⓭露寒鳷鵲　漢武帝建元中所造的兩座樓觀名，位處甘泉宮垣之外。⓮言雖不行　推薦雖然未被採納。⓯司馬子長　司馬遷，字子長。⓰更　經過。⓱近世數代之史　歸有光〈讀金陀粹編〉：「自宰相監修國史，史官之失職久矣。」〈與趙子舉書〉：「近世多欲重修《宋史》，以為其簡帙之多。夫苟辭事相當，理所宜多，何厭於多？僕於此書，頗見其當修者，以為不在於此。有志數年，而書籍無從借考，紙筆亦未易措辦，恐此事亦遂茫然矣。」我國古代宰相監修史書主要從唐代形成制度，以後歷代沿襲不改。將歸有光以上兩段話結合起來，知他所指是唐以後所修的正史，尤其指《宋史》。⓲咫尺　指歸有光辦公的地方離開陸樹聲的官署很近。咫，古代稱八寸為咫。⓳遑　空閒。⓴申候　問候。

【語　譯】從前在京城，天下之士等待吏部委任官職的將近千人，他們都無不慶幸，以為當今選用官員極為公正，想託人情走後門辦不到，候選的人想賄賂掌權者也沒有可能，海內清平，指日可待，這是由於陸公在文選司負責選授官員的緣故。後來您陞為太常寺卿，不久因為上疏言事而遭罷黜，天下人士莫不灰心失望。

我是來自山鄉郊野迂腐愚昧之人，住在京城時，沒有想到來登門拜訪。而吏部的門牆防範森嚴，自己雖然有敬仰之心，實也無法去看望您。所幸我被授予現在的職事，才在宮廷辦公處得以望見您的身影，又能跟隨您行走於皇宮之間。您不以我為鄙陋，對我說起平生熟悉我的種種情況，以及推薦我的想法。雖然推薦最後沒有結果，而我受到您的恩賜則已經是很多。

又承蒙您過獎，說我的文章有司馬遷的風神。司馬遷以來數千年，無人能與他的成就相比，也無人能夠真正認識他的文章。我從小愛好他的書，自信對於他的作品獨有所悟，同時不滿近世所修的數朝史書，卑陋平庸瑣碎，不足以復興司馬遷的史書傳統。我曾經立志搜集整理前人的作品，再稍稍加以刪定，以成就自己一家之言，可是沉淪沒落，此事也遭擱置未理。現在年紀已老，恐怕全然沒有希望了。

瞻望您近在咫尺，無暇前來拜見。歲月倏忽到了年末，想到您講過的知己之言，令我感念不已，特派人送信問候，草草不盡其意。

【研　析】在所有來自別人的褒獎中，歸有光最珍重的莫過於他們將他的文章與司馬遷《史記》聯繫在一起，所給予的肯定。陸樹聲「稱其文有司馬子長之風」，這句褒詞讓歸有光十分感佩。雖然每當別人這樣稱賞他的文章時，他都會真誠地表示惶恐，然而他非常明白，這是對他文學追求的苦心孤詣最無隔膜的理解，是真正知心的話。他一生崇愛《史記》，將它視為古文最高的典範，反覆揣摩，作五色批點，自以為這是他最得意的文學批評作品。他自己寫文章也總是以企求與《史記》風神相合為目標，心裡好像存在著一種做司馬遷古文傳人的潛意識。如果要說歸有光一生最高的願望，恐怕是非此莫屬。這就決定了歸有光對古文的眼光是高的，甚至是挑剔的。這也是他成為明代古文大家的原因。

本文第一段稱讚陸樹聲在嘉靖四十四年掌握銓選之政時，有清明氣象，這可以與歸有光〈送陳子達之任元城序〉互相印證。該序說：「適銓部政清，請謁不行。或有以中人為地者，率置之蠻徼荒遠之區。天下士集京師，皆以為朝廷清明，太平可望。」可見此信這些內容，並不是作者隨便說說的美言。

答朱巡撫書

【題解】朱巡撫，可能指朱大器，江西南城人，嘉靖二十三年（西元一五四四年）進士，歷任刑部侍郎、南京大理寺卿、寧國知府、巡撫應天都御史、保定巡撫都御史。《江南通志》卷一百三列出「巡撫應天都御史」歷任官員，朱大器名列海瑞之後。海瑞所任自隆慶三年六月至四年三月。則朱大器履任在四年三、四月之後。同一年朱大器又轉任保定巡撫都御史，他實際在巡撫應天都御史任上的時間很短。應天巡撫管轄地區包括應天（南京）、蘇州、常州、鎮江、松江、徽州、太平、寧國、安慶、池州等十府及廣德州。

歸有光寫此信時，在北京掌內閣制敕房。他在信裡，希望在位者以「寬靜」的態度治理民眾，維持社會清澄和平，避免混濁緊張，對藉口「革弊」反而滋生無窮社會弊端的長官行為表示不安和憂慮。

此信寫於隆慶四年（西元一五七〇年）夏，歸有光六十五歲。

有光備員下吏❶，實荷❷曲成❸。頃者叨冒內補，繫銜冏寺❹。僚長❺牽率❻，以姓名通。方以僭越❼悚惕❽，蒙俯賜報答❾。茲又承手札，捧函，不任感戢❿。

今天下第一所患，爭出意見以求革弊，而弊愈生。數年以來，士大夫殆⓫成風俗。夫水，澄之則清，撓⓬之則濁。以撓求清，必無此理。明公以寬靜坐鎮之，此吳⓭民之福也。下吏愚鄙，所以盡忠門下，且為桑梓⓮之計，不過如此。伏乞採納，幸甚。

【注　釋】❶備員下吏　成為官吏的一員。下吏，對自己所擔任官職的謙稱。此指歸有光任南京太僕寺丞而留京掌內閣制敕房。❷荷　蒙。❸曲成　照顧成全。❹頃者叨冒內補二句　指隆慶四年（西元一五七〇年）歸有光任南京太僕寺丞。頃者，最近。叨冒，謙稱受賞賜。內補，官職的調動。繫銜，擔任官職。冏寺，指太僕寺。古代官署名，掌輿馬及馬政。❺僚長同僚。❻牽率　牽拉；受到影響。❼僭越　非分；越位。❽悚惕　惶恐不安。❾報答　回復。❿感戢　猶感激。⓫殆　幾乎。⓬撓　搖動；攪動。⓭吳　指今江蘇無錫蘇州一帶，也可泛指江南。⓮桑梓　家鄉。古人在自己家周圍種上桑樹、梓樹，後用為家鄉的代稱詞。

【語　譯】有光得以置身官員之列，實承蒙您照顧成全。最近有幸得到調動，擔任南京太僕寺丞。同僚一齊相邀，向您通報姓名。我正在為自己越分的舉動而感到惶恐，您卻下賜答覆。現在又接到您的親筆來信，我手捧玉函，不勝感激。

當今天下最大的危害是，大家紛紛提出革除弊端的主張，而結果弊端越革越多。數年以來，士大夫幾乎成了風俗變化莫定的根源。水，讓它澄淨則清，不斷攪動則濁，想通過攪動使水清澄，必無此理。您以寬厚清淨的態度管轄地方，此乃是吳地百姓的幸福。我愚拙鄙陋，能夠為您盡忠效勞，且為故里鄉親著想的，就只有這麼一點淺見。伏首乞請您採納，那將是我莫大的榮耀。

【研　析】歸有光對於社會有著自己的治理理念，他不喜歡擾民滋事，反對官員以花樣翻新的措施來表現自己的能耐，使民眾暈頭轉向，惶惶不安。他主張「以無事為事者」（〈上王中丞書〉），這略接近道家的「無為而治」思想。《明史》歸有光本傳記載：他任長興知縣時，「用古教化為治。每聽訟，引婦女兒童案前，刺刺作吳語，斷訖遣去，不具獄。大吏令不便，輒寢閣不行。有所擊斷，直行己意，大吏多惡之。」他自己也說：「奮勵欲希古人，……蓋不必以威刑氣勢臨之。」（〈與林侍郎書〉）儘管這種古典的治理理念在當時現實中行不通，卻改變不了歸有光對它的鍾愛。他在這一封信裡說，巡撫保持「寬靜」是百姓之「福」，因為他們可以減少被騷擾的痛苦。他對官員競相獻計獻策，圖謀革除弊端，結果弊端反而越革越多，作了清醒的反省，認為這樣做，好比攪水求清，事與願違。這可能僅僅是歸有光一廂情願的想法，可是毫無疑問，他認為這是一種很根本、很必要的認識。海瑞巡撫江南，「慨然以澄清天下為自任」，亟欲革除「積弊」（黃秉石〈海忠介公傳〉），可是效果有限，有些做法反而被不同的利益集團所利用。歸有光上述思考，大概也借鑒了這方面的教訓。當然歸有光提倡「寬靜」決非姑息養奸，或寬容社會的弊端。作者陳述自己經過深思熟慮且竭力堅持的主張，而結束只說：「為桑梓之計，不過如此。」語氣溫煦謙恭，舉重若輕，不作筋節賁露的表白，使一篇書信的辭意高度融洽一致。

奉熊分司水利集並論今年水災事宜書

【題 解】熊桴（西元一五〇七～一五六九年），字元乘，號鏡湖居士，湖廣武昌（今屬湖北）人，嘉靖二十九年（西元一五五〇年）進士，守太倉，累官蘇松兵備副使，兼水利僉事。在吳十二年，建城池，開河渠，民感其德。嘉靖四十一年（西元一五六二年）秋，陞雲南參政，歷遷浙江右布政，擢僉都御史，巡撫廣東，論功進右都副使。卒於軍。明朝東南沿海倭警頻起，浚疏河道，不僅關乎農業，也為了在軍事上更便利地調動船艦，故由當地的軍事長官統一負責。歸有光向熊桴呈獻水利書，條陳治水計策，建議熊桴治理松江，並提供參考的圖書，兼有以上兩方面考慮。「水利集」，指歸有光所收集的前人治水之書，包括郟亶、郟喬父子書各一篇，金藻論一篇，單鍔書一篇，周文英書一篇。後來，歸有光再增添別的治水文章，合編成為《三吳水利錄》四卷行世。《四庫總目提要》評該書：「是書大旨，以治吳中之水宜專力於淞江，淞江既治，則太湖之水東下，而他水不勞餘力。」指出此書雖然「未免失於詳究」，「然有光居安亭，正在淞江之上，故所論形勢脈絡，最為明晰。其所云『宜從其湮塞而治之，不可別求他道』者，亦頗中要領。言蘇、松水利者，是書固未嘗不可備考核也。」歸有光非常關心水利這一關係江南民生命脈的大事，除編纂有關圖書供治水之參考外，他自己還寫了〈水利論〉、〈水利後論〉等文章，而且多次上書執政，為興修水利貢獻智慧，本文是其中一篇。

明人張國維編《吳中水利全書》卷十七收錄本文，題作歸有光〈上兵道熊桴水利書〉。該書卷十〈水治〉：「(嘉靖)三十六年，蘇松兵備兼水利僉事熊桴修濬楊林、瓦浦、蚓江等渠。」歸有光此信說：「明公於瓦浦，實親試之矣。」則他編《水利集》和寫此信，宜在嘉靖三十六年（西元一五五七年）以後，歸有光已過五十二歲。

有光生長東南，祖父皆以讀書力田❶為業，然未嘗窺究水利之學。聞永樂❷初，夏忠靖公治水于吳，朝廷賜以水利書❸。夏公之書，出於中秘❹，求之不可得見。獨於故家野老❺搜訪，得書數種，因盡閱之。間採其議尤高者，彙為一集。嘗見漢世，國家有一事，必令公卿❻大臣與博士❼、議郎❽雜議。始元中，諸儒相論難鹽鐵❾。及宣帝時，桓寬推衍之至數萬言，而盛稱中山劉子、九江祝生之徒，欲以究成治亂，定一家之法❿。有光所取水利論，僅止一二，然以為世所傳書，皆無逾於此者。

郟大夫⓫考古治田之跡，蓋浚畎澮，距川⓬，瀦防溝遂列澮⓭之制，數千百年，其遺法猶可尋見如此。昔吳中嘗苦水，獨近年少雨多旱，故人不復知其為害，而隄防一切廢壞不修。今年雨水，吳中之田，淹沒幾盡，不限城郭鄉村之民，皆有為魚之患⓮。若如郟氏所謂塘浦闊深，而堤岸高厚⓯，水猶有大於此者，亦何足慮哉？當元豐變法，擾亂天下，而郟氏父子，荊舒所用之人，世因以廢其書⓰。至其規畫之精，自謂范文正公所不能逮⓱，非虛言也。

單君鍔本毗陵人⓲，故多論荊溪、運河古跡⓳，地勢蓄泄之法。其一溝一港，皆躬自相視，非苟然者。獨不明〈禹貢〉三江⓴，未識松江㉑之體勢㉒，欲截西水入揚子江[23]上流，工緒支離，未得要領。揚州藪澤曰具區[24]，其川三江，蓋澤[25]患其不瀦[26]，而川[27]患其不流也。今不專力於松江，而欲涸其源，是猶惡腹之脹，不求其通利，徒閉其口而奪之食，豈理也哉？

近世華亭金生綱領之論[28]，定為卓越。然尋東江古道，於嫡庶[29]之辨，終猶未明。誠以一江泄太湖之水，力全則勢壯，故水駛而常流；力分則勢弱，故水緩而易淤[30]。此禹時之江，所以能使震澤底定，而後世之江，所以屢開而屢塞也。松江源本洪大[31]，故別出而為婁江、東江。今江既細微，則東江之跡滅沒不見，無足怪者。故當復松江之形勢，而不必求東江之古道也。

周生勝國時，以書干行省及都水營田使司，皆不能行[32]。其後偽吳得其書，開浚諸水，境內豐熟，迄張氏之世，略見功效[33]。至論松江不必開，其乖謬之甚，有不足辨者。尋周生之論，要亦可謂之詭時達變[34]，得其下策者矣。

有光迂末之議[35]，獨謂大開松江，復禹之跡，以為少異於前說[36]。然方今時勢財力，誠未可以及於此。伏惟執事秉節[37]海上，非特保鄣疆圉[38]，且以生養吾東南之赤子[39]，生民依怙[40]之者切[41]矣。邇者[42]風汛稍息，開疏瓦浦[43]。五十餘年湮沒之河，一旦通流，連月水勢泛濫，凡瓦浦之南相近二十餘里，水皆向北而流。百姓皆臨流嘆誦明公之功德。蓋下流多壅，水欲尋道而出，其勢如此。不得其道，則瀰漫橫暴而不制[44]。以此見松江不可不開也。松江開，則自嘉定[45]、上海[46]三百里內之水，皆東南向而流矣。

頃[47]二十年以來，松江日就枯涸。惟獨崑山[48]之東、常熟[49]之北，江海高仰之田，歲苦旱災。腹內之民，宴然[50]不知，遂謂江之通塞，無關利害，今則既見之矣。吳中久乏雨水，今雨水初至，若以運數[51]言之，恐二三年不止。則仍歲[52]不退之水，何以處之？當此之時，朝廷亦不得不開江也。

天下之事，因循則無一事可為；奮然為之，亦未必難。明公於瓦浦，實親試之矣。且以倭寇[53]未作之前，當時建議水利，動以工費無所於出為解[54]。然今十數年，遣將募兵，築城列戍，屯百萬之師於海上，事窮勢迫，有不得不然者。若使倭寇不作，當時有肯捐此數百萬以興水利者乎？若使三吳[55]之民，盡為魚鱉，三吳之田，盡化為湖，則事窮勢迫，朝廷亦不得不開江矣。

弘治四年、五年[56]大水，至六年，百姓饑疫死者，不可勝數。正德四年[57]亦如此。今年之水，不減於正德四年，尚未及秋，民已嗷嗷[58]矣。救荒之策，決不可緩。欲望蚤為措置米穀，設法賑濟[59]。或用前人之法，召募饑民，浚導松江。

姑且略循近世之跡，開⑥⓪去兩岸茭蘆⑥①，自崑山慢水江⑥②迤⑥③東至嘉定、上海，使江水復由蹌口⑥④入海。放今年渟瀦⑥⑤之流，備來年洊至⑥⑥之水，亦救時之策也。

有光蹇拙⑥⑦，非有計慮足以裨當世，獨荷執事知愛，盡其區區⑥⑧之見，或有可備末議者。伏惟裁擇之，幸甚。

【注釋】❶力田　種地。❷永樂　明成祖年號，自西元一四〇三年至一四二四年。❸夏忠靖公治水于吳二句　夏原吉（西元一三六六～一四三〇年），字維喆，其先江西德興人，父親官湘陰教諭，遂定居湖廣湘陰（今屬湖南）。歷事明太祖、惠帝、成祖、仁宗、宣宗五朝，仕至尚書、太子太保。卒諡忠靖。《明史》本傳：「浙西大水，有司治不效。永樂元年命原吉治之，尋命侍郎李文郁為之副，復使僉都御史俞士吉齎水利書賜之。原吉請循禹三江入海故跡，濬吳淞下流，上接太湖，而度地為閘，以時蓄洩。從之。役十餘萬人。原吉布衣徒步，日夜經畫，盛暑不張蓋，曰：『民勞，吾何忍獨適。』」至次年九月工畢，水洩，蘇、松農田大利。❹中秘　皇宮。❺故家野老　世家大族、民間老人。❻公卿　三公九卿的簡稱。周朝以太師、太傅、太保為三公，以少師、少傅、少保，冢宰、司徒、宗伯、司馬、司寇、司空為九卿。泛指達官。❼博士　官名。秦及漢初的博士一般掌通古今事以備問，西漢中葉後朝廷設五經博士，傳授儒學。❽議郎　漢代官名，為光祿勳所屬郎官之一，掌顧問應對，多徵賢良方正之士擔任。❾始元中二句　西漢昭帝於始元六年（西元八一年），邀請六十餘名賢良、文學之士共同討論自漢武帝起官營鹽鐵的制度，桑弘羊則代表朝廷進行辯護，雙方辯難激烈，史稱鹽鐵會議。❿及宣帝時五句　桓寬，西漢汝南（治今河南汝南）人，字次公。宣帝時舉為郎，官至廬江太守丞。他將昭帝時鹽鐵會議上雙方的辯論之辭集為《鹽鐵論》一書，凡六十篇。作者於書末〈襍論〉中，稱中山劉雍「斌斌然斯可謂弘博君子」、九江祝生「不畏強禦」，對他們肯定尤多。中山，漢郡、國名，治盧奴（今河北定縣）。九江，郡名，秦置，治所在壽春（今安徽壽縣），轄境約包括安徽淮河以南，河南竹竿河以東，以及江西省全部。劉雍、祝生，參加鹽鐵會議的文學之士。⓫郟大夫　郟亶（西元一〇三八～一一〇三年），字正夫，太倉（今屬江蘇）人。宋仁宗嘉祐二年（西元一〇五七年）進士，歷任廣東安撫司機宜、司農寺丞、太府寺丞。熙寧三年，上〈蘇州水利書〉，為王安石所讚許。曾負責興修兩浙水利。大夫，對官員的稱呼。⓬蓋浚畝澮二句

《尚書・虞書・益稷》：「予決九川，距四海；濬畎澮，距川。」距，至；通往。浚，疏通。畎澮，泛指溪流、溝渠。⓭瀦防溝遂列澮　《周禮・地官・稻人》：「以瀦畜水，以防止水，以溝蕩水，以遂均水，以列舍水，以澮寫水。」瀦，蓄水處。防，堤防。溝，水渠。蕩，排泄。遂，田間排水的小溝。均，調劑。列，田壟水渠。舍，存貯。澮，田間排水的大溝。寫，同「瀉」。⓮為魚之患　意謂遭受水災，葬身魚腹。⓯若如郟氏所謂塘浦闊深二句　郟亶〈水利書二〉：「(古人使)其塘浦闊者三十餘丈，狹者不下二十餘丈，深者二三丈，淺者不下一丈。且蘇州除太湖之外，江之南北，別無水源，而古人使塘浦深闊若此者，蓋欲取土，以為堤岸高厚，足以禦其湍悍之流。」⓰當元豐變法五句　元豐，宋神宗年號，自西元一〇七八年至一〇八五年。當時王安石雖然已經罷相，他所推行的新法仍在繼續實施。歸有光此處指王安石變法。郟亶與他兒子郟僑，字子高，官將仕郎，二人都以善於修治水利，受到王安石器重。荊舒，指王安石。他曾封荊國公，世稱荊公；又封舒國公，死後封舒王。⓱自謂范文正公所不能逮　郟亶〈水利書二〉自稱「今究窮得古人治田之本委可施行」；又說范仲淹「尚不能窺見古人治田之跡」。是歸有光所說的依據。范文正，范仲淹（西元九八九～一〇五二年），字希文，蘇州吳縣（今江蘇蘇州）人，仕至樞密副使參知政事，重視興修水利。諡文正。逮，及。⓲單君鍔本毘陵人　單鍔，字季隱，宜興（今屬江蘇）人，嘉祐進士。得第以後不就官，獨留心於吳中水利，曾獨乘小舟，長期實地查考，以所閱歷著為《吳中水利書》。蘇軾錄進於朝廷，因蘇軾在黨爭中受到打擊，其書未行。毘陵，晉郡名，轄境相當於今江蘇常州、鎮江、無錫、武進、江陰、丹陽等地。今宜興屬其所轄。⓳多論荊溪運河古跡　單鍔《吳中水利書》：「自西五堰之上，眾川由荊溪入震澤，注于江，由江歸於海，地傾東南其勢然也。自慶曆二年，欲便糧運，遂築此隄，橫截江流，五六十里，遂致震澤之水常溢而不泄，浸灌三州之田。」荊溪，水名，在今江蘇省南部，大茅山以東和蘇、浙、皖邊境界嶺北坡諸水匯集而成，經溧陽縣東流，至宜興入太湖。運河，指宋人為了糧運修築的河道。古跡，單鍔是北宋人，所論當年的荊溪、運河，在歸有光時代，已成為歷史的情況。⓴禹貢三江　《尚書・禹貢》：「三江既入，震澤厎定。」三江，歷來眾說紛紜。一說指松江及其支流婁江、東江，在今上海、江蘇地域。婁江，又名瀏河，經江蘇太倉入海。東江，後來河道淤塞消失了。歸有光取此說。認為三江入海保持暢通，太湖就不會泛濫。震澤，即今江浙之間的太湖。厎，致。㉑松江　上游自太湖瓜涇口，東流匯進黃浦江，入於海。從前有人將蘇州附近一段稱吳江，下游入海一段稱淞江，合稱吳淞江。以蘇州簡稱吳，故又將吳江、吳淞江稱為蘇州河。㉒體勢　走向。㉓揚子江　長江在今江蘇儀徵、揚州一帶的名稱。也是長江的通稱。㉔揚州藪澤曰具區　《周禮・職方氏》：「東南曰揚州。」揚州，古九州之一。藪澤，盛長水草的湖泊沼澤地帶。具區，太湖。㉕澤　指太湖。㉖不瀦　不能蓄水。㉗川　河道。指三江。㉘近世華亭金生綱領之論　金藻，華亭（今上海市松江）人。明成化年間著《三江水學》提出：「七郡之有三江，譬猶網之有綱，裘之有領。」所以他主張，治江南水利，應當首先治理好三江。㉙嫡庶　指主流與支流。㉚淤　塞。㉛洪大　弘大。㉜周生勝國時三句　周文英在元朝泰定年間（西元一三二四～一三二七年），曾經上《三吳水利》書，說水勢所趨，宜專治白茆、婁江。當時未加採納。勝國，對被取而代之的國家的稱呼，此指元朝。干，進。行省，元代以中書省為中央最高行政機關，各地分設行中書省，簡稱行省，遂成為最高地方行政機關。都水營田使司，管理水利的官署。㉝其後偽吳得其書五句　楊子器《常熟縣水利議・白茆港利益》：「吳淞江淤塞，而太湖之水北下，一遇淫雨，遂成巨浸。元末張士誠據有蘇州，閱故牘，得周文英之議，開塹白茆港，長亙九十餘里，東抵海口，寬廣直徑，水去如瀉，吾邑受利為多。」（引自張國維《吳中水利全書》卷二十二）偽吳，明人對張士誠政權的貶稱。張士誠（西元一三二一～一三六七年），元末泰州白駒場人，武裝反抗元朝，建國號周，後被朱元璋擊敗，自縊死。㉞要亦可謂之詭時達變　周文英主張疏浚婁江而不是松江以達到洩水目的，歸有光則認為，隨著地理變化，疏浚松江的重要性已在婁江之上，雖然按周文英之見也能解決一部分問題，終非根本辦法，因此稱他的治水法是「詭時達變」和「下策」。批評中也有某種肯定。㉟迂末之議　迂闊、不重要的意見。是作者自謙之詞。㊱前說　前面所舉各種說法。㊲秉節　掌權。秉，持。節，符節，古代使臣所持以作憑證。㊳保鄣　保障。疆圉，邊疆。㊴赤子　弟子；人民。㊵依怙　依靠。㊶切　意謂依賴性極大。㊷邇者　不久以前。㊸瓦浦　在崑山縣東南五十里，南通吳淞江，北通婁江，與太倉接壤。㊹不制　不受控制。㊺嘉定　今屬上海市。㊻上海　縣名。唐宋為華亭縣之地，居海之上洋，曰華亭海。宋時立舟舶提舉司及榷貨場，為上海鎮，元屬松江府，明相沿不改。㊼頃　最近。㊽崑山　今屬江蘇。㊾常熟　今屬江蘇。按崑山、常熟皆毗鄰上海。㊿宴然　安然。(51)運數　規律。(52)仍歲　連續多年。仍，接連。(53)倭寇　明代（尤其是中後期）劫掠我國沿海的日本海盜集團。(54)解　理由；藉口。(55)三吳　說法不一。《水經注》指吳郡、吳興、會稽，宋稅安禮《歷代地理指掌圖》指蘇、常、湖三州。(56)弘治四年五年　西元一四九一年、一四九二年。弘治，明孝宗年號，自西元一四八八年至一五〇五年。(57)正德四年　西元一五〇九年。(58)嗷嗷　「嗷嗷待哺」之略。形容挨餓者急於求食的樣子。(59)賑濟　救濟。(60)開　砍伐。(61)茭蘆　水草、蘆葦。(62)慢水江　水名，自崑山至嘉定。(63)迤　河水曲折流行。(64)蹌口　松江入海口。(65)渟瀦　積水深貌。(66)洊至　再來。洊，再次。(67)蹇拙　愚笨。(68)區區　很小；極不重要。

【語　譯】有光生長於東南，祖父、父親都以讀書、種地為業，然而他們都不曾留意和研究過水利的問題。聽說在永樂初年，夏忠靖公原吉到吳地來治理水利，朝廷賜給他治理水利的書。夏公所攜帶的這部書，出於皇宮，我雖尋訪終不可得。僅從世家大族和民間老人那兒搜訪到有關書籍數種，得以全部讀過。從中選錄部分論述尤其高明的內容，彙編成一集。曾讀到史書記載，在漢朝，國家有一件大事，必定先讓公卿大臣與博士、議郎一起進行討論辯難。昭帝始元年間，賢良、文學諸儒生對官營鹽鐵的制度加以辯難。到漢宣帝時，桓寬將鹽鐵會議上的辯論之辭整理成數萬字，書中盛稱中山劉雍、九江祝生等人，他想以此總結歷來管理鹽鐵成敗的經驗和教訓，以建立起一朝法典。有光所擇取的治理水利的論述，僅僅只有少數幾家，然而我認為現在世上流傳的這方面圖書，都不如它言之成理。

郟亶大夫稽考古代治理田地的歷史，使得疏通溪流及溝渠，導水入河，建蓄水池，築堤防，挖水渠，在田間開排水小溝、田壟水渠和排水大溝，諸如此類的制度，經過數千百年之後，古人的遺法依然展現得如此清晰。過去吳中曾遭受水災之苦，只是近年來變為少雨多旱，所以大家不再想到水災的危害，而堤防等等的設施也都荒廢殘損，不予修復。今年下雨，吳中田地，幾乎淹沒殆盡，無論住在城市或鄉村的人，都有遭受餵魚的危險。假如能按照郟氏提出的挖寬掘深河塘，築高加厚堤岸以抵禦的設想，即使河水比這還大，又何足擔憂？宋神宗元豐變法，擾亂天下，而郟氏父子，是王安石所任用的人，世人因為這個原因將其治理水利的書也拋棄了。至於書裡對治理水利的精確規劃，郟氏自謂連范仲淹都無法達到，這並非自吹自擂。

單君鍔宜興人，所以他在水利書中多論述荊溪和運河的古跡，以及該地的地理、蓄水及洩洪的方法。對於該地的每一條河溝，每一個水港，他都親自進行實地勘察，而不是隨便亂下結論。只是他沒有弄清楚〈禹貢〉裡提到的「三江」，不知道松江的走向，而想阻截西面的水，引導其流入儀徵、揚州一帶的長江，工程支離散亂，沒有抓住要領。揚州的大澤名太湖，太湖的支流有三條，湖澤的憂患是不能蓄水，而河川的憂患是不能暢通地流水。今不專力於疏浚松江，卻想阻斷其水源，這就好比為了治療腹脹之疾，不想辦法使其通便通氣，而是徒然地讓其閉起嘴巴，不許進食，這怎麼合理呢？

近世華亭人金藻提出以三江為整治綱領的見解，確實很卓越。然而他對於古代東江的流向，關於它的主流與支流關係的區別，畢竟還講得不清楚。誠然通過一條江河排泄太湖的水，水流集中則水勢強大，於是水速急而常流不止；水流分散則水勢微弱，於是水速緩而容易淤塞。這就是為什麼大禹時候的江河，能夠使太湖保持穩定和平靜，而後世的江，經常疏浚而又經常淤塞的原因。松江從前水源洪大，所以又分出了婁江和東江，現在江已經變得窄小，東江的河道因此而消失，這不足為怪。所以，現在應當致力於恢復松江河道及泄水能力，而並無必要重開東江的古道。

周文英在元朝，向中書省及管理水利的官署呈獻《三吳水利》書，都未被採納。後來，偽吳張士誠政權得到這部書，按照書上的建議疏浚各條河流，境內獲得豐收，直到張氏政權終結，大約始終都受其益。至於該書提出松江不必開浚，其說非常荒謬，對此不必費詞去作辯駁。要評價周文英治理水利的主張，大致可以說他不合時宜却也有變通適用的地方，所得到的只是治水的下策。

有光的淺見，惟獨主張應當大力開浚松江，恢復大禹時的河道，認為這與前述的各種方法都有所不同。可是以今天的時勢和財力論，誠然是無法做到這一步。在下伏地敬思，您奉朝廷之命管轄東海之濱一帶，不但是為了保衛邊疆，而且也是為了養育東南的子民，人民依賴於您的程度實在很深。不久前大風潮汛稍稍平息，即開始疏浚瓦浦。已經湮沒了五十餘年的河道，終于有了疏通的一天，遭遇連月泛濫的水勢，凡是瓦浦以南相近二十餘里，水都向北流淌。百姓都臨流而讚頌您的功德。河水下游的許多河段壅塞後，水就要尋找別的河道流淌，水流的規律本來就是如此。沒有別的河道可以流淌，水就會瀰漫橫流，不受控制。這可以證明松江不能不開浚的道理。松江開浚以後，則從嘉定、上海二縣三百里以內的水，都將朝著東南方向而流逝。

過去二十年以來，松江日益枯涸。惟獨崑山以東、常熟以北，高出江海的田地，連年苦於旱災。這裡的人民，安然生活，不知水患，從而以為江河的通暢或壅塞，無關乎利害，現在才知道事情並非如此。吳中很久以來下雨極少，現在雨水剛剛開始降臨，如果根據規律來推斷，恐怕連下二三年不會停止。那麼對頻年蓄積不退的水，該如何處理？到了那個時候，朝廷也不得不決定開浚河道了。

天下的事情，如果因循舊習則沒有一件做得成功；如果奮起作為，也未必困難。您主持開浚瓦浦，對此已經作了親自嘗試。而且事情在倭寇還未侵擾江南之前，那時建議興修水利，反對者動輒以工費無處籌措為藉口。可是如今已經過去十幾年，調遣將領，募集士兵，修築城池，佈置衛戍，屯集百萬軍隊於東海之濱，這是出於緊迫的時勢，不得不這樣做。假如倭寇不作難，那時有誰肯出這數百萬用於興修水利呢？如果江南三吳的人民，都為魚鱉所食，江南三吳的田地，都變成了湖澤，那麼時勢緊迫，朝廷也不得不決定開浚河道了。

弘治四年、五年大水泛濫，至弘治六年，百姓因飢餓、疫病而死的人，不計其數。正德四年也是如此。今年的大水，不比正德四年小，還沒有入秋，老百姓已經嗷嗷待哺。賑救災荒的安排，決不可放鬆。希望早日籌措好米穀，設法進行賑濟。或者用前人的辦法，召集飢民，疏通松江。姑且大致遵循近世的河道，砍去兩岸的水草、蘆葦。從崑山境內的慢水江，逶迤曲折延伸至嘉定、上海二縣，使江水重新由松江蹌口匯入大海。排泄今年蓄積深廣的水流，以備明年再發生的洪水，這也是解救當今水災的一個方法。

有光愚拙，並非有足以裨益當世的辦法和思謀，只是因為承蒙您的信任和愛惜，奉獻自己微不足道的見解，也許能夠提供一點小小的參考。敬請您鑒評採擇，榮幸之至。

【研　析】水患是歸有光生長的東南地區大害之一，因此水利便成為了當地民生和經濟的命脈，而且也是當時關係抗倭的一項大業。歸有光並非水利專家，但是，他認識到水利攸關重大，因此有心收集相關圖籍，並且留意附近的河渠水文情況，從實際出發，在借鑒前人治河措施的基礎上，提出他自己興修水利的見解。本文是他向執政獻計獻策，集中了歸有光主要的治水意見，是他有關文獻中的一篇代表作，也是他表現用世之志的一篇大文。

文章先對他精選的前人四篇水利圖籍的優長和缺失一一做出論斷，然後提出「大開松江」，恢復往古河道，使「自嘉定、上海三百里內之水，皆東南向而流」的治河主張。他認為這樣可以從根本上解決東南頻繁發生的水患，不至於頭痛醫頭、腳痛醫腳，雖然所費較大，然而以效果論，反而是最經濟的。「天下之事，因循則無一事可為；奮然為之，亦未必難。」以此作為對主事者的鼓勵，一字一句，擲地有聲。

歸有光在〈上萬侍郎書〉曾提到，有人出於官場傾軋的計謀，放出風聲，說他不通吏治、不知世用，只是一個書呆子，所謂「時人以有光徒讀書無用」。讀了這篇〈奉熊分司水利集並論今年水災事宜書〉，對於這種非議，是可以不置一辭的。

上總制書

【題　解】總制，官名。《明史·職官志二》：「至嘉靖四年始定設，初稱提督軍務，七年改為總制，十九年避『制』字，改為總督。」歸有光這封書信是代人所作還是自己條陳意見，上書的對象又是何人，這些皆難以確考。歸莊在本文末加了如下一條按語：「是書作於甲寅（嘉靖三十三年，西元一五五四年）歲，時府君以孝廉家居，今云『以試事在留都』，似是代人作者。後又云撰水利書，纂圖考，作備倭議，及『韋布諸生，不當冒越』等語，又似自署名者。諸刻既不及之，鈔本但稱某而不書名，今姑從之。」然歸有光在信裡敘及倭寇侵擾南京安德門之事，根據《明史·外國·日本》記載，此事發生在嘉靖三十四年，則歸有光這封書信不可能作於嘉靖三十三年。

竊惟我明有天下，幾二百年，諸夷❶恭順，四邊寧謐❷，足稱盛治。惟北寇❸時或❹猖狂，然其氣雖猛悍，性尚蠢直，弓矢之外，別無利兵❺。中土❻頑民❼，固亦有為之嚮導羽翼❽，而衣食好尚，大相殊絕，又北地苦寒，無物產，不通貿易，故亦不過千百之什一耳。所以來去倏忽❾，無久安常住之想。而京師輦轂之下❿，聲勢甚重，防衛甚嚴，官屬⓫眾而儲偫⓬富，號令一⓭而賞罰明，凡所猷為⓮，罔不如意，然猶不能不廑⓯宵旰⓰之憂，庚戌之事⓱可鑒也。

若今倭寇⓲之變，則大有不然⓳者。性鷙而狡，兵巧而利。高皇謝絕朝貢⓴，今上[21]禁通市舶[22]，慮至深遠矣。夫何官絕私通，交往習熟[23]、向導羽翼，反數倍之？中原虛寔，瞭在賊目，故敢於深入。自壬子[24]歲三月，繹騷[25]至今，繇淛抵吳，直犯淮揚[26]，燒劫奸淫，眇無[27]忌憚，誠有國之大辱也。乃今因[28]糧於墟落[29]，藉兵於僨軍[30]，築舍鑿河，略無去意。其聞風效尤[31]者，日增月益。警報洶洶，滋不可聞。而有司類皆庸懦，方其臨逼，即束手兢兢；幸其稍退，便高枕泄泄[32]。豈惟無使之隻輪不返[33]之意，雖欲驅之出境，不可得已。況兵燹[34]之餘，繼以亢旱[35]，歲計無賴[36]，萬姓嗷嗷。顧又加以額外之徵，如備海防，供軍餉，修城池，置軍器，造戰船，繁役浩費，一切取之於民。議及官帑[37]，輒有擅專[38]之罪。然此亦適中有司[39]之計，蓋官帑有限，而取之於民者無盡藏[40]，得以恣其侵漁[41]耳。

夫東南賦稅半天下，民窮財盡，已非一日。今重以此擾，愈不堪命，故富者貧，而貧者死。其不死者，敝衣枵腹[42]，橫被苛斂[43]。皆曰：「與其守分而瘐死[44]，孰若從寇而倖生？」恒產恒心[45]，相為有無，無足怪者。若非頃者大為蠲[46]除，恐此輩不外而倭，即內而盜矣。未必皆斯民之過也。

某頃以試事[47]在留都[48]，聞寇自蕪湖[49]邐迤[50]南下，直抵[51]安德門[52]。舉[53]城鼎沸，某時亦不免周章[54]。及詢之，不過逋[55]寇五十餘人而已，不覺仰天浩歎，惟胸[56]飲泣者久之。夫留都自府部科道[57]而下，庸流冗員姑置勿論，其雕轂華韉[58]，錦衣肉食，平日自謂高出群類，莫可仰視者，奚啻[59]千人？乃亦寂無善計，惟知填闕[60]閉門，追夫守堞[61]，與窮鄉下邑[62]無異。自此之外，一切以為迂談。

以愚見言之：大內[63]雖多重寶[64]，終自遺宮[65]，若孝陵[66]，則我高皇帝體魄所藏，神靈所寧[67]。萬一土城失守，少有侵蝕，百司庶府[68]，將安用[69]哉？況京軍[70]除孝陵及江北諸衛[71]，雖殘缺之後，尚有十二萬丁[72]，而官舍[73]軍餘[74]數當倍之。既不使之出戰，又不使之守城，徒令市井貧民，裹糧登陴[75]。一夫每日官給燒餅二枚，計費銀一百餘兩，每夜自備油燭七條，計費銀七百餘兩。典鬻供備[76]，常從後罰[77]。冤號之聲，溢于衢路[78]。則平昔養軍，果為何耶？

及某淪落東歸，則聞此寇復竄[79]吳界[80]，凡諸有司，名雖統兵出境，實皆各自擁護[81]，殊無互為策應之意。間有奮勇前驅者，豈真具有成筭[82]，非迫於嚴刑，則誘於重賞。而文武官屬又皆在數里外，並未嘗有臨陣督戰者，故往往以孤懸[83]取敗，卒亦不聞有不相赴援之誅。是進者死而退者生，前者苦而後者樂。號令之不一，賞罰之不明，承襲蒙蔽[84]，一至於此，可不為之痛心哉！

議者咸謂：窮寇致死[85]，吳民柔脆，且不知兵，本難為敵。嗚呼！「有制之兵，無能之將，不可敗也。」[86]今將既不選[87]，兵復不練，其于陣法奇正[88]，懵然無知，而漫[89]使之格鬬，是誠所謂驅群羊而攻猛虎也。今日之責，惟君侯[90]為重；今日之權，亦惟君侯為重。指顧[91]之間，勇怯立異；呼吸之際，勝負頓殊。惟君侯其圖之。

且東南財賦出于農田，農田繇於水利。某嘗謬撰一書，及承渥州侍御委纂圖攷[92]，其源流利害，亦頗究竟。今以倭寇往來，乃於湖流入海之道，悉行堰壩[93]，冀[94]為梗塞[95]。殊不知此寇離海深入，原不甚賴舟楫，而清流既壅[96]，渾潮日漲，水利不通，農田漸荒，外患雖除，內亂必作。有憂國憂民之深念者，恐不當若是之舉一而廢百也。

伏惟[97]君侯德高望重，謀深慮淵[98]。昔秉文衡[99]，多士[100]欽式[101]；今本兵柄[102]，萬師協心。恩敷如春，威行如秋。東南之民，如離水火而登衽席[103]，脫仇讐而依父母。更生[104]之望，端[105]在今日。

某本韋布[106]諸生[107]，不當冒越。第[108]曩[109]曾以文藝濫辱獎與，今君侯專制[110]武備，正某等先後疏附[111]之時。矧[112]目擊危變，身罹[113]艱虞[114]，黔廬赭山[115]，剝膚傷骨。亦嘗冒風雨，蒙矢石[116]，躬同[117]行伍者四十餘晝夜，頗能發縱[118]。昔李白自謂：「雖長不滿七尺，而心雄萬夫。」[119]亦竊有焉。公怒私憤，義不容默。故壬子之秋，妄作備倭議[120]；癸丑[121]夏五[122]，更作紀事實錄[123]。不識忌諱，多所觸忤，冀以裨時政之萬一。有司聞[124]亦行之，而未能盡也。茲敢復綴[125]所聞見，僭溷崇覽[126]。伏惟君侯少霽[127]按劍之威，亮[128]其懇懇之衷，不計蕪陋之詞，得賜少垂察[129]焉，則曷[130]勝幸甚。

【注釋】❶諸夷　中國周邊的少數民族。夷，古代對東方少數民族的稱呼。❷寧謐　安寧。❸北寇　指地處今中國內蒙、蒙古的韃靼、瓦剌部落，是明朝來自北方的強大威脅。❹時或　有時。❺兵　兵器。❻中土　中國內地。❼頑民　劣民；壞人。❽羽翼　幫兇。❾倏忽　倉促；短暫。❿輦轂之下　猶言在皇帝車輿之下。輦，車。轂，車輪的中心部分。⓫官屬　主要官員的屬吏，泛指官吏。⓬儲偫　儲備。⓭一　統一。⓮猷為　建立功業。⓯廑　勤。⓰宵旰　「宵衣旰食」之略。天未亮就穿衣起身，天黑以後才吃晚飯。形容操心、勤勞。旰，晚。⓱庚戌之事　明世宗嘉靖二十九年庚戌（西元一五五〇年）秋，北方俺答軍從北古口入，進攻北京，京城戒嚴，俺答擄掠後撤退。⓲倭寇　《明史・外國・日本》：「日本，古倭奴國。」在明朝其海盜集團經常劫擾沿海地區，故稱之。⓳不然　不同。⓴高皇謝絕朝貢　《明史・外國・日本》記載，洪武七年至十四年，日本向明朝貢物，朱元璋或因其無表，或因其不奉正朔，或因其表詞不誠，不接受其所貢之物。高皇，朱元璋，諡高皇帝。㉑今上　指明世宗朱厚熜。㉒禁通市舶　市舶，掌海外諸國朝貢交易之事。《明史・職官志》「嘉靖元年，給事中夏言奏，倭禍起於市舶。遂革福建、浙江二市舶司，惟存廣東市舶司。」按據《明史・食貨志》載，夏言奏罷市舶事在嘉靖二年。㉓習熟　熟悉。㉔壬子　嘉靖三十一年（西元一五五二年）。㉕繹騷　騷動。㉖繇淛抵吳二句　《明史・世宗本紀》載：嘉靖三十二年，倭犯溫州（今屬浙江），三十三年，轉掠蘇、松（今屬江蘇、上海市，古屬吳地），又犯通、泰（今江蘇南通、泰興）。繇，由。淛，同「浙」。淮揚，指淮水、揚州一帶地區。㉗眇無　毫無。眇，小；少。㉘因　憑藉。㉙墟

落　村落。㉚僨軍　戰敗的軍隊。㉛效尤　學壞。㉜泄泄　得意的樣子。㉝隻輪不返　形容軍隊慘敗，全軍覆沒。㉞兵燹　戰爭。㉟亢旱　大旱。㊱無賴　沒有依靠。㊲官帑　國庫。㊳擅專　獨斷專行。㊴有司　分掌的官署。㊵無盡藏　佛教語，謂佛德廣大無邊，作用無窮無盡。可以泛指事物取之不盡，用之不竭。㊶侵漁　掠奪。㊷枵腹　空腹；挨餓。㊸橫被苛斂　被大肆搜刮。㊹瘐死　囚犯因餓、病、受刑而死於獄中。㊺恒產恒心　《孟子·梁惠王》上：「若民，則無恆產因無恆心。苟無恆心，放辟邪侈，無不為已。」恒產，可以長久持有的產業。恒心，長久不變的善心。㊻蠲　減免。㊼試事　參加科舉考試，任以職事。㊽留都　指南京。明朝開始建都南京，永樂時遷都北京，仍在南京保留朝廷整套的官吏班子，稱陪都。㊾蕪湖　今屬安徽。㊿邐迤　曲線而進。51抵　到達。52安德門　南京城門。《明史·外國·日本》：「時賊勢蔓延，江浙無不蹂躪。新倭來益眾，益肆毒。每自焚其舟，登岸劫掠。自杭州北新關西剽淳安，突徽州歙縣，至績溪、旌德，過涇縣，趨南陵，遂達蕪湖。燒南岸，奔太平府，犯江寧鎮，徑侵南京。倭紅衣黃蓋，率眾犯大安德門，及夾岡，乃趨秣陵關而去，由溧水流劫溧陽、宜興。聞官兵自太湖出，遂越武進，抵無錫，駐惠山。一晝夜奔百八十餘里，抵滸墅。為官軍所圍，追及於楊林橋，殲之。是役也，賊不過六七十人，而經行數千里，殺戮戰傷者幾四千人，歷八十餘日始滅。此（嘉靖）三十四年九月事也。」《明史·世宗本紀》及《世宗實錄》紀此事在八月。53舉　全。54周章　驚恐。55逋　逃。56椎胸　捶擊胸脯，表示哀痛。57府部科道　府，行政區單位名。南京統府十四：應天府、鳳陽府、淮安府、揚州府、蘇州府、松江府、常州府、鎮江府、廬州府、安慶府、太平府、池州府、寧國府、徽州府。部，吏、戶、禮、兵、刑、工六部。科，指六科給事中，簡稱六科，掌侍從、規諫、補闕、拾遺，分察六部之事，負責糾誤矯過。道，行政區單位名，明全國設十三道。此指都察院各道監察御史，主察糾內外百司官吏之邪劣。58雕轂華韉　指彩車駿馬。雕轂，雕花彩飾的車。轂，車輪的中間部分，借指車。華韉，五花大馬。韉，馬鞍下的墊子，借指馬。59奚啻　豈止。60填闕　插上門閂。闕，門閂。61追夫守堞　加派人員守衛城牆。守堞，用於防守的牆。堞，牆上向外或向上突出的部分。此指牆。62窮鄉下邑　邊遠的農村、落後的小城。63大內　皇宮。64重寶　貴重的寶器。65遺宮　古代遺留下來的宮殿。66孝陵　朱元璋葬地，在上元縣鍾山之南坡（今江蘇南京）。67寧　安息。68百司庶府　各官署衙門。司、府，官署。庶，眾。69安用　如何交代。70京軍　守衛南京的軍隊。南京是明朝留都，也是京師，衛戍部隊可稱京軍。71孝陵及江北諸衛　明朝於京師和各地要害處，數郡設衛，有士兵約五千六百人，軍官稱指揮使。孝陵衛，即皇陵衛。江北諸衛，指揚州衛、高郵衛、淮安衛等。屬於中軍都督府。72丁　士兵。73官舍　官府的差役。74軍餘　指未取得正式軍籍的軍人。75陴　城牆。76典鬻供備　典當變賣器物，以供所需。鬻，出賣。

❼❼常從後罰　意謂常常因為不能夠及時準備好所需之物，隨後遭到懲罰。❼❽衢路　大道。❼❾竄　奔襲。❽⓿吳界　指今江蘇常州、無錫。81各自擁護　保存自己的實力。82成筭　深思熟慮，主動選擇。83孤懸　孤立無援。84承襲蒙蔽　效仿、欺騙。85窮寇致死　《漢書・趙充國傳》：「充國曰：『此窮寇不可迫也，緩之則走不顧，急之則還致死。』」致死，顏師古注：「盡力而死戰。」窮寇，窮途末路的賊寇。寇，這裡指倭寇。86有制之兵三句　前人多引作諸葛亮語，也有人說出自古兵法。有制，訓練有素。87不選　任命不當。88陣法奇正　奇指特殊的、變化的佈陣作戰法，正指一般的、正常的佈陣作戰法。89漫　草率。90君侯　對達官貴人的敬稱。此指收信的總制。91指顧　一指一瞥，形容很短的時間之內。92承渥州侍御委纂圖攷　承渥，承寵；蒙受信任。州，明朝屬於府，不屬於府而屬於省的，稱直隸州。侍御，監察御史。委，委託。圖攷，歸有光撰有《三江圖敘說》、《淞江下三江圖敘說》。93悉行堰壩　全部築起堤壩。94冀　希望。95梗塞　阻塞。96壅　受堵。97伏惟　敬語，在下思上的意思。98慮淵　考慮深入周密。99秉文衡　指擔負科舉選士的責任。秉，持。100多士　眾多文士。101欽式　欽敬；尊為儀範。102本兵柄　《漢書・爰盎傳》：「是時絳侯為太尉，本兵柄。」顏師古注曰：「執兵權之本。」103衽席　床褥；臥席。借指安居樂業的生活。104更生　新生。105端　確實。106韋布　韋帶布衣，指未入仕途者寒素的服裝。107諸生　秀才。108第　只。109曩　從前。110專制　專門負責。111疏附　疏遠者前來親附。112矧　何況。113罹　遭受。114艱虞　艱難。115黔廬赭山　柳宗元〈賀進士王參元失火書〉：「今乃為天火之所滌蕩，黔其廬，赭其垣，以示其無有。」黔廬，房屋燒黑。黔，黑色。廬，簡易房。赭山，伐盡樹木，使山嶺暴露赤色。赭，紅的土、石。116矢石　箭和石。古人用弓發射石塊，作為武器。117躬同　親身參加。118發縱　道出軍事見解。119雖長不滿七尺二句　引自李白〈與韓荊州書〉。120故王子之秋二句　王子，嘉靖三十一年（西元一五五二年）。備倭議，歸有光撰有〈禦倭議〉。121癸丑　嘉靖三十二年（西元一五五三年）。122夏五　夏季五月。123紀事實錄　歸有光撰有〈備倭事略〉、〈崑山縣倭寇始末書〉。文中對明朝軍隊將官指揮無方、失機誤事多有揭露，故本文中說：「不識忌諱，多所觸忤。」124間　偶爾。125綴　集合；撰寫。126僭瀆崇覽　超越本分讓您閱覽。瀆，瀆犯；打擾。127霽　息怒。128亮　體察；鑒識。129垂察　放下身份閱讀。130曷　何其；多麼。

【語　譯】鄙人以為，我明朝擁有天下，將近二百年，各地少數民族恭敬馴順，四方邊疆安靜穩定，足以稱為天下大治的時代。只有北方敵寇有時逞弄猖狂，然而他們的氣質雖然兇猛驃悍，秉性還屬愚蠢直率，除了弓箭之外，沒有別的厲害的兵器。中國內地的壞人，固然有甘願做他們嚮導和幫兇的，可是穿著飲食、喜好風尚，都大不相同，加上北方氣候寒冷，缺少物產，又不通貿易，因此其人數也不過千百人中十個一個而已。所以他們來去匆匆，沒有久安長住的念頭。京城是皇帝車輿出入之地，聲勢強盛，防衛嚴密，官員眾多而儲備充足，號令統一而賞罰分明，所採取的一切謀略和舉措，都無不能夠如願實施，即使如此，仍不能不日夜操勞警惕，嘉靖二十九年發生俺答軍隊進攻北京的事變，值得借鑒。

至於目前江南發生的倭寇之變，則與北方敵寇大有不同。倭寇生性殘暴而狡黠，兵器工巧而銳利。高皇帝（朱元璋）拒絕接受他們進貢的物品，當今皇上禁止與海外各國貿易往來，其思慮非常深遠。為何官方禁絕與海外私通，而人們私下結識交往，為其當嚮導、做幫手的，反而比過去增加數倍之多？中國內地的虛實情況，賊寇看得一清二楚，所以敢於大膽地深入挺進。從嘉靖三十一年三月，一直騷擾至今，從浙江到吳地，又直逼揚州一帶，燒搶奸淫，肆無忌憚，這真是一個國家的奇恥大辱。乃至今日靠著從農村奪得的糧食，憑藉從朝廷敗兵手裡獲得的兵器，建築住房，開鑿河道，沒有一點想離去的意思。聞風而效仿的倭寇，每日每月，不斷增加。警報到處鳴響，讓人心驚肉跳。而守備的官員都是平庸懦怯之輩，當倭寇兵臨城下，束手無策，戰戰兢兢；僥倖等到倭寇撤退了，便又高枕無憂，得意洋洋。別說是將倭寇徹底殲滅，使其全軍覆沒，就是將他們驅逐出境，都辦不到。何況戰亂之後，又繼而發生旱災，上繳糧食的任務沒有完成，成千上萬的老百姓嗷嗷待哺。而且再加上額外的徭役賦稅，比如守備海防，供應軍餉，修築城池，辦置軍器，建造戰船，繁雜的勞役，大量的費用，這一切都取之於民眾。假如有人提出動用國庫的建議，這樣就會背上獨斷專行的罪名。而其實這正好中了官員的下懷，因為取之於國庫畢竟有限，而取之於民眾則是無限的，正好藉此大肆地掠奪。

東南地區承擔著天下一半賦稅，民窮財盡，已非一日。現在再加上倭寇騷擾，更是不堪承受，結果是富人淪為窮人，窮人變為鬼魂。沒死的人，身穿破衣，飢腸轆轆，被人大肆搜刮。他們紛紛都說：「與其安分守己而像囚犯那樣慘死，何不去當盜寇而僥倖求生？」可以長期持有的產業與恆久不變的善心，二者互為有無，所以人們產生這種想法並不足怪。如果不是前不久大量削減賦稅，恐怕這些人不是淪為外來倭寇的幫兇，就是淪為國內作亂的盜賊。未必都是這些民眾的過錯。

我前不久因參加科舉考試在留都南京，聽說倭寇從蕪湖盤旋南下，一直到達南京的安德門。全城人心惶惶，亂成一團，我當時也不免心裡驚慌。等詢問之後，知道不過只是逃竄的五十餘個倭寇罷了，不覺久久地仰天浩歎，捶胸哀泣。留都南京從府、部、科、道各級官員以下，平庸的冗官暫且不論，那些騎坐彩車駿馬，身穿錦衣，吃魚吃肉，平日自以為高出眾人之上，別人不得仰視其鼻息的人，何止一千？此時怎麼也想不出一條良策，都閉上了嘴巴，只曉得關起城門，插緊栓子，以及加派人員守衛城牆，與窮鄉僻壤的人沒有什麼兩樣。除此之外，認為一切都是迂腐之談。

依我愚見：皇宮裡雖然有許多貴重的寶器，畢竟只是從前遺留下來的，而鍾山孝陵，則是我高皇帝（朱元璋）埋藏體魄，安息神靈的地方。萬一城牆失守，稍遭侵損，各級衙門的官員將領，又將如何交代？何況守衛南京的軍隊除了孝陵衛和江北諸衛之外，即使殘缺未滿員，尚有十二萬士兵，而官府的差役及非正式軍人，其數量應當比這還大一倍。既不讓他們出戰，又不派他們守城，反而令市井貧民帶糧站在城牆守備。一人每天由官府供給燒餅兩張，共計花費銀子一百餘兩，每夜自備油燈七盞，共計花費銀子七百餘兩。典當變賣器物，以供所需，時常因為不夠及時而遭到懲罰。喊冤呼救之聲，充滿道路。既然如此，平時所養的軍隊，又有何用？

等到我考試落選東返家鄉，則聽說這夥倭寇又竄入蘇州一帶，各個官員，名義上雖然帶兵出去迎敵，其實都各自保存實力，根本沒有互相配合協調的意思。偶爾有人奮勇向前，哪裡是真的經過深思熟慮，不是迫於嚴刑威逼，就是受到重賞誘惑。而文武官員自己又都在數里之外，並不曾有人前去臨陣督戰，所以常常因為孤立無援導致失敗，最終也未曾聽說誰因為不相援救而受誅滅的嚴懲。這無疑是告訴大家，往前殺敵者死，退卻保命者生；衝在前者苦，縮在後者樂。號令不一，賞罰不明，互相效仿欺騙，已經到了這種地步，怎麼不令人痛心疾首！

議論者都說：窮途末路的倭寇拼其全力死戰，吳地百姓性格柔和脆弱，而且不懂如何打仗，本來就難以抵抗。講這種話真是可哀啊！「有了訓練有素的士兵，即使將領無能，敵人也打不敗這支軍隊。」如今一方面挑選的將領不合適，另一方面又不對士兵加強訓練，對於常規和奇變的陣法，稀裡糊塗，一無所知，而草率地讓他們去與敵人格鬥，這正是所謂驅趕群羊攻擊猛虎。現在承擔的責任，惟您總制最為重大；現在掌握的權力，也以您總制最為重大。一指一瞥，頃刻之間，勇怯立即發生變化；一呼一吸，瞬息之際，勝敗頓時出現不同。希望您能對此作出周密的思慮。

再說東南財賦來自農田，農田的收成依賴於水利。我曾經撰寫過一本關於水利的書，又承蒙州監察御史的信任，委託我編纂江水圖攷，對於江河的源流、利害，也頗有探究。現在因為倭寇往來出入的緣故，於是在太湖入海的河道上，全部築起堤壩，希望藉此阻止倭寇進出。可是根本沒有想到倭寇登上海岸，深入陸地，本來就不太依賴船隻，而清水受阻無法流動，變成渾濁的積水日益高漲，水利遭到破壞，農田逐漸荒蕪，外患雖然得到控制，內亂必然醞釀而爆發，凡是深懷憂國憂民感情的人，恐怕不應當採取這種舉一益而廢百利的措施。

在下知道您德高望重，深思遠慮。往昔您秉持科舉考試之權，眾多文士對您心懷欽敬；現在您執掌兵權，萬員將兵都齊心協力。佈施恩澤猶如陽春，整肅威嚴猶如寒秋。東南的人民，好比跳出水火之中而坐上溫暖的席褥，脫離仇人的手掌而回到父母的懷抱。新生的希望，的確是在今天。

我本是一個貧寒的秀才，不敢冒越自己的地位。只是過去曾經因為文章制藝得到您的謬獎，現在您專任一方軍事長官，這正是我們陸續前來親附的時刻。更何況目擊危急事變，身遭艱難，只見房屋山野毀於戰火，百姓慘遭毒打，傷痕累累。我也曾經冒著風雨，迎著箭石，親身參加作戰的隊伍四十多晝夜，頗能談出一些軍事見解。從前李白自稱：「雖然身高不滿七尺，然而志氣卻比萬夫雄壯。」對此我也有同感。無論是出於公怒還是出於私憤，都不容我默不作聲。所以在嘉靖三十一年秋天，寫出〈禦倭議〉；嘉靖三十二年夏季五月，又撰寫倭寇紀事實錄的文章，不顧忌諱，對將官多有觸犯違忤，希望能夠對時政有微薄的裨益。官員對我的意見偶爾也能實施，然而不能全部採用。現在放膽重新將所見所聞寫上，越出本分呈您閱覽。敬請您暫且收斂拔劍之威風，體察我誠懇的心願，不計較蕪雜簡陋的文詞，如果能夠得到您略微過目，這對我來說是多麼地幸運。

【研　析】東南倭寇是明朝一大禍患，國家和人民都深遭其害。歸有光生於其時，長於其地，「目擊危變，身罹艱虞」，心情十分焦急。他曾參加過抗倭守城的戰事，此外更對倭寇滋事背後的社會原因作了思考和分析。這封〈上總制書〉即將他平時對這個重大問題的觀察和思考集中作了表述，為執政者決策提供參考。

他指出「倭寇之變」的嚴重程度更在北疆的敵情之上，倭寇「性鷙而狡，兵巧而利」，固然是一個原因，但是，其患非但積年難除，而且「日增月益」，更主要的原因當是在於中國內部，官員腐敗，指揮能力和效率低下，措施不當，魚肉百姓而使大家失去向心力，等等。因此，欲掃除倭寇，當首先建設自己，否則化險為夷無從談起。整篇文章的時事性和批判性都很強，詞鋒犀利，立論根據充足，作者一片「憂國憂民之深念」得到了淋漓酣暢地表達。

在倭寇騷擾過程中，內地一些人與敵人「交往習熟、向導羽翼」，充當了幫兇的角色。歸有光不是僅僅停留在對這些人一般的譴責層面，而是深入究求其致然的原因。他認為這是由於「東南賦稅半天下，民窮財盡」，加之貪官「恣其侵漁」，窮人失去了「恒產恒心」，走投無路，才被逼著助敵為虐，「未必皆斯民之過也」。這較之普遍出現的諉過於民的議論，更觸及了事情的本質。

相比於歸有光許多文章，本篇駢句的成分明顯增加，風格略顯不同。駢句的出現，增加了渲染和表達的效果。如「方其臨逼，即束手兢兢；幸其稍退，便高枕泄泄」，形容庸吏臨戰膽小怕死，暫時平靜則盲目僥倖樂觀的心態。又如「與其守分而瘐死，孰若從寇而倖生」；「進者死而退者生，前者苦而後者樂」，分別描述人們從下策而求生存，以及官府對將士獎罰顛倒的情況。這些都由於運用了駢句，利用其相反相對的特點，構成鮮明對照，更加突出了事物的本質內涵。歸有光是古文家，是司馬遷《史記》和唐宋大家的古文傳統的繼承者，這是主要的方面，另外也要看到他汲取語言營養的多重性，駢文的藝術因素也為他所重視，本文體現了他汲駢入散的一個側面。

送吳純甫先生會試序

【題解】吳中英（西元一四八八～一五三八年），字純甫，是歸有光同鄉，也是他所尊敬和同情的一位忘年交。後來，歸有光與原配魏氏生育的女兒，嫁吳中英兒子吳原長。純甫家多父親遺留藏書，飽學多識。善書法，筆力遒勁，類其為人。他經歷坎坷，終於在四十四歲時考中舉人，次年入京參加進士考試。歸有光以此文送友北上，不僅預祝朋友走運，而且也希望國家能夠銓選人品正直、具有真才實學的人進入仕途。文章議論風發，對官風士習痛憤指斥，鞭辟入裡，充滿堂堂正氣。在年輕歸有光批判現實的精神中顯得很有信心，這使文章具有一股感染力。

本文作於嘉靖十年（西元一五三一年），歸有光二十六歲。

予為童子❶時，則知有吳純甫先生。長而登先生之門，悅而忘其歸也。蓋世之所謂慷慨魁磊之士，吾必曰先生焉。先生精於學，邃於文，熟於事。少時，為縣大夫❷、郡邑長者❸所推重，當道者❹往往歎息❺，期以大用，指日以望❻。既而摧抑頓挫者幾❼三十年。先生自負瓌偉❽，不見施設❾，獨喜為人言之，人無賢愚，見者傾倒❿。自少年學子稍知向方⓫者，必引而進之，士之有志者，亦皆歸先生。每從嘉林修⓬竹間，紆衿方履⓭，笑詠相隨，殆無虛日。時有質辨⓮，剖析毫髮，議論蠭起⓯，群疑豁如⓰，雲披⓱雨霽⓲，天清日明。其於天下之利害，生民之得失，常有隱憂於其間。天子中興[19]，慨然有志於三代[20]之治，詔書[21]數下，所以修明千百年之廢典[22]者不一事，悉先生之所嘗言者。故與先生遊者，皆去[23]為顯官，先生獨為諸生[24]，揖讓進退自若[25]也。

嘉靖辛卯[26]，先生始發解[27]。於是將上禮部[28]，服王官[29]有日矣。皆喜先生之遇，而又惜其晚也。然君子之論不施於早晚之間，而施於遇不遇之際；不以徒遇之為喜，而以得所遇之為樂。予惟國家以科目[30]收天下之士，名臣將相，接踵而興，豪傑之士，莫不自見於其間。而比年[31]以來，士風漸以不振。夫卓然不為流俗所移者，要[32]不可謂無人也，自餘奔走富貴，行盡如馳[33]，莫能為朝廷出分毫之力，冠帶褎然[34]，輿[35]馬赫奕[36]，自喻得意，內以侵漁[37]其鄉里，外以芟夷[38]其人民。一為官守，日夜孜孜，惟恐囊橐[39]之不厚，遷轉[40]之不亟[41]，交結承奉[42]之不至，書問繁於吏牒[43]，餽送[44]急於官賦，拜謁勤於職守。其黨又相為引重，曰：「彼名進士也。」故雖犖然[45]肆其恣睢[46]之心，監察之吏，冠蓋相望，莫能問也，居無幾何，陞擢又至矣。其始羸然[47]一書生耳，才釋褐[48]而百物之資[49]可立具[50]，此何從而得之哉？亦獨不念朝廷取之者何如，用之者何如，爵祿寵錫之者何如也[51]。豈其平居[52]無懇惻[53]之意歟？將[54]富貴之地，使人易眩[55]，失其守歟？世之所倚重者盡賴此輩，而如是彌望㊻，君子蓋以為世道無窮之慮㊼焉。

初，先生與余論天下事，予未嘗不竦然㊽，又默然有感也。以為在位者皆以此為心，則天下可以無事。然而先生不遇也。今先生遇矣。得一人於千百之中，不可謂無獲也；障流波於奔潰㊾之日，不可謂無力也。以其向所言者而從事焉，則猶饑渴而飲食60之也。夫趨俗之士師師61，持正之士諤諤62。夫諤諤非幸也，然天下之事，彼不為而此為之，倡者一人，隨者十人，則固當有聲氣之同者。若是而相與持天下之勢，君子又以為世道無窮之幸焉。故予謂：先生不謂之晚，而如先生乃可謂之真遇也。若彼碌碌63者徒，雖褦襶64而朱紫65，日唯諾66於殿廷，吾不謂之遇也。因書以為別。

【注釋】❶童子 指通過學習以參加童子試的學生。童子試是科舉制度中一項低級別的考試。參加者一般年齡較低，應試合格方得取入府、州、縣學，通名生員，習稱秀才。❷縣大夫 縣令。❸郡邑長者 指府縣中有資望的人。❹當道者 執政官員。❺歎息 讚歎。❻指日以望 數著日子望其早早成功。指日，以手指計算日子。❼幾 近。❽自負瓌偉 以才能卓異而自負。❾施設 施展。❿傾倒 佩服。⓫向方 好學；進取。⓬修 長。⓭紆衿方履 穿著寬大的衣衫、方正的鞋子。⓮質辨 辯論。⓯議論蠭起 形容議論風發，如群蜂紛然而起。蠭，同「蜂」。⓰豁如 豁然明白。⓱披 開。⓲霽 雨止。⓳天子中興 指明世宗朱厚熜繼承帝位，改年號嘉靖。⓴三代 夏、商、周三朝。或者指堯、舜、禹三代。㉑詔書 皇帝頒發的文書。㉒廢典 棄而不用的制度。㉓去 離鄉。㉔諸生 秀才。㉕揖讓進退自若 社交場合的禮節。此指吳中英作為一名年紀大的諸生，仍按照規定拜見老師，出入學堂。雖然很是難堪，而他卻神態自若。㉖嘉靖辛卯 即嘉靖十年（西元一五三一年）。㉗發解　唐宋時，應貢舉合格者，謂之選人，由所在州郡發遣解送至京參與禮部會試，稱「發解」。明清時鄉試考中第一名為「發解」。明淩迪知《萬姓統譜》卷八十三記載，嘉靖十年解元是趙汴。歸有光稱吳中英「發解」，是用唐宋人的說法，並非指解元，而是指考中舉人。㉘將上禮部　意思是將上京參加進士考試。進士考試是由禮部主持的。㉙服王官　此指中進士後被朝廷授予官職。㉚科目　科舉考試。㉛比年　近年。㉜要　總的來說。㉝行盡如馳　用《莊子・齊物論》「與物相刃相靡，其行盡如馳而莫之能止」語。盡，全。㉞褎然　服飾盛美的樣子。㉟輿　車。㊱赫奕　氣派；煊赫。㊲侵漁　侵吞。㊳芟夷　壓迫；鎮壓。㊴囊橐　指裝錢物的袋子。㊵遷轉　升官。㊶亟　快。㊷交結承奉　對上司巴結奉承。㊸吏牒　官府的公文。牒，文書。㊹餽送　饋贈。㊺犖然　公開；不掩飾。㊻恣睢　放任。㊼羸然　瘦弱不堪的樣子。㊽釋褐　脫下百姓的粗布衣裳，指做官。㊾資　用。㊿立具　即刻得到。(51)亦獨不念朝廷取之者何如三句　意謂將朝廷為何選拔他、任官職於他、給他很高待遇和榮譽的原因全拋置於腦後。爵祿寵錫，官爵、俸祿、恩寵、賞賜。錫，同「賜」。(52)平居　平時。(53)懇惻　誠懇、同情。(54)將　或者；還是。(55)眩　糊塗。(56)彌望　所望見的一切。(57)無窮之慮　莫大的憂慮。(58)竦然　肅敬、恭敬貌。(59)奔潰　泛濫。(60)飲食　使有飲食之物。(61)師師　恭敬貌。(62)諤諤　直言爭辯。(63)碌碌　形容平庸。(64)襁褓　包裹嬰兒的被帶。此指嬰兒。(65)朱紫　高級官員衣冠的顏色。此代指達官顯要。(66)唯諾　唯唯諾諾；唯命是從的樣子。

【語　譯】當我還是學習童子課業的學生時，就已經知道了吳純甫先生。長大後登先生之門，相處甚歡乃至忘了回家。世上所說的那種慷慨、高大、正直之士，我肯定先生就是這樣的人。先生精於學問，妙於文章，又嫻熟世事。他年輕時，被縣令及府縣中有資望的人所推重，執政者時常誇獎他，期望他能得到重用，扳著指頭盼望這一天早日到來。後來他遭遇壓抑經歷坎坷將近三十年。先生以才能卓異而自負，無法施展，於是最喜歡與別人談論，無論賢愚，接觸過先生的人都無不敬佩。從剛曉得進取的少年學生起，必定引導他們不斷提高，有遠大追求的文士，也都來追隨先生。常常隨從他在綠林高竹之間，身穿寬大的衣衫，腳著方正的鞋子，笑聲詠歌，此起彼伏，幾乎天天如此。有時進行辯論，剖析細微，雄辯滔滔，各種疑惑皆豁然澄清，猶如雲開雨停，天清日明。他對於天下的利害，人民的得失，時常在心裡懷著憂慮。天子嘉靖改元中興，奮然有志於嚮往堯、舜、禹的輝煌，多次下達詔書，下令修訂實施千百年以來廢棄不用的制度，不止一二，都是先生曾經談論過的。所以與先生一起交往的人，都離鄉去做達官了，惟獨先生一人還是秀才，依然行施秀才揖讓進退的禮節，而神態自若。

嘉靖十年，先生才考中舉人。因此將參加禮部進士考試，離開授予官職的日子沒有幾天了。大家都為先生獲得機遇而高興，然而又都為其遲到而惋惜。不過君子對這個問題，並不關注時間的早晚，而是重視得到機遇的時機；不是以僥倖獲得而欣喜，而是以得其所遇而快樂。我認為，國家以八股考試制度收羅天下人才，名臣將相，相繼輩出，豪傑之士，無不從中嶄露頭角。可是近年以來，士人的風氣逐漸萎靡不振。卓然不受流俗影響而轉移者，雖然總的不能說沒有這樣的人，其他多總是奔走於富貴，行動都快如奔馳的馬車，不能為朝廷出絲毫的力氣，衣冠飾帶盛美，車馬煊赫氣派，自以為得意，在家魚肉鄉里，在外迫害百姓，一旦做官出守地方，日夜孜孜以求的，惟恐錢袋子不夠豐滿，一心只想趕快陞官，巴結、奉承上司只怕不夠殷勤周到，問候的書信多於公文，置辦饋贈的禮品比完成官賦還著急，串門拜訪比做職務內事更加勤快。其同夥又為他鼓吹，說：「他是有名的進士。」所以，儘管公然任縱其放肆之心，監察的官員，都互相觀望，無法治他罪，沒過多久，又輪到他陞官了。這種人開始的時候，只是一介寒酸的書生，剛剛脫下老百姓布衣，一切需要的東西就立即都有了，這是從什麼地方獲得的？也不想一想朝廷錄取你是為了什麼，你應該被派什麼用處，官爵、俸祿、恩寵、賞賜這些又都意味著什麼。難道是他平時就缺乏誠懇和同情心？還是處在富貴之地，使人變得神志糊塗，喪失了操守？社會所倚重的全靠這樣一類人物，而這些人舉目皆是，君子為世道感到無窮的憂慮，正在於此。

當初，先生與我討論天下事情，我未嘗不肅然起敬，同時又默默地引起自己的思考。以為居官位的人都能夠以先生之心為心，則天下就可以太平無事。然而先生卻每試落選。現在先生考中了。從千百人中得到一個人才，不可說沒有收穫；於江河崩潰之日能阻擋濁波奔流，不可說沒有功勞。按照他過去所講的去辦事，就好比使飢渴的人能得到飲食。趨俗媚世的人貌似恭敬，持正不阿的人直言諫諍。直言諫諍並非幸事，然而天下的事情，人家不做我來做，一人提倡，十人回應，一定會遇到聲氣相同的人。果真能這樣互相扶持天下的情勢，君子又認為這是世道莫大的幸運。所以我說：先生不能說得到機遇晚，而像先生這樣才可以說是得到了真正的機遇。至於那些平庸之輩，即使在襁褓中已經成了達官貴人，整日在朝廷唯唯諾諾，我也並不以為他們真的有很好的機遇。因此撰寫此文作為送別。

【研　析】歸有光〈通議大夫都察院左副都御史李公行狀〉曾說：「先輩吳中英有知人鑑。」他也是最早發現歸有光具有傑出文學才華的「伯樂」，《江南通志・人物志・吳中英傳》載：「歸有光方八歲，見其〈葬枯骨文〉，即與定交，曰：『班馬之才也。』」所以歸有光對這位先輩始終心存感激之念，同時也欽佩他的才識。

本文對吳中英的才學和遭遇作了具體敘述，並在他面臨新的機緣時獻給他一分良好的祝願。「君子之論不施於早晚之間，而施於遇不遇之際；不以徒遇之為喜，而以得所遇之為樂」，四句為吳中英中舉之後赴進士考一壯行色，其中包含對清濁士流而宦運顛倒的現實很多感慨，讀後不難感受到歸有光走筆行文時心瀾的起伏。

作者力破以入仕早晚論士人高下的鄙俗之見，以為「徒遇」不足為榮，士人當對於「天下之利害，生民之得失」懷有真誠的關懷，並作為一個「持正者」而步入仕途，才可謂「真遇」。他對明朝實行的科舉考試、銓任官員制度的弊端作了深刻的揭露，認為在這一制度下，品學才俱優者多有被拒在門外，而入仕並得到拔擢者往往有一些無恥之徒。對於後者，歸有光用漫畫式的語言勾勒其特徵：他們表面上「冠帶褎然」，卻是如飛如馳地追求富貴，一旦當官，「日夜孜孜，惟恐囊橐之不厚，遷轉之不亟」，侵漁、迫害百姓的勾當無所不為，對上司竭盡奉承、行賄之醜事，結果不斷遷陞，仕途亨通。這些人與吳中英的坦白襟懷、精於學通於事、卻長期「摧抑頓挫」形成極鮮明的對照，文章由此而對官場和一部分官吏作了極大諷刺。

吳中英中舉那年，歸有光也參加了考試卻落榜，因此文中的話，也是歸有光有感觸而發，並非泛泛的大道理。

送童子鳴序

【題解】童珮（西元一五二三～一五七六年），一作童佩，字子鳴，又字少瑜，龍遊（今屬浙江）人。從小家貧，體弱，從其父以鬻書為業，往來吳越間。自學成才，善詩文，擅畫花鳥。與王世貞、胡應麟、黎民表、王穉登頗有交遊。《四庫全書總目提要》評他「詩格清越，不失古音。」王世貞〈童子鳴傳〉稱他「尤善攷證諸書畫、名蹟、古碑、彝敦之屬。」以鬻書之故，家多藏書。胡應麟《少室山房筆叢》卷四：「龍丘童子鳴家藏書二萬五千卷，余嘗得其目，頗多祕帙，而猥雜亦十三四，至諸大類書則盡缺焉。蓋當時未有雕本，而鈔帙固非韋布所辦，且亦不易遇也。」王世貞所撰傳稱：「子鳴有藏書萬卷，皆其手所自讎校者。」著有《童子鳴集》、《佩荑雜說》、《龍遊縣志》等；整理楊炯《盈川集》。他的生卒年，根據他〈藏書閣記序〉「萬曆改元，余犬馬齒五十有一」，及王穉登〈龍丘高士童君子鳴墓誌銘〉「年五十四」，得以確定。

歸有光愛書，與童珮發生交往，後來童珮曾從歸有光受經學。本文以鬻書者尚知讀書反襯「士不復知有書」，對科舉制度在文人中產生的導向作用進行了譴責。

越中人多往來吾吳中，以鬻❶書為業。異時❷童子鳴從其先人❸遊崑山，尚少也。數年前，艤❹舟婁江❺，余過❻之。子鳴示余以其詩，已能出人❼。今年復來，吾友周維岳見余，為念其先人相與之舊❽，謂子鳴旅泊蕭然❾，恨無以恤❿之者。已而⓫子鳴以詩來，益清俊可誦。然子鳴依依⓬於余，有問學之意，余尤念之。

嘗⑬見元人題其所刻之書云：「自科舉廢，而古書稍出。」余蓋深歎其言。夫今世進士之業⑭滋⑮盛，士不復知有書矣。以不讀書而為學，此子路之佞，而孔子之所惡⑯。無怪乎其內不知修己之道，外不知臨人⑰之術，紛紛然日競于榮利，以成流俗，而天下常有乏材之患也。子鳴於書，蓋歷⑱能誦之，余以是益奇子鳴。夫典籍，天下之神物也。人日與之居，其性靈必有能自開發者。「玉在山而草木潤，淵生珠而崖不枯。」⑲書之所聚，當有如金寶之氣，如卿雲⑳輪囷㉑，覆護其上，被㉒其潤者不枯矣。

莊渠先生㉓嘗為余言：「廣東陳元誠㉔，少未嘗識字。一日自感激㉕，取四子書㉖終日拜之，忽能識字。」以此知書之神也。非書之能為神也，古人雖亡，而其神者未嘗不存。今人雖去古之遠，而其神者未嘗不與之遇，此書之所以可貴也。雖然，今之學者，直以為土梗㉗已耳。

子鳴鬻古之書，然且幾於不自振㉘，今欲求古書之義，吾懼其愈窮也。歲暮，將往錫山㉙寓舍，還歸太末㉚，書以贈之。

【注釋】❶鬻　出售。❷異時　從前。❸先人　亡父。童珮父親童彥清，書商，性儒雅。童珮少時家貧，無力入學校讀書，遂以父親為師，以父親所賣之書為課本，知識漸廣。❹艤　使船停泊於岸邊。❺婁江　又名瀏河，經江蘇太倉入海。

❻過　訪問。❼出人　勝人。❽相與之舊　曾經互相交往的關係。❾蕭然　淒清；空寂。❿恤　扶助。⓫已而　不久。⓬依嚮往；不捨。⓭嘗　曾。⓮進士之業　即科舉之業。⓯滋　更加。⓰此子路之佞二句　《論語・先進》：「子路使子羔為費宰。子曰：『賊夫人之子。』子路曰：『有民人焉，有社稷焉，何必讀書，然後為學？』子曰：『是故惡夫佞者。』」孔子認為，子羔之學還不足以治理地方。子路則以為，不必先讀了許多書才算有學問，才可以去從政。孔子訓斥子路這是狡辯。子路，孔子學生。佞，巧言；狡辯。⓱臨人　待人；治人。⓲歷　逐一。⓳玉在山而草木潤二句　引自《荀子・勸學》。⓴卿雲　一種彩雲，古人以為祥瑞。㉑輪囷　碩大。㉒被　同「披」。意謂得到。㉓莊渠先生　魏校，參見〈玉巖先生文集序〉注57。㉔陳元誠　魏校《莊渠遺書》中保留著多封寫給他的信，而且有多處評論他的文字，肯定他道德高超，詩歌自然。㉕感激　發憤。㉖四子書　指《論語》、《孟子》、《大學》、《中庸》四部儒家經典，書中載孔子、曾子、子思、孟子的言論，故合稱「四子書」。㉗土梗　泥塑的偶像，喻輕賤無用之物。㉘不自振　生活陷入貧困。㉙錫山　山名，在今江蘇無錫。㉚太末　秦縣名，故城舊址在龍遊。此指龍遊。

【語譯】越地的人多往來於我們吳中，以賣書為業。從前童子鳴跟隨他先父遊崑山的時候，年紀尚小。數年以前，船泊於婁江，我前去訪問了他。子鳴給我看了他寫的詩歌，已經能超出他人的水平。今年他再次來，我的朋友周維岳來看我，出於感念與他先父曾經互相交往的關係，說子鳴旅況淒清，為沒有人扶助他而感到遺憾。一會兒，子鳴帶著他的詩歌來見我，其作品益發清俊可誦。然而子鳴對我流露出嚮慕的神色，表示想跟我求學，我對此尤其感念於懷。

曾經讀到元朝人題在其所刻書籍上的話：「自從科舉被廢除，而古書才逐漸問世。」我對這句話深有感歎。現在實行科舉考試制度更加有力，文士不再知道書籍是何物了。以不讀書為學，這是子路的一種狡辯，而為孔子所痛恨。人們內不知道修身的道理，外不知道治人的方法，每天紛紛然忙著競名爭利，以此形成風氣，而天下經常產生人才匱乏的憂慮，這也就不足為奇啦。子鳴對於書籍，能一一誦讀，我因此而更加覺得他非同尋常。典籍是天下的神物。人每日與它相處，其性靈必定自然會得到開發。「玉在山則山上草木豐潤，淵有珠則岸崖光澤不枯。」書籍聚集之處，便好像有金寶之氣，又如團團祥雲，遮護其上，得到它的潤澤，就不會枯萎衰竭。

莊渠先生曾對我說：「廣東陳元誠，小時候未曾識字。一天，他自己因感觸而發憤，取來儒家『四書』，對之整天行拜，忽然就能識字了。」以此知道書是有神性的。不是書本身能具備神性，古人雖然亡故，而他們的神靈未嘗不存在於天地之間。今人雖然離開古人很遙遠，而古人之神未嘗不與人們相遇，這就是書籍所以可貴的原因。可是，今天的學者，把書籍只當作是輕賤無用的泥塑偶像而已。

子鳴出售古人書籍，生活尚且幾乎陷人貧困之中，現在他想學習探求古書的含義，我擔心他這樣會使自己更加窮困。歲暮，他將先去錫山的寓舍，然後回龍遊老家，書寫此文相贈。

【研　析】這是一篇古人的書話，寫了一個鬻書世家的弟子，主要在隨父親鬻書中識了字，讀了很多書，而且學會了寫詩，是古代自學成才的例子。然而歸有光寫作此文的用意，不是僅僅滿足於表彰這位鬻書、讀書人的愛書和求學的精神，而是主要通過他越來越窮的生活狀況，寫出了書能窮人的社會現象。這並非是說讀書足以使一個人變得窮困，而是指在科舉制度下，文人只要讀一些對八股應試有直接幫助的材料，運氣好便能夠跨入仕途，真正有大學問的書一本不讀都沒有關係，於是「進士之業滋盛，士不復知有書」，書在他們的眼裡變成了「土梗」，那些為追求學問、修己養身，或為學習經世之術而讀書的人，反而在社會上不能自振。作者筆在此而意在彼，對當時實行的八股取士制度進行了諷刺。儘管如此，歸有光深信「典籍」是「天下之神物」，古人優秀的精神傳統藉書而薪火相傳，代代不滅，即使讀書需要承受苦難，他相信世上總還是有不計利害的人，樂此不疲，而真正渺小的卻是那些「以不讀書而為學」、「紛紛然日競于榮利」的功名的奴隸。

送同年李觀甫之任江浦序

【題　解】江浦今屬江蘇南京，地處長江北岸，在南京市西北。李觀甫與歸有光同年考中進士，被授予江浦縣令。依照當時進士們接受官職後相互送別的習慣，歸有光為他寫了這篇送序，此也是古代君子贈人以言的雅事。

本文寫於嘉靖四十四年（西元一五六五年），歸有光六十歲。

凡進士，同年[1]相善，而同門[2]尤加善焉。同門者，主司分經考校，同為一人之所取者。既於主司有師生之分誼[3]，視[4]他同年，會聚尤數[5]。亦時以德業相攷[6]，而知其志意之所極。如吾李君者，恂恂[7]焉，可以知其器識之遠大矣。於是受命為江浦令。故事[8]，同門外補[9]，其[10]留京及未選[11]者，例當分撰文字以送之，而予得李君。夫為文以送行者，必有芬芳之辭，余固拙者之尤，且不能為世俗之語，而於情終不能自已，乃遂勉為之。

唯江浦為京縣[12]，然在大江以西。故時，六合隸於淮陽[13]，高皇帝定鼎，特以六合分為江浦，以為兩縣，而屬之京兆[14]。蓋以畿輔[15]重地，不當為一衣帶水[16]所隔。而凡為其令與其民者，朝夕有事京兆，渡江以為常。余嘗北上出龍江關渡⑰，經行其縣。縣朴陋，不類江以南。然自此而西北行，至滁州⑱，涉清流關⑲，為建康⑳要道。而神州赤縣㉑，其地固不為輕矣。

獨以君之才，宜得望劇㉒，顧㉓屈就於此。蓋今選人之法，有與之難地以觀其才，亦有以其地之難而擇才之優者以畀㉔之。則今江浦之命以及㉕君者，豈不謂荒萊㉖之土之所當墾治歟？彫瘵㉗之民之所當摳拊㉘歟？京輔之邑之所當封固㉙歟？夫今天下，所在獨患民貧而上不之恤㉚，財力大屈㉛而斂之不已。能知所以生之之道與其取之之方，雖儉陋之邦，亦足以收富庶之效。如江浦者，尤宜休養生息之者也。當天下初定之時，嘗徙㉜民屯種㉝和州㉞等田矣，又數賜民田租矣，其意未嘗不在壯畿輔以重根本也。顧今天下縣邑疲病，何獨江浦？即江以南，號為天下膏腴，今亦近貧瘠矣，又將數年，殆不可為。此今日守令者之責也。李君勉之。吾見三年報政㉟，以治行徵㊱為天下最者，其在君矣。

【注釋】❶同年　同一年考中進士的人，稱同年。❷同門　科舉考試中，考生分成《詩》、《書》、《易》、《禮》、《春秋》不同的房進行考試，負責各房的考官稱房師，同出一房的進士稱同門。❸分誼　情義。❹視　比照。❺數　多。❻攷　求；尋。❼恂恂　溫順恭謹貌。❽故事　按照慣例做的事情。❾外補　進士被任命到京城之外的州、縣去做官。❿其　指同一年進士。⓫未選　還未接到任命者。⓬京縣　直屬京城的縣，其地位高於其他一般的縣。⓭六合隸於淮陽　六合，今屬江蘇。它在唐朝屬揚州，宋朝屬真州，明朝洪武三年改屬揚州府，後改屬應天府。淮陽，指揚州。⓮高皇帝定鼎四句　朱元璋建立明朝後，於洪武九年六月，分六合縣，又益以和州、滁州及江寧縣一部分土地，新建江浦縣。京兆，漢代京畿的行政區域，三輔之一，輔衛京城。此借指為明朝南京直屬區域。⑮畿輔　京畿的輔衛。⑯一衣帶水　指長江。⑰龍江關渡　長江渡口，在南京儀鳳門外。⑱滁州　隋改南譙州置，治所在新昌（今安徽滁州），轄境相當於今安徽滁州、來安、全椒。⑲清流關　在滁州滁水岸，南唐時建立。⑳建康　南京。㉑神州赤縣　常作「赤縣神州」。《史記・孟子荀卿列傳》載：戰國齊人騶衍謂：「中國名曰赤縣神州，赤縣神州內自有九州。」後用以指中國。㉒宜得望劇　意思是說，應該安排到最重要、最需要的職位上。劇，甚；極其。㉓顧　而；卻。㉔畀　委派。㉕及　給予。㉖荒萊　荒蕪。㉗彫瘵　凋敝、貧困。㉘嫗拊　撫恤。㉙封固　堅固。㉚不之恤　不體恤之。之，指民。㉛大屈　極其匱乏。㉜徙　遷移。㉝屯種　屯田耕種。古代利用士兵在駐紮的地區種地，或召募農民種地，稱為屯田。㉞和州　北齊置，明代為直隸州，治所在今歷陽（今安徽和縣），轄境相當於今安徽和縣、含山等地。㉟三年報政　明朝對地方官員實行三年一次的政績考核，分出等差，以備陞降職務的依據。㊱徵　求。

【語譯】進士中，同一年考中者關係親密，而出於同門則關係更加親密。所謂同門，是指考官按不同的儒家經典對考生進行考試，考生為同一個考官所錄取。既然於考官有師生的情誼，相對於其他的同年進士，會聚的機會就會更多。也是因為經常以道德功業互相切磋，從而各自瞭解對方遠大的志向，如我們李君，為人溫順恭謹，以此可知他器識的遠大。這次他被任命為江浦縣令。歷來是，同門到外地任職，留在京城的以及尚未接到任命的，按例應當分別撰寫文章為他們送行，而我分得為李君寫送序。寫文章為別人送行，作者一定善於駕馭芬芳華美的語言，我本來就拙筆透頂，而且不會寫世俗的文字，然而我的感情無法自抑，於是勉強動筆。

江浦縣直屬於京城，然而在長江的西邊。很早以前，六合縣隸屬揚州，高皇帝建立明朝，特意從六合縣分出江浦，成為兩個縣，並且使江浦直屬於南京。這是因為京畿輔衛的重地，不應當被一衣帶水的長江所隔開。而凡是那個地方的縣令和百姓，朝夕隨時到京城辦事情，渡江是家常便飯。我曾經從南京城外龍江關渡口北上，經過江浦縣。該縣貧窮簡陋，與長江以南不同。然而從這裡往西北行走，到達滁州，渡過清流關，就是南京的要道。則在中國，江浦的地理位置確實不是無關緊要。

只是以李君的才能來說，應該把他安排到最重要的職位上，現在卻屈就於江浦。或許是因為現在選用人的方法，有的是將一個人安排到艱難的地方以考察他的才能，也有的是因為某地艱難所以選擇優秀的人才去負責。則今天將江浦委派給李君，豈不是表示荒蕪的土地需要開墾耕耘？貧苦的百姓需要關心撫恤？輔衛京城的縣邑需要加強力量？當今天下，普遍最令人憂患的是，百姓貧窮而做官的不加體恤，財力極缺而搜刮卻毫無收斂的跡象。如果能精通生產的要術和合理取之於民的道理，即使是簡陋貧瘠的地方，也足以收到富裕起來的效果。像江浦縣，尤其需要休養生息。明朝剛建立時，曾經移民屯田耕種和州等地的土地，又多次減免百姓的田租，這樣做的用意未嘗不是想使輔衛京城的周邊得以強大，從而使國家有切實的保障。看一看當今天下，縣邑凋敝貧弱，何止是一個江浦？即使是長江以南，號稱為天下膏腴之鄉，現在也接近於貧瘠的邊緣，再這樣下去幾年，恐怕無法恢復元氣。這是今日擔任太守、縣令的責任啊。望李君努力。我將看到，三年以後考評政績，以治理的實績求天下第一人，那一定就是你。

【研　析】作者以「儉陋」和「畿輔重地」形容江浦縣，「儉陋」二字實寫，傾注對「器識遠大」而「屈就於此」者之同情；「畿輔重地」四字虛寫，藉以榮潤赴選者委屈失落的心田。全文就此娓娓而道，先抑後揚，寓慰於勉，行者讀後，彷彿拾級登高，撥雲見日，心情也將隨文而轉為開朗、積極。「豈不謂」領起三句排比，強調縣令肩負的責任。「民貧而上不之恤，財力大屈而斂之不已」，二語為當時社會寫照，這造成「天下縣邑疲病」，非止是江浦一地，即使江南富庶之鄉，情形亦復如此。初入仕途的歸有光深以此為憂慮。因此本文不僅是對李觀甫一人的勸勉，也是作者寄語於一切「守令」的懇切希望。

送同年孟與時之任成都序

【題解】 本文是送別孟學易的贈序，作於北京。孟學易，字與時，靈臺（今屬甘肅）人，一說平涼（今也屬甘肅）人。他與歸有光同一年考中三甲進士，出任四川成都府推官。歸有光此時任命也已經下達，將往浙江長興任知縣。在文章中，歸有光提出以「靜謐」為吏治之要，讓老百姓休養生息的從政思想。

作於嘉靖四十四年（西元一五六五年），作者六十歲。

安定❶孟與時與余同年進士，而以余年差長❷，常兄事之。余好古文辭，然不與世之為古文者❸合，與時獨心推讓❹之，出於其意誠然也。與時以選❺為成都推官❻，余亦為令越中❼，將別，無以為與時贈者。惟推府為郡司理❽，儒者能道前世論刑之說❾詳矣。余讀《尚書》古文❿：「欽哉欽哉，惟刑之恤哉⓫。」此今世所用孔氏書⓬語也。而伏生今文⓭以「恤」為「謐」，漢儒傳之。而太史公〈本紀〉⓮云：「惟刑之靜哉。」⓯靜即謐也。自古論刑，取其要，未有靜之一言為至。此真聖人⓰之語，余以是為與時告焉。

余生吳中⓱，獨以應試經行齊、魯、燕、趙⓲之郊，嘗慕遊西北，顧無繇⓳而至。與時自安定往來長安⓴中，又從太行山㉑以來京師，今又官蜀中㉒，行邛郟九折坂㉓，覽劍閣㉔、石門㉕之勝，豈不亦壯哉！昔王介甫初仕大名為司理，而韓魏公為守。嘗告以「君年少，當讀書，不宜事以吏事。」㉖而介甫實未嘗不讀書也，以此恨韓公為不知己，而韓公之意則美矣。故余於與時，尤望於吏治之暇，無忘學古之功。

孔子曰：「居是邦也，事其大夫之賢者，友其士之仁者。」㉗往時張文隱公㉘嘗為余言，今時人材，惟趙子孟靜㉙在史館㉚難得。嘉靖二十九年，虜騎薄都城。公卿會內廷，趙先生獨申大議，至廷罵阿黨，風節凜然，有汲長孺所不及者，京師人至今能道之㉛。趙先生成都人也。余故為文隱公所知，而趙先生以是亦知余，顧無繇一見之。士之相知，豈在於見不見哉？然余懷之久矣，而羨與時之獲見先生也，而又以喜與時之得師也。

【注釋】❶安定　漢郡名。靈臺是隋唐所設縣，其地舊屬安定郡。❷差長　稍長。❸世之為古文者　指李攀龍、王世貞為首領的後七子及其追隨者。❹推讓　謙虛地將榮譽、名聲讓給別人。❺選　授職。❻推官　明自洪武三年（西元一三七〇年）始，各府設推官一人，負責刑事。❼為令越中　指歸有光被任命為長興知縣。長興，古屬越地。❽惟推府為郡司理　惟，想。郡，古代地方行政區劃分名。秦在全國建立郡縣制，以郡統縣，後來相沿，至唐郡州互稱，明朝廢郡。推府，輔佐郡守治理獄事，主要職責與明朝的推官相似。❾論刑之說　關於刑法的論述。❿尚書古文　用蝌蚪古文書寫的《尚書》，與用漢代通行的隸書書寫的今文《尚書》相對。參見〈尚書敘錄〉題解。⓫欽哉欽哉二句　引自《尚書・虞書・舜典》。欽，敬慎。惟，語氣詞。恤，憂。孔穎達解釋這兩句的意思是，「舜陳典刑之義，勑天下使敬之，憂欲得中。」意謂行刑應當適當，無過與不及之失，可是這很難做到，所以為此而傷腦筋。⑫孔氏書　傳說古文《尚書》是漢武帝末年，魯恭王因擴建宮室，壞了孔子宅壁而得到，孔安國將其書獻給了朝廷。孔氏，孔安國，孔子後裔。官諫大夫、臨淮太守。⑬伏生今文　伏生所傳授的今文《尚書》。伏生，即伏勝，濟南（郡治今山東章丘南）人。他在秦曾任博士，漢文帝時，已經九十餘歲，鼂錯奉漢文帝命向他學今文《尚書》。他是西漢今文《尚書》的一代宗師。⑭太史公本紀　指司馬遷《史記・五帝本紀》。司馬遷繼父職，任太史令。⑮惟刑之靜哉　裴駰《史記集解》引徐廣曰：「今文云『惟刑之謐哉。』《爾雅》曰：『謐，靜也。』」司馬貞《史記索隱》：「案古文作『恤哉』。且今文是伏生口誦，恤、謐聲近，遂作謐也。」司馬貞站在古文《尚書》的立場，認為今文《尚書》此句是由於伏生口誦傳授，誤「恤」為「謐」所致。歸有光則認為這是今古文《尚書》本來的差異，今文可信，古文是後人作偽，不可信。⑯聖人　指舜。⑰吳中　吳縣（今屬江蘇蘇州）一帶。此指吳地。⑱齊魯燕趙　此指今山東、河北，是從南方上京城必經之地。齊，今山東泰山以北黃河流域及膠東半島地區，為戰國時齊地。魯，今山東泰山以南的汶、泗、沂、沭水流域，為春秋時魯地。燕、趙，戰國時鄰國，燕建都薊（今北京），趙曾以今河北邯鄲為首都。⑲無繇　無緣。⑳長安　今陝西西安。㉑太行山　起自河南濟源，迤北連綿，入山西晉城，延至河北。㉒蜀中　今四川中部，古稱蜀國，後來為秦所滅。四川簡稱蜀。㉓邛郲九折坂　邛郲，山名，在今四川西部岷江與大渡河之間。九折坂，在四川滎經西部邛郲山，因山道屈曲多轉折而得名。坂，山坡。㉔劍閣　劍門山，在今四川劍閣北，是出入蜀中的重要通道，雄險奇偉。㉕石門　山名，在今四川平武東南，是由甘肅入川的要道。山壁陡立如門，故取以為名。㉖王介甫初仕大名為司理五句　介甫，王安石字。初仕，剛入仕途。大名，宋代府名，治所在今河北大名東。司理，主管獄訟的官。韓魏公，韓琦（西元一〇〇八～一〇七五年），字稚圭，相州安陽（今屬河南）人。任樞密副使，出知揚州，復入為樞密使、宰相，反對王安石變法。王安石初入仕途並未擔任大名府司理，此處所述係歸有光誤記。文中記載韓琦勸王安石讀書的話，出自邵伯溫《聞見錄》卷九。原文說：「韓魏公自樞密副使以資政殿學士知揚州。王荊公初及第為僉判，每讀書至達旦，略假寐，日已高，急上府，多不及盥漱。魏公見荊公少年，疑夜飲放逸。一日，從容謂荊公曰：『君少年，無廢書，不可自棄。』荊公不答，退而言曰：『韓公非知我者。』」知此事發生在慶曆五年至七年（西元一〇四五～一〇四七年）之間，當時王安石任簽書淮南判官。㉗孔子曰四句　引語自《論語・衛靈公》。是邦，這個國家。事，侍奉；師事。大夫，諸侯國分官員為卿、大夫、士三級，後來指擔任官職的人。㉘張文隱公　張治，見〈解惑〉注⑲。歸有光中舉，張治是那一年的主考官，對歸有光有知遇之恩。㉙趙孟

靜　趙貞吉（西元一五〇八～一五七六年），字孟靜，號大洲，內江（今屬四川）人。嘉靖十四年（西元一五三五年）進士，授編修，官至南京禮部尚書、文淵閣大學士。被高拱排擠，還鄉。他學博才高，好剛使氣，動與物迕，時有直聲。諡文肅。著有《文肅集》。㉚史館　指翰林院。㉛嘉靖二十九年八句　指北方俺答軍從古北口入，進攻北京的事件，該年（西元一五五〇年）為庚戌年，史稱「庚戌之變」。參見〈上總制書〉注⑰。《明史・趙貞吉傳》載：「（趙）貞吉曰：『為今之計，請至尊速御正殿，下詔引咎。錄周尚文功，以勵邊帥；出沈束於獄，以開言路。輕損軍之令，重賞功之格，遣官宣諭諸將，監督力戰，退敵易易耳。』」對於入侵之敵，主張堅決抵抗，並怒斥嚴嵩消極退守的辦法。虜騎，韃靼部首領俺答的軍隊。薄，逼近。公卿，指大臣們。會，會議。內廷，朝廷。阿黨，指阿諛奉承嚴嵩的臣僚。汲長孺，汲黯（？～西元前一一二年），字長孺，濮陽（今河南濮陽西南）人。官東海太守、主爵都尉、淮陽太守。史稱他「為人性倨少禮，面折不能容人之過。……好遊俠，任氣節，行修絜，其諫犯主之顏色。」（《漢書・汲黯傳》）

【語　譯】古安定郡人孟與時和我是同年進士，而因為我的年歲稍大，他常常以兄長之禮待我。我愛好古文辭，然而與當代的古文作者趣尚不同，惟獨與時從心底裡擡舉我，這完全出於他的一番真誠。與時被授予成都推官，我也被授予越中的縣令，將要分手，沒有什麼可以贈給與時。我想推府的職責是輔佐郡守治理獄事，儒者對從前有關刑法的論述能說得很詳備。我讀古文《尚書》，書裡面是這樣說的：「敬慎啊敬慎啊，獄事實在令人憂慮啊。」這是今世大家所引用的寫在孔安國所獻書裡的話。可是伏生的今文《尚書》「恤」作「謐」，漢代儒者照此釋義。而司馬遷《史記・五帝本紀》說：「惟刑之靜哉。」意思是說：「獄事應當少而又少啊。」「靜」即是「謐」。自古論獄事，取其重要者，都不如「靜」這個字關係重大。它才真正是聖人舜所說的話，我就將這個字作為同與時話別的贈言。

我生長於江南吳中，只是因為進京應試才經過齊、魯、燕、趙的郊區，曾經嚮慕能到西北遊覽，卻無緣實現。與時往來於安定與長安之間，又從太行山來到京城，現在又要到蜀中去任官，經過邛郲山九折長坡，歷覽劍閣、石門形勝，豈非壯遊！往昔王安石剛入仕，任大名府司理官主管獄訟，魏公韓琦為太守，曾告誡他說：「你還年輕，應該重視讀書，不宜一頭埋在衙門的事務堆裡。」而王安石其實未嘗不讀書，他因此而怨恨韓公不瞭解自己，然而韓公的用意則是美好的。所以我對於與時，尤其希望他能夠在吏治之暇，不要忘記學古。

孔子說：「到了一個國家，應當侍奉大夫中的賢人，應當與士人中的仁厚長者交朋友。」過去文隱公張治曾經對我說：當今的人才，只有翰林院趙貞吉最難得。嘉靖二十九年，北虜騎兵逼近京城。公卿大臣在朝廷舉行會議，惟獨趙先生一人發表大議論，乃至當廷痛罵阿諛奉承的臣僚，高風亮節，凜然不可犯，有漢代名臣汲長孺都不能相及的地方，京城的人至今還能追述。趙先生是成都人。我以前為文隱公所知，而趙先生因此也賞識我，可是我沒有機會與他相見。士人相知，又豈在見面不見面？然而我懷念與他相見已經很久了，所以羨慕與時能與先生見面，同時又為與時能得到一個老師而感到欣喜。

【研　析】歸有光認為今文《尚書》可信，古文《尚書》是後人偽作，不可信（見〈尚書敘錄〉）。本文判斷古文《尚書》「惟刑之恤哉」之「恤」字，宜從今文《尚書》作「謐」，「謐」即「靜」，這一取捨反映了他上述對古今文《尚書》的看法。根據孔穎達解釋，「恤」字訓「憂」，整句話的意思是，應該千方百計使刑罰「得中」。而歸有光則認為，這仍是一種好為的思想，他看到人世間許多在「適中」這一冠冕堂皇的話語之下，官府幹出濫刑的舉動，結果殃及無辜，如他早年為張貞婦大鳴不平的事就是例子。所以他認為，今文《尚書》「惟刑之謐哉」，主張靜而不為，才是可取的，什麼都不如持守「靜」之一字更為重要。這種求靜的執法觀念，與他一貫的治理主張相一致。

文章由論刑之要，漸次而及刑官宜讀書學古，宜以仁、賢長者為師，後面兩點是刑官保證落實「惟刑之謐」的個人素質條件，以此作為給即將赴任董理獄事的同年臨別贈言，叮囑諄諄，宅心仁厚。前後三段，看似作者想到哪裡就寫到哪裡，未經嚴密的組織，而其內在的聯繫其實緊密，這正是歸有光對蘇軾寫作經驗的借鑒，而又形成其自己的特色。

送王子敬之任建寧序

【題解】王執禮，字子敬，齋名清夢軒。他是歸有光同鄉，年紀約比歸有光小十餘歲（以他最大的姐姐比歸有光小六歲推算）。他曾經請歸有光為他改字，歸有光建議他改為「子履」，因為「禮者，履也。動無非禮，迺可以言執禮也。」（〈與王子敬〉）他篤志力學，曾從歸有光授經，旁通諸史百家。歸有光曾說：「可與評論古今者，獨執禮一人。」（《江南通志・人物志・文苑》）二人同一年考中進士。隨後他出任建寧推官，歷任刑部、禮部主事、尚寶司丞，終應天府丞，居官以仁明稱。傳遜所著《左傳屬事》二十卷，實由王執禮發其端，傳遜續成之（見《四庫全書總目提要》）。歸有光文集中，多有與王執禮有關者，可見二人的關係非同一般。

王執禮赴任建寧，歸有光為他寫過兩篇送序，另一篇是〈送王子敬還吳奉母之建寧序〉，撰寫的時間略後。歸莊在本文末注曰：「此文係崑山刻本，常熟本另是一篇。蓋既作論道之文，臨餞別時又敘情款耳。今並存於後。」一篇論道以表識見，一篇敘情以念恩親。明朝建寧府（治所今福建建甌），朱熹僑寓處福建建陽屬其轄地，所以歸有光在這篇文章中著重談了對朱熹學說的認識，它是歸有光一篇重要的學術論文。

作於嘉靖四十四年（西元一五六五年），歸有光六十歲。

余始五六歲，即知有紫陽先生❶，而能讀其書。迨❷長，習進士業❸，於朱氏之書頗能精誦之。然時虛心反覆於聖人之本旨，則於當時之論亦未必一一符合，而或時有過於離析附會者，然其大義固不謬於聖人矣。其於金谿❹往來論辯，終不能有同。後之學者，分門異戶，自此而始。顧二先生一時所爭，亦在於言語文字之間，而根本節目❺之大，未嘗不同也。

朱子既沒❻，其言大行於世，而世主❼方主張之。自九儒從祀❽，天下以為正學之源流，而國家取士❾，稍因前代，遂以其書立之學官，莫有異議。而近世一二君子，乃起而爭自為說，創為獨得之見。天下學者，相與立為標幟❿，號為講道，而同時海內鼎立，迄不相下。餘姚⓫之說尤盛。中間暫息，而復大昌。其為之倡者，固聰明絕世之姿，其中亦必獨有所見。而至於為其徒者，則皆倡一而和十，剿其成言，而莫知其所以然，獨以先有當世貴顯高名者為之宗，自足以鼓舞氣勢，相與踴躍於其間。此則一時士習好名高，而不知求其本心，為「遯世不見知而不悔」⓬之學，則流風之弊也。

夫孔氏之門，學者所為終身孜孜不怠者，求仁而已。其後子思為尊德性道問學之說，而高明、廣大、精微、中庸、新故之目⓭，皆示學者為仁之功，欲其全體不偏，語意如皐陶⓮所稱直溫寬栗⓯之類也。獨用⓰揭此以立門戶，謂之講學，朱、陸之辯⓱，固已啟後世之紛紛矣。至孟子所謂良知、良能⓲者，特言⓳孩提之童自然之知能⓴。如此，即孟子之言性善㉑已盡之，又何必偏揭㉒良知㉓以為標的㉔耶？今世不求博學、審問、慎思、明辯、篤行㉕之實，而囂然㉖以求名於天下。聚徒數千人，謂之講學，以為名高，豈非莊子所謂「聖賢不明，道德不一，天下多得一察焉以自好」㉗者也？夫今欲以講學求勝朱子，而朱子平生立心㉘行事，與其在朝居官㉙，無不可與天地對㉚者。講學之徒，考其行事，果能有及於朱子萬分之一否也？奈何欲以區區㉛空言勝之！

余友王子敬舉進士，得建寧㉜推官㉝。余固慕遊朱子之鄉而未獲者，忻忻然㉞願從之而不可得。因告之以凡為吏，取法於朱子足矣。間㉟謁紫陽之祠，以瓣香㊱為余默致其祝。俾㊲先生有神，知數百載之後，亦有余之自信不惑者也。

【注釋】❶紫陽先生　朱熹，別稱紫陽。宋代理學的集大成者。❷迨　及。❸進士業　科舉考試。明朝規定，八股文程式從四書五經命題，依朱熹注解回答。❹金谿　陸九淵（西元一一三九～一一九三年），字子靜，自號存齋，撫州金谿（今屬江西）人。著有《象山先生全集》。他提出「心即理」說，創立心學派，於朱熹之外別立一宗，曾與朱熹長期論辯。❺節目　關鍵。❻既沒　死後。沒，死。❼世主　國君。❽九儒從祀　《宋史‧理宗本紀贊》：「自帝繼統，……升濂、洛九儒，表章朱熹《四書》，丕變士習。」九儒指周敦頤、程顥、程頤、張載、邵雍、司馬光、朱熹、張栻、呂祖謙。他們的塑像被放進孔子廟廷，供人們瞻仰祭祀。❾國家取士　指明代通過科舉考試錄用官員。❿標幟　標誌。⓫餘姚　王守仁（西元一四七二～一五二九年），字伯安，世稱陽明先生，餘姚（今屬浙江）人。著有《傳習錄》。他在陸九淵思想基礎上，更進一步發展「心學」之說，與朱熹學說相抗衡。⓬遯世不見知而不悔　引自《中庸》。遯，即「遁」。隱。⓭其後子思為尊德性道問學之說二句　子思，孔伋（西元前四八三～前四〇二年），孔子之孫，曾從曾子受業，提倡「誠」，相傳《中庸》是他的著作。孟子傳承他的思想，形成思想史上的思孟學派。《中庸》：「故君子尊德性而道問學，致廣大而盡精微，極高明而道中庸，溫故而知新，敦厚以崇禮。」德性，性之至誠者。道問學，通過求討學問獲得至誠之性。道，由。⓮皋陶　舜時刑官，是一位賢臣。

⑮直溫寬栗　《尚書・堯典》：「帝曰：『夔，命汝典樂。教胄子，直而溫，寬而栗。』」孔傳：「教之正直而溫和，寬弘而能莊栗。」栗，嚴厲令人生畏。按這是舜對樂官夔的指示，與刑官皐陶無關，歸有光此處誤記。⑯用　以。⑰朱陸之辯　朱熹與陸九淵會於信州鵝湖寺，雙方開展論辯，主張多不相合。其中論及教人，朱熹欲令人泛觀博覽，而後歸之約；陸九淵欲先發明人之本心，而後使之博覽。朱以陸之教人為太簡，陸以朱之教人為支離。陸九淵以為，堯舜之前何書可讀？以此質疑朱熹（參見王懋竑《朱子年譜》卷二）。由此可見，陸九淵更重「尊德性」，朱熹則更重「道問學」。⑱孟子所謂良知良能　《孟子・盡心》上：「孟子曰：人之所不學而能者，其良能也；所不慮而知者，其良知也。」良，甚。⑲特言　專指。⑳孩提之童自然之知能　指兒童愛親人的本能。《孟子・盡心》上：「孩提之童，無不知愛其親也。」孩提，二三歲幼兒，知道自己露笑臉別人就喜歡抱。孩，笑。提，抱。㉑性善　《孟子・滕文公》上：「孟子道性善。」孟子認為，人生來具有善性，只需要充而用之。㉒偏揭　片面地張揚。揭，舉。㉓良知　陸九淵、王守仁發揮「良知」說，創立心學理論。陸九淵《象山語錄》卷四：「生知，蓋謂有生以來，渾無陷溺，無傷害，良知具存，非天降之才爾殊也。」王守仁〈答顧東橋書〉：「吾心之良知，即所謂天理也。」㉔標的　標誌；旗幟。㉕博學審問慎思明辯篤行　《中庸》：「博學之，審問之，慎思之，明辨之，篤行之。」審問，詳細深入地探究。審，詳細。篤行，切實履行。篤，堅實。㉖囂然　喧譁；紛亂。㉗聖賢不明三句　引自《莊子・天下》。一察，一管之見；偏見。《莊子》形容這種情況好比「耳目鼻舌，皆有所明，不能相通。」㉘立心　立意；提出學說。㉙居官　做官。㉚對　質對，意謂經得起質問。㉛區區　細小；瑣屑。㉜建寧　建寧府，明洪武元年設置，轄境包括今福建建甌、建陽、崇安、浦城、松溪、壽寧。建陽是朱熹僑寓之鄉。㉝推官　主一府刑事。㉞忻忻然　樂意。㉟間　間或；有時。㊱瓣香　佛教語「一瓣香」之略，猶言一炷香。㊲俾　使。

【語譯】我最初在五六歲時，就知道有朱熹先生，而能讀他的書。長大以後，學習科舉考試的功課，對於朱氏的書讀得頗為精熟。然而有時不夾雜先入之見，反覆尋究聖人的本旨，則覺得朱氏之說與聖人本旨未必一一相符合，有的不免失之過於支離和牽強附會，然而他著書的大旨並不違反聖人的思想。他同陸九淵往復論辯，最終都得不出一致的認識。後來的學者，分立門戶，從這裡開始。其實二先生一時引發爭論，也在於言語文字之間的不同，而關係根本關鍵的大端要義，未嘗不同。

朱子去世後，他的著作大行於世，而國君也推行他的學說。自從朱熹等宋朝九位大儒的塑像被放進孔子廟廷，供人們瞻仰祭祀以來，天下以為其學說是正學的源流所在，而明朝科舉取士，大致沿用以前的制度，於是將他的書確立為學官的教義，沒有異議。至近世少數幾個君子，才出來與之相爭，提出自己的學說，以創立獨得的見解。天下學者，相互樹立旗幟，號稱講道，一時海內學派鼎立，迄今不相上下。餘姚王陽明學說聲勢尤為壯盛，中間雖然一度轉弱，而後又重新大為興旺。其學說的提倡者，肯定具備聰明絕世的稟資，在他們學說中必定含有獨特的見識。然而至於他們的門徒，則都是一唱十和，剿襲成言，而不知其所以然，僅僅是先有當世顯貴大名人作為宗主，便放膽鼓舞氣勢，紛紛踴躍於其中。這其實只是文人一時好求出名的習氣，而不知道應當反求人的本心，追求「隱世不被世人所知而不後悔」之學，這些都是世風流習的弊端。

在孔子的門下，求學者終身孜孜不倦所從事的，為了求仁而已。此後，子思建立尊崇至誠之性、借助討求學問之途的學說，而高明、廣大、精微、中庸不偏、溫故知新各項內容，皆是指示學者求仁的功夫，希望他們完整實行，不可偏廢，他這些話的意思同臯陶所稱正直而溫和、寬弘而嚴厲相近。惟獨取其一點建立門戶，標榜講學，朱熹、陸九淵互相之間的爭辯，便已經開啟了後世學術淆雜的局面。至於孟子所謂的不慮而知為良知、不學而能為良能，專指兒童天生自然的知覺和本能。如果這樣的話，孟子說的性善就已經將這些意思全部包括了，又何必片面地標舉「良知」以為自己主張的標誌呢？現在的人不去追求博學、審問、慎思、明辯、篤行的實際作用，卻亂糟糟地熱衷於追求譽滿天下。聚集門徒數千人，稱作講學，以為這樣名聲很響亮，豈不是莊子所謂「聖賢之學不能究明，道德含義不相一致，天下之人多以一管之見而自認為了不起」嗎？今人想通過講學與朱子爭勝，然而朱子平生建立學說，踐履實行，以及在朝做官，無不經得起與天地質對。講學之徒，檢驗他們的所作所為，果然能及得上朱子的萬分之一嗎？又怎麼好意思以不足道的空言去與朱子競比高低呢！

我的朋友王子敬考中進士，被授予建寧府推官。我很想遊歷朱子僑寓之鄉而沒有機會，欣喜地希望隨他前往又不可能。於是奉告他，凡是做官，取法於朱子也就足夠了。你去拜謁朱子祠堂時，也替我送上一炷香，為我默默獻上對他的敬祝。假如先生有神明，知道數百年之後，還有我這樣的人懷著自信而未受世俗的迷惑。

【研　析】歸有光對宋明理學和心學的認識和態度，在這一篇文章裡談得非常明確。他說，他自己從小讀朱熹的書，「頗能精誦」，對照孔子的學說，朱熹的學說雖然「未必一一符合」，「或時有過於離析附會者」，然而，「其大義固不謬於聖人」。又說，朱熹、陸九淵雖然發生爭論，然而兩家思想「根本節目之大，未嘗不同」。對於明朝提倡非議朱熹一派，尤其是王陽明，歸有光認為他們具備「聰明絕世之姿，其中亦必獨有所見」，說明他是從互補的角度去看待他們與朱熹學說關係的。但是，他對明人追隨風氣，以「當世貴顯高名者為之宗」，剿襲其成言，又是極為反感的。

他主張學者應當追求「博學、審問、慎思、明辯、篤行之實」，反對以「空言」「求名」。他以為朱熹、陸九淵已經開啟後世紛紛然講學門戶之爭，明人更是變本加厲，而遠離了儒家篤實行履的傳統。針對明人的流弊，歸有光特別強調求仁而歸之於實行的重要性，他責問明代「以講學求勝朱子」的人，在踐履實行方面，「果能有及於朱子萬分之一否也」？如果不及，徒然的空言又怎麼能夠搖動朱熹的地位！

顯然，歸有光對於明代出現的心學在儒家思想發展史上的新意義缺乏認識，這導致他對王陽明等學派偏低或過於負面的評價，然而他重視仁學的實踐性，要求學者以「全體不偏」的態度去理解和掌握先儒思想，並付諸行為，不徒為言辭之辯，這些又有利於明代學風的建設，預示了向清代學風轉化的某種跡象。

送王子敬還吳奉母之建寧序

【題　解】王執禮（見〈送王子敬之任建寧序〉題解）的祖父曾任雲南布政，外祖父顧潛、舅顧夢圭都以政事、文章馳騁一時，他的家境是優越的。然而這一切皆因他十餘歲時父親去世而改變。他經歷了家道中衰，母親含辛茹苦，撐起家庭的一片天，撫養孩子成人。王執禮對母親充滿敬意和感激之情，事母親極為孝順。這些在歸有光〈王母顧孺人六十壽序〉一文中有具體的敘述，有助於理解本文所講述王執禮與他母親之間深厚的親情。

當時歸有光尚在京城試吏，前程未卜，因友人就職的消息已經落實，可以回鄉侍奉母親，享受人倫之樂，這更增添了作者自己對家鄉和親人的思念。

本文寫於嘉靖四十四年（西元一五六五年）八月初一，歸有光六十歲。

嘉靖乙丑[1]，吾崑山之士試南宮[2]，得薦[3]者四人。余與王子敬[4]、陳敬甫[5]皆賜第[6]，而王明德請告以去[7]。余為都水[8]，試吏[9]，與敬甫同待選[10]。而子敬先有建寧之命[11]，便道[12]還家，迎太夫人[13]之任。敬甫當得內署[14]，而余官內外[15]未定，然留京師已半載。忽當秋候，涼風蕭颯，起視中庭[16]明月，悄然不寐。余與敬甫同有思家之感，羨子敬之早還也。昔潘安仁作〈閒居賦〉，以太夫人在堂，不能違膝下而遠從役，意以為官者妨于養也[17]。今子敬榮還，又得侍養，人子[18]

遂志，無如此者。

初，子敬辭太夫人，嘗奉教⑲不欲其在北，云：「吾少生長京師，北地風土，尚能識之。汝即⑳官南方，吾雖老，當從汝行。」而子敬果得今官。又子敬之舅雍里公㉑持憲㉒八閩㉓，嘗為女兄㉔道粵中㉕山水之勝，太夫人所熟聞。今遂㉖南行之志，將徜徉武夷㉗山水之間，不減安仁版輿輕軒之奉㉘也。

漢雋曼倩為京兆尹，每行縣錄囚徒還，其母輒問：「所平反幾何？」其子多有所平反，母喜笑，為飲食言語異于他時；亡所出，即怒，為之不食。故雋京兆為吏，嚴而不殘㉙。子敬之奉太夫人，以孝道率先閩人，而其治獄，內奉慈訓，必能不媿古人，而太夫人亦將遠與雋母流芳名于百世矣。

子敬之行，敬甫與余出餞崇文門㉚，別而為書此。是歲八月朔日㉛也。

【注釋】❶嘉靖乙丑　西元一五六五年。該年歸有光考中進士。❷南宮　尚書省的別稱，以為尚書省象列宿之南宮。唐以後尚書省六部皆稱南宮，常專指由禮部舉行的進士考試。❸得薦　指會試中式，獲准進入殿試。❹王子敬　王執禮。❺陳敬甫　陳王道，字敬甫，崑山人。知光州。❻賜第　「賜及第」之意。經過殿試賜以出身，使成為進士。❼王明德請告以去　王明德，王一誠，字明德，崑山人。他於該年會試中式，因故請假，未參加殿試。後來考中隆慶二年（西元一五六八年）進士。❽都水　都水司，屬工部，主管河渠、灌溉諸事。❾試吏　明代新中進士等第名次高者（如一甲及二甲的部分人）直接入翰林任修撰、編修等職，其他須到六部、大理寺等衙門短期實習，然後再授官職。此稱觀政，也稱試吏。歸有光進士名在三甲，故須有此經歷。⑩待選　等候授官職。⑪建寧之命　指王執禮被授予建寧府推官。⑫便道　順路。⑬太夫人　舊時稱官吏的母親為太夫人。王執禮母顧氏，出身官宦之家。育有二子四女。丈夫病逝時，王執禮十歲，弟王執法方在娠。⑭當得內署　指將在京城朝廷下屬機構任官。當得，猜測之詞。⑮內外　在京城朝廷任官稱內官，往外地做官則稱外官。⑯中庭　庭中。⑰昔潘安仁作閒居賦四句　潘安仁，潘岳（西元二四七～三〇〇年），字安仁，滎陽中牟（今屬河南）人。西晉官至給事黃門侍郎。文名與陸機齊。〈閒居賦〉，《晉書・潘岳傳》：「既宦不達，乃作〈閒居賦〉。」它是潘岳晚期的作品，自傷失意。其序曰：「太夫人在堂，有羸老之疾，尚何能違膝下色養，而屑屑從斗筲之役乎？」流露想辭官回到年老患病的母親身旁，盡養撫責任，不願為了利益在官場奔走的心情。膝下，指父母的身邊。⑱人子　子女。⑲奉教　接受教誨。奉，敬辭。⑳即　假如。㉑雍里公　顧夢圭，參見〈雍里先生文集序〉題解。㉒持憲　把持憲綱，指顧夢圭任福建按察使。憲，法令。㉓八閩　福建古為閩地，宋朝始分為八個府、州、軍，元朝分為八路，因稱八閩。此代指福建。㉔女兄　姐姐。指王執禮母親。㉕粵中　指今廣東。㉖遂　實現。㉗武夷　福建武夷山。㉘安仁版輿輕軒之奉　潘岳〈閒居賦〉：「太夫人乃御板輿，升輕軒，遠覽王畿，近周家園。」板輿，車名，一名步輿。輕軒，輕便的車。㉙漢雋曼倩為京兆尹十二句　見《漢書・雋不疑傳》。雋曼倩，雋不疑，字曼倩，西漢勃海（今河北河間至滄縣）人。以治《春秋》聞名，武帝末任青州刺史，昭帝時擢為京兆尹，吏民敬其威信。京兆尹，官名，漢武帝太初年間改右內史置，以原右內史東半部為其轄區，職掌相當於郡太守。治所在長安（今西安市西北）。行縣，到下屬縣巡視工作。錄囚徒，查核獄情是否真實，量刑是否適當。平反，奏使罪犯從輕處罰。㉚崇文門　明代北京內城東南城門，是往南方向的通道口。㉛朔日　初一。

【語　譯】嘉靖四十四年，我崑山參加禮部進士考試的，會試考中者四人。我和王執禮、陳敬甫都經殿試而進士及第，而王一誠因故請假回家，沒有殿試。我在工部都水司試吏實習，與陳敬甫一起等待領授官職。而執禮先接到了建寧府推官的任命，順路還家，迎接他老母親一起赴任。陳敬甫宜在京城朝廷機構任官，而我究竟是做朝官還是外官仍沒有決定，然而留在京城已經半年。驟然之間已值秋天，涼風淒然，起來觀看庭院中的明月，心情憂愁，無法入眠。我與陳敬甫共同懷著思家的傷愁，羨慕執禮能早日還鄉。從前潘岳寫〈閒居賦〉，因為老母親在堂，不能離開她膝下而到遠方去做官，其意思是，覺得做官妨礙了孝養親人。今天執禮榮歸故里，又能侍養母親，作為兒子，沒有比這更令人心滿意足了。

當初，執禮向母親告辭，曾經聆聽母親教誨，不願他留在北方，說：「我從小生長在京城，北方的氣候環境，還能記得。你如果到南方做官，我雖然年紀衰老，也將隨你一同去。」而執禮果然得到了今天的授官。此外，執禮的舅舅雍里公顧夢圭任福建按察使，曾經向姐姐講述粵中的山水景致，那是老母親所聽熟了的。現在得以實現去南方的願望，將徜徉於武夷山水之間，其歡樂不減於潘岳推著板輿和輕便的車子侍奉母親遊覽郊野園林。

西漢雋不疑任京兆尹，每次到下屬縣審理囚徒回家，母親便問他：「這次平反多少人？」兒子平反的囚犯人數多，母親便開心、歡笑，飲食言談也與平時不同；沒有釋放囚犯，就生氣，並為此而吃不下飯。所以雋不疑在京兆擔任官吏，嚴格卻不殘酷。執禮侍奉老母親，以孝道為閩人做出了榜樣，而他治理獄事，家裡有慈親的訓誨，必能無愧於古人，而老母親也將與古代的雋不疑母親一樣流傳芳名於千古。

執禮啟程，陳敬甫和我一起在崇文門為他餞行，告別以後，撰寫此文。時為此年八月初一。

【研　析】古人為官養親，常苦於不能兩全，故潘岳〈閒居賦〉一聲「違膝下色養」之歎，激起了千古文士不絕的共鳴。歸有光此文寫友人王執禮授官之地適為其母親所樂往，因而既能安心為官，又得每日侍奉母親，兩收其便。先以潘岳之憾恨一跌，反襯出友人母子融融和和，得以盡天倫之樂，堪羨堪慕。然而作者不僅為友人一己之樂而樂，他贈言更寓對友人高遠的期待。推官執掌一府刑事，關係人命之大，歸有光殷切地希望友人以西漢雋不疑為榜樣，慈悲愛人，這樣既能得到慈母的歡顏，又能受到一方民眾的尊敬，真正做到無愧於古人。由此整篇文章的立意獲得進一步提升。

全文兩引先例，以潘岳〈閒居賦〉作反襯，以為友人賀；以雋不疑奉母慈訓、治獄「嚴而不殘」，作為友人出任建寧推官效法的古代典型，以勉以勵。二者皆貫穿著儒家孝順思想，而雋不疑恪守母親訓誨、以寬厚愛人的態度治理獄事，這又使本文所強調的孝順觀念洋溢著一種寬博的仁愛精神。歸有光以「孝」稱讚王執禮，而又說得「孝」字飽滿充實，極有境界，不局限於私親之愛。君子贈人以善言，期人以美德，本文正體現了這種友愛的古誼。

送陳子達之任元城序

【題　解】陳子達，其名不詳，子達是他的字，崑山人。他的弟弟陳時，字子行。歸有光與陳氏兄弟是摯友。從《歸有光文集》有關的記載，可知陳子達生平的片段經歷：他早年「讀書南禪寺中，性剛直，於人少所往來。」（〈杜翁七十壽序〉）嘉靖二十八年（西元一五四九年）中舉，以後數詘於進士考試（〈送陳子加序〉）。「今年，天子欲親貢舉之法，思得敦樸有道之士。……余幸叨薦，而子達就調元城。」（同上）結合本篇所說「以一字失格，不得終試」，可知歸有光中進士時，陳子達以試卷不合格而被取消考試資格，結果以舉人的出身就任元城（今河北大名）知縣。

本文寫於嘉靖四十四年（西元一五六五年），歸有光六十歲。

陳氏在吾崑山，家世以科名❶顯。子達前年❷試南宮❸不第，欲就選❹。時有傳權貴人語，以某地某官相許者。子達曰：「吾可以賄而求仕耶？即往而責償❺於其民，可耶？」遂拂衣❻以歸。今年試南宮，以一字失格❼，不得終試。遂復就選。適銓部❽政清，請謁不行❾。或有以中人為地❿者，率置之蠻徼⓫荒遠之區。天下士集京師，皆以為朝廷清明，太平可望。而子達得為縣大名之元城⓬。元城賦輕人朴，雖在三河⓭之間，於今畿輔⓮地獨僻遠。仕宦者，得此以為清高。子達因其土俗⓯而無撓⓰之，易以為治⓱。而余以為，今之為令之難，非難於其官，而難於其為其官之上⑱者。自昔置令，以百里付之，故譬之為人牧牛羊，為之善⑲其牢芻⑳，擇其水草，時其縱放㉑，而主人不問，觀其牛羊之贏茁㉒而已矣。今以一令而大吏數十人制於其上，牛羊之贏茁不問也，牢芻水草縱放之事，不使之為也，而煩為之使，苛為之責，欲左而掣之使右，欲右而掣之使左。以牧一人，而伺其主十人，而主人各以其意喜怒之。凡吏之勤苦焦勞㉓，日夜以承迎其上，無餘事也。故曰：今之難非難於其官，而難於其為其官之上者。

今天子委任元輔㉔，作新㉕吏治，而子達方有志於為民。而為其官之上者，庶幾㉖或少變前之為者，使之得盡其為牧之事。余於子達之行，有望焉，且以告其為其官之上者也。

【注釋】❶科名　科舉考試的聲望。❷前年　從前。❸試南宮　參加進士考試。參見〈送王子敬還吳奉母之建寧序〉注❷。❹就選　明朝制度，多年未考中進士的舉人也可以授予官職，但是他們的職位、待遇以及遷陞的機會都遠不如進士出身者，所以舉人一般都不願意申請官職，情願不斷參加考試，冀望僥倖獲得一第。❺責償　求得補償。❻拂衣　揮動衣服，表示氣憤。❼失格　不符合答題的格式和要求。❽銓部　吏部，主持任命官員。❾請謁不行　行賄買官的風氣受遏制。❿以中人為地　利用官場中人通關節、被授用。中人，有權勢的官員。⓫邊徼　邊地、邊徼。泛指邊遠的地方。⓬大名之元城　大名府元城縣，今河北大名，地近河南、山東。⓭三河　《史記．貨殖列傳》：「昔唐人都河東，殷人都河內，周人都河南。夫三河在天下之中，若鼎足，王者所更居也。」漢朝人以河東、河內、河南三郡為三河。其地域大約包括今山西西南部、河南境內的黃河南部和北部地區。大名府元城縣處在三地之間。⓮畿輔　京都附近的地方。畿，京畿。輔，三輔。三輔是西漢京城附近、輔衛京城的三個轄區。⑮因其土俗　尊重那個地方的風俗。⑯撓　彎曲；破壞。⑰易以為治　以為容易治理。⑱上　上司。⑲善　即「繕」。修理。⑳牢芻　關養牲畜的欄圈、飼草。此指欄圈。㉑時其絼放　按時使牲畜歸圈或放牧。絼，歸莊於原文末注曰：「絼，與紖同，……牛系也。《周禮》：『封人置絼。』注：『著牛鼻，所以牽牛者。』」㉒羸茁　瘦弱、強壯。㉓焦勞　焦慮煩勞。㉔元輔　首輔，指高拱。㉕作新　更新；改革。㉖庶幾　可能，表示希望。

【語　譯】陳氏在我們崑山，他家世世代代以科舉考試的名望而著稱。子達從前考進士不中，想就此而申請官職。當時有人傳出某權貴的話，以某地某官向他許諾。子達說：「我難道可以通過賄賂來求取官位嗎？得到位子後再從老百姓那裡尋找補償，能這樣嗎？」於是不悅地回家了。今年參加禮部考試，因為其中一個字不合格，被取消了繼續考試的資格。於是又一次申請官職。正逢吏部為政清廉，賄賂之風不行。有人通過權勢人物的關係走後門，都被安置到荒蠻邊遠的地區去任職。天下人士聚集於京城，皆以為朝廷清明，太平有望。而子達得以被安排在大名府元城縣。

元城賦稅輕，人質樸，雖然地處河東、河內、河南三郡所謂「三河」之間，就今天京城附近的輔衛之地而言，惟獨它的地理位置偏僻而遙遠。出仕做官的人，以得到它為一種清高。子達尊重該地的風俗而不要人為地加以改變，治理好元城應該是一件容易的事情。我認為，今天的縣令難當，不是難在縣令所應擔負的職責，而是難在有縣令的上司。自從古代置縣令，將百里之地交付予他，好比為人放牧牛羊，他怎麼修繕欄圈，如何選擇水草，什麼時候使牲畜歸圈，什麼時候放牧，對於這些主人一概不問，而只觀察牛羊的瘦弱、強壯而已。今天，一個縣令而有數十個大官在上面牽制著，牛羊的瘦弱、強壯則沒有人關心，欄圈、水草、何時放牧、何時圈養，這些事情不讓他們去做，而是頻繁地指使他們，苛刻地責備他們，你想往左卻硬是掣肘讓你往右，你想往右卻硬是掣肘讓你往左。放牧的一個，需要伺候的主人倒有十個，而各個主人又根據自己的意願對放牧人喜怒不一。為了日夜應付上司，縣令已經不堪焦慮操勞，無暇再做其他事情。所以說：縣令難當，不是難在縣令的職責本身，而是難在有縣令的上司。

現在天子委任首輔，革新吏治，而子達恰好有志於為民辦事。居於縣令之上的官員，希望他們可能與從前已經有所不同，能讓縣令專心致志地放牧。我對於子達這次出任元城，抱著期待，而且以此文勸告縣令的上司們。

【研析】關於舉人、進士在就選方面存在的巨大差異，高拱在〈議處科目人才疏〉中曾有如下的描述：「國初，進士、舉人並用，其以舉人登八座為名臣者，難以一二計，厥後進士偏重，而舉人甚輕，至於今則極矣。其係進士出身者，則眾向之，甚至以罪為功；其係舉人出身者，則眾薄之，甚至以功為罪。」因為不同出身的人在仕途前景上的差異如此懸殊，「遂使進士氣常盈，舉人氣常怯。……以故舉人皆不樂仕。」由此可見舉人就官所遭受的嚴重壓抑。高拱上疏在隆慶五年（西元一五七一年），比歸有光寫這篇序的時間晚，其所反映的卻正是包括嘉靖時期在內的官場現象。歸有光曾撰〈三途並用議〉，針對上述情況特別強調應當並用「進士、科貢、吏員」（參見本書〈楊漸齋壽序〉題解）。〈三途並用議〉與本文寫於同一年，二文的思考存在一致性。聯繫這些來認識陳子達其人和經歷，以及他上任後，「剛直不阿，遇事發憤」的表現（歸有光〈送毛君文高之任元城序〉），就會多一分會心；對於歸有光在文中向他衷心道賀和祝願的原因，也不會僅僅從一般客套的層面去作理解了。

文章特別是對縣令受到上司嚴重掣肘，「欲左而掣之使右，欲右而掣之使左」，因此使縣令無所適從，莫能作為的荒唐現象作了揭露。造成這種現象的原因是，上司冗員太多，人浮於事，所謂一個媳婦十個婆就是指這類情況，從而無可避免地形成了明朝官場上制度性的低效率弊端。歸有光在文中對這些上司們提出了一個願望，「庶幾或少變前之為者，使之得盡其為牧之事」。這是為友人著想，更是為民、為政著想。

送崑山縣令朱侯序

【題　解】 朱伯辰，江西南昌人，嘉靖二十二年（西元一五四三年）中舉，二十六年（西元一五四七年）中進士，知崑山，三年考績優，遷陞兵科右給事中。劾嚴嵩寵臣趙文華，被奪官，廢黜為民。後起用，仕至福建右布政使。本文為朱伯辰考績滿卸任崑山令，即將入京而作。「侯」是對士大夫或縣令等官員的敬稱。文章對朝廷以糧倉視江南，進行「無窮之求」，致使其地陷於「貌美而中病」，隱藏「不可測之憂」，表示關切，是一篇反映「民之利病」的作品。

本文寫於嘉靖二十九年（西元一五五〇年）秋，歸有光四十五歲。

江南諸郡縣，土田肥美，多秔稻❶，有江海陂湖❷之饒。然征賦❸煩重，供內府❹，輸京師，不遺餘力。俗好媮靡❺，美衣鮮食，嫁娶葬埋，時節❻餽遺❼，飲酒燕❽會，竭力以飾觀美。富家豪民，兼百室之產，役財❾驕溢❿；婦女、玉帛、甲第⓫、田園、音樂，儗于⓬王侯。故世以江南為富，而不知其民實貧也。其俗選耎⓭，畏避科徭⓮，以保身全家為念，故其事天子之命吏⓯尤恭順，號⓰為易治。而吏于其土者，必進士之才良⓱者得之。然率不過一考⓲，即遷以去。數十年來，江南之俗與其吏治如此。

嘉靖丁未⑲，南昌朱侯舉進士，得吾崑山。庚戌⑳，朝㉑京師，治行為天下最。其秋，吏部㉒之徵書㉓至，于是將行。崑山之民，樂侯之賢，而恨其去㉔之速也。侯以通敏之才，知民之俗，而不逆其情，故其民尤易治。雖然，俾假㉕以年歲，寬以繩束㉖，與當世之士大夫切摩㉗治體㉘，講求方略㉙，深知其積習之故而力變之，于以㉚推于旁郡，民之敝可振也。

天下之患，譬之于人，貌美而中病，飲食言語猶人也，其外魁然，而實有不可測之憂㉛。今江南是已。以數千里彫瘵㉜之民，當㉝奢踰㉞之俗，上奉㉟無窮之求，而更數易㊱之吏，如吾民何哉？國家漕輓㊲數百萬，貢賦所出，天下根本，大可慮也。有光等與于南宮之試，親見天子黜幽陟明㊳之典㊴，所以風勵天下者，退而考侯之治，而知其所以然。于其行也，恨其不可留，猶以江南之事望焉。

《詩》曰：「樂只君子，民之父母。」㊵言君子為民父母之心，不忘于朝著㊶之間，其崇論竑議㊷，足以固基本，垂休光㊸也。又曰：我馬維駒，六轡如濡。載馳載驅，周爰咨諏㊹。〈皇華〉之使臣，于行道之際，尚欲得民之利病而咨訪之，以告于天子。況侯親民而深知其弊者？于是為耳目獻納之司㊺，有可以贊廟謨㊻而裨國論㊼，必不能忘吾江南之民矣。

【注　釋】❶秔稻　粳稻。一種粘性較小的稻。❷陂湖　湖澤。陂，池塘湖泊。❸征賦　政府強派的賦稅。❹內府　王府的倉庫。❺媮靡　指奢侈的享樂生活。媮，同「愉」。靡，過度。❻時節　時令、節日。❼餽遺　饋贈。遺，贈送。❽燕　同「宴」。❾役財　憑藉財富。❿驕溢　驕傲。⓫甲第　高級的住宅。⓬儗于　接近；相同。⓭選蝡　同「選耎」、「選愞」、「選懦」。軟弱怯懦。選，通「巽」。謙讓；卑順。蝡，通「耎」。軟。⓮科傜　徵發賦稅和傜役。⓯天子之命吏　朝廷委任的官吏。⓰號　稱。⓱才良　才能優秀。⓲一考　按照明朝考核地方官員政績的制度，三年為一個週期，到期限依據官員的成績決定陞降。《明史・選舉志三》：「考選之例，優者授給事中。」朱伯辰崑山令三年任期滿，陞兵科給事中，證明歸有光稱他「治行為天下最」是實錄。⓳嘉靖丁未　西元一五四七年。⓴庚戌　嘉靖二十九年（西元一五五〇年）。㉑朝　向朝廷述職。㉒吏部　六部之一，主官吏選調。㉓徵書　調動官職的文書。㉔去　離任。㉕假　給予。㉖繩束　指規矩，制度。㉗切摩　切磋，商討。㉘治體　治理的要旨。㉙方略　辦法。㉚于以　用於。㉛不可測之憂　指患重病。㉜彫瘵　凋殘病困。㉝當　面對。㉞奢踰　奢侈過度。㉟奉　進獻。㊱數易　經常變換。㊲漕輓　水運和陸運。輓，同「挽」。㊳黜幽陟明　罷黜不肖，任用賢明。黜，廢；罷。陟，升；用。㊴典　制度；法規。㊵樂只君子二句　引自《詩經・小雅・南山有臺》。〈毛詩序〉：「〈南山有臺〉，樂得賢也。得賢則能為邦家立太平之基矣。」只，之；這個。㊶朝著　猶「朝班」。群臣朝見帝王時按官品大小排列的序次。㊷竑議　宏論。㊸休光　盛美的光華，比喻美德和勳業。㊹我馬維駒四句　引自《詩經・小雅・皇皇者華》。〈毛詩序〉：「〈皇皇者華〉，君遣使臣也。」維，助詞，有強調的作用。六轡，說明多匹馬駕車。轡，馬韁繩。濡，光澤如洗。載，語氣詞。周，忠信，指賢人。爰，原文作「宛」，據《詩經》改。於；從。咨諏，諮詢，訪問。㊺耳目獻納之司　意謂成為帝王的耳目，負起獻策進諫的責任。司，職。㊻贊廟謨　幫助朝廷決策。贊，助。謨，謀。㊼裨國論　進獻治國計策。裨，助益。

【語　譯】江南各郡縣，土地肥沃，多種粳稻，有江海湖澤豐富的物產。然而徵賦繁重，供給王府的倉庫，輸送京城，不遺餘力。江南風俗愛好享樂，追求華麗的服飾，鮮美的食物，嫁女娶媳，死喪殯儀，節令饋贈禮物，飲酒宴會，全都竭盡其力，用以講求豪華的排場。富豪人家，其財富相當於百戶家室的積蓄，憑藉財力，驕橫一時，家裡的婦女、玉帛、宅第、田園、音樂，其數量、規模、美好的程度都相當於王侯。所以世人認為江南是富鄉，而不知道那裡老百姓其實也是貧窮的。江南習俗軟弱怯懦，畏懼逃避賦稅和傜役，將保全生命和家庭看得非常重要，所以他們對天子委派的官吏特別恭順，號稱是易治之地。到這兒來做官的，必定是進士中的佼佼者才有可能。然而任期不過三年，隨即遷陞而離任了。數十年以來，江南的風俗以及吏治的狀況就是如此。

嘉靖二十六年，南昌朱伯辰先生考中進士，被任命為我們崑山縣令。嘉靖二十九年，進京城朝覲述職，考核其治績為天下第一。同年秋天，吏部的調令送到，因此將要離任。崑山的民眾，喜愛朱縣令人好，對他如此迅速地離開深感遺憾。縣令以自己通達敏惠的才能，瞭解民間風俗，不違背民情，所以他治理這裡的人民尤其容易。儘管如此，假如再給他幾個年頭，減少對他的約束，使他與當世士大夫一起商討治理的要旨，探求方略辦法，加深瞭解積習的根源而努力加以改變，並將這些經驗推廣到附近的郡縣，百姓的困境一定可以得到解脫。

天下的危殆，好比一個人，外貌美好而體內埋伏著病灶，飲食言談與常人一樣，身材也高大魁梧，而其實卻有不可測之隱憂。如今的江南便是如此。存在數千里凋殘病困的百姓，又面臨奢侈過度的習俗，對上需要應付無窮無盡的索取，再加上經常更換的官吏，怎麼讓我們百姓有盼望呢？國家水運、陸運達數百萬，貢賦來之於此地，它關係著天下安危的根本，非常值得擔憂。有光等參加進士考試，親眼見到天子罷免昏庸、任用賢明的措施，以此激揚和鼓勵天下人士，現在核之以先生的治績，而明白所以取得政績的原因。在先生將行之際，遺憾不能將您挽留，仍然將江南的事寄希望於先生。

《詩經》說：「慶幸有這位君子，他是百姓的父母。」詩句的意思是說，君子對老百姓，就像父母為孩子操心一樣，在朝廷列隊朝見時片刻都不相忘懷，他的高見宏論，足以鞏固基礎，傳播光彩。《詩經》又說：「我趕著馬駒，馬車清亮如洗。在路上奔馳，向賢人諮詢。」〈皇皇者華〉這首詩裡的使臣，在路上通行的時候，還想著瞭解民間的利病，向人求訪，以便向天子彙報。何況是直接與百姓打交道而深知其弊害的您呢？您即將成為帝王的耳目，承擔獻策進諫的責任，如果能夠幫助朝廷決策，進獻治國計策，請務必不要忘記我們江南的人民。

【研　析】江南為魚米之鄉，其俗富裕，此乃有目共睹。然而江南「其民實貧」，「有不可測之憂」，這種情形卻鮮為人所瞭解。普通人不知實際，是眩於江南土田肥美表面的繁榮；上層統治者不知實際，非真不知，而是視江南為無底的錢袋糧囊，無休止地索取，不願正視現實的苦難。歸有光生長江南，深悉此中真際實情。他在文章裡指出：江南之敝，一由於「征賦煩重」，二由於民俗奢靡。二者交攻，結果可知。他寄希望於治理江南的官吏，能夠「不逆其情」，「寬以繩束」，「深知其積習之故而力變之」，由此而振起江南的民敝，以恢復民生和富庶之鄉的活力。文章真實地敘述了江南風俗和吏治實情，期望能夠為在上位者所知，這也是屬於古代一種變相的「獻詩」采風的傳統。作者這一種良好的願望，並不僅僅是對於離任而可能大用的朱伯辰個人而言，更是對整個官府機構的矚望和寄託。文章後面二段，一曰「猶以江南之事望焉」，再曰「必不能忘吾江南之民矣」，嚶嚶而鳴，再三致意，凡清吏聞此民間心聲，不會不受到感動而產生護持一方福祉的責任吧？

送攝令蒲君還府序

【題解】蒲君，其名不詳。四川梓潼人，以監生資格先任吳郡幕僚，恰逢崑山縣令一時空缺，他被任命臨時行使管理一縣之職，所以稱為「攝令」，攝的意思是代理。不久朝廷任命了新的代理縣令，蒲君又回到他幕僚的位子上去了。這一篇送序記述蒲君在短暫出任攝令期間對崑山民情風俗的認識和理解。從縣令嘴裡聽到一句稱讚崑山風俗淳美的話，雖然很普通，卻讓當地人感動不已，因為從前很多縣令總說百姓刁蠻，縣邑難治。歸有光在文章中，將兩種不同的縣令進行了對比，表達出對好官的衷心期待。

梓潼❶蒲君，以太學上舍❷選授吳郡❸幕官❹。會❺崑山闕令❻，使者檄❼君來攝縣事。未幾，代至，君當還府，縣之士大夫送之。君為言崑山之俗易治，民有爭訟，可以數言而決，無深隱不可測之情；惟賦稅號為繁難，能釐整❽其法，而取之以時❾，亦不至於病民❿；而巨室大族，無驕悍難使之害。君之言如是。

先是，崑山數⓫更令，令輒⓬以其俗為不善。惟南海⓭盧侯寧⓮，為令未期年⓯而調去，盧侯蓋不得志于此者也。至其去為他縣，及遷官⓰於朝，未嘗不稱崑山之美。士大夫以此服盧侯之平恕⓱。其後上黨⓲任侯環⓳、李侯敏德⓴、山陰㉑張侯牧㉒，皆以別駕㉓來署縣㉔。三君者，或以廉靜，或以通敏，或以寬厚，皆有德於民者也。故三君之去，其稱崑山之美如盧侯。今曰難治者，謬也。

嗟夫！民之望于吏者甚輕，苟不至于虐用㉕之，而示之以可生之塗㉖，無不竭蹶而趨奉㉗之者。今則不然，徒疾視㉘其民，而取之惟恐其不盡，戕㉙之惟恐其不勝㉚。民俛首㉛不敢出氣，而閭巷㉜誹謗之言，或不能無。如是而曰俗之不善，豈不誣哉！

蒲君為縣僅兩月，庭中常無事。及新令之至，民夾道㉝觀者，皆曰：「願得如蒲君，足矣。」故曰縣易治，宜蒲君之有是言也。余故樂為之書，且以告凡今㉞之為令者。

【注釋】❶梓潼　今屬四川。❷太學上舍　指監生，即在國子監肄業的學生，或者捐款取得監生資格者。太學，國子監。上舍，宋代太學分外舍、內舍、上舍三等，學生可以根據一定的年紀和條件依次陞進。後用為監生的別稱。❸吳郡　即蘇州府（今江蘇蘇州），崑山縣為其下轄行政區。❹幕官　幕僚。❺會　值；逢。❻闕令　缺少縣令。闕，同「缺」。❼檄　朝廷的公告文書。此指任命。❽釐整　整頓。❾取之以時　意思是按照時令徵取，不要隨心所欲。❿病民　危害百姓。⓫數　多次。⓬輒　便；於是。⓭南海　今海南省。⓮盧侯寧　盧寧，字獻子，號冠巖，嘉靖十九年（西元一五四〇年）舉人，二十三年（西元一五四四年）進士，曾官崑山令、登州府知府。著有《五鵲別集》二卷。⓯期年　滿一年。⓰遷官　陞官。⓱平恕　公平、寬恕。⓲上黨　今山西長治。戰國時韓置上黨郡，後屬趙，入秦仍置，以後各朝多相沿置。明初以上黨郡併入潞州，嘉靖八年陞為潞安府，治長治縣。歸有光此處用的是古名。⓳任侯環　任環，字應乾，號復庵，嘉靖二十三年（西元一五四四年）進士，任廣平、沙河、滑縣三縣知縣，遷蘇州府同知。以戰倭寇功，擢按察司僉事、山東布政司參政，卒年四十。

贈光祿卿。著有《山海漫談》三卷。⑳李侯敏德　李敏德，山西長治人。嘉靖十九年（西元一五四〇年）舉人，二十六年（西元一五四七年）進士。曾任河南祥符縣令、蘇州府同知、湖州知府、陝西布政使。㉑山陰　今浙江紹興。㉒張侯牧　張牧，嘉靖十六年（西元一五三七年）舉人，二十年（西元一五四一年）進士，曾任青陽縣知縣、福建同知。㉓別駕　官名。漢置別駕從事史，為刺史的佐吏，陪刺史巡視，別乘驛車，故名。宋以後一般指通判，此指知府。㉔署縣　兼主縣事。署，兼攝；代理。㉕虐用　虐待；使役過度。㉖可生之塗　活路。塗，同「途」。㉗竭蹶而趨奉之　竭盡全力奔走。竭蹶，竭盡。趨奉，效力。㉘疾視　怒目而視。㉙戕　害。㉚不勝　不盡。㉛俛首　低頭。俛，同「俯」。㉜閭巷　市井百姓集中居住的地方。㉝夾道　站立在道路兩旁。㉞凡今　如今。

【語譯】梓潼人蒲君，以監生資格被選派為蘇州府的幕僚。適逢崑山縣令空缺，使者傳來朝廷的調令，讓他代理掌管崑山縣事。不久，代替他的人到了，他宜回到蘇州府去，縣裡的士大夫為他送行。蒲君對大家說，崑山這地方容易治理，民間發生爭吵訴訟的事，用幾句話就可以解決，沒有深藏叵測的心機；只是賦稅、號令過於繁重和苛刻，假如能夠將這些條例進行一番清理簡化，按照時令而不是隨心所欲地向大家徵取，也不至於對百姓造成危害；而豪富大族人家，沒有驕橫強悍、難以駕御的痼疾。這是蒲君的原話。

　在此之前，崑山多次更換過縣令，來一個縣令便認為這裡的風俗不淳樸。只有南海人盧寧先生，做縣令不到一年便調離了，盧先生在此地是一個不得志者。可是他到別的縣去當縣令，以及後來又遷陞為朝官，未嘗不稱讚崑山風俗之美。士大夫因此欽佩盧先生為人平實寬厚。盧先生之後，上黨人任環先生、李敏德先生、山陰人張牧先生，都以知府的頭銜兼主縣事，這三位先生，有的以廉潔、清淨，有的以通達、敏惠，有的以寬恕、厚道，都對崑山百姓有過恩德。所以三位先生離開以後，他們稱讚崑山風俗之美如同盧先生。現在有人責怪崑山難以治理，是很荒謬的。

　真是可歎呀！老百姓對當官的期望很低，如果不是過度虐害他們，能夠讓他們看到求生的希望，他們無不願意竭盡其所有而趕來效力。現在則不是這樣，只會對百姓怒目而視，榨取他們惟恐還不夠乾淨，戕害他們惟恐還不夠深劇。老百姓低著頭不敢出氣，然而里巷中誹謗罵詈的話，大概不會沒有。如果是這樣的情況，反而說是風俗不美，這難道不是誣賴嗎！

蒲君代理縣事僅兩月，衙門經常沒有什麼事情。後來新縣令到任，老百姓夾道觀望，都說：「希望來者能夠像蒲君一樣，就心滿意足了。」由此可見，「崑山容易治理」這句話從蒲君嘴裡說出來，是毫不奇怪的。所以我樂意將這一點寫出來，並奉告如今的縣令。

【研　析】本來要數說歷來任崑山令者責怪其俗不善之非，卻先敘蒲、盧、任、李、張數人異口同聲稱讚崑山風俗美、百姓馴順易治，文中有文，句外有意，前後相映，彼此形擊。究竟誰得民情之實，作者通過或稱揚、或譏貶的旁白，讓讀者一目了然。作者的主張，還不僅是讓讀者盡悉一地真實的民風，更在於藉此而幫助人們識別縣令中誰是清流，誰是濁流，對「疾視其民」的一類縣令表達出難以自抑的忿怨之情。「民之望于吏者甚輕」一段，將處於弱勢地位的「民」和居於強勢地位的「吏」相互之間極端不平衡的關係，以及引起雙方嚴重對峙的原因，做了有深度的揭露，以為一些官吏以仇視的眼光看待老百姓，又不允許民間流傳「誹謗之言」，這就是他們「難治」論產生的根源所在。作者自有理由認為，這只是縣令為遮掩他們自己的罪失而諉過於民的一種口實，對此，他先斥之為「謬」，再斥之為「誣」，一層深似一層，亦一句怒似一句。

贈醫士張雲厓序

【題解】本文是一篇贈序，答謝妙手回春的醫士，應作者叔伯家之囑請而寫。這一類「贈序」文，如果作者不引發題義，向縱深開掘，文外沒有寄託，而僅僅就事論事，很容易流入應酬的俗套。歸有光此文以「有利於人」為全篇主腦，稱讚一個人，更是讚美一種高尚的職業和精神，同時，對鄙視「技術」的傳統偏見提出了批評，文章因這一層立意和思考而煥然一新。

大約作於嘉靖十八年（西元一五三九年），歸有光三十四歲。

技術❶之事微❷矣。自司馬子長傳扁鵲、倉公❸，自後為史者，輒取神奇詭怪之說，以附於正史。予頗疑其非經世之要，欲為後世立史法，削去〈方伎傳〉❹，庶幾❺不詭❻於聖人。

然觀《周禮》❼，周公❽所以治天下者，無一事之不備。至於醫師，特令上士為之❾，下迨於鳥獸，亦有醫❿。以是知百家伎藝，皆聖人⓫之所創制，民生之不可一日無者，其為經綸參贊⓬之功至矣。今世醫亦有官，而四方之為醫者不少，求如史傳之可紀者，未之或聞。其或有稱於一時，考其實，不迨⓭者多矣。

嗟夫！世道之變，豈獨士大夫學術之不古，而伎術亦然。可歎也哉！

嘉靖己亥⓮，吾族之諸父⓯有病危者，醫士張雲匡起之。圖⓰所以為謝，因命予述雲匡之能。予於雲匡所治病狀未詳，不能依〈太倉傳〉例。而獨聞雲匡世為武弁⓱，其家在京師，而雲匡為醫，自軒、岐⓲以來百七十九家之言⓳，靡不洞徹，談論滾滾，治人生死⓴立効。正德㉑間，巨璫㉒用事，頗以權力致天下之伎能。當是時，雲匡遊其門，四方之言醫者莫能難也。其後事敗，雲匡不與其禍。來居淞江㉓，後乃遷吳門㉔，所至皆有利於人。噫！若求其可紀者，或者其在斯人也。

【注釋】❶技術　技藝。包括醫、工、匠等，古人將它們看作形而下的事。❷微　精微；玄妙。❸司馬子長傳扁鵲倉公　司馬遷，字子長。他撰《史記》，其中一篇為〈扁鵲倉公列傳〉。扁鵲，戰國時名醫。倉公，即淳于意，漢代臨淄（今屬山東）人。曾為齊太倉長，故稱倉公。精於醫道。❹方伎傳　史書專為在某個領域如醫術、占卜、堪輿等有一技之長的人物立的傳記。如《後漢書》有〈方術傳〉，《新唐書》有〈方伎傳〉。❺庶幾　大概；希望。❻詭　違背。❼周禮　又名《周官》、《周官經》，儒家經典之一，古文經學家認為是周公所作，另一種意見認為作於戰國時。以天官、地官、春官、夏官、秋官、冬官六篇分別記述各官職掌，包羅眾業。❽周公　名旦，周武王弟。助武王滅商朝，武王死，成王年幼，他攝政維護周朝。儒家稱他為聖人。❾至於醫師二句　《周官・天官》：「醫師，上士二人，下士四人，府二人，史二人，徒二十人。」醫師，眾醫之長。上士，官階名，職位在大夫和中士之間。為，擔任。❿下迨於鳥獸二句　《周官・天官》：「獸醫，下士四人。」迨，及。⓫聖人　指周公。⓬經綸參贊　理絲為經綸，襄助為參贊。此指治理和扶助。⓭不迨　及不上。⓮嘉靖己亥　西元一五三九年。⓯諸父　叔伯。⓰圖　想。⓱武弁　武官。⓲軒岐　軒轅黃帝、岐伯。傳說黃帝是醫藥的發明者。岐伯是黃帝之臣，也是名醫。今傳《黃帝內經》記載了二人探討醫道的談話。該書是後人假託。⓳百七十九家之言　馬端臨《文獻通考》卷二百二十二引《宋中興志》載醫書「一百七十九家，二百九部，一千二百五十九卷。」明王禕《王忠文集》卷二十《雜著・叢錄》：「醫家之書，自《內經》而下，藏於有司者，一百七十九家，二百九部，一千二百五十九卷，而後出雜著者不與焉。」⑳生死　使死者復生。生，使動用法。㉑正德　明武宗朱厚照年號，自西元一五〇六年至一五二一年。㉒巨璫　權勢煊赫的宦官。此指劉瑾（？～西元一五一〇年），本姓談，陝西興平人。正德間掌司禮監，獨攬朝政大權。後被告發謀反，被處死。㉓淞江　又稱吳淞江。這裡指今上海青浦一帶。㉔吳門　今江蘇蘇州。

【語　譯】醫、工、匠等技術之事精微而玄妙。自從司馬遷為扁鵲、倉公立傳，後來編撰史書者，一概採錄神奇詭怪的傳說內容，附見於正史。我很懷疑這些無關乎經世治國的要義，想為後世創立史法，削去史書中的〈方伎傳〉，這樣才大致與聖人之意不相違背。

然而閱讀《周禮》，周公治理天下，無一事不具備。關於醫師，專門讓上士來擔任，乃至於輕賤的鳥獸，也有相關的醫生。由此可知，世上各種技藝，都是聖人周公所創制，人民的生活中不可一日或缺，它們對於治理和襄助國家的作用極大。現在的醫師一行也設置官職，可是各地行醫的人不少，找一個能載入史冊的醫師，卻沒有聽說過。其中有的名傳一時，對他們進行實際考核，名不副實的很多。唉！世道變衰，豈止是士大夫學術不及古人，即使是技藝之類也是如此。真是可歎啊！

嘉靖十八年，我家族的叔伯中有人患上重病，經過醫生張雲厓治療，終於起死回生。叔伯家想表示自己的感激之情，於是囑咐我寫一篇文章記述雲厓高超的醫道。我對於雲厓如何醫治病人的各種情況瞭解不多，所以無法仿效《史記・太倉傳》的體例來寫。而我只聽說雲厓祖上世代擔任武官，他們的家在京城，雲厓行醫，從黃帝、岐伯以下百七十九家的醫書，無不透徹掌握，談論滔滔不絕，為人看病，妙手回春，即刻見效。武宗正德年間，不可一世的宦官掌權，運用其權力招徠天下很多技藝能人。這時候，雲厓在他的門下，四方各地研究醫術的人都難不倒他。後來這個大宦官失敗，雲厓沒有受到牽連。他來吳淞江寓居，後來才遷至蘇州，每到一地都有利於他人。這麼說來呀，假如要找一個可以載入史冊的醫師，可能就是他了。

【研　析】歸有光很尊重「技術」一流人物，醫師即是其中之一，認為他們治病救人，功德無量，自應受到人們尊敬。不但如此，歸有光還認為，治世與治病的道理是互相貫通的，他在〈自生堂記〉一文指出，治理天下，當如良醫治病。所以他推崇醫德和醫道雙妙的良醫，又並非僅僅是考慮技術層面的原因，有時在其中更含藏著一種結合形而上和形而下思考的人道關懷的精神。

本文述繪了一個醫道精湛的醫士，由於歸有光對他「所治病狀未詳」，無法為他寫出一篇完整的傳記，故爾文章的重點放在了議論方面，從側面寫出他不同於世上眾多的醫者，許以或者可以記入史冊，以此表示對他的敬佩。作者在文章的議論部分，著重對世上良莠不齊的從醫者做了區別，感慨於名不副實者多，而真正精於此道者少。「其或有稱於一時，考其實，不迨者多矣」，歸有光不僅以為醫者的情況如此，士大夫的學術亦同樣如此，徒有虛名而無其實，難以經受復核，因此借醫事而浩歎「世道之變」，這正是作者落筆撰寫此文時縈旋在內心的最深重的憂慮。

澱山周先生六十壽序

【題　解】周大禮（西元一五〇六年～？），字子和，號澱山，自稱「自在居士」，室名良士堂。崑山人，嘉靖十年（西元一五三一年）舉人，次年進士。曾任刑部主事、河南鄧州同知、汝寧府知府、福建興化知府、廣東按察司副使、山東提刑按察副使，官終河南布政司左參政。罷官後僦居崑山馬鞍山之南。他為官多著聲績，嘉靖二十年（西元一五四一年）在興化府興造木蘭障水工程，以備旱澇（明朱淛《天馬山房遺稿》卷四〈重修林墩門門記〉述其事）。又曾請發帑錢數千緡，糴粟以濟飢民，全活無數。置公田於遊洋，人呼為「周公洋」。在山東登萊道，除海壖漁稅。人稱他「念民隱，理官如家。」（〈重修林墩門門記〉）他廉明剛直，當事不避，也因此為忌者所排。王慎中〈寄贈周澱山太守〉一詩稱揚他：「不慣逢迎遭客謗，耐消皮肉捄民饑。中堂空設懸魚索，內舍曾無問絹兒。」（《遵巖集》卷七）

他是歸有光表兄。從他身上和一生的遭遇中，歸有光看到了正直士人的品格，也看到了官場的骯髒和歪邪。誠如作者所言，這篇壽序不是「鄉里頌禱之常辭」，它是一篇不平的正直之聲。《震川集》卷十四〈良士堂壽讌序〉也是為周大禮夫婦六十歲祝壽之文，那是應周大禮長兄以及大禮的弟子之請而作。此篇雖然也有受別人委託而作的意思，主要則是表達歸有光個人的心情。

本文寫於嘉靖四十三年（西元一五六四年）冬，歸有光五十九歲。

澱山❶先生以嘉靖乙丑❷正月八日，為其六十之誕辰。王恭人❸與先生同年，其誕以十一月廿二日。將于獻歲❹，並舉壽觴❺，里中親友以為盛事。而余等方與計偕❻，所宜先之。乃即履長❼之日，豫❽往稱觴，而推余為之序。

蓋先生之自河南罷還❾也，為言官❿所論。甌寧李尚書⓫在吏部，言如河南左參政周大禮，歷有聲跡⓬，又年力方強，不如言者所論。會時宰⓭與李公相失，遽以中旨罷之⓮。蓋嘗以為天下每⓯有無才之嘆，以有才而不用，或用之而不盡其才，與夫用之而違其才，是三者，天下所以無才也。

先生罷之明年⓰，日本寇東南，江、淮、閩、粵之間，所在騷動，而胡⓱亦仍歲⓲犯遼、薊⓳，楚、粵山洞之盜⓴間起㉑。天子當寧㉒太㉓息，思得勘亂戢寧㉔之才。天下之士，亟㉕進亟罷，而時有以庶僚㉖驟陟㉗大吏者矣。時蒲坂楊尚書㉘在本兵，方為天子㉙所倚毗㉚，獨薦先生有英才奇略，負萬里長城㉛之望，不為無知先生者矣。而猶未有舉吏部㉜之章，以冢宰詔王廢置之文㉝，明當時用事者之失，以起先生者。使人有兀然㉞空老㉟之嘆。

漢永和㊱中，李固嘗上疏㊲，言朝廷聘南陽樊英㊳、江夏黃瓊㊴、廣漢楊厚㊵、會稽賀純㊶，待以大夫㊷之位，海內忻然㊸。及厚等免歸，一日朝會㊹，諸侍中㊺並皆年少，無一宿儒大人㊻可備顧問者，誠可嘆息。如固之奏，此豈少年浮薄者之所能測識哉？

吾黨㊼諸公於先生，不欲為鄉里頌禱之常辭，故余言如此。《詩》曰：「樂只君子，邦家之光。樂只君子，萬壽無疆。」㊽蓋祝君子以興起在位，為邦家之光，而饗㊾無疆之壽也。

【注釋】❶澱山　湖名，是古太湖的一部分，毗連今上海青浦、江蘇吳江。周大禮取以為號。❷嘉靖乙丑　西元一五六五年。❸王恭人　周大禮妻子。恭人，命婦封號之一。古制丈夫授官，妻子受誥封。❹獻歲　新年的正月。❺並舉壽觴　二人共同慶祝壽辰。觴，酒杯。❻計偕　指入京參加第二年考試。歸有光這次考中進士。❼履長　冬至。❽豫　預先。❾自河南罷還　周大禮任河南布政司左參政，遭人彈劾，辭官歸鄉。❿言官　諫官。⓫甌寧李尚書　李默，字時言，甌寧（今福建建甌）人。正德十六年（西元一五二一年）進士，嘉靖任吏部尚書。時嚴嵩柄政，擅黜陟權，李默每持己意，為嚴嵩所惡。嘉靖三十五年（西元一五五六年）二月下獄瘐死。萬曆賜謚文潛。著有《建寧人物傳》、《群玉樓集》。⓬歷有聲跡　歷次任職皆有聲譽和政績。⓭時宰　指嚴嵩（西元一四八〇～一五六七年），字惟中、介溪，江西分宜人。弘治十八年（西元一五〇五年）進士，任武英殿大學士，官至太子太師，專擅朝政二十年。後被革職。⓮遽以中旨罷之　突然皇上傳旨，薦才之事廢止。《明史・周延傳》對此有記載：「嘉靖三十四年，（周延）召為左都御史。帝用給事中徐浦議，令廷臣及督撫各舉邊才。於是……參政周大禮在舉中。御史羅廷唯駁曰：『浦疏本言邊才，而今廷臣乃以清修苦節、實學懿行舉，去初議遠矣，況又有夤緣進者，是假明詔開倖門。』帝納其言。責吏部濫舉，命與都察院更議。延與尚書吳鵬等言：『所舉皆人望，公無私。』帝終不悅，切責延等，而舉者悉報罷。」⓯每　常。⓰明年　第二年。⓱胡　指北方韃靼、瓦剌部落。⓲仍歲　連年不斷。⓳遼薊　遼東和薊州。泛指東北和北方地區。⓴楚粵山洞之盜　指居住在今湖南、貴州、廣西、雲南地區的苗、瑤、彝、僮族人民反明起義者。㉑間起　時起時伏。㉒當寧　在門與屏之間。寧，古代宮室門內屏外之地。㉓太　同「歎」。㉔勘亂戡寧　平亂息爭。勘，通「戡」。用武力平定。戡，止息。㉕亟　急。㉖庶僚　普通官員。㉗陟　擢陞。㉘蒲坂楊尚書　楊守禮（西元一四八四～一五五五年），字秉節，號南澗，蒲州（今屬山西）人。正德六年（西元一五一一年）進士，累官至兵部尚書。蒲坂，即蒲州。㉙天子　指嘉靖皇帝。㉚倚毗　倚靠；重用。㉛萬里長城　比喻可以倚重的人。《魏書・島夷劉裕傳》：「（檀）道濟臨死，脫幘投地，曰：『乃復壞汝萬里長城。』」㉜舉吏部　向吏部推薦。㉝冢宰詔王廢置之文　《周禮．天官．小宰》：「正歲，則以灋警戒群吏，令脩宮中之職事。書其能者與其良者，而以告於上。」是說，考察官吏良能與否，向上報告。後來引申為將被錯誤黜退的官員情況報告給皇帝。冢宰，周官名，為六卿之首，亦稱太宰。後稱吏部尚書為冢宰。詔，告知。㉞兀然　孤獨貌，不平。㉟空老　寂寞、衰老。㊱永和　東漢順帝劉保年號，自西元一三六年至一四一年。㊲李固嘗上疏　李固（西元九四～一四七年），字子堅，漢中南鄭（今屬陝西）人。多次上疏革除弊政。永和中，任荊州刺史、太山太守、將作大匠。後被誣殺。下面引述的這篇上疏，載於《後漢書．李固傳》。㊳樊英　字季齊，南陽魯陽（今河南魯山）人。習《京氏易》，世稱樊氏學。任五官中郎將、光祿大夫。年七十餘卒。㊴黃瓊　（西元八六～一六四年）字世英，江夏安陸（今屬湖北）人。任議郎、尚書僕射、太尉，官終司空。卒謚忠。㊵楊厚　字仲桓，廣漢新都（今四川成都）人。善圖讖學。任議郎、侍中。後謝病歸，授門生終。私謚文父。㊶賀純　字仲真，會稽山陰（今浙江紹興）人。博極群蓺，多次徵辟皆不就。後徵拜議郎，遷江夏太守。據袁宏《後漢紀》卷十八〈孝順皇帝紀〉，詔徵四人，時在永建二年（西元一二七年）三月戊申。㊷大夫　李賢注《後漢書．和帝本紀》引《十三州志》：「大夫，皆掌顧問、應對、言議。夫之言扶也，言能扶持君父也。」㊸忻然　欣喜。㊹朝會　臣僚上朝會見皇帝。㊺侍中　官名。為自列侯以下至郎中的加官，侍從在皇帝左右。㊻宿儒大人　修養有素的儒士、老成的長者。㊼吾黨　猶吾輩。㊽樂只君子四句　引自《詩經．小雅．南山有臺》。〈小序〉：「樂得賢也。得賢則能為邦家立太平之基矣。」只，之；此。光，明。疆，邊沿；盡頭。㊾饗　通「享」。享受。

【語　譯】 濈山先生嘉靖四十四年正月八日這天，是六十歲誕辰日。夫人王恭人與先生同年出生，她的生日是十一月廿二日。將在新年正月，共慶壽辰，鄉里的親友認為這是一件盛事。而我和別的人正好要去參加科舉考試，應當先為他們慶賀。於是在冬至那一天，提前上門去舉杯道賀，大家推選我撰寫慶賀的壽序。

先生從河南被罷官歸鄉，是受到諫官的彈劾。甌寧人李默尚書在吏部，說像河南左參政周大禮，所做每一任官都有聲譽和政績，又正值年富力強，情況並不像諫官所說。正好當時的宰相嚴嵩與李公對立，忽然皇上傳旨，薦才之事就此作罷。我曾以為，天下常常發出沒有人才的歎息，有人才而不用，或者用而不能盡其才，以及所用並非是他的長處，這三種情況，才造成了天下沒有人才的局面。

先生罷官以後第二年，日本擄掠東南地區，江、淮、閩、粵一帶，到處騷亂不寧，而北方韃靼、瓦剌部族連年不斷侵犯遼東和薊州，楚、粵一帶盤踞山洞的強盜也不時鬧事。天子在宮室歎息，想得到靖亂息爭的人才。天下的人士，很快被薦起，又很快被疏遠，而不時有普通的官僚驟然被擢陞為大官者。當時蒲州人楊守禮尚書在兵部，正得到天子倚重，他獨獨推薦先生有英才奇略，堪承擔「萬里長城」的重負，說明不是沒有人瞭解先生。然而卻沒有人向吏部遞交推薦的奏章，以便通過太宰向皇帝報告誤被黜退的官員情況，說明當年處分並不妥當，從而起用先生。這不禁讓人感到不平，為他的寂寞和衰老發出歎息。

東漢永和年間，李固曾經上疏，說朝廷聘用南陽樊英、江夏黃瓊、廣漢楊厚、會稽賀純，授予他們大夫的官位，全國都為之而感到欣喜。後來楊厚等人被罷免歸鄉，一天上朝會見皇帝，看到侍從在皇帝左右的皆是年輕人，沒有一個修養有素的儒士和老成的長者能夠備皇帝諮詢，這很可歎息。像李固這樣的奏章，其中的道理豈是年輕浮薄的人所能窺見和理解？

我們幾個人對於先生，不想只寫一篇鄉里祝壽稱頌的普通文字，所以我寫了以上的內容。《詩經》說：「慶幸有這位君子，你是國家的榮光。慶幸有這位君子，敬祝你萬壽無疆。」這些詩句是祝賀君子被授予重要的官位，成為國家的光榮，而安享無盡的壽期。

【研　析】歸有光在〈良士堂壽讌序〉中曾記敘周大禮中進士，使他外家一脈「幾墜而復大振」，獲得很大光榮，這對當時正在經歷求仕的痛苦和焦灼的歸有光無疑也是一次很大的精神鼓舞。該文又說：「(周大禮)負用世之才，不苟隨流俗。年且未艾，謝事以歸。」對於這位正派而有才幹的表兄這種遭際，歸有光甚感不公。然該文側重於敘述周大禮的世系和經歷，本文就他在仕途遭遇之不公集中地進行議論，二篇文章的側重點不同，構成互補的關係。以壽序的寫作目的和特點來說，宜先有〈良士堂壽讌序〉，之後才有本文。從二文這樣一種寫作的順序來看，對本文第二段驟然以「蓋先生之自河南罷還」句領起而進入正題，便不會感到行文的突兀了。

如何對待人才，是作者在本文最關注的中心。生活經驗和歷史經驗都在告訴歸有光，社會一方面埋怨世無人才，另一方面又普遍地拋棄和壓抑人才，虛偽與殘酷合二為一。他將天下所以「無才」歸之為三個原因：有才不用，雖用而不盡其才，用非其所長。所以，也可以這樣說，「無才」是一個假命題，實質是人才沒有得到應有的尊重。周大禮的例子正好證明了這一點，因此也可以說本文並不只是為他表兄周大禮一個人鳴不平，同時也是為天下沒有得到尊重的人才抒泄鬱悶，包括歸有光自己在這方面長期承受的痛苦心理。若將本文引李固陳疏歎息朝廷「無一宿儒大人可備顧問」與他〈上萬侍郎書〉引同樣的話替自己作辯護進行對讀，分明可以感受到歸有光本文所流露出的也正是他對自己命運和遭遇的一種擔憂和不滿。本文寫於歸有光入京考試前夕，文章所言顯然是有感而發。雖然這一次他考中了，值得他慶幸，然而所得官職離開他的期望值很遠，他的長處無法真正發揮，所以仍然沒有脫離他在本文所表示的這種困惑。

吏部司務朱君壽序

【題　解】朱君，其名不詳，號萬山，官南京吏部司務，是掌出納文書及衙署內部雜務不顯眼的官。文章應作者友人之請而作。這位友人是朱君的妻侄，剛中舉，因為赴考前得到姑夫的褒美和鼓勵，所以頗引以為知己，對他有說不盡的感激。歸有光理解友人的心情。可是，作為比友人早一屆獲得南京鄉試第二名殊榮的歸有光，知道考試難免有偶然、僥倖的因素，如果將這作為衡量「天下豪傑」的準繩，不免會上當。他從這個角度解釋朱君對友人褒美的真正含義，是對友人委婉、善意的提醒，實也是期望友人去追求更加高遠的人生目標。

本文寫於嘉靖二十二年（西元一五四三年），歸有光三十八歲。

陳時子行❶之赴試也，其姑之夫吏部朱君，寔❷官南曹❸，亟稱子行之文，已而❹果中魁選❺。子行不以有司❻之取者為榮，而以君❼之知之者為德❽。是年冬十月某日，君之誕辰，留都❾士大夫咸為之壽。於是子行歸而乞言于予。

予昔讀書萬峰山❿中。萬峰，蓋君之所以自號者。其山下瞰⓫具區⓬，倚拔水際。西南七十二峰，矗立於蒼波浩渺之間。中有高堂，古木、橘柚千章⓭，梅竹茶茗，崇岡連被⓮。問之，知其為君之圃，而頗訝主人之不來者幾年矣。然留都曹務⓯清簡，士大夫閉門高臥之外，相與⓰游覽賦詩，又稱觴⓱為壽。此布衣野老之所樂者，而仕宦者兼而有之，其不亦多⑱乎？此士大夫所以樂為君壽者也。

而予又有感於子行之言。夫科舉取士，不能不為一定之品式⑲，而亦非品式之所能拘也。俗人僥倖於一日之獲，其於文義尚有不能知者，囂囂然⑳自謂已能，欲以規繩㉑天下豪傑之士，亦可恥矣。昔五代㉒時，張文寶㉓知貢舉㉔，所放進士㉕，中書㉖有覆落㉗者。下學士院作詩賦貢舉格㉘，學士李懌㉙曰：「予少舉進士登科，蓋偶然耳。後生可畏，來者未可量。假令予復就試禮部，未必不落第。安能與英俊為準格？」聞者多其知體㉚。歐陽永叔特以此一事，為懌立傳㉛。今君之於子行，要為有得於歐陽子之所云者，予故特書之，且以為壽。

【注釋】❶陳時子行　陳時，字子行，崑山人。嘉靖二十二年（西元一五四三年）參加南京鄉試中舉。根據歸有光〈顧母陸太孺人七十壽序〉，陳時後來考中進士，授行人。歸有光與陳子達、陳子行兄弟是摯友。參見〈送陳子達之任元城序〉題解。❷寔　語氣助詞。❸南曹　指南京吏部。❹已而　結果。❺魁選　原義是頭一名，鄉試第一為解元。按陳時嘉靖二十二年中舉，該年解元是無錫人尤瑛。歸有光此處用「魁選」，是名次考得高的意思。❻有司　主考的部門和考官。❼君　朱君。❽德　恩德；感激。❾留都　明朝遷都北京以後，仍以南京為首都，稱留都。❿萬峰山　即鄧尉山，上有萬峰寺，在江蘇吳縣西南。歸有光三十三歲時曾在這裡讀書。⓫瞰　望。⓬具區　即太湖。⓭章　棵。⓮被　覆蓋。⓯曹務　官衙的公務。⓰相與　相互。⓱稱觴　舉杯祝酒。稱，舉起。⓲多　稱讚。⓳品式　標準、格式。⓴囂囂然　宣揚不止。㉑規繩　束縛。規、繩，分別是畫圓和畫直線的工具。㉒五代　指後梁、後唐、後晉、後漢、後周五個朝代，從西元九〇七年至九六〇年。㉓張文寶　（？～西元九三三年）後唐莊宗即位，以文寶知制誥，歷中書舍人、左（一作「右」）散騎常侍知貢舉、吏部侍郎等。㉔知貢舉 唐、五代、宋時特派主持進士考試的大臣。㉕放進士 發榜錄取進士及第。㉖中書 「中書省」之略。在隋、唐是國家政務中心，與門下省、尚書省共議國政，中書省主決策。㉗覆落 科舉考試及第後經過復核而落第。㉘下學士院作詩賦貢舉格 意謂讓學士院擬定科舉考試時評判詩賦試卷的標準或提供範文，以便依循。學士院，唐開元二十六年，改翰林供奉為學士，別置學士院，專掌內命，撰朝廷號令等重要文件，隸屬中書省。詩賦貢舉格，指錄取詩賦考卷的標準、格式。當時科舉考試，須考詩賦。㉙李懌 京兆（今陝西西安）人。工文辭。唐末舉進士。入後梁累遷翰林學士。後唐天福中，歷工部、禮部、刑部尚書。年七十餘卒。㉚多其知體 稱讚他明曉事理。㉛歐陽永叔特以此一事二句 〈李懌傳〉，見歐陽修《新五代史》卷五十五〈雜傳四十三〉，主要記述李懌的這一件事。歸有光文章中所引，取材於這篇傳記。永叔，歐陽修字。他是著名的文學家和史學家。

【語　譯】陳時子行去參加鄉試，他在吏部任職的姑父朱君，當時就職於南京，對子行的文章大加稱賞，結果他果然考中。子行不以考官賞識錄取他為榮，而對朱君的賞識感恩不盡。這年冬天十月某日，是朱君的誕辰，南京的士大夫都為他祝壽。為此子行回到家鄉，請我撰寫祝壽之文。

我過去在萬峰山讀書。萬峰，也是朱君為他自己取的號。從山上往下俯瞰，可以望見太湖，山就聳立在湖中。西南七十二峰，矗立於碧波浩渺之間。山間有高偉的屋宇，古樹、橘柚千棵，梅、竹、茶樹，遮沒了高高的山岡。向人打聽，知道這是朱君的園圃，當時對主人已經好幾年不到他自己的園圃來，心裡頗感到驚訝。然而南京的官衙事務清簡，士大夫除了閉門高臥之外，互相邀約遊覽風景，賦詩酬唱，又互相舉杯慶壽。這些都是布衣百姓、鄉閭老漢們樂意做的事情，而入仕做官的人也兼而有之，此不是很值得讚揚嗎？這就是士大夫樂意為朱君慶壽的原因。

然而我對子行的話還產生了感想。依靠科舉制度取士，不能不確立一定的格式、標準，然而又不能拘囿於這種格式、標準以論人論事。俗人僥倖於某一次考試成功，其實他們對於寫文章來說還是門外漢，卻得意洋洋地自以為已經精通此道，想用他們那一套東西來衡量和束縛天下豪傑之士，這是令人感到非常羞恥的。從前五代的時候，張文寶主持考試，發榜錄取進士及第，到中書省復審仍然有人因不合格而落選。上面讓學士院擬訂評判詩賦試卷的標準或範文，學士李懌說：「我年輕時舉進士登科第，其實得之於偶然。後生可畏，後來者未可限量。假如要我重新參加禮部主持的科舉考試，未必不落選。我又怎麼能為英彥才俊規定標準、提供範文呢？」聽到的人都稱讚他明達事理。歐陽修就因為這一件事，在《新五代史》為李懌立了傳。今天，朱君之於子行，也可謂是得到了歐陽修史書所述的精神，我所以特為撰寫此事，並以此為朱君賀壽。

【研　析】文章從側面寫朱君。稱賞陳時文章，是寫他慧眼過人；記述萬峰山園圃之景，及南京衙務清簡之狀，是寫他心境淡泊。這些雖然是一鱗一爪，朱君其人大體的精神、性情，已經清晰可見。歸有光在文中講到歐陽修《新五代史》特以一件事情，為李懌立傳，這也是對他自己從側面寫朱君方法的最恰當注腳。

文中指斥俗人以僥倖得一第而意氣洋洋，忘乎所以，作者對這種人從心底裡感到鄙夷，而詞句的語氣卻顯得含斂平靜，不露奮張的辭色，這在他同類的抨擊性文章中，並不多見。這或許說明歸有光早年的心境還沒有被折磨到容無可容的程度，依然比較寬舒。

錢謙益〈譚立生文序〉也引用李懌的話，說他自己也「不欲以一時准格薄視天下之英俊」，「故舉（李）懌之言以告之，且自道其所以不敢為人師之意」（《牧齋外集》卷二）。錢謙益推崇歸有光，受歸氏文章的影響甚著，從這裡似乎也可以看到一絲痕跡。

周秋汀八十壽序

【題解】周秋汀先生是崑山的長壽者，其人生平不詳。孔子《論語・雍也》說：「仁者壽。」包咸注：「性靜者多壽考。」老、莊的精義妙語更是為養生者普遍奉行的至理名言。本文娓娓談敘如何養生的道理，作者彷彿是一位心理醫生，向人們傳播有益心理健康的知識。它在歸有光散文中別具一格。

吾崑秋汀周先生，今年壽八十，鄉大夫士❶多為歌詩、文章祝之。先生之子通判❷君，設廣席❸，大會賓客。余輩九人者，辱交❹先生父子，間❺得坐下坐❻，目瞻盛舉，心竊❼慕之。

客有洗爵❽壽先生者，問曰：「先生之壽有道❾乎？」先生曰：「有。老子曰：『逸則壽。』❿又曰：『知足之足，常足。』⓫蓋造化⓬鈞畀⓭萬物，小大厚薄，各有品限⓮。故安其分則心泰，泰則百疾不作，故壽。愚者弗察，覬覦⓯生焉，得失觸⓰焉，心擾⓱而害隨之，惡⓲乎壽？故吾見人之富，不多其財，而薄田敝廬⓳，足於陶朱⓴；見人之貴，不侈㉑其爵㉒，而青氈㉓絳帳㉔，榮於金紫㉕；見人有時名，不高其聞，而陶情詩酒，放懷歌舞，老焉益壯，若將終身。吾不知有餘在人㉖，不足在我，嬉嬉然㉗若與得意者等㉘。吾之壽，或者㉙在此乎？」客未對，余笑曰：「達哉，先生之論也，其有得于莊子㉚〈逍遙〉㉛之旨乎哉？其曰大鵬萬里，鷦鷯一枝㉜，各適其適，不相企慕，則羨欲之累可以絕，累絕則悲去，悲去則性命安。是故壽於人，則為彭祖；壽於物，則為大椿㉝。達者能得之，則先生其人也，今而後呼先生為逍遙公可乎？」先生聞之喜，卒爵㉞而歌，頹然㉟就醉。余因拾問答之辭，合而為序。

【注釋】❶鄉大夫士　鄉紳和一方文人。❷通判　官名。明代各府設通判，分掌糧運及農田水利等事務。❸廣席　眾多坐席。❹辱交　意謂與人交往使對方受辱。辱，謙辭。❺間　夾雜。作者藉以表示抑己尊人的謙意。❻下坐　末席。上座以待貴賓，下座招待普通賓客。❼竊　暗。❽洗爵　清洗酒杯再往杯裡斟酒，以示敬意。爵，盛酒器。❾道　方法。❿逸則壽　此句引文不見於《老子》。《舊唐書．劉蕡傳》：「既安矣，則壽考至焉。」真德秀《西山讀書記》卷九：「靜者壽。」此或出於老人誤記。歸有光照實引錄，更見記事記言之真實。逸，安。⓫知足之足二句　《老子》四十六章：「禍莫大於不知足，咎莫大於欲得。故知足之足，常足矣。」⓬造化　自然。⓭鈞畀　公平賜與。鈞，通「均」。畀，給。⓮品限　等級規定。⓯覬覦　非分的想望。⓰觸　動。⓱擾　亂。⓲惡　何；怎麼。⓳薄田敝廬　貧田破屋。⓴陶朱　春秋時越國大夫范蠡佐助越王滅吳後，棄官居於陶，改名朱公，以經商致巨富。㉑侈　意動用法，看重的意思。㉒爵　官爵。㉓青氈　指青色毛毯製品，如帽冠等。古人常用以指清貧者。㉔絳帳　《後漢書．馬融傳》：「常坐高堂，施絳紗帳，前授生徒，後列女樂。」後用「絳帳」為師門、講席之稱。㉕金紫　金魚袋及紫衣，唐宋官員的佩飾和服裝，代指貴官。或者謂金印紫綬，是黃金印章和繫印的紫色綬帶，皆是古代達官所掌。㉖有餘在人　別人的東西多。㉗嬉嬉然　歡樂滿足的樣子。㉘等　相同。㉙或者　可能。㉚莊子　名周，道家代表之一。崇尚自然，反對人為。著有《莊子》。㉛逍遙　〈逍遙遊〉，《莊子》第一篇。主張無己無待，各安其處，悠閒自得。鯤鵬乘風飛翔萬里，小鳥騰越蓬蒿之間，都合符各自的天性，互相不足羨慕，也不必惱怨。㉜鷦鷯一枝　〈逍遙遊〉：「鷦鷯巢於深林，不過一枝。」鷦鷯，一種小鳥。㉝是故壽於人四句　〈逍遙遊〉：「上古有大椿者，以八千歲為春，八千歲為秋。而彭祖乃今以久特聞，眾人匹之，不亦悲乎。」彭祖，古代傳說中的長壽者。大椿，香椿樹。㉞卒爵　將杯中酒一飲而盡。㉟頹然　醉倒的樣子。

【語　譯】我們崑山周秋汀先生，今年高壽八十，鄉紳和一方文人多寫了詩歌、文章為他慶賀。先生任通判官的兒子，廣設坐席，大會賓客。我等九人，有幸得與先生父子相交往，因此有機會夾雜在眾人中坐於末席，親眼看到這樣盛大的場面，心裡暗暗地欣羨。

來客中有人洗了酒盞，斟滿酒，為先生祝壽，問道：「先生如此長壽，有什麼方法嗎？」先生回答道：「有。老子說：『安逸則壽。』又說：『以知足的心情對待處境，就永遠都會感到滿足。』因為自然造化賜予萬物總是公平的，大小厚薄，各有定分。所以滿足於給自己的那一分，心情就會泰然，而心情泰然則百病不生，所以就長壽。愚蠢的人不能認識這一點，心裡懷著非分之想，患得患失，心境擾亂於是危害隨之而生，這樣怎麼能長壽呢？所以，我看到別人富裕，不羨慕他的錢財，雖然自家只有薄田破屋，卻把自己視同巨富陶朱公范蠡；看到別人顯貴，不重視他的官爵，雖然自己只戴青氈帽，僅是設絳帳教書的窮塾師，卻自以為同腰掛金印紫綬的達官沒有區別；看到別人一時名聲顯赫，我也不會為他的聲譽而傾倒，而是陶情於詩酒，開懷於歌舞場，這樣老而益壯，度過自己的一生。我並不感到別人有什麼優越，自己有什麼缺憾，整天嘻嘻哈哈很滿足，與得意者沒有兩樣。我所以長壽，可能就是這個原因吧？」

那位客人聽後無言。我笑道：「真是通達啊，先生剛才的一番高論，那是得到了莊子〈逍遙遊〉的精髓吧？莊子說大鵬飛翔於萬里，小鳥築巢於一枝，各自對處境感到滿足，互相不羨慕對方，如此，嚮往不屬於自己的東西而產生的牽掛就可以杜絕，牽掛割斷則痛苦不生，痛苦不生則性命安逸。所以，人而能長壽，則成為七八百歲猶生的彭祖；物而能長壽，則成為千年不枯的香椿。通達懷有大識者能夠得莊子之旨，先生正是這樣的達者。從今以後，稱先生為逍遙公可以嗎？」先生聽了之後感到高興，將杯中的酒一飲而盡，放聲而歌，然後滿足地醉了。我於是拾掇剛才的問答之辭，撰為壽序。

【研 析】本篇講心理滿足對於養生長壽的重要性，它根源於老莊思想。文中這位壽者以為，人們所以覺得幸福或者痛苦，得意或者失望，有時候可能並非是由於客觀方面的情況引起的，而更多是決定於當事人內心的期望和處世的態度，所謂「安其分則心泰，泰則百疾不作，故壽」。因此他以心理調整為惟一的維度來實現個人的幸福和滿足感，擺脫煩惱和困惶。在壽者所講述的話語裡，出現了不少由意動詞構成的句子，如「不多其財」、「足於陶朱」、「不侈其爵」、「榮於金紫」、「不高其閒」。在這篇文章裡，這些意動句不僅僅是一種單純的語法現象，它們更是體現了作者心理活動之於養生長壽無比重要的觀點，文法與思想在這裡達到了高度的一致。

文章由掇拾主客「問答之辭」而成，為了保留壽者的口語特色，增強記事記言的真實性，即使文章中的人物誤引了前人的話，歸有光也予保留不更改。如壽者所引「逸則壽」一語，不見於《老子》，即是一個例子。

楊漸齋壽序

【題解】楊漸齋，不詳其名，漸齋應是他的字。崑山人。舉人，曾任台州府推官，與御史不合，歸鄉終老。作者弟歸有尚是楊漸齋的外孫婿，請寫此文為他七十歲賀壽。文章以為楊漸齋被擠出仕途，根本原因在於當時官場上惟重進士、不重真才實學的風氣所致，於是文章對此進行了深刻的檢討和諷刺。歸有光後來考中進士在都水司試吏期間，撰〈三途並用議〉，特別強調應當並用「進士、科貢、吏員」，說：若「舉人之下第者真有才學，「雖任以進士之官可也」。並說：「蓋自古中世，猶未嘗不事旁招俊乂，博採聲望，側席幽人，思遲多士。今百餘年，寥寥未之見，而專以資格進敘。今亦頗苦其膠束伏隘，而未能曠然也，是以思為三途並用之說。愚以為非大破因循之論，考國家之故事，追三代、兩漢之高蹤，以振作鼓舞一世之人材，恐不足以剗累世之宿弊，而收用人之實效也。」表現出對「專以資格進敘」、在進士與舉人之間劃鴻溝的取士制度的懷疑，這與本文的見地相一致，與清末龔自珍「不拘一格降人才」的呼聲也大略相近。

本文寫於歸有光中年時期，具體作年不詳。

國家制❶州縣之官，皆親民之職，所以宣布天子惠養元元❷之意。其取之不一途，而選授必以才。要❸使之人人自盡其力，固不以其不任❹而苟試之也。

自進士之科❺重，而天下之官不得其平❻矣。夫委之以任而責其成，當論其人之才不才，與其事之治不治，不當問其進士非進士也。而今世則不然。非有朝廷顯然⑦一定之命，而上下相習以為是當然者，非一日也。天子重念⑧遠方之民，歲遣御史⑨按行⑩天下，以周知⑪其吏之賢否。而御史所至，汲汲⑫于問其官之所自。苟不肖也，進士也，必其所改容而禮貌之，必其所列狀⑬而薦舉之也，而銓曹⑭之陟⑮者恆于是⑯。既而罪跡暴著⑰，而加之罪罰矣，猶若難之。苟賢也，非進士也，必非其所改容⑱而禮貌⑲之，必非其所列狀而薦舉之也，而銓曹之黜⑳者恆于是。既而功顯實著，而加之賞矣，猶若難之。是以暴吏恣睢㉑于民上，莫能誰何㉒；而豪傑之士一不出於此途㉓，則終身俛㉔首，無自奮之志。間有卓然不顧於流俗，欲少㉕行其意，不勝其排沮㉖屈抑，逡巡㉗而去㉘者多矣。

吾邑楊漸齋先生以鄉進士㉙選調台州府㉚推官㉛。先生之考平陽君㉜，號為有風烈㉝。而先生承家學，少有令㉞名。以先生之才，宜不出於他人之下，其于理冤釋滯㉟，寧㊱有不盡其心者？而一與御史不合，曾不得少安其位也。雖然，于先生何媿？先生今老於安亭㊲，年已七十，賦詩飲酒，與田夫野老相追逐，其樂豈有涯㊳也？余獨惜夫天下常有遺才，而習于所偏重者不覺其弊，皆以為是當然，而莫知所以救之，豈非世之君子之責哉？

先生以八月八日為誕辰。予弟有尚㊴，先生之外孫壻也，來索此文。予之曾大父㊵與平陽君同年㊶交好，而予于先生，亦在姻婭㊷之末，不得以不文辭㊸。然不敢為漫衍㊹卑諂㊺之談，以為世俗之文，非所以事先生也。

【注　釋】❶制　設置。❷元元　百姓。❸要　關鍵；重要。❹不任　才德不勝所承擔的官職。❺進士之科　唐代按照不同科目選拔官吏，有秀才科、明經科、進士科等，其中進士科最受重視。明朝大約分為「進士、科貢、吏員」三途（見歸有光〈三途並用議〉），也是最重視進士出身。❻平　公平。❼顯然　公開。❽重念　格外關心。❾御史　指明代巡按御史。受朝廷委派，出巡各地，考察官吏政績。❿按行　巡行。⓫周知　全面瞭解。⓬汲汲　急忙。⓭列狀　陳述其事。⓮銓曹　吏部。⓯陟　陞。⓰是　此。指御史的褒貶。⓱暴著　暴露。⓲改容　改變儀容。⓳禮貌　以禮相待。⓴黜　罷免。㉑恣睢　放縱暴虐。㉒莫能誰何　誰都對他沒有辦法。何，奈何。㉓此途　指進士。㉔俛　同「俯」。㉕少　略微。㉖排沮　排斥，阻擋。㉗逡巡　退避。㉘去　離開。㉙鄉進士　考中鄉試。指舉人。㉚台州府　府治今浙江臨海。㉛推官　負責一府刑事的官員。㉜先生之考平陽君　楊漸齋父親楊楷，字元範，崑山人。成化十年（西元一四七四年）舉人。《浙江通志》卷一百五十引《萬曆溫州府志》：「楊楷，弘治十年（西元一四九七年）知平陽縣，嚴重廉介，請託不行。……凡有疑獄，必反覆推詳，務得其實，矜釋甚多。」考，稱呼死去的父親。平陽，今屬浙江。㉝風烈　風範、節操。㉞令　美。㉟理冤釋滯　指治理獄事，妥善處理冤案和多年難斷的案子。㊱寧　豈。㊲安亭　鎮名。今屬上海市嘉定。㊳涯　邊際；盡頭。㊴有尚　歸有尚，歸有光弟。㊵予之曾大父　歸鳳。曾大父，即曾祖父。㊶同年　指同一年中舉。歸有光〈容春堂記〉：「余之曾大父……成化甲午（西元一四七四年）舉於鄉。」㊷姻婭　有婚姻關係的親戚。歸有光弟與楊漸齋外孫女結婚，所以這樣說。㊸辭　推託。㊹漫衍　不著邊際。㊺卑諂　庸俗奉承。

【語　譯】國家設置知州、縣令，都是親近庶民的官職，是為了讓他們宣揚和傳播天子惠養百姓的恩情。選拔這些官員不限於一條途徑，然而選用的標準只根據他們自己的才能。關鍵是使他們人人都能自盡其力，決不會明知其不稱職而苟且委任於他。

自從進士科受到特別重視以來，天下授受官職就失去了公平。授予一個人職務而要求他做出成績，應當看他是不是有才，以及治理得是不是好，而不應當問他是不是進士出身。然而當今之世卻不是這樣。並不是說朝廷在這方面有什麼明文規定，而是上下習以為常，都把這視為理所當然，此由來已非一日。天子異常地關心遠方的人民，每年派遣御史巡行天下，以全面瞭解官吏是否賢良稱職。然而御史到一個地方，先急著詢問這個官員是什麼出身。如果是一個庸劣之輩，只要是進士，就一定會對他和顏悅色，以禮相待，在考察鑒定的報告中一定會薦舉他，而吏部決定擢陞總是以御史所做的鑒定為依據。後來該人罪行暴露，而要對他進行懲處，依然會遇到御史的重重阻力。如果是一個賢明之人，只要不是進士，就一定不會對他和顏悅色，以禮相待，在考察鑒定的報告中一定不會薦舉他，而吏部決定貶黜總是以御史所做的鑒定為依據。後來該人功績突出，而要對他獎賞，依然會遇到御史的重重阻力。所以惡吏在人民頭上逞兇施暴，誰也奈何他不得；而英雄豪傑一旦不是出於進士之途，則終身低頭，無法實現自己的志向。偶爾有人卓然昂首，不顧流俗成見，想稍稍按照自己的意願做事，然而不堪遭受排斥和屈抑，結果以退避而離開者居多。

我鄉楊漸齋先生以舉人選調台州府推官。先生的父親平陽君，以風範、節操著稱。而先生能繼承家學，年輕時就有美名。以先生的才能，自然不會在他人之下，他對於治理的獄事，怎麼會不盡心去做？可是一旦不稱御史之意，就無法再在這個位子上待下去。儘管如此，先生對此又有什麼可慚愧呢？先生現在養老於安亭，年紀已經七十，賦詩飲酒，與鄉間農夫、隱逸老人互相往來，這樣的快樂享受得盡嗎？我只覺得太可惜，天下常常有被遺棄的人才，然而對習慣於偏重一條途徑選用官員的人來說並不覺得這是弊端，都以為這是理所當然，自然也不知道如何加以克服，那麼克服偏重一途用人的弊端難道不是世上君子的責任嗎？

八月八日是先生的誕辰。我弟弟歸有尚，是先生的外孫女婿，來討壽序。我的曾祖父與平陽君是同一年考中舉人的好友，而我與先生，兩家也帶上了婚姻的關係，不能以不善文章作為理由加以推辭。然而我不敢用漫無邊際、庸俗奉承的話來應酬，認為像那樣的世俗文字，是不能為先生祝壽的。

【研　析】古人寫壽序多用於應酬，因此其中多為世俗文字。歸有光文集中壽序之文也不少，難免也會有這一類作品，他的文章在後世遭到某些人批評，主要正是集中在這個方面。然而這樣說，並不等於壽序作為文體的一種就應該遭否定了，也不等於歸有光的壽序文就完全失去了價值。實際上，一部《震川集》可選的壽序之作並不在少數。歸有光自己曾表示，「不欲為鄉里頌禱之常辭。」（〈瀫山周先生六十壽序〉）本文也說：「不敢為漫衍卑諂之談，以為世俗之文。」這可以看作是他對撰寫壽序文所抱持的一種基本態度，也是他能夠寫出一些出色的壽序原因所在。

歸有光賀壽的對象是一個舉人出身的州府推官，在惟進士是重的時代，他在仕途上自然會遭到別人歧視，儘管才能不在他人之下，又盡心於職守，卻不能得到上司公平對待，反而成為考核的犧牲品。歸有光通過向他賀壽，替他，也是代表正直的人發出不平之聲，作為對他委屈的心靈的一種慰撫。

本文名為壽序，其實更像是一篇論說文。作者著重對明朝雖無一定成命，然而「上下相習以為是當然者」，即只重「進士之科」的選官制度的弊端進行了批判，認為這是「天下之官」不公平的突出表現。歸有光主張，朝廷任命官員，「當論其人之才不才，與其事之治不治，不當問其進士非進士也。」然而明朝的現實情況恰好顛倒了這種關係，以致戴著進士光環的「暴吏」「恣睢于民上」，別人對他們無可奈何，而「豪傑之士一不出於此途，則終身俛首，無自奮之志」，被迫離開仕途。歸有光撰寫此文，不僅是同情楊漸齋的不幸遭遇，更在於藉此而喚起世上君子革除這樣的制度弊端的責任和意識。

前山丘翁壽序

【題解】 丘翁，自號前山，是一位默默無聞的鄉村老漢。歸有光一生為許多不知名的小人物，或者左鄰右舍寫過文章，本文也是其中一篇。自重身價的大文人可能不屑於寫這樣的題目，可是，歸有光卻以同樣認真的態度對待此事，寫得也堪稱出色。這成為歸有光散文創作的一個特點。本文以讚賞的筆調，稱讚生活中普通小人物通達、隨和的處世態度及稟賦性格，並從側面對戀棧的公卿大夫進行了諷刺。

本文寫於嘉靖三十五年（西元一五五六年），歸有光五十一歲。

吳郡太湖❶之別為澱山湖❷，湖水溢出為千墩浦❸，入于吳淞江。當❹浦入江之處，地名千墩，環浦而居者，無慮❺數千家。而延福寺❻中浮圖❼，矗立雲表❽，舟行數里外望之，鬱然❾若有祥雲瑞氣浮之。予少時之❿母家⓫，時過其下，而浦上著姓⓬，往往能識⓭之。今其存⓮者少矣。而予弟某⓯，乃為予言丘翁之壽云。

千墩有山，名為秦柱峰，培塿⓰小丘耳，俗謂之山。而在翁所居之前，因以前山自號。翁年五十餘，即付家事其子，日遊延福寺中，與緇素⓱之流為方外⓲之交。每造⓳精廬⓴，談笑飲酒而已，家之有無，不知也。予未識丘翁，想見之而愛其人。以為人生百年之內，無可競㉑之事，終於馳騖㉒而無所止。而翁以未老而傳，雖其家事亦無所問，況於人世之榮名乎？使翁在公卿大夫之位，寧肯冒㉓寵利而不知休㉔乎？使翁得休處之地，寧肯覬覦㉕中朝㉖，求起廢㉗而更進乎？

史稱萬石君㉘歸老于家，子孫為小吏來謁，必朝服見之；有過失，為便坐㉙，對案㉚不食；雖燕居，必冠㉛，以孝謹聞于郡國㉜。而陸賈㉝家居，出橐㉞中裝賣千金，分其子為生產，常安車㉟駟馬㊱，從歌舞，鼓琴瑟，侍者十人，過其子，給酒食，極歡。兩人志操㊲不同，史皆稱之。使丘翁貴顯於世，蓋陸生之徒也。

嘉靖三十五年㊳八月二十日，翁六十誕辰，其姻黨㊴因㊵予弟，來請其壽之文。予固有感于少時所熟遊處，為之慨然，而又樂道㊶其人，故論而序之。

【注釋】❶太湖　參見〈二子字說〉注❹。❷澱山湖　參見〈澱山周先生六十壽序〉注❶。❸千墩浦　在崑山南，吳淞江南岸。❹當　在。❺無慮　估計之詞，意謂大約。❻延福寺　寺名。歸有光〈馮宜人六十壽序〉：「予母家在吳淞江南千墩浦之內，浦上民居數百家。有寺曰延福，中有梁天監時所建浮圖，矗立至雲表。」❼浮圖　佛塔。❽雲表　雲外。❾鬱然　興盛貌。❿之　往；到。⓫母家　外婆家。⓬著姓　大姓望族人家。⓭識　記。⓮存　活在世上。⓯予弟某　指歸有光的弟弟歸有尚。⓰培塿　小土丘。⓱緇素　僧人和世俗之士。此偏義複詞，用「緇」義，指僧人。緇，黑色僧服。素，白色，世俗之人穿的服色。⓲方外　世俗禮法之外，指僧人的生活方式和環境。⓳造　訪問。⓴精廬　僧舍；佛寺。㉑竟　終了。㉒馳騖　奔馳，忙碌。㉓冒　貪。㉔休　辭官家居。㉕覬覦　非分的企望。㉖中朝　朝廷。㉗起廢　罷官或辭官後，重新謀求起用。㉘萬石君　即石奮（？～西元前一二四年），西漢河內溫（今屬河南）人。初侍漢高祖，任中涓，文帝時官至太中大夫，景帝時列為九卿，以上大夫祿歸老於家。他身為二千石，四子也都官至二千石，故號為萬石君。性恭謹無比，做事以謹敬為先。《史記》、《漢書》皆有傳。㉙便坐　不處正室，而坐在別的房間。萬石君藉此以自責，實為責人。㉚案　小桌。㉛雖燕居二句　《漢書．萬石君傳》：「子孫勝冠者在側，雖燕必冠。」燕居，閒居。㉜郡國　郡和國的並稱。漢初封建制與郡縣制並存，分天下為郡和國，郡直屬中央，國分封諸王、侯。㉝陸賈　西漢初楚人，從劉邦定天下，官太中大夫，又出謀誅諸呂。有辯才，著《新語》。陸賈先奉劉邦命使南越，說服其王趙佗向漢稱臣，趙佗為了表示感謝，用袋裝千金之寶饋贈陸賈。惠帝時，呂后欲王諸呂，陸賈以病免職家居。他將趙佗饋贈之寶變賣千金，平均分給五個兒子，令為生產。事見《史記．酈生陸賈列傳》。㉞橐　袋。㉟安車　古代一般的車是立乘，安車是坐車，供年老的達官或婦人乘用。㊱駟馬　四匹馬拉的車。㊲志操　志向、性情。㊳嘉靖三十五年　西元一五五六年。㊴姻黨　有婚姻親戚關係的成員。黨，親族。㊵因　通過。㊶樂道　樂於稱道；高興談論。

【語　譯】吳郡太湖之水形成的另一座湖，是澱山湖。從澱山湖流出的水形成的河，叫千墩浦，它匯入到吳淞江。在千墩浦匯入吳淞江的地方，其地名曰千墩，環河居住的人家，大約有數千戶。而延福寺裡的佛塔，矗立雲外，乘舟從數里之外就能望見，其上浮聚著繁盛的祥雲和瑞氣。我少年時代到外婆家去，時常從寺下經過，而住在河岸上的大姓望族人家，往往能記得他們的姓名。現在這些依然在世的望族已經少了。而我的弟弟，則對我說起丘翁的高壽。

千墩這地方有座山，名為秦柱峰，只是一座小丘而已，人們習慣上稱它為山。它在丘翁家的前面，丘翁因此用「前山」自號。丘翁五十多歲時，就將家裡的事情託付給了他兒子，自己每天到延福寺遊玩，與僧人們結為世俗禮法之外的朋友。他每一次到佛寺造訪，都沉湎於談笑和飲酒，家庭什麼之類的，他全然不放在心上。我不認識丘翁，想像他的情形，覺得這人是可愛的。我想到，一個人活了一世，沒有一樁事情可以做成，終身忙碌奔馳，不知息止。而丘翁年紀未老，就從這一切中擺脫出來，甚至連自己家裡的事情也不過問，更何況是人間的名譽聲望呢？假如丘翁是在公卿大夫的位子上，又怎麼肯貪圖榮利而不知致仕乞休？假如他辭官居鄉了，又怎麼會非分地企望朝廷，謀求東山再起？

史書稱萬石君回鄉養老以後，做小官的子孫來拜見他，他必定要穿上朝服才與他們相見；孩子中有人犯了過失，他離開正室，坐在別的房間，對著几案不進食，以此表示責備；有成年的子孫在旁，他即使閒居也必然衣冠端正，以孝敬恭勤聞名於天下。而陸賈辭官居家時，他從袋子裡取出南越王贈他的寶物，變賣成千金，分給兒子們，讓他們從事生產。他自己則乘坐舒適的馬車，去觀看歌舞，或彈琴鼓瑟，隨從的侍者十人，如果去看望兒子，他們備好酒食，極為歡樂。這兩個人的志向、節操不同，史書都對他們加以稱讚。假如丘翁是世上的權貴顯達，他一定是陸賈一流人物。

嘉靖三十五年八月二十日，丘翁六十歲誕辰，他有親屬關係的人通過我的弟弟，來請我為他撰寫慶壽之文。我對於早年走熟的地方難免會有感觸，心裡產生感慨，而且又樂於稱道丘翁其人，所以論述如上，以為壽序。

【研　析】歸有光並不認識丘翁，惟他五十餘歲即付家事於其子，自己過著樂易的生活一事，得之於請壽文者敘說，可見其人本來可以敘述的內容很少。作者先從其所居之地敘起，漸及其人曠達性情，最後引史傳人物相似者作進一步引申，信筆而行，搖搖曳曳，蕩蕩漾漾，不見其事情貧薄，反見其文情充實。文家若善於運思，則巧媳婦不難為無米之炊。首段敘居所周圍而及延福寺，看似不經意帶出，實為其後寫丘翁與寺中僧人交流，談笑飲酒，作一伏筆。作者文心細緻而又切合自然，由此可見。因為實處可寫的事情少，故本文每於虛處落墨，「使翁在公卿大夫之位」，「使翁得休處之地」，「使丘翁貴顯於世」，三用假設之詞，為丘翁傳寫精神，同時暗中砰擊「冒寵利而不知休」、「覬覦中朝，求起廢而更進」的「公卿大夫」，虛處筆意更高，更見霜刃。

碧巖戴翁七十壽序

【題解】戴翁，不詳其名，碧巖當是他的自號。崑山人。戴翁兒子戴與政，是作者的朋友，歸有光曾在〈同州通判許半齋壽序〉中提到過他。本文肯定樂觀的生活態度，這與歸有光接受道家思想有關，也與他坎坷的經歷有關。可以與〈周秋汀八十壽序〉、〈前山丘翁壽序〉等文互相參觀。文章談到，樂觀的人善於從自然和生活中發現更多美好的東西，這是一個有見地的觀點。

本文寫於作者晚年，尚未考中進士，具體作年不詳。

人之情皆有樂與不樂，二者因所遭而異；又有不然者，則繫❶乎其人。其人能自適，即其樂恆然；雖有所不樂，不能易也。「蟋蟀在堂，歲聿其暮。今我不樂，日月其除。無已太康，職思其居。好樂無荒，良士瞿瞿。」❷唐❸之俗，其人安于不樂，故欲其樂，終不可得也。「東門之枌，宛丘之栩，子仲之子，婆娑其下。」❹陳❺之俗，其人安于樂，故欲其不樂，終不可得也。夫以憂深思遠，儉而有禮，為有堯之風，視幽公❻之荒淫棄業❼，亟會❽歌舞，固不可同日而語。然世之君子，姑舍此而論，吾人生世誠無幾，獨戚戚❾不自聊❿，乃非所以順性命之情。故雖唐之儉，君子譏焉。

古有莊周之徒[11]，常[12]思自放[13]于天壤[14]之間以為達。彼誠有見，謂當世之事，一切皆中吾之心[15]，吾以有為[16]應之，雖百年之內，足以有所成，則吾亦可以少自苦，而庶幾所至有涯而不辭也；今以人之身涉于無涯之中，極一世之心力，終不能有所覬[17]，則亦何苦役役[18]，舍吾之可樂以易彼哉？且天地日月，風雲山水，四時花鳥，稻粱[19]醴[20]膳，宮室筦簟[21]，父子昆弟[22]，夫婦朋友，人之生有此耳。能自樂者，其人之生，常以百歲能當乎人之數百歲。以其于天地獨見其高厚，日月獨見其昭朗[23]，風雲山水獨見其變態[24]，四時花鳥獨見其靚麗[25]，稻粱醴膳獨知其味，宮室筦簟獨知其安，父子昆弟、夫婦朋友獨知其有情。彼不樂者，百年之內，惛惛罔罔[26]，而又何知哉？

余少時有志于古豪傑之士，常欲黽勉[27]以立一世之功，既老不遇時，始益悟人世之倏忽[28]。即年少得志，躐取[29]卿相[30]之位，至于今日，亦不必[31]能以有所立卓然如古之人者，其摧敗[32]必且[33]為世之所指議，予亦何羨哉？

予鄉碧巖戴翁，少而知樂，至老，飲酒虞戲[34]如一日。余意翁之觀天地日月、風雲山水、四時花鳥、稻粱醴膳、宮室筦簟、父子昆弟、夫婦朋友，必有異乎人者也。于是[35]翁年七十，縣中諸進士與其子與政同事者，皆往從翁飲酒甚樂，請予文序之。噫㊱！諸君子從翁一日樂也，然且有當世之憂，安能以余言為然㊲？姑㊳為之序之。

【注釋】❶繫　關係；決定。❷蟋蟀在堂八句　引自《詩經・唐風・蟋蟀》。〈小序〉：「刺晉僖公也。儉不中禮，故作是詩以閔之，欲其及時以禮自虞樂也。此晉也，而謂之唐，本其風俗，憂深思遠，儉而用禮，乃有堯之遺風焉。」堂，靠近室戶的地方。《詩經・豳風・七月》：「（蟋蟀）九月在戶。」故知〈蟋蟀〉所詠為九月的事情。聿，語氣助詞。孔穎達以為是即將的意思。《毛詩正義》：「〈小明〉云：『歲聿雲暮，采蕭獲菽。』采獲是九月之事也，雲歲聿，雲暮，其意與此同也。歲實未暮而雲聿暮，故知聿為遂。遂者，從始向末之言也。」二說皆可通。我，指晉僖公。除，逝去。已，甚。太康，過度歡樂。太，原作「大」。職，當。居，管轄的事；責任。荒，亂。指荒廢政事。良，善。瞿瞿，遵從禮義。❸唐　古國名，相傳為祁姓，堯的後裔，在今山西翼城西。周成王滅其國，封弟虞於此。《詩經・唐風》即是採自這裡的詩歌。❹東門之枌四句　引自《詩經・陳風・東門之枌》。〈小序〉：「刺幽公也。淫荒昏亂，遊蕩無度焉。」枌，白榆。宛丘，地名。春秋時陳國首都。今河南淮陽。相傳其地原有宛丘，高二丈。栩，木名，又名櫟。以前《詩經》注家認為，東門白榆、宛丘栩木之下，是陳國道路交會、男女所聚的場所。子仲，陳國大夫。子，男子。婆娑，舞蹈。❺陳　古國名。周武王滅商以後所封，始封的國君為舜的後代，建都宛丘（今河南淮陽）。《詩經・陳風》即是採自這裡的詩歌。❻幽公　陳幽公，在位二十三年。卒於西元前八三二年。❼棄業　不修政事。❽亟會　沉湎。❾戚戚　不歡貌。❿不自聊　猶無聊。⓫莊周之徒　指莊子及追隨其學說的人。⓬常　曾。⓭自放　自我放縱，不受世俗禮法的約束。⓮天壤　天地。⓯中吾之心　令我滿意。⓰有為　作為。與「無為」相對。⓱覬　窺見。⓲役役　勞苦不休的樣子。⓳粱　通「粱」。⓴醴　酒。㉑筦簟　用植物管子編織起來的墊席，用於寢、坐。㉒昆弟　兄弟。昆，兄。㉓昭朗　明朗。㉔變態　事物因變化而呈現不同的情狀。㉕靚麗　鮮亮、美麗。㉖惛惛罔罔　懵懂無知。㉗黽勉　勉勵；努力。㉘倏忽　短暫。㉙躐取　用不正當的手段非法取得。㉚卿相　公卿、宰相。㉛不必　不一定。㉜摧敗　垮臺；失敗。㉝且　將。㉞虞戲　娛樂、遊戲。虞，通「娛」。㉟于是　於今年。是，此。㊱噫　感歎詞。㊲然　正確。㊳姑　姑且。

【語　譯】人的情緒都有歡樂的一面和不歡樂的一面，二者因各人遭遇的不同而不同；如果不是遭遇的原因，那麼就是決定於人的自身情況。一個人如果能自得其樂，那他就永遠是高興的；即使遇到不愉快的事情，也不會改變心情。「蟋蟀跳到了堂屋，一年快走到盡頭。我現在充滿憂傷，因為時間不肯停留。莫嚮往過度的快樂，應該多想想責任。享樂而不使正業荒疏，好人皆遵守義禮。」古代唐國的風俗，人民習慣於克制歡樂的欲望，所以想使他們快樂，最終還是無法做到。「東門的白榆叢中，宛丘的栩木樹下，身為大夫的子仲，在那裡婆娑舞蹈。」陳國的風俗，人民習慣於歡樂的生活，所以想使他們不高興，最終還是無法做到。懷著深刻的憂患，思慮長遠的未來，過簡樸而合禮的生活，這是堯時代的風俗，與陳幽公荒淫無度，不修政事，沉湎歌舞，完全不可同日而語。然而世上的君子，姑且不從這個角度談問題，而想想我們活在世上很短暫，如果只是一味地憂傷，不能釋懷，這也並不符合順從性命本然之感情。所以即使對於古代唐國那樣的簡樸，君子也是有所非議的。

古時有莊子及其追隨者，曾經想毫無拘束地生活於天地之間，以這種態度為放達。他們確實有見地，認為世上的事情，一切都應該讓自己滿意，我以有為的態度去做事情，假如百年之內，確實能夠有所成就，而我能因此而減少自己的痛苦，而且有望能到達彼岸，這自然在所不辭；現在以一個人有限的生命，涉足於無窮無盡的世界中，極個人的一世心力，到最終也看不到一線希望，那又何必勞苦不休，捨棄我自己的歡樂而去換取那種奢望呢？況且天地日月，風雲山水，四季花鳥，稻粱酒菜，居室器具，父子兄弟，夫婦朋友，人的一生都與這些結為伴侶。善於自尋樂趣的人，他過日子，一生常常能夠抵得上別人幾輩子。這是因為，他能夠發現天地的高遠深厚，日月的輝煌朗麗，風雲山水的豐富變幻，四季花鳥的芬芳鮮美，稻穀酒菜的香醇可口，居室器具的安逸舒適，父子兄弟、夫婦朋友的可親可愛。那些不懂歡樂的人，活了一生，仍然是糊裡糊塗，懵懵懂懂，他們又懂什麼呢？

我年輕時曾經立志做一個像古代豪傑那樣的人，時常想到要去努力建立蓋世奇功，直到年老依然坎坷不遇，此時才更加覺悟到人生的短暫。即使年輕時候就實現了願望，坐上了卿相的位子，到今天，也不一定就能夠像古人那樣做出卓越的貢獻，如果失敗則必定受到世人的指責。我對此又有什麼值得去羨慕呢？

我家鄉碧巖戴翁，從小就是一個性格歡樂的人，年老以後，飲酒、娛樂、遊戲，如同他早年時代一樣。我想戴翁眼裡看到的天地日月、風雲山水、四時花鳥、稻粱酒菜、居室器具、父子兄弟、夫婦朋友，一定不同於別人。今年戴翁七十歲，縣裡同他兒子戴與政同事的進士們，都前往戴翁府上與他一起飲酒，極盡其歡，請我撰寫戴翁壽序。可是啊，諸君僅僅跟隨戴翁享受一日的歡樂，而心裡卻裝著對世事的憂患，這樣又怎麼能夠同意我的話呢？姑且就以此作為壽序吧。

【研　析】歸有光將自己的生活目標立得很高，希望自己成為一個能夠被現實接受、被歷史承認的人物，為了得到他心目中這光榮的一席之地，他一生都在孜孜不倦地追求。可是，他在爭取進入仕途的努力中經過了太多的坎坷和曲折，感嘗到太濃稠的苦澀和屈辱。雖然他沒有因此而改變自己的理想，沒有放棄和退縮，可是又很顯然，生活反饋給他的這一切信息對他的人生觀和生活態度，也在發生著顯著的影響。晚年的歸有光對生活的理解更加豐富，也更加深刻，正是緣於這個原因。

本文對於瞭解歸有光精神世界發生的變化很有幫助，它非常真實地再現了作者對功名生活與日常生活二者關係新的理解，這集中地表現在他對如下問題的思考：以犧牲個人日常生活的歡樂為代價，一味追求功名成就，這樣的生活態度是健康的嗎？即使成功了是不是真值得欣羨？對於這問題，歸有光早年的回答是傾向於肯定的，可是到了晚年，他的態度轉向於懷疑，回答傾向於否定。這一變化的結果，使他能夠更多地感受到蘊藏在樸素生活中的美，也使他更加熱愛普通人的日常生活，而在心理上則與老莊思想進一步地接近。這些對歸有光來說，都是非常重要的變化。

儘管如此，本文仍舊顯示作者感憤多於平靜，表明他並不真正安於「順性命之情」，早年的理想依然有力地存在並作用於他的內心。對於那個時代的士大夫來說，告別功名是一件令他們感到恐懼的事情，談何容易！從這方面說，本文又是一面清明的鏡子，照出了彷徨、掙扎在功名與超功名之際的士大夫真實的心靈世界。

沈母丘氏七十序

【題解】 丘氏是沈熙載的母親，沈熙載字伯庸，與歸有光同鄉，而且同一年中舉，二人是朋友。本文為祝丘氏七十高壽而作。其可注意者，是作者在文中提出的寫作道理，即應當記述在普通、日常生活中蘊藏的善，反對「喜異而忽其常」。這正是歸有光本人散文寫作一條最重要的經驗。

沈熙載於嘉靖三十二年（西元一五五三年）中進士，曾官湖廣道提刑僉士。本文只提及他中舉，沒有談到他中進士，當是寫於歸有光四十八歲以前。

吾觀於古者王教❶脩明❷，內外❸順治，閨門之事，皆可歌詠而傳道之。有如執懿筐❹，治絺綌❺，抱衾裯❻，星爛而起，春日微行，登岡阜而采卷耳❼，遵水墳而伐條枚❽，此婦人女子之常，而事之至微❾者矣，然而幽閒貞靜之德，隱然寓于其間，而足以章明❿王者之化。是後⓫女子之於史傳，罕可紀述。必其感慨激發，非平常之行，乃能垂芳烈、著美名於後世。不獨⓬三王⓭之治不復見，抑⓮亦後之人喜異而忽其常也。

予友沈伯庸之母丘碩人⓯，平生不出一畝之宮⓰，辛勤拮据⓱，俛首⓲於女紅⓳者，今七十年⓴，固夫人之所謂平常之行。吾不能求夫赫赫者以稱碩人，然推其道而充之，豈非所謂盛德？而王者之化，其何以過於此？

予於碩人之行，要未能悉，而獨與伯庸交。伯庸偉然直諒㉑君子，知其有賢母也。伯庸抱奇㉒，久不遇㉓於世。予與方思曾㉔，皆伯庸之友，又皆不遇，則嘗以相憐；既而㉕同舉於鄉，則又以相慰。自是三人者有喜事，恒相慶也。碩人於九月某日誕辰。思曾告予，相率隨伯庸以拜於其家。予於是為之敘㉖，以道碩人之所以賢。

【注釋】❶王教　王者的教化，略同禮教。❷脩明　整飭昌明。❸內外　家庭內和家庭外。❹執懿筐　《詩經・豳風・七月》：「女執懿筐，遵彼微行，爰求柔桑。」寫女子外出採桑。執，持。懿，深。❺治絺綌　《詩經・周南・葛覃》：「葛之覃兮，施於中谷。維葉莫莫，是刈是濩。為絺為綌，服之無斁。」寫女子從谷地割來葛草，經過煮燒，用以做布，一點都不厭煩這樣的勞動。絺，布之精者。綌，布之粗者。❻抱衾裯　《詩經・召南・小星》：「嘒彼小星，維參與昴。肅肅宵征，抱衾與裯，寔命不猶。」舊說此詩以小星起興，言妾在家庭中自安其位。衾，被。裯，床帳。❼登岡阜而采卷耳　《詩經・周南・卷耳》：「采采卷耳，不盈頃筐。嗟我懷人，寘彼周行。」「陟彼高岡，我馬玄黃。我姑酌彼兕觥，維以不永傷。」詠女子採卷耳時，心裡想念夫君，擔心他坐騎瘦病，翻山困難。岡阜，山岡。卷耳，又名苓耳，一年生草本，花葉根實皆可食。❽遵水墳而伐條枚　《詩經・周南・漢廣》：「遵彼汝墳，伐其條枚。未見君子，惄如調飢。」寫女子想念君子而不可遇的哀傷。遵，沿著。墳，河岸。伐其條枚，採薪。條，樹枝。枚，樹幹。❾至微　極小。❿章明　顯示。⓫是後　此後。⓬不獨　不但。⓭三王　夏禹、商湯、周文王。⓮抑　而且。⓯碩人　對婦人的尊稱。⓰一畝之宮　謂簡單、不大的住房。《禮記・儒行》：「儒有一畝之宮，環堵之室，篳門圭窬，蓬戶甕牖。」孔穎達《疏》引《正義》曰：「此明儒者仕官，能自執其操也。儒有一畝之宮者，……牆方六丈，故云一畝之宮。宮，謂牆垣也。」⓱拮据　操勞；操持。⓲俛首　埋頭。⓳女紅　女工。⓴年　歲。㉑直諒　正直、誠實。㉒抱奇　身懷大志和本領。㉓不遇　指科舉考試失利。㉔方思曾　方元儒，更名欽儒，字思曾，崑山人。嘉靖十九年（西元一五四〇年）中舉，時年二十餘，卒年四十。詳見本書所選〈亡友方思曾墓表〉。㉕既而　不久。㉖敘　同「序」。

【語　譯】我看上古時代，禮教昌明，家庭內外順和有序，閨門女子做的事，都可以歌詠而傳揚。比如持深筐採桑，割草做布，抱起被帳，在星光下行走，春天一人出門，登上山岡，一邊採卷耳草，一邊思念夫君，沿著河岸，斫柴採薪。這些都是女子日常的家務，事情都十分微細，然而她們堅貞、嫻靜的品德，都隱然包含在其中，而足以顯示王者的教化。以後女子在史傳中，能記述的事情就非常缺乏。非得是讓人產生感慨和震動，不平常的行為，才得以垂芳烈、揚美名於後世。這不僅是因為三代的治績看不到了，而且也是因為後人喜歡奇異、忽視平常所造成的結果。

我朋友沈伯庸的母親丘碩人，一生沒有離開過她簡陋、不大的家居，辛勤操持，埋首女活，現在七十歲，誠然所做的一切都是婦女中所謂極其平常的事情。我無法從她身上找出赫赫的事蹟來稱頌她，然而將她的道推闡充實，難道不是人們講的大德嗎？王者的教化，還有什麼能夠超過這些呢？

我對於碩人生平所為，還不能說很瞭解，然而我與伯庸卻是深交。伯庸很傑出，是一個正直、誠實的君子，由此可知他母親一定是一位賢慧的人。伯庸身懷大志和本領，卻長期在科場失利。我和方思曾，都是伯庸的朋友，大家又都一起落選，曾經互相寄予同情；後來都一起中舉，又互相道賀喜慶。從此以後，三人無論誰有了喜事，都要慶賀一番。碩人於九月某日是誕辰。思曾來相告，便一道隨伯庸到他家去拜壽。我於是寫了這篇序，說明碩人所以為賢母的道理。

【研　析】歸有光認為，寫作女子題材的作品，自古以來存在著兩種不同的傳統，一種是《詩經》的傳統，取「婦人女子之常，而事之至微者」，加以歌詠；另一種是後來史書的傳統，必取其「感慨激發，非平常之行」，才予以記載，以為非此不足以垂芳烈、著美名於後世。歸有光肯定《詩經》寫「常」事、「微」事的傳統具有普遍的意義，而對史書「喜異而忽其常」的傳統提出批評。他自己的散文，善於從最習見的事情中顯示出不平凡和重要性，所以，以上寫「常」而不一味求「奇」之說，正是他對自己寫作經驗的一次總結。清初戲劇批評家李漁說：「凡作傳奇，只當求於耳目之前，不當索諸聞見之外，無論詞曲，古今文字皆然。」又說：「凡說人情物理者，千古相傳。……人謂家常日用之事，已被前人做盡，窮微極隱，纖芥無遺，非好奇也，求為平而不可得也。予曰不然，世間奇事無多，常事為多，物理易盡，人情難盡。」這種以表現「家常日用」為核心的戲劇「人情論」，與歸有光以上的寫作主張頗有相通之處。

見村樓記

【題解】這是一篇記憶作者亡友李憲卿的文章。李憲卿（西元一五〇六～一五六二年），字廉甫，號西川子，自號羅村，世居崑山。嘉靖十七年（西元一五三八年）進士，任南京吏部驗封司主事、江西布政司左參議、山東按察司副使、湖廣布政司右參政、河南按察司按察使、巡撫湖廣右僉都御史、左副都御史。因病乞休，卒於途中。詳見歸有光〈通議大夫都察院左副都御史李公行狀〉。歸有光〈李太淑人八十壽序〉談到李憲卿曾經給過他珍貴的精神支持，「余與中丞（引者按，指李憲卿）少親善也。中丞於交遊間，獨奇余。余久困不得志。中丞第進士，去為大官，為人言，未嘗不推先之。以余之謬，然或傳其文，用之以取科第，多陰用而陽毀之，亦或語不道，唯中丞推賢於余。古謂進賢受上賞，蔽賢蒙顯戮，孟氏謂蔽賢不祥，則中丞之為大官固宜。」兩人的友誼是以互相欣賞和支援為基礎的。

本文寫於李憲卿卒後不久，大約在歸有光五十七歲時。

崑山治城❶之隍❷，或❸云即古婁江❹，然婁江已湮❺，以隍為江，未必然也。吳淞江自太湖西來❻，北向若將趨入縣城，未二十里，若抱❼若折，遂東南入於海。江之將南折也，背❽折而為新洋江❾。新洋江東數里，有地名羅巷村，亡友李中丞先世居於此，因自號為羅村云。中丞遊宦二十餘年，幼子延實產于江右南昌之官廨❿，其後每遷官，輒⓫隨，歷東兗⓬、汴⓭、楚⓮之境，自岱岳⓯、嵩山⑯、匡廬⑰、衡山⑱、瀟湘⑲、洞庭⑳之渚㉑，延實無不識也，獨於羅巷村者，生平猶昧㉒之。

中丞既謝世㉓，延實卜居縣城之東南門內金潼港。有樓翼然㉔，出於城闉㉕之上。前俯隍水，遙望三面，皆吳淞江之野。塘浦㉖縱橫，田塍㉗如畫，而村墟㉘遠近映帶。延實日焚香灑掃，讀書其中，而名其樓曰見村。余間㉙過㉚之，延實為具㉛飯。念昔與中丞遊，時時至其故宅所謂南樓者，相與飲酒論文，忽忽㉜二紀㉝，不意遂已隔世。今獨對其幼子飯，悲悵者久之。城外有橋，余常與中丞出郭造故人㉞方思曾㉟，時㊱其不在，相與憑㊲檻，常至暮，悵然㊳而反㊴。今兩人者皆亡，而延實之樓即方氏之故廬㊵，予能無感乎？中丞自幼攜策㊶入城，往來省墓㊷，及歲時㊸出郊嬉遊，經行術徑㊹，皆可指也。

孔子少不知父葬處，有輓父之母，知而告之㊺。予可以為輓父之母乎？延實既能不忘其先人，依然㊻水木之思㊼，肅然桑梓㊽之懷，愴然㊾霜露之感㊿矣。自古大臣子孫蚤(51)孤而自樹(52)者，史傳中多其人。延實在勉之而已。

【注釋】❶治城　治地所在的城市。❷隍　城池，此指護誠河。❸或　有的人。❹古婁江　即「劉河」。一作「瀏河」。太湖流經崑山、太倉匯入東海的一段水流。婁，土音訛為「劉」。❺湮　塞沒。❻西來　由西而來。太湖在崑山之西，所以如此說。❼抱　環繞。❽背　北。❾新洋江　在崑山縣東南六里，自吳淞江流入崑山，後湮塞，僅成小浦。❿延實產于江右南昌之官廨　李憲卿西元一五三八年中進士，據歸有光〈李公行狀〉，次年選南京吏部主事，居九年，升江西布政司左參議。則李延實生於西元一五四八年以後。時為縣學生，聘顧夢圭女為妻。江右，指今江西省。古人的地理觀念以東為左，以西為右。官廨，官舍。⓫輒　便。⓬東兗　指今山東。李憲卿曾任山東按察司副使。⓭汴　河南開封的別稱，此指河南。李憲卿曾任河南按察司按察使。⓮楚　指湖南、湖北。李憲卿曾任湖廣布政司右參政、巡撫湖廣右僉都御史。⓯岱岳　泰山。⓰嵩山　在今河南中部。⓱匡廬　廬山。⓲衡山　也稱南嶽。在湖南南部。⓳瀟湘　湘江的別稱。一說指湘江中游與瀟水會合後的一段水道。⓴洞庭　湖名。㉑渚　水邊；水中小面積陸地。㉒昧　不知。㉓謝世　去世。㉔翼然　展翅欲飛狀。㉕城闉　城門。㉖塘浦　河塘、江流。㉗田塍　田埂。㉘村墟　村莊。㉙間　有時。㉚過　訪問。㉛具　備。㉜忽忽　迅速。㉝二紀　二十四年。古人以十二年為一紀。㉞故人　老朋友。㉟方思曾　參見〈亡友方思曾墓表〉。㊱時　有時。㊲憑　「憑」之異體字。倚靠。㊳悵然　不歡貌。㊴反　同「返」。㊵故廬　故居。㊶攬策　拿著馬鞭，指騎馬。策，鞭子。㊷省墓　祭掃墳墓。省，視。㊸歲時　節日。㊹術徑　大道和小路。泛指道路。㊺孔子少不知父葬處三句　《史記・孔子世家》：「孔子疑其父墓處，母諱之也。……孔子母死，乃殯五父之衢，蓋其慎也。郰人輓父之母誨孔子父墓，然後往合葬於防（山名）焉。」輓父，指為孔子父親出殯的人。一作「曼父」。㊻依然　依戀。㊼水木之思　思源知本，意謂緬懷去世的大人。㊽桑梓　故鄉。古人常常在自己住房周圍種上桑樹、梓樹，所以用作家園的代詞。㊾愴然　傷心。㊿霜露之感　《禮記・祭義》：「霜露既降，君子履之，必有悽愴之心，非其寒之謂也。」鄭玄注：「非其寒之謂，謂悽愴及怵惕，皆為感時念親也。」(51)蚤　早。(52)自樹　自立。

【語譯】崑山治地所在的護城河，有人說就是古代的婁江，然而婁江已經湮沒，認為護城河是一條江，未必是事實。吳淞江源於太湖，自西邊流來，往北似乎將要流到崑山縣城，不到二十里，形成若迴旋若轉折的形勢，於是往東南而匯進大海。江水將轉而往南流淌時，先轉折往北形成新洋江。在新洋江的東面數里，有個地方叫羅巷村，亡友李憲卿中丞的祖先住在這裡，因此他自號羅村。中丞在各地做官二十餘年，幼子李延實出生於江西南昌的官府，以後他父親每一次調任，他都跟隨著，經歷山東兗州、河南開封、楚國的地域，從泰山、嵩山、廬山、衡山，到瀟湘、洞庭的河湖，延實都無不見過，惟獨對於羅巷村，平生還無所知曉。

李憲卿中丞去世後，延實在縣城東南門內的金潼港買屋居住下來。那兒有高樓若展翼飛翔，聳出於城牆之上。往前能夠俯見護城河水，遙望其他三面，都是吳淞江周圍一片曠野。河川縱橫交錯，田埂綿延如畫，而遠近村落，錯落相映。延實每天焚香灑掃庭院，在裡面讀書，他為自己的樓取名為「見村」。我有時去看延實，他為我準備了飯。想起過去與李憲卿中丞交遊，常常到他故宅所謂南樓，一起飲酒論文，匆匆已經二十多年過去了，想不到現在竟隔開為兩個世界。現在獨獨對著他的幼子一起用飯，悲悵之意久久鬱積在胸臆。城外有一座橋，我經常與李中丞走出城郭，去訪問老朋友方思曾，有時適逢他不在，我與中丞憑靠橋欄，經常等到傍晚，才失望地返回城裡。現在兩人都已經離開了人世，而延實所居之樓即是方氏的故居，我能不為之感愴嗎？李中丞小時候手拿著鞭子進城，往來掃墓，以及節日到郊外去遊玩，他那時走過的大道小路，我都可以一一指認出來。

孔子年少時不知道自己父親葬於何處，有個為他父親出殯的人的母親，知道葬地所在告訴了孔子。我能不能也像為孔子父親出殯的那個人的母親？延實已經能做到不忘記他去世的父親，緬懷依戀逝去的大人，肅然敬愛自己的故鄉，哀哀地懷著感時念親的心情。自古以來，大臣子孫幼年孤苦而能自立者，史書傳記中多有其人。也請延實以此自勉吧。

【研　析】依次敘寫江、村、樓，卻處處是展示昔日亡友的身影，以及作者與亡友沒齒難忘的深厚友情。記地理、記物，總是為記人和敘情而設。然而作者並不採用連貫敘寫人物的方法，而是將亡友的事蹟描述得斷斷續續，有別於一般的人物傳記。作者抒發懷念亡友之情，欲吐復含，欲含又吐，於含吐不盡中更見作者思念的深長。文章相涉的空間描寫，由闊而細，又由細而闊；所涉的時間，由遠而近，又由近而遠。借助於敘述時空的這種不斷改變和組合，文章時而記物，時而記人，時而敘情，筆意在三者之間不斷切換，使文章引控自如而顯得從容悠揚，絕無板整和滯澀之氣。歸有光散文每常不肯放過細微之處描寫，而愈見其情文深切動人，如本文第二段，獨對亡友幼子用飯，橋上憑欄等待友人，歷指亡友幼時經過的大小路徑，這些皆是作者最擅勝的描寫，堪稱為散文中的「震川體」。

遂初堂記

【題 解】現存〈遂初賦〉以漢劉歆所撰為最早，他鑒於當時朝政多失，作賦言自己顯仕之初，君門無壅，藉以批評現實。以後，文人常用這個題目寫文章，其中以晉孫綽〈遂初賦〉最負盛名，「遂初」意謂以未入仕以前平凡、自然的生活為滿足，這已經改變了劉歆賦的原意。孫綽賦後來只存序言，正文散佚了。文人談到〈遂初賦〉，往往將它的主題定格在「久辭榮祿遂初衣」（李白〈送賀監歸四明應制〉）這一個方面，文人以「遂初」為堂、園之名的例子不少。這都是受了孫綽賦的直接影響。宋人尤袤曾取孫綽〈遂初賦〉以自號，寄託志尚，宋光宗書匾賜之。陸游〈尤延之侍郎屢求作遂初堂詩詩未成延之去國因以奉送〉詩曰：「遂初築堂今幾時？年年說歸真得歸。異書名刻堆滿屋，欠伸欲起遭書圍。捨之出遊公豈誤，綠髮朱顏已非故。請將勳業付諸郎，身踐當年〈遂初賦〉。」尤袤稱自己的著作為《遂初堂書目》、《遂初小稿》，都表明他對「遂初」之願望的格外珍重。歸有光這一篇記，是應尤袤十四世孫尤質重新修建遂初堂後，寫信請記述其事而作。

宋尤文簡公❶嘗愛孫興公❷〈遂初賦〉，而以遂初名其堂，崇陵❸書扁❹賜之，在今無錫九龍山❺之下。公十四世孫質❻，字叔野，求其遺址而莫知所在，自以其意規度於山之陽❼，為新堂，仍以遂初為扁，以書來求余記之。

按興公嘗隱會稽，放浪山水，有高尚之志，故為此賦❽。其後涉歷❾世塗❿，違其夙好⓫，為桓溫⓬所譏。文簡公歷仕三朝⓭，受知人主，至老而不得去，而以

〈遂初〉為況，若有不相當者。昔伊尹[14]、傅說[15]、呂望[16]之徒，起於胥靡[17]耕釣，以輔相[18]商、周之主，終其身，無復隱處之思。古之志得道行者，固如此也。惟召公[19]告老，而周公[20]留之曰：「汝明勗[21]偶[22]王，在[23]亶[24]，乘[25]茲大命[26]，惟文王[27]德丕承[28]，無疆之恤[29]。」當時君臣之際可知矣。後之君子，非復昔人之遭會[30]，而[31]義不容於不仕。及其已至貴顯，或[32]未必盡其用，而勢不能以[33]遽去[34]。然其中之所謂介然[35]者，終不肯隨世俗而移易，雖三公[36]之位，萬鍾之祿[37]，固[38]其心不能一日安也。則其高世遐舉[39]之志，宜其時見於言語文字之間，而有不能自已[40]者。當宋皇祐[41]、治平[42]之時，歐陽公[43]位登兩府[44]，際遇不為不隆矣。今讀其〈思潁〉之詩[45]，《歸田》之錄[46]，而知公之不安其位也。況南渡[47]之後，雖孝宗[48]之英毅，光宗[49]之總攬[50]，遠不能望盛宋之治。而崇陵末年，疾病恍惚，宮闈戚畹[51]，干預朝政，時事有不可勝道者矣。雖然，二公[52]之言，已行於朝廷，當世之人主，不可謂不知之，而終不能默默以自安，蓋君子之志如此。

公歿至今四百年，而叔野能修復其舊，遺構[53]宛然[54]。無錫，南方士大夫入都孔道[55]，過之者登其堂，猶或能想見公[56]之儀刑[57]。而讀余之言，其亦不能無慨於中也已。

【注釋】❶尤文簡公　尤袤（西元一一二七～一一九四年），字延之，號遂初居士，無錫（今屬江蘇）人。紹興十八年（西元一一四八年）擢進士第，官至禮部尚書，諡文簡。他也是宋朝著名的藏書家。《宋史》有傳。❷孫興公　孫綽（西元三一四～三七一年），字興公，太原中都（今山西平遙）人。官至廷尉卿。玄言詩人的代表之一，著有《孫廷尉集》。《晉書》有傳。❸崇陵　指宋光宗趙惇，葬永崇陵。在位六年（西元一一八九～一一九四年）。❹扁　同「匾」。匾額。❺九龍山　即惠山。山有九隴，蜿蜒如龍，故又名九龍山。❻質　尤質，字叔野。尤袤後裔。博雅好古，最喜趙孟頫書法，編有《惠山續集》。❼山之陽　朝南的山坡。❽按興公嘗隱會稽四句　《晉書・孫綽傳》：「博學善屬文，少與高陽許詢俱有高尚之志。居於會稽，遊放山水十有餘年，乃作〈遂初賦〉，以致其意。」按，查核；按語。會稽，今浙江紹興。放浪，無拘無束地活動。高尚之志，指隱居不仕。❾涉歷　進入；經歷。❿塗　同「途」。⓫夙好　從前的意願。⓬桓溫　（西元三一二～三七三年）字子元，譙國龍亢（今安徽懷遠）人，官至大司馬。《晉書・孫綽傳》：孫綽任散騎常侍、領著作郎時，桓溫以河南粗平，將移都洛陽。眾官知其不可，不敢為異議。孫綽上疏反對，桓溫極不高興，說：「致意興公，何不尋君〈遂初賦〉，知人家國事邪！」⓭文簡公歷仕三朝　尤袤曾在宋高宗、孝宗、光宗三朝擔任官職。⓮伊尹　名摯，尹是官名。一種說法他是商湯妻的陪嫁奴，後來佐湯伐夏，位至大臣。⓯傅說　傳說他原是傅巖地方的建築工，後被商王武丁委以大任。⓰呂望　即呂尚，又稱姜太公。相傳他老年時釣魚渭水，遇周文王而受賞識，佐周滅商，以功封齊。⓱胥靡　服勞役的奴隸或刑徒。⓲輔相　佐助。⓳召公　姓姬名奭，又稱邵公、召康公，封於召。佐周武王滅商，又協助周公掌持朝政。⓴周公　姓姬名旦，周武王弟，封地周。滅商後，武王子成王繼位時年幼，周公攝政，引起很多流言，召公也生疑心。周公請求召公一起輔政，後來成王長大，歸還政權。儒家稱周公是聖人。以下的話是周公挽留召公時講的，見《尚書・君奭》。㉑明勗　黽勉。㉒偶配合；輔佐。㉓在　在於。㉔亶　誠；信。㉕乘　承當。㉖大命　重大的使命。㉗文王　周文王，姓姬名昌。對於周朝的興起是關鍵人物，滅商的事業由他兒子武王繼續而獲成功。㉘丕承　繼承。㉙恤　憂。㉚遭會　遇合。㉛而　可是。㉜或　可能。㉝以　因此。㉞遽去　馬上辭官。㉟介然　高潔。㊱三公　周朝以太師、太傅、太保為三公。泛指達官。㊲萬鍾之祿　優厚的俸祿。鍾，古代容量單位，一鍾為六石四斗。古人以給糧為官吏俸祿。供給萬鍾粟，說明俸祿極高，未必是實數。㊳固　仍然。㊴高世遐舉　脫俗高蹈，指退隱。㊵已　止。㊶皇祐　宋仁宗年號，自西元一〇四九年至一〇五三年。㊷治平　宋英宗年號，自西元一〇六四年至一〇六七年。㊸歐陽公　歐陽修。㊹兩府　指中書省、樞密院。歐陽修曾任樞密院副使、參知政事。後者屬中書省。㊺思潁之詩　宋仁宗皇祐元年，歐陽修被貶知潁州（今安徽阜陽），「慨然已有終焉之意也」

〈思潁詩後序〉。他後來陸續寫了三十首思念潁州的詩，先後編為〈思潁詩〉和〈續思潁詩〉，並作序言退隱之意。㊻歸田之錄　即《歸田錄》，二卷，雜記朝廷遺事和人事言談，序作於治平四年（西元一〇六七年）。歐陽修在序裡表示，應當離開兇險的仕途，「優遊田畝，盡其天年。」㊼南渡　宋徽宗、欽宗被金兵所擄，宋朝南撤，建炎元年（西元一一二七年），趙構建都臨安（今浙江杭州），為南宋。史稱南渡。㊽孝宗　趙昚，西元一一六二年至一一八九年在位。㊾光宗　趙惇，西元一一八九年至一一九四年在位。㊿總攬　《宋史・光宗本紀》：「逮其即位，總權綱，屏嬖幸。」(51)宮闈戚畹　后妃、外戚。(52)二公　指歐陽修、尤袤。(53)遺構　從前的建築物，此指遂初堂。(54)宛然　近似；清晰。(55)入都孔道　進京的大道。孔，大。(56)公　指尤袤。(57)儀刑　儀表、風範。

【語　譯】宋朝文簡公尤袤曾因喜愛孫綽所撰〈遂初賦〉，而用「遂初」命名自己的堂室，宋光宗親書匾額恩賜予他，遂初堂在今天無錫的九龍山下。文簡公十四世孫尤質，字叔野，尋訪遺址卻不知它在何處，於是根據他的瞭解和認識，在九龍山南坡進行規劃，建造新堂，仍然掛上「遂初」的匾額，來信求我寫一篇堂記。

孫綽曾經隱居於會稽，縱情倘佯於山水之間，懷有高尚脫俗的志趣，所以才撰寫了這一篇賦。後來他進入仕途，違背了自己平素的願望，為此而受到桓溫的譏嘲。文簡公尤袤在宋代三朝出任官職，受到皇上的信任，到年老仍不能辭官，然後用〈遂初賦〉比況自己，這似乎不太合適。從前，伊尹、傅說、呂望之流，從刑徒、耕夫、釣翁發跡，做到商、周的最高輔臣，他們直到生命的最後一刻，就再沒有產生過隱退的念頭。古代得志而能推行其大道的人，固然都是這樣。只有召公致仕告老，而周公挽留他說：「你應當黽勉地輔佐成王，在於堅守誠信，承擔如此重大的使命，一定要繼承文王的道德，永遠小心謹慎。」由此可知那時君臣互相之間的關係。後來的君子，已經不能像古人那樣得到君主的信任，可是從道義上來說又不能不出來做官。等到已經成為一個顯要權貴，可能也未必能全部發揮他的才能，而情勢又不能使他立即離開仕途。可是在這些人當中，有一類被稱為高潔之士，終究不肯隨世俗而改變自己的志性，即使居最高的官位，獲最豐的俸祿，也不能使他們安心一天。於是他們脫俗高蹈的志趣，必然地會流露在語言文字中，這是無論如何也抑制不住的。在宋代皇祐、治平年間，歐陽修官至中書省、樞密院，仕途的遭遇不可謂不亨通。現在讀他的〈思潁詩〉、〈續思潁詩〉，以及他的《歸田錄》，就能夠知道歐陽公在這個官位上並不安心。何況南渡以後，雖然宋孝宗英明堅毅，宋光宗總攬朝政，都遠遠不能與宋朝盛世時期的治績相比。而光宗末年，身患疾病，神志恍惚，后妃、外戚，干預朝政，當時發生了許多講不勝講的事情。儘管如此，歐陽公和尤文簡公二人的主張，已經在朝廷流傳，當世的君主，對他們二人不可說不信任，然而他們最終還是不能保持沉默，安於其位，這是因為君子的志操本來就是如此。

尤文簡公去世至今四百年，尤叔野能夠將舊堂重新修復，使從前的建築宛然如見。無錫，是南方士大夫進京的大道，經過這裡的人走進遂初堂，尚且能夠想見尤文簡公的儀表風範。而如果讀了我這篇文章，他們從內心也不能不發出感慨。

【研 析】「遂初」，是指厭倦了仕途生活的人向布衣人生的心靈回歸，那久已消逝的平凡的過去，在被當事人細細地、反覆地咀嚼中，其意義不斷得到昇華，盡展百媚嬌態，與這種想像中無上的幸福相伴隨的，又是欲得不能而產生的痛苦和悔恨。這是歷來以「遂初」為主題的文學作品遞傳出來的一致情思。就此而言，這兩個字經過前人充分的詮釋，已經了無剩義，說無可說了。歸有光這篇〈遂初堂記〉在討究後世的達官重臣何以會產生辭官遂初的心願，對其根本原因的解釋是，他們得不到像三代君主給予下臣的那種高度信任，所以，雖然「已至貴顯」，卻「未必盡其用」，另一方面，客觀情勢又決定他們「不能以遽去」，正是這種令人失望、煩惱，而且複雜的處境，使「不肯隨世俗而移易」的高潔人士，產生不能「自安」的心情，因此轉而嚮往他們未入仕途以前的平淡生活，形成「遂初」的心結。顯然歸有光對大臣產生「遂初」願望原因的說明，更加突出了這些心靈回歸者的失意感，而導致他們失意的根由，部分是君臣失和，部分是朝政不清，或者二者兼而有之，這些致使他們不能充分地施展才能。這樣解釋大臣「遂初」的心理現象，必然會包含對「時事」乃至帝王本人的批評，而超出歷來主要從當事人「厭倦」官場生活而生退心的個人角度對「遂初」的理解。這正是本文新意之所在。

卅有堂記

【題　解】 沈本初，字大中，崑山人，著有《婁曲山人集》。他購得崑山城東南的南園，為其堂室取名「卅有堂」，表示經過長期辛勤營生，得來不易。「卅」（意為三十年）是一個概數。這座南園，過去是歸有光從高祖的物產。歸有光對此頗生感慨，覺得世界上「有、無」之際的事情，變來變去，真很難說，誰也把握不住。他以為，「有」是一種偶然，所以一個人不應該被「有」所累，而應當抱著「適吾適」的態度過生活。可惜世上累於「有」的人太多，明白以上道理的人太少，明白了道理而真能實行的人更少。所以，歸有光的感慨也是超越時間的。

沈大中以善書名❶里中❷，里中人爭客❸大中。大中往來荊溪❹、雲陽❺，富人延❻之教子。其❼言楊少師❽事甚詳。性獨好書，及為歌詩，意灑然不俗也❾。卜築❿於城⓫東南，取昌黎韓子⓬「辛勤三十年，乃有此屋廬」之語，名其堂曰卅⓭有。夫其視世之捷取巧得、倏然而至⓮者，大中不為拙邪？其視世之貪多窮取、缺然⓯日有所冀⓰者，大中不為固⓱邪？嗚呼！彼徒為物累者也。

天下之物，其可以為吾有者，皆足以為累。歉⓲於其未有而求之，盈於其既有而不饜⓳。夫惟其求之之心生，則不饜之意至。苟能不至於求也，故當其無有⑳，不知其無有；一旦有之，亦適吾適而已矣。茲其所以能為有者也。

大中之居，本吾從高祖㉑之南園。弘治㉒、正德㉓間，從高祖以富俠雄㉔一時。賓朋雜沓㉕，觴咏㉖其中，蛾眉翠黛，花木掩映，夜深人靜，環溪之間，絃歌相應也。鞠㉗為草莽㉘幾年矣，最後乃歸於大中。夫有無之際㉙，其孰㉚能知之哉！純甫吳先生㉛雅㉜善大中，為之請記。予觀斯㉝堂之名，有足慨者，遂為書之。

【注釋】❶名　著稱；聞名。❷里中　鄉里。❸客　使動用法，延請某人為賓客。❹荊溪　水名，在江蘇南部，流經宜興入太湖。代稱宜興。❺雲陽　江蘇丹陽縣治，古稱雲陽。❻延　聘請。❼其　指沈本初。❽楊少師　楊凝式（西元八七三～九五四年），五代時華陰（今屬陝西）人，字景度，號虛白。唐天祐進士，直史館，善文詞筆箚。又歷梁、唐、晉三朝，佯狂不任事，累官至太子少師。擅書法，自顏、柳以入二王之妙。以心疾致仕，人謂之楊瘋子。❾性獨好書三句　《江南通志》卷一百六十五《人物志・文苑》：沈本初「杜門耽詩，有韋孟風；小楷倣顏真卿，時稱二絕。」《明詩綜》卷三十引周子籲：「大中詩，沖澹和平，老而彌篤。」❿卜築　買房。卜，占卜。決定做某事前，先占卜凶吉。⓫城　崑山縣城。⓬昌黎韓子　韓愈，自謂郡望昌黎，稱韓昌黎。下面所引詩出自〈示兒〉。韓愈原詩「三十年」，只是大概數。乃，又作「以」、「始」。⓭卅　三十。⓮倏然而至　迅速獲得。⓯缺然　不足。⓰冀　盼望。⓱固　止，意謂不思謀取更多。⓲歉　缺少。⓳不饜　不滿足。⓴無有　沒有。㉑從高祖　曾祖之父的兄弟。㉒弘治　明孝宗年號，自西元一四八八年至一五〇五年。㉓正德　明武宗年號，自西元一五〇六年至一五二一年。㉔雄　稱雄；雄踞。㉕雜沓　紛紛而來。㉖觴咏　飲酒、吟詩。㉗鞠　盡；全部。㉘草莽　草叢。㉙際　兩物之間。㉚孰　誰。㉛純甫吳先生　見〈送吳純甫先生會試序〉題解。㉜雅　甚。㉝斯　此。

【語譯】沈大中以擅長書法著稱於鄉里，鄉里的人都爭著請他到自己家來作客。大中往來於宜興、丹陽之間，殷富人家延請他做他們孩子的老師。他對楊凝式少師的事蹟能夠講得很詳細。他天性惟獨最愛好書法，所寫的詩歌，意趣瀟灑不俗。在崑山縣城東南購房而居，選取韓愈「辛勤了三十年，才擁有這居室」的詩句，給他的堂室取名為「卅有」。這與世上通過捷徑和巧妙手段，迅速獲得所需的人相比，大中不是顯得笨拙嗎？而與世上貪得無厭，無休止地索取，卻總感到不滿足而每天都產生新欲望的人相比，大中不是顯得沒有進取心嗎？然而那又算什麼呢！他們只是一些被物所累的人罷了。

凡天下的東西，它們可以被我所擁有的，都足以成為我的包袱和拖累。不甘心於自己沒有而孜孜以求，不滿足於已經擁有而貪求更多。只要占有的欲望一旦產生，不知滿足的心情就會隨之而起。如果能不生貪求之心，則沒有的時候，不知道自己沒有；一旦有了，也只是以為偶然為我所有而已。這才是對待有的可取的態度。

大中現在所居的堂室，原來是我高祖兄弟的南園。弘治、正德年間，我高祖兄弟以財富、俠氣雄踞一時。賓朋紛至沓來，在園裡飲酒、吟詩，女子粉黛，花木交映，當夜深人靜之時，在溪水環繞之間，琴聲和歌聲相應回環。後來淪為一派草叢，已經數年，最後此園歸為大中所有。有與無之間，這事誰又能預料啊！吳純甫先生與大中甚友好，為他請我寫記。我看到這個堂室的名，慨從心起，為此而寫下自己的感受。

【研析】先記沈大中得到南園，後記歸有光從高祖失去南園，中間一通有無得失的議論，綰結兩頭。這種文章的結構特點，猶如一扇挑擔，兩邊掛物，各從相反一面說，形成對照，又保持前後行文的平衡。作者的議論，嵌在得園和失園的記敘中間，而不是像人們通常構思，先記後議，或先議後記，於是有效地突出了「記」的文體特徵，避免了因為添入多量的議論成分而使「記」、「論」二種文體界限難分，即所謂「亂體」情況的發生，而且，文章也由此更加顯得靈動婉然。

記述沈大中經過長期營生，才順其自然得到了南園居廬，作者很欣賞他這種對待「有」的態度，然而卻從對面設問，責其「拙」、「固」，借助這一以抑為揚的手法，更加強了作者對自己真正崇尚的「有無觀」的肯定。

對待天下之物，歸有光顯然並非是尊「無」黜「有」，他只是強調，一個人不必因「有」而喜，因「無」而戚，如果一個人陷落在「有無」的泥坑不能自拔，就淪為了一個「徒為物累者」，其精神就會變得很渺小。世界上這種可憐的人太多，歸有光為此深深感慨。

容春堂記

【題解】兵溪先生，即張擢秀（西元一五〇六年～？），崑山人，兵溪疑是他的號，嘉靖十年（西元一五三一年）舉人，曾任廣平（今屬河北）縣令。因與上司不合辭歸，構容春堂。歸有光於本文之末，附有一段說明：「余之曾大父與兵溪之考思南公，成化甲午，同舉於鄉，是歲王文恪公為舉首。而曾大父終城武令，思南公至郡太守。余與兵溪同年生，而兵溪先舉於鄉者九年。庚戌歲，同試南宮。兵溪就官廣平，甫三載，已倦遊，而余至今猶繫六館之籍。故為此記，非獨以兩家世契與兵溪相知之厚，而於人生出處之際，蓋有感云。」本文主要感慨「人生出處之際」所面臨的矛盾和艱難，未入仕途的想擠進去，在仕途的卻已經厭倦了，拂著衣袖走出來。文章表現了對處身仕途之外的人悠閒自適生活的眷戀。既懷著這樣的眷戀，又嚮往仕途，這正是歸有光內心深處痛苦的心結。

據文末附記，張擢秀嘉靖二十九年庚戌（西元一五五〇年）參加進士考試，然該年進士並無其名，知未考上，以舉人出任縣令。三年辭歸，則本文寫於嘉靖三十二年（西元一五五三年），歸有光四十八歲以後。

兵溪先生為今清漳❶之上，與監郡❷者不合，例得移官❸，即拂衣❹以歸。占❺園田於縣之西小虞浦❻，去縣治❼二里所❽。蓋自太湖東，吳淞江蜿蜒入海，江之南北，散為諸浦如百足❾，而小虞浦最近縣，乘舟往來，一日可數十回。園有堂，啟北牖❿，則馬鞍山⓫如在簷際。間⓬植四時之花木，而戶外清水綠疇如畫。故先生名其堂曰容春，自謂春於天地之間，雖陰山雪嶺，幽崖寒谷，無所不之，而獨若此堂可以容之者。誠以四時之景物，山水之名勝，必於寬閑寂寞之地；而金馬玉堂⑬，紫扉黃閣⑭，不能兼而有也。

昔孔子與其門人講道於沂水之濱⑮，當春之時，相與鼓瑟而歌，悠然自適。天下之樂，無以易⑯於此。夫子使二三子⑰言志，迺⑱皆舍目前之近⑲，而馳心⑳於冠冕佩玉㉑之間。曾點獨能當㉒此時而道此景，故夫子喟然嘆之㉓。蓋以春者眾人之所同，而能知之者惟點也。陶淵明㉔〈歸去來辭〉㉕云：「木欣欣以向榮，泉涓涓㉖而始流。善㉗萬物之得時，感吾生之行休㉘。」淵明可以語此矣。

先生屬㉙余為堂記，因遂書之。

【注釋】❶清漳　水名，由今山西省東南部流入河北省西南部。❷監郡　指縣令的上級州府之長。❸例得移官　按照明朝制度，縣令三年考核政績一次，一般可以易地而官。若依正常句序，此句宜在「與監郡者不合」前。是說他本來經考績評定後可以繼續在別地做官，因為與州府之長不合，就辭退回家了。❹拂衣　揮動衣服，以示氣憤。❺占　占卜。此指購買園田前，先占卜凶吉。❻小虞浦　在崑山縣西南三里，縣南九里又有大虞浦。二浦皆北出新塘，南通吳淞江。❼縣治　縣署所在地。❽所　左右。❾百足　蜈蚣和馬陸皆稱百足。馬陸體長而稍扁，長寸餘，斷成兩截，頭尾仍能各自爬行。❿牖　窗戶。⓫馬鞍山　在崑山縣西北。廣袤三里，高七十丈，孤峰特秀，極目湖海，產玲瓏石。⓬間　雜。⓭金馬玉堂　金馬門與玉堂署。漢朝學士待詔之處，後用以稱翰林院。⓮紫扉黃閣　用紫色或黃色塗的門和牆，指高官辦事的朝廷官署。⓯孔子與其門人講道於沂水之濱　《論語．先進》載，孔子讓學生子路、曾點、冉有、公西華各言自己的抱負，子路表示志在強國，冉有表示志在使人富有，公西華表示想做一個主持宗廟祭祀或諸侯會盟的司儀，只有曾點表示自己志不在仕途，只想在暮春時，與一些年輕人、孩子在沂水洗濯，吹著春風，詠歌而歸。沂水，在今山東曲阜南。⑯易　交換。⑰二三子　指孔子學生子路、曾點、冉有、公西華等。⑱迺　乃。⑲舍目前之近　指放棄當前平凡、樸素的生活。⑳馳心　追求。㉑冠冕佩玉　官員戴的帽子和佩帶的玉器。㉒當　對著；滿足。㉓夫子喟然嘆之　《論語．先進》載，孔子聽了曾點的話後，「喟然嘆曰：『吾與點也！』」意思是說：「我同意曾點的主張。」喟然，歎息貌。㉔陶淵明　名潛，字淵明；一說名淵明，字元亮，潯陽柴桑（今江西九江）人。由晉入宋，曾任彭澤令，因不願為五斗米的官俸而折腰，辭官歸家。㉕歸去來辭　是陶淵明代表作之一，寫於作者辭去彭澤令歸家時，流露歸隱的樂趣。㉖涓涓　水流細微狀。㉗善　喜；羨慕。㉘行休　將結束，指死亡。㉙屬　同「矚」。

【語　譯】兵溪先生在清漳河畔任縣令，與上司州府之長不合，本來按照慣例他可以調到別地繼續做官，卻拂拂衣袖辭職歸鄉了。在縣西的小虞浦一帶購下宅園田地，離開縣署所在大約二里地。從太湖以東，吳淞江蜿蜒流淌，匯入大海，江的南北兩邊，有許許多多的支流河濱，如同百足蟲，而小虞浦靠縣署所在地最近，乘舟往來，一天可以幾十回。宅園有堂屋，打開北窗，則馬鞍山如在屋簷之間。種了一些四季的花木，門外的清水、綠田，如同一幅天然的圖畫。所以先生為他的堂室取名「容春」，他認為春天在天地之間，即使是不見陽光的山，冰雪封鎖的嶺，幽暗的崖壁，寒冷的山谷，都無所不往，然而又似乎只有這座宅園才可以容納春光。這真是千真萬確，四季的景物，著名的山水，一定是存在於寬閒、寂寞的地方；而富麗堂皇的官署、莊嚴高貴的宮殿，無法兼有這樣的好景致。

從前，孔子及門人在沂水之濱談論道，正逢春天，相互彈琴鼓瑟，詠唱歌曲，悠然自適。天下的快樂，沒有什麼能夠與此相比。孔子讓弟子們說說各自的志向，竟然他們都捨棄近在眼前的快樂，而切切思念著去追求官員的衣冠和印綬，只有曾點一個人滿足於眼前的時光而道出了情景的美妙，所以孔子對他發出讚歎。因為春天對於每個人都一樣，而能知道春天美麗而加以珍惜的，只有曾點一人。陶淵明〈歸去來辭〉說：「樹木欣欣向榮，泉水涓涓流淌。羨慕萬物都處在大好的時光，感愴我的生命行將結束」，陶淵明能夠通悟此中的道理。

先生囑我撰寫一篇堂記，因而寫下了上述文字。

【研　析】數語敘兵溪先生辭官還鄉後，即用大段形容他在江南水鄉安於園田之樂，中間援引孔子及門人遊憩沂水之濱的著名例子，肯定兵溪之所樂乃是得到了聖人的真趣，最後以陶淵明〈歸去來辭〉收結，與開篇拂衣而歸相為呼應。整篇文章始終以田園與官場、自由的歡樂與受束縛的痛苦進行對比，其中寫田園自由的生活用顯筆，寫官場受拘困的生活用隱筆，明暗相生，文理宛然。

歸有光認為，春天雖然無處不在，然而並非一切地方都有春天，只有「寬閑寂寞之地」才能夠容納春色，而「金馬玉堂，紫扉黃閣」卻是缺乏春天氣息的。他又認為，儘管大自然將春天給了所有的人，可是並不是每一個人都能夠認識春天的美好，都知道享受和珍惜這一偉大的恩賜，即使孔子的門人，能夠欣賞春天美景的也很少，他們大多數人對春天的感受也是麻痹的。作者希望大家都能夠欣賞春天，都樂於親近自然，而這需要輕靈的心境和精神，欲真正具備這樣的心情，必須與緊張而困束意志的宦場保持距離。歸有光在文中肯定曾點、陶淵明、兵溪先生，著眼在此。

雪竹軒記

【題解】這是歸有光為鄉人馮淮的齋室寫的一篇記文。馮淮字會東，號雪竹，崑山安亭（今屬上海市嘉定）人。他喜好詩歌，隱居不仕，所以人呼馮山人。雪竹是一種幹節上有濃厚白色粉粒的竹子。一說雪竹的枝葉稍稀疏，每節長二尺許，其薄如蘆葦，卻比蘆葦堅厚，秋天生筍，顏色純白，故名。馮淮因愛好雪竹，所以取以為號，且名其堂。至於他有沒有寓意，不得而知，歸有光也不去作索解，然而文章在有意無意之間，沁出淡雅的氣息，縈旋悠遠的神韻。

馮山人為❶予言：「吾甚愛雪竹，故人以雪竹呼吾，因以名吾軒❷，請予記之。」予不暇以為❸，而山人求之數歲，或以詩，或以書，日月一至。予以山人所以得於雪竹者，山人自知之，豈有假❹於予之言？是以曠歲❺而不答也。

山人少喜為詩，詩出，而上海陸文裕公❻亟❼稱之。先是，山人居崑山之安亭，及予來安亭❽，則山人已遷上海界中，與安亭隔一江❾。予嘗過永懷寺❿，愛其古桂，坐久之。問寺中所往來者，僧曰：「地僻，絕無人，惟有馮山人時時過江來，獨吟桂樹之下。」予後數見之於張通參⓫之座，通參與湖州劉尚書⓬為社會⓭，二公皆稱山人為篤實⓮君子。

去年，山人年老矣，與通參遊匡廬⑮、武夷⑯還，而示予《紀遊詩》一編。予戲曰：「馮先生之雪竹，必求之匡廬、武夷間耶？」今年，予買田青浦⑰之嵩塘⑱。山人與予書曰：「吾近卜築盤龍⑲，與嵩塘近，子來觀我雪竹。」予性懶，不能謁⑳青浦令，為其所怒，所買田幾為奪去。予亦削迹㉑茲土㉒矣。

山人復遣其子來，曰：「吾前告子雪竹軒，復移盤龍也，吾今老㉓於此。子許我記，幾年不能得。今吾日暮㉔死，惟欲得子一言，是吾心也。」予問山人起居。其子曰：「去年與通參行郡中，老人目不能了了㉕，道間有古井，無石欄㉖，不覺越過之，幾墜。自此不復出。每自歎曰：『匡廬、武夷不可復至矣，雪竹則何所無之？』」其子去，又數數㉗書來。會㉘予方北上㉙，思欲一造㉚山人之竹所而不能矣。因書之以告別，且使揭㉛之楣㉜間，為〈雪竹軒記〉云。

【注釋】❶為　對。❷軒　指齋室。❸不暇以為　沒有時間撰寫。❹假　借助。❺曠歲　多年。❻陸文裕公　陸深（西元一四七七～一五四四年），初名榮，字子淵，上海縣（今屬上海市）人。弘治十八年（西元一五〇五年）進士，選庶吉士，授編修。嘉靖時進詹事，掌翰林院。品望為一時館閣冠。卒諡文裕。深少與徐禎卿相磨切，書法詞翰並工。著述甚多，有《儼山集》、《玉堂漫筆》、《史通會要》、《儼山詩微》等。❼亟　屢次。❽予來安亭　歸有光於嘉靖二十一年（西元一五四二年）到安亭居住。❾一江　指吳淞江。❿永懷寺　在安亭鎮，始建於宋。⓫張通參　即張寰（西元一四八四～一五六一年），字允清，號石川，崑山人。正德十六年（西元一五二一年）進士，官至通政使司右參議，簡稱通參。以強年致仕，以圖史自娛，臨摹書法，好遊名山。著有《兩山遊錄》。歸有光〈通政使司右參議張公墓表〉言其生平甚詳。文中說：「余少辱公見愛，俾與其長子有婚媾之約。」⑫湖州劉尚書　即劉麟（西元一四七四～一五六一年），字元瑞，一字子振，號南坦，本江西安仁人，徙南京，後居浙江湖州。與吳琉、施侃、孫一元、龍霓號為「苕溪五隱」。弘治九年（西元一四九六年）進士，累官至工部尚書。卒謚清惠。著有《劉清惠集》。⑬社會　舊時志趣相同者結社並定時聚會。歸有光〈通政使司右參議張公墓表〉：「先是，坦上翁與名士吳琉、陸崑輩為湖社，孫太初亦與其中。坦上翁者，前工部尚書劉公麟也。建安李尚書嘗稱：『見翁峴山，了無宿具，惟以乳羊博市沽。風雨瀟瀟，欣然達夜。』高風可想。而翁獨與公善。公晚入社，而顧尚書諸名賢皆在，公春秋如期至苕上，社畢，輒遊山。」⑭篤實　厚道、誠實。⑮匡廬　廬山。相傳殷周之際有匡姓兄弟於此結廬隱居，故一稱匡山。⑯武夷　山名。在今江西、福建兩省邊界。⑰青浦　縣名，今屬上海市。⑱嵩塘　水名。在青浦境內，水流入吳淞江。⑲盤龍　盤龍塘的簡稱，水名，又稱盤龍匯、蟠龍港。南通松江縣境黃浦江，北入上海縣吳淞江，流經青浦。河道彎曲如盤龍，故名。⑳謁　拜見。㉑削迹　削除車跡，謂不再前往。㉒茲土　那塊土地，指青浦。㉓老　終老。㉔旦暮　早晚。謂很短的時間。㉕目不能了了　眼睛看不清物。㉖石欄　石頭築起的護欄。㉗數數　多次。㉘會　逢。㉙予方北上　指歸有光往北京參加科舉考試。㉚造　訪。㉛揭　高掛，意謂將這篇記文掛起展示。㉜楣　門框上邊的橫木。

【語　譯】馮山人對我說：「我很喜愛雪竹，所以別人用雪竹稱呼我，我也因此用它來命名我的齋室，請你為我撰一篇記雪竹的文章。」我沒有時間寫，而山人請求了我好幾年，有時候用詩，有時候用書信，這樣的請求幾乎每個月都收到一次。我心想，山人對於雪竹的感興，山人自己明白，哪裡還用借助我的文章？所以多年沒有回答。

山人早年就喜歡寫詩歌，其詩傳出後，上海的陸文裕公多次加以稱讚。先前，山人居住在崑山安亭，我搬到安亭的時候，山人則已經遷往上海了，與安亭相隔一條江。我曾去永懷寺，喜愛寺裡的古桂，在那裡坐了良久。問到寺裡來往的有哪些人，僧人答道：「此地偏僻，絕少有人，只有馮山人常常渡江而來，在桂樹下獨自吟詠。」我後來幾次在張寰通參的家裡遇見他，張通參與湖州劉麟尚書結社聚會，二公都稱讚山人是誠實厚道的君子。

去年，山人年紀已老，與張通參一起遊廬山、武夷山歸來，向我出示一編《紀遊詩》。我與他開玩笑說：「馮先生的雪竹，一定要到廬山、武夷山去尋找嗎？」今年，我買了青浦嵩塘的田地。山人給我來信說：「我近日在盤龍塘新買了居室，離開嵩塘近，你來觀看我的雪竹吧。」我生性懶，未能去拜謁青浦縣令，引起他惱怒，買的田地差一點被他奪走。我也就離開了這片土地。

山人又派他的兒子來，說：「我以前告訴你的雪竹軒，重新搬遷到了盤龍塘，我現在準備在此養老。你答應為我寫記文，幾年都不能得到。現在我不久將死去，只想能夠得到你的一篇文章，這是我的心願。」我問山人日常起居情況。他兒子說：「去年與張通參一起在郡中行走，老人眼睛看不清楚，路上有口古井，周圍沒設石欄，不覺從上面跨越過去，幾乎墜落。從此以後不再出門。常常自歎道：『廬山、武夷山無緣再臨，雪竹則何處沒有呢？』」他兒子走後，又多次來信。恰逢我將要北上京城，想去訪問一次山人的雪竹軒都做不到了。因此撰文作為告別，將讓它高掛在門框上，文為〈雪竹軒記〉。

【研析】本文名為軒記，實是一篇軒主人記。歸有光似乎只是在不經意地說著馮山人的一件一件瑣事，如從家、遊寺、跌交，等等，每一件事情都非常平凡，是生活中隨時發生、隨處可見的，與要緊二字全然沾不上一點關係。然而經過作者掇拾，將它們連綴成文，這些瑣事立刻變得生動起來，成了為馮山人畫像所需的、色彩最豐富的顏料。閒筆不閒，平凡入奇，歸有光散文藝術這一特色在本文中得到了集中體現。

全文以馮山人向作者討求〈雪竹軒記〉為「梭子」，在經緯之間不斷穿行，寫出山人與作者曠歲相契、不隨時間改變的親切的友情。而文章又將這一切表現得十分清淡，在作者輕描淡寫的筆墨之下，兩人互相的關懷猶如一縷清風，舒卷無意。文章有越是寫得淡然，越能表現出人物之間深情相牽，難捨難離的意緒。讀過這篇〈雪竹軒記〉之後，不難得到這樣的認識吧。

櫟全軒記

【題解】櫟全軒是張意的室齋名，取《莊子・人間世》櫟樹大而無用，因此未被砍伐而得全生的意思。張意，字誠之，號餘峰，崑山人，嘉靖八年（西元一五二九年）進士，時年二十餘，官南京職方郎中，仕終山東憲副使，遭人排擠致仕。能詩，「本之性靈，得於天趣。」（朱彝尊《明詩綜》卷四十六引）著有《日涉園稿》。本文的根本歸結，是對當時朝廷用人顛倒「才與不才」現象的憤慨。文徵明嘉靖甲寅八月既望曾繪〈櫟全軒圖〉，歸有光的這篇記曾由文徵明長子、書法家文彭書寫流傳。

本文據《清河書畫舫》卷十二上所錄，末署「嘉靖壬子（三十一年）重陽日」撰，時為西元一五五二年，歸有光四十七歲。末句題署不見於文集，據《清河書畫舫》所錄補。

餘峰先生隱居安亭江❶上，於其居之北，構❷屋三楹❸，扁❹之曰櫟全軒云❺。君為人坦夷❻，任性自適，不為周防❼於人。意之所至，人或不謂為然，君亦不以屑意❽。以故人無貴賤，皆樂與之處，然亦用是不諧於世。君年二十餘舉進士，居郎署❾，不十年，為兩司❿。是時兩司官，惟君最少。君又施施然⓫不肯承迎人，人有傾⓬之者，竟以是⓭罷去。

會予亦來安亭江上，所居隔一水，時與君會。君不喜飲酒，然會即談論竟日，或至夜分⓮不去，即至他所⓯亦然。其與人無畛域⓰，懽然而情意常有餘，如此也。君好山水，為郎時，奉使[17]荊湖[18]，日登黃鶴樓[19]，賦詩飲酒。其在東藩[20]，謁孔林[21]，登岱宗[22]，觀滄海日出之處[23]。及歸[24]，則慕陶峴[25]之為人，扁舟[26]五湖[27]間。人或訪君，君常不在家。去歲如[28]越[29]，泛西湖[30]，過錢塘江[31]，登子陵釣臺[32]，遊齊雲巖[33]，將陟[34]黃山[35]，歷九華[36]，興盡而返。

一日，邀予坐軒中，劇論[37]世事。自言：「少登朝著[38]，官資視同時諸人，頗為凌躐[39]。一旦見絀[40]，意亦不自釋。回首當時事，今十餘年矣。處靜以觀動，居逸以窺勞，而後知今之為得也。天下之人，孰不自謂為才，故用之而不知止。夫惟不知其止，是以至於窮[41]。漢黨錮[42]、唐白馬之禍[43]，駢首就戮[44]者，何可勝數也。二十四友[45]、八司馬[46]、十六子[47]之徒，夫孰非一世之才也？李斯[48]用秦，機、雲入洛[49]，一時呼吸風雷，華曜[50]日月，天下奔走而慕豔之。事移時易，求牽黃犬出上蔡東門[51]，聽華亭之鶴唳[52]，豈可得哉？則莊生[53]所謂不才終其天年[54]，信[55]達生之至論，而吾之所託焉者也，」予聞而歎息，以為知道[56]之言。雖然，才與不才豈有常也？世所用楩梓豫章[57]也，則楩梓豫章才，而櫟不才矣；世所用櫟也，則櫟才，而楩梓豫章不才矣。君固清廟明堂[58]之所取，而匠石[59]之所睥睨[60]也。而為櫟社[61]，君其有以自幸也夫！其亦可慨也夫！

嘉靖壬子㊷重陽日㊸崑山歸有光撰。

【注釋】❶安亭江　嘉定安亭鎮原有江，至歸有光時早已堙塞。參見〈畏壘亭記〉。❷搆　建造。❸楹　一間或一排房，皆可以稱楹。❹扁　同「匾」。用作動詞。❺云　助詞，放在句末，沒有實際意思。❻坦夷　坦率平易。❼周防　防備。❽屑意　介意。❾郎署　明稱在京各部曹為郎署。張意曾官南京職方郎中，故云。❿兩司　明代承宣布政使司、提刑按察使司的合稱。張意曾官山東提刑按察使副使，故云。⓫施施然　喜悅自得貌。⓬傾　排擠。⓭以是　因此。⓮夜分　半夜。⓯他所　其他地方。⓰畛域　界限；範圍。表示交遊的限制。⓱奉使　奉命出使。⓲荊湖　指今湖北武漢一帶。⓳黃鶴樓　故址在今湖北武漢的蛇山，相傳創建於三國吳黃武二年（西元二二三年）。⓴東藩　指山東布政使司。藩，即藩司，明代的布政使。按此處指張意在山東提刑按察使副使任上時。㉑孔林　孔子的墓地，在山東曲阜以東三里。㉒岱宗　泰山。㉓觀滄海日出之處　指到達泰山玉皇頂日觀峰，是觀日出的佳處。㉔歸　辭官歸家。㉕陶峴　唐開元間崑山人，好文學，不謀宦遊。他常泛江湖，遍遊煙水。遊以三舟相隨，一自載，一置賓客，一貯飲饌，數歲不歸。自謂麋鹿野人，人號為水仙。㉖扁舟　小舟。㉗五湖　太湖。㉘如　到。㉙越　春秋戰國時越國以會稽（今浙江紹興）為首都，後人常常指紹興、杭州等浙西一帶為越地。㉚西湖　在浙江杭州，有斷橋、蘇堤等名勝。㉛錢塘江　舊稱浙江，源出浙江、安徽、江西三省交界處的蓮花尖，流經杭州市，匯入杭州灣。它是浙江省的最大河流，每年農曆八月潮水澎湃，景象壯觀。㉜子陵釣臺　在浙江桐廬以西三十里富春山，臺高二百餘尺，下臨富春江。東漢初嚴光（西元前三七～西元四三年）字子陵，與劉秀同學，不接受劉秀約他出仕的邀請，在家鄉過耕種、釣魚的隱居生活。㉝齊雲巖　在今安徽休寧齊雲山上。高三千餘尺。㉞陟　攀登。㉟黃山　在今安徽南部。㊱九華　在今安徽青陽西南，因九峰形如蓮子而得名。我國佛教四大名山之一。㊲劇論　深刻地議論。㊳朝著　猶朝班，群臣朝見帝王時按照官品分班排列的位次。此指身為朝官。㊴凌躐　超越。㊵見絀　指遭受排擠，離開仕途。㊶窮　窮途末路。㊷漢黨錮　東漢桓帝時，士大夫李膺、陳蕃與太學生郭泰等反對宦官專權，被視為朋黨，禁止其二百餘人做官。漢靈帝時，再次遭到宦官打擊，李膺等數百人被害，流徙、囚禁者更多。史稱黨錮之禍。㊸白馬之禍　唐哀帝天祐三年（西元九〇六年），梁王朱溫欲擢張廷範為太常卿，大臣裴樞以太常卿宜以清流為之，提出異議，朱溫甚恨。宰相柳璨秉承朱溫旨意，將裴樞、獨孤損等大臣賜死於白馬驛（今河南滑縣東），又誣擁唐反梁的官員為朋黨，貶死者數百人，朝廷為之一空。見歐陽修《新五代史・唐六臣傳》。㊹駢首就戮　並排斬首。㊺二十四友　晉惠帝時，權臣賈謐喜延士大夫，郭彰、石崇、陸機、陸雲、和郁、潘岳、崔基、歐陽建、繆徵、杜斌、摯虞、諸葛詮、王粹、杜育、鄒捷、左思、劉瓌、周恢、牽秀、陳昣、許猛、劉訥、劉輿、劉琨，皆附於謐，號「二十四友」。㊻八司馬　唐順宗擢用王叔文、王伾，實行變法。失敗後，積極參與其事者遭貶放，韋執誼為崖州司馬，韓泰為虔州司馬，陳諫為台州司馬，柳宗元為永州司馬，劉禹錫為朗州司馬，韓曄為饒州司馬，淩準為連州司馬，程異為郴州司馬，史稱「八司馬」。㊼十六子　唐憲宗、穆宗、敬宗年間，李逢吉排擠裴度，得以主事，其門下張又新、李續之、張權輿、劉棲楚、李虞、程昔範、姜洽、李仲言等十六人結為朋黨，把持要路，時號「八關十六子」。關，重要部門。參見《舊唐書・李逢吉傳》。㊽李斯　楚上蔡（今河南上蔡西南）人。從荀卿學，助秦統一中國，任丞相。後被殺。㊾機雲入洛　晉文學家陸機、陸雲兄弟，華亭（今上海市松江）人，吳國丞相陸遜的孫子。吳滅，西元二八九年，二陸來到晉首都洛陽，受到張華等士大夫推重。後在晉統治集團權利鬥爭中，二人被殺。㊿曜　照耀。51求牽黃犬句　《史記・李斯列傳》載，李斯被腰斬前，對他的中子說：「吾欲與若復牽黃犬俱出上蔡東門逐狡兔，豈可得乎？」於是父子相哭，而夷三族。52聽華亭之鶴唳　陸機被殺前，對身邊的人歎道：「今日欲聞華亭鶴唳，不可復得。」53莊生　莊子，名周。54不才終其天年　語出《莊子・山木》。原謂樹木長得雖然高大，不能成為有用的材料，所以能夠長壽。55信　確實。56知道　通曉道理。57楩梓豫章　楩樹、梓樹、枕木和樟木（並稱豫章），都是質優的大木，喻棟梁之材。58清廟明堂　國家的宗廟和帝王宣政明教的殿堂。59匠石　《莊子・人間世》載，匠石見大而無當的櫟樹，棄而不顧。匠石，名字叫做石的木匠，是莊子虛構的人物。60睥睨　斜眼看，表示不屑。61櫟社　《莊子・人間世》稱被拜為土地神的那一棵櫟樹。62嘉靖壬子　西元一五五二年。63重陽日　農曆九月九日，即重陽節。這一天民間有登高遊宴的風習。

【語　譯】餘峰先生隱居在安亭江上，在他居室的北面，築了三間屋，匾額上題「櫟全軒」。他性格坦率平易，順著自己天性過一種自適知足的生活，對別人不設防備。他直憑胸臆說話做事，別人或許以為不妥當，他也不會介意。所以無論貴賤，大家都樂於和他相處，然而也正因為這樣他與世俗又不相和諧。他二十幾歲考中進士，在南京任郎官，不到十年，先後任兩處按察使。當時擔任兩處按察使的官員中，他的年紀最輕。他又喜悅自得，不肯迎合別人，有人就排擠他，最終以此罷官。

適逢我也搬到安亭江上，居室相隔一條河，常與先生見面。他不喜歡飲酒，然而一見面即談論到日落，有時甚至到半夜還不離去，即便是在別處相遇也是如此。他對別人沒有架子不生隔閡，顯得那麼高興，充滿情意，往往都是這樣。他愛好山水，任南京郎官時，奉命出使到武昌，每日登上黃鶴樓，賦詩飲酒。任官山東布政使司時，拜謁孔林，攀登泰山，在日觀峰觀望滄海日出。辭官歸鄉後，羨慕陶峴的生活態度，駕一葉小舟於太湖之間。有人訪問他，他常常不在家。去年到浙西，泛舟西湖，渡過錢塘江，登上嚴子陵的釣魚臺，又遊覽齊雲巖，將攀黃山，登歷九華山，因興盡而返回。

一天，邀請我坐在櫟全軒中，大談世事，鞭辟入裡。說他自己：「年輕時身列朝班，為官的資歷與同時諸人相比，顯得非常優先和突出，一旦被罷免，不免難以釋懷。回首當年的事情，到今天已經十幾年了。處於寧靜的境地而觀動處，居於安逸的環境而視艱勞，然後才明白今天這一種結果，對我而言是得而不是失。天下的人，誰不說自己是人才，所以都逞弄其才而不知適可而止。正因為不知適可而止，結果走入窮途末路。東漢的黨錮、唐代的白馬驛禍端，排隊被殺頭的人，哪裡數得清楚呀。二十四友、八司馬、十六子之流，誰不是一世人才？李斯為秦朝丞相，陸機、陸雲當初被徵入洛陽，一時之間，呼吸可以成為風雷，光彩煥放如同日月，天下都競相奔走，誰不豔羨他們。時勢轉移，局面改變，李斯想牽黃犬走出上蔡東門，陸機想聽華亭鶴唳之聲，還有這種機會嗎？則莊子所謂無才所以能夠終其天年，確實是極為高明的達生理論。而這也是我用以為對自己精神的一種寄託。」我聽後發出讚歎，以為這是一番得道的話。儘管如此，對於才或不是才的判斷，難道有一致的意見嗎？世人如果使用楩樹、梓樹、枕木和樟木這些精良之木，那麼這些樹木是才，而櫟樹就不是才；世人如果使用櫟樹，那麼櫟樹是才，而楩樹、梓樹、枕木和樟木就不是才。先生當然是建造國家巍峨的宮殿所需之才，自然為石木匠這種人所不屑一顧。而現在以被拜為土地神的那棵櫟樹自居，先生藉此為自己慶幸自有其理由，然而這也是很可感慨的呀！嘉靖三十一年重陽日崑山歸有光撰。

【研　析】歸有光思想受到《莊子》一書的影響，這種影響尤其是通過他的親友和交往者在仕途遇到的挫折而進一步加強，他們的經歷，使歸有光更清楚地看到了官場和世俗的陰暗面，從而拉近了他與《莊子》的距離。

本文所記的櫟全軒主人，少年得志，最終卻被人排擠出仕途，經過這樣一浮一沉，一動一靜的換位變化，使他真切感到官途險惡，反而以被擠離官場自我慶幸。莊子筆下的那棵因無用而免遭匠人砍伐的櫟樹，其生存智慧再一次為後人所認同。歸有光當然是同意櫟全軒主人的這種覺悟，然而面對這樣的現實，他的心情是悲哀、憤慨的。他進而想到，為什麼正直端方的賢良總被奸邪庸劣排擠？才與不才的標準為什麼總被顛倒？固然櫟全軒主人可以為離開險途而自我慶幸，然而，將才不才顛倒的荒唐現實難道不應當受到指責嗎？全文結束「其亦可慨也夫」一語，表達出作者多麼深痛的情感！撰寫這篇文章之後數月，歸有光又將要踏上進京考試的道路，此時他發出「才不才」之慨，正帶著他對自己未來命運的焦灼，這也是很好理解的。

悠然亭記

【題　解】悠然亭是周大禮嘉靖三十年（西元一五五一年）辭官回鄉後所構築，亭名取於陶淵明詩句「悠然見南山」。他是歸有光的表兄，一位正直的官員，曾被作者引為驕傲，卻終於因遭嫉妒者排擠，被迫離開仕途，歸有光頗為他抱不平，詳見〈溉山周先生六十壽序〉題解。此文略點出世人不能將周大禮遺忘，大段卻寫他居鄉以後悠然「自忘」之意態，由此寫出作者的感喟。所以本文未必僅僅是一篇放達語，而是作者有所寄託的。篇末引莊子語，是根據崑山本，而常熟本沒有這幾句的內容。歸莊篇末原注對此有說明。

余外家❶世居吳淞江南千墩浦❷上。表兄溉山公❸自田野登朝，宦遊二十餘年歸，始僦居❹縣城❺。嘉靖三十年❻，定卜❼于馬鞍山之陽❽，婁水之陰❾。憶余少時，嘗在外家，蓋去縣三十里，遙望山頹然❿如積灰，而烟雲杳靄⓫，在有無之間。今公於此山日親，高樓曲檻⓬，几席戶牖常見之。又于屋後搆小園，作亭其中，取靖節⓭「悠然見南山」⓮之語以為名。靖節之詩，類非⓯晉、宋⓰雕繪⓱者之所為，而悠然之意，每見于言外，不獨一時之所適。而中無留滯，見天壤間物，何往而不自得？余嘗以為，悠然者實與道俱，謂靖節不知道不可也⓲。公負傑特⓳有為之才，所至官，多著聲績⓴，而為妬媢㉑者所不容。然至今朝廷論人才有用者，必推公。公殆㉒未能以忘于世㉓，而公之所以自忘者如此。靖節世遠，吾無從而問也，吾將從公問所以悠然者。夫「山氣日夕㉔佳，飛鳥相與㉕還。此中有真意，欲辨已忘言㉖」，靖節不得而言之，公烏得而言之哉？公行天下，嘗登泰山，覽鄒嶧㉗，歷嵩少㉘間，涉兩海㉙，入閩、越㉚之隩阻㉛。茲山㉜何啻㉝泰山之壘石㉞？顧所以悠然者，特寄于此。莊子云：「舊國舊都㉟，望之暢然㊱。雖使丘陵草木之緡入之者十九㊲，猶之暢然。況見見聞聞㊳者也？」予獲侍㊴斯亭，而僭㊵為之記。

【注釋】❶外家　指母親的娘家。❷千墩浦　在崑山南，吳淞江南岸。❸表兄瀫山公　歸有光母親周桂與周大禮父親周書是同一祖父。❹僦居　租房居住。❺縣城　指崑山縣城。❻嘉靖三十年　西元一五五一年。❼定卜　買屋定居。❽陽　山的南坡。❾婁水之陰　婁江的南面。婁江，亦稱瀏河，經江蘇太倉入海。河的南岸稱為陰。❿頹然　不挺拔。⓫杳靄　雲霧飄渺。⓬檻　欄杆。⓭靖節　陶淵明，世稱靖節先生。⓮悠然見南山　引自陶淵明〈飲酒〉詩。以下所引見同一首詩。⓯類非　即「非類」，不像。⓰晉宋　西元二六六年至三一六年為西晉，西元三一七年至四二〇年為東晉。而後為劉宋取代，至西元四七九年。此指東晉和劉宋之間。這時期詩文風氣，漸尚華美。⓱雕繪　刻意雕琢。⓲謂靖節不知道不可也　杜甫〈遣興五首〉之三評價陶淵明「未必能達道」。歸有光針對這一類說法而言。⓳傑特　傑出。⓴著聲績　取得很大的政績和名聲。㉑妬媢　妒忌。㉒殆　大概。㉓未能以忘于世　無法做到讓世人忘記他。㉔日夕　傍晚。㉕相與　相伴。㉖忘言　語出《莊子・外物》：「言者所以在意，得意而忘言。」㉗鄒嶧　即嶧山，又名鄒山，在今山東鄒縣東南。㉘嵩少　嵩山、少室山。少室山是嵩山三高峰之一。㉙兩海　指東海和南海。周大禮曾任山東提刑按察副使、廣東按察司副使，兩地在東海和南海邊。㉚閩越　指今福建和浙江一帶。㉛隩阻　艱深難行之地。㉜茲山　指崑山的馬鞍山。㉝何啻　豈只。㉞壘石　大石。

㉟舊國舊都　故國和家鄉。㊱暢然　喜悅貌。㊲雖使句　即使故鄉的丘陵幾乎被荒蕪的草木所掩沒。緡入，遮蔽。緡，朦朧不明。㊳見見聞聞　見所見，聞所聞。㊴獲侍　得以陪同。㊵僭　超越本分。是作者的謙辭。

【語　譯】我外祖父家，世世代代住在吳淞江南岸的千墩浦邊上。表兄瀫山公從鄉村田野榮登朝廷，到各地做官二十餘年歸來，開始租房居住在縣城。嘉靖三十年，購屋定居於馬鞍山的南坡，婁江的南面。

回憶我小時候，曾在外祖父家，離開縣城三十里，遙望馬鞍山低矮如堆積的塵灰，而雲霧飄渺，山若有若無。現在瀫山公天天近在山中，高樓曲欄，几席門窗，時常可見。又在屋後構建一座小園，園中造起亭子，用陶淵明「悠然見南山」的詩句作為亭名。陶淵明寫的詩歌，不同於晉、宋之間追求雕琢華靡的詩人所作，而悠然豐富的詩意，常常可以從語言之外體會出來，不只是一時適興的作品。而詩裡又不受什麼拘滯，可見天地之間的事物，凡所遭遇不是都可以自安嗎？我曾以為，悠然的態度與道相符合，說陶淵明對於道沒有認識是沒有根據的。

瀫山公具有傑出的用世之才，每到一個地方做官，都取得了許多好名聲和政績，卻被妒忌者所排擠。然而至今朝廷議論有用的人才，必定會推選他。瀫山公根本無法做到讓世人忘記他，可是他對自己卻如此淡忘。

離開陶淵明的年代太遠，我無法去向他詢問，我將請瀫山公指點「悠然」的含義是指什麼。陶詩「山氣在日落時分外奇麗，鳥兒結伴從遠處飛還。此中充滿了自然的真趣，想要表達卻已忘了語言。」陶淵明無法把此中的真意講清楚，瀫山公又怎麼能說明白呢？瀫山公行走天下，曾登上泰山，遊覽嶧山，經歷嵩山、少室山之間，跋涉南海和東海，涉足福建、浙江艱深難行之地。這座馬鞍山豈非只是泰山上的一塊石頭？可是將心裡的悠然之意，偏偏寄託在這兒。莊子說：「故國和故鄉，望見後就產生喜悅之情。即使故鄉的丘陵幾乎被荒蕪的草木所覆蓋，也仍然覺得欣喜。更何況是見到了想見的、聽到了想聽的呢？」我有機會在此亭陪侍瀫山公，因此擅自撰了這篇亭記。

【研　析】周大禮自田野登朝又退回到田野，在家鄉構屋而居，心契陶淵明詩意，為所造之亭取名「悠然亭」。

周大禮自己究竟如何看待「為妬媢者所不容」而被排擠出仕途這件事情，由於沒有資料可據而無法推想，然而旁人為他發出「空老之歎」（見歸有光〈溉山周先生六十壽序〉）和不平之鳴是確然的。本文通過敘述悠然亭之建造，以及對亭名含義的解釋，表達出一個經過失落的人甩開包袱，「中無留滯」，走向精神上輕盈充實的寶貴和可羨。「悠然」是指將個人融進自然，與天壤之間萬事萬物渾然化為一體，視個體的存在如同消失。這看似以一種卑微的姿態，將個人渺小化，使自己雖有若無，其實是另一種形式表現對世俗的傲睨，對卑汙濁鏞的不屑。這大概就是本文所說的「寄」吧。它是一種清澈、盈實的精神，如陽光般的有力，是亙古綿延的優良傳統，也是古人饋贈給後人的一筆極可珍貴的財富。歸有光散文，有的表面悠悠淡淡，決無筋張骨露之象，卻具有靜穆的內涵和風致，略似陶淵明詩歌。本文可以算是一個例子。

滄浪亭記

【題解】滄浪亭在今蘇州市。相傳五代時，這裡本是廣陵王錢元璙的池館，一說是吳越中吳軍節度使孫承祐的園林。宋初，蘇舜欽被誣遭排擠，廢居蘇州，購得此地，買水石作滄浪亭以自適，號滄浪翁，並自為記。亭名取自《孟子・離婁》上所載〈孺子歌〉：「滄浪之水清兮，可以濯我纓；滄浪之水濁兮，可以濯我足。」他建的這座滄浪亭，有「水竹之勝，冠於吳下」之稱（陳振孫《直齋書錄解題・滄浪集》）。以後滄浪亭屢易其主，元代改為寺庵，至明朝嘉靖年間，為僧人文瑛所得，本文即應文瑛之請而作。文章借滄浪亭因清寂而得以長存，感歎人間「極一時之盛」的權貴及其榮華，其實不足憑恃。

浮圖❶文瑛❷居大雲庵❸，環水，即蘇子美❹滄浪亭之地也。亟求余作〈滄浪亭記〉，曰：「昔子美之記，記亭之勝❺也。請子記吾所以為亭者。」

余曰：昔吳越有國❻，時廣陵王❼鎮吳中❽，治❾南園於子城❿之西南，其外戚⓫孫承祐⓬亦治園於其偏⓭。迨⓮淮海納土⓯，此園不廢。蘇子美始建滄浪亭，最後禪者⓰居之，此滄浪亭為大雲庵也。有庵以來二百年，文瑛尋古遺事，復子美之構於荒殘滅沒之餘，此大雲庵為滄浪亭也。夫古今之變，朝市⓱改易。嘗登姑蘇之臺⓲，望五湖⓳之渺茫，群山之蒼翠，太伯、虞仲⓴之所建，闔閭、夫差之所爭㉑，子胥㉒、種㉓、蠡㉔之所經營，今皆無有矣。庵與亭何為者哉？雖然，錢鏐㉕因亂攘竊㉖，保有吳越，國富兵強，垂及四世㉗。諸子姻戚，乘時奢僭㉘，宮館苑囿，極一時之盛。而子美之亭，乃為釋子㉙所欽重㉚如此。可以見士之欲垂名於千載之後，不與㉛其澌然㉜而俱盡者，則有在矣。

文瑛讀書喜詩，與吾徒游，呼之為滄浪僧云。

【注釋】❶浮圖　梵語音譯，或作「浮屠」，意為佛、佛寺、佛塔。此指僧人。❷文瑛　字獨輝，早居大姚之大覺寺，後來到吳中，主持崑山興福寺，修建報恩寺。參見祝允明〈為報恩臥佛寺眾請瑛師主修崇寧大塔敘文〉。文徵明有詩〈贈瑛上人〉。❸大雲庵　一名結草菴，元至正年間僧善慶建。❹蘇子美　蘇舜欽（西元一〇〇八～一〇四八年），字子美，一字倩仲，梓州銅山（今四川中江）人。進士，曾官集賢校理，後罷官。長於歌詩，與梅堯臣齊名，世稱蘇梅。著有《蘇學士文集》。❺勝　美景。❻吳越有國　吳越是五代時的十國之一，錢鏐締造，建都杭州。轄境為今浙江全部和江蘇一部分。有國，建國。❼廣陵王　錢元璙，錢鏐子，封廣陵郡王。❽吳中　今江蘇蘇州。❾治　修建。❿子城　內城。⓫外戚　帝王后妃的父兄子弟等姻親。⓬孫承祐　（西元九三六～九八五年）錢塘人（今浙江杭州）人。他姐姐被吳越王錢弘俶納為妾，因身居要職，官至平江軍節度使。後降宋。祐，原作「佑」，誤。⓭偏　旁邊。⓮迨　至。⓯淮海納土　指吳越國最後向宋朝獻地投降。淮海，泛指吳越國所轄江南十三州。⓰禪者　僧人。⓱朝市　集市。一早趕集的人熙熙攘攘，過後人物散盡。⓲姑蘇之臺　在江蘇吳縣姑蘇山上，相傳春秋末吳王夫差所築。⓳五湖　太湖。⓴太伯虞仲　即泰伯、仲雍，周太王長子和次子。周太王欲傳位給第三子，二人便逃到南方，泰伯成為吳國的始祖，他死後，仲雍繼位。㉑闔閭夫差之所爭　指春秋末年吳國與越國的戰爭。闔閭，名光，吳國公子，刺死吳王僚，自立為吳王，後來死於同越國的戰爭。夫差，闔閭子，先戰勝越王句踐，後反勝為敗，吳滅後自殺。㉒子胥　伍子胥，名員，春秋時楚國大夫伍奢次子，流亡吳國，任大夫，為吳國功臣，後被迫自盡。㉓種　文種，字少禽，越國大夫，匡佐句踐滅吳，被賜死。㉔蠡　范蠡，字少伯，越國大夫。他助越滅吳後，退隱太湖經商，成為巨富，改名陶朱公。㉕錢鏐　五代吳越國的建立者，在位二十五年。㉖攘竊　掠奪、竊取。㉗垂及四世　錢鏐以後，吳越國王依次是錢元瓘、錢弘佐、錢弘倧、錢弘俶。㉘奢僭　奢侈無度，超越制度。㉙釋子　僧人。㉚欽重　敬重。㉛不與　不被。㉜澌然　冰解貌。

【語　譯】 僧人文瑛居於大雲庵，四面環水，即是蘇舜欽滄浪亭所在地。他多次求我撰寫〈滄浪亭記〉，說：「從前蘇舜欽〈滄浪亭記〉，是記敘滄浪亭的勝景。請你為我記敘重新修建此亭的經過。」

我說：歷史上吳越建國，當時廣陵王鎮守蘇州，在內城的西南修建了一座南園，而帝王的外戚孫承祐也在它的旁邊修建了園林。及至吳越國向宋朝納地稱臣，園林依然沒有被毀壞。蘇舜欽開始修建滄浪亭，最後它成為僧人所居之地，於是滄浪亭變為了大雲庵。成為寺庵以後二百年，文瑛尋訪古人遺事，使若存將亡的荒殘遺跡又重新恢復了舜欽時的建築，於是大雲庵又變為了滄浪亭。古今變遷，就好比早上集市，聚散無常。曾登上姑蘇臺，遙望太湖一派渺茫，群山蒼翠青蔥，無論是太伯、虞仲所構建的，闔閭、夫差所爭奪的，還是伍子胥、文種、范蠡所經營的，今日一切都不復存在。庵也好，亭也罷，又怎麼樣呢？儘管如此，錢鏐在天下大亂之際，搶掠竊取，據有和保存了吳越一方土地，國富兵強，傳位四世。眾多的子嗣和親戚，乘機奢侈無度，超越自己的身份地位，建造宮館園林，極一時之盛興。而蘇舜欽的滄浪亭，卻受到僧人如此敬重。由此可見，一個人若想垂名於千年以後，而不是像冰融雪消，頓然滅沒，一定是有其緣故的。

文瑛平日讀書，喜愛詩歌，與我們這些人交遊，大家稱呼他為滄浪僧。

【研　析】 蘇舜欽〈滄浪亭記〉寫他自己得地建亭之經過，敘述勝景，以「棄地」暗寓自己身世遭遇，略似柳宗元〈永州八記〉。他在文中說：「思向之汩汩榮辱之場，日與錙銖利害相磨戛，隔此真趣，不亦鄙哉！」「予既廢而獲斯境，安於沖曠，不與眾驅，因之復明乎內外失得之原，沃然有得。」歸有光這篇記以滄浪亭經過了時間的長期磨洗，沒有像某些繁華熱鬧的景觀一樣，盛極而衰，而是仍然為後人所欽重，說明千古流傳之美名產生於寂寥者之中。這雖是說景物，更是說人物。與蘇舜欽〈滄浪亭記〉的寓意有其相近的一面，都肯定以幽寂的態度處世，然而二者的區別也顯著，蘇舜欽借滄浪亭之被棄而寄託感憤，歸有光則表示，惟其被拋棄，被遺忘，無法廁身於風雲聚會的中心，得不到眾人垂顧的目光，才使它擁有了更加長久的生命，在猶如朝市改易匆遽變化的歷史中，才可能保持一種永恆的姿態而受到後人敬仰和愛慕。不滿於現實的清虛靜寂者對歷史的公允性和平衡力的這種信賴，究竟有幾分靠得住，這並不重要，重要的是它確實曾經支撐過像歸有光這樣一些人的心理和精神。

花史館記

【題解】歸有光妹夫馬子問營構住所，取名花史館。取這個齋名一是寫實，因為庭中種著四季花木，並且室齋藏著一部司馬遷《史記》；另一方面，也表達出齋主的一種生活情趣，謂寓身其中，惟以觀花、讀《史記》為最大之滿足，別無所求。歸有光自言「性獨好《史記》」（〈五嶽山人前集序〉），他經長年潛心揣摩，對《史記》多有獨得之認識，在妹夫心目中他便是《史記》的權威。本文由館名而產生對閱世、觀花、讀《史記》之間的聯想，領悟出天地間林林總總的事物都極為短暫，渺小的人營營不知止，實無必要，以此肯定他的妹夫能以賞花讀《史記》這種悠閒的生活為滿足是最幸福的人。

子問居長洲❶之甫里❷，余女弟壻❸也。余時過之，泛舟吳淞江，遊白蓮寺❹，憩安隱堂，想天隨先生❺之高風，相與慨然太息❻。而子問必挾《史記》以行。余少好是❼書，以為自班孟堅❽已不能盡知之矣。獨子問以余言為然。間歲❾不見，見必問《史記》，語不及他也。會其堂燬，新作精舍❿，名曰花史館。蓋植⓫四時⓬花木於庭，而庋⓭《史記》于室，日諷誦其中，謂人生如是足矣，當無營於世也。

夫四時之花木，在於天地運轉，古今代謝之中，其漸積豈有異哉？人於天地間，獨患其不能在事之外，而不知止耳。靜而處其外，視天地間萬事，如庭中之花開謝於吾前而已矣。自黃帝迄於太初，上下二千餘年⑭，吾靜而觀之，豈不猶四時之花也哉？吾與子問所共者，百年而已，百年之內，視二千餘年，不啻⑮一瞬。而以其身為己有，營營⑯而不知止，又安能觀世如《史》，觀《史》如花也哉？余與子問言及此，抑⑰亦進於《史》矣。遂書之以為記。

【注釋】❶長洲　縣名，明代屬蘇州府。❷甫里　甪直鎮之舊名，與崑山接界。❸女弟壻　妹夫。❹白蓮寺　在甪直鎮，始建於吳赤烏（西元二三八～二五一年）年間，宋熙寧六年（西元一〇七三年）重造。❺天隨先生　晚唐詩人陸龜蒙，字魯望，自號天隨子、江湖散客，姑蘇（今江蘇蘇州）人，隱居甫里。白蓮寺裡有陸龜蒙別業祠堂。❻太息　歎息。❼是　此。❽班孟堅　班固（西元三二～九二年），字孟堅，扶風安陵（今陝西咸陽東北）人。歷二十餘年修成《漢書》，繼承並進一步完善司馬遷開創的紀傳體，紀西漢初史事多取材於《史記》。❾間歲　隔一年。❿精舍　室齋。⓫植　種。⓬四時　四季。⓭庋　收藏。⓮自黃帝迄於太初二句　指《史記》所敘從黃帝到漢武帝太初年間二千餘年的歷史。黃帝，傳說他戰勝炎帝，擊殺蚩尤，被各部落首領尊為天子。太初，漢武帝年號，自西元前一〇四至前一〇一年。⓯不啻　無異於。⓰營營　求取；忙碌。⓱抑　助詞，用於句首。

【語譯】子問住在長洲甪直鎮，他是我的妹夫。我時常到他那兒去，一起在吳淞江上泛舟，遊覽白蓮寺，憩息於安隱堂，遙想陸龜蒙先生的高尚風節，我們互相為之發出感慨和歎息。子問出行必定攜帶著《史記》。我從小愛好這部書，認為從班固開始，人們對《史記》已經不能完全認識了。只有子問同意我的這個看法。如果隔開一年不見，見面時他必然問我《史記》，而不談其他什麼。正逢他的居處毀於火災，於是重新建造了一所室齋，取齋名「花史館」。在庭院種上四季花木，書齋中庋藏著《史記》，每日誦讀於齋室中，說人生如此就足夠了，再也不必在世上營求別的。

四季的花木，在天地運轉、古今代謝的過程中，它們的漸次變化難道有什麼不同嗎？人在天地之間，最值得擔憂的是他們不能置身於事物之外，而去到處營求，不知止息。假如冷靜地處於局外的位置，就會將天地之間的萬事萬物，看作如同庭院裡的花卉，在我眼前開放復又凋落，如此而已。從黃帝時代到漢武帝太初年間，前後二千多年，我冷靜地觀照，豈不就是四季的花木嗎？我與子問所能夠擁有的，只有百年工夫罷了，百年之內的時間，與二千年相比，何異於一瞬。而將人的生命看作是自己的，汲汲營求，不知止息，又怎麼能夠做到觀世事如同讀《史記》，讀《史記》如同觀花卉呢？我對子問談及於此，也達到了《史記》的境界。於是寫下以上的話作為一篇館記。

【研 析】四時花木與司馬遷《史記》本來毫無關係，將無關的事物互相作類比，就必須去其形貌，求其神理。因此本文在構思取意方面，頗帶有幾分詩歌比興的特點。作者將古往今來的歷史比作四季花開花謝，認為《史記》恰好真實記錄了處於如此狀態下不斷代變的歷史，因此閱讀《史記》和觀賞花木所得到的感受是相似的，二者可以互相啟發。歸有光抱著觀賞花木的態度閱讀《史記》、觀察歷史，實際上是要人們用這種冷靜、理智的態度對待生活，對待現實，不要置身事中而汲汲營營，不知滿足，一個人生命短促，任何看似再大的作為，其實都微不足道。

婁曲新居記

【題解】本文中的沈先生，即崑山人沈本初，著有《婁曲山人集》。他曾於崑山郊區購得南園，題堂名「卅有堂」，參見〈卅有堂記〉題解。後來又將南園售予他人，自己在縣城南街買下新居，名曰「婁曲新居」，度其晚年。歸有光此文為沈本初新購居所而作，主要寫出了沈本初不求功名，安然處世的生活態度，以及作者本人對這種態度的肯定和嚮往。

婁曲新居者，吾縣在婁水[1]之曲[2]，沈先生故以名其居。始，自吳有國[3]，其東門曰婁門。震澤[4]之水，由是[5]東入海，故水為婁江，古婁門外馬亭溪[6]是也。溪上復城，越王餘復君之所治[7]，因之為婁縣，王莽曰婁治[8]，吳有婁侯[9]，而或謂之疁城[10]。江入海口為劉家港[11]，「疁」與「劉」聲近訛。吳大疁，蓋在北野，禺櫟東所舍云[12]。沈先生世[13]縣人，年七十矣，未始出於婁曲也，而以名其居，蓋自謂終老於此云爾。

昔伏波將軍[14]平交趾[15]還，言：「吾弟少游[16]哀吾慷慨有大志，曰：『士生一世，取衣食裁[17]足，乘下澤車[18]，御[19]款段馬[20]，為郡掾吏[21]，守墳墓，鄉里稱為善人，斯足矣，致求[22]贏餘，徒自苦耳。』當吾在浪泊、西里間[23]，下潦上霧，毒氣薰蒸，仰視飛鳶㉔跕跕㉕水際，念少游平生時㉖語，何可得也。」班定遠㉗在西域㉘，年老，乞哀求還，不敢望到酒泉郡，但願生入玉門關㉙。二人者，君子蓋悲之。

嗟夫，人生百年之內，為日有幾？欲窮萬里之道，日馳騖㉚而不知止者何也？先生蓋自敘其少時艱難之迹，曰：「吾晚得地於郊外，安而樂之，名其圃曰南園，其館曰星槎，其堂曰卅有，曰吾而後庶幾其有之㉛。已㉜又鬻㉝他姓。於今始卜㉞於縣之南街，親朋往還，里俗淳厚。有宅一區，有屋數椽㉟。有花有竹，濁醪㊱一壺，黃虀㊲數莖，焚香賦詩。自喻桑榆之樂㊳，物無能易之。傳謂逆旅無常㊴，為遷徙之徒㊵，茲則庶乎㊶可免矣。」

余讀其辭，蓋有隱居之致，而有感於昔之人㊷發憤伉志㊸，爭功名於萬里之外，乃至白頭顧念㊹，忽有首丘依風之感㊺。因以歎夫漂漂者㊻何所極也！遂書之以為記。

【注釋】❶婁水　即婁江。源自太湖，流經崑山，在太倉匯入海。❷曲　稱河岸曲轉的地方。❸自吳有國　周初泰伯、仲雍避入今吳地，為吳國的始祖。周武王滅殷，封仲雍之後周章為吳國之君。從泰伯傳至壽夢，約十九世，吳國益強大，始稱王。吳以今江蘇蘇州為都城。❹震澤　太湖。❺由是　經過此地。❻馬亭溪　古代河名，在今蘇州城外。❼溪上復城二句漢袁康《越絕書》卷二〈外傳記吳地傳〉：「婁門外馬亭溪上復城者，故越王餘復君所治也，去縣八十里。」❽王莽曰婁治　王莽（西元前四五～西元二三年），字巨君。漢平帝時任大司馬，篡漢，改國號為「新」。他改婁縣為婁治，東漢初，仍恢復婁縣。❾吳有婁侯　《三國志》載，孫權曾先後封陸遜、張昭為「婁侯」。❿疁城　明鄭若曾《江南經略》卷二下〈崑山縣境考〉：「崑山，古婁縣也，〈禹貢〉揚州之域。周為吳秦置疁縣，屬會稽郡。」⓫劉家港　在明太倉州城南，自崑山縣流入境，其東南七十里為劉河口，為古婁江入海之口。⓬吳大疁二句　《越絕書》卷二〈外傳記吳地傳〉：「吳北野，禺櫟東所舍大疁者，吳王田也，去縣八十里。」大疁，吳王王田，在吳城北郊之外。疁，火耕之田。北野，北郊之外。禺櫟，或作「禺櫟」。不詳，可能是神名。東所舍，在東方休息的地方。舍，休息。⓭世　世世代代。⓮伏波將軍　馬援（西元前一四～西元四九年），字文淵，扶風茂陵（今陝西興平東北）人。東漢初率部討伐西南立大功，被劉秀封為伏波將軍。⓯交趾　交趾郡，漢置，轄五嶺以南一帶地域。以下引文自《後漢書．馬援傳》，文字略有不同。⓰少游　馬少游，馬援的堂弟。⓱裁　才。⓲下澤車　一種短轂車，能在水澤中行進。⓳御　駕馭。⓴款段馬　行走緩慢的馬。㉑掾吏　官府的佐助官。㉒致求　索取；追求。㉓浪泊西里間　《東觀漢記．馬援傳》作「浪泊、西里塢間」，可見是交趾一帶的山名。㉔鳶　鷹。㉕跕跕　形容飛鷹不堪瘴氣薰蒸而欲墜落。㉖平生時　平時。㉗班定遠　班超（西元三二～一〇二年），字仲升，扶風安陵（今陝西咸陽東北）人。他奉命率三十六人赴西域與匈奴作戰，歷時三十一年，官至西域都護，封定遠侯。㉘西域　漢代指玉門關以西、巴爾喀什湖東南的廣大地區。㉙年老四句　《後漢書．班超傳》載，他於永和十二年（西元一〇〇年）上書東漢和帝，乞從西域歸還內地，所引即為上書中的句子。酒泉郡，在今甘肅河西走廊西部、北大河流域，郡治祿福縣。玉門關，在今甘肅敦煌西北，是古代通往西域的要道。酒泉在玉門關東部，離中原更近。㉚馳騖　奔馳。㉛吾而後庶幾其有之　歸有光〈卅有堂記〉：「（沈本初）卜築於城東南，取昌黎韓子『辛勤三十年，乃有此屋廬』之語，名其堂曰卅有。夫其視世之捷取巧得、倏然而至者，大中不為拙邪？其視世之貪多窮取、缺然日有所冀者，大中不為固邪？」言他購得南園不易。此句也是這個意思。而後，謂遲遲才。庶幾，帶有僥倖的意思。㉜已　後來。㉝鬻　出售。㉞卜　卜居；居住。㉟椽　放在桁上架屋面板和瓦的木條。指房屋的間數。㊱濁醪　用糯米、黃米等釀製的酒，色渾濁。㊲黃虀　鹹醃菜。㊳桑榆之樂　晚年快樂的生活。桑榆，夕陽的餘暉照在桑榆樹端，比喻垂暮之年。㊴逆旅無常　比喻人生短促而多變。逆旅，行旅，指人生短暫。㊵遷徙之徒　遭流放的犯人。㊶庶乎　大概。㊷昔之人　指馬援、班超。㊸發憤伉志　奮發努力，志向高遠。㊹顧念　思念；回憶。㊺首丘依風之感　懷戀故鄉的感情。《後漢書．班超傳》載他上和帝書說：「臣聞太公封齊，五世葬周。狐死首丘，代馬依風。夫周、齊同在中土，千里之間。況於遠處絕域，小臣能無依風首丘之思哉！」首丘，《禮記・檀弓上》引古語「狐死正丘首。」意思是，狐狸死時，將頭正對著牠藏身的洞穴。依風，北方的馬愛北風。依，愛。《韓詩外傳》：「代馬依北風，飛鳥揚故巢。」㊻漂漂者　漂泊不知歸者。

【語譯】婁曲新居，因為我縣地處婁江轉折的地方，所以沈先生用它來命名自己的居所。最早，自從吳建為國都，城的東門名婁門。太湖的水，經過這裡向東流入大海，所以這條江稱為婁江，即是古時候婁門之外的馬亭溪。溪上的復城，是越王餘復君所建造，後人因襲而建為婁縣，王莽改稱婁治，三國孫吳封有婁侯，有的書上稱此地為疁城。婁江入海口為劉家港，這是因為「疁」與「劉」聲音相近，引起錯訛。吳王的王田，在北郊之外，是禹襟神在東方休息的地方。沈先生世世代代是婁縣人，年紀已經七十，沒有離開過婁江曲轉之地，他用「婁曲」命名自己的居所，用以表示在這裡終老的願望。

從前，伏波將軍馬援平定交趾，回到中原，說：「我堂弟少游對我懷抱慷慨大志表示憐憫，說：『人在世一輩子，衣食足夠吃穿，有一輛普通的車乘，一匹駑劣的馬使，做一名郡縣的小官，守著自己的祖墳，被鄉里人稱為好人，這樣就可以滿足了，此外再去尋求更多的好處，只是自討苦吃。』當我在交趾的浪泊、西里這些山塢中，腳下是大水，頭上是濃霧，毒氣蒸騰，舉首只見飛鳥不堪瘴氣薰蒸，欲將墜落河裡，想起少游平時說的話，這種生活何處才能得到呀。」定遠侯班超在西域，年老時，乞請哀憐，讓他東還，說不敢奢望回到酒泉郡，但願在有生之年能進入玉門關。對於這二個人，君子充滿了同情。

啊！人的一生，能有多少日子？想窮盡萬里道路，每日競奔而不知停歇，又有什麼必要？先生敘述了他自己年輕時走過的艱難歷程，然後說：「我晚年在郊外得到了一塊土地，安而居之，充滿喜悅，命名其園圃為南園，館舍為星槎，齋室為卅有，以為我從此以後大概可以安居了。不久，又出售給了別人。到今天才在縣城南街買下住宅，親戚朋友互相往來，周圍風俗醇厚樸實。有居地一片，住房數間，有花有竹，酒一壺，醃菜數根，燃著香吟誦詩歌。自己覺得晚年的歡樂，再沒有別的可以與此相比。俗話說，人生如旅，短促而多變，每個人好像是被流放的囚犯，我現在則大約可以免了這種苦難。」

我讀他的文辭，其中含有隱居的情懷，同時有感於前人奮發努力，志向高遠，追求功名於萬里之外，可是到暮年白頭時回顧，頓然產生懷戀故鄉的感情。因此而感歎，漂泊不知所歸的人又怎麼能夠達到他們的目標！所以撰此為記。

【研　析】本文與〈卅有堂記〉志趣一致，然而開掘和發揮均有不同。〈卅有堂記〉強調「有」是一種偶然，所以不足憑恃，莫以一時的得失為悲喜。本文一方面通過沈本初將得來不易的南園又鬻於他人的變故，再次肯定有無得失不可逆料和掌握，另一方面則主要通過古人早年為功名而奮鬥，垂暮之時內心卻充滿了感愴和失落，以這些事例，肯定平淡、樸素的生活對於個人的珍貴。二文為同一個人而作，而且都是記園居，題旨相近，很容易相犯。歸有光寫〈妻曲新居記〉，詳〈卅有堂記〉所略，略〈卅有堂記〉所詳，將二文處理得若即若離，似合似分。若將兩文互相對讀，可以領會作文避犯、鄰題生新的道理。

文章多處運用對照法，馬少游與馬援，是一重對照，馬援與班定遠是二重對照，馬援、班定遠早年「發憤伉志，爭功名於萬里之外」，與暮年「白頭顧念，忽有首丘依風之感」，是三重對照。通過運用這些對照的筆法，使文章最後發出的一聲「夫漂漂者何所極」的浩歎更顯得沉重、深長。

菊窗記

【題　解】洪悅，字君學，嘉定（今屬上海市）人。其他情況不詳。本文記述他雖然生活條件安逸優裕，但是並不因此沉湎於物質的享樂，而是嚮往精神的超脫和沖淡，崇尚陶淵明式的放曠心襟。

去安亭❶二十里所❷，曰錢門塘❸，洪氏居之。吳淞江之東為顧浦❹，折而北，洪氏之居在其西。地平衍❺，無丘陵，而浦之厓岸❻隆起，遠望其居，如在山隝❼中。

昔仲長統❽嘗論：使居有良田廣宅，背山臨流，溝池環匝❾，竹木周布，舟車足以代步涉❿之勞，使令⓫足以息四體之役⓬，養親有兼味⓭之膳，妻孥⓮無苦身之勞，良朋萃止⓯，則陳酒肴以娛之，嘉時吉日，則亨羔豚⓰以奉⓱之，躊躇⓲畦苑⓳，遊戲平林⓴，永保性命之期，不羨入帝王之門也。大率今洪氏之居，隱然㉑如統〈樂志論〉㉒云。而君家多竹木，前臨廣池，夏日清風，芙蕖㉓交映，其尤勝者。君不取此，顧以「菊窗」扁㉔其室。蓋君嘗誦淵明之詩云：「酒能祛百慮，菊能制頹齡。」㉕又云：「我屋南窗下，今生幾叢菊。」㉖

夫以統之論雖美，使人人必待其如此而後能樂，則其所不樂者猶多也。卒為尚書郎㉗，濡跡㉘於初平㉙、建安㉚之朝，有愧于鴻飛冥冥㉛矣，為《昌言》㉜，何益哉？淵明「採菊東籬下，悠然見南山」㉝；「笑傲東軒下，聊復得此生」㉞，可謂無入而不自得㉟也。今君有仲長統之樂，而慕淵明之高致，此予所以不能測㊱其人也。將載酒訪君菊窗之下而請問㊲焉。君名悅，字君學。

【注釋】❶安亭　鎮名，今屬上海市嘉定。❷所　表示大約數，相當於「餘」、「左右」。❸錢門塘　在明太倉州嘉定縣西北二十里，長七百九十八丈，底闊一丈。❹顧浦　在明太倉州城西南五里，處於崑山縣、嘉定縣之間，與徐公浦、吳塘兩條河流向相同，形似「川」字。❺平衍　地勢平緩開闊。❻厓岸　水岸。❼山隝　即山間平凹處。隝，四邊隆起的地方。❽仲長統　（西元一八〇～二二〇年）字公理，山陽高平（今山東金鄉西北）人。性俶儻，敢直言，不矜小節，時人謂之狂生。官至尚書郎，參丞相曹操軍事。著有《昌言》。《後漢書．仲長統傳》載，他以為名不常存，人生易滅，所以欲卜居清曠，以樂其優遊自娛之志。以下引述，即節選自本傳所錄仲長統早年自述其志的文章。❾環匝　環繞。❿步涉　步行、水行。⓫使令　供遣使的僕役。⓬四體之役　體力勞動。⓭兼味　兩種以上的菜肴。⓮妻孥　妻與子。⓯萃止　相聚。⓰羔豚　小羊、小豬。⓱奉　進獻。⓲躊躇　《後漢書．仲長統傳》所引作「躕躇」，李賢注：「猶踟躕也。」緩行；漫步。⓳畦苑　田園。⓴平林　平地上的樹林。㉑隱然　隱約相似。㉒樂志論　仲長統自樂其志的著作。㉓芙蕖　荷花。㉔扁　同「匾」。㉕酒能祛百慮二句　引自陶淵明〈九日閒居〉。祛，消除。制，防止。頹齡，衰老。能，原作「為」。㉖我屋南窗下二句　引自陶淵明〈問來使〉。宋人湯漢說：「此蓋晚唐人因太白〈感秋詩〉而偽為之。」㉗卒為尚書郎　仲長統後因荀彧薦舉，任尚書郎。卒，最後。尚書郎，在尚書臺協助處理政務的官。㉘濡跡　駐足，喻出仕。㉙初平　東漢獻帝年號，自西元一九〇年至一九三年。㉚建安　東漢獻帝年號，自西元一九六年至二一九年。㉛鴻飛冥冥　揚雄《法言．問明》：「鴻飛冥冥，弋人何篡焉？」古人視仕途為險途，比喻避世隱居。冥冥，高遠貌。㉜昌言　《後漢書．仲長統傳》：「每論說古今及時俗行事，恆發憤歎息，因著論名曰《昌言》，凡三十四篇，十餘萬言。」李賢注：「昌，當也。《尚書》曰：『汝亦昌言。』」後人輯存兩卷。㉝採菊東籬下二句　引自〈飲酒〉之五。㉞笑傲東軒下二句　引自〈飲酒〉之七。笑傲，超逸貌。軒，窗。一說屋簷。得此生，意謂享受達生之樂。蘇軾《東坡志林》：「靖節以無事自適為得此生，則見役於物者非失此生耶？」㉟無入而不自得　《禮記・中庸》：「君子無入而不自得焉。」謂所遇皆合其道。㊱測　猜度。㊲請問　請安問候。

【語　譯】離開安亭鎮大約二十餘里，是錢門塘，洪氏就住在那裡。吳淞江的東面是顧浦，河流轉而往北，洪氏住所在它的西面。地勢平緩開闊，沒有山坡丘陵，顧浦的河岸高高隆起，遠望洪氏的住宅，似處在山坡之間。

從前仲長統曾說：假如家裡有良田大宅，背山臨河，四面環繞水溝池塘，周圍長滿竹叢樹木，有船、車可以代替水陸的辛勞奔波，有奴僕足以減輕四肢的勞役，孝養親人能供上豐富的膳食，妻子小孩不用去做勞累的重活，要好的朋友相聚，則擺上酒肴隨大家痛快享用，逢重要的日子或吉日，則烹飪豬羊崽子進獻人神，倘佯於田間苑圃，遊玩於平原叢林，長久地保有自己的性命年限，不羨慕帝王華貴的門牆。大概洪氏的居所和生活，與仲長統〈樂志論〉的論述隱約相符。他在家裡種了許多竹木，面對寬闊的池塘，夏天清風吹拂，荷花交映，景色尤其優美。他不從這裡去取名，而是將自己的齋室題為「菊窗」。因為他曾誦讀陶淵明的詩句，「飲酒能消除一切憂傷，菊花能延緩衰齡到來」；「在我屋廬的南窗下，現在長出了幾叢菊花。」

仲長統的說法雖然動人，假如人人非得這樣才稱得上快樂，那麼世上不快樂的事情實在還很多。他最終出任尚書郎，在漢末初平、建安年間的朝廷貪戀祿位，不免愧對高飛的鴻雁，寫下一部《昌言》又有何用？陶淵明詩說：「在東籬下採菊花，悠然地望見南山。」「笑傲於東簷之下，以此享受放達的歡樂。」這誠然可謂所往皆能自得自在。現在洪君既有仲長統所說的快樂，而又羨慕陶淵明的高情逸致，這就讓我無法對此人做揣度了。我將載著酒前來菊窗之下造訪你，請你為我對此作一個解釋。洪君名悅，字君學。

【研　析】先長段引用仲長統愉情樂志的自述，似有賞悅之意，後面卻指出，仲氏所述的快樂，不能為常人所有，一抑；又說他終於出仕，未能踐履自述的志向，言行不吻，再抑。經此一再跌抑，所謂樂居，幾乎有名無實。作為對照，作者在文章中也多次引用陶淵明詩句，藉以表現詩人清懷高致，言而能行，表裡如一，這些因得到仲氏及其〈樂志論〉的鋪墊和襯托，更見真淳樸實。作者暗中將菊窗主人美而可樂之居，比喻為夏池裡的芙蕖，將他曠遠的襟懷，比喻為秋天清寒的菊英，二者交映，構成反差和對照，雖然二者皆足羨慕，作者的精神又顯然更傾注於菊窗主人的懷抱，美居則屬其次。

無論是對仲長統揚而復抑，還是將仲長統和陶淵明二人作一揚一抑的對照，歸有光無非是想表達這樣的一種看法，即要真正做到避世隱居並非一件易事。這表明作者很善於體貼世況人情。這些思致都是隱隱約約從字縫裡沁透出來，而文章本身則是致力於從正面寫出菊窗齋主人安然自得的處世態度，對這一點寫得非常飽滿。

顧原魯先生祠記

【題解】顧愚，學者稱原魯先生，崑山人。元末天下大亂，學士大夫紛紛逃竄山澤，放棄故時學業，而他獨抱典籍，隱居海上，誦讀不輟。入明，朝廷招選儒碩，他曾一度入京，復遯跡海濱，不應有司貢舉，隱居講學著述以終。弘治中，顧愚所居鄉分隸太倉，被祀太倉州。其後人徙長洲，復建專祠於郡城，在府治（今蘇州）臥佛寺東，區額題「濂洛遺儒」。本文通過記敘顧愚事蹟，對功臣名垂竹帛，「修身學道」的君子卻終身默默無聞的現象，抒發了不平和感慨，然而作者又認為，歷史還是會記住修身君子的名字。這是事實，也是作者的願望。明人瞿景淳也曾撰〈顧原魯祠記〉，載於《江南通志》卷三十八，與本文記顧愚事蹟互有詳略。

本文撰於嘉靖三十二年（西元一五五三年），歸有光年四十八歲。

前元之季❶，崑山有隱君子，曰顧原魯先生。居於海濱❷，讀書學道，不求聞於時。端居❸一室，憑几而坐，所當兩臂處，遺跡宛然❹。手自批註經史❺，後其家懼禍，悉燬不傳。然而海濱之父老❻，至今能言之。

四傳而至其孫啟明❼，今為太倉人，稍徙至郡城❽。有子存仁❾，舉進士，為禮科給事中❿，得推封⓫其父。尋⓬以言事忤旨⓭，被謫居庸關⓮之外，久之得還吳。給事既被廢⓯家居，尤喜考論先世故事⓰。而郡太守歷下金侯城⓱，頗采父老之言，又以封君⓲之敦尚⓳誠朴，足以風勵末俗⓴，乃檄令㉑列祠於郡學若㉒

州之鄉賢祠，復于齊門㉓外臥佛寺之東偏㉔建祠，而以封君從祀，以為近其家，可以歲時致祠事㉕焉。給事謂余具知㉖始末，而請記之。

余惟㉗古之人遭時際會㉘，佐世主，功施于天下，而垂名于竹帛㉙，後世之所稱述，往往為此。至于巖穴幽棲之士，雖長往不返，亦必因時主側席之求㉚，弓旌玉帛㉛，賁㉜于丘園，世始得以稱述其名。若夫許由㉝、卞隨、務光㉞之徒，以與人主以天下相揖讓㉟，此宜其彰彰較著㊱矣。而谷口鄭子真、蜀嚴君平，皆修身自保。楊雄少從君平遊，已而仕京師顯名，數為朝廷在位者稱此二人，故能耕于巖石之下，而名震于京師㊲。由此而言，非此數者，雖㊳沒世㊴無稱也。

而又有不然者。古之君子，修身學道，寧憔悴㊵于江海之上而不顧。彼非有求于世者，然約㊶而愈顯，晦而益彰，逃名而名隨之，傳記之所載，不可勝數。無求于世，而世亦不容不㊷知之，此奚必㊸有所待耶？若原魯先生，沒㊹于海上，至于今二百年，而其幽始發，則士之修德礪行㊺者，何憂後世之不聞耶？郡太守表章之意微㊻矣。

祠凡㊼為堂寢廡門㊽若干楹㊾，經始于嘉靖三十年㊿十月某日，落成(51)于嘉靖三十二年十有一月(52)某日。是(53)為記。

【注 釋】❶季 末。❷海濱 崑山瀕臨東海，故云。❸端居 身心端正。❹所當兩臂處二句 瞿景淳〈顧原魯祠記〉：「老先生讀書，必正冠服，終日端坐，更寒暑無惰容。所憑几，兩肱跡入木寸許。」所當兩臂處，意思是兩肘靠著書案的地方。當，對著。❺手自批註經史 瞿景淳〈顧原魯祠記〉：「其觀經史，多所箋釋，不泥成說。今所著述，不可復見，蓋散逸多矣。」❻父老 年長者；老人。❼啟明 顧啟明，號海隱公，顧愚四世孫。因兒子顧存仁中進士，官禮科給事中，依例受封，後又從祀顧愚祠。❽郡城 指蘇州。❾存仁 顧存仁，字伯剛，號懷東，嘉靖十一年（西元一五三二年）進士，任餘姚知縣、禮科給事。性勁直。嘉靖十七年（西元一五三八年）上書忤旨，謫塞外。隆慶元年（西元一五六七年）復起，仕至太僕寺卿。萬曆初卒。著有《東白草堂集》、《太僕寺志》。❿禮科給事中 明禮部給事中六人，從七品。⓫推封 立功勳者或朝廷命官其父母妻室按例授予名譽性的官職。⓬尋 不久。⓭以言事忤旨 《明史·顧存仁傳》：「（嘉靖）十七年冬，疏陳五事，首言宜廣曠蕩恩，赦楊慎、馬錄、馮恩、呂經等。末云：『敗俗妨農，莫甚釋氏。葉凝秀何人，而敢乞度！』帝方崇道家言，凝秀道士也。帝以為刺己，且惡其欲釋楊慎等，遂責存仁妄指凝秀為釋氏，廷杖之六十，編民口外，往來塞上幾三十年。」⓮居庸關 關名。也稱軍都關、薊門關。在今北京市昌平縣，是長城重要關口。⓯被廢 被罷免官職。⓰故事 往事。⓱郡太守歷下金侯城 金城，歷城（今山東濟南）人，嘉靖十七年（西元一五三八年）進士，任蘇州府知府，有惠政。郡太守，明人稱知府。侯，對縣令、知府的敬稱。⓲封君 指顧啟明。⓳敦尚 推崇。⓴風勵末俗 激揚、鼓勵衰落的世風。㉑檄令 傳令。㉒若 和。㉓齊門 長洲城門，即蘇州府北門。《越絕書》卷二：「闔廬伐齊，大克。取齊王女為質子，為造齊門。」㉔東偏 偏東的地方。㉕致祠事 進行祭祀活動。㉖具知 知曉全部的情況。㉗惟 思。㉘遭時際會 遭遇適當的時機。際會，際遇。㉙竹帛 史冊。㉚側席之求 猶虛席以待。側席，謂尊者自己不正坐，以待賢良。㉛弓旌玉帛 角弓、旌旗、玉器、絲帛，指贈予的貴盛禮物。㉜賁 光耀。㉝許由 堯欲讓天下於他，他趕緊逃走。堯又召他為九州之長，他嫌此話髒，馬上用潁水洗耳。㉞卞隨務光 商朝初的二個隱士。湯滅夏，讓天下於二人，不受，卞隨投水而死，務光負石自沉。㉟揖讓 作揖相讓。㊱彰彰較著 猶彰明較著，非常顯著。較，明。㊲谷口鄭子真七句 所述出自《漢書·王貢兩龔鮑傳》。谷口，縣名，屬左馮翊（治所在今陝西西安西北）。鄭樸，字子真。王鳳以禮相聘，不從，躬耕山野而終。嚴遵（一作尊），字君平。卜筮於成都市，日閱數人，得百錢能自養，則不再營業，下簾讀《老子》。揚雄（西元前五三～西元一八年），字子雲，蜀郡成都（今屬四川）人。官給事黃門郎，王莽時官大夫。學問、辭賦皆是大家。㊳雖 即使。㊴沒世 死。㊵憔悴 困頓。㊶約 隱。㊷不容不 不得不。㊸奚必 何必。㊹沒 死。㊺礪行 磨練行為節操。礪，磨刀石，此指修煉。㊻微 精深。㊼凡 共。㊽堂寢廡門 泛指屋宇。堂，殿堂。寢，後殿。廡，堂四周的長廊。㊾楹 屋的間數。㊿嘉靖三十年 西元一五五一年。(51)落成 建成。(52)嘉靖三十二年十有一月 西元一五五三年十一月。(53)是 因此。

【語　譯】元朝末年，崑山有一個隱逸君子，人稱顧原魯先生。他住在海濱，讀書學道，不求出名。他身心端正，居於家裡，憑靠几桌而坐，擱放兩臂的地方，留下了宛然清晰的印痕。親手批註儒家經典和史書，後來他家懼怕肇禍，將這些著述付諸一炬，未能流傳。然而海濱年長的老人，至今還能講述他的往事。

第四代至其孫顧啟明，現在為太倉人，逐漸遷到蘇州城。兒子顧存仁，考中進士，任禮部給事中，按例能讓他父親受恩封官。不久因為上疏言事，得罪皇帝，被貶謫居庸關之外，很久才被准許回到吳中。給事中罷官居家後，尤其喜愛考論祖上的往事。而蘇州知府歷下人金城先生，收集了許多當地長者有關顧原魯先生的傳說，又因為顧啟明崇尚誠樸，足以激勵衰落的世風，於是下令在府學校和太倉州的鄉賢祠為顧原魯先生列像紀念，又在蘇州府北門外的臥佛寺偏東處為他建祠，而以顧啟明為隨從的祭祀對象，認為這裡靠近顧家，可以在每年的節日舉行拜祭活動。顧存仁給事說，我詳知此事的前後經過，因而請我撰文記敘。

我想，古人遇到恰當的時勢，佐助帝王，為天下建立功勳，而垂名於史冊，後世人們稱道不已，往往都是這樣一些人物。至於隱居於山嶺巖洞的人士，即使他們離開了隱居之地，一去不返，也一定是因為當時帝王虛席以求，敬贈角弓、旌旗、玉器、絲帛等貴盛禮物，光耀山林田園，世人才得以稱述他們的名字。像許由、卞隨、務光之流，因為與帝王互相謙讓天下，這樣自然聲名彰著。而谷口鄭子真、蜀嚴君平，都修身學道，潔己自保。揚雄年輕時曾與君平交遊，後來到京城做官出了名，多次向朝廷中權位高重的人稱述這二人，所以他們耕種於巖石之下，而名聲卻震動了京城。由此說來，不屬於這幾種情況，即使死了也不會被人談起。

然而，又有未必全是這樣的。古代的君子，修身學道，寧願寂寞困頓於江海之上，而不改變自己的初衷。這些人對世界毫無所求，可是越卑而越顯，越暗而越明，逃名的結果卻是名聲不斷傳播，這被載入史書傳記的，不可勝數。對世界無所求，而世界也不能不知道他們，何必一定要有所期待呢？像原魯先生，去世於海邊，至今已經二百年，而他幽隱的光輝才開始煥發出來，那麼，修煉品德、磨礪節操的人士，還有必要憂慮將來名聲消泯嗎？蘇州知府表彰顧原魯先生的用意是很深遠的。

祠一共有殿堂、後殿、長廊、門若干排，開始經營於嘉靖三十年十月某日，建成於嘉靖三十二年十一月某日。以此文為記。

【研　析】古時候世上有默默修身求道，以求知葆真為滿足，不希人知，不尚聞達的學者和文人，他們心襟曠遠，其風神足以激貪勵俗。本文所記顧愚就是一個這樣的君子。《晏子春秋．外篇下四》曰：「孔子拔樹削跡，不自以為辱；窮陳、蔡，不自以為約（引者按：約的意思是卑）。」歸有光在文章中正表現出了顧愚這種不卑不辱的精神，這無疑是中國古代隱者最純粹的一種傳統。

「余惟」後分二層寫。第一層寫世上留有名聲的人一般可以分為兩類，其一是佐主立功者，其二是隱者或有隱居經歷的人。第二類人的出名又可以細分為三種情況，為人主請出山者，人主揖讓天下而不受者，通過出名的子弟廣為傳佈者。否則，「雖沒世無稱」。總之，不計遭時際會的功臣，歷史上的隱者必須與權貴們沾邊，依恃他們的名聲才能使自己獲得名聲。這就是歸有光說的「有所待」而出名的情況。第二層從「而又有不然者」開始，屬於另一種情形。隱者潛心修道，以憔悴晦暗為真正的樂事，然而最終他們的道德和人格自然而然得到後人承認，「約而愈顯，晦而益彰，逃名而名隨之」。這才是歸有光真正心儀的「隱君子」，他寫這篇記文的目的，就在於表彰他們的品行，抉發他們的幽光。文章的重點倒不在於討論人究竟應當是求名還是避名，而是強調，名應當歸於真正值其聲譽的人，而且一個人的名聲應當是自然而然發生的。雖然這樣的人一時會被沉埋，歷史、世人真正關注的應當是他們。

歸有光生前長期被邊緣化，即使他的文章遭遇也是如此，而當時文壇的主流人物一般又是權勢人物，在這種情況之下，歸有光的憤懣鬱積得很深。他的文章往往表彰默默無聞者、遭受壓抑者和在人們視野中消失者，原因在此。結合〈項思堯文集序〉對「彼其權足以榮辱毀譽其人」的反唇相譏，他這一寫作傾向的形成顯然與他這種心理動因有關係。

長興縣令題名記

【題解】歸有光嘉靖四十四年（西元一五六五年）考中進士，限於考試名次，只出任湖州長興知縣。他在做好縣令職務內的事情之外，還關心其他有益的事情。考索長興縣令名字即是其中的一件。長興縣令題名碑，題從前出任長興縣令之人的名字。長興縣從前沒有題名碑，歸有光從圖籍、志書中考求所得，也僅存明朝洪武以後任職者的姓名。他認為這是後任者的責任，可以為後人公允地評價前人提供一定的條件。

本文約撰於隆慶元年（西元一五六七年），歸有光六十二歲。

長興為縣，始於晉太康三年，初名長城❶。唐武德四年、五年，為綏州、雉州。七年，復為長城❷。梁開平元年，為長興❸。元元貞二年❹，縣為州❺。洪武二年❻，復為縣。縣嘗為吳興❼屬。隋開皇、仁壽❽之間，一再❾屬吾蘇州。丁酉❿之歲，國兵⓫克長興，耿侯以元帥即今治開府者十餘年⓬。既滅吳⓭，耿侯始去，而長興復專為縣⓮，至今若干年矣。遡縣之初建為長城，若干年矣；長城為長興，又若干年矣。舊未有題名之碑，余始考圖志⓯，取洪武以來為縣者列之。

嗚呼！彼其受百里之命⓰，其志亦欲以有所施於民，以不負一時之委任者，蓋有矣。而文字缺軼⓱，遂不見於後世；幸而存者，又其書之之略，可慨也。抑其傳於後世者既如彼，而是非毀譽之在於當時，又豈盡出於三代⑱直道⑲之民哉？夫士發憤以修先聖之道，而無聞於世，則已矣。余之書⑳此，以為後之承於前者，其任宜爾，亦非以為前人之欲求著㉑其名氏於今也。

【注釋】❶長興為縣三句　長興，本來屬於鄣縣、烏程縣之地。晉太康三年（西元二八二年），分烏程立長城縣，屬吳興郡。太康，西晉武帝年號，自西元二八〇年至二八九年。❷唐武德四年五年四句　唐高祖李淵得天下，改稱有些縣為州。長興在隋曾入綏安，於是武德四年（西元六二一年）改稱綏州，武德五年（西元六二二年）又改稱雉州。至武德七年（西元六二四年），廢州仍稱縣，復長城縣名。武德，唐高祖年號，自西元六一八年至六二六年。❸梁開平元年為長興　朱溫父親名朱誠，為避「誠」字聲諱，開平元年（西元九〇七年），改長城縣為長興縣。開平，後梁太祖朱溫的年號，自西元九〇七年至九一〇年。❹元貞二年　西元一二九五年。元貞，元成祖年號，自西元一二九五年至一二九六年。❺縣為州　縣升為州。州是比縣大一級的行政區。❻洪武二年　西元一三六九年。洪武，明太祖年號，自西元一三六八年至一三九九年。❼吳興　郡名，三國吳寶鼎元年（西元二六六年）置，治所在烏程（今浙江吳興一帶）。❽開皇仁壽　隋文帝年號。開皇，自西元五八一年至六〇〇年。仁壽，自西元六〇一年至六〇四年。❾一再　先後兩次。❿丁酉　西元一三五七年。⓫國兵　指朱元璋領導的部隊。⓬耿侯以元帥句　耿炳文，鳳陽（今屬安徽）人。從朱元璋起義。打敗張士誠將趙打虎，攻克江浙門戶長興縣。《明史・耿炳文傳》：「太祖既得其地，大喜，改為長安州，立永興翼元帥府，以炳文為總兵都元帥守之。……長興為士誠必爭地，炳文拒守凡十年，以寡禦眾，大小數十戰，戰無不勝。」洪武三年封長興侯。永樂帝登基，耿炳文自盡。即，主管。開府，開設的府署，此指元帥府。⓭吳　指張士誠部隊。⓮長興復專為縣　耿炳文攻下長興以後，朱元璋改為長安州，後又恢復為縣。⓯圖志　圖籍、方志。⓰百里之命　意謂縣令的官職。《漢書・百官公卿表上》：「縣大率方百里。」⓱缺軼　缺失。軼，同「佚」。⓲三代　夏、商、周三朝。⓳直道　正直；公正。⓴書　撰述。㉑著　顯著；傳揚。

【語譯】長興設立為縣，開始於晉太康三年，起初的縣名是長城。唐武德四年、五年，改為綏州、雉州。七年，重新恢復稱長城。梁開平元年，改為長興。元代元貞二年，升縣為州，明洪武二年，又恢復為縣。長興縣曾經屬於吳興。隋開皇、仁壽之間，先後兩次歸屬於我們蘇州。丁酉年，我明軍隊攻克長興，耿炳文以元帥主管開設的府署十餘年，殲滅張士誠部隊後，耿炳文才離去，而長興也由州恢復為縣，至今已經若干年了。追溯此縣開始建為長城，若干年；長城改為長興，又若干年。過去沒有題名碑，由我開始從圖籍、方志進行考索，錄洪武以來任縣令的姓名依次排列。

可惜啊！那些人接受了縣令的職務，其志向也是想將恩澤施加於民眾，以不辜負朝廷對自己的任命，這樣的人確實是出現過的。然而由於缺乏文字記載，或記載的文字後來佚失了，他們的名字便不為後世所知曉；幸而保存了姓名，而記載又過於簡略，令人慨歎。他們在後世的流傳情況既然如此，而當時對他們的是非毀譽，難道又都是出自像夏、商、周三代正直的人士？士大夫發憤求究和實施古代聖人的大道，卻默默無聞於世，則也沒有什麼好多講了。我所以撰此，認為後來者接過前人的工作，這樣做是一種職責，也並不是以為前人想揚名於今天。

【研析】題名記，或留其名於散佚之後，或記其事以為後任治事之借鑒，或藉此以保存前任的遺規餘烈，它是宋代以後發展起來的一種文體。宋人蘇頌〈江寧縣令題名記〉說：「昔之居官者，去而留名氏，紀歲月於府寺，豈特好事者為之哉，是亦有謂爾。……縣令雖去，而民猶能言其為治之跡。是令去而題名於後，不為無益於治理也。」程顥〈晉城縣令題名記〉也說：「古者諸侯之國各有史，故其善惡皆見乎後世。自秦罷侯置守令，則史亦從而廢。其後自非有功德者，或記之循吏，與夫凶殘之極者，以酷見傳，其餘則泯然無聞矣。如漢唐之有天下皆數百年，其間郡牧之政，可書宜亦多矣，其見書者，率纔數十人，使賢者之政不幸而無傳，其不肖者復幸而得以傳，蓋其意與古史之意異矣。……故欲聞古史之善而不可得，則因謂今有題前政之名氏以為記者，尚為近古。」

歸有光出任長興縣令，心理上沒有感受到任何的光榮。儘管如此，他在任上仍然很盡職守，該做什麼做什麼，不必做的也不妨做。他認真爬梳資料，將分散的點滴記載彙集起來，編纂成《長興縣令題名》，無論於鑒往抑或修志，皆是一件有益的工作。他認為編纂縣令題名錄，能夠讓後人記憶起從前曾經治理過這一地方的人，如果他們有政績，就不應該被遺忘；如果對他們的評價失之公允，就應當據實糾正。歸有光覺得，從前對人物的「是非毀譽」可能偏頗不公，甚至完全顛倒，未必可信，因為輿論未必掌握在正直人士的手裡。這些話都說得非常感慨，非常沉痛。

吳山圖記

【題　解】魏體明，字用晦，侯官（今福建福州）人。潘季馴《潘司空奏疏》卷五〈保留方面疏〉載，萬曆五年（西元一五七七年）魏體明「年四十七歲」，據此推知他生於西元一五三一年。嘉靖四十四年（西元一五六五年）進士，任蘇州府吳縣知縣，歷刑、兵、工三科給事中，萬曆初任九江兵備道副使，轉山東參政，累遷四川左布政。歸田後，圖書蕭然，杜門著述以卒。魏體明為官有政聲，《福建通志》卷四十三〈人物〉：「吳（縣）故劇邑，（魏）體明蚤作晏休，掊擊豪強，痛繩猾黠，賦役稱便。以最擢給事中。」他卸任吳縣令時，人繪〈吳山圖〉相贈，表達對他的感謝和思念。本文即記其事。

潘季馴〈保留方面疏〉載魏體明授吳縣令是在「嘉靖四十四年七月。」他在任近三年。本文云：「今去縣已三年矣。」則是本文作於隆慶四年（西元一五七〇年）下半年，歸有光六十五歲。他當時在京內閣制敕房修《世宗實錄》，次年正月十三日因病去世，是他最後寫的文章之一。

吳❶、長洲❷二縣，在郡治所❸，分境而治。而郡西諸山，皆在吳縣。其最高者，穹窿❹、陽山❺、鄧尉❻、西脊❼、銅井❽。而靈巖，吳之故宮在焉，尚有西子之遺跡❾。若虎丘❿、劍池⓫，及天平⓬、尚方⓭、支硎⓮，皆勝地也。而太湖汪洋三萬六千頃⓯，七十二峰⓰沉浸其間，則海內之奇觀矣。

余同年⓱友魏君用晦為吳縣，未及三年，以高第⓲召入為給事中⓳。君之為縣有惠愛，百姓扳留⑳之不能得，而君亦不忍於其民。由是好事者㉑繪〈吳山圖〉以為贈。

夫令之於民，誠㉒重矣。令誠賢也，其地之山川草木亦被其澤㉓而有榮也；令誠不賢也，其地之山川草木亦被其殃而有辱也。君於吳之山川，蓋增重㉔矣。異時㉕吾民將擇勝於巖巒之間，尸祝㉖於浮屠、老子之宮㉗也，固宜。而君則亦既去矣，何復惓惓㉘於此山哉？昔蘇子瞻稱韓魏公去黃州四十餘年而思之不忘，至以為思黃州詩，子瞻為黃人刻之於石㉙。然後知賢者於其所至，不獨使其人之不忍忘，而己亦不能自忘於其人也。

君今去縣已三年矣。一日，與余同在內庭㉚，出示此圖，展玩太息，因命余記之。噫，君之於吾吳有情如此，如之何而使吾民能忘之也！

【注釋】❶吳　吳縣，今蘇州。❷長洲　西元一九一二年併入吳縣，今蘇州。❸郡治所　州府官署所在地。此指蘇州府治。吳縣、長洲的縣署同在蘇州城內。❹穹窿　山峻而深，形如釵股，故名。❺陽山　在城西北三十里，以其背陰面陽，故名。又名秦餘杭山、萬安山、四飛山。❻鄧尉　漢鄧尉隱於此，故名。一名玄墓。❼西脊　一名西磧山，在鄧尉山以西的群山中，最為高大。❽銅井　又名銅坑山。在其山下石罅中，有泉二口，石皆青碧色，質細潤如古銅器，而泉深如井，故名。一說泉底有銅而名。❾而靈巖三句　靈巖山，一名硯石山，在吳縣西。相傳春秋吳王夫差在山上建離宮，有琴臺、館娃宮、西施洞、響屧廊、吳王井等遺跡。焉，於此。西子，西施。❿虎丘　一名海湧山。夫差葬其父闔閭於此，三日而有白虎踞其上，故名。⑪劍池　傳說秦始皇東巡至虎丘，求吳王葬物寶劍，有虎擋道，始皇以劍擊之，誤中岩石，吳王劍陷落成池，故名劍池。旁有石可坐千人，號千人石。⑫天平　在支硎山南，多奇石，山頂正平處曰望湖臺。⑬尚方　又名上方山、楞伽山，上有佛寺。⑭支硎　晉僧支遁曾居此。泉流石上，狀如磨刀石，故名。⑮頃　一般以百畝為頃。⑯七十二峰　太湖中的大小島嶼以及環湖山島總數。有名的如東山、西山、黿頭渚等。⑰同年　同一年中舉或中進士的人互稱同年。⑱高第　官員經吏部考核政績，名列上等。⑲給事中　指魏體明遷升刑科給事中，主稽察獄事。⑳扳留　挽留。㉑好事者　熱心人。㉒誠　誠然；確實。㉓被其澤　承其恩惠。㉔增重　意謂使山川草木增光。㉕異時　將來。㉖尸祝　拜祭。尸，神主。㉗浮屠老子之宮　佛寺和道觀。㉘惓惓　感念；眷戀。㉙昔蘇子瞻稱三句　蘇子瞻，蘇軾。韓魏公，韓琦（西元一〇〇八～一〇七五年），字稚圭，相州安陽（今屬河南）人。官樞密副使、同中書門下平章事，封魏國公。早年曾從其兄居黃州（州治今湖北黃岡），後來寫詩以寄思念，詩被刻於黃州之石，黃州人也以韓琦曾經住過此地為榮。蘇軾貶黃州，撰〈書韓魏公黃州詩跋〉記述其事：「魏公去黃四十餘年，而思之不忘，至以為詩。……（蘇軾）謫居於黃五年，治東坡，築雪堂，蓋將老焉，則亦黃人也。於是相與摹公之詩而刻之石，以為黃人無窮之思。」黃人，「黃州人」之略。㉚內庭　即內廷，宮廷之內。此指朝廷公署。

【語　譯】吳縣、長洲二縣，在蘇州府官府所在地，分境而治理。而蘇州府的各山，皆在吳縣境內。其中最高的有穹窿、陽山、鄧尉、西脊、銅井。而靈巖，是春秋吳國故宮所在的地方，那裡還有西施的遺跡。像虎丘、劍池，以及天平、尚方、支硎，都是風景名勝。而太湖汪洋浩瀚三萬六千頃，七十二座山峰沉浸其間，真是海內的奇觀。

我的同年進士魏君用晦任吳縣令，不到三年，經過考核名列高等，被召入朝中任給事中。君任縣令時施惠愛於民，百姓挽留他，卻不能達到，而魏君也不忍心離開這裡的百姓。於是熱心人繪了〈吳山圖〉贈送給他。

縣令對於民眾而言，確實非常重要。縣令賢明，那裡的山川草木也受其恩澤而增添光彩；縣令昏庸，那裡的山川草木也隨著遭殃而蒙受侮辱。魏君使吳地的山川，變得更加美麗。將來，我的鄉親將在山巖峰巒選擇勝景，在佛寺和道觀拜祭你的神主，這是可以肯定的。而魏君已經離開吳縣，為什麼還眷戀這一片山呢？

從前蘇軾稱魏公韓琦離開黃州四十餘年，依然思念著不能忘懷，於是寫了思念黃州的詩歌，蘇軾為黃州人將他的詩歌刻在石上。從這個例子可以知道，賢明者到過的地方，不但使那裡的人不能將他忘懷，他也不能使自己忘懷那裡的人。

魏君如今離開吳縣已經三年了。一天，和我一起在朝廷公署，出示此圖，玩賞歎息，因此命我撰文記述其事。啊，君對於我們吳地懷著這麼深厚的感情，又怎能使我的鄉親們將你忘懷呢！

【研　析】蘇軾〈書韓魏公黃州詩跋〉記王元之、韓琦曾經生活在黃州而為黃州人所尊愛，二人離開黃州以後，仍然不改變對黃州人深切的懷念。文章說：「夫賢人君子，天之所以遺斯民，天下之所共有，而黃人獨私以為寵，豈其尊德樂道獨異乎他邦也與？抑二公與此州之人有夙昔之契？不可知也。元之為郡守，有德於民，民懷之不忘也固宜。魏公從其兄居耳，民何自知之？《詩》云：『有斐君子，如金如錫，如圭如璧。』金錫圭璧之所在，瓦石草木被其光澤矣，何必施於用。」歸有光撰〈吳山圖記〉，敘述吳縣令魏體明與縣民互相不能忘懷之情，與蘇軾所述相似，以為這體現了官吏與士民最理想的和諧關係，不難看出，文章留下了借鑒蘇軾〈書韓魏公黃州詩跋〉的影子。

第一段說吳山，第二段說圖，第三段因贈圖生發議論，而依然不離吳山。處處緊扣題目，敘說又層次分明。最後以吳人贈圖比作黃州人刻詩於石，恰到好處。

世美堂後記

【題 解】世美堂在安亭（今屬上海嘉定）江邊，是歸有光續弦王氏曾祖父的遺產，王氏兄弟因逋官物，坐謫戍繫獄二十餘年，無奈將此宅售於他人。王氏不忍看到祖上物產被這樣了結，與歸有光商量毅然舉債買下。以後，在這個居所又發生了許多變故，最重大的莫過於王氏病逝，這令歸有光異常悲傷。此外，據歸有光兒子歸子寧〈先太僕世美堂稿跋〉所述，子寧與其舅的子孫後來因世美堂而結下冤仇，這是後話了，已經與本文無關。

世美堂建成時，楊守阯曾經寫過一篇〈世美堂記〉，所以歸有光稱自己的這篇文章為〈後記〉。據楊守阯所記，王氏曾祖以「世美」名堂之意，是因為他將歷代「名公巨儒為其先世所作之文輯為《世美錄》，乃復以是名其堂，所以宣昭前烈，振厲後昆也。」本文名曰記堂，實是一篇記他妻子的文章，通過屋存人亡，流露出作者對亡妻深摯的思念以及鬱積心頭的悲哀。

王氏（西元一五一八～一五五一年）死時僅三十四歲。她也愛好圖書，鄧之誠《骨董鎖記》卷三「歸震川夫人」條說：「瞿氏鐵琴銅劍樓藏《鄧析子》，有白文藏書印，曰『魏國文正公二十二代女』。蓋歸震川夫人王氏也。夫人尚有印，曰『世美堂琅琊王氏印』。」這可為本文敘及王氏「令里媼訪求」「零落篇牘」，作一注腳。

本文寫於嘉靖四十年（西元一五六一年）清明後，歸有光五十六歲。

余妻之曾大父❶王翁致謙❷，宋丞相魏公❸之後。自大名❹徙宛丘❺，後又徙餘姚❻。元至順❼間，有官平江❽者，因家崑山之南戴❾，故縣人謂之南戴王氏[10]。翁為人倜儻奇偉，吏部左侍郎葉公盛[11]、大理寺卿章公格[12]，一時名德[13]，皆相友善，為與連姻[14]。成化[15]初，築室百楹於安亭江上，堂宇閎敞，極幽雅之致，題其扁曰世美，四明[16]楊太史守阯為之記[17]。

嘉靖中，曾孫某以逋[18]官物[19]粥[20]于人。余適讀書堂中，吾妻曰：「君在，不可使人頓[21]有〈黍離〉[22]之悲。」余聞之，固已惻然。然亦自愛其居閒靚[23]，可以避俗囂也。迺謀質金[24]以償粥者，不足，則歲質貸[25]，五六年，始盡讐[26]其直[27]。安亭俗呰窳[28]而田惡[29]，先是縣人爭以不利阻余。余稱[30]孫叔敖請寢之丘[31]，韓獻子遷新田[32]之語以為言，眾莫不笑之。余於家事，未嘗訾省[33]，吾妻終亦不以有無告，但督僮奴[34]墾荒萊[35]，歲苦旱而獨收。每稻熟，先以為吾父母酒醴[36]，乃敢嘗酒；獲二麥[37]，以為舅姑[38]羞醬[39]，乃烹飪，祭祀賓客[40]婚姻贈遺[41]無所失。姊妹之無依者悉來歸，四方學者館餼[42]莫不得所。有遘憫[43]不自得者，終默默未嘗有所言也。以余好書，故家[44]有零落篇牘，輒令里媼[45]訪求，遂置書無慮[46]數千卷。

庚戌[47]歲，余落第出都門，從陸道旬日至家。時芍藥花盛開，吾妻具[48]酒相問勞[49]。余謂：「得無有所恨[50]耶？」曰：「方共採藥鹿門[51]，何恨也？」長沙張文隱公(52)薨(53)，余哭之慟(54)，吾妻亦淚下，曰：「世無知君者矣。然張公負君(55)耳！」辛亥(56)五月晦日(57)，吾妻卒，實張文隱公薨之明年(58)也。

後三年，倭奴犯境(59)，一日抄掠數過，而宅不毀，堂中書亦無恙(60)。然余遂居縣城，歲一再(61)至而已。辛酉(62)清明(63)日，率子婦(64)來省祭(65)，留修圮壞(66)，居久之不去。一日，家君(67)燕坐(68)堂中，慘然謂余曰：「其室在，其人亡。吾念汝婦耳。」余退而傷之，述其事，以為〈世美堂後記〉。

【注釋】❶曾大父　曾祖父。❷王翁致謙　王益，字致謙。其先大名人，南宋初遷至餘姚，後徙崑山，從此世居崑山。楊守阯〈世美堂記〉：「致謙倜儻好義，工詩而尚文。」翁，對年長者的尊稱。❸魏公　王旦，字子明。宋真宗時知樞密院，位同丞相，死後封魏國公，謚文正。❹大名　五代、宋府名，治所今河北大名東。❺宛丘　今河南淮陽。❻餘姚　今屬浙江。❼至順　元文宗、寧宗年號，自西元一三三〇年至一三三三年。❽平江　元代路名，治所吳縣（今江蘇蘇州）。歸有光〈題王氏舊譜後〉：「予妻家王氏……自魏公十四世孫嶇官平江，始為吳人。」❾南戴　村名。❿縣人謂之南戴王氏　歸有光〈題王氏舊譜後〉：「葉文莊公所為次其世為南戴王氏者。」「南戴王氏」之說，首先由葉盛在記敘王益世系時提出。⓫葉公盛　即葉盛（西元一四二〇～一四七四年），字與中，崑山人。正統十年（西元一四四五年）進士，官至吏部左侍郎（副長官）。謚文莊。家富藏書。著有《水東日記》、《籙竹堂集》等。⓬章公格　即章格（西元一四二六～一五〇五年），字韶鳳，號戒庵，海虞（今屬江蘇常熟）人。景泰二年（西元一四五一年）進士，官至南京大理寺卿（司法審判長官）。⓭名德　德高望重者。⓮為與連姻　葉盛女嫁王益子。⓯成化　明憲宗年號，自西元一四六五年至一四八七年。⓰四明　今浙江寧波的山名，因以稱寧波府。⓱楊太史守阯為之記　楊守阯（西元一四三六～一五一二年），字維立，號碧川，鄞縣（今浙江寧波）人。成化十四年（西元一四七八年）進士，授編修，官至南京吏部左侍郎，加尚書致仕，卒贈太子少保。著有《碧川文選》、《困學寡聞錄》、《浙元三會錄》等。太史，即翰林官。楊守阯〈世美堂記〉載《碧川文選》卷三。⓲逋　欠。⓳官物　官府的債務。⑳粥　同「鬻」。出售。㉑頓　頓時；即刻。㉒黍離　《詩經・王風》的一篇。《毛詩・小序》：周大夫行役，看見故時宗廟宮室變成了耕地，「閔周室之顛覆，彷徨不忍去，而作是詩也。」㉓閒靚　幽靜。㉔質金　抵押的財物和金錢。質，充當抵押的財物。㉕歲質貸　每年典押借貸。㉖讐　還清。㉗直　同「值」。價錢。㉘呰窳　貧弱。㉙惡　貧瘠。㉚稱　稱述；引用。㉛孫叔敖請寢之丘　《呂氏春秋・異寶》載，春秋楚莊王令尹孫叔敖臨終，告誡他兒子，決不能接受楚王賜封的美地，最多只能要貧瘠而且名字不好聽的寢丘，因為美地眾人相爭，薄地無人欲得，才可以長久擁有。寢丘，地名，又名沈丘，在今河南。㉜韓獻子遷新田　《左傳・成公六年》載，晉國準備遷都，諸大夫都主張遷到郇瑕，韓獻子反對，主張遷到新田。他的理由之一是，新田人民從教向義，容易管理；郇瑕產鹽，民眾富饒，風氣驕佚，不利治理。韓獻子，韓厥，晉國大夫。新田，今山西曲沃西南。㉝訾省　過問錢財之事。訾，計算。省，查核。㉞僮奴　奴僕。㉟荒萊　荒地。㊱酒醴　酒與甜酒。《詩經・周頌・豐年》：「為酒為醴，烝畀祖妣。」㊲二麥　大麥與小麥。㊳舅姑　公公、婆婆。㊴羞醬　美味的醬。㊵賓客　招待來客。㊶贈遺　贈送禮物。遺，贈。㊷館餼　提供住宿和伙食。㊸遘憫　遭遇不愉快。㊹故家　世家大族，世代仕宦之家。㊺里媼　鄉里的老婦。㊻無慮　大約。㊼庚戌　嘉靖二十九年（西元一五五〇年）。歸有光四十五歲，第四次考進士落選。㊽具　備。㊾問勞　慰問。㊿恨　後悔。(51)採藥鹿門　《後漢書・逸民列傳・龐公》載，龐公與妻相敬如賓，拒絕荊州刺史劉表徵召，「攜其妻子登鹿門山，因采藥不反。」鹿門山，原名蘇嶺山，後人因於山上建廟，刻二石鹿夾神道口，因改名。在今湖北襄陽東南。(52)張文隱公　張治，死於嘉靖二十九年（西元一五五〇年）農曆十月。他是歸有光中舉考試的主考官，經常向人推薦歸有光，被作者視為知己和恩人。見〈解惑〉注⑲。(53)薨　古人稱二三品官員死亡。(54)慟　悲痛。(55)張公負君　歸有光〈上趙閣老書〉自述應舉「連蹇不遇」，「時張文隱公知之，時時稱之於人，張公垂歿，以不能薦達為恨。」「負君」　指張治直至去世，還沒有實現他想幫助歸有光考中進士的心願。(56)辛亥　嘉靖三十年（西元一五五一年）。(57)晦日　農曆每個月最後一天。歸有光〈王氏畫贊並序〉記其妻卒於五月二十九日。(58)明年　次年。(59)倭奴犯境　嘉靖三十三年（西元一五五四年）夏四月，倭寇入侵崑山。(60)無恙　未受損壞。(61)一再　一兩次。(62)辛酉　嘉靖四十年（西元一五六一年）。(63)清明　二十四節氣之一，約西曆每年的四月五日。民間風俗在這一天上墳掃墓。(64)子婦　兒子、媳婦。(65)省祭　探望、祭祀。(66)圮壞　倒塌、壞損。(67)家君　稱自己的父親。(68)燕坐　坐著休息。

【語　譯】我妻子的曾祖父王翁致謙，是宋丞相魏公王旦的後代。從大名遷到宛丘，後來又遷到餘姚。元朝至順年間，有人到平江路做官，因此安家於崑山的南戴村，所以縣上的人稱之為南戴王氏。王翁為人倜儻，氣度不凡，吏部左侍郎葉公盛、大理寺卿章公格，都是一時德高望重的人物，大家皆互相友善，連為姻眷。成化初年，在安亭江上建造房子百間，廳堂屋宇，寬宏開闊，非常幽雅，取室名為「世美」，四明人楊太史守阯曾為此寫過一篇記。

嘉靖中，曾孫某人因欠下官府財物，將房子出售給了別人。我正好讀書於其中的堂室，我妻子說：「你在，不能讓人頓生黍離之悲。」我聽後，心裡已經湧起淒涼之情。另一方面，也是喜愛這房子幽靜，可以避開世俗的喧囂。於是籌措錢財償還給買屋者，錢不夠，則每年以物抵貸，經過五六年，才將房款全部付清。安亭人窮困，而且土地貧瘠，開始時縣裡的人都爭著對我說不合算，來勸阻我。我引用孫叔敖只要薄地寢丘、韓獻子主張遷往民貧而可教的新田的話來回答他們，大家無不嘲笑我。我對家裡，未曾過問錢財方面的事情，我妻也一直不對我來說有或沒有，只是督促奴僕墾荒種地，遇到大旱年，而我家獨有收成。每年稻子熟，先向父母獻上甜酒，然後自己才敢嘗酒；收割大麥小麥，先給公婆做了美味的醬食，然後才自己烹飪，祭祀祖先，招待賓客，婚嫁贈送財禮，無所遺漏。姐妹無所依靠者，都來依歸；各地來跟我讀書的人，住宿飲食都無不安排周到。即便自己遭遇不快，不得志，最終都默默地不說什麼。因為我喜愛書籍，世家大族如有零散的書冊，妻便讓鄉里老婦前去求訪，於是購置圖書不下數千卷。

嘉靖二十九年，我考試失利走出京都城門，從陸路經過十來天顛簸回到家裡。此時芍藥花正爛漫開放，我妻子備好酒水，慰問我歸來。我說：「你難道不感到失望、後悔？」她回答說：「我正要和你入山採藥，過古人那樣的生活，又哪來失望和後悔呢？」長沙張文隱公逝世，我哭得非常悲痛，我妻也跟著落淚，說：「世上再沒有人瞭解你了。然而張公也對不起你呀！」嘉靖三十年五月底，我妻去世，這是在張文隱公逝世的第二年。

三年以後，倭寇入侵崑山，一天裡頭竟遭到多次搶掠，然而住宅沒有被毀，屋裡的書也沒有損壞。不過我從此就住到了縣城，一年中回去一兩次而已。嘉靖四十年清明節，偕兒子、媳婦來探望、掃墓，接著留下來修理損壞的房屋，長住了一段時間沒有離開。一天，父親坐在堂室休息，淒慘地對我說：「居室還在，人卻已經亡故。我想念你的妻子。」我從父親身邊走開，淒然傷懷，敘述其事，撰成〈世美堂後記〉。

【研　析】歸有光原配魏氏嘉靖十二年（西元一五三三年）十月去世後，他於嘉靖十四年（西元一五三五年）娶王氏為妻。王氏少喪父，嫁歸有光時十八歲。她是歸有光先後所娶妻子中文化程度最高的一位，能讀《詩經》，也愛購書，自然與歸有光作文談更能展開話題，二人的志趣也更加相投。她的早逝，給歸有光打擊極大。本文借堂記人，痛定思痛，是一篇很動情的作品。沒有一句是文字，字字句句皆是真感情，寫出夫婦相濡以沫的摯切的情意，處於坎坷中互相的理解和關懷。文章以屋將不存起，以屋存人亡結，卻始終並無任何刻意的安排，甚至也不是巧合，而是如行雲流水，一任自然。寫到如許事情，如祖傳的房屋無力保存，知音去世，考試落第，妻子亡故，事事皆繫結著一個「悲」字。它們並不是分散的存在，而是聚結在一起，互相應映，共同烘托全文悲哀的氣氛，而其中又以對妻子的傷悼為中心。萬般皆悲，獨以此為最悲。以此讓讀者也受到感動。文有真情，感人亦易。

本文是歸有光帶著很深的感情寫成的，寫完之後，與兒子相對流淚。他自評這是真知妻子王氏之文，〈與沈敬甫〉說：「〈世美堂記〉可為知者道，人固有對面不相知者，亡妻幸遇我耳。作罷，與兒子嗚咽也。」可見此文在歸有光心裡是多麼重要，他又是多麼珍重自己對亡妻的這分感情。

陶菴記

【題解】歸有光為自己的書齋取名「陶菴」，藉此表示喜愛陶淵明和他的作品，這與他一生喜好司馬遷以及《史記》「感慨激烈」的辭氣相輔相成，二者構成歸有光精神和性格的兩個重要方面。他愛司馬遷不為窮辱所屈，始終保持個人尊嚴；他又崇尚陶淵明以樂天的性情面對坎坷貧困，泰然生活。歸有光喜歡《史記》和陶詩，與貫穿於其中的這樣的精神和內涵很有關係。歸有光一生困頓而從未放棄追求，以上二者所代表的積極的人生態度給了他很大的精神支援。歷來詮釋陶淵明人格及其作品的精蘊，發揮其退抑者多，而對包含在這種退抑中足以化融物累的靜穆的力量，則抉發尚少。本文嚮往陶淵明而中寓勵人強堅、傲然世俗的心願，這折射出歸有光本人的心靈。

余少好讀司馬子長書❶，見其感慨激烈，憤鬱不平之氣勃勃不能自抑。以為君子之處世，輕重之衡❷，常在於我，決不當以一時之所遭，而身與之遷徙上下。設❸不幸而處其窮，則所以平其心志，怡其性情者，亦必有其道。何至如閭巷小夫，一不快志，悲怨憔悴之意動于眉眥❹之間哉？蓋孔子亟美顏淵，而責子路之慍見❺，古之難其人久矣。

已而❻觀陶子❼之集，則其平淡沖和，瀟灑脫落，悠然勢分❽之外，非獨不困于窮，而直以窮為娛。百世之下，諷詠其詞，融融然塵查❾俗垢與之俱化。信乎古之善處窮者也。推陶子之道，可以進于孔氏之門。而世之論者，徒以元熙易代之間，謂為大節⑩，而不究其安命樂天之實。夫窮苦迫于外，飢寒憯⑪于膚⑫，而情性不撓，則于晉、宋間，真如蚍蜉聚散耳⑬。昔虞伯生慕陶，而並諸邵子之間⑭。予不敢望于邵而獨喜陶也，予又今之窮者⑮，扁其室曰陶菴云。

【注　釋】❶司馬子長書　司馬遷《史記》。❷衡　秤。指標準。❸設　假如。❹眉眥　眉目。此指臉上。眥，眼角，也泛指眼睛。❺蓋孔子亟美顏淵二句　顏淵、子路都是孔子學生。顏淵安貧樂道，不遷怒，不貳過，得到孔子許多讚揚（見《論語》〈為政〉、〈雍也〉等篇）。子路鹵莽好勇。一次，孔子與學生在陳絕糧受困，子路生氣說：「君子亦有窮乎？」孔子答：「君子固窮，小人窮斯濫矣。」指責子路遇窘困就洩氣。亟，多次。慍見，面露怒色。❻已而　後來。❼陶子　陶淵明。曾祖陶侃，是晉朝大司馬。子，對男人的尊稱。❽勢分　權位、身份。❾查　同「渣」。❿而世之論者三句　沈約《宋書・隱逸》載，陶淵明「自以曾祖晉世宰輔，恥復屈身後代。自高祖王業漸隆，不復肯仕。所著文章，皆題其年月，義熙以前，則書晉氏年號，自永初以來，唯云甲子而已。」元熙，東晉恭帝年號，自西元四一九年至四二〇年，隨後劉宋取代晉朝。⓫憯　摧殘。⓬膚　指身體。⓭則于晉宋間二句　意謂在陶淵明看來，將晉宋改朝換代與安命樂天相比，只是如螞蟻忽聚忽散一樣微不足道。⓮昔虞伯生慕陶二句　虞伯生，虞集（西元一二七二～一三四八年），字伯生，號道園，祖籍仁壽（今屬四川），遷崇仁（今屬江西）。官至奎章閣侍書學士，諡文靖。著有《道園學古錄》。《元史・虞集傳》：「早歲與弟槃同闢書舍為二室，左室書陶淵明詩於壁，題曰陶庵；右室書邵堯夫詩，題曰邵庵，故世稱邵庵先生。」邵子，邵雍（西元一〇一一～一〇七七年），字堯夫，宋理學家。其先范陽人，隨父遷共城（今河南輝縣）。隱居蘇門山百源，長期居洛陽，居所稱安樂窩。精《易》學，著有《伊川擊壤集》。並諸，與並列。諸，「之於」的合音。⓯窮者　指未入仕途。窮，與「達」相對。

【語　譯】我從小喜愛讀司馬遷的書，每當讀到書中慷慨激烈的地方，胸中憤懣不平之氣勃然而生，難以自抑。認為君子生活在人世，選擇做什麼事情，就輕還是就重，主要取決於我自己，決不能僅僅根據一時的遭遇，態度主張就隨之而動搖變化。假如萬一不幸陷於窮困潦倒的境地，則適當調劑自己的志尚，保持愉悅的性情，必然也是要在道的允許範圍之內。何至於像閭巷小人，一不得志，悲怨不平、憔悴消沉的心情就全部流露在眉目之間？孔子多次稱讚顏淵，而指責子路怒形於色，自古以來，這種仁人就很難遭遇。

後來讀陶淵明集，感到詩人平淡沖和，瀟灑脫俗，超然於權位、身份之外，非但不受窮厄的煩惱，而且更以窮厄為歡樂。千年以下，吟詠他的作品，心情融融而樂，塵渣俗垢都隨之煙消雲散。毫無疑問他是古代能在窮厄困頓中獨善其身的人。將陶淵明的道推而廣之，就可以進入孔子的大門。然而世人談論陶淵明，僅僅認為他身處東晉元熙易代之後不仕新朝，稱此為大節，而不去求究他安命樂天的本質。窮苦從外部逼迫你，飢寒摧殘你的身體，然而性情不為之稍屈，這樣的人看待晉、宋之間的易代，真好比是螞蟻忽聚忽散。

從前虞集羨慕陶淵明，將他與邵雍互相並列。我不敢奢望自己像邵雍，而獨喜愛陶淵明，我又是今世窮厄坎坷的人，所以題自己的齋室為「陶菴」。

【研析】想要真正認識歸有光，就應當重視他與司馬遷、陶淵明二人精神上的聯繫。他在自己的文章中，經常談到古代最為他傾心的文人，就是司馬遷和陶淵明。這二人的性格、心襟、志尚都有很大不同，司馬遷立志成就事業，屬於「發憤」型的人，容不得社會上不平事；陶淵明灑脫悠然，最不堪束縛拘牽，以過眼煙雲的態度看待世事，不屑計較，走著一條以窮退保真的道路而樂在其中。司馬遷、陶淵明二人的共同之處是，都高度重視並維護個人尊嚴，處窮有道，從不為世俗所撓屈。歸有光在發憤進取、批判奸邪方面如司馬遷，同時他又以司馬遷、陶淵明處窮而不改其志自勉，始終堅持信念，以此將世俗的冷嘲熱諷拒之門外而從不放棄自己的精神追求，顯示出一個真正的強儒的性格。本文是作者的精神表白，可以說，文中描述的司馬遷、陶淵明的性情，也正是作者本人的內心世界。

歸有光這樣的一種心靈狀態，他欣賞陶淵明的處世態度及其詩歌作品，這些在他的家人中似乎產生了「傳染」作用，而後來竟成了他的家風。他兒子歸子慕室名也是「陶菴」，世稱陶菴先生。而歸子慕的遭際和性情，幾乎是他父親的翻版。高攀龍曾經寫過一篇〈陶菴先生傳〉記述歸子慕的一生，現在將它摘錄於下，因為從高攀龍對兒子的這些描寫中，也可以看到他父親歸有光的影子。文章寫道：「陶菴者，縛茅為屋，插槿為墻，屋後樹梅，庭藝菊。杞室中，張一琴，書數百卷，一爐一藥，囊一瓶粟，他無長物。歸子鼓琴讀書，宴坐默識，窮天地之無垠，察品物之有自，陶然不知身之病也。……歸子自居陶菴，不與衣冠之會，不詣府縣，不受當路問餽，不為宗黨爭訟伸白，不為子侄應試幹請。雖甚貧，養其子之孤者，養其弟婦之寡者。雖甚病於人倫事，未嘗偷惰少孤，事諸兄友愛特至。平居無疾言遽色，農夫牧豎，相與依依如儕伍，周念童僕如子弟。……客有至陶菴者，登其堂，未見其人，不知塵念之從何去也；見其人，未聞其語，不知和氣之從何來也。飲食焉，笑語焉，退而慨然以嘆，油然以思，人人覺其形穢，不知心腹腎腸之胥易矣。此所以為陶菴也。」高攀龍以為社會對歸子慕不公平，說：「使歸子以高士名，則世之不幸也。」意思是，像他這樣道德人品高尚的人，不能入仕途，只能做隱士，這是世界的不幸。其實這也部分地表達了人們對歸有光坎坷一生莫大的同情。

畏壘亭記

【題　解】畏壘亭位於世美堂西，是歸有光在安亭（今屬上海市嘉定）望景和休憩的地方。畏壘一詞出於《莊子・庚桑楚》，是作者虛構的一座山名，「空語無事實」（《史記・老子韓非列傳》）。《莊子》的這篇文章說，庚桑楚居住在畏壘山，無所作為，智者、仁者都離他而去。三年後，迎來了大好年成，大家又轉而敬頌庚桑楚。歸有光用畏壘名亭，用以寄託抱負，深信自己終有一天會被更多的人所矚目。他寫這篇文章之前兩年考中應天鄉試第二名，雖然在這之間經過一次會試失利的挫抑，總的說，成功的快悅還沒有從他心裡消失，他仍然以睨然傲視的眼光看待世俗，對前程充滿自信。此文在流傳過程中略有異文，歸莊原注：「常熟本小異，今從崑山本。」

本文約作於嘉靖二十一年（西元一五四二年），歸有光三十六歲。

自崑山城水行七十里，曰安亭，在吳淞江之旁，蓋圖志有安亭江，今不可見矣。土薄❶而俗澆❷，縣人爭棄之。予妻❸之家在焉❹。予獨愛其宅中閒靚❺，壬寅❻之歲，讀書於此。宅西有清池古木，壘石為山。山有亭，登之，隱隱見吳淞江環遶而東，風帆時過於荒墟❼樹杪❽之間，華亭九峰❾，青龍鎮❿古剎⓫浮屠，皆直⓬其前。亭舊無名，予始名之曰畏壘。

《莊子》稱庚桑楚得老聃之道⓭，居畏壘⓮之山。其臣⓯之畫然⓰智者去之，其妾⑰之挈然⑱仁者遠之；擁腫⑲之與居，鞅掌⑳之為使㉑。三年，畏壘大熟㉒。畏壘之民，尸而祝之㉓，社而稷之㉔。

而予居於此，竟日閉戶。二三子或有自遠而至者，相與謳吟於荊棘之中。予妻治田四十畝，值㉕歲大旱，用牛輓㉖車，晝夜灌水，頗㉗以得穀，釀酒數石㉘。寒風慘慄㉙，木葉黃落，呼兒酌酒，登亭而嘯㉚，忻忻㉛然。誰為遠我而去我者乎？誰與吾居而吾使者乎？誰欲尸祝而社稷我者乎？作〈畏壘亭記〉。

【注　釋】❶薄　貧瘠。❷澆　浮薄；不誠樸。❸予妻　歸有光的繼室王氏。❹焉　於此。❺閒靚　幽靜。❻壬寅　嘉靖二十一年（西元一五四二年）。❼墟　村落。❽杪　樹梢。❾華亭九峰　九座山是鳳凰山、陸寶山（後代以厙公山）、佘山、細林山、薛山、機山、橫雲山、幹山、崑山（一名馬鞍山）。因元人淩巖作〈九峰詩〉而著名。❿青龍鎮　即舊青浦鎮，在今上海市青浦東北。鎮上有唐天寶間建隆福寺、宋紹熙五年建普光寺、宋景祐元年建通圓觀等。⓫古剎　古寺。⓬直　同「值」。相對。⓭莊子稱庚桑楚得老聃之道　所引述出自《莊子》雜篇〈庚桑楚〉。庚桑楚，《莊子》書裡虛構的人物，老子的門徒。老聃，即老子，姓李名耳，道家的創始人。⓮畏壘　也是《莊子》虛構的山名。⓯臣　男僕。⓰畫然　明察。⓱妾　女僕。⓲挈然　自信貌。⓳擁腫　誠樸的人。⓴鞅掌　率性自得的人。㉑使　驅使。㉒大熟　作物豐收。㉓尸而祝之　意謂將庚桑楚當做祖宗敬拜。尸，代表死者受祭的活人，後來指神主牌。㉔社而稷之　意謂將庚桑楚當做土神和穀神進行祭祀。社，土地神。稷，穀神。二字在此用作動詞。㉕值　遇到。㉖輓　同「挽」。拉。㉗頗　甚。㉘石　一石十斗，相當於一百二十斤。㉙慘慄　十分寒冷。㉚嘯　撮口發出響亮的聲音。㉛忻忻　欣喜。

【語　譯】從崑山城循著水路行七十里，所到一地，名安亭，它在吳淞江邊上，圖書上記載的安亭江，今天已經見不到了。土地貧瘠，風俗浮薄不誠，崑山縣的人都爭著離開該地。我妻子的家在這裡。惟我喜愛其居所幽靜，嘉靖二十一年，讀書於此。住宅西邊有清池和古樹，用石頭壘起一座山。山上有亭子，登上亭子，隱隱約約地看到吳淞江盤旋而朝東流去，風帆不時地從荒村樹梢之間駛過。華亭的九座山峰，青龍鎮的古剎佛塔，皆出現在眼前。亭子從前沒有名字，從我開始才為它取名畏壘。

《莊子》說：庚桑楚得到了老子的道，居住在畏壘山上。他的男僕，聰明懂事的跑了，他的女僕，自以為有仁心的也遠走高飛了；只留下誠樸的與他一起住，率性自得的供他使喚。三年後，畏壘的莊稼獲得大豐收。畏壘的百姓，都祭祀庚桑楚的神主，把他當做土地神和穀神來敬拜。

而我居於安亭，整天都關著門。同二三個從遠方來的人，互相在荊棘中吟哦詩文。我妻子管理農田四十畝，遇到大旱之年，用牛拉車，晝夜澆灌水，多有收成，釀酒數百斤。寒風淒厲，樹葉枯黃飄落，此時呼兒斟酒，登上亭子長嘯空際，心裡充滿了欣喜和得意。誰從我這兒離開遠去？誰和我同住聽我使喚？誰崇拜我將我當做神來敬祀？撰〈畏壘亭記〉。

【研析】《莊子》創造了畏壘山隱者庚桑楚的形象，在後人使用這個典故時不斷產生衍義，有的以他比喻誠樸，表示澹然泊然的心境，保真順天的性情，這種理解符合《莊子》的原意。也有人用畏壘尸祝諷刺慕浮名者欺世盜名的劣跡，如葉向高〈九江太守邢公生祠記〉說：「余見今之守令，無功德於民，而浮慕畏壘、桐鄉之名，以覆蓋其短。」這是另一種「畏壘」的意思。歸有光這篇文章所使用的畏壘山、庚桑楚，是本於《莊子》的原意而自抒情懷。他以冥居、寄跡的態度看待自己在畏壘亭的讀書生活，儘管只有「二三子」和他「相與謳吟於荊棘之中」，自以為聰明、傑特者離他而遠去，然而歸有光內心卻充滿自信，十分驕傲，以為疏遠自己的都是鼠目寸光之輩，不值得一覷。他想像自己總有一天會成功，而那一天到來時，將會有多少人會為他們今天的態度而感到慚愧和後悔，而他自己又將是多麼地揚眉吐氣。文章最後用三句以「誰」領起的疑問排比作為結束，將沉溺於成功的想像中的歸有光興高采烈的心情表達得十分酣暢、淋漓、逼真。

朱熹曾經寫過一篇〈畏壘庵記〉。說他在福建同安任滿俟代，臨時住在一個館所，名之曰「畏壘庵」。這居所處於「委巷中，垣屋庳下，無鉅麗之觀。」然而，「其中粗完潔，有堂可以接賓友，有室可以備棲息，誦書史，而佳花異卉、蔓藥盆荷之屬，又皆列蒔於庭下，亦足以娛玩耳目，而自適其意焉。」朱熹接著寫他在畏壘庵裡清淨而自得其樂的生活，「予獨處其間，稍捐外事，命友生之嗜學者與居其下，摒除井竈之役，顧留者亦無幾人。若常時車馬之客與胥吏之有事於官府者，則無所為而來矣。」「自是閉門終日，倏然如在深谷之中。」歸有光這篇〈畏壘亭記〉，與朱熹的〈畏壘庵記〉略有幾分神似，卻又添入了更多睥睨世俗的傲然心氣。

項脊軒志

【題　解】一作〈項脊軒記〉。宋朝時，在今江蘇太倉有河名項脊涇，歸有光遠祖曾居於項脊涇邊。據歸有光〈從叔父府君墳前石表辭〉記載，「宋咸淳間，湖州判官罕仁居崑山之太倉項脊涇。」然他在〈歸氏世譜〉一文中卻說：「罕仁生道隆，居崑山之項脊涇。」開始居於項脊涇的人究竟是歸罕仁還是他兒子歸道隆，歸有光的記述不一致。歸家後人以「項脊軒」名齋，寄託著對遠祖懷念的感情。由於這個軒名，歸有光也因此常稱自己為項脊生。本文是歸有光散文名篇。作者通過記敘「百年老屋」和居者的變遷，具體而微地摹寫出親人之間樸素而十分真切的感情，又傳遞出濃郁的滄桑之感。

文章說：「余既為此志後五年，吾妻來歸。」歸有光與魏氏結婚是在嘉靖七年（西元一五二八年），作者二十三歲，據此，本文前面大半篇寫於作者十八歲時。然而根據歸濟世編《歸震川先生未刻稿》所收本文，「五年」作「三年」，若果然如此則寫於作者二十歲。後小半篇大約續寫於十年後，作者約三十餘歲。

項脊軒，舊南閤子❶也。室僅方丈❷，可容一人居。百年老屋，塵泥滲漉❸，雨澤下注❹，每移案❺，顧視無可置者。又北向，不能得日，日過午已昏。余稍為修葺，使不上漏❻，前闢四窗，垣牆❼周庭❽，以當南日，日影反照，室始洞然❾。又雜植❿蘭桂竹木於庭，舊時欄楯⓫，亦遂增勝。借書滿架，偃仰⓬嘯歌，冥然⓭兀坐⓮。萬籟有聲，而庭階寂寂，小鳥時來啄食，人至不去。三五之夜⓯，明月半牆，桂影斑駁⑯。風移影動，珊珊⑰可愛。

然予居於此，多可喜，亦多可悲。先是，庭中通南北為一。迨⑱諸父異爨⑲，內外多置小門牆，往往而是。東犬西吠，客踰庖⑳而宴，雞棲於廳。庭中始為籬，已㉑為牆，凡再變矣。家有老嫗㉒，嘗居於此。嫗，先大母㉓婢也，乳二世，先妣㉔撫之甚厚。室㉕西連於中閨㉖，先妣嘗一至。嫗每謂予曰：「某所，而母立於茲。」嫗又曰：「汝姊在吾懷，呱呱而泣。娘以指扣門扉曰：『兒寒乎？欲食乎？』吾從板外相為應答。」語未畢，余泣，嫗亦泣。

余自束髮㉗，讀書軒中。一日，大母過余曰：「吾兒，久不見若㉘影，何竟日默默在此，大類女郎也？」比㉙去，以手闔㉚門，自語曰：「吾家讀書久不效，兒之成，則可待乎？」頃㉛之，持一象笏㉜至，曰：「此吾祖太常公㉝宣德㉞間執此以朝，他日，汝當用之。」瞻顧遺跡，如在昨日，令人長號㉟不自禁。

軒東故嘗為廚。人往，從軒前過。余扃牖㊱而居，久之，能以足音辨人。軒凡㊲四遭火，得不焚，殆有神護者。

項脊生㊳曰：蜀清守丹穴，利甲天下，其後秦皇帝築女懷清臺㊴。劉玄德㊵與曹操㊶爭天下，諸葛孔明㊷起隴中㊸。方二人㊹之昧昧于一隅也，世何足以知之？余區區處敗屋中，方揚眉瞬目㊺，謂有奇景，人知之者，其謂與埳井之蛙㊻何異！

余既為此志後五年，吾妻來歸㊼。時至軒中從余問古事，或憑几學書㊽。吾妻歸寧㊾，述諸小妹語曰：「聞姊家有閣子，且何謂閣子也？」其後六年，吾妻死，室壞不修。其後二年，余久臥病無聊，乃使人復葺南閣子。其制㊿稍異於前，然自後余多在外，不常居。庭有枇杷樹，吾妻死之年所手植也，今已亭亭(51)如蓋矣。

【注釋】❶閣子　小屋間，夾在一排屋子中。❷方丈　一丈見方。❸滲漉　滲漏。❹注　流下。❺案　桌。❻上漏　從上往下漏水。❼垣墻　圍牆。❽周庭　環繞庭院。❾洞然　亮堂。❿植　種。⓫欄楯　欄杆。⓬偃仰　俯仰。⓭冥然　靜寂。⓮兀坐　端坐。⓯三五之夜　農曆十五日晚上，此夜月圓如盤。⓰斑駁　斑點。⓱珊珊　舒緩幽雅。⓲迨　至。⓳諸父異爨　伯叔們分家。爨，燒飯。⓴庖　廚房。㉑已　然後。㉒嫗　老婦人。㉓先大母　去世的祖母。㉔先妣　去世的母親。㉕室　指項脊軒。㉖中閨　女子居住的內室。㉗束髮　將頭髮紮成髻，表示男孩成童。㉘若　你。㉙比　及。㉚闔　關。㉛頃　片刻；很短時間。㉜象笏　象牙製的長方形板條。笏，官員持之上朝，可用以記事。㉝吾祖太常公　歸有光祖母的祖父夏昶（西元一三八八～一四七〇年），字仲昭，崑山人。永樂十三年（西元一四一五年）進士，歷官太常寺卿。詩詞清麗，擅書法及畫竹石。㉞宣德　明宣宗年號，自西元一四二六年至一四三五年。㉟長號　長歎。㊱扃牖　關窗。㊲凡　一共。㊳項脊生　歸有光自號。㊴蜀清守丹穴三句　《史記‧貨殖列傳》：「巴蜀寡婦清，其先得丹穴，而擅其利數世，家亦不訾。清，寡婦也，能守其業，用財自衛，不見侵犯。秦皇帝以為貞婦而客之，為築女懷清臺。」清，此女子名。丹穴，出產丹砂的洞穴。秦皇帝，指秦始皇。㊵劉玄德　劉備，字玄德。西元二二一年建立蜀漢稱帝。㊶曹操　西元一九六年迎漢獻帝入許（今河南許昌東）為都，挾天子令諸侯，位為丞相，封魏王。㊷諸葛孔明　諸葛亮，字孔明，琅邪陽都（今山東沂南）人，任蜀漢丞相。㊸隴中　壟畝之中，謂耕種隱居之地。或者指諸葛亮早年隱居的地方隆中，在今湖北襄樊西。㊹二人　指寡婦清、諸葛亮。㊺揚眉瞬目　形容高談闊論，得意洋洋。瞬目，眨眼。㊻埳井之蛙　《莊子・秋水》以井蛙向東海之鱉誇耀在井坑裡生活舒服的寓言，諷刺人們見識狹小。埳，同「坎」。坑穴。㊼吾妻來歸　指歸有光第一個妻子魏氏嫁過來。㊽學書　學習書法。㊾歸寧　妻子回家探望自己的父母。㊿制　格局。(51)亭亭　高高豎立。

【語　譯】項脊軒，舊時夾在南面一排屋中的一個小間，俗稱「閣子」。房間僅有一丈見方，能供一人居住。百年老屋，塵泥滲漏，雨水下注，每次想搬移一下几案，環視四周卻沒有可以安放的地方。它又是朝北，太陽照射不到，每當中午過後，房裡的光線就變得昏暗了。我稍稍做了一下修理，使它不再漏水，前面開闢四扇窗戶，圍牆環繞庭院，以擋住從南面照來的太陽，靠著反射的陽光，房裡才顯得亮堂。又在庭院種上各種蘭花、桂樹、竹子和其他花木，從前的欄杆，也因此而增加了色澤。借閱的書放滿了書架，我在房裡俯仰而長嘯詠歌，或靜靜地端坐。自然界萬籟聲起，而我的庭院、臺階，寂然無聲，小鳥時時飛來啄食，有人走來也不飛開。十五的晚上，明月映照半壁牆面，灑下斑斑點點桂影，風吹起，桂影婆娑搖曳，舒緩幽雅，十分可愛。

然而，我住在這裡，遇到可喜的事情雖多，可悲的事情也多。從前，院庭南北互相通為一體。到叔父們分家以後，內外多裝置小門牆，大家幾乎都如此。東家西家的狗互相吠叫，來客要穿過廚房才能入宴，雞棲息在廳堂。廳堂開始用籬笆攔隔，隨後砌起了牆壁，先後就發生了兩次變化。我家有一個老婦，曾經住在這裡。此老婦，是我已經去世的祖母的婢女，乳育了我家二代人，我母親在世時待她很好。項脊軒西頭連著女子的內室，母親曾經來過一次。老婦常常對我說：「那裡，是你母親站過的地方。」老婦又說：「你姐姐在我懷裡，呱呱地啼哭。你娘用手指扣門，問道：『女兒冷嗎？想吃東西了嗎？』我從門板外一一給她回答。」話沒說完，我失聲而哭，老婦也哭。

我從束髮成童後，讀書於項脊軒中。一天，祖母來看我，說：「我的孫兒，好久不見你身影，為何整天默默地待在這裡，幾乎和女郎差不多？」她走的時候，用手關門，自言自語道：「我家讀書很久沒有見效果了，這孫兒長大後，會帶來希望吧？」一會兒，拿著一根官員上朝使用的象牙製的長方板條，對我說：「這是我祖父太常公宣德年間上朝使用過的，以後，你應該會用得著它。」瞻顧遺跡，如發生在昨天的事情，令人發出長歎，難以自禁。

軒的東邊以前是廚房。大家到廚房去，需要從軒前經過。我關窗住在裡面，日子久了，能從腳步聲分辨出每一個人。軒一共發生四次火災，所以沒有被燒毀，大概是有神靈保佑著吧。

項脊生以為：蜀地有個寡婦名字叫清，她守著出產丹砂的洞穴，獲利為天下之最，後來秦始皇為這位寡婦修建了一座懷清臺。劉備與曹操爭奪天下，諸葛亮從隆中被委以大任。當這二人在窮鄉僻壤，毫無名聲的時候，世上有誰會想到去認識他們？我身處小小的破屋，揚眉瞬目，高談闊論，以為此中有奇麗的景象，知道實際的人，他們會說這何異於井底之蛙！

我寫成這篇志以後五年，我妻子嫁到我家。有時她到軒室來問我以前的故事，有時則靠著几案學習書寫。我妻子回娘家，回來後轉述各位妹妹的話：「聽說姐姐家裡有閣子，那麼，閣子是怎樣的呀？」又經過六年，我妻子病逝，房子敗壞後沒有修理。過了二年，我長期臥病，覺得無聊，於是讓人重新修繕稱為「閣子」的小房間。它的格局與過去稍有變化，然而從此以後我多在外邊，不常在此居住。庭院裡有一棵枇杷樹，是我妻子死的那年她親手種下的，如今已經長高，亭亭如蓋。

【研析】先狀項脊軒雖小而「可愛」，接著以「然予居於此」一轉，寫作者在項脊軒的歲月所遭遇的「多可喜，亦多可悲」的往事，其中又以記述「可悲」者為主。文章主要寫了三個女子，作者祖母、母親和妻子，各用一個生活片段，寫出長輩對後代關懷之心切，以及妻子初嫁時無憂無慮的生活，都是採取家常的言談，樸實無飾，卻聲情逼肖，感心動衷。全文起段寫「三五之夜」的庭院，月下桂影斑駁搖曳，「珊珊可愛」，結束又寫亡妻臨終前手植的一棵枇杷樹，已經長得「亭亭如蓋」，然而樹在人消。如此起結，使全文的意境恍如蒙上了一層夢幻般的色調，如煙如靄，幽幽淡淡，其中充滿無限的傷感和迷茫。

文章還流露出對一族親人互相之間的關係逐漸疏遠的惋惜和不滿，這與作者對祖母、母親以及妻子的深情懷念，隱約地構成一種對照。結合歸有光〈家譜記〉對「天下之勢所以日趨於離」的感慨，不難體會出作者對這種大家庭趨於瓦解的大勢無奈卻不認同的態度。歸有光表現親情的散文寫得十分出色，其感染力有時正是由於得到親人疏離、同室操戈這一類家庭現象的反襯而更加顯得強烈。

前人對〈項脊軒志〉的藝術特點已經作了許多分析，林紓在〈春覺齋論文〉中，將歐陽修〈瀧岡阡表〉、歸有光〈項脊軒志〉、張惠言〈先妣事略〉三篇文章進行對照，自有見地，下面引錄其分析，供讀者參考。林紓說：〈瀧岡阡表〉、〈項脊軒志〉「瑣瑣屑屑，均寫家常之語，乃至百讀不厭，斯亦奇矣。雖然，敘細碎之事，能使鎔成整片，則又大難。」方法就在於，〈瀧岡阡表〉時時用「知」、「待」二字「為之提綱挈領，則以下瑣瑣屑屑之處，皆有所消納，而不至散漫煩贅，令人生憎。」〈項脊軒志〉則以「軒」字「為主人翁，則人事變遷，家道坎壈，皆歸入此軒，作睹物懷人寫法，與〈瀧岡阡表〉面目又大不同。」「〈阡表〉步步敘悲，悲盡，皆其得意處；〈項脊軒記〉亦步步敘悲，然名位去歐公遠甚，不能不生其蕭寥之感，綜之皆各肖其情事。」又說：張惠言〈先妣事略〉「極意欲抒其悲懷，然寫情實不如震川之摯」。他指出散文史上這三篇名文寫法上的異同，及其各自的藝術效果，說得頗為中肯，可以幫助欣賞歸有光這篇名作。

秦國公石記

【題解】衛涇，字清叔，初號拙齋居士，罷官居鄉西園，改號西園居士，築堂取范仲淹〈岳陽樓記〉中語，題之曰「後樂堂」，皇太子為賜書「後樂」二字，遂以自號。他卒於西元一二二六年，史籍對此有明確的記載。生年據他〈先兄從事郎慶元府奉化縣主簿墓誌〉所載，「嘉泰四年（西元一二〇四年）九月十七日丙子卒於家，享年四十有八，……吾兄長余二歲」，由此推得他兄長衛沂生於西元一一五八年，他生於西元一一六〇年。其先齊人，唐末避亂南遷，多居華亭，衛涇祖父始占籍崑山之石浦。宋孝宗淳熙十一年（西元一一八四年），衛涇中進士第一。主張靜以強根本，動以復疆土，力詆韓侂胄開釁輕動之非。累官參知政事，為史彌遠所忌，罷知潭州，以資政殿學士金紫光祿大夫致仕。卒贈太師，追封秦國公，諡文穆，改諡文節。著有《後樂集》。衛涇知潭州時，與朱熹交好。韓侂胄斥朱熹偽學，韓侂胄被誅，衛涇奏召朱熹還朝，而朱熹已卒，復移文新安，取朱熹諸經、《四書傳註》刊刻以傳。《宋史》沒有為衛涇立傳，他的事蹟流傳於民間。歸有光為衛涇深感不平，用「埋草土中」，不為人識的「太湖石」來作比擬，既表示對他的崇敬，又表示對《宋史》的不滿。

宋太師秦國衛文節公涇，淳熙十一年❶進士第一人，參知政事❷，文章議論有裨❸於當世。《宋史》❹軼不傳。公吾縣人也，縣人能紀之。

當韓侂胄用事時，公隱居十年❺。於所居地名石浦❻，闢西園❼，纍致❽太湖石❾甚富。至今往往流落人間，然皆為屠沽兒酒肉腥穢，可弔❿也。獨其在學宮者⓫，為四方過客之所欽仰。余居安亭江上，往來陸家浜⓬，舟中見冢⓭間大石，問知為秦公故物，埋草土中，無識者。先時吏部侍郎葉文莊公⓮，亦石浦人，其家子弟運致於此。因購之葉氏，載以二百斛舟⓯，沿吳淞江而下，置於堂東。學宮石，世以為名品⓰。以余觀之，殆⓱如雕鏤耳。此石旋轉作人舞，而形質恢佹⓲，類靺師⓳所率之夷舞⓴。若以甲乙品第，當在學宮之上。嗟乎！公，吾鄉之先哲，余朝夕對之，如對公矣。

前十年，於閶門㉑劉尚書㉒宅得一奇石，形如大旆㉓，迎風獵獵㉔，髣髴漢大將軍㉕兵至闐顏㉖，大風起，縱兵左右翼，圍單于㉗；驃騎封狼居胥，臨瀚海時也㉘。久僵仆㉙庭中，今立於西垣㉚云。

【注　釋】❶淳熙十一年　西元一一八四年。淳熙，宋孝宗年號，自西元一一七四年至一一八九年。❷參知政事　宰相的副職。❸裨　益。❹宋史　修成於元初，脫脫、阿魯圖領銜。❺當韓侂胄用事時二句　慶元三年（西元一一九七年），衛涇反對韓侂胄開釁輕動，罷歸。開禧二年（西元一二〇六年）復任中書舍人兼直學士院。見明王鏊《姑蘇志》卷五十一。韓侂胄（西元一一五一～一二〇七年），字節夫，相州安陽（今屬河南）人。官平章軍國事。開禧二年伐金失敗，被誅。❻石浦　鎮名。在崑山縣東南四十里，南通澱山湖，北枕吳淞江。❼西園　衛涇宅院，築後樂堂於其中。❽彙致　不斷搜集而得到。白居易〈太湖石記〉：「四五年間，纍纍而至。」❾太湖石　產於今江蘇太湖的石頭。以生水中者為貴，久為波濤衝擊，嵌空玲瓏，石面鱗鱗多皺紋。石性溫潤奇巧，扣之鏗然如鐘磬。園林中多用以疊假山。❿弔　憑弔；哀悼。⓫其在學宮者　留在崑山縣學的太湖石。⓬陸家浜　河名。⓭冢　墳墓。⓮葉文莊公　葉盛，見〈世美堂後記〉注⓫。⓯二百斛舟　能載二百斛重物的船。一斛為十斗。⑯名品　名貴品種。⑰殆　大略；差不多。⑱恢侻　離奇怪異。⑲韎師　即韎師，古代執掌韎樂舞事的樂官。古代東方少數民族夷的音樂稱韎樂。⑳夷舞　東方夷人的舞蹈。㉑閶門　蘇州城西門。㉒劉尚書　劉纓（西元一四四二～一五二三年），字與清，號鐵柯，吳縣（今江蘇蘇州）人。成化十四年（西元一四七八年）進士，官至南京刑部尚書。文徵明〈劉纓年八十二狀〉：「為人亢爽疎雋，明燭事機，而閑於吏政，又精敏強幹，事多迎解。」㉓大旆　大旗。旆，鑲在旗末的飾物。㉔獵獵　旗飄動狀。㉕漢大將軍　指衛青。他七次率兵出擊匈奴，官至大將軍。封長平侯。㉖兵至闐顏　漢元狩四年（西元前一一九年），衛青擊敗匈奴，追至闐顏山趙信城而還。闐顏，山名，在今內蒙古準噶爾旗之北。㉗單于　匈奴的君主。㉘驃騎封狼居胥二句　漢元狩四年，霍去病大敗匈奴，「封狼居胥山，禪於姑衍，登臨翰海。」《史記・衛將軍驃騎列傳》驃騎，指霍去病。他六次率兵出擊匈奴，封冠軍侯，陞驃騎將軍。封、禪，築壇祭天地。狼居胥，又名狼山，在今內蒙古五原西北、黃河北岸。瀚海，北海名。一說是沙漠的別名，沙磧四際無涯，故謂之海。㉙僵仆　躺倒。㉚垣　牆。

【語譯】宋朝太師秦國公衛文節涇，淳熙十一年考中進士第一名，任參知政事，他的文章以及發表的議論有益於當時天下。《宋史》沒有為他列傳。秦公是我們縣的人，縣裡百姓記得他的事蹟。

在韓侂胄掌權時，秦公隱居十年。在名為石浦的地方，開闢西園，搜集積累了許多太湖石。如今往往流落到民間，可是都沾染上了宰牲沽酒人家的肉糟腥穢之氣，很讓人為它們感到痛惜。只有留在崑山縣學府的，受到四方過客的欽仰。我安居於安亭江上，經常乘船經過陸家浜，從船上望見墓地上的大石頭，問人方知道這是秦公的故物，埋沒在草叢荒土之中，不為人所知曉。之前的吏部侍郎文莊公葉盛，也是石浦人，是他家的子弟將這塊大石運到了這裡。於是我向葉家買下，裝上二百斛的大船，沿吳淞江而下，將它放置在廳堂東面。置於縣學府的那一塊太湖石，世人以為是名貴的品種。在我看來，如同人工雕鏤的差不多。這一塊太湖石，形狀旋轉如人起舞，而形質離奇怪異，好像樂官所率領東方夷人的舞蹈。如果品第高低，它應當比學府的那塊珍貴。啊！秦公，我鄉的先賢。我朝夕對著太湖石，猶如面對秦公。

十年以前，在蘇州劉纓尚書家得到一塊奇石，形狀如同一面大旗，迎風獵獵飄舞，彷彿漢朝大將軍衛青率兵到闐顏山，大風迎面而起，指揮兵馬從兩翼挺進，包圍單于；又好像驃騎將軍霍去病在狼居胥山，築壇祭祀天地，以及登臨浩瀚沙漠時候的情景。這塊太湖石很久以來一直躺在庭院中，現在它挺立在西牆。

【研　析】人們應當相信歷史，然而史官所記載的歷史也往往並不公允和可靠。歸有光重視史學，對官修史書失實不公的內容保持著警惕。這在他〈讀金陀粹編〉、〈與陸太常書〉二文已有明確的論述，〈與陸太常書〉「而怪近世數代之史，卑鄙凡猥」云云，更主要是將批評直接地指向《宋史》。本文為衛涇鳴不平，也是從側面批評《宋史》存在的這一弊端。

如果將眼光從史書中移開，從更加廣闊的角度去看待往事和人物，則還是應當可以相信，許多存在過的東西其實是無法抹殺的。歸有光本文所記述的衛涇，他的官職可以被一降再降，《宋史》可以不為他立傳，然而在民間老百姓的心裡，他卻沒有消失，而是被口耳相傳，依然生動地「活著」。歸有光將他比擬為一塊被人遺忘的太湖石，卻總是會得到真正具有慧眼的人所賞識，為他們所珍藏，這形容得非常形象和恰當。

文章對衛涇家太湖石在後世的遭際寫得層層不同，形成比較。它們多數流落到俗人家裡，「皆為屠沽兒酒肉腥穢」；有的安置於崑山「學宮」，「為四方過客之所欽仰」，然而其實「殆如雕鏤」，並不足以寶貴；真正最美的，卻是「埋草土中，無識者」，它為作者所得，而值得倍加珍賞。如此敘述，不僅使文章富有變化，曲徑通往幽處，逐漸地轉出真意，而且也說明在充滿偏見的世俗，往往越是美的對象越難被發現和認識、越遭到人們集體遺棄，這加深了對衛涇生前死後遭遇的感慨。

歸有光寫的「秦國公石」，與柳宗元〈鈷鉧潭西小丘記〉筆下景色奇麗的小丘，「唐氏之棄地，貨而不售」，有同工異曲之妙。作者用「埋草土中」的「大石」比喻衛涇，其實又何嘗不是歸有光的自我比喻呢！

順德府通判廳記

【題解】歸有光在長興任上遭受排抑，隆慶二年（西元一五六八年）調任順德府通判，司理馬政，其實是一個閒職。次年農曆五月，他才遲遲赴任，心情抑鬱不暢。這使他想到白居易被貶江州司馬時所撰〈江州司馬廳記〉一文，言江州之佳境而寄寓夷曠之襟懷，不免曠世相契，引為共鳴。本文即為讀白氏文有感而作，自述在順德通判任上無聊的心情。稍後，歸有光又另寫了一篇〈順德府通判廳右記〉，可以參看。

舊時朝廷百司諸廳皆有壁記，敘述官秩創置及遷授始末，偏重於單純記事，後來，壁記也多被作者用來寫情抒懷。歸有光〈順德府通判廳右記〉主要屬於第一類，而這篇〈順德府通判廳記〉則屬於第二類抒懷之作。

本文寫於隆慶三年（西元一五六九年），歸有光六十四歲。

余嘗讀白樂天〈江州司馬廳記〉❶，言自武德❷以來，庶官❸以便宜❹制事，皆非其初設官之制。自五大都督府❺至於上中下郡❻，司馬之職盡去，惟員與俸在。余以隆慶二年❼秋，自吳興❽改倅❾邢州❿，明年夏五月蒞任，實司郡之馬政⓫。今馬政無所為也，獨承奉⓬太僕寺⓭上下文移⓮而已。所謂司馬之職⓯盡去，真如樂天所云者。

而樂天又言：江州左匡廬⓰，右江、湖⓱，土高氣清，富有佳境。守土臣⓲不可觀遊，惟司馬得從容山水間，以是為樂。而邢，古河內⓳，在太行山⓴麓㉑。

〈禹貢〉「衡漳、大陸」㉒，並其境內。太史公㉓稱：邯鄲亦漳、河之間一都會，其謠俗猶有趙之風㉔。余夙欲覽觀其山川之美，而日閉門不出，則樂天所得以養志忘名者，余亦無以有之。然獨愛樂天襟懷夷曠，能自適，觀其所為詩㉕，絕不類古遷謫者有無聊不平之意。則所言江州之佳境，亦偶寓焉耳。雖微㉖江州，其有不自得者哉？

余自夏來，忽已秋中，頗能以書史自娛。顧衙內無精廬，治一土室，而戶西向，寒風烈日，霖雨飛霜，無地可避，几榻亦不能具，月得俸黍米㉗二石。余南人，不慣食黍米，然休休㉘焉自謂識時知命，差不愧於樂天，因誦其語，以為〈廳記〉。使樂天有知，亦以謂千載之下，迺有此同志者也㉙。

【注釋】❶白樂天江州司馬廳記　白居易，字樂天。元和十年，宰相武元衡遇刺身亡，白居易當天就上疏主張嚴懲陰謀行兇者，卻被橫加越職言事之罪，貶為江州司馬。江州，治所在今江西九江。司馬是州府佐吏。江州司馬廳記，寫於元和十三年（西元八一八年）七月八日。❷武德　唐高祖李淵的年號，西元六一八年至六二六年。❸庶官　眾官。❹便宜　斟酌事宜，自行處置。❺五大都督府　唐代指并州、益州、荊州、揚州、潞州（一說恆州）五州統領軍事的官署。❻上中下郡　除五大都督府外，其餘都督分為上中下三等，其中上都督府五，中都督府十三，下都督府十六。❼隆慶二年　西元一五六八年。❽吳興　指湖州長興。長興，三國吳屬吳興郡。❾倅　州郡長官的副職。此用作動詞。❿邢州　隋置，即明朝順德府。⓫馬政　採辦、管理馬匹的事務。⓬承奉　承命奉行。⓭太僕寺　官署名，掌管輿馬、畜牧。⓮文移　公文。⓯司馬之職　古時司馬官掌兵刑，司理馬政，因為馬匹也用於戰爭，與古時司馬官也有一定關係。⓰左匡廬　廬山在東面。匡廬，廬山，相傳殷周之際有匡裕先生，遁世潛居山下，故名。⑰右江湖　長江、鄱陽湖在西面。⑱守土臣　指守令。⑲河內　春秋戰國時以黃河以北為河內。⑳太行山　起自河南濟源，北入山西晉城，又延至河北。㉑麓　山腳下。㉒禹貢衡漳大陸　《尚書·虞夏書·禹貢》是古代一部重要的地理著作，說：「覃懷厎績，至於衡漳。」意思是，治理覃懷（今河南武陟、沁陽一帶）的水利取得成效，一直橫流到漳水。漳水，在覃懷以北數百里。衡，通「橫」。又說：「恆、衛既從，大陸既作。」意思是，恆水和衛水已經疏通，大陸澤的治理工程也已經開始。大陸澤，在今河北鉅鹿西北。㉓太史公　司馬遷，繼父職，任太史令。㉔邯鄲亦漳河二句　節引自《史記·貨殖列傳》。邯鄲，戰國趙國都城，今屬河北。漳河，漳河、黃河。漳河是衛河支流，流經今河南、河北兩境之間。都會，都市。謠俗，猶風俗。趙之風，趙國占有今河北西部、山西北部等地，其民崇尚俠氣。㉕觀其所為詩　白居易貶江州司馬後，作〈題潯陽樓〉、〈訪陶公舊宅〉、〈北宅〉等，皆有達人高情，編入《白氏長慶集》「閒適詩」類。㉖微　無。㉗黍米　小米，色黃，粒圓而細。㉘休休　安閒；安樂。㉙使樂天有知三句　白居易〈江州司馬廳記〉結尾：「又安知後之司馬不有與吾同志者乎？」歸有光藉此遙為呼應。

【語　譯】我曾讀白居易〈江州司馬廳記〉，文章說，自從武德以來，眾官都是根據具體情況來設置和安排，不同於該官職開始創設時的制度。從五大都督府，到其他上中下都督府，司馬官的實權已經不復存在，只是徒有其官員和俸祿。我在隆慶二年秋，從長興知縣改為順德府副職，第二年夏五月到任，職責是採辦和管理馬匹的事務。如今在馬政任上無事可做，只是承命將朝廷太僕寺的文件上下遞來遞去而已。所謂司馬之職名存實亡，真如白居易所說的那樣。

白居易在文章裡又說：江州的東邊是廬山，西邊是長江和鄱陽湖，地勢高峻，氣候清朗，有許多美好的風景。守令不能去遊覽觀賞，只有司馬才能優遊從容於山水之間，以此為樂。而順德，是古代黃河以北的河內地區，在太行山腳下。《尚書·禹貢》記載的「橫流的漳水、大陸澤」，都在它的境內。司馬遷說：邯鄲也是漳水、黃河之間的一座都市，該地習俗猶有趙國的風氣。我一直想觀覽這一帶山川的美景，然而每天閉門不出，則白居易所藉以頤養情志、忘卻名心的機緣，我也無法獲得。然而我最為欣賞白居易襟懷平淡曠達，能自得其樂，讀他寫的詩歌，與古代遭到貶謫而抒發牢騷不平者有絕大的不同。則他所說的江州美好的風景勝地，也是偶爾藉此寓託情懷而已。即使不在江州，他難道會沒有別的消遣、寄託嗎？

我從夏天來到這裡，忽然已經進入了仲秋，常常以讀圖書史籍自娛。環視衙內，沒有太好的房子，我建造了一間泥室，門戶朝著西方，每對寒風烈日，淫雨嚴霜，無處可以躲避，几案、臥床也不能配備，每月得到的俸祿是小米二石。我是南方人，吃不慣小米，然而心裡寬閒安樂，自以為知時識命，與白居易相比自己也不會有多少怍愧，因此讀了他的文章，撰寫此篇〈廳記〉。假如白居易有知，也會說千年之後，真的遇到了與自己懷著同樣志趣的人。

【研　析】歸有光在〈順德府通判廳右記〉一文，具體談到順德府設通判副職司理馬政，純粹是多此一舉，於民有害而無益，「未為馬之善政，而先以疲畿內之民」，「有官或以擾民，反若贅疣然」。別人向他授術，「此官於今唯以無事為得職」，他覺得是至理名言。所以他在任上按著這種態度辦事，「第奉行文書之外，日閉門以謝九邑之人，使無至者，簿書一切稀簡。」生活很空閒，「余時獨步空庭，槐花黃落，遍滿堦砌，殊懽然自得。」瞭解這些，有助於理解歸有光寫作這篇〈順德府通判廳記〉時的心情，因為這篇〈廳記〉相對於〈廳右記〉，筆墨含蓄，對時政的批評，對自己曲抑的遭際，都沒有多講什麼，然而聯繫以上的〈廳右記〉，則不難從中體會出作者的弦外之音。

此文可與白居易〈江州司馬廳記〉對讀。白居易在文中，對仕途上「才不才一也」甚感不平，他雖以「吏隱」自慰，實對身居閒職心情不爽，於「識時知命」的達觀中，暗寓被貶棄之不滿。歸有光的文章所寓含的情緒與此略約相仿。白居易文結尾說：「予佐是郡行四年矣，其心休休如一日二日，何哉？識時知命而已。又安知後之司馬不有與吾同志者乎？因書所得以告來者。」歸有光文章的結束也相似，以白居易的「同志」而自居。所以本文從寓意到辭章結構，都深受白居易〈江州司馬廳記〉的影響。但它又不是一篇模仿之作，因為歸有光談的都是他自己的遭際境遇，他自己的切膚感受。如果說這兩篇文章相似，那麼，首先是由於作者的境遇和情感相似。

清朝詩人計東「過順德，知歸震川嘗佐郡，有〈廳記〉二篇，求遺址不得，乃入署旁廢圃中，瓣香再拜。」（沈德潛《國朝詩別裁集》卷四）由此可見，本文受到了後人重視。

震川別號記

【題解】古人於姓名之外，還有字、號，文人之間尤其通行以字、號相稱。歸有光家鄉近太湖，太湖古稱震澤，他便以「震川」為自己的別號。這一篇記，主要不在於記述「震川」別號之緣起，而是與他一起考中進士的何洛文亦號震川，作者於是以此文表達對何氏的企慕之友情。何洛文，字啟圖，信陽（今屬河南）人，明代前七子何景明孫。嘉靖四十四年（西元一五六五年）進士，選庶吉士，萬曆八年（西元一五八〇年）由詹事府少詹事兼翰林院侍讀學士，掌院事，陞禮部侍郎。著有《震川集》，另撰《信陽州志》未成。

本文寫於嘉靖四十四年以後，據「今年居京師」語，似作於隆慶四年（西元一五七〇年）留京掌內閣制敕房時，歸有光六十五歲。

余性不喜稱道人號，尤不喜人以號加己，往往相字❶，以為尊敬。一日，諸公會聚里❷中，以為獨無號稱，不可，因謂之曰震川。

余生大江❸東南，東南之藪❹唯太湖，太湖亦名五湖，《尚書》謂之震澤❺，故謂為震川云。其後人傳相呼，久之，便以為余所自號，其實謾應❻之，不欲受也。

今年居京師，識同年進士信陽何啟圖，亦號震川。不知啟圖何取爾？啟圖，大復先生❼之孫，汴省❽發解第一人❾，高才好學，與之居❿，恂恂然⓫，蓋余所忻慕⓬焉。

昔司馬相如慕藺相如之為人，改名相如⑬。余何幸與啟圖同號，因遂自稱之。蓋余之自稱曰震川者，自此始也。因書以貽⑭啟圖，發⑮余慕尚⑯之意云。

【注　釋】❶相字　以字相呼。❷里　鄉里。❸大江　長江。❹藪　湖澤。❺尚書謂之震澤　《尚書・虞夏書・禹貢》：「三江既入，震澤厎定。」唐陸德明《音義》：「震澤，吳都太湖。」尚書，五經之一。❻謾應　隨便答應。❼大復先生　何景明（西元一四八三～一五二一年），字仲默，號大復先生，河南信陽人。弘治十五年（西元一五〇二年）進士，官至陝西提學副使。與李夢陽同為前七子首領，主張「文必秦漢，詩必盛唐」，然又強調學古應當領會神理，捨筏登岸。著有《大復集》。❽汴省　河南行省的簡稱。指河南。❾發解第一人　鄉試第一名，即解元。❿居　相處。⓫恂恂然　溫順恭謹謙退的樣子。⓬忻慕　欣賞而仰慕。⓭昔司馬相如慕藺相如之為人二句　事見《史記・司馬相如列傳》。司馬相如，西漢著名辭賦家，成都（今屬四川）人。藺相如，戰國時趙國人，官為上卿。他持和氏璧使秦，以智且勇完成使命，完璧歸趙。對大將廉頗態度謙讓，以此換來將相和，維持了趙國的平安和強盛。⓮貽　贈送。⓯發　表達。⓰慕尚　嚮往和尊崇。

【語　譯】我從心底不喜歡稱呼別人的號，尤其不喜歡給自己加一個號，常常以字相稱，認為這樣顯得尊敬。一天，諸公在鄉里聚會，以為惟獨我沒有號，這不行，於是以震川相稱。

我生長在長江東南，東南的湖澤唯以太湖最負盛名，太湖又名五湖，《尚書》稱之為震澤，所以稱我為震川。以後人們相沿呼稱，時間長了，便以為這是我的自號，其實只是隨便應答別人而已，心裡並不想接受它。

今年住在京城，認識了與我同一年考中進士的信陽人何啟圖，他也號震川。不知道啟圖取這個號有什麼因由？啟圖，大復先生何景明的孫子，河南省鄉試第一名，才高而好學，與他相處，他總是溫順謙恭的樣子，是我所欣賞、敬慕的人。

從前司馬相如仰慕藺相如的風範，改名相如。我多麼幸運能與啟圖的號相同，所以就用它來自稱。我自稱為震川，是從這個時候開始的。因此撰寫此文送呈啟圖，表達我的嚮慕和敬仰之意。

【研析】就別號這樣一件小事，從不喜、「謾應」，漸漸說到欣然自稱，周周匝匝，昵昵娓娓，說得情致宛然，訢盡對友人的嚮慕之忱。此即所謂「情生文，文生情」之謂。

至於作者以「震川」為自己的別號，是否真如文章所說，只是出於應酬需要，隨便「謾應」別人才形成的事實，實際情況可能並非如此。歸有光兄弟四人皆有號，分別是復川、震川、雲川、霽川，四人的號顯示出有序的整體感，所以歸有光的號就不可能是漫然而起的。其實，讀者對此正不必計較，作者只是要使文章搖曳生采，所以故意拿自己的別號說事，以生起漣漪，讀得過於落實，將不免得筌而忘魚。

家譜記

【題解】據《歸震川先生未刻稿》卷三所附本文，題為《譜記》。歸有光留意自己一宗的家譜、族譜，除撰有這篇〈家譜記〉外，還寫過〈歸氏世譜〉、〈歸氏世譜後〉。歸有光自述「吾欲作為〈歸氏之譜〉，而非徒譜也，求所以為譜者也。」表明他撰寫此文之意，是由於痛感家族成員互相離析而失去親愛之情。歸有光的高祖曾說：「為吾子孫而私其妻子求析生者，以為不孝，不可以列於歸氏。」歸有光的家族觀念受其影響，但對世風的改易又無能為力。本文可謂是一篇對一個大家族不斷趨向分離沒落的哀唱。這可以幫助理解作者在〈項脊軒志〉中為何因「諸父異爨」而生感歎，從而加深對該文寓意的體會。

據歸有光說，〈歸氏世譜後〉一文是受他祖父之命而撰寫的，成於嘉靖二十年（西元一五四一年）。這篇〈家譜記〉當也是寫於此年前後。歸有光三十六歲。

有光七八歲時，見長老❶，輒牽衣問先世故事❷。蓋緣幼年失母❸，居常不自釋❹，於死者恐不得知，於生者恐不得事❺，實創巨而痛深也。

歸氏至於有光之生，而日益衰。源遠而末分，口多而心異。自吾祖及諸父❻而外，貪鄙詐戾者，往往雜出於其間。率百人而聚，無一人知學者；率十人而學，無一人知禮義者。貧窮而不知恤❼，頑鈍而不知教，死不相弔❽，喜不相慶，入門而私❾其妻子❿，出門而誑其父兄，冥冥汶汶⓫，將入於禽獸之歸。平時呼召友朋，或費千錢，而歲時薦祭[12]，輒計秒忽[13]。俎豆壺觴[14]，鮮或靜嘉[15]，諸子諸婦，班行少綴[16]。乃有以飛賓[17]之故，而改將事之期；出庖下之餕[18]，以易薦新之品[19]者。而歸氏幾於不祀[20]矣。

小子顧瞻廬舍，閱歸氏之故籍，慨然太息流涕，曰：嗟乎！此獨非素節翁[21]之後乎，而何以至於斯也？父母兄弟，吾身也；祖宗，父母之本也；族人，兄弟之分也——不可以不思也。思則飢寒而相娛，不思則富貴而相攘[22]；思則萬葉[23]而同室，不思則同母而化為胡越[24]——思不思之間而已矣。人之生子，方其少時，兄弟呱呱[25]懷中，飽而相嬉，不知有彼我也。長而有室[26]，則其情已不類矣。比其有子也，則兄弟之相視，已如從兄弟[27]之相視矣。方是時，惟恐夫去之不速，而孰念夫合之之難，此天下之勢所以日趨於離也。吾愛其子而離其兄弟，吾之子亦各念其子，則相離之害，遂及於吾子，可謂能愛其子耶？

有光每侍家君[28]，歲時從諸父兄弟[29]執觴上壽[30]，見祖父[31]皤然白髮，竊自念，吾諸父兄弟，其始一祖父而已，今每[32]不能相同，未嘗不深自傷悼也。然天下之事，壞之者自一人始，成之者亦自一人始。仁孝之君子，能以身率天下之人，而況於骨肉之間乎？古人所以立宗子[33]者，以仁孝之道責[34]之也。宗法廢而天下無世家，無世家而孝友之意衰。風俗之薄日甚，有以㉟也。

有光學聖人之道，通於六經㊱之大指，雖居窮守約，不錄於有司㊲，而竊觀天下之治亂，生民之利病，每有隱憂於心。而視其骨肉，舉目動心，將求所以合族㊳者，而始於譜。故吾欲作為〈歸氏之譜〉，而非徒譜也，求所以為譜者也。

【注釋】❶長老　年長者；老人。❷故事　往事。❸幼年失母　歸有光七歲喪母。❹不自釋　不能寬懷。❺事　盡義務和責任。❻諸父　伯叔。❼恤　憐憫；救濟。❽弔　對死者親人進行慰問。❾私　偏愛。❿妻子　妻和子女。⓫冥冥汶汶　形容智識昏瞶，不明事理。⓬歲時薦祭　在年節和族中祭日供獻祭品。⓭計杪忽　斤斤計較。杪忽，極其微小的度量單位。⓮俎豆壺觴　泛指盛祭品的器皿。俎，祭祀時陳置牲體的禮器。豆，裝酒肉的祭器。⓯靜嘉　潔淨完好。⓰班行少綴　指致祭活動時很少遵守位次等級、年輩長幼進行。班行，依照位次等級排列。⓱戒賓　約請客人。⓲餕　吃後剩餘的食物。⓳薦新之品　新鮮的祭物。⓴不祀　無人奉祀。㉑素節翁　歸有光高祖歸度，字彥則，號素節。少喪父母，弱冠坐事，亡命走西南，居九年赦歸。「永樂中，以人材徵，辭不就。」（〈歸氏世譜後〉）㉒擯　排斥。㉓萬葉　萬代。㉔胡越　胡在北方，越在南方，喻互相隔絕。古代稱北方少數民族為胡，其所居之地為胡地。越，古國名，建都會稽（今浙江紹興）。㉕呱呱　小孩的哭聲。揚雄《法言‧寡見》：「呱呱之子，各識其親。」㉖有室　有了家室，指結婚。㉗從兄弟　叔伯兄弟。㉘家君　父親。歸有光父親歸正（西元一四八七～一五六二年），字民表，別號岫雲。早年遊縣學，屢試不第，歸有光中舉後，遂放棄考試。㉙諸父兄弟　指歸有光的叔叔。㉚上壽　祝壽。㉛祖父　歸有光祖父歸紳，縣學生。「先祖家教尤嚴。」（歸有光〈請敕命事略〉）㉜每　各人。㉝宗子　指嫡長子。㉞責　要求。㉟以　緣故。㊱六經　指儒家六部經典，即《詩》、《書》、《易》、《禮》、《樂》、《春秋》。《樂》已亡佚。㊲不錄於有司　指考試不中。㊳合族　使家族聚合而不離散。

【語譯】有光七八歲時，看見親族長輩，就牽住他們的衣服，詢問去世親人和祖先的往事。這是因為我幼年喪母，生活中一直心裡感到不安，對於死者惟恐不瞭解他們的事情，對於生者惟恐不能盡自己服侍的責任，正說明自己受到的創傷巨大而烙下的痛苦深劇。

歸氏到有光降生的時候，已經日益衰落。源遠而流分，人多而心異。除了我的祖父及各位叔叔之外，貪婪、鄙俗、奸詐、兇狠的，往往雜出於其中。一百人相聚一起，無一人知道讀書；十個人讀書，無一人懂得禮義。貧窮不知給予救恤，頑鈍不知施加教育，死喪不相憑弔唁，喜事不相慶賀，進門只偏愛自己的妻子和小孩，出門則欺誆父母和兄弟，昏瞶糊塗，將把自己等同於禽獸。平時招待朋友，捨得花費千錢，而年節貢獻祭品，則斤斤計較。盛祭品的器皿，很少是潔淨完好的，而家裡的兒子媳婦，參加致祭活動常常不按照順序進行。甚至以約請客人為理由，隨便改變祭祀的日期；拿出廚房吃剩的餘物，換去別人新鮮的祭品。歸氏的祖宗幾乎無人奉祀了。

晚輩我顧瞻宅屋，閱讀歸氏的舊籍，慨然歎息流淚，我禁不住要說：啊！這些人難道就不是素節公的後代嗎，何至於竟到這種地步？父母兄弟，是我的身體；祖宗，是父母的根本；族人，是兄弟的分支——這是不可以不想到的呀。想此即使飢寒而能互相歡娛，不想此即使富貴也互相爭搶；想此即使萬世之後依然親如一家，不想此即使一母所生也形同南北異族——這全在於想與不想之間而已。孩子生下來，當他們幼年時，兄弟在懷裡呱呱啼哭，吃飽則玩耍嬉鬧，不知有你我彼此的分別。長大後有了家室，互相的感情已經與早先不同。等到各自有了孩子，兄弟互相看待對方，已經如同叔伯兄弟之間的關係。到了這時候，惟恐分離不夠迅速，誰還會想到聚合在一起是多麼不容易，這就是為什麼天下的情勢日趨於分離的原因。我一邊愛著自己的兒子，一邊與自己的兄弟疏遠，我的兒子也是各念他們的兒子，於是互相疏遠的危害，影響到我的兒子，這可以說是對孩子的愛嗎？

有光每次陪著父親，在年節隨叔叔舉杯祝壽，看到祖父滿頭白髮，心裡暗想，我叔叔一輩兄弟，他們是一個祖父所生養的，如今各人的情況互相不同，心裡未嘗不深深地感到傷痛。然而天下的事情，敗壞是從一個人開始，恢復也是從一個人開始。有仁心講孝道的君子，能以身成為天下人的表率，更何況對於自己的骨肉親人？古人所以要立嫡長子，是以仁孝之道要求他。宗法廢棄之後天下不再有世家，隨著世家消失而孝敬友愛之意也趨於衰微。風俗澆薄，日甚一日，是有其緣故的。

有光學習聖人之道，通曉儒家六經大旨，雖然窮困居下，科舉失利，然而觀察天下的治亂，百姓的利病，常常心懷憂患。而對於自己的骨肉，所聞所見，無不切切在念，若想使一族之人聚而不散，就要從修譜開始。所以我撰寫〈歸氏之譜〉，並非僅僅是修一部族譜，而是為了說明他們所以能在一部譜裡的原因。

【研　析】家族的整體性是歸有光根深蒂固的一個觀念，這也是他非常儒家化的一個思想特點。然而這種整體性的家族觀念在現實中卻逐漸變得難以維持，「日趨於離」的小家庭化傾向不斷動搖著宗族的根基。歸有光自己的家族也復如此，「源遠而末分，口多而心異」，家族成員之間的離心力強於向心力，其結果便是大家族逐漸發生解體，歸家的宗親慢慢地變成了路人。這是讓歸有光深感悲哀的變化，對於這種現實，他無法拒絕，卻難以接受。本文對此表示深深憂慮，作者希望通過編修歸氏譜牒，喚起家族全部成員互相的認同感和接納心，克服離異意識，維持歸氏後裔親和的關係。

在歸氏家族的整體性逐漸趨向解體的過程中，歸有光看到了由此而暴露出來的人性不善的一面。比如有的人變得「貪鄙詐戾」，「貧窮而不知恤，頑鈍而不知教」，人人只顧自己一家之利益，家族的公益心和責任感喪失殆盡。這樣，使本文在某種意義上成了一篇具有暴露和批判傾向的作品。

歸有光的散文以擅長敘寫家人的親情而聞名，也最受後人推重。其實，他對親情所以有如此深切的感受，而又萬分珍重，與他以上所抱持的家族觀念密切相關，家人親情是他家族親情的一部分。本文通篇闡述維繫家族宗親和好的重要意義，而以作者自己「幼年失母」，「實創巨而痛深」為引端，這恰是為了表示二者的內在聯繫。又比如他在〈項脊軒志〉敘及由於「諸父異爨」，以致原先「庭中通南北為一」的「百年老屋」遭到分割，開始用籬笆，後來用門牆，劃地為家，四分五裂，造成「東犬西吠，客踰庖而宴，雞棲於廳」雜亂的景象，這與本文寫到宗親離異，風氣日益衰薄，作者的感受也是一致的。所以，本文對於理解歸有光的思想和他的散文創作都很重要，應該特別留意。

建安尹沈君墓誌銘

【題解】 沈壁（西元一四八一～一五四七年），嘉定（今屬上海市）人。正德二年（西元一五〇七年）中舉，任建昌南豐教諭、建安知縣。尹就是縣令的意思。他四試禮部不中而放棄，求科舉可謂不順；為官僅授縣令，入仕途又可謂踽蹎。然立身端正，以直道處世，不屑候伺上司顏色，不稱心就掛冠還里。這些灑灑落落的舉止，都不是常人所能為。歸有光尊敬官場上這種有氣節的小人物，而加以讚美。

本文寫於嘉靖二十七年（西元一五四八年），歸有光四十三歲。

君姓沈氏，諱❶壁，字惟拱，自號如川。曾大父❷諱昱，大父❸諱朴，考❹諱壽，中弘治八年❺南京鄉試❻，未仕卒。

君年二十餘，中正德二年❼南京鄉試，遂父子相繼以《易》學名❽。君之試也，同考官得其卷，以為絕出❾，持以示他教官❿。會⓫持卷者坐口語⓬，所取卷悉落第。君卷獨在他教官所，以故得薦。於是試禮部者四⓭，乃就鄱陽⓮教諭⓯。未上，以母喪歸，服除⓰，改建昌之南豐⓱。南豐學者得君之絛⓲，爭自奮勵，起為進士，蓋南豐曠三十年無登進士者⓳矣。久之，陞建安⓴知縣。

君為人抗直㉑，所事大吏以為儒官，多假借㉒之。及為縣，見趨走庭謁㉓，上下候伺㉔顏色，自以為不能，欲謝去。上官由是知其人也，卒強留之。楊文敏公㉕之族，籍㉖累世貴顯，撓吏治，前令莫能誰何㉗。君一㉘繩以法，豪右㉙皆怗怗㉚。汀、漳㉛饑，布政司㉜檄㉝州縣市糴㉞轉輸之。君曰：「民日暮且死，必得米，是索之枯魚之肆㉟也。第解銀㊱，而米商隨之矣。」即解銀，米商果隨之。他縣糴者，皆不及事。其不逆上官意，求便於民，多如此也。御史㊲行縣㊳，未至十里所，停舟欲拷掠人，索獄具，不得。方盛怒，同官皆屏息㊴。君抗言㊵曰：「即至治所而不得，則今罪也，奈何責之中途？且此亦非拷訊之地。」御史卒自愧屈，曰：「令言乃是也。」無何㊶，御史來刺㊷蘇州，詰其屬曰：「沈建安非汝嘉定人乎？汝曹㊸皆學此人，不患不為良吏也。」三載，將入覲㊹，過家，遂留不往。監司㊺方列狀薦之，聞而歎曰：「咄咄㊻。沈君負㊼我矣。」

君少孤，與寡母幼弟妹相依倚，煢然㊽也。既得舉，家益貧。太孺人㊾春秋㊿高，之鄱陽為祿養。而前教諭未滿，君方待次(51)，太孺人客死(52)，竟不得祿養。還，又遇盜，掠之湖中，幾不免。及為吏，尤清苦，終以不屑意而歸。蓋生平備歷辛艱，而其志意不少屈云。

君卒於嘉靖二十六年(53)二月二日，其葬以明年(54)十二月一日，春秋六十有七。

先孺人(55)袁氏，後孺人(56)李氏。子男六：升、晉、泰、鈺、金、銓。女四，孫男女七。鈺曰：「吾先人宦不遂(57)，其所存有以異於人，不可以不傳。」以其友李昭所為狀來請銘。銘曰：

靡靡(58)而趨，謂之捷(59)也。孑孑(60)而居，謂之拙也。亦有不然，以直為說也。彼逆與順，猶一吷(61)也。噫！惟項涇之源(62)，有古君子之墳。

【注釋】❶諱　表示避稱尊長名字的用語。❷曾大父　曾祖父。❸大父　祖父。❹考　死去的父親。❺弘治八年　西元一四九五年。❻鄉試　每三年一次在各省省城（包括京城）舉行的考試，考中者稱為舉人。❼正德二年　西元一五〇七年。❽遂父子相繼以易學名　科舉必須考試經義，考生可以在《易》、《書》、《詩》、《春秋》、《禮》中選擇一種。沈壽、沈壁父子都以考《易》經義而中舉，因此以《易》學知名。❾絕出　遠遠超出於一般。❿教官　考官。⓫會　恰巧。⓬坐口語　被人糾彈而受處分。⓭試禮部者四　四次參加進士考試。⓮鄱陽　今江西波陽。⓯教諭　縣學官名。掌文廟祭祀，教育所屬生員。⓰服除　守喪期滿，脫去喪服。⓱建昌之南豐　南豐縣（今屬江西），明屬建昌府，地鄰福建。⓲條　條令；規章。⓳南豐曠三十年無登進士者　沈壁出任南豐教諭大約在正德十五年（西元一五二〇年）前後。之前南豐人徐聯弘治九年（西元一四九六年）中進士，直到嘉靖二年（西元一五二三年）徐行健再中進士，相差二十七年。曠，空缺。⓴建安　今福建建甌。㉑抗直　剛強正直。㉒假借　寬容。㉓趨走庭謁　忙碌奔走，拜訪上司。㉔候伺　觀察；窺視。㉕楊文敏公　楊榮（西元一三七一～一四四〇年），字勉仁，福建建安（今建甌）人。入內閣三十五年，官至文淵閣大學士，與楊士奇、楊溥並稱「三楊」。卒贈太師，諡文敏。著有《楊文敏集》。㉖籍　憑藉。㉗莫能誰何　無可奈何。㉘一　一概。㉙豪右　富豪，世家。㉚怗怗　馴服貌。㉛汀漳　汀州府和漳州府，治所分別為今福建長汀、漳州。㉜布政司　此指福建布政司。明初撤銷行中書省，於南北兩京外，分全國為十三承宣布政司，每一司設左右布政使一人，為一省最高行政長官。㉝檄　朝廷和官署的文告，此用作動詞，意思是傳令。㉞糴　買米穀。㉟索之枯魚之肆　《莊子・外物》：鮒魚落在車轍中，求人以斗升之水救它一命，可是那人說，他想引長江之水來救它。鮒魚說，那還不如早點到賣枯魚的集市去見我吧。肆，集市。㊱解銀　解送銀兩。㊲御史　朝廷負責糾察或出巡地方的官員。㊳行縣　考察或巡視縣政務。㊴累息　不敢喘息，形容恐懼狀。㊵抗言　直言。㊶無何　不多時。㊷刺　擔任郡守。㊸汝曹　你們。㊹三載二句　明朝廷對縣令三年考政績一次，縣令須向上述職。覲，入京拜會上司。㊺監司　負監察之責的官員。㊻咄咄　感歎聲。㊼負　有負於；對不起。㊽煢然　孤苦伶仃貌。㊾太孺人　母親。㊿春秋　年齡。(51)待次　等待輪到。(52)客死　死於異鄉。(53)嘉靖二十六年　西元一五四七年。(54)明年　次年。(55)先孺人　第一位夫人。(56)後孺人　第二位夫人。(57)不遂　未達到志向。(58)靡靡　草隨風倒伏貌。(59)捷　敏捷；靈活。(60)子子　獨立、孤單貌。(61)一吷　輕輕一吹發出的微弱之聲。(62)項涇之源　指嘉定。項涇，即項脊涇，宋朝今江蘇太倉的河名。

【語譯】君姓沈，名壁，字惟拱，自號如川。曾祖父名昱，祖父名朴，父親名壽，考中弘治八年南京鄉試，未出仕而去世。

君二十餘歲，考中正德二年南京鄉試，於是父子相繼以擅長《易》學而聞名一時。君參加考試時，同考官閱到他的卷子，認為遠比其他優秀，就把它拿給別的考官看。正逢拿卷子的考官被人糾彈，他所肯定的試卷全部落選。惟獨沈君的試卷在別的考官那裡，因此而被錄取。以後四次參加進士考試，最後出任鄱陽教諭。還未上任，因母親去世而回家，守喪期滿，改任建昌南豐教諭。南豐的學生在沈君管教下，努力奮發，考上進士，至此南豐在三十年漫長的歲月中還沒有出過進士。很久以後，陞任建安知縣。

君性格剛強正直，上司大官認為他是儒學官員，多對他寬容相待。做了縣令以後，看到當縣令要勤快地拜謁上司，看他們的顏面，以為這些非自己所能，想辭去縣令。居上位者這才知道他的為人，最終堅持將他留在任上。楊榮的族人，憑藉數代顯貴，妨礙吏治，以前的縣令都對他們無可奈何。沈君將這些人一律繩之以法，富豪世家這才接受管束。汀州府、漳州府發生饑荒，福建布政使下令各州縣買入糧穀輸送到那裡。沈君說：「老百姓生命危在旦夕，一定要先在各地買米再送到災區，未免緩不濟急。其實只需要解送銀兩，米商就會隨之將糧食運到。」於是改為解送銀兩，米商果然將糧食運去了。其他買米穀的縣，事情辦得都不及時。他不違背上司的意志，而又方便於百姓，多類似於此。御史到縣裡來巡查，離開縣境還有十餘里地，停舟想拷問人，索求拷打的器具，無處可得。他正為此而大發雷霆，隨同的官員們嚇得不敢喘息。沈君抗爭道：「一會兒到了治所再拿不出器具，這才是縣令的罪，怎麼能在中途就怪罪於人？而且這裡也不是拷打審訊的地方。」御史最後自己也感到了慚愧和理虧，說：「縣令說的還是對的。」不久，這位御史來任蘇州郡府，問他的下屬：「沈建安不是你們嘉定人嗎？你們都向他學習，不怕做不了好官。」任縣令三年，將入京述職，經過他自己家，於是留下來不再走了。負責監察考核的官員正寫了文書要推薦他，得到消息後，歎息道：「唉，唉，沈君辜負了我。」

君年少喪父，與寡母和幼小的弟妹相依為命，孤苦伶仃。中舉以後，家裡更加貧困。母親年事已高，隨他一起前往鄱陽享受官祿。可是前任教諭任期尚未滿，沈君正在等待，母親客死異鄉，直至最後都沒有享受到官祿。還家路上，又遇到強盜，在湖中被搶劫，幾乎遇害。做官以後，生活尤其清苦，最終因為不屑曲意而辭官歸家。他一生歷盡艱辛，而他的意志卻從未曲抑。

君死於嘉靖二十六年二月二日，次年十二月一日下葬，春秋六十七歲。第一位夫人袁氏，第二位夫人李氏。兒子六人：沈升、沈晉、沈泰、沈鈺、沈金、沈銓。女兒四人，孫子孫女七人。沈鈺說：「我父親在仕途沒有實現志向，他處身立世卻與眾不同，不能不為他立傳。」拿著他的朋友李昭寫的生平來請我撰墓誌銘。銘文曰：

跟風附和的人，大家說他靈活。孤獨不群的人，大家說他愚拙。還有與這樣二者都不同的人，喜歡真率地表白。那些順從和違逆的人，都像氣息一般消散了。啊！只有嘉定，有一座古君子的墳墓。

【研　析】沈壁為官「不遂」，「其所存有以異於人」。作者掇拾他一生中發生的十餘樁異事，綴聯成為一篇墓誌銘。此「異」字又略可分為遭際之異與做官風格之異二種情況。以試卷偶在其他教官手中未受牽連，因而中舉，一異；與父親先後同出於鄉試《易》房，二異；中舉後四考進士落第，三異；奉母赴鄱陽教諭，逢前任未滿期而不得上任，四異；其母親因此客死異鄉，五異；回鄉途中船上遇盜搶劫，幾乎遇害，六異。以上六事備述沈壁遭遇艱辛，否泰相隨。他任南豐教諭，使該縣三十年不出進士的歷史為之結束，七異；任建安令，將內閣大臣楊榮為非作歹的族人繩之以法，八異；擅改上司命令糴米穀為解銀兩，救荒效果反著，九異；抗言御史，不為其盛怒所動，十異；入京述職，經過家門，留而不往，十一異。以上五事表現出沈壁的才具機智、耿直稟性，以及不畏權勢、不屑屈己的意志。他的遭際之異既非常人所經歷，在官場的表現尤非他人所敢為。歸有光將他「生平備歷辛艱，而其志意不少屈」寫得非常醒目，而全文的根本歸結又在於對他精神的禮讚。

沈貞甫墓誌銘

【題解】 沈果（西元一五一四～一五五五年），字貞甫，安亭（今屬上海市嘉定）人。與歸有光從小相識，歸有光續弦王氏，與沈果妻是姐妹，歸、沈因此而成連襟。歸有光對沈果不以順逆窮達改變交道，始終真誠地對待自己，懷著一分十分珍貴的記憶。他憑著一個過來人的經驗和判斷，將自己受到的深刻感動寫入文章，這也可以說是他對充滿勢利之交的世俗的一種白眼。

本文寫於嘉靖三十四年（西元一五五五年），歸有光五十歲。

自予初識貞甫時，貞甫年甚少，讀書馬鞍山浮屠之偏❶。及予娶王氏❷，與貞甫之妻為兄弟❸，時時過內家❹相從也。予嘗入鄧尉山中❺，貞甫來共居，日遊虎山、西崦上下諸山❻，觀太湖七十二峰❼之勝。嘉靖二十年❽，予卜居安亭。安亭在吳淞江上，界崑山、嘉定之壤❾，沈氏世居於此。貞甫是以❿益親善，以文字往來無虛日。以予之窮於世⓫，貞甫獨相信，雖一字之疑，必過予考訂，而卒以予之言為然。蓋予屏居江海之濱，二十年間，死喪⓬憂患，顛倒狼狽，世人之所嗤笑，貞甫了⓭不以人之說而有動於心，以與之上下，至於一時富貴翕赫⓮，眾所觀駭，而貞甫不予易也。嗟夫！士當不遇時，得人一言之善，不能忘於心。

予何以得此於貞甫耶？此貞甫之沒，不能不為之慟也。

貞甫為人伉厲⑮，喜自修飾⑯，介介⑰自持，非其人，未嘗假以詞色⑱。遇事，激昂⑲僵仆⑳無所避。尤好觀古書，必之㉑名山及浮屠、老子之宮㉒，所至掃地焚香，圖書充几。聞人有書，多方求之，手自抄寫，至數百卷。今世有科舉速化之學㉓，皆以通經學古為迂。貞甫獨於書知好之如此，蓋方進于古而未已也。不幸而病，病已數年，而為書益勤。予甚畏其志，而憂其力之不繼，而竟以病死。悲夫！

初，予在安亭，無事每過其精廬㉔，啜茗㉕論文，或至竟日。及貞甫沒，而予復往，又經兵燹㉖之後，獨徘徊無所之，益使人有荒江寂寞之歎矣。

貞甫諱果，字貞甫。娶王氏，無子，養女一人。有弟曰善繼、善述。其卒㉗以嘉靖三十四年㉘七月日，年四十有二。即以是年某月日，葬于某原㉙之先塋㉚。可悲也已。銘曰：

天乎？命乎？不可知。其志之勤，而止於斯！

【注釋】❶馬鞍山浮屠之偏　馬鞍山，在今江蘇崑山西北。浮屠，佛寺。偏，旁邊。❷予娶王氏　歸有光與續弦王氏結婚是嘉靖十四年（西元一五三五年）。❸兄弟　指姐妹。❹內家　妻子的娘家。❺予嘗入鄧尉山中　歸有光〈尚書敘錄〉講自己「己亥（嘉靖十八年，西元一五三九年）之歲，讀書于鄧尉山中。」鄧尉山，參見〈尚書敘錄〉注❽。❻虎山西崦上下諸

山　虎山、西崦兩座山高高低低的山峰。虎山、西崦，在江蘇吳縣（今蘇州）光福鎮境內。❼太湖七十二峰　參見〈吳山圖記〉注⓰。❽嘉靖二十年　西元一五四一年。按歸有光居安亭在嘉靖二十一年，「十」後疑脫「一」字。❾界崑山嘉定之壤　謂安亭鎮地處崑山與嘉定交界處。界，分界。❿是以　因此。⓫窮於世　指科舉考試屢次失利，不能進入仕途。⓬死喪　歸有光這段時期屢遭家難，嘉靖十四年（西元一五三五年）喪幼女如蘭，十八年（西元一五三九年）又喪女兒二二，二十七年十二月甲子（西元一五四九年元月）喪長子，三十年喪繼室王氏。⓭了　全然。⓮翕赩　顯赫。⓯伉厲　剛正嚴厲。⓰脩飾　修養品德。《荀子·君道》：「其所為身也，謹修飾而不危。」⓱介介　耿介。⓲假以詞色　交談應酬。⓳激昂　激怒；得罪。⓴僵仆　倒地。意謂被人打倒。㉑之　到。㉒浮屠老子之宮　佛寺和道觀。㉓科舉速化之學　指八股文。速化，速成。㉔精廬　書齋。㉕啜茗　喝茶。㉖兵燹　戰亂。此指嘉靖三十三年（西元一五五四年）夏四月至六月倭寇侵擾嘉定、崑山。㉗卒　原刻作「葬」，誤。㉘嘉靖三十四年　西元一五五五年。㉙某原　某地。㉚先塋　祖上的墳地。

【語　譯】我剛開始認識貞甫的時候，貞甫年紀還很小，在馬鞍山佛寺旁邊讀書。到我娶王氏為妻，與貞甫的妻子是姐妹，我們常常一起去妻子的娘家。我曾經住在鄧尉山中，貞甫也來和我一起共居，每日遊虎山、西崦的各峰，觀看太湖七十二峰的勝景，嘉靖二十年，我買房居於安亭，安亭在吳淞江岸邊，是崑山、嘉定的接壤處。沈氏世世代代生活在這裡。貞甫所以與我更加親善，沒有一日中斷文字往來。我在世上歷盡坎坷，惟獨貞甫對我深信不疑，即使一個字有疑問，也必定來和我一起考訂，而最終認可我的意見。我被屏棄而住在江海之濱，二十年裡，經歷死喪憂患，困頓狼狽，為世人所嘲笑，貞甫全然不以別人的議論而改變看法，去附和人們，以至於一時富貴煊赫的權勢，眾人都露出震懾驚羨之色，而貞甫依然保持著平常的態度。啊！一個人處在逆境中，聽到別人一句善意的話，時刻都會記在心上。我怎麼就幸運地從貞甫身上得到了這些？所以貞甫去世，我不能不為之感到悲慟。

貞甫的性格剛正而嚴厲，注重自我品德修養，耿介自持，不是同類，從來不與他們交談應酬。遇到事情，即使得罪人，被人擊倒，也在所不辭。尤其愛好讀古人的書，如果遊名山和佛寺、道觀，所到之處，掃地焚香，圖書擺滿几案。聽說別人有書，就多方訪求，親手抄寫，多至數百卷。當今有速成科舉應試之學，大家都把通經學古看作是迂腐的行為。惟獨貞甫知道如此地愛好圖書，他方將達到古人的境界，前程未可限量。不幸患病，病了幾年，讀書更加勤奮。我對於他的志向非常敬畏，而又擔心他的體力不能支持，最後竟以病去世。實在令人悲慟啊！

起初，我住在安亭，沒有事常常去他家訪問，喝茶論文，有時這樣度過一天。貞甫去世後，我又去尋他，已是經過了戰火之後，獨自徘徊，不知去何處是好，更加使人發出荒江寂寞的歎息。

貞甫名果，字貞甫。娶王氏，沒有兒子，養女一人。有弟弟名善繼、善述。他去世是在嘉靖三十四年七月某日，四十二歲。即在該年某月某日，葬於某地祖上的墳地。真是可悲慟啊。銘文曰：

這是天意嗎？還是命運呢？都不得而知。他立志追求是如此勤奮，卻僅僅終止在這裡！

【研　析】墓誌銘大約有二種寫法，一是以被記述的人為文章唯一的對象，敘述其由生而死主要的經歷和事蹟；二是不僅記述死者，而且也將作者自己放進去，作為一個要素出現在文章裡，通過講述作者本人與死者難忘的交往故事，用以豐富文章的內容，更加具體、真切、生動地刻畫出死者的性情和精神，並且藉以提高文章的抒情性。究竟選擇哪一種寫法，應當視死者與作者的關係以及有無使文章增色的事情而定。歸有光這篇為連襟沈果寫的墓誌銘，採用了第二種寫法，所以如此，又並非僅僅緣於二人沾親帶故，而是因為歸有光對沈果有一段銘心難忘的記憶，而沈果不以順逆窮達定交道的君子品德，也通過與歸有光相處而得到了鮮明的流露。本文採取將作者本人放進去的寫法，從效果上看提高了人物的鮮明性，同時又增重了對死者的悼念之情。文章寫到在沈果死後，作者重往二人過去經常見面的地方，可是斯人已逝，斯地空存，更讓人產生荒江寂寞之感，這種感情色彩濃郁的描寫，使這篇墓誌銘更像是作者的抒情散文。

陸允清墓誌銘

【題解】陸寰（西元一五〇九～一五五九年），字允清，太倉（今屬江蘇）人。他有志於仕進，然未能通過考試進入仕途，終其一生以教書、著述為業。他性格剛介，為人正直，對當時普遍的士風和學風深不以為然。這得到了歸有光的共鳴，他的品行和志趣也為歸有光所欣賞。歸有光對當時的科舉制度抱有懷疑，而陸寰被拒之於科舉之外，這個例子更堅定了他的懷疑，「孰謂科舉之能得士」，喊出了明清之際士大夫討伐八股文的先聲。

本文寫於嘉靖三十九年（西元一五六〇年），歸有光五十五歲。

余初未識允清，前年，允清客授❶吾里，始見之。而余性少出，不能數至其館。獨允清之門人❷丁允亨❸時時邀予過其家，迎允清與共飲。一日，允清忽來見❹別去，遂還太倉❺。余方有中秋泛海之行❻，舟過其城下，欲訪之，不果。不數日還，則允清逝矣。悲夫，余不獲與允清友也。

天下之學者，莫不守國家之今式❼以求科舉。然行之已二百年，人益巧，而法益弊，相與剽剝竊攘，以壞爛熟軟之詞為工，而六經聖人之言直❽土梗❾矣。

允清之於經，蓋學之而求其解，於中有所不能自得，雖河洛、考亭之說❿，輒奮起而與之爭，可謂能求得於其心者矣。至於當世之務，皆通解，而言之悉有條理。由此言之，使允清獲用，其有所施，豈遂同於今之人哉？以允清之不遇，孰謂科舉之能得士也？

江南人多延允清為師，允清獨以師道自居，雖其門人有貴者，不肯少降其禮。流俗之人以為異，而允清行之自若，人尤以此重之。少貧，奉[11]二親[12]，與其世母[13]、女兄[14]，恩義甚篤，日闋[15]無儲，未嘗不怡然也。性剛介，而亦無矯亢之行，故所至人皆愛敬。死之日，無不垂涕[16]。

初，允清一日與余燕會[17]，慨然曰：「昔許靖[18]有高名，蜀先主[19]不欲用之。法正[20]以為靖浮稱[21]播海內，君若不禮[22]此人，天下將以為君不好士。先主卒用靖為司徒[23]。」允清意謂，時不能興貴[24]名士而競隆[25]利勢也。余謂丈夫得志則龍蛇[26]，不得志則蚯蚓，當伏藏閉涸[27]之日，而覬[28]有顯揚拔擢之榮，必無幸[29]矣，「君子遯世，不見知而不悔」[30]可也。允清深以余言為然。

允清名寰，居海虞[31]之横涇[32]，後徙雙鳳[33]，又徙沙頭[34]，皆故海虞境，今為太倉州人。而允清又自言其先世居尹山[35]，尹山在吳江縣[36]云。允清卒年五十有一。娶劉氏。有二女，長適[37]楊道立，其幼未許聘。所著文集若干卷，經書解若干卷，《老子》㊳、《莊子》㊴、《參同契》㊵注各一卷。卒之後百有十一日，葬於某山，實嘉靖三十九年㊶某月日。允亨治師喪，恤其家，復為之請銘㊷。銘曰：

千尋干雲匠石睨㊸，幽蘭無人含芳麗。順化㊹而往寧為沴㊺？其志之存奚㊻用世？弟子徵㊼詞勒㊽玄碣㊾。

【注釋】❶客授　到他鄉教書。❷門人　學生。❸丁允亨　崑山（今屬江蘇）人。舉人，官臨漳（今屬河北）知縣。❹見　用在動詞前面，代指自己。❺太倉　今屬江蘇。❻余方有中秋泛海之行　指嘉靖三十八年（西元一五五九年）中秋，歸有光偕子與友人遊覽崇明島。參見〈遊海題名記〉。❼令式　法令。❽直　簡直；僅僅。❾土梗　泥塑的偶像，喻輕賤無用之物。❿河洛考亭之說　程顥、程頤和朱熹的說法。二程兄弟是洛陽（今屬河南）人，地近黃河、洛水，故稱其學為河洛之學。朱熹曾僑寓建陽（今屬福建）之考亭。⓫奉　伺候。⓬二親　父母。⓭世母　伯母。⓮女兄　姐姐。⓯日闋　當日即盡。謂家裡窮，沒有二天的食物。闋，盡。⓰涕　眼淚。⓱燕會　宴會。⓲許靖　（？～西元二二二年）字文休。漢末任尚書郎。後入蜀，為巴郡、廣漢、蜀郡太守。劉備圍成都，將踰城降，事覺不果。劉備克蜀，因此薄靖不用。後來聽從法正建議，加以敬重之禮，任命他為左將軍、司徒。事見《三國志・蜀書・法正傳》。⓳蜀先主　劉備。⓴法正　（西元一七六～二二〇年）字孝直，右扶風（今陝西西安）人。先依劉璋，為新都令。向劉備獻奪取益州之策，成為劉備重要謀士，官至尚書令、護軍將軍。㉑浮稱　虛名；名聲。㉒禮　禮遇。㉓司徒　即丞相，百官之首。㉔興貴　重用。㉕競隆　競相崇尚。競，原作「兢」。據《四庫全書》本改。㉖龍蛇　即龍。㉗伏藏閉涸　隱伏不出。㉘覬　覬覦；想得到不該得的東西。㉙幸　僥倖。㉚君子遯世不見知而不悔　《易・大過》卦〈大象傳〉：「獨立不懼，遯世無悶。」程頤《伊川易傳》卷二：「天下非之而不顧，獨立不懼也；舉世不見知而不悔，遯世無悶也。如此然後能自守。」遯世，逃離世俗。㉛海虞　縣名。晉太康四年置。舊城在常熟縣治（今屬江蘇）。常熟縣西北有虞山，相傳虞仲居此。㉜橫涇　疑「璜涇」之誤。鎮名。在太倉州東北六十里，近鎮有涇，涇中有石如璜，因此得名。㉝雙鳳　鎮名。在太倉州城西南隅。㉞沙頭　鎮名。在太倉州東北三十六里。㉟尹山　在蘇州葑門外十八里。㊱吳江縣　今蘇州。㊲適　嫁。㊳老子　又名《道德經》，相傳是老聃所著。㊴莊子又名《南華經》。莊子及後學的著作。㊵參同契　即《周易參同契》。此書大旨借《周易》傳佈道家的煉丹術。葛洪《神仙傳》稱東漢魏伯陽作《參同契》。㊶嘉靖三十九年　西元一五六〇年。㊷請銘　請歸有光撰寫墓誌銘。㊸「千尋」句　《莊子・人間世》載，匠石見大而無當的櫟樹，棄而不顧。千尋，形容極高。尋，約八尺。干雲，入雲。匠石，姓石的匠人，是《莊子》虛構的人物。睨，斜眼看，表示不屑。參見〈櫟全軒記〉注(59)(60)。㊹順化　順其自然。㊺沴　因四時天氣不和而發生災害。㊻奚　何。㊼徵　求。㊽勒　刻。㊾玄碣　墓碑。

【語譯】我以前不認識允清，前年，允清離家到我鄉來教書，才與他相見。而我的性格喜歡居家，很少出門，所以不能常去他開館教書的地方。只是允清的門人丁允亨經常邀請我去他家，又將允清接來，大家一起飲酒。一天，允清忽然來和我告別，從此回到了太倉。我正好中秋出遊東海，船經過他住的太倉城下，想去訪問他，沒有實現。沒幾天觀海回來，則允清已經辭世。這是令人悲傷的事，我不能再與允清做朋友了。

天下求學的人，無不遵照國家的規定從事於科舉之學。然而實行至今已經有二百年，人們變得更加善於取巧，而科舉法式的弊端日甚一日，大家互相模仿剽竊，以陳詞濫調、軟媚俗套為好文章，而視儒家六經和聖人的話只是無用的泥塑偶像而已。允清對於儒家經典，用心學習而且尋求理解，對於不能讓他首肯的意見，即使出於二程、朱熹之書，也會奮起與之相爭，可以說他是在學習中能夠求自己心得的人。對於當世的時務，他都明白，論述得都有條有理。由此言之，假如允清被擢用，能施政的話，又怎麼會與今人一樣呢？連允清都不能通過考試，誰又能說科舉制度真能夠發現人才呢？

江南人多延請允清為師，允清只是以師道自居，即使他的門人身份榮貴了，他也不肯稍稍改變老師待學生的禮節。普通的人視此為怪異，而允清這樣做自己很安然，別人尤其因為這個原因而敬重他。他早年生活貧困，奉養父母，與他的伯母、姐姐，恩義甚深，家裡食物沒有二天的儲備，卻未嘗不怡然自樂。性格剛直耿介，然而也沒有高傲驕橫的行為，所以他所到之處大家都敬而愛之。他死的時候，人們無不傷心流淚。

記得當初，允清有一天與我聚餐，感慨地說：「以前許靖名聲很高，劉備不想起用他。法正以為許靖虛名播揚海內，您如果不能以禮遇相待，天下將會以為您不尊重人才。劉備最後任命許靖為司徒。」允清的意思是說，社會不能重用名士，競相追求利益與權勢。我說：大丈夫得志則如龍，不得志則如蚯蚓，應當隱伏不起時，而覬覦揚名和被重用的光榮，必無僥倖之可能。「君子隱世，不為別人所知卻不後悔。」抱這樣的態度才是合適的。允清非常贊同我的話。

允清名寰，住在海虞的橫涇，後來搬到雙鳳，又搬到沙頭，都屬於古代海虞的境內，現在歸太倉州，是太倉人。而允清自己又說他的祖先世代居住於尹山，尹山在吳江縣。允清去世時五十一歲。娶劉氏。有二個女兒，長女嫁楊道立，幼女還沒有定親。所著文集若干卷，經書解若干卷，《老子》、《莊子》、《周易參同契》注各一卷。去世一百十一天，葬於某山，是嘉靖三十九年某月某日。允亨為他先師治喪，撫恤師長的家人，又為他家人來請我寫墓誌銘。銘文曰：

無用的大樹被木匠白眼，幽谷的蘭花芳香滿山。順從自然怎麼會發生禍災？此人有志何必定能實現？弟子徵求銘文刻在墓石。

【研　析】這也是屬於作者將自己擺進去的一類墓誌銘，寫作手法和特點與前面〈沈貞甫墓誌銘〉很相近，不同之處在於本文更增加了議論的成分，借陸寰被阻於科舉考試之門，懷才卻無法施展的遭遇，指切世事，發不平之鳴。

本文譏刺的對象是八股取士制度。隨著歸有光一次次經歷落第的痛苦，以及屢見親友中的才俊無法順利通過考試這道門檻，他對這一制度弊端的認識也越來越清晰，越來越深刻，痛憤之情與日俱增。他檢討明代實施八股取士制度二百年來，造成的結果是「人益巧，而法益弊」，文人們相與「剽剟竊攘」，「以壞爛熟軟之詞為工」，不肯下苦功鑽研儒家的原典，也不重視經典的大旨，不關心當世之務和民生實際，只求符合考試「令式」獲得晉升資格，由這樣的途徑選拔出來的官吏究竟能把國家治理得怎樣，歸有光是沒有信心的。另一方面，他又看到一些崇尚實學，有高超學識和真實才能的人，往往被格於考試的程式，不能進入仕途。本文記述的陸寰就是作者為之抱憾的一個例子，「以允清之不遇，孰謂科舉之能得士也？」結合這兩方面的情況來判斷，歸有光對八股取士制度的懷疑就有了充分的根據和理由。這也是當時一種很難得的清醒認識。

歸有光寫這篇墓誌銘時，還在仕途之外痛苦徘徊，身份也僅是一個鄉村老教師，與陸寰的情況非常相似，這使他與陸寰生前有許多共同的感受和語言，對陸寰齋志以沒深表同情，而在墓誌代他一為抒泄，當然這也是歸有光的自哀和自悼。

李君墓誌銘

【題解】李玉（西元一四八六～一五三五年），字廷珮，號南樓，崑山（今屬江蘇）人。世代務農，入贅為婿，任縣衙小吏不久辭去，平生幾無事蹟可道。然他覺察自己兒子可以栽培，於是傾其全部身心而耕耘這一塊「良田」，終於得到收穫。歸有光由此而總結出一條人生的經驗，「量其所不能而遽止，挾其所能而專以無怠。」這於生活不無啟誨之意義。

歸有光還撰有〈李南樓行狀〉。行狀與墓誌銘的主要素材都來自李玉兒子李憲卿的講述，可以互相參看。〈李南樓行狀〉謂：「憲卿以去歲發解南都，府君及見其成，亦足慰矣。」由李憲卿嘉靖十三年（西元一五三四年）中舉，知行狀和墓誌銘都寫於嘉靖十四年（西元一五三五年），歸有光三十歲，是一篇早年的作品。

鄉進士❶李憲卿❷之父曰李君，諱玉，字廷珮。祖某，父某，母某氏。世耕崑之羅巷村。君始入城中，為杜氏壻❸。學書不就❹，為縣掾❺，亡何❻，又謝去。見其子脩然❼玉立，聰明異倫❽，撫而歎曰：「吾數十年謀所以為吾業者而不得，吾家良田，其在此也！吾耕之種之，而食其實矣。」於是日令與邑中賢俊游，所以優給之者❾良至❿，不令纖毫經憲卿心。嘗家困於輸役⓫，君力為營搆⓬。人見憲卿衣必潔，食必腆⓭，經、書、史⓮必備具，以為其饒裕得自寬，不知其實不紓⓯，雖憲卿亦莫知也。嘉靖甲午⓰，憲卿中鄉貢⓱高等⓲。明年，而君以病卒。

歸有光曰：世俗競騖⑲於其所欲得，而日強⑳其力所不能，其可以得為者，漫焉而無省㉑，敝敝㉒於一生之勤，心疲業廢，趨死而後已，亦可悲矣。李君淳厚人也，視夫鶩㉓疾以趨利，萬不及一，而能量其所不能而遽㉔止，挾其所能而專以無怠，而卒有以享其成。人謂李君之受數畸薄㉕，幾及於顯融㉖而委去㉗之，予之論則不然。李君之壽，靳㉘於五十。假令憲卿不第㉙，其寧以無死？今及有以見之，茲乃所以食其勤子之報也。

君生於成化丙午㉚，其葬也，以卒之年某月日。子即憲卿，孫男女各二人。

銘曰：

朱瀝㉛之丘君所止，委㉜祉㉝於後，即其身，孰生與死？

【注　釋】❶鄉進士　舉人。❷李憲卿　字廉夫，一作廉甫，崑山人。嘉靖十三年（西元一五三四年）中舉，十七年（西元一五三八年）進士，授南京吏部主事，歷都御史、河南按察使等職。❸為杜氏壻　歸有光〈李南樓行狀〉：「（李玉）最少，贅城中杜氏。」❹不就　不成。❺縣掾　在縣衙辦雜差的小吏。❻亡何　不久。亡，無。❼倘然　身材修長的樣子。❽倫常。❾優給之者　指與人打交道所需要的各種優越條件。❿良至　意謂大力提供。⓫輸役　被官府罰作勞役。⓬營搆　安排。⓭腆　豐盛。⓮經書史　指儒家經典、各類圖書、史書。⓯紓　寬裕。⓰嘉靖甲午　西元一五三四年。⓱中鄉貢　中舉。⓲高等　名次高。⓳競騖　競爭；爭奪。競，原刻作「兢」，據《四庫全書》本改。⓴強　勉強。㉑無省　認識不到。㉒敝敝　疲困貌。㉓鷙　兇猛的鳥。㉔遽　就。㉕受數畸薄　命運不好。李憲卿方考中舉人，李玉隨即去世，故人說他命薄。㉖顯融　顯著。㉗委去　棄世。㉘靳　取得。㉙不第　科舉考試不中。第，考中後榜上題名的甲乙次第。㉚成化丙午　西元一四八六年。成化，明憲宗朱見深年號，自西元一四六五年至一四八七年。㉛朱瀝　即朱瀝塘。小河名，在崑山。㉜委　留下。㉝祉　福。

【語　譯】舉人李憲卿的父親李君，名玉，字廷珮。祖某，父某，母某氏。世代耕種於崑山的羅巷村。從李君開始住到了崑山城，入贅為杜氏的女婿。讀書沒有成就，在縣衙做一個當差的小吏，不久，又辭去了。見自己兒子長得修長玉立，聰明異常，撫摸著歎道：「我幾十年來尋求自己的成就而一無所得，我家的良田，原來就在他身上！我在他上面耕耘種植，而將享受其果實。」於是，讓他每天都與城裡的賢才俊士交遊，交遊所需的各種東西都全力提供，不用憲卿費絲毫心思。家裡曾經因為要向官府服勞役而陷入困境，李君大力另為安排。別人看到憲卿穿的都乾乾淨淨，吃的都是豐盛的食物，經籍、圖書、史部應有盡有，以為他富裕，能應付自如，卻不知其實並不寬裕，即使憲卿本人也不知道實情。嘉靖十三年，憲卿以高名次考中舉人。第二年，李君因病去世。

歸有光說：世俗競相爭奪各人想要得到的東西，而每天勉強於自己力所不能的事情，對於可以作為的事，反而漫不經心，沒有知覺，畢其一生的勞累，心疲力竭，事業荒廢，至死方休，這是很可悲哀的。李君是性情淳樸寬厚的人，看到像兇猛的鷙鳥迅速地趨利，成功的可能性不到萬分之一，因此估計非自己所能而毅然終止，專心致志地去做自己能做的事，毫無倦怠，最後終於獲得了成就。人們說李君命運不好，快要進入光明璀璨的一刻卻離開了人世，我的看法與大家不同。李君的年壽，上了五十。假如憲卿沒有考中，他難道就不死了？現在他看到了憲卿中舉的結果，這就是他辛勤栽培兒子得到了報答。

李君生於成化丙午年，下葬則是去世之年的某月某日。兒子即是憲卿，孫子、孫女各二人。銘文曰：

朱瀝塘邊的高丘是你的歸宿，將福祉留給後代，那麼對於生命來說，究竟誰是生誰是死？

【研　析】李憲卿請歸有光為他亡父寫傳，說：「見吾子習太史公之書，願假手於子。」（歸有光〈李南樓行狀〉）該傳記與同一年所撰的這篇墓誌銘，於敘事及為人物立照傳神方面，確實顯示歸有光長於傳記的傑出文學才華，這一點正好印證了李憲卿的話。

本文先敘後議。敘李玉出身、入贅、讀書、任縣掾，寥寥數語，接著，謂其頓生覺悟，發現自己的「良田」即是兒子李憲卿，於是精心耕耘，終於收穫，對此不惜筆墨，大段敘述。其敘述所以前略後詳，正見李玉一生實在因為發現並創造條件竭力輔助兒子成功才有了光彩，與這件事情相比，其他皆不重要，皆是陪襯。既然如此，文章也自宜依此輕重，詳其所當詳，略其所當略。有時局部恰恰最足以反映全體，而若枝蔓筆墨，看似周全，其實失卻了人物的主要精神。司馬遷撰寫人物傳記，最能擇事擇語，通過詳詳略略的佈局，使筆下人物呼之欲出。歸有光對《史記》這一寫作經驗深有會心。又如本文「學書不就」數句，也自《史記・項羽本紀》來，這表明歸有光早年的文章對司馬遷《史記》的學習相當具體，甚至可以說還帶著某種模仿的痕跡。

本文的議論從二個方面展開，其一，由李玉捨棄其他營求，專注於培養兒子一事，總結出一個人得以成功的經驗是，「能量其所不能而遽止，挾其所能而專以無怠」，這對多數人來說都具有啟示性。其二，糾正人們對李玉命運「畸薄」的議論，以為他一生的付出，已經獲得回報，不存在遺憾，難道付出者一定要自己享受到果實才可以謂之成功嗎？這樣就進一步昇華了李玉事例的寓意和境界。這些議論是對前面李玉生平敘傳所作的闡釋，起著畫龍點睛的作用。

朱肖卿墓誌銘

【題　解】 朱傳（西元一四八九～一五四〇年），字肖卿。其族姓沈，因外祖姓朱，遂冒用朱姓。朱傳兒子沈果，是歸有光連襟（詳見〈沈貞甫墓誌銘〉題解）。本文通過朱氏父子兩代人生活背景的變化，揭露、抨擊明朝正德以後「吏失其政」所帶給百姓的痛苦。

本文寫於嘉靖十九年（西元一五四〇年），歸有光三十五歲。

君世家安亭鎮，其地于崑山、嘉定兩屬❶，故君為嘉定人，亦為崑山人。安亭有二沈氏。昔時有沈元壽❷者，慕宋柳耆卿❸之為人，撰歌曲❹，教僮奴為俳優❺，以此稱于邑人，即君之族。君之考❻曰朱翁，朱氏之外孫也。君以故亦冒姓名曰朱傳，而字肖卿云。

始，朱翁好俠，見惡人，必摧困❼之，而右助❽其良者。里中人莫敢忤朱翁。朱翁老而無子，年六十餘矣，連舉❾君昆弟❿三人。君其仲⓫也。翁初自傷，已得子，則喜甚。三兒髮稍長，日挾以出，走馬射雕村落中，蓋自誇說其有子也。然翁竟及其子之成人以卒。

君貌頎然⓬，黑而髯⓭。任氣役⓮人，欲學其父，然不如其父時。其父時，安亭號為富庶。正德⑮以來，戶口日耗，田荒不治，故家僅有存者。君以大戶奔走兩縣⑯，無寧居⑰，故雖強力莫能振。

君卒于嘉靖十九年⑱月日，年五十有二。娶陳氏，男子子三人，果、善繼、善述，復⑲沈氏。女子子二人，適⑳某、某。沈果以是年月日，葬某原㉑。果讀書好古，其妻，宋太師王文正公㉒之二十二世孫，予妻之妹也。予是以往來安亭，而嘗與果遊，于其葬也，為之銘。銘曰：

維㉓崑東境，昔稱繁盛。吏失其政，人以㉔疲命。小大倀倀㉕，奔走四迸㉖。君于其間，二目炯然㉗。怒氣填填㉘，欲奮而顛㉙。吁，奈何乎天！

【注釋】❶其地于崑山嘉定兩屬　安亭在今崑山東南、嘉定西南之間，地接兩境。南朝梁大同初置崑山縣，安亭屬其所轄。宋嘉定十年（西元一二一七年）割崑山縣安亭等五鄉置嘉定縣。❷沈元壽　宋羅濬《寶慶四明志》卷二十一〈象山縣志〉：沈元壽，紹興二十五年（西元一一五五年）任象山（今屬浙江）縣令。❸柳耆卿　柳永，原名三變，字景莊，後改名永，字耆卿，排行第七，世又稱柳七，崇安（今屬福建）人。宋景祐元年（西元一〇三四年）進士。他行為放浪，長於填詞，尤以「俗體」擅勝，人稱有水井處皆歌柳詞。❹歌曲　指詞。❺俳優　歌者。❻考　死去的父親。❼摧困　抑制；使難堪。❽右助　幫助。❾連舉　連續生育。❿昆弟　兄弟。⓫仲　排行第二。⓬頎然　身體偉長。⓭髯　鬍鬚。此指多鬚。⓮役　指使。⓯正德　明武宗朱厚照年號，自西元一五〇五年至一五二一年。⓰兩縣　嘉定縣、崑山縣。⓱寧居　安居。⓲嘉靖十九年　西元一五四〇年。⓳復　指恢復原來的沈姓。⓴適　嫁。㉑某原　某地。㉒宋太師王文正公　王旦，宋真宗時知樞密院，諡文正。參見〈世美堂後記〉注❸。太師，官名，西周時為軍隊的最高統帥。宋朝樞密院主要管理軍事機密、邊防等，故歸有光以太師稱王旦。㉓維 發語詞。㉔以 因此。㉕倀倀 無所適從；不知所措。㉖四迸 逃向四方。迸，逃散。㉗炯然 雙目不閉貌。形容憂憤滿胸，不暇安寢。㉘填填 形容聲音大。㉙顛 倒。指去世。

【語譯】朱傳祖上世世代代住在安亭鎮，安亭這地方兼屬於崑山和嘉定，所以朱傳既是嘉定人，也是崑山人。安亭鎮上有兩戶姓沈的人家。從前有個叫沈元壽的人，傾慕柳永的生活態度，填寫歌詞，教侍童奴僕像俳優一樣唱歌，以此著稱於鄉里，他就是朱傳同族的人。朱傳的父親叫朱翁，是朱氏的外孫。因此他也冒用姓名叫朱傳，取字肖卿。

起初，朱翁愛好行俠，遇見惡人，必定會懲罰他們，而對善良的人則出力相幫。鄉里的人不敢冒犯朱翁。朱翁年老無子，在六十多歲時，接連生育了兄弟三人。朱傳是老二。朱翁開始黯然傷懷，等得了兒子，則欣喜萬分。三個兒子頭髮稍稍留長了一點，就每天帶他們外出，在村裡騎馬射雕，藉此誇耀自己有了兒子。而朱翁竟然也活到他兒子長大成人才去世。

朱傳長得個頭高，人黑而多鬚，任性使氣，好指使別人，想學他父親，然而時勢已經不如他父親當年。在他父親的時代，安亭號稱富庶之鄉。正德以來，戶口日益減少，田地荒蕪得不到治理，所以一個家庭僅有很少的人在。朱傳因為是大戶的緣故奔走於兩縣之間，居無安寧之日，所以即使勉力而為也無法使家道重新振興。

朱傳死於嘉靖十九年某月某日，五十二歲。娶陳氏，生兒子三人：果、善繼、善述，恢復了沈姓。生女兒二人，嫁某人、某人。沈果在這年某月某日，將父親葬於某地。沈果從事讀書，愛好古人學問，他的妻子，是宋太師王文正公的第二十二世孫女，我妻子的妹妹。我因此往來於安亭，而曾經與沈果交遊，他安葬父親，我撰寫墓誌銘。銘文曰：

崑山東南之境，昔日素稱繁華。官吏施政失措，人民應付不暇。老少無所適從，四散逃奔離家。你在這裡生長，雙目炯炯怒張。憤恨之氣如雷，未及噴發身亡。真是可歎，無可奈何呀上蒼！

【研析】為朱肖卿寫墓誌銘，連帶地講述了多人的事蹟。然而全文並不顯得雜散，這是由於作者雖然講述多人之事，卻多擷取各人不平常的性情和行為，顯示其家族奇異不凡的一面，表現出一種亙延而鮮明的家風，從而使作品獲得了內在統一的風致。從朱肖卿遠世族親沈元壽愛慕柳永為人，「撰歌曲，教僮奴為俳優，以此稱于邑人」，到他父親「好俠」，抑惡扶良，「里中人莫敢忤」，再到他本人「任氣役人，欲學其父」，儘管各人的表現有詞淫曲癖與尚力使氣的不同，但是他們都貫穿著一種尚奇的傾向。歸有光描寫人物的散文有二個顯著的特點，一是善於捕捉動人的細節，如〈項脊軒志〉追憶作者母親和祖母的往事；二是關注人物奇特的舉止，本文是這方面的一個例子。在具體的描寫上，如朱翁經常帶著三個幼小的兒子，「走馬射雕村落中，蓋自誇說其有子也」，通過這種豪邁的行為，將老翁晚年得多子的欣喜和驕傲之意展露無遺，這又將奇特的舉止與細節描寫結合起來了。

文章寫朱肖卿與他父親都好俠任氣，由於兩代人所處的時勢已經發生變化，所以他們努力的結果卻大不相同。他父親的時候，家鄉富庶，其家也受到尊重，而到朱肖卿時，他「雖強力莫能振」，只能「怒氣填填」，最終卻是「欲奮而顛」。在對父子的性格和生活的同異對照中，反映出作者對明朝正德以後世事日下的不滿和感慨。本文的銘辭部分，詞鋒尤其犀利，是作者討伐苛政的出色文字。

陳君厚卿墓誌銘

【題解】 陳玎（西元一四八五～一五四七年），嘉定（今屬上海）人。他與妻子都是很平凡的人，兩人性格不同，然而都心地誠實、懇切、善良。本文一方面讚美他們的品行，另一方面肯定在人間的血緣關係之外也同樣存在可貴的親情。作者認為，這些鄉村小人物的美德遭到「汩沒」，得不到彰顯，是很不應該的。他一生為這樣的小人物寫過不少散文，與這種認識有關。

本文寫於嘉靖三十九年（西元一五六〇年），歸有光五十五歲。

君姓陳氏，諱玎，字厚卿，世居嘉定之黃浦[1]東海上。父諱廉，字汝界，寶源局大使[2]。生君兄弟四人，而君最少。母黃氏，先亡，而父亦已老矣。同縣馬梁，其妻李氏，陳之出[3]也，意憐之，抱以為己子，然馬翁自有子。而君娶張氏，生一子，殤[4]，嘆曰：「翁，吾父也，必得翁孫以為子。」會[5]馬翁子婦[6]有娠，張孺人日候司[7]之，乃生女。曰：「吾德[8]翁，即[9]男也，當子之。無用女也。」婦又有娠，生男。孺人寢處馬氏室中，男生彌月[10]，即負以歸。夫婦愛之甚。冬月，嘗[11]以身藉[12]之，不令著[13]席臥。比[14]就外傅[15]，僮奴悉遣隨，而身自桔槔[16]。張孺人為人嚴毅，其子行步稍斜，必呼訓飭[17]之，日督書課。而君性寬，常曰：「兒富貴有命，不當瑣瑣[18]喋聒[19]，令人不自怡。」然孺人中情[20]深愛，每出一二里所，未嘗不垂涕也。

君平生好義，先世遺產，悉讓其兄。盡，復賙給[21]之。外父母老而貧，養之終身，又撫育其孤孫二人。人有持官銀[22]百兩，聞縣呼召亟去，遺旅舍中，君後至，獨留守，俟[23]其人還而付之。為人乞貸[24]，已而負之，君為代償，其後有求，復與之，終不言前負也。初，君以產讓其兄，後馬氏有分，復不受。自黃浦轉徙南翔[25]，已又耕新涇[26]之上。新涇近海，會颶風[27]作，海水流漂[28]，嘉定東門外瀰望波濤無際。君自南翔行至新涇，不識徑術[29]，忽浮忽沉，遂病。數年，且[30]死，呼其子，索筆書曰：「負某人物若干，又負某若干。吾死，汝必償之。」他人有負君者，不言也。取曆日指曰：「某日，吾當去。」命奠告於先。至日，整衣而逝。嘉靖二十六年[31]五月二十六日也，年六十有三。

張孺人後君十有四年而卒，實嘉靖三十九年[32]十月初九日，年七十有五。卒之日，語其子曰：「昔汝父之亡，某人嘗侮汝。然此人，汝父故所善也，勿記其過。」又曰：「汝無忘馬氏所生。我死，當益厚事之。」蓋君夫婦之賢如此。非其子思夔來乞銘，予亦無由知焉。以此知世未嘗無卓行如古人者，獨其汩沒[33]

於閭里㉞，而不暴見㉟於世也。

學者皆言為後必同宗㊱。然吾以為，聖人之制，不獨任其天㊲而已，不得已而有人為輔相之功，所以為相生養也。「慈母如母」㊳，《禮》經㊴略著其文。而古書亡，不能盡見，可類推也。若陳君之事，何其厚也！思爰生以此事之，死以此葬之而祭之，可矣。余為銘，成㊵思爰之為子也。君始厝㊶於新涇，今卜兆㊷於縣東南依仁鄉㊸之蘆涇，而以孺人袝㊹，嘉靖三十九年十二月二十九日㊺也。

銘曰：

厥㊻德孔㊼厚，而靡㊽孕字㊾。天若靳㊿之，人以力致。白鵠眸子，一氣相視(51)。既茲既孝，有誠無貳(52)。亦既有子，以視其隧(53)。天實報之，庶固不墜。

【注釋】❶黃浦 江名。相傳戰國時楚黃歇所鑿，土人因稱為黃浦。一稱春申浦。上流為澱湖等水流，經今上海奉賢、南匯之境，北會吳淞江，匯入東海。❷寶源局大使 寶源局隸屬工部，掌鑄造緡錢。設大使一人，正九品。❸出 捨棄；辭退。❹殤 未成年而死。❺會 適逢。❻子婦 兒媳婦。❼孺人曰候司 婦人的尊稱。候司，也作「候伺」。等候。❽德 感恩。❾即 假如。❿彌月 滿月。⓫嘗 常常。⓬藉 作為襯墊。⓭著 碰。⓮比 到。⓯就外傅 去外面上學。⓰桔槔 井上汲水的設施。在井架旁設一槓桿，一端繫汲器，一端懸綁重物，以減輕汲水的勞累。此指汲水。⓱訓飭 教訓。⓲瑣瑣 小事。⓳喋聒 喋喋不休地指責。⓴中情 內心。㉑賙給 周濟；幫助。㉒官銀 官府的銀錢。㉓俟 等候。㉔乞貸 貸款。㉕南翔 鎮名，在嘉定縣南二十四里。古有南翔寺，故以名鎮。㉖新涇 河名。在青浦（今屬上海市）。㉗颶風 颱風；強風暴。㉘流漂 泛濫。㉙徑術 道路。㉚且 將。㉛嘉靖二十六年 西元一五四七年。㉜嘉靖三十九年 西元一五六〇年。㉝汩沒　埋沒。㉞閭里　里巷。㉟暴見　顯示；表露。㊱為後必同宗　過繼子嗣，應當遵循以同宗為後之禮。古人以為養異姓為子不合禮。㊲任其天　指以有血統關係的同宗後輩為繼嗣。㊳慈母如母　引自《儀禮・喪服》。慈母，養母。原意謂，對養母事生守喪，皆如親生母親。㊴禮經　即《儀禮》，儒家經典之一。㊵成　成就；滿足。㊶厝　安置，指埋葬。㊷卜兆　占卜選擇墓地。㊸依仁鄉　舊名臨江，在嘉定縣（今屬上海市寶山）。㊹祔　合葬。㊺嘉靖三十九年十二月二十九日　已是西元一五六一年。㊻厥　其。㊼孔　甚。㊽縻　通「靡」。無。㊾孕字　養育。字，孳養。㊿靳　吝惜。(51)白鶂眸子二句　《莊子・天運》：「夫白鶂之相視，眸子不運而風化。」是說白鶂相視而孕。白鶂，一種形如魚鷹，毛白，善於高飛的水鳥。(52)無貳　不違背。(53)視其隧　看守墳墓。隧，墓道。此指墓。

【語　譯】君姓陳，名圩，字厚卿，世代居住東海岸的嘉定黃浦邊上。父親名廉，字汝界，任工部寶源局大使。生養陳圩兄弟四人，而陳圩最小。母親黃氏，先亡故，此時父親年紀也已經老了。同縣人馬梁，他的妻子李氏，是陳家辭退的人，產生了同情心，將陳圩抱來作為自己的兒子，可是馬翁自己有兒子。陳圩娶張氏，生下一個男孩，幼年而喪，他歎道：「馬翁，是我的父親，一定要得到馬翁的孫子做我的兒子。」正好馬翁兒媳婦懷孕，張孺人每日等候著，生下的卻是女兒。陳圩說：「我感恩馬翁，假如生男孩，就認養為我的兒子。不需要女孩。」其兒媳婦又懷身孕，生下男孩。張孺人寢臥在馬翁家裡，男孩一滿月，就將他抱了回來。夫婦對孩子十分疼愛。冬天，常常用自己的身體墊在孩子下面，不讓他碰著蓆子睡覺。等到他長大出門念書，侍童僕人全部跟隨著他，由他遣用，而自己親自去井邊汲水。張孺人性格嚴厲剛毅，她兒子走路的姿勢稍有不正，定然將他叫到跟前教訓一頓，每日督促他看書做功課。而陳圩性情寬和，常說：「兒子富貴有命，不應該為了一點小事，就對他不停地訓斥，讓人感到不高興。」然而張孺人內心深愛兒子，每次他出門到一二里遠的地方去，未嘗不傷心落淚。

陳圩平生做事仗義，祖上的遺產，全部讓給了他的兄長。用盡之後，又設法周濟他們。岳父岳母年老而貧窮，將他們奉養終身，並且還撫育他們兩個失去父母的孫兒。有人攜帶官銀百兩，聽說縣衙喚他趕忙前往，將銀子遺忘在旅店裡，陳圩隨後來到這家旅店，獨自留下來看守著，等那人回來交還給了他。幫人貸款，後來貸款者賴帳，他自己拿錢償還，其後該人又求助於他，仍滿足其要求，始終不提一句那人過去賴帳的事情。起初，陳玎將祖上的遺產讓給兄長，後來馬氏分割遺產，也有他的一份，他仍然拒絕接受。他從黃浦岸邊遷徙到南翔，不久又耕種於新涇之上。新涇靠海，正好發生一場強風暴，海水泛濫，嘉定東門外只見無邊無際的波濤。陳玎從南翔走到新涇，認不出道路，在水路上忽浮忽沉，從此患病。幾年以後，將兒子叫喚到跟前，索求筆墨，寫道：「欠某人東西若干，又欠某人若干。我死後，你一定要還給他們。」別人欠他的，則不再提及。拿著日曆，指著說：「某日，我該走了。」吩咐在這之前進行奠告。到這一日，穿戴整齊而去世。這是嘉靖二十六年五月二十六日，享年六十三歲。

張孺人在陳玎死後十四年去世，是嘉靖三十九年十月初九，享年七十五歲。死的一日，對她兒子說：「從前你父親死時，某人曾經欺負過你。可是這個人，是你父親的好友，你不要記恨於他。」又說：「你不要忘記自己是馬氏生育的。我死以後，你要更好地照顧他們。」陳玎夫婦心地善良，往往如此。假如不是他們的兒子思燮來向我求墓誌銘，我也無法知道這些事情。由此可知，世上未嘗沒有如古代行為高尚的好人，只是他們被埋沒在里巷中，不能表彰於天下罷了。

學者們都說，過繼子嗣必求同宗的後代。可是我認為，聖人制定的禮法，不僅僅是強調天然的血親關係，在不得已的情況下，也依靠人為輔助的功效，所以也不妨非同宗而相為生養。「哺乳之母猶如親娘。」儒家經典《儀禮》大致將這意思寫到了。而古書散佚，無法全部讀到，對於這一點則可以類推求。像陳君一家發生的事，是多麼仁厚啊！思燮在繼父母生前按這種態度孝敬他們，死後又按這種態度悼念他們，是完全可行的。我為他寫墓誌銘，就是為了成全思燮作為繼子的願望。陳玎起初葬於新涇，如今在縣東南依仁鄉的蘆涇選擇了墓地，張孺人和他一起合葬，是在嘉靖三十九年十二月二十九日。銘文曰：

此人的道德很高尚，而未養育自己的子嗣。上天好像也同情他，助之以後天人為的努力。水鳥白鶂的眸子，其受孕來自相視感氣。一方慈愛一方孝敬，真誠相待不起二意。這即是你自己的子嗣，來為你舉行祭祀。這是上蒼對你的回報，結成的親情不會消失。

【研　析】馬翁夫婦以陳玎為養子，撫養他長大成人，陳玎夫婦又以馬翁的孫子思彝為養子，對他盡撫養和教育的責任，而陳玎夫婦、思彝也都時刻銘記自己（或自己的丈夫）養父母的恩情，報之以孝心。這兩組養父母和養子之間不存在血緣關係，他們互相的慈愛和孝敬，完全依靠個人善良的情性而得到維繫。當時社會上普遍流行同宗為後的觀念，所以人們特別重視養父母與養子之間宗族血親的關係，對沒有這種血親關係的收養行為究竟會有什麼樣的結果，一般是抱懷疑態度的，而歸有光卻認為，本文中的人物可以證明血親並不是建立收養關係的必須條件。這既表現了歸有光對儒家有關思想的個人理解，也是他通過這篇文章要向世人講述的一個道理。

文章表現了陳玎夫婦對養子完整的愛。孩子幼小時，冬天，夫婦經常以身為墊，不讓孩子臥蓆受寒。等到孩子上學讀書，夫婦又遣使僮奴悉數相隨，而自己親自承攬繁重的家務。這些愛無微不至，然而尚是天下父母可能或樂意做到的。而陳玎臨終之前，向兒子交代自家欠別人的帳目，囑咐他一定要償還，卻隱去了別人欠自家的財物。這與〈重交一首贈汝寧太守徐君〉一文引門客勸信陵君「人有德于公子，公子不可忘也；公子有德于人，願公子忘之」，一樣的重恩誼和誠守厚道。又陳玎妻臨終也叮囑兒子，不要對侮辱過自己的人記恨在心，要更好地去孝敬孩子的親生父母。這些愛充滿了博大寬容的精神，實為世上一般的父母所難企及，而陳玎夫婦以此教育和影響孩子，表明他們對孩子的愛是充分的、健康的，否則前面寫到的種種細微的舉止可能難免蛻變為溺愛的行為。這也正是陳玎夫婦值得人們尊敬的最突出的品格。

陳玎夫婦愛子之心相同，善良的本性也相同，然而二人性格的緩急，對孩子態度的寬嚴，又各不一樣，形成了鮮明的對照。「張孺人為人嚴毅」一段不僅寫出了夫婦二人的這種區別，從閱讀效果看，穿插進這樣的描寫，實際上起到了風起瀾生、相反相成的作用，改變了從一面落墨的寫法，使文脈有變化，更顯靈動。

王君時舉墓誌銘

【題　解】王翾（西元一四九四～一五五五年），改名羽，字時舉，上海人。以醫為業。本文是一篇醫者的傳記，而筆墨的重點又落在他「誠篤方嚴」的性格描寫上，作者的用意是藉此針砭浮薄的士習和世風。

本文寫於嘉靖三十六年（西元一五五七年）後，是歸有光五十二歲以後的作品。

君姓王氏，初名翾，後更諱❶羽，字時舉，世居海上❷，而以醫名家。少讀書論❸，必求其解，不解不肯已，有能者輒就問之，以故治人疾多愈，然不自以為功。或譽之，輒言：吾所以為術，乃神農、黃帝❹之傳，神聖之道，顧❺非盡讀天下書，通于天地之化，以參合❻于人，不可以為。今所為者，乃徒剽取億出❼以幸中❽者也。及人有酬謝與否，未嘗望之。

性誠篤方嚴❾，終身不近非禮之色。居里中，恆見憚。往往諸少年相群聚戲褻，君至，皆走匿，曰：「朱文公❿來矣。」一日出門，見童子泣于道，問之，曰：「朝入市，失所持物，恐歸而見笞⓫。」問其直⓬幾何，與之代償。已而童子挾所償來還，曰：「朝所失已得之矣。」君亦遂不受，童子泣謝而去。

嘗自恨不讀書，見儒生文士，必悚然⑬卻立⑭，意其中莫測⑮也。其愛慕如此。初，君之世父⑯弟翹始數歲，世父將死，呼君屬⑰曰：「儒學難為，不如授以汝術易了⑱，今可為生⑲而已。」君後不用其言，教之儒，期年⑳，翹以選為郡博士弟子員㉑。雖不遇，然以文藝稱于士林。

君卒于嘉靖三十四年㉒某月日，享年六十有二。娶嚴氏，生子男女皆五人：男用賓、用卿、用才、用亨、用文，女嫁某、某。孫男女幾人。而君之昆弟㉓亦五人，翔、翀、翎，皆弟也。翔無子，以用亨為後。于是翹來請銘，曰：「兄字㉔吾如子，衣食教訓之四十年，翹無以報。兄歿時，會倭犯嘉定㉕，又大疫，兄日未出，即出診視人疫，侵染㉖以死圍城中。而翹方走西南湖上，至死不相聞，以是為終身痛。」蓋來請銘三年矣。銘曰：

世載虛華，本實為尻㉗。海瀕椎朴㉘，士風亦澆㉙。尚有古人，抱術以槁㉚。吁嗟孝友，有壙其高。

【注釋】❶更諱 改名。❷海上 今上海市。❸書論 指醫書。❹神農黃帝 傳說神農氏、黃帝是遠古時期醫藥和醫學的發明者。❺顧 如果。❻參合 結合。❼億出 憑臆想做事。❽幸中 僥倖治癒。❾方嚴 端正、嚴格。❿朱文公 朱熹，卒諡文。此以朱熹比王翺。⓫見笞 遭竹鞭撲打。⓬直 同「值」。⓭悚然 態度恭敬貌。⓮卻立 退後站立。⓯其中莫測知識學問高深。⑯世父　伯父。⑰屬　同「囑」。⑱了　明白；掌握。⑲為生　謀生。⑳期年　滿一年。㉑博士弟子員　明朝對秀才的通稱。㉒嘉靖三十四年　西元一五五五年。㉓昆弟　兄弟。㉔字　撫養。㉕會倭犯嘉定　嘉靖三十三年（西元一五五四年）夏四月至六月倭寇侵擾嘉定、崑山。㉖侵染　傳染。㉗為尻　意謂死。《莊子・大宗師》：「以死為尻。」此指虛華的東西沒有意義。尻，脊骨末端；臀部。㉘椎朴　樸實。㉙澆　薄。㉚槁　枯槁。

【語　譯】君姓王，初名翺，後更名羽，字時舉，世世代代住在上海，而以行醫名家。年輕時讀醫書，務必了然書上的內容，不弄明白不肯罷休，有醫術高明者就去討教，因此為人治病多能治癒，然而不以功自居。有人稱讚他，他便說：我所從事的醫術，是神農氏、黃帝傳下來的，是一種神聖的道，如果不讀盡天下有關的書籍，通曉天地變化的道理，並且與人具體相結合，就不可以幹這一行。今天所以能使人痊癒，不過是竊取其中道理，出於私臆而僥倖偶中罷了。至於別人給不給他酬謝，他未嘗這樣期望過。

他性情真誠、篤實、端正、嚴格，終身不接近不合禮教的女色。他住在鄉里，人們一直抱著敬畏的態度。經常發生這樣的事情：年輕人聚在一起，嬉戲胡鬧，樣子輕薄，王君一出現，就都逃散躲開了，說：「朱熹來了。」一天出門，看見一位兒童在路上哭泣，問他原因，他說：「早晨去集市，丟失了帶的東西，怕回家挨打。」問他丟失的東西值多少錢，付給他代為賠償。後來兒童拿著這些錢來還他，說：「早晨丟失的東西已經找到。」王君卻不接受，兒童感激涕零而退下。

他曾為自己沒有讀書習儒而感到遺憾，看見文人儒生，必定態度恭敬地往後退立，以為他們都有高深莫測的學問。他愛慕儒者到這個地步。起初，王君的堂弟王翹才幾歲，伯父臨死，將王君喚去，囑咐道：「儒學難學，不如給他傳授你的醫術容易掌握，能讓他謀生就行了。」王君後來沒有遵從伯父的關照，而是培養堂弟學習儒學，受教滿一年以後，王翹被選為秀才。雖然沒有進入仕途，然而以文章藝能而揚名於士林。

王君卒於嘉靖三十四年某月某日，享年六十二歲。娶嚴氏，生育兒子、女兒各五人：兒子是用賓、用卿、用才、用享、用文，女兒嫁給某某、某某。有孫子、孫女幾人。王君的兄弟也是五個，王翔、王翀、王翎，都是他的弟弟。王翔沒有兒子，過繼用享為後代。現在王翹來請我撰寫墓誌銘，說：「兄長撫養我如同兒子，供應衣食、教誨啟迪四十年，翹沒有給他報答。兄長去世時，正好遇到倭寇侵犯嘉定，又加上發生疫病，兄長太陽還沒升起，就出診為人看病，受到感染，死在倭寇包圍的城裡。當時翹正出走在西南湖上，兄長去世的消息全然不知，這是我終身都感到哀痛的事情。」他請我撰寫墓誌銘已經三年。銘文曰：

世上存在的只是虛華，根本實在的已經淪沒。海濱的風俗原本樸實，近來士風也變得澆薄。此處尚有難得的古人，堅守道術寧願寂寞。孝敬友愛的君子，你的墳墓隆得很高。

【研　析】寫王翺從小精讀醫書，勤於向能者討教醫道，是記其醫事；為人治病多痊癒，是記其醫術；治癒病人而不自以為功，也未嘗指望酬謝，最後因為人診疫被傳染而去世，是記其醫德。傳述醫者的一生，這些描寫已經足夠翔實。然而歸有光卻於行醫之外，更著重表現了他端正嚴格的性情，樂意助人的品德。不僅如此，文章還特別詳細地講述了他對儒家學問和精神的真誠嚮往。他的世父在臨終時將兒子託付給他，希望他教給兒子醫術以謀生，然而他沒有按照世父的遺願將堂弟培養成為一個醫生，而是教他學儒，成為一個儒生，因為他認為，儒者所追求的精神和事業比諸一個人單純的為了謀生而活著更加重要。所以，王翺雖然不是一個「儒生文士」，沒有讀過多少儒家典籍，然而世上又有多少儒生與他相比而不自慚形穢呢？歸有光在最後的銘辭，表達出寫作此文以針砭世俗的寓意。

葉母墓誌銘

【題　解】本文應葉裕之請而作。葉裕，吳縣（今江蘇蘇州）人，行無定蹤，行為異常，「凡生人之所宜有」的樂趣，他都沒有，被人視為「狂生」。他曾從歸有光遊而得到同情，他心底深藏的對母親的孝誠，也讓歸有光受到感動。歸莊於文下注：「銘辭，崑山本顛倒失韻。今從常熟本。」

文章大約寫於嘉靖三十五年（西元一五五六年），歸有光五十一歲。

葉裕居太湖洞庭山❶中，泛湖，徒步行二百里，從余遊，然又不常留。數往來江海間，所至語合意，即止數日，飲酒高歌，甚懽，即又去江海間，人皆以為狂生。然與余言其母，未嘗不嗚咽流涕也。嘉靖三十二年❷五月十三日，母卒，且葬，來請銘，悲不能自止。予未為銘，會有倭奴之難❸，裕亦去，三年不復見。予念裕平生好遊，連年兵亂，道途之梗❹，存亡殆❺不可知。一日忽復至，則又請其母之銘，悲泣如故。蓋江海間以為狂生，而不知其於孝誠如此也。

洞庭人依山居，僅僅吳之一鄉，然好為賈，往往天下所至，多有洞庭人，至其於父母妻子之懽，猶人❻也。而裕母其所遭異是，獨煢煢❼以終其身。裕年逾四十，尚未有室家，凡生人❽之所宜有者，皆無之。裕自言初生時，祖母旦夕詛呪❾，拜其祖之主❿而字⓫之曰：「葉士貞⓬，何不以兒去？」母患之，寄⓭之外氏⓮。時葉氏居在澄灣，其外家在湖沙灣，東西相望一里所⓯。外母抱裕倚門，望西山⓰夕烟縷起，裕思母，黯然淚下。裕每道此，尤悲也。母姓陸氏，卒時年六十五。裕後娶沈氏，生子一人。予憐其意而為之銘曰：

五湖⓱洞庭，於是⓲焉⓳生，於是焉死，我為是銘。其尚⓴何恨㉑，可慰幽靈。

【注　釋】❶洞庭山　又名包山、夫椒山，道教以為第九洞天，多產柑橘。❷嘉靖三十二年　西元一五五三年。❸倭奴之難　指嘉靖三十三年（西元一五五四年）夏四月至六月，倭寇入侵嘉定、崑山。❹梗　不通。❺殆　大概。❻猶人　與別人一樣。❼煢煢　孤獨貌。❽生人　活在世上的人。❾詛呪　詛咒。祈禱鬼神加禍於所仇恨的人。❿主　神像。⓫字　寫禱告的文辭。⓬葉士貞　當是葉裕祖父的名字。⓭寄　託養。⓮外氏　外祖父母家。⓯所　左右。⓰西山　即洞庭山。⓱五湖　即太湖。⓲是　此。⓳焉　語氣詞。⓴尚　尚且；庶幾。㉑恨　遺憾。

【語　譯】葉裕住在太湖洞庭山中，渡過太湖，徒步行走二百里，來與我交遊，然而又不經常留下來。時常往來於江海之間，所到之處與人談得投緣，就住上幾天，飲酒高歌，極其歡暢，隨後又回到江海之間去了，人們都把他看成是一個狂生。然而與我談到他母親，未嘗不嗚咽而隕淚。嘉靖三十二年五月十三日，他母親去世，將安葬，來請我撰寫墓誌銘，情緒悲哀，不能自控。我還未動筆寫銘，正好發生了倭寇入侵的禍難，葉裕也離我而去，以後三年沒有見面。我想，葉裕平生愛到處雲遊，連年發生兵亂，道路不通，是生是死，真還無法知曉。一日，他忽然又出現在面前，則又請求為他母親寫銘文，悲哀流淚仍如往日。江海之間的人以為他是狂生，卻不知道他的內心是如此孝誠。

洞庭的人依山而居，僅僅只是吳地的一個鄉，然而喜好經商，往往在天下各處，多有洞庭的人，至於父母妻子的天倫之樂，又與別人相似。然而葉裕母親的遭遇與眾不同，她只是一個人孤獨地過完了一生。葉裕年過四十，還沒有娶妻成家，凡是世人所應當具備的，他都沒有。葉裕自述剛降到人世，祖母從早到晚不斷詛咒，在祖父的神主前下拜，並獻上禱辭：「葉士貞，為何不把這個小孩帶去？」母親非常擔心，就將孩子寄放到自己的娘家。當時葉氏住在澄灣，母親的父母住在湖沙灣，東西相隔大約一里路，外祖母抱著葉裕，倚門而立，眼望西山晚炊的縷煙嫋嫋升起，葉裕想念母親，黯然淚下。葉裕每次講述到這裡，心情特別悲傷。母親姓陸，去世時六十五歲。葉裕後來娶沈氏為妻，生有一個兒子。我對他思念母親的心情非常同情，為他寫下銘文曰：

太湖啊洞庭山啊，你在此生長，又在此亡故，我為你寫這篇銘文。還有什麼可遺恨呢？完全可以讓鬼魂得到安慰。

【研　析】本文是為葉裕母親寫的墓誌銘，讀起來作者似乎是在寫葉裕，不是寫他母親。他居無常所，行無常止，倏然而來，又倏然而往，好像對世上什麼都不掛念，因此被人視為「狂生」。其實他內心卻是一片純然的孝誠，他為了母親的死，向歸有光請求墓誌銘，其後雖然相隔多年，即使中間經過戰亂動盪，他對此事依然切切在懷，念念不忘。因為母親在他心中的位置無比崇高，可謂天高地厚。一節可見全體，歸有光藉此糾正了世人對葉裕普遍的誤解。葉裕的母親煢然而居，用她孱弱的雙手將他撫養成人；在病態和充滿令人怖畏的家庭氣氛中，又是母親保護他免遭驚嚇和傷害。所以，他對母親懷著神聖的感恩之情。而前面寫他對一切都不掛念，適從反面強烈烘托出他對母親的記憶銘心刻骨。用這樣的眼光再讀本文，於是乎作者處處寫葉裕，正是處處寫葉母；寫葉裕用文字，寫葉母既用文字，也不用文字。作者主要通過這種側寫的筆法，傳述出一個活在葉裕心中的母親形象。

南雲翁生壙誌

【題解】生壙誌，是為活著的人寫的墓誌銘，墓誌的主人往往以此表示放達無所忌諱的心襟。南雲翁，姓龔，是歸有光父親的同學，「初嘗有名於學宮矣，以跌宕自罷去。嘗饒於貲矣，以不事生產，傾其有，乃優游林壤，嘯歌自適，日求其所以樂。」（歸有光〈唐令人壽詩序〉）龔南雲欣賞後輩歸有光的才華，而歸有光也對他的志趣懷著敬心和羨意。本文通過敘述龔南雲的遭遇，對明朝八股取士制度表示很大的懷疑。

嗚呼！國家以科舉之文❶取士，士以科舉之文升于朝，其為人之賢不肖，及其才與不才，皆不係于此。至于得失之數❷，雖科舉之文，亦不係其工與拙。則司❸是者，豈非命也夫？

南雲翁者，少為諸生❹，有聲于黌校❺之間。今老矣，猶能誦其科舉之文。時當正德❻之時，與翁同較藝❼于文場❽者，往往至今官迨❾九列❿，入為三少⓫，以與翁較其工拙，則未知其孰先而孰後也。使南雲當其時而得之，其為貴顯，詎⓬可涯量⓭，世孰得而輕之。豈非命也夫？

南雲年甫⓮弱冠⓯，御史⓰與之廩食⓱。即不得一第⓲，當循年資升國學⓳，高不失為縣令府佐⓴，卑亦為郡文學㉑，而當時有司以小過例汰之。萬里之塗㉒，出門而蹶㉓。余獨怪夫當時之不能愛惜人才，而屑越㉔如此也。雖然，與南雲同時而得者，使其顯榮極于九列三少，而果瘝曠㉕于職，苟冒㉖于干祿，以負天子之任使，豈如南雲之脫然無所累也乎？

南雲家饒財，自為諸生，頗自馳騁，喜音樂歌舞。其為御史所汰以此。南雲既棄科舉之學，日從鄉先生長老㉗為社會㉘。性不能飲酒，喜音樂歌舞益甚，以此傾其貲㉙，顧猶忻忻愉愉，無日不然。蓋至是年七十有一矣，豈非所謂達生之情者哉？

翁初與家君㉚同學，又與伯父同年生，故常往來余家。以予之譾陋㉛，翁獨愛慕其辭，以為可傳。求予誌其生壙㉜者十有二年，予未能應翁之命，翁亦不怒，而請之益勤。謂予曰：「人死後而有誌，是誌者生之所不能見也。吾得子之誌，是能見其死後。願子之誌吾壙也。」翁為人有風致，可謂翛然㉝于生死之際。則予之所謂命者，又不足為翁道也。

翁姓龔，名某，字某。南雲者，其老而自號云。是為誌。

【注釋】❶科舉之文　即八股文。❷數　命運。❸司　掌管；決定。❹諸生　秀才。❺黌校　學校。❻正德　明武宗朱厚照年號，自西元一五〇六年至一五二一年。❼較藝　較量時藝（八股文），指參加科舉考試。❽文場　考場。❾迨　及；

達。❿九列　九卿之列。秦漢時是中央各行政機關的總稱。明朝大九卿指六部尚書、都察院都御史、大理寺卿、通政司使，小九卿指太常寺卿、太僕寺卿、光祿寺卿、詹事、翰林學士、鴻臚寺卿、國子監祭酒、苑馬寺卿、尚寶司卿。⓫三少　少師、少傅、少保，是古代輔弼帝王的官。⓬詎　豈。⓭涯量　限量。⓮甫　才。⓯弱冠　男子加冠禮之前，十九歲。⓰御史　朝廷負責糾察或出巡地方的官員。⓱廩食　明代府、州、縣學生員可以得到政府供給的廩膳，作為生活的補助。⓲不得一第　未考中舉人或進士。第，考中者的名次。⓳國學　指古代國家所設立的學校。⓴府佐　府的佐助官員。㉑郡文學　負責一郡學校教學的官員。㉒塗　途。㉓蹶　跌倒。㉔屑越　輕易遺棄。㉕瘝曠　耽誤荒廢。㉖苟冒　貪圖。㉗鄉先生長老　鄉裡的前輩和長者。㉘社會　組織聚會。㉙貲　資。㉚家君　父親。㉛譾陋　淺陋。㉜生壙　生壙銘。壙，墓穴。㉝脩然　無所拘束；超脫。

【語譯】嗚呼！國家用八股文錄取文人，文人用八股文進入朝廷，該人品德優良與否，以及是否具備才能，皆與這樣的八股考試沒有關係。至於考試的成敗得失，即以八股文來說，也並非取決於文章本身寫得好壞。則其中起決定作用的，難道不是命運嗎？

南雲翁，年少時成為秀才，在學校裡享有聲譽。現在年事已高，還能背誦他自己撰寫的八股文。當初在正德年間，與翁一起參加科舉考試的人，如今往往官至九卿，榮任輔弼，拿他們的文章與南雲翁的作比較，則還不知道究竟誰優誰劣呢。假如南雲翁當初考中了，他尊貴顯要的地位，豈可以限量，世人誰還能輕視他。這難道不是命運嗎？

南雲還不到二十歲，御史官就向他提供政府的廩膳。即使不中舉、不中進士，也將依循年資陞入國家設立的學校，高的不失當一個縣令，或者州府的佐助官員，低的也可以得到一個郡的學官，然而當時官府以一件小過失按例將他淘汰了。萬里路途，出門便跌交。我甚不理解當時竟如此不愛惜人才，這麼輕易就將一個人拋棄了。儘管如此，與南雲同時而進入仕途者，假如他們尊貴顯要到極點，做到九卿輔弼，而果真是荒於職守，貪求俸祿，辜負了天子賦予的權力和信任，又怎麼能夠與南雲超脫世事、無所牽累相比呢？

南雲家境富饒，成為秀才後，很喜歡騎馬馳騁，也愛好音樂歌舞。因為這個緣故他遭御史淘汰。南雲放棄科舉追求以後，每日隨鄉裡的前輩和長者結社聚會。他天性不能飲酒，對音樂歌舞的愛好比從前更甚，為此而傾盡了他的家產，可是仍然高高興興，沒有一天不是如此。到如今已經七十一歲，這難道不正是所謂曠達者的性情嗎？

翁當初與我父親是同學，又與我伯父同年出生，所以經常來我家。我自己淺陋無知，翁獨能愛慕我的文章，認為可以傳之於將來。求我為他生前寫一篇墓誌銘，足足要了十二年，我未能夠奉命，翁也不生氣，然而請求的次數比以前更多。他對我說：「人死了以後寫墓誌銘，這樣的墓誌銘他本人在世時不能讀到。我如果得到了你為我寫的墓誌銘，這樣就看到了死後的東西。希望你為我寫這樣的墓誌銘。」翁性情風趣，可謂超脫於生死之際。這樣看來，我前面所講的命運，又不足以用來說南雲翁。

翁姓龔，名某，字某。南雲，是他晚年的自號。此為他的墓誌銘。

【研　析】以慨歎喚起全文。兩次用「豈非命也夫」句，一以感慨科舉取士不關「人之賢不肖」、「才與不才」，甚至也不關科舉之文的「工與拙」，進退榮辱完全決定於命運這只無形之手。二以感慨南雲翁與當年一起參加科考者才藝相當，卻地位懸殊。「命」之一字，既讓人無奈，又讓人對它充滿怨懟。歸有光對命運很少表現出樂觀的情緒，更少讚歌，相反對受命運支配的人事多抱懷疑和批評態度，這是因為他看到了太多「南雲翁現象」，而他自己在這方面又飽嘗了切膚之痛。

然而，一個人仕途順逆、地位高低，是否就一定表示他幸福與不幸呢？歸有光認為，儘管南雲翁早年被有司從通往仕途的出發地點淘汰了，然而他後來以「達生」的態度生活，超脫於生死之際，「忻忻愉愉，無日不然」，其實是非常令人敬羨的。而顯要達官如果不能做出政績，僅僅是碌碌素餐，其實是談不上幸福的。如果一定要比較誰不幸的話，歸有光認為那一定是「苟冒于干祿」的所謂成功者，不是南雲翁。文章最後歸結到，一個人還是可以做到不受命運困縛，選擇合適自己的生活方式，從而獲得屬於他的幸福。由此再反觀文章開頭對命運的感慨，彷佛具有「一覽眾山小」那種頓然新生的感覺。

亡兒翽孫壙誌

【題　解】歸翽孫（西元一五三三～一五四九年），歸有光長子，因為是歸有光祖父的第一個曾孫，歸有光妻子為他取名曾孫，以為志喜。歸有光考慮到以「曾孫」為名不妥，故改為翽孫。翽，飛舉之謂，寄託著家長的希望。他降生十六個年頭便又匆匆離去，給歸家既帶來欣慰更留下長久的哀痛。「嗚呼！吾于世已矣。」歸有光幾乎為之陷於絕望之中，由此可見喪子給作者精神、心理造成的深劇創傷。文章寫成後，歸有光曾送給友人王子敬、王子欽看。他在〈與王子敬〉的信裡說：「此亦至情，嘗為人所嘲笑，豈皆無心人哉！」這當是指他不用為早夭者舉行的殤禮而用為成年人舉行的葬禮來安葬兒子這種做法曾經遭到一部分人非議。這對於理解本文「按《禮》」至「其可乎」一大段內容會有所幫助。壙誌，即墓誌。

作者自述本文寫於嘉靖二十七年十二月丁卯後，此時已是西元一五四九年元月，歸有光四十三歲。

嗚呼！余生七年，先妣❶為聘定先妻❷，而以吾姊❸與❹王氏❺。一年，而先妣棄余❻。余晚婚，初舉吾女❼，每談先妣時事，輒夫婦相對泣。又三年，生吾兒。先妻時已病，然甚喜，呼女婢抱以見舅氏。臨死之夕，數言二兒，時時執❽二指以示余，可痛也。蓋吾祖始有曾孫，故其母字之曰曾孫。余重違❾其母言，又以曾孫不可以為諱❿，故名翽孫云。

時吾兒生甫⓫三月，日夜望其長成。至於今十有六年，見吾兒丰神秀異，已能讀父作書，常自喜先妻為不死矣。而先妣晚年之志，先妻垂絕之言，可以少慰也。不意余之不慈不孝，延禍於吾兒，使吾祖吾父，垂白⑫哭吾兒也。

吾兒之亡，家人無大小，哭盡哀。今母之黨⑬，皆哭之愈於親甥。其與之游者，相聚而哭。其性仁孝，見父母若⑭諸母⑮，尚有乳哺之色⑯。慈愛於人，多大人長者之言。故其死莫不哀。

始余憐吾兒，不甚督課⑰之。或以為言。余獨自念，如吾兒，當自不待督課也。嘗試之三史⑱，即能自解。諸生來問學者，余少出⑲，令兒口傳，往往如所言。或入自外舍，輒就几旁展卷⑳，視所讀何書。余閒居無事，學著書，每一篇成，即持去，忻然朗誦。與之言世俗之事，不屑也。一日，余與學者說書退食㉑，方念諸子天寒日已西，尚未午飧㉒，使人視之，則兒已白母為具食㉓矣。洞庭㉔有來學者，貧甚，余館之㉕。兒時造㉖其室視食飲，殷勤慰藉㉗，其人為之感泣。余與妻兄市宅，直已讎㉘而求不已，兒每從容言：「舅舍大宅而居小宅，可念，吾父終當恤之，他勿論也。」余誤笞一人，兒前力爭之，余初不省，而後悔。笞者聞兒死，為之大哭。余窮於世久矣，方圖閉門教兒子，兒能解吾意，對之口不言而心自喜，獨以此自娛。而天又奪之如此，余亦何辜于天耶？歲之十二月，余病畏寒，不能蚤起，日令兒在臥榻前誦〈離騷〉㉙，音聲琅然㉚，猶在吾耳也。會外氏之喪㉛，兒有目疾，不欲行，強之而後行。蓋以己酉㉜往，甲子㉝死也。方至外氏，姿容粲然，見者歎異。生平素強壯無疾也，孰意出門之時，姊弟相攜，笑言滿前，歸來之時，悲哭相向，倏然獨不見吾兒也。前死二日，余往視之，兒見余夜坐，猶曰：「大人㉞不任勞㉟，勿以吾故不睡也。」曰：「吾母勿哭我，吾母羸弱㊱，今三哭我矣。」又數言：「亟攜我還家。」余謂：「汝病不可動。」即顰蹙㊲甚苦。蓋不聽兒言，欲以望兒之生也。死於外氏，非其志也。

嗚呼！孰無父母妻子？余方孺慕㊳，天奪吾母；知有室家㊴，而余妻死；吾兒幾成㊵矣，而又亡。天之毒㊶于余，何其痛耶！吾兒之孝友聰明，與其命相，皆不當死。三月而喪母，十六而棄余，天之于吾兒，何其酷耶！當時足不踰閾㊷外，而以旅死㊸，其又何耶？術者㊹曰：「外氏之喪，以甲寅呼癸巳。」㊺吾兒癸巳生也。青鳥之書㊻，佹瑣拘畏㊼，常以為不可信，其又足以移禍福於人耶？禹鼎㊽淪沒，九黎㊾亂德，是何白日晦冥，邪鬼鴟張㊿，神奸(51)傲擾(52)，王虺(53)封豕(54)，長爪巨牙，暴橫於原野之間邪？何美好清淑如吾兒，使之摧折沉埋；必蒙倛(55)而鷙盩(56)者，乃享富貴而長世也？夫服仁義，稱先王，非獨世之所嗤笑，抑亦天之所嫉惡也！余煢煢世路，落落(57)無所向。回視三稺(58)，韓子(59)所謂「少而強者不可保，而孩提者可冀其成立耶」(60)？嗚呼！吾于世已矣。

按《禮》(61)：「公為適子之長殤、中殤(62)，大夫為適子之長殤、中殤(63)。」是適子亦殤也(64)。而《春秋》「伯姬卒」(65)，《傳》(66)曰：「此未適人(67)，何以卒？許嫁(68)矣。婦人許嫁，字而笄(69)之，死則以成人之喪治之。」郎之戰(70)，汪踦(71)死，魯人欲勿殤，孔子曰：「能執干戈以衛社稷，雖欲勿殤也，不亦可乎？」(72)先王之禮，為之大法(73)而已，至于因時損益輕重之宜，一聽之於人。〈檀弓〉記、〈曾子問〉(74)諸篇可見矣。夫禮之精微，不能一一而傳也。余悲吾母之志，而先妻於是真死矣。故字之曰子孝，而以成人之喪治之。蓋吾祖吾父之所痛，國人(75)之所許，而先妣之志之所存也。孔子曰：「延陵季子，吳之習於禮者也。」(76)夫延陵季子之葬子，非古有也，而孔子之所謂合禮者也(77)。余于吾兒，欲勿殤也，其可乎？

死之四日丁卯(78)，為壙(79)於縣之金潼港先高祖承事郎府君(80)饗堂(81)之東房。渴葬(82)，未成葬(83)也。書以志余之悲而已矣。嘉靖二十有七年，歲次戊申，十有二月某日[84]。

【注釋】[1]先妣　逝世的母親，指周孺人。參見〈先妣事略〉。[2]先妻　逝世的妻子。指魏氏，南京光祿寺典簿魏庠的次女，嘉靖七年（西元一五二八年）與歸有光結婚，十二年（西元一五三三年）病逝。[3]吾姊　歸淑靜，比歸有光大一歲。[4]與　許婚。[5]王氏　指王三接，字汝康，崑山人。嘉靖十四年（西元一五三五年）進士，嘉靖二十五年（西元一五四六年）任柳州府知府，陞河東都轉運使。歸淑靜與王三接結婚在嘉靖二年（西元一五二三年）。[6]棄余　亡故。[7]初舉吾女　嘉靖八年（西元一五二九年）歸有光生長女。舉，生育。[8]戢　伸出。[9]重違　難違。[10]諱　名字。[11]甫　才。[12]垂白　白髮下垂，年老的意思。[13]今母之黨　指歸䎃孫繼母王氏一方的親戚。[14]若　和。[15]諸母　嬸母。[16]乳哺之色　嬰兒的神情。[17]督課　督促、檢查。[18]三史　指《史記》、《漢書》、《後漢書》。[19]少出　短暫外出。少，稍。[20]展卷　翻開書卷。[21]退食　做完事後吃飯。[22]午飧　午飯。[23]具食　備飯。[24]洞庭　太湖中的山。[25]館之　提供食宿。[26]造　看望。[27]慰藉　安慰。[28]直已讎　錢款已經償付。直，同「值」。讎，兌現。[29]離騷　屈原自傳體詩歌，發憤抒情。[30]琅然　聲音清亮。[31]外氏之喪　指歸䎃孫外祖母死後三年正式入葬。參見〈祭外姑文〉題解及注[23]。[32]己酉　指嘉靖二十七年十二月初八。[33]甲子　該年十二月二十三日。[34]大人　父親。[35]不任勞　經不起勞累。[36]羸弱　瘦弱。[37]顰蹙　皺眉。[38]孺慕　幼童思慕父母。指幼年。[39]室家　夫婦之倫常。[40]幾成　快要成年。[41]毒　害。[42]閾　門檻。[43]旅死　死於他鄉。[44]術者　算命、看相者。[45]外氏之喪二句　外氏，指歸䎃孫外祖母。甲寅呼癸巳，不詳。可能甲、寅為天干地支的陽，癸、巳為陰。此為迷信說法，以陽剋陰解釋人相生相剋的命運。歸䎃孫生於嘉靖十二年（西元一五三三年），該年為癸巳年。[46]青烏之書　有關墓地的風水堪輿書籍。青烏，青烏子，傳說中的古代堪輿家。亦作青烏。[47]佹瑣拘畏　詭怪瑣碎，牽強恐懼。[48]禹鼎　傳說夏禹集九牧之金鑄鼎，上面有萬物的圖像，使人知道辨別善物與惡物。[49]九黎　上古部落名。或說是上古無道害民之部落首領。[50]鴟張　鴟鳥張翼，比喻囂張、逞兇。鴟，鷂鷹，一種兇猛的鳥。[51]神奸　吃人的鬼怪神異。[52]俶擾　擾亂。[53]王虺　大毒蛇。[54]封豕　野豬。[55]蒙倛　古時臘月驅逐疫鬼或出喪時所用的神像，形容兇醜。[56]鷙盭　狠戾；殘暴。[57]落落　孤獨；寡合。[58]三稺　指歸有光三個幼子。[59]韓子　韓愈。[60]少而強者二句　引自韓愈〈祭十二郎文〉。孩提，尚在繈褓中的孩子。冀，希望。成立，長大自立。[61]禮　指《儀禮》，儒家經典之一。以下引文出自〈喪服〉。[62]公為適子之長殤中殤　〈喪服〉規定君主為嫡子之早喪者服喪的時間和披戴。公，諸侯國的君主。適子，嫡子。適，通「嫡」。長殤，十六至十九歲死去者，父親服喪九個月。中殤，十二歲至十五歲死去者，父親服喪七個月，都必須纏繫麻帶。63大夫一句　周代官職，在卿之下，士之上。〈喪服〉規定，大夫在長殤、中殤期間，可以不纏繫麻帶。64是適子亦殤也　意思說，按照《儀禮・喪服》的說法，嫡子早卒也應當舉行未成年人的葬禮。65春秋伯姬卒　《春秋》，儒家經典之一。引文出自僖公九年。伯姬，魯莊公女兒。66傳　指《春秋公羊傳》，戰國時公羊高撰，是今文經學重要典籍。67適人　嫁人。68許嫁　允婚。69字而笄　取表字，舉行笄禮，表示女子成年。笄，女子行成年禮時，用簪固定髮髻。《儀禮・士昏禮》鄭玄注：「女子許嫁，笄而字之；其未許嫁，二十則笄。」說明女子舉行笄禮的年齡視具體情況而不同。70郎之戰　魯哀公十一年（西元前四八四年），齊、魯兩國在魯國郎（今山東魚台附近）發生的一場戰爭。71汪踦　在郎之戰中戰死的一名魯國兒童。72能執干戈三句　引自《禮記・檀弓下》。73大法　大概的準則規定。74檀弓記曾子問　〈檀弓〉、〈曾子問〉都是《禮記》中的篇名。75國人　士大夫、鄉親。76延陵季子二句　《禮記・檀弓下》：「延陵季子適齊，於其反也，其長子死，葬於嬴博之間。孔子曰：『延陵季子，吳之習於禮者也。』」延陵季子，季札，春秋吳王壽夢少子，封延陵（今江蘇常州）。77夫延陵季子之葬子三句　《禮記・檀弓下》：「既封，左袒，右還其封，且號者三，曰：『骨肉歸復於土，命也，若魂氣則無不之也，無不之也。』而遂行。孔子曰：『延陵季子之於禮也，其合矣乎。』」孔穎達疏：古代禮事者左袒，若請罪待刑則右袒。喪禮只說袒，不說左右。因為「季子達死生之命，云骨肉歸復於土，不須哀戚，以自寬慰，故從吉禮也。」孔子肯定季札葬子合於禮，是指他以吉禮「左袒」行葬。歸有光則指季札葬子一事本身，屬於斷章取義。78死之四日丁卯　翩孫死於甲子日，第四天是丁卯日。79壙　墓穴。80先高祖承事郎府君　歸有光〈從叔父府君墳前石表辭〉：「我高祖諱璿，承事郎。」承事郎，文職散階官名。府君，對死者的敬稱。81饗堂　祭祀祖先的地方。82渴葬　未到下葬日期而提早安葬。83未成葬　未及成年而用成年人的葬禮。84嘉靖二十有七年三句　嘉靖二十七年十二月丁卯，已是西元一五四九年元月。歲次，古人以歲星（木星）每年所在星次為紀年，就是歲星紀年法，稱歲次。後改用干支紀年，仍有稱歲次者。

【語　譯】嗚呼！我降生七年，母親為我定下了親事，而將我姐姐許配給王氏。此後經過一年，母親拋下我離開了人世。我後來結婚，頭胎生下女兒，每次談到母親在世時候的情形，夫妻便相對而哭泣。又過了三年，生下我們的兒子。妻子當時已經患病，然而她非常高興，吩咐婢女抱著去見自己的阿公。臨死那個晚上，多次說到二個孩子，時時伸出兩個指頭向我示意，這真令人悲痛啊。因為是我祖父的第一個曾孫，所以他母親為他取名字叫曾孫。我難以違背他母親的意願，又因為曾孫不可以作為人的名字，於是就叫他翻孫。

當時我兒生下來才三個月，日夜望他長大。到現在十六年了，看著我兒長得丰神清秀出眾，已經能夠讀他父親著的書，自己常常高興地想，似乎先妻也因此而沒有去世。母親晚年的願望，先妻臨死留下的遺言，都可以稍稍得到一點安慰。不料由於我的不慈不孝，禍害延及到兒子身上，以致使我的祖父、我的父親，頭髮斑白而為我兒哭喪。

對於我兒子的死，家裡人無論大人小孩，都哭得十分哀痛。他現在母親的親戚，都哭得比失去親外甥還要哀傷。與我兒交遊的人，相聚而痛哭。他性情仁孝，見到父母和嬸母，尚有嬰兒的神情，能夠慈愛地對待別人，說的多是大人長者的話。所以對於他的死大家莫不感到悲哀。

起初我可憐我兒，不太督促他。有人勸我不應當這樣。我自有看法，心裡暗想，像我兒子，當然是用不著別人督促的。曾經用前三史試試他，稍一指點便能理解。秀才們來我家討教問題，逢我短暫外出，讓兒轉述我的意見，往往像我的話。有時候從外屋進來，便靠著几案翻開書卷，看我讀的是什麼書。我閒居無事，學著著書，每寫成一篇，他便取去，高興地朗誦起來。與他談世俗的事，便露出不屑的神情。一天，我給求學者講解完書，準備吃飯，心裡正想著這些學生天寒日晚，還沒有用午餐，讓人去看看情況，原來我兒已經稟告他母親為他們備好了飯菜。洞庭山有人來求學，很貧困，我為他提供宿食。兒子時常去他房間探望飲食如何，對他表示懇切的慰問，那人為之感動而流淚。我向妻子的兄長買住宅，已經付清了定價他還不斷地討索，兒子常常從容平靜地說：「舅舅放棄大房子住進小房子，值得同情，我父親畢竟應當對他照顧一點，別的就不要去說了。」我誤打一人，兒子上前與我力爭，我開始時不以為然，過後感到後悔。被我扑打的人聽到我兒死的消息，為之失聲大哭。我在世上遭遇困頓已經很久，正打算關起門，教兒讀書，兒能理解我的想法，我雖然對他嘴上不講，心裡竊竊自喜，獨自以此自娛。可是老天竟將這也剝奪了，我究竟對天又犯了什麼罪？這一年十二月，我因病身體怕冷，不能早起，每天讓兒子在我臥床前誦讀〈離騷〉，聲音清亮，現在還留在耳邊。正逢外祖父家有喪事，兒子患眼病，不想去，再三勸說他才上路。十二月初八出門，同月二十三日就死了。剛到外祖父家，姿容有光，看見他的人都讚歎稱異。他生平一直身體強壯，沒有疾病，誰曾料到出門的時候，姐弟手手相牽，笑語滿前，歸來的時候，卻相對悲哭，忽然之間，惟獨就見不到了我兒。死前二天，我去看他，兒見我夜裡坐著，還說：「父親大人不堪勞累，不要因為我而不睡覺。」又說：「我母親不要為我而哭，我母親身體瘦弱，今天已經哭我三次了。」又說了多遍：「快帶我回家去吧。」我說：「你生著病不可以動。」他隨即皺起眉頭，甚感痛苦。不聽我兒的話，是因為盼望兒能活下來。死在外祖父家，這並非是他本人的心願。

嗚呼！誰沒有父母妻小？我方在幼年，老天便奪去了我母親；有了家室，我妻子卻離開了人世；我兒將要長大成人，現在又死了。老天加害於我，是多麼巨大的創痛啊！以我兒的孝友聰明，以及他的命相來說，都不該死。出生三月而喪母，十六歲而拋棄我，老天對於我兒子，是多麼殘酷啊！此時，他的足還沒有跨出家門檻去經歷世事，卻已經客死在他處，這又是為什麼？算命的說：「外祖母死，甲寅將癸巳召喚去了。」癸巳是我兒出生的年分。風水算命這一類書，詭怪瑣碎，牽強唬人，我常常以為它們不可相信，它們又怎麼能夠把禍福轉嫁給世人呢？大禹之鼎淪沒，九黎無道害民，有什麼白日昏暗，邪鬼逞兇，鬼怪擾亂，大蛇野豬，長爪巨牙，出沒奔走在原野之中？為何美好清淑如我兒，一定要摧毀他，使他沉沒；而非得是兇醜、狠戾之類，才能享受富貴長命？服膺仁義，讚述先王，不但受到世俗之人的嗤笑，甚至連老天都嫉恨他們！我在世途上孤苦伶仃，沒有道伴，不知何往。回頭看三個幼子，韓愈所謂「少年強壯的保不住，幼孩或許還可以希望其長大立業吧」？嗚呼！我對於這個世界沒有指望了。

按《儀禮》說「諸侯國的君主為嫡子服長殤、服中殤，大夫為嫡子服長殤、服中殤。」這是說嫡子早死也應當舉行未成年人的葬禮。然而《春秋》「伯姬卒」，《公羊傳》說：「她還未出嫁，為何說卒？因為已經許婚於人。婦人許婚於人，取表字，舉行笄禮，如果死去就按照成年人的喪禮來下葬。」齊、魯在郎發生戰爭，汪踦陣亡，魯人不想按照未成年人的葬禮為他安葬。孔子說：「能拿起武器保衛國家，即使不按照未成年人的葬禮安葬，也是可以的吧？」先王制定禮法，是規定一個大概要求而已，至於使它與具體情況相適應，或增加或減少，或就重或就輕，全由當事人決定。從〈檀弓〉、〈曾子問〉各篇，可以看到這一點。禮法的精微之處，不能夠一一流傳下來。我為我母親的願望而悲哀，而先妻這次也真的死了。所以我為他取字叫子孝，而用成年人的葬禮安葬他。因為這是我祖父的悲痛，同時得到了士大夫和鄉親的允許，也是我先母願望的一點留存。孔子說：「延陵季子，是吳國熟悉禮的人。」延陵季子為他兒子舉行葬禮，並不符合古制，卻是孔子肯定的合乎禮的一種情況。我對於兒，想不按照未成年人的葬禮來埋葬，也是可以的吧？

死後第四天，在崑山縣金潼港高祖承事郎祭祀堂的東邊房內，建造墓穴。提前安葬，是因為未及成年而用成年人的葬禮之緣故。寫這篇壙誌，用以表達我的悲傷而已。嘉靖二十七年，歲次戊申，十二月某日。

【研　析】歸有光的這個兒子在去世之前並無明顯的病症，從發病到離開人間，只有短短十五天的時間，這與他生母魏氏去世時的情形非常相似，說明他身體中先天潛伏著其母親嚴重疾病的遺傳基因，是死於家族的遺傳疾病。兒子突然的病故，似乎將歸有光逼到了生活和精神的絕路上。這不僅因為此兒子是他亡妻臨終前降生的，是她極其珍貴的一線遺脈，兒子在，「先妻為不死」，然而至此，「先妻於是真死矣」，這對於歸有光來說確實意味著多重的悲哀。此外，歸有光所以傷心欲絕，還因為此兒子仁孝、聰慧、懂事，歸有光看出他將來有可能成材，對他寄託著很大的期望，甚至以為他可能是對歸有光本人所遭遇的坎坷不順命運的某種補償，然而這一切都因為他的早逝而變成了一片虛無。本文強烈抒哀的行文特色，根源於歸有光悲痛莫比的心情，我們似乎看到，歸有光不是蘸著墨汁，而是蘸著他自己的淚水，不，簡直是蘸著他的血，寫下了這篇悼念文章。

文章開頭，未寫兒死，先歷敘作者母親和妻子相繼早逝，以示此兒於情於理皆不當遽然而亡，不當死而死，更加令人感到哀痛。如此行文，更增強了文章的抒哀效果。作者回憶起兒子生前的一件件往事，都是令人生喜、令人安慰、令人驕傲的，正因為如此，所以它們又都是令人痛苦、令人遺憾、令人悔恨的。作者記人物語言，如聞其聲音；記人物動作，如見其身形。如兒子在外婆家的病床多次要求「亟攜我還家」，父親勸止他：「汝病不可動。」於是兒子「即顰蹙甚苦」。父子吐出的都是平常話，卻含著在生死邊緣訣別的兩個親人極不平常的心情。又如寫歸有光妻子魏氏臨終前，講話都已經很困難，可是心裡卻仍然緊緊牽掛著她的兩個幼小的孩子，「時時戟二指以示余」。這一動作，彷彿將人類的母愛雕塑般地固定了下來，讓讀者在文章所描寫的人物面前湧起悲敬之情，接受心靈的陶冶。

最後一段引經據典，歸有光如此寫作的目的，是替自己為未成年的兒子舉行成年人的葬禮尋找根據，求得儒家法理上的容許，而他所以這樣做，根本的原因則是想通過為死去的兒子舉行更正式、更隆重的喪禮，表達對他最深切的紀念，在文章中其作用也是為了加強抒發對死者的悲悼之情。然而，這樣的寫法與前面順暢自如的文字反差較大，顯得不夠協調；而廣徵博引以論證一個道理，這在客觀上也減弱了整篇文章的抒情效果。

女如蘭壙志

【題　解】如蘭是歸有光與通房婢女寒花共同生育的女兒，嘉靖十三年（西元一五三四年）出生，逾一歲夭折（具體參見〈寒花葬記〉及題解），可以想見，從她死到埋葬的時間一定很短。本文是作者對這個女兒的悼念。野村鮎子〈歸有光寒花葬志の謎〉（《日本中國學會創立五十周年紀念論文集》，汲古書院，西元一九九八年）、黃明理〈如蘭之生母為寒花說——歸有光兩篇短文的閱讀策略〉（《孔孟月刊》第四十四卷第九、十期，西元二〇〇六年）、鄔國平〈如蘭的母親是誰——歸有光女如蘭壙志、寒花葬志本事及文獻〉（《文藝研究》西元二〇〇七年第六期）對寒花和如蘭母女關係的論述和考證，可以參考。

本文作於嘉靖十四年（西元一五三五年）八月後，歸有光三十歲。

須浦❶先塋❷之北纍纍❸者，故諸殤冢❹也。坎❺方封❻有新土者，吾女如蘭也。死而埋之者，嘉靖乙未❼中秋❽日也。女生踰周❾，能呼予矣。嗚呼，母微❿，而生之又艱⓫。予以其有母也，弗甚加撫，臨死，乃一抱焉。天果知其如是，而生之奚為也？

【注　釋】❶須浦　河名，在今江蘇崑山。❷先塋　祖墳。歸有光〈從叔父府君墳前石表辭〉：「須浦上，六世之墳墓在焉。」❸纍纍　高聳貌。❹殤冢　安葬夭折者的墓。❺坎　墓穴。❻封　聚土為墳。❼嘉靖乙未　西元一五三五年。❽中秋　農曆八月十五日。❾周　滿一年。❿微　身份低。寒花是隨魏孺人嫁到歸家的陪侍丫鬟，故云。見〈寒花葬記〉。⓫生

之又艱　難產。

【語　譯】須浦河邊，祖墳之北高高聳起的，是埋葬夭折孩子的墓群。那座用新土堆起的墓穴，葬著我女兒如蘭。死而埋葬的日期，是嘉靖十四年中秋節。女兒出生一周歲略多，已經能呼喊我。嗚呼，母親卑微，而出生時又是難產。我因為有她母親在照料，不太撫愛她，臨死前，才將她抱在懷裡。老天本來知道是如此結局，又為什麼讓她來到世上？

【研　析】前面三句，從敘述須浦之北的殤冢，至女兒如蘭死而埋葬的日期，句式完全相同，一句一頓，連起來讀語氣顯得凝重，乃至近乎於呆板，而這正顯示作者撰文時，因哀傷而神情近乎木訥滯遲的狀態。隨後，作者抓住女兒極短暫的生命中幾個突出的「小情節」，母親身份低微，出生時難產，得到父親關心少，對女兒作了介紹，似乎在為死去的女兒訴說委屈，也是在表示自己的懺悔。這些都寫得非常簡潔，而作者流露的心情卻是難受而悲痛的。作者用臨死一抱，來彌補他平時對女兒撫愛的缺少。在寫法上，這一句又與「女生踰周，能呼予」，卻離開了人間數句一樣，偏從細小處寫出深情。這種充滿內涵、富有力量的細節描寫，是歸有光散文最重要也是最典型的特徵之一。全文感情壓抑，落筆沉重，最後究至於責怪老天既然不能使如蘭感受快樂，不能使她活在世上，又為什麼要讓她降生，實在是十分痛切的話語。

女二二壙志

【題　解】二二是歸有光繼室王氏所生女兒，活在世上僅短短三百天。她出生和去世的時候，歸有光都不在家裡，為此而更增加了哀傷。

本文寫於嘉靖十八年（西元一五三九年），歸有光三十四歲。

女二二，生之年月戊戌戊午❶，其日時又戊戌戊午❷，予以為奇。今年❸，予在光福山❹中，二二不見予，輒常常呼予。一日，予自山中還，見長女❺能抱其妹，心甚喜。及予出門，二二尚躍入予懷中也。

既到山數日，日將晡❻，予方讀《尚書》❼，舉首忽見家奴在前，驚問曰：「有事乎？」奴不即言，第言他事，徐卻立❽曰：「二二今日四鼓❾時已死矣。」蓋生三百日而死，時為嘉靖己亥三月丁酉❿。予既歸為棺斂，以某月日瘞⓫于城武公⓬之墓陰⓭。

嗚呼！予自乙未⓮以來，多在外，吾女生既不知，而死又不及見，可哀也已！

【注　釋】❶戊戌戊午　即嘉靖十七年（西元一五三八年）農曆五月。❷其日時又戊戌戊午　二十六日午時（中午十一時至十三時）。❸今年　指嘉靖十八年（西元一五三九年）。❹光福山　即鄧尉山，其地為光福里，故又名光福山。在江蘇吳縣

（今蘇州）光福鎮境內。歸有光嘉靖十八年讀書於此。❺長女　嘉靖八年（西元一五二九年）歸有光與原配魏氏所生，時年十一歲。❻晡　申時（下午十五時至十七時）；傍晚。❼尚書　儒家經典之一。❽卻立　退後站著。❾四鼓　四更（深夜一時至三時）。❿嘉靖己亥三月丁酉　嘉靖十八年（西元一五三九年）農曆三月二十九日。⓫瘞　埋葬。⓬城武公　歸有光曾祖父歸鳳。成化十年（西元一四七四年）舉人，官城武縣令。⓭陰　北。⓮乙未　嘉靖十四年（西元一五三五年）。

【語　譯】女兒二二，出生的年月是戊戌戊午，而日時又是戊戌戊午，我心裡感到奇怪。今年，我在光福山中，二二看不到我，便常常地叫喚我。一天，我離山回家，看到長女已經能抱起她妹妹，感到滿心喜歡。等我出門時，二二還躍入我的懷抱裡。

到山中幾天，日色將暮，我正在讀《尚書》，擡頭忽見家奴在面前，驚問道：「出了什麼事？」奴僕不馬上回答，只是說一些別的事情，他慢慢往後站，才說道：「二二今天四更時，已經死了。」她是出生三百天死的，時間是嘉靖十八年三月二十九日。我回家為她備棺入殮，在某月某日葬於我曾祖父墓的北面。

嗚呼！我從嘉靖十四年以來，經常離家在外，我女兒出生既不曾知道，而她死時又沒能見上一面，心情哀痛啊！

【研　析】寫女兒二二的可愛，直接的是寫二件小事，一是「不見予，輒常常呼予」；二是「及予出門」，「尚躍入予懷中」。間接的則是插入對姐妹之情的描寫，「見長女能抱其妹，心甚喜」。寫失去女兒二二的悲哀，也是舉二件具體的事情，一是「吾女生既不知」，二是「死又不及見」。這些無不是從細微處寫事、寫人、寫情，而越具體而微，越感人肺腑。

寒花葬記

【題解】寒花（西元一五一九～一五三七年），她是一位陪嫁婢女，十歲時隨女主人魏氏來到歸有光家。嘉靖十二年（西元一五三三年）與歸有光結合，次年八月生育女兒如蘭，逾周歲夭折，後生育第二個女兒又死，她自己在十九歲時也病逝。這是歸有光為她寫的一篇葬記，表達對她不幸命運的深切哀傷和悼念。參見〈女如蘭壙志〉題解。

本文選自清初抄本《歸震川先生未刻稿》，與長期流傳的〈寒花葬志〉內容有很大不同，主要是多了自「生女如蘭」至「作〈如蘭母〉詩」二十三字。顯然，長期流傳的〈寒花葬志〉是經人刪改的不完全文本。

本文寫於嘉靖十六年（西元一五三七年），歸有光三十二歲。

婢❶，魏孺人❷媵❸也。生女如蘭❹，如蘭死，又生一女，亦死。予嘗寓京師❺，作〈如蘭母〉詩❻。嘉靖丁酉❼五月四日死，葬虛丘❽。事我而不卒❾，命也夫！

婢初媵時，十歲，垂雙鬟❿，曳深綠布裳⓫。一日天寒，爇火⓬煮荸薺⓭熟，婢削之盈甌⓮，予入自外，取食之，婢持去不與。魏孺人笑之。孺人每令婢倚⓯几旁飯，即飯，目眶冉冉⓰動，孺人又指予以為笑。

回思是時，奄忽⓱便已十年。吁，可悲也已！

【注釋】❶婢　指寒花。❷魏孺人　歸有光結髮妻子魏氏，死於嘉靖十二年（西元一五三三年）。孺人，夫人。按她在隆慶二年（西元一五六八年）被贈封孺人號，所以文中的「孺人」是指夫人。❸媵　陪嫁的婢女。這種身份的婢女，將來也可能與男主人共同生兒育女。❹如蘭　參見〈女如蘭壙志〉題解。❺予嘗寓京師　寒花生第二個女兒旋夭折，當在嘉靖十五年（西元一五三六年）。歸有光該年膺選貢赴京應試。京師，指北京。❻如蘭母詩　尚未發現。❼嘉靖丁酉　嘉靖十六年（西元一五三七年）。❽虛丘　荒山。虛，同「墟」。❾不卒　不終。❿鬟　女子環形的髮髻。⓫裳　上衣下裳，裳指褲裙。裳也可以泛指衣服。⓬爇火　燒火。《歸震川先生未刻稿》脫「火」字，據《歸震川文集》補。⓭荸薺　多年生草本植物，地下莖扁圓形，肉白可食用。⓮甌　小盆。⓯倚　靠近。⓰冉冉　時時閃動貌。⓱奄忽　忽然；疾速。

【語　譯】婢，是魏孺人出嫁時陪來的丫鬟。生育女兒如蘭，如蘭死後，又生育一女兒，也死了。我當時寓居京城，寫了〈如蘭母〉詩篇。她在嘉靖十六年五月四日去世，葬在一片荒山。陪侍我生活卻不能到底，這大概也是命吧！

婢剛陪嫁來的時候，才十歲，兩邊垂著圓的髮髻，深綠色的布裙搖曳擺動。一日，天氣寒冷，燃火將荸薺煮熟，婢削皮裝滿一小盆，我從外面回來，伸手想拿起來吃，婢捧過盆去不允。魏孺人看著好笑。孺人每次讓婢靠著几案吃飯，她吃飯時，眼眶時時地閃動著，孺人又指給我看，一邊笑著。

回想那時候，一晃便已經十年。唉，令人悲傷啊！

【研　析】歸有光擅長寫家人親情，這類文章主要集中於他的悼亡文，佳作也多。〈寒花葬記〉是代表作之一。寒花隨魏氏陪嫁到歸家時只有十歲，是一個小姑娘，魏氏病逝前後她與歸有光結合，隨後生下女兒如蘭。母名寒花，女兒名如蘭，都以花為名字。「芝蘭生於深林，不以無人而不芳。」（《孔子家語・在厄》）所以蘭花歷來有「幽蘭」之稱，「幽、寒」的意思相近。這不會是偶然的巧合。不難猜想，寒花這個富有詩意的名字很可能也是她隨魏氏來到歸家時歸有光為她起的。而當她一旦做了母親，歸有光再為她女兒（也是他自己的女兒）起一個「如蘭」的名字，使母女的名字相映成趣，這樣的解釋應該是合理的。能為女兒起美麗名字的父親，一定是愛女兒的，當然一定也是愛她母親的。可以說，這是寒花短暫一生中最為幸福的時刻。她曾經與歸有光共同擁有過一個自己的家。然而寒花是一個苦命的女子，兩個女兒皆夭折，她自己也匆匆走完了一生，這留給歸有光痛苦的記憶。讀本文可以感受到歸有光心中對寒花強烈的悲哀和同情。文章只有一百三十餘字，除首末兩段記寒花的身世、死，以及抒發悼念之情外，有一半的文字是作者追憶寒花小孩子時的一些生活片段，她的髮髻、穿著、冉冉動著的眼眶，以及不明原因的不允主人吃煮熟的荸薺，無不寫出她小時候的可愛，而寫小寒花的可愛，又更加襯托出她死的不幸，及作者對她傷悼的深沉。作者還在文章裡讓魏孺人出場，寫她兩次「笑」，表現出長者的風範和溫馨。這一方面流露出作者對妻子的懷念，另一方面也是藉此寫寒花，通過妻子的眼睛寫寒花的天真，以及她帶給妻子的歡樂。然而此文主要結穴則是在寒花一人身上，魏孺人是陪襯，對文章這種主次關係的理解不可發生顛倒。

亡友方思曾墓表

【題解】方元儒，更名欽儒，字思曾，崑山人。本文說，他死於「島夷來寇」之年，「春秋四十」。據此，他大約生於正德十年（西元一五一五年），卒於嘉靖三十三年（西元一五五四年）。他與歸有光是同鄉好友，嘉靖十九年（西元一五四〇年）二人一起考中舉人，然以後都屢試不利，共同經歷的挫折使二人產生了許多相同的感受。歸有光以此文為亡友抒泄不平之悲愴，也用以表達對「生材甚難，其所以成就之尤難」的世道深深的感憤，「致憾於天」，其實是怨責於世道。

予友方思曾之歿，適島夷來寇❶，權厝❷于某地。已而❸其父長史公❹官四方，子昇幼，不克❺葬。某年月日，始祔❻於其祖侍御府君❼之墓。來請其墓上之文❽，亦以葬未有期，不果為。至是始畀❾其子昇，俾勒之于石❿。

蓋天之生材甚難，其所以成就之尤難。夫其生之者，率數千百人之中得一人而已耳。其一人者果出于數千百人之中，則其所處必有以自異，而不肯同於數千百人之為，而其所值⓫又有以激之，是以不克安居徐行，以遽⓬入於中庸之道。則天之所以成材者，其果尤難也。

思曾少負奇逸之姿，年二十餘，以《禮》經為京闈首薦⓭。既⓮一再試春官⓯

不利，則自叱⑯而疑曰：「吾所為，以為至矣，而又不得。彼必有出於吾術之外者。」則使人具書幣⑰走四方，求嘗已得高第⑱者，與夫邑里之彥⑲，悉致之於家而館餼⑳之。其人亦有為顯官以去者，然思曾自負其材，顧彼之術，實不能有加於吾，亦遂厭棄不能以久。方其試而未得也，則憤懣而有不屑之志。其後每偕計吏行㉑，時時絕大江㉒，徘徊北岸，輒返棹登金、焦二山㉓，徜徉以歸。與其客飲酒放歌，絕不與豪貴人通。間與之相涉，視其齷齪㉔，必以氣陵之。聞為佛之學於臨安㉕者，思曾往師之，作禮讚嘆，求其解說。自是遇禪者㉖，雖其徒所謂墮龍、啞羊㉗之流，即跪拜施捨，冀得真乘㉘焉。而人遂以思曾果溺於佛之說，不知其有所不得志而肆意於此。以是知古之毀服童髮㉙，逃山林而不處㉚，未必皆精志於其教，亦有所憤而為之者耶！以思曾之材，有以置㉛之，使之無憤懣之氣，其果出於是耶？然使假㉜之以年，以至于今，又安知其憤懣不益甚而將不出於是耶？抑㉝彼㉞其道空蕩㉟，翛然㊱不與世競，而足以消其憤懣之氣耶？抑將平其氣，無待於外，安居徐行，而至于中庸之塗㊲也？此吾所以嘆天之成材為難也。

思曾諱元儒，後更曰欽儒。曾祖曰麟，贈㊳承德郎㊴、禮部主事㊵。祖曰鳳，朝列大夫㊶，廣東僉事，前監察御史。父曰箓，今為唐府長史。侍御與兄鵬㊷，同年舉進士。侍御以忤權貴出，而兄為翰林春坊㊸，至太常卿㊹，亦罷歸。思曾後起，謂必光顯於前之人，而竟不得位以歿。時嘉靖某年月日也，春秋四十。娶朱氏，福建都轉運鹽使司判官㊺希陽㊻之女。男一人，昇。女三人，皆側出㊼。

思曾少善余，余與今李中丞廉甫㊽晚步城外隍橋㊾，每望其廬，悵然而返，其相愛慕如此。後予同為文會㊿，又同舉於鄉。思曾治園亭田野中，至梅花開時，輒使人相召，予多不至。而思曾時乘肩輿(51)過安亭江(52)上，必盡醉而歸。嘗以予文示上海陸詹事子淵(53)，有過奬之語，思曾凌曉(54)，乘船來告。予非求知於世者，而亦有以見思曾愛予之深也。思曾之葬也，陳吉甫(55)既為銘，予獨痛思曾之材，使不得盡其所至，亦為之致憾於天而已矣。

【注釋】❶島夷來寇　指嘉靖三十三年（西元一五五四年）倭寇侵擾嘉定、崑山。島夷，即倭寇。夷，外國人。❷權厝　暫時停放靈柩，待將來安葬。❸已而　後來。❹其父長史公　方元儒的父親方箓，嘉靖四年（西元一五二五年）舉人，曾任唐王府長史，正五品。❺不克　不能。❻祔　葬在旁邊。❼其祖侍御府君　方元儒的祖父方鳳（？～西元一五五〇年），字時鳴，號改亭，正德三年（西元一五〇八年）進士。武宗時，官御史。世宗立，數爭大禮，以災異指斥弊政。其兄方鵬附和張璁、桂萼，被方鳳劾，並自劾以謝其兄。出為廣東提學僉事，謝病歸。著有《方改亭奏草》、《物異考》。府君，對死者的敬稱。❽墓上之文　墓誌銘。❾畀　使。❿勒之于石　將墓誌銘刻於石上。⓫所值　遭遇。⓬遽　遂；就。⓭以禮經為京闈首

薦　明代科舉初場試《四書》義三道，五經義四道，應試者習一經應試。方元儒在試《禮》經考生中獲第一。禮，《禮記》，儒家經典之一。京闈，指應天府（南京）鄉試。⓮既　及。⓯試春官　考進士。進士考試由禮部主持，春官是禮部的別稱。⓰自叱　斥責自己。⓱書幣　書信、錢幣。⓲得高第　考中進士者。⓳彥　才俊。⓴館餼　聘請教師，付酬供食。㉑偕計吏行　指舉人入京會試。偕計，即「計偕」。㉒絕大江　渡過長江。㉓金焦二山　金山，在長江南岸。焦山，在長江中，偏近南岸，相傳東漢焦光曾在此隱居。二山今屬江蘇鎮江。㉔齷齪　骯髒。㉕臨安　今浙江杭州。㉖禪者　修習佛教者。㉗墮龍啞羊　僧人中犯戒律和最無慧者。唐釋道世《法苑珠林》卷十載：出家人違戒犯行，鬬諍誹謗，罪未至於墮地獄者，則墮於龍中。又卷二十七引《十輪經》云：「佛言族姓子有四種僧。何等為四？第一義僧，二淨僧，三瘂羊僧，四無慚愧僧。……不知犯不犯輕重微細，罪可懺悔，愚癡無智，不近善知識，不能諮問深義，是善非善。如是等相，名為瘂羊僧。」瘂，同「啞」。㉘真乘　佛家真實的教義。此指真本領。㉙毀服童髮　脫去世俗衣服，削掉頭髮，出家為僧。㉚不處　不在凡塵生活。㉛置　安置。㉜假　借予。㉝抑　或者。㉞彼　指佛教。㉟空蕩　佛教主張的色空學說。㊱儵然　無拘無束；超脫。㊲塗　同「途」。㊳贈　官員眷屬獲得朝廷贈封。㊴承德郎　正六品的贈封。㊵禮部主事　正六品的禮部屬官。㊶朝列大夫　文官名，四品。㊷鵬　方鵬（西元一四七〇年～？），字時舉，號矯亭，正德三年（西元一五〇八年）與弟方鳳同年進士。世宗「大禮議」中，方鵬附和張璁、桂萼，官至南京太常寺卿，辭歸。與弟方鳳和好如初。著有《矯亭集》。㊸翰林春坊　詹事府屬官，輔導太子。㊹太常卿　指南京太常寺卿，掌祭祀禮樂之事，正三品。㊺都轉運鹽使司判官　都轉運鹽使司掌鹽的生產和交易之事，下設運判二人。㊻希陽　朱希陽，南直隸人。㊼側出　為妾所生。㊽李中丞廉甫　李憲卿。參見〈正俗編序〉注⓭。㊾隍橋　護城河上的橋。㊿同為文會　歸有光〈野鶴軒壁記〉：「嘉靖戊戌（十七年，西元一五三八年）之春，予與諸友會文於野鶴軒。……時會者六人，後至者二人。」據抄本所載，這八人是：歸有光、潘士英、吳中英、沈世麟、張鴻、季伯龍、方元儒、陳敬純。(51)肩輿　小轎。(52)安亭江　歸有光家在安亭江上。(53)陸詹事子淵　陸深，見〈雪竹軒記〉注❻。(54)淩曉　拂曉。(55)陳吉甫　陳敬純，字吉甫，崑山人。

【語　譯】我友人方思曾去世時，正逢倭寇入侵，靈柩暫時安放於某地。後來他父親長史公為官輾轉各地，兒子方昇年幼，不能為他落葬。某年某月某日，才安葬在他祖父侍御公的墓旁。來請我撰寫刻在墓上的銘文，也因為安葬日期難定，未能撰成。至此才使他兒子方昇，讓人刻在墓碑。

天降生一個人才很難，而要成全一個人才更難。在降生的人中，大約數千百人中只有一人而已。這個人果真卓然挺拔於數千百人之中，則他處世的態度必然與眾不同，不肯像數千百人那樣做事，而他的遭遇又給予他刺激，所以不能安於所居，露出一種優遊從容的樣子，加入到中庸的行列中去。這樣看來，天之所以成就一個人才，確實是更難的事情。

思曾少年時就具有奇偉超逸的姿性，二十餘歲，以《禮》經獲南京鄉試第一名。以後多次參加進士考試皆失利，他責備自己，以疑惑的口氣說：「我對於所作的時義，以為是盡力做好了，可是考不中。這考中進士的人一定有超出我的本領。」於是讓人帶著書信和金錢，四出尋訪曾經考得優秀名次的人，以及鄉里的才俊，把他們全都請到家裡來設教，輔導自己。這些人裡面，也有因為做了貴官而離開的。然而思曾自負其材，覺得他們那種水平，其實並不在自己之上，於是產生了厭棄之心，不能長期堅持。當他開始考不中時，憤懣憾恨，有不屑功名的念頭。以後每次入京會試，常常渡過長江，徘徊於北岸，便掉轉船頭登上金山、焦山，徜徉一陣，就回家了。與他家裡的賓客飲酒放歌，根本不與顯貴們交往。偶然與他們接觸一下，瞧著他們骯髒，就不由自主地對他們盛氣相犯。聽說在杭州有講佛學的人，思曾前往討教，行禮讚歎，請求他講解佛理。自此以後遇見研求佛學的人，即使是被他們同道視為犯戒律、最無慧者，也向他們跪拜，布施給他們，希望從他們那裡得到佛教真義。人們於是以為思曾真的沉溺於佛家學說，不知他是有所不得志才肆意於佛學。由此可知，古人脫去世俗服裝，削掉頭髮，逃入山林，不處人世，未必都是專心致志於其教義，其中也有出於悲憤而這樣做的人吧！憑思曾的才能，讓他發揮，使他不鬱積憤憾之氣，他難道真的會這樣嗎？然而如果增加他的壽命，活到今天，又怎麼知道他憤憾不會這麼強烈而不走到這地步？或者佛教主張色空，超然於世俗競爭之外，這足以使他消泯憤憾之氣？或者他將撫平憤氣，對外在的一切不再計較，安於所居，保持優遊從容的風度，而進入中庸的境地？這就是我感歎老天成就人才尤難的原因。

思曾名元儒，後改名欽儒。曾祖父名麟，贈封承德郎、禮部主事。祖父名鳳，任朝廷的大夫，廣東僉事，前監察御史。父親名棨，今任唐王府長史。方鳳侍御與兄長方鵬，同年考中進士。侍御因得罪權貴被貶為外官，而兄任翰林春坊，仕至太常卿，也被罷歸。思曾後來成長，以為必定能夠光耀前人，然而竟沒有得到嚮往的官位而去世。這是嘉靖某年某月某日，享年四十歲。娶朱氏，福建都轉運鹽使司判官朱希陽的女兒。有兒子一人，名昇。女兒三人，都為妾所生育。

思曾年輕時與我親善。我與現任湖廣左副都御史李廉甫在晚上時，走到城外的護城河橋上，常常望著他的屋廬，心情悵然而折回。後來，他與我一起參加文社，又在同一年考中舉人。思曾在田野裡修建園亭，待梅花綻放時，便派人來邀請，我常常沒有去。而思曾乘坐小轎從安亭江上經過，必在我家大醉而歸。曾經向上海陸詹事子淵出示我的文章，得到過獎的評說，思曾在拂曉，乘著船前來相告。我並不尋求世人知道我，然而從這一件事情也可以看出思曾愛我的深切。思曾下葬時，陳吉甫已經為他撰寫了墓誌銘，我最痛惜思曾的才華，沒有能夠得到最大發揮，也為他向老天表示遺憾。

【研析】歸有光一生中有幾個遭遇坎坷、抑鬱失志的好友，使他一直都很難忘。他很清楚他們心裡蘊結的痛苦，也明白他們對世道真切的感受和經驗。他覺得自己有一種責任將他們的精神寫出來，將他們的痛苦和冤屈寫出來，留在世上。他的一部分文章就是為了這個目的，為這些失志者寫的。方思曾從積極嚮往科舉功名，到屢遭挫折之後斷絕功名之念；從謙虛地向科舉成功者請求教益，到「顧彼之術，實不能有加於吾」而對他們的一套不屑；從一個世俗之人，到漸漸地走近佛學空門，前後彷彿判若二人。歸有光認為，這都是世界施加的刺激迫使一個人作出的改變，這種改變反映出的是一個人經受的巨大的精神痛苦。由好友經歷的人生和精神的改變，歸有光更推及至「古之毀服童髮，逃山林而不處，未必皆精志於其教，亦有所憤而為之者耶。」他揭出一個「憤」字，作為他們精神和心理的核心，流露出的心情自是很感慨、痛切的。

歸有光同情、理解失志的友人，其實這也是同情和理解他自己，在這裡幾乎分辨不出誰是誰，彼此的界限似乎不存在，即使存在也並不重要。所以這篇文章從某種意義上說，也是作者本人的痛苦自訴。

吳純甫行狀

【題 解】吳中英生平介紹，見〈送吳純甫先生會試序〉題解。他好讀書，性格豪爽，不苟同。書法遒勁，類其為人。又能鑒識人，稱歸有光為「班馬之才」，歸有光為此對他懷著感激之情。行狀是記述死者生平的文體。本文敘述吳中英失志的經歷和憤鬱的精神，對他「不用於世」表示不平。

文章寫於嘉靖十七年（西元一五三八年），歸有光三十三歲。

先生姓吳氏，諱中英，字純甫。其先❶不知其所始，曾祖傑，自太倉❷來徙❸崑山。祖璇，父麒，母孫氏。

先生生而奇穎，好讀書。父為致書千卷，恣其所欲觀。里中有黃應龍❹先生，名能古文。先生師事之，日往候其門。黃公奇先生，留與語，貧不能具飯，與啜粥，語必竟日還。先生以故無所不觀，而其古文得於黃公者為多。先生童髫❺入鄉校❻，御史❼愛其文，封所試卷，檄示有司❽。他御史至，悉第先生高等。開化方豪❾來為縣，縣有重役，召先生父。先生以書謁方侯，侯方少年，自謂有文學，莫可當意。得書，以為奇，引與游，甚歡。其後方侯徙官四方，見所知識❿至吳中⓫者，必以先生名告之。

然先生意氣自負，豪爽不拘小節。父卒，遺其貲⑫甚厚。先生按籍⑬，視所假貸不能償者，焚其券⑭。好六博⑮、擊毬⑯、聲音⑰、婦人，擁妓女，彈琵琶，歌謳自隨，散其家千金。久之，迺更折節自矜飾⑱，顧⑲不屑為齷齪小儒。篤於孝友，急人之難，大義落落⑳，人莫敢以利動。令㉑有迎館㉒先生者，欲有所贈遺，見先生，竟莫能出一語。先生之弟嘗以事置對㉓，令閱其姓名，疑問之，乃先生弟。先生不自言也。與其徒攷古論學，庭宇灑掃潔清，圖史盈几，觴酒相對，劇談不休。雖先儒有已成說，必反覆其所以，不為苟同。後生有一善，忻然如己出，亟為稱揚。里中人聞之，輒曰：「吳先生得無妄言耶？某某者皆稚子，何知也？」然往往一二年即登第㉔去，或能自建立，知名當世。而吳先生年老猶為諸生，進趨㉕學宮㉖，揖讓博士㉗前，無慍㉘色。

年四十四，始為南都㉙舉人。先生益厭世事，營城東地，藝㉚橘千株，市鬻財㉛自給。日閉門，不復有所往還，令兒女環侍几傍，誦詩而已，少時所喜詩文絕不為，曰：「六經，聖人之文，亦不過明此心之理。與其㉜得於心者，則六經有不必盡求也。如今世之文，何如哉？」

嘉靖戊戌㉝試禮部㉞，不第，還至淮㉟，先生故有腹疾，至是疾作，及家二日而卒，是歲四月某日也。距其生弘治戊申㊱月日，得年五十有一。娶陸氏，蚤㊲卒，無子。側室㊳某氏，生子男一人，原長。女三人，長適㊴工部主事陸師道㊵，其次皆許聘。

予于先生相知為深，十年前，嘗語予曰：「子將來不忘夷吾、鮑子之義㊶，吾老死不患無聞於後矣。」於是先生弟中材使予為狀，不可以辭。嗚呼！先生不用於世，予所論次大略，其志意可攷而知焉。

【注釋】❶先　祖先。❷太倉　今屬江蘇，與崑山相鄰。❸來徙　遷家。❹黃應龍　黃雲，字應龍，號丹巖，崑山人。家貧力學，文宗蘇軾，書法黃庭堅。弘治中，以歲貢授瑞州訓導。❺童髫　少年。髫，挽束在頭頂上的頭髮。❻鄉校　地方所辦的鄉學，與官辦的「縣學」相對。❼御史　指提學御史，負責考查學校教學。❽檄示有司　指示有關官員傳閱。❾方豪　字思道，浙江開化人。正德三年（西元一五〇八年）進士，歷任崑山縣、湖廣副使。❿知識　認識。⓫吳中　指今江蘇蘇州一帶。⓬貲　同「資」。⓭按籍　查帳。籍，帳簿。⓮券　契約；借據。⓯六博　古代一種擲采下棋的比賽遊戲。⓰擊毬　古代一種擊球運動。⓱聲音　歌唱演奏。⓲矜飾　克制；收斂。⓳顧　然而。⓴落落　磊落；心胸開闊。㉑令　縣令。㉒迎館　延請來家當教師。㉓置對　被傳訊。㉔登第　考中舉人、進士。㉕進趨　指秀才按規定定期往學府接受詢問，彙報學業。㉖學宮　指州縣的學府。㉗博士　學官名。㉘慍　惱怒。㉙南都　南京。㉚藝　種植。㉛市鬻財　到市上去換錢。㉜與其　假如已經。㉝嘉靖戊戌　嘉靖十七年（西元一五三八年）。㉞試禮部　參加進士考試。㉟淮　淮河。㊱弘治戊申　弘治元年（西元一四八八年）。㊲蚤　同「早」。㊳側室　妾。㊴適　嫁。㊵陸師道　字子傳，號元洲，別號五湖道人，長洲（今江蘇蘇州）人。嘉靖十七年（西元一五三八年）進士。授工部主事，改禮部，累官尚寶少卿。文徵明弟子，善詩文，工書繪。著有《五湖集》。㊶夷吾鮑子之義　管仲字夷吾，鮑子即鮑叔牙，二人情誼深篤。齊桓公欲重用鮑叔牙，他卻向齊桓公推薦管仲。在管仲治理下，齊國成為春秋霸主。

【語　譯】先生姓吳，名中英，字純甫。他的祖先不知最早是何地人，曾祖吳傑，從太倉遷徙到崑山。祖父吳璇，父親吳麒，母親孫氏。

先生天生穎異，愛好讀書。父親為他購置圖書千卷，讓他盡情地觀覽。鄉里有黃應龍先生，以能寫古文而聞名。先生奉他為師，每日前往等候在他門外。黃公覺得先生奇特不凡，將他留下來一起交談，家貧無飯可備，與他一起喝粥，一談必定至日暮才回家。先生因此無書不讀，而他的古文以得到黃公的傳授為多。先生少年入鄉學，提學御史賞愛他的文章，將他的試卷封起來，寄往其他學校，指示大家一起傳閱。別的提學御史到任，都將先生名列高等。開化人方豪來任縣令，縣裡有繁重的賦役，傳喚先生父親。先生給縣令寫信，縣令正值年少氣盛，自以為有文學才華，無人可以讓他滿意。收到先生的信，認為是奇異之人，引見他結交為友，非常高興。後來方先生調任四方，遇見認識的人來吳中，定然告訴他們先生的名字。

然而先生以意氣自負，性情豪爽不拘小節。父親死，留給他的財產很豐厚。先生查帳，看到借貸而無力償還者，就將借據燒毀了。愛好六博、擊毬、音樂、女人，挾擁歌妓，彈奏琵琶，自己也隨著一起唱歌，為此用去千貫家產。這樣生活了好久，於是轉而改變態度，自我收斂，然而不屑為卑鄙齷齪的小儒。他篤於孝道，堅於友情，急人之難，明大義而襟懷開闊，別人不敢用利去撩動他的心。有個縣令延請先生到家裡當教師，想饋贈給他禮物，見了先生的面，竟然這類話一句都說不出口。先生的兄弟曾因事被傳訊，縣令看了他姓名，覺得有蹊蹺，問他，才知道是先生的兄弟。先生自己沒有向縣令講過此層關係。先生與他的學生稽考古事，討論學問，庭院灑掃清潔，圖書史籍堆滿几案，斟酒滿杯，相對而飲，一邊縱橫談論滔滔不絕。即使先儒已經有了成說定論，也一定反覆致求其原因，不隨便表示贊同。後生有一點長處，高興得如同是他自己的優點似的，極力為之稱讚傳揚。鄉里人聽到後，便說：「吳先生豈非信口開河？你說的那些人都還是孩子，怎麼能知道呢？」然而往往一二年以後有人就考中了舉人、進士，有的能樹立事業，聞名於當世。可是，吳先生自己年老依然是秀才，依例去學府彙報學業，在學官面前行禮，沒有惱恨的顏色。

四十四歲，才成為南京舉人。先生從此更加厭嫌世事，經營城東的田地，種植千株橘樹，到市上以橘換錢，以此為生。每日關閉家門，不再與人有所往來，讓兒女圍著几案，陪伴自己，誦讀詩歌而已。年輕時候所喜歡的詩歌、文章絕不再染指，說：「六經，聖人的文章，也不過是為了究明人心中的理，假如心裡已經明白，那麼也不必到六經去深求了。像今世的文章，又有什麼必要呢？」

嘉靖十七年參加進士考試，失利，回鄉行到淮河，先生以前患有腹疾，此時舊病復發，到家二日去世，是這一年四月某日。相距他弘治元年某月某日出生，享年五十一歲。娶陸氏，早死，無子。妾某氏，生兒子一人，名吳原長。女兒三人，長女嫁工部主事陸師道，另兩個都已經許聘於人。

我與先生互相的瞭解和交情都很深，十年前，曾對我說：「你將來不忘管仲和鮑叔牙的情義，我老死便不擔心身後默默無聞了。」現在先生弟中材要我撰寫行狀，我不可以推辭。嗚呼！先生不能被世所用，我所敘述的一生大略，可以由此知道他的志向和心境。

【研　析】這是歸有光前期寫的一篇文章，傳述吳中英生平，敬其才略和意志，哀其不為世用，抱憾而終。此文最大的特點是，簡練乾淨，體氣精爽，堅犖確實。作者敘述吳中英一生的行事，將遊移於事體之外的筆墨一概黜落，無一處拖泥沾水，甚至很少用虛詞，卻寫得人物形全神完。好比利斧劈木，落一記，進一寸，乾脆利索，絕不見木屑披散。吳中英曾稱讚歸有光是「班馬之才」，這是肯定他善於敘事狀人，有良史的才能。本文很能夠代表歸有光散文這方面的成就。

文章記述吳中英中舉以後，「益厭世事」，連讀書的興趣也發生了改變，再不旁涉少時所喜愛的詩文，甚至以為既然此理已經明瞭於心，對儒家的六經也可以「不必盡求」。這種態度比宋明心學家「六經皆我注腳」更加過頭。歸有光將吳中英這種不一般的認識記載下來，為後人保留了一條有價值的思想史資料。

寫吳中英焚券，與〈陳君厚卿墓誌銘〉一文陳玎臨終對兒子只交代自己負別人的債，囑其償還，卻不言別人負自己的債，同一仁厚之心。

先妣事略

【題　解】歸有光母親周桂（西元一四八八～一五一三年），崑山東南吳家橋人。家世以耕農為業，至她父親始讀書向儒。她十六歲嫁到歸家，二十六歲去世，其時歸有光僅七歲。本文所述他母親的事蹟，得自他人的講述，以及他幼小時對母親留下的一些親切記憶和印象。據歸有光〈題弘玄先生贊後〉所敘，他父親和姨父秦雲（弘玄先生）對他瞭解母親是很重要的人物。文章說：「先妣早棄予，少不復能記憶。先生追道舊事，問之家君，始知其詳，為之流涕。」又據〈封中憲大夫興化府知府周公行狀〉記載，「嘗念少時之母家，群從諸舅，每見輒哀憐慰藉。為談先妣生平，相與淚下，至今使人有戚戚渭陽之感。」他諸位舅舅的回憶也使他記得了母親的許多往事。而由〈項脊軒志〉一文知，祖母的婢婦對他瞭解母親也有不少幫助。正是依靠了這種有心的採訪和積累，作者才寫出了這篇名作。

本文寫於嘉靖八年（西元一五二九年），歸有光二十四歲。

先妣❶周孺人❷，弘治元年❸二月十一日生。年十六來歸❹，踰年生女淑靜❺。淑靜者，大姊也。期❻而生有光，又期而生女、子，殤一人，期而不育❼者一人，又踰年生有尚，妊十二月，踰年，生淑順，一歲又生有功。有功之生也，孺人比乳他子加健❽，然數顰蹙❾，顧❿諸婢曰：「吾為多子苦。」老嫗以杯水盛二螺進，曰：「飲此，後妊不數矣。」孺人舉之盡，喑⓫不能言。正德八年⑫五月二十三日，孺人卒。諸兒見家人泣，則隨之泣，然猶以為母寢也，傷哉！於是家人延⑬畫工畫，出二子，命之曰：「鼻以上畫有光，鼻以下畫大姊。」以二子肖⑭母也。

孺人諱桂。外曾祖諱明⑮，外祖諱行⑯，太學生⑰，母何氏。世居吳家橋，去縣城東南三十里，由千墩浦⑱而南，直橋並小港⑲以東，居人環聚，盡周氏也。外祖與其三兄皆以貲雄⑳，敦尚㉑簡實，與人姁姁㉒說村中語㉓，見子弟甥姪無不愛。孺人之吳家橋，則治木綿㉔，入城則緝纑㉕，燈火熒熒㉖，每至夜分㉗。外祖不二日使人問遺㉘，孺人不憂米鹽，乃勞苦若不謀夕。冬月，罏火炭屑，使婢子為團，累累㉙暴㉚階下。室靡棄物，家無閒人。兒女大者攀衣，小者乳抱，手中紉綴不輟，戶內灑然㉛。遇僮奴有恩，雖至箠楚㉜，皆不忍有後言。吳家橋歲致魚蟹餅餌，率㉝人人得食。家中人聞吳家橋人至，皆喜。

有光七歲，與從兄㉞有嘉入學，每陰風細雨，從兄輒留，有光意戀戀不得留也。孺人中夜㉟覺寢㊱，促有光暗誦《孝經》㊲，即㊳熟讀無一字齟齬㊴，乃喜。

孺人卒，母何孺人亦卒。周氏家有羊狗之痾㊵，舅母卒，四姨歸顧氏，又卒，死三十人而定，惟外祖與二舅存。

孺人死十一年，大姊歸王三接㊶，孺人所許聘者也。十二年，有光補學官弟子㊷，十六年而有婦㊸，孺人所聘者也。期而抱女，撫愛之，益念孺人。中夜與其婦泣，追惟㊹一二，彷彿如昨，餘則茫然矣。世乃㊺有無母之人，天乎，痛哉！

【注釋】❶先妣　死去的母親。❷孺人　對婦人的尊稱。❸弘治元年　西元一四八八年。❹來歸　嫁來。❺淑靜　歸淑靜，比歸有光大一歲，嫁王三接，封安人。❻期　滿一年。❼不育　沒有養活。❽加健　更健康。❾顰蹙　皺眉發愁。❿顧　看。⓫喑　啞。⓬正德八年　西元一五一三年。⓭延　請。⓮肖　像。⓯外曾祖諱明　歸有光〈封中憲大夫興化府知府周公行狀〉：「其先汴人，宋靖康末，扈蹕臨安。至貴一公，始家崑山之吳家橋。」「（周）明是為耕樂翁，有行誼。學士吳文定公銘其墓曰：『剛直君子』。」⓰外祖諱行　「行」當為「衡」之誤。歸有光〈封中憲大夫興化府知府周公行狀〉：「（周明）生四子：長諱璿，是為樂清翁，次諱璣，諱玉，諱衡。衡，太學生。」璿璣玉衡，或謂以美玉裝飾的觀測天文的儀器，或謂北斗星。雖然不能確定周明為四個兒子取名是用哪一層意思，但是可以肯定歸有光外祖父的名字是周衡，「行」因形近誤。⓱太學生　在國子監讀書的監生。⓲千墩浦　在崑山縣東南四十里，新洋諸江之水匯流於此，接吳淞江入海。⓳小港　小溪。⓴貲雄　富有。貲，資。㉑敦尚　崇尚。㉒姁姁　和悅友善。㉓村中語　鄉言、家常。㉔木綿　即「木棉」。棉花。㉕緝纑　搓麻成線。㉖熒熒　光線暗弱。㉗夜分　半夜。㉘問遺　問候、贈物。㉙累累　堆積。㉚暴　同「曝」。曬。㉛灑然　整潔貌。㉜箠楚　敲打。㉝率　一概。㉞從兄　堂兄。指歸有光伯父的長子。㉟中夜　半夜。㊱覺寢　睡中醒來。覺，醒。㊲孝經　儒家經典之一，孔子後學所作。㊳即　到。㊴齟齬　上下牙齒不相合，比喻誦讀不熟練。㊵羊狗之痾　由家畜等動物傳染的疫病。痾，病。㊶王三接　詳見〈亡兒翽孫壙誌〉注❺。㊷有光補學官弟子　嘉靖四年（西元一五二五年），歸有光以第一名補蘇州府學生員，離開他母親去世十二年。㊸十六年而有婦　嘉靖七年（西元一五二八年），歸有光與魏氏結婚，離開他母親去世十六年。㊹追惟　追思。㊺乃　竟然；難道。

【語譯】先母周孺人，弘治元年二月二十一日生。十六歲出嫁，一年後生女兒淑靜。淑靜，是我們大姐。過一年生有光，又過一年生一女一子，一個夭折，一個滿了周歲而沒能養活。又過一年後生有尚，懷孕十二個月，過一年，生淑順，一年後又生有功。有功出生後，孺人比孳乳其他孩子時顯得身體健康，然而常常皺眉發愁，瞧著各位婢女說：「我為生不完的孩子吃了許多苦頭。」老嫗用杯子裝水，盛著二隻螺，遞上說：「把這喝下去，以後就能少懷孕。」孺人舉杯一飲而盡，噎得不能說話。正德八年五月二十三日，孺人去世。孩子們看到家裡人哭，便也隨著哭起來，然而仍以為母親睡著了，真可憐！於是家人請畫工畫像，叫出二個孩子，吩咐他說：「鼻子以上照有光的畫，鼻子以下照大姐的畫。」因為這兩個小孩長得像母親。

孺人名桂。外曾祖名明，外祖父名行，太學生，母親何氏。世代居住在吳家橋，離開縣城東南方向三十里，由千墩浦往南，直橋及小溪以東，人們環溪聚居，都是姓周的人家。外祖父與兄弟三人皆以富有而雄居鄉里，崇尚簡易樸實，與別人和善地說著鄉言，話家常，對於子女、外甥、侄兒，無不喜愛。孺人回到吳家橋，則採摘棉花，進城則搓麻線，燈光幽暗，常常勞累到半夜。外祖父家隔幾天就派人送來禮物，孺人無米鹽之愁，可是她一直辛勤地幹活，好像吃了上頓沒下頓似的。冬天，爐火燒剩的木炭屑末，讓婢子捏成圓團，一排排曬在臺階之下。屋裡沒有丟棄的東西，家裡沒有吃閒飯的人。兒女們大的拉著衣角，小的抱著哺乳，手裡不停地縫紉補綴，門庭之內十分整潔。對待侍童僕人有恩情，即使有人遭到了扑打，後來都不忍心為此而生怨言。吳家橋每年送來魚蟹餅餌，照例人人都有得吃，家中人聽說吳家橋的人來了，都頓時高興起來。

有光七歲時，與堂兄一起入學讀書，遇到陰風細雨的天氣，堂兄便留在家裡，有光雖然羨慕也能如此，可是孺人未允。孺人半夜醒來，催促有光背誦《孝經》，直到每一個字都讀得很流利，這才高興。孺人死後，外祖母何孺人也離開了人世。周氏家感染到羊狗傳染的疾病，舅母死，四姨出嫁給顧氏，又死，先後死了三十人才結束，只有外祖父和二舅倖存下來。

孺人死後十一年，大姐出嫁給王三接，那是孺人許配的人家。十二年，有光補蘇州府學生員，十六年結婚，那也是孺人定下的親事。一年後有了女兒，在撫愛女兒的時候，更加思念孺人。半夜與我妻子相對哭泣，追思往事幾樁，彷彿如同發生在昨日，其餘則已經變得茫然。世上竟然有沒有母親的人，天啊，這是多麼傷痛的事！

【研　析】早年喪母，這件不幸事是歸有光一輩子相隨不解的哀痛，這種痛沁入骨髓，時時都會攪動他的靈魂。他不甘心自己沒有母親，所以他「七八歲時，見長老，輒牽衣問先世故事」（〈家譜記〉），包括打聽他母親的往事，是為了讓死去的親人能夠清晰地存在於他的心中，讓母親永遠伴隨著他的精神一起生活。他在文章裡多次寫到母親，尤以這篇〈先妣事略〉寫得最詳細，最充分，也最著名。因這篇文章，歸有光母親雖然早逝，卻在人世間獲得了超越時間的生命。

歸有光母親是一個很普通的家庭婦女，生養子息，操勞家務，督促孩子念書，除此而外，就幾乎沒有留下其他的事情可供記述。歸有光正是通過這些日常的、平凡的生活小事，抓住其特徵，捕取其中的含義，加以真實而動人地敘述，表現出母親對家庭、對孩子的愛和家人之間的親情。作者對於母親，每講敘一段經歷，必插入生動的生活細節，這不僅使文章的內容顯得充實和豐富，而且更使描寫充滿動人的生活氣息。如記述母親多子，隨後即寫她飲螺水；記述她勤儉持家，隨後輔之以寫她子女纏身，而雙手操勞不息，「兒女大者攀衣，小者乳抱，手中紉綴不輟」，使她的辛勞具體化，好似一幅圖畫。這種方法也見於本文別的記述中，比如敘述外婆家經常關心他們，隨即具體寫到給他們送來「魚蟹餅餌」，吃的時候人人有份，所以，「家中人聞吳家橋人至，皆喜。」這些地方若僅僅只作籠統的敘述，就無法寫得如此惟妙惟肖。

作者在第一段詳細介紹他母親不斷生子，開始讀時，可能並不明白這樣細述有何必要，或許還會覺得文字顯得有點沉悶。而讀至母親抱怨「吾為多子苦」，及將老嫗遞上的「避孕螺水」一飲而盡，方才明白前文不厭其煩地敘述她多孕多育，正是為了逼出這個「苦」字。試將前面的文字刪去，代之以概括性的「先後生育子女八人」，這種效果就蕩然不見了。

作者寫母親剛死，「諸兒見家人泣，則隨之泣，然猶以為母寢也，傷哉！」與漢樂府〈婦病行〉「入門見孤兒，啼索其母抱」同一手法，孤兒啼哭著要死去的母親懷抱，與本篇「以為母寢」，同一哀絕痛心語。

《明史・后妃傳・劉太后》：「（崇禎）帝五歲失太后，問左右遺像，莫能得。傳懿妃者舊與太后同為淑女，比宮居，自稱習太后言宮人中狀貌相類者，命後母瀛國太夫人指示畫工，可意得也。圖成，由正陽門具法駕迎入，帝跪迎於午門，縣（懸）之宮中，呼老宮婢視之，或曰似，或曰否。帝雨泣，六宮皆泣。」這種寫法與歸有光在本文講敘為母親繪像，以及〈王氏畫贊並序〉寫他請人為亡妻畫圖，如出一轍。編纂《明史》時，歸有光散文的影響已經大為擴大，編纂者不僅直接擷取他的文章載入史傳（如〈歸氏二孝子傳〉），還借鑒他的散文寫法，由此也可以看到他們對歸有光散文的重視程度確實很高。

歸氏二孝子傳

【題解】歸鉞及族子歸繡，以販鹽賣麻為業，身份甚微賤，然而心地都光明而善良。歸有光在將他們的事蹟記入家譜之後，為了讓更多人瞭解二人的美德，特又撰寫本文。後人修《明史》，其〈孝義傳〉載有〈歸鉞傳〉（〈歸繡傳〉附），主要即根據歸有光此文。今人或以為歸鉞、歸繡為歸有光同族人，因而據歸有光〈歸氏世譜後〉、〈家譜記〉諸文推定此文寫於嘉靖二十年（西元一五四一年）以後。此說誤。據《明史・孝義傳》之〈歸鉞傳〉記載，二人實乃「嘉定人」，本非歸有光同族。《江南通志・人物志・孝義》引歸有光〈歸氏二孝子傳〉，而以為二人「崑山人」，也屬想像之詞。歸莊於文末注：「此文參用崑山、常熟本。」說明現在所讀到的此篇傳，經過了歸莊的整理。

歸氏二孝子，予既列之《家乘》❶矣。以其行之卓而身微賤，獨其宗親鄰里知之，於是思以廣其傳焉。

孝子諱鉞，字汝威。早喪母，父更娶後妻，生子，孝子由是失愛。父提❷孝子，輒索❸大杖與之，曰：「毋徒手，傷乃❹力也。」家貧，食不足以贍，炊將熟，即譏譏❺罪過❻孝子，父大怒逐之，於是母子得以飽食。孝子數困，匍匐❼道中。比❽歸，父母相與❾言曰：「有子不居家，在外作賊耳。」又復杖之，屢瀕❿於死。方⓫孝子依依⓬戶外，欲入不敢，俯首竊淚下⓭，鄰里莫不憐也。父卒，母獨與其子居，孝子擯⑭不見。因販鹽市中，時私⑮其弟，問母飲食，致甘鮮焉。正德庚午⑯，大饑，母不能自活。孝子往，涕泣奉⑰迎，母內自慚，終感孝子誠懇，從之。孝子得食，先母弟，而己有饑色。弟尋⑱死，終身怡然。孝子少饑餓，面黃而體瘠小⑲，族人呼為「菜大人」⑳。嘉靖壬辰㉑，孝子鉞無疾而卒。孝子既老且死，終不言其後母事也。

繡，字華伯。孝子之族子㉒，亦販鹽以養母，己又坐市舍㉓中賣麻。與弟紋、緯友愛無間。緯以事坐繫㉔，華伯力為營救。緯又不自檢，犯者數四。華伯所轉賣者，計常終歲無他故，才給蔬食，一經吏卒過門輒耗，終始無慍容㉕。華伯妻朱氏，每製衣，必三襲㉖，令兄弟均平。曰：「二叔㉗無室㉘，豈可使君獨被㉙完潔邪？」叔某亡，妻有遺子，撫愛之如己出。然華伯人見之，以為市人㉚也。

贊㉛曰：二孝子出沒市販之間，生平不識《詩》、《書》，而能以純懿㉜之行自飭㉝于無人之地㉞，遭罹㉟屯變㊱，無恒產㊲以自潤而不困折，斯亦難矣。華伯夫婦如鼓瑟㊳，汝威卒變頑嚚㊴，考其終㊵皆有以自達㊶。由是言之，士之獨行而憂寡和㊷者，視此可愧也。

【注　釋】❶家乘　指歸氏家譜。❷提　提取犯人。此指打罵。❸索　尋。❹乃　你。❺諓諓　瑣碎嘮叨。❻罪過　譴責。❼匍匐　徘徊；流浪。❽比　及。❾相與　互相。❿瀕　臨近。⓫方　每當……時。⓬依依　依戀。⓭竊淚下　暗暗流淚。⓮擯　排斥。⓯私　偷偷見面。⓰正德庚午　正德五年（西元一五一〇年）。按《明史．歸鉞傳》此句作「正德三年」（西元一五〇八年）。⓱奉　敬辭。⓲尋　不久。⓳瘠小　瘦小。⓴菜大人　形容歸鉞長得形容枯槁，身體衰弱。菜，菜色，因營養不良而面黃肌瘦。㉑嘉靖壬辰　嘉靖十一年（西元一五三二年）。㉒族子　同族中的侄子輩。㉓坐市舍　在市上開店鋪，做買賣。㉔繫　被捕入獄。㉕慍容　怒色。㉖襲　件。㉗二叔　指歸紋、歸緯。㉘無室　沒有成家。㉙被　穿。㉚市人　市井小人，指善於計算、斤斤計較的人。㉛贊　作者寫在人物傳記最後的評語。㉜純懿　純潔，美好。㉝自飭　自我修身。㉞無人之地　指在不為別人所知道的場合和事情上。㉟遭罹　遭遇。㊱屯變　變故；災難。屯，六十四卦之一，意為艱難。㊲恒產　如土地、房屋等。《孟子．梁惠王上》：「無恆產而有恆心者，惟士為能。」㊳鼓瑟　形容夫婦心心相印，和睦融洽。㊴頑嚚　指父母暴虐、愚頑。《尚書．堯典》：「父頑，母嚚。」㊵考其終　即《尚書．洪範》所謂「考終命」，意謂享盡天年。㊶自達　自然顯達於外。㊷寡和　缺少知音，不為人理解。

【語　譯】歸氏二孝子，我已經將他們寫進歸氏家譜。因為他們行為高卓，而身份卑微，還僅僅限於他們的同宗親友鄰里知道，因此想到要讓他們的名字廣泛流傳。

孝子名鉞，字汝威。很早就死了母親，父親又娶後妻，生育兒子後，孝子因此而失去了寵愛。父親打罵孝子，她便尋出大棒來給他，說：「別光用手，那會傷你力氣。」家裡貧窮，飯不夠大家吃，快煮熟時，她即開始瑣瑣碎碎指責孝子，父親大怒，將他趕出家門，這樣母親和她自己的兒子就可以吃飽了。孝子常常被困在外面，在路上流浪，等回到家裡，父母一起訓斥他：「你不在家裡，在外面做賊呀！」隨之又是挨一頓打，經常被打得死去活來。每當孝子在家門外依依不捨，想進屋卻又不敢，低頭暗自流淚時，鄰里無不可憐他。父親死後，母親獨自與她自己的兒子住，擯斥孝子，不與他相見。他便在市肆販賣鹽，不時私自與弟弟會面，問候母親的飲食，送去甘甜新鮮的食品。正德五年，發生大饑荒，母親無法依靠自己生存。孝子到她住處，流著淚要迎養她，母親自己感到內心慚愧，最後還是被孝子懇切的誠意所感動，接受了他的好意。孝子得到食物，先給母親、弟弟，自己卻有飢餓之色。弟弟不久去世，終身都過著高高興興的生活。孝子從小挨餓，面色黃而身體瘦小，親族叫他「菜大人」。嘉靖十一年，孝子鉞無病而終。孝子年老乃至去世，從來不講他後母的事情。

繡，字華伯。孝子同族的侄子輩，也依靠販賣鹽養母親，自己又在市肆開店鋪賣麻。與弟弟紋、緯友愛無間。緯因事被捕入獄，華伯全力營救他。緯卻不自檢束，多次犯事。華伯所經營轉賣的貨物，如果只考慮平常一年的開銷，不發生別的意外，才勉強夠糊口，一旦牽涉獄事官司，獄卒上門，錢物就耗盡了，然而他自始至終沒有因此而生氣。華伯妻朱氏，每次做衣服，必是三件，讓兄弟每人都有。她說：「二位叔子沒有家室，怎麼可以只讓夫君一個人穿完整清潔的呢？」某叔死，妻子有遺腹子，撫愛其小孩如同自己生育的一樣。可是華伯在別人眼裡，以為是斤斤計較的市井小民。

評贊道：二位孝子以販賣做生意為業，生平不識《詩經》、《尚書》，卻能夠在別人不知曉的情況下，做純潔美好的事情，遭遇艱難，雖然沒有固定的財產去應付卻不屈服，這是很難做到的。華伯夫婦如鼓瑟和諧，汝威最終使暴虐、愚頑的後母轉變，他們享其終年都是自己做人的必然結果。由此而言，一個人獨行特操而擔心不為別人所理解，與他倆相比就顯得慚愧了。

【研　析】「菜大人」，是說歸鉞形容枯槁；「市人」，是說歸繡善於計利。這些都不是尊呼，然而這二人對待他們的親人，那怕是傷害過自己，或者使自己失望的人，卻表現出十分的寬厚、忍讓和慷慨，其心腸的仁慈，足以贏得每個人的尊敬。其表如彼，其裡如此，這將二人光明的品格反襯得更加突出。為歸繡立傳而順便記及他妻子，如鼓如瑟，在文章中是側面補筆。

文章中「父提孝子」的「提」字，將父親視兒子為罪犯，對其進行嚴厲懲罰的兇狠態度寫得十分傳神。《明史・歸鉞傳》將此句改易為「父偶撻鉞」，添一「偶」字，有為其父諱飾之慮，不及歸有光原文敘事真實，而改「提」為「撻」，意思雖然明曉易懂了，文字的傳神程度卻也大為減弱。

張自新傳

【題解】張自新原名鴻。都穆曾經有這樣的評語：「崑山有三絕：（俞）允文詩，歸有光文，張鴻舉業也。」（《江南通志》卷一百六十五〈人物志・文苑・俞允文傳〉引）都穆卒於嘉靖四年（西元一五二五年），猶稱張自新為張鴻，則他改名字或是在這以後。他性格直嚴，是非分明，好讀書求學，「不知貧賤之為戚」。他與歸有光同鄉，兩人有很長的交往，後來曾借歸有光家的承志堂右室（後名賓室）以授徒（見歸有光〈重造承志堂左右夾室記〉），得到歸家的幫助。本文對張自新失志的一生深表感慨和同情。

張自新，初名鴻，字子賓，蘇州崑山❶人。自新少讀書，敏慧絕出。古經中疑義，群子弟屹屹❷未有所得，自新隨口而應，若素了❸者。性方簡❹，無文飾，見之者莫不訕笑，目為鄉里人。同舍生❺夜讀，倦睡去，自新以燈檠❻投之，油污滿几，正色切責，若老師然。髫齔❼喪父，家計不能支，母曰：「吾見人家讀書，如捕風影，期望青紫❽，萬不得一。且命已至此，何以書為？」自新涕泣長跪❾曰：「亡父以此命鴻，且❿死，未聞有他語，鴻何敢亡？且⓫鴻寧⓬以衣食憂吾母耶？」與其兄耕田度日，帶笠荷鋤，面色黧黑⓭。夜歸，則正襟危坐，嘯歌古人，飄飄然⓮若在世外，不知貧賤之為戚也。

兄為里長⑮，里多逃亡，輸納無所出。每歲終，官府催科⑯，搒掠⑰無完膚。自新輒詣縣自代，而匿其兄他所。縣吏恠其意氣，方授杖，輒止之，曰：「而⑱何人者？」自新曰：「里長實書生也。」試之文，立就，慰而免之。弱冠，授徒他所，歲歸省⑲三四，敝衣草履，徒步往返。為其母具酒食，兄弟酣笑，以為大樂。

自新視豪勢，眇然⑳不為意。吳中子弟多輕儇㉑，冶鮮好衣服，相聚集，以褻語戲笑，自新一切不省㉒，與之語，不答。議論古今，意氣慷慨，酒酣，大聲曰：「宰天下竟何如？」目直上視，氣勃勃若怒，群兒至欲毆之。補學官弟子員㉓，學官索贄金㉔甚急，自新實無所出，數召笞辱，意忽忽㉕不樂，欲棄去。俄㉖得疾卒。

自新為文，博雅而有奇氣，人無知之者。予嘗以示吳純甫㉗，純甫好獎士類，然其中所許可者，不過一二人，顧㉘獨稱自新。自新之卒也，純甫買棺葬焉。

歸子曰：余與自新遊最久，見其面斥人過，使人無所容。儔㉙人廣坐間，出一語，未嘗視人顏色，笑罵紛集，殊不為意，其自信如此。以自新之才，使之有所用，必有以自見者。淪沒至此，天可問邪？世之乘時得勢，意氣揚揚，自謂己能者，亦可以省矣。語曰：「叢蘭欲茂，秋風敗之。」㉚余悲自新之死，為之敘列其事。自新家在新洋江㉛口，風雨之夜，江濤有聲，震動數里，野老㉜相語，以為自新不亡云。

【注　釋】❶蘇州崑山　明代崑山是蘇州府轄縣。❷屹屹　同「矻矻」。用功；刻苦。❸素了　平時所悉曉。❹方簡　端正，直率。❺同舍生　同學。❻燈檠　油燈架子。❼髫齔　幼年。髫，小兒紮起來的垂髮。齔，幼童換牙期。❽青紫　秦漢御史大夫使用銀印青綬，丞相、太尉等使用金印紫綬。此指官爵。❾長跪　直腰保持跪的姿勢，以示恭敬。❿且　將。⓫且　何況。⓬寧　豈。⓭黧黑　變得黑黃色。⓮飄飄然　超塵脫俗的樣子。⓯里長　明代鄉村一百十戶編為一里，推舉交納丁糧多的十戶為里長，負責催辦錢糧。⓰催科　催繳租稅。⓱搒掠　拷打。⓲而　你。⓳歸省　探親。⓴眇然　輕視的樣子。眇，細微。㉑輕儇　輕薄，佻巧。㉒不省　不理會。㉓補學官弟子員　成為州縣的生員（即秀才）。㉔贄金　饋送的禮金。㉕忽忽　失意貌。㉖俄　很短時間。㉗吳純甫　見〈送吳純甫先生會試序〉題解。㉘顧　然而。㉙儔　眾。㉚叢蘭欲茂二句　《文子・上德》：「日月欲明，浮雲蔽之。河水欲清，沙土穢之。叢蘭欲脩，秋風敗之。人性欲平，嗜欲害之。」「脩」，吳兢《貞觀政要・杜讒邪》、《藝文類聚》皆引作「茂」。㉛新洋江　在崑山縣東南六里，吳淞江北。㉜野老　鄉里老人。

【語　譯】張自新，原名鴻，字子賓，蘇州崑山人。自新小時候讀書，就異常敏慧。古代儒家經典中疑難的含義，同學們苦思冥想都無法理解，自新隨口便能回答，好像平素就已經明白。性格端正簡直，從不掩飾，看到他的人無不嘲笑他，把他當成鄉下人。同學一起晚上念書，有人因困倦而睡著，自新拿起油燈架朝他扔去，潑得几案到處都是油汙，顏色嚴肅地提出批評，彷彿他是老師似的。幼年喪父，家裡生活發生困難，母親說：「我看到人家讀書，好像追風捕影，期望穿上青紫色的官服，一萬人裡沒有一個。況且命運已經如此，讀書還有什麼用？」自新流著眼淚，直身跪地，說：「亡父要我讀書，臨死，沒有聽他說別的話，我怎麼敢忘卻？何況我又怎麼會讓母親為我的衣食操心呢？」與他的兄長一起耕田度日，戴著斗笠，肩扛鋤頭，面色曬得很黑。夜裡歸來，則正襟危坐，吟誦古人作品，超塵脫俗，若置身於世外，不知道貧賤有什麼值得悲戚。

兄長為里長，鄉里的人許多逃亡在外，賦稅收不齊。每到年末，官府催逼賦稅，被拷打得體無完膚。自新便自己到縣衙去頂替，把他的兄長藏到別的地方。縣吏覺得他意氣不尋常，心生疑問，剛想對他動刑，又停下來，問道：「你是什麼人？」自新答：「里長其實是書生。」讓他寫文章試試，一揮而就，縣吏於是對他表示一番慰問，免了對他的懲處。未滿二十歲，到別處去教授學生，一年中回家探親三四次，身穿破舊的衣服，腳上穿著草鞋，徒步往返。為他母親備好酒食，兄弟縱聲大笑，以此為極大的歡樂。

自新將豪強權勢看得很渺小，全然不把他們放在心上。吳中青年人多輕薄佻巧，愛穿鮮麗的服裝，聚集一起時，用褻語渾話互相玩耍，自新一概不予理會，他們與他說話，也不答理。議論古今時事，意氣慷慨，喝酒興起，大聲說道：「讓我主宰天下又將會怎樣？」眼睛直端端向上凝視，意氣勃勃而怒張，氣得一群小子直想毆打他。補上州縣生員，學官要命似的勒索禮金，自新真的拿不出，多次遭到鞭打，因此失望不愉快，想放棄。不久因病而死。

自新所撰文章，博雅而有奇氣，沒有人賞識。我曾經給吳純甫看，純甫好獎掖文士，然而他心裡許可的，不過一二人，卻惟獨稱讚自新。自新死後，純甫買了棺材給他安葬。

歸有光說：我與自新交遊的歲月最長久，看見他當面斥責別人過失，使人無法承受。在大庭廣眾前，所講的話，從來不看別人的顏色，嘲笑怒罵，為所欲為，絲毫沒有顧忌，他就是那樣的信心信口。以自新的才能，假如讓他有用世的機會，一定會有突出的表現。淪沒到這地步，天難道可以告求、可以相信嗎？世上憑藉機會而得勢，意氣昂揚，自以為了不得的人，也可以反躬自省了。古語說：「叢叢蘭花將綻放，秋風卻使它們枯敗。」我為自新的死而悲哀，為他敘述生平的事蹟。自新的家在新洋江口，風雨之夜，江濤發出聲響，震動數里以外，鄉間老人互相議論，以為這是自新不甘心的聲音。

【研 析】寫張自新苦學而有高志，處處用陪襯法。少時讀書，用「群子弟」雖苦思冥想而不解經義，反襯他敏慧絕出。夜讀時，用「同舍生」偷懶倦睡，招致他投擲燈檠以警示，反襯他勤奮不懈。「吳中子弟」雖衣服鮮好，而內如敗絮，反襯他雖「敝衣草履」，卻志氣高昂。反襯之外，又用墊襯。先以他母親為生活計，勸其放棄學業，而不為動搖，映襯他讀書求學意志的堅定。復以白天「耕田度日，帶笠荷鋤，面色黧黑」，襯出他入夜正襟危坐、不輟誦讀生活的艱難，以及他視讀書為生命、與命運拼鬥的精神。結尾用「風雨之夜」，江上傳來轟然的濤聲，將他雖死而萬不甘心的憾恨烘托得十分悲壯。

何長者傳

【題解】何緒，江西會昌人。其子何渭與歸有光是南京國子監同學，後到崑山縣任屬官。本文應何渭之請而作，文中所記敘的內容，當是何渭對他自己父母生前事蹟留下的印象和記憶，歸有光則根據他的講述整理為文。長者，是對年老而誠厚有德者的敬稱。清雍正年間所修《江西通志》卷九十四〈何緒傳〉即節選歸有光所撰的這篇傳記。

文中稱尹臺為「大宗伯」（即禮部尚書）。尹臺升南京禮部尚書在隆慶（西元一五六七～一五七二年）初，可知本文寫於西元一五六七年以後，歸有光已過六十二歲，是他晚年的作品。

何長者名緒，字克承，家會昌之白埠，倚蕭帝巖❶為居。長者父卒，兄纓與其子亦蚤卒，遺孤孫，而長者庶弟❷方十歲，皆撫育以至成人。長者既善治生產，於其父業贏數十倍。弟約與其兄孫請與長者分，長者會其貲❸以為三，兄弟平受之，不以祖父❹貽與己所創為區別也。人有急，求鬻❺田，長者與之價過當❻。其後事已，輒悔其田，長者還之，不責償❼。年既老，鄉里高其行，縣為請鄉飲酒❽，固謝，終不肯與。而會昌人皆稱以為何長者云。

長者妻劉氏。會昌城遡❾流南八十里曰湘鄉，鄉有九田❿之屬，平川沃壤，多富人。而白埠有何氏，小田有劉氏，為甲族⓫，故長者與為姻。長者所以能撫孤造家⓬，四世同居無間言⓭。世謂家人之離，起于婦人，凡長者之美，類⓮劉氏助成之也。劉孺人事姑⓯尤孝。姑年八十六，奉養備至。為人平恕，有夜胠⓰其篋⓱者，物色⓲之，得其人，家人欲聞之官。問孺人所亡金若干，孺人曰：「金無多，無用窮詰為也。」竟不言，盜遂獲免。會昌人皆云：「不獨何君，乃其婦亦長者也。」故為作〈何長者傳〉。

歸子曰：長者之子渭，與余同在六館⓳。今來佐縣⓴，民有德焉。至觀長者之行，宜有子哉。何侯㉑以事至南都㉒，見其鄉大宗伯尹公㉓，尹公題其堂曰「永慕」。而何侯之於其先，對人未嘗不流涕言之也。

【注釋】❶蕭帝巖　在會昌縣南一百里。一名佛圖巖，狀如獅伏而張口，中間空虛可容百餘人。相傳南朝齊武帝初為贛縣令，避兵於此巖。一說梁武帝未發達時，讀書巖下。❷庶弟　非父親正妻所生的弟弟。庶，與「嫡」相對。❸會其貲　合併所有財產。❹祖父　對何緒、何約來說是父親，對何緒兄孫來說是祖上。❺鬻　賣。❻過當　超過所值之價。❼責償　要求賠償。❽鄉飲酒　古代的鄉飲酒禮，起於周朝，後來成為對德高望重老人舉行的一種敬禮儀式。明人葉盛〈鄉飲酒記〉：「鄉飲酒，盛禮也，古先聖王皆致重而不敢輕，我太祖皇帝尤注意焉。」❾遡　逆流而上。❿九田　田按肥沃貧瘠分為九等。《太平御覽》卷八百二十一〈產資部・田〉引〈范子計然〉曰：「『請問九田隨世盛衰，有水旱貴賤。願聞其旨。』計然曰：『諸田各有名，其從一官起始，以終九官，所以設諸田差高下，始進退也。假令一直錢百金，一直錢九百，此略可知從一畒至百畒，直是大貴之極數也。』」⓫甲族　富庶人家。⓬造家　使家庭和睦興旺。⓭間言　閒言冷語。⓮類　大抵。

⑮姑　婆母。⑯胠　竊開。⑰篋　箱笥，女子用以放飾品等物。⑱物色　偵知；察訪。⑲六館　國子監的別稱。歸有光在南京國子監讀書的時間是嘉靖十六年（西元一五三七年）。⑳佐縣　佐助縣令，是縣令的屬官。㉑何侯　指何渭。侯，對縣官的尊稱。㉒南都　南京。㉓大宗伯尹公　尹臺（西元一五〇六～一五七九年），字崇基，江西永新人。嘉靖十四年（西元一五三五年）進士，授編修，不滿嚴嵩，出為南京國子監祭酒，歷南吏部侍郎，隆慶初，官陞南京禮部尚書。著有《思補軒洞麓堂集》、《永新志》。大宗伯，禮部尚書的別稱。

【語　譯】何長者名緒，字克承，家在會昌白埠，緊靠著蕭帝巖而居住，長者父親去世，兄何纓與他的兒子也早死，留下孤孫，而長者庶母所生的弟弟剛十歲，他都把他們撫養成人。長者善於生產理財，使父親的家業增加了十倍。弟何約與他兄長之子提出，要和長者分割財產，長者將所有財產合在一起，分成三份，兄弟平均各得一份，不將父親的遺產與自己所創造增殖的分開來計算。有人遇到急事，出售田地，長者以較高的價格將田地買下。急事應付過去以後，那人則後悔售出田地，長者又將田地歸還給他，不要求賠償損失。年事已高，鄉里推崇他的品行，縣府要為他舉辦鄉飲酒禮，他堅決推辭，直到最終還是不肯接受。會昌人都稱他為何長者。

長者妻子劉氏。會昌城逆流而上八十里是湘鄉，鄉里的田地按肥沃貧瘠分為九等，平川肥田，多為富人所有。白埠有何氏，小田有劉氏，都是富族。因此長者與劉氏聯為婚姻。由於這原因，長者才能夠撫養孤兒，使家庭和睦興旺，四世同堂而沒有閒言閒語。世人說家人疏遠，起因在於婦人，凡是長者的美德，大抵都是靠了劉氏的幫助才成就的。劉孺人服侍婆婆尤其孝敬。婆婆年紀八十六，敬養更是無微不至。對人平易寬恕，有人在夜裡從箱笥偷竊東西，經過偵查，知道了行竊的人，家人想向官府報案。問孺人失竊的錢有多少，孺人說：「錢不多，不用尋根究底地盤查了。」最後沒有報案，偷盜的人於是免去了官司。會昌的人說：「不獨是何君，而且他妻子也是一位長者。」所以我撰寫〈何長者傳〉。

歸有光說：長者兒子何渭，曾經與我一起在國子監讀書，現在來擔任佐助縣令的官職，對百姓有恩德。瞭解了長者的品行以後，知道他有這樣一個兒子是必然的事。何先生因事到南京，拜見他的同鄉禮部尚書尹公，尹公為他的堂題字「永慕」。何先生對於自己的父親，在向別人講述時未嘗不是聲淚俱下。

【研　析】 題為〈何長者傳〉，其實是一篇何長者與他妻子劉氏的合傳，與〈歸氏二孝子傳〉記敘歸繡善行而同時記敘他妻子朱氏的美德同一種寫法，差別僅在於，〈歸氏二孝子傳〉詳敘歸繡，略敘朱氏，本文用以記敘何長者夫妻的篇幅略約相當，甚至記劉氏的文字還略多於何長者。古文一般沒有以夫妻合傳為題的體例，若文章的內容是合傳，亦是以丈夫的名字為題，絕不會倒置過來，這是古人夫為妻綱倫理觀念在文體上留下的烙印。比如錢謙益為趙均、文淑夫妻寫傳，題目則是〈靈均先生傳〉，文淑只記其事蹟於正文而不見其名字於題目。也是相似的例子。

記何長者三件事，析分家貲、還田、不肯參加縣令為他舉行的鄉飲酒會。前二件事寫他寧肯自己吃虧，必善待他人，是頌他長者之風。後一件事寫他不以有德者自居，拒絕榮譽，更見其心地的淳樸和自然。記劉氏二事，一略一詳，略者孝敬公婆，詳者寬恕竊金者。以所記詳者之事，劉氏的菩薩心腸、待人之平恕與厚道，皆已一覽無餘，則她平日如何奉侍公婆也就可想而知，將所記詳略之事參互相觀，略者其實亦詳。這是文章的互補法。

筠溪翁傳

【題解】筠溪翁是隱居在吳淞江上一位老人，過著安逸無所爭的生活，他健康而長壽。歸有光真心地羨慕他這樣的生活狀態和處世態度。當作者在屢遭喪妻失子打擊之後，這更加變成了心中所強烈祈願的一種人間的幸福。

據文中「余見翁時，歲暮。……一二年，妻兒皆亡」的話，歸有光與筠溪翁認識約在嘉靖二十五年（西元一五四六年）初冬，而本文則寫在十年之後，大約是嘉靖三十六年（西元一五五七年），歸有光五十二歲。

余居安亭。一日，有來告云：「北五六里溪上，草舍三四楹，有筠溪翁居其間，日吟哦❶，數童子侍側，足未嘗出戶外。」余往省❷之。見翁，頎然皙白❸，延余坐，瀹茗❹以進，舉❺架上書悉以相贈，殆數百卷。余謝而還。久之，遂不相聞。然余逢人輒問筠溪翁所在，有見之者，皆云翁無恙。每展所予書，未嘗不思翁也。今年春，張西卿從江❻上來，言翁居南澥浦❼，年已七十，神氣益清，編摩❽殆不去手。侍婢生子，方呱呱❾。西卿狀翁貌，如余十年前所見加少，亦異矣哉！

噫！余見翁時，歲暮，天風憭慄❿，野草枯黃。日將晡⓫，余循去徑還家。

媼、兒子以遠客至，具酒，見余挾書還，則皆喜。一二年，妻兒皆亡⑫。而翁與余別，每勞人問死生。余雖不見翁，而獨念翁常在宇宙間，視吾家之溘然⑬而盡者，翁殆如千歲人。

昔東坡先生⑭為〈方山子傳〉⑮，其事多奇。余以為古之得道者，常遊行⑯人間，不必有異，而人自不之見。若筠溪翁，固在吳淞烟水間，豈方山子之謂哉？或曰：筠溪翁非神僊家者流，抑⑰巖處⑱之高士也歟？

【注釋】❶吟哦　吟詩誦文。❷省　看望。❸頎然皙白　身長，白淨。❹瀹茗　烹茶。❺舉　全部。❻江　指吳淞江。❼南瀨浦　與吳淞江南段相通的河流。❽編摩　編寫。❾呱呱　嬰兒的哭聲。❿憭慄　淒厲。⓫晡　傍晚。⓬妻兒皆亡　指歸有光長子歸翱孫、歸有光繼室王氏分別在嘉靖二十七年（西元一五四八年）、三十年（西元一五五一年）去世。⓭溘然　突然。⓮東坡先生　蘇軾，號東坡。⓯方山子傳　蘇軾貶黃州時作。方山子是蘇軾老友陳慥，少時尚俠，稍壯折節讀書，不得志，晚隱居於黃州一帶，所戴之冠「方聳而高」，人因稱「方山子」。⓰遊行　漫遊。⓱抑　或者。⓲巖處　隱居山林。

【語譯】我住在安亭。一日，有人來對我說：「往北五六里的溪水上，有草屋三四間，筠溪翁住在裡面，每日吟唱詩歌，幾個兒童陪侍在旁，足未嘗走出門外。」我前去拜訪。看到老翁，身長而白皙，請我進屋坐，烹茶端給我飲，將架上的圖書全部贈送予我，大概有數百卷。我表示感謝之後便告退。後來經過很長日子，才沒有音訊往來。然而我逢人便打聽筠溪翁住在何處，有人見過他，都說老翁身體無恙。每次翻開他饋贈的圖書，心裡未嘗不思念老翁。今年春天，張西卿從吳淞江上來，說老翁住在南瀨浦，年紀已經七十，神氣更加清健，還經常寫些什麼。侍婢生育一子，正呱呱啼哭。西卿講述的老翁狀貌，比我十年前見到他時還年輕些，這真是奇異！

唉！我見到老翁時，在歲暮，空中刮著淒厲的風，野草已經枯黃。日色將晚，我沿著出去的路回家。家裡妻子、兒子以為是來了遠客，開始備酒，看到我挾著書回來，都高興了。一二年後，妻子、兒子都離開了人世。而老翁與我分別後，常常煩勞他託人對我慰問。我雖然沒有見到老翁，而心裡獨自想，老翁在宇宙間上了這個歲數，比起我的家人突然而亡故，老翁大概已經可以算是千歲的人。

從前蘇東坡先生撰寫〈方山子傳〉，記敘的多是奇異的事情。我以為古代得道的人，常常漫遊於人間，未必有奇異之處，只是人們自己沒有去發現。拿筠溪翁來說，他就住在吳淞江煙水聚散的地方，難道有像方山子那樣奇異的經歷嗎？有人說：筠溪翁不是學習神仙一類人物，那麼，他是隱居山巖的高士吧？

【研　析】傳述筠溪翁，筆墨帶幾分迷離。作者與筠溪翁直接的見面很少，對於他的瞭解，多得之於他人傳言，即使互相表示關切，也往往通過別人轉述，於是文章所敘述的筠溪翁，好似縈著一層淡淡的煙水，略顯幽渺，不求分明，而這使本文帶上了一種詩意，彷彿也含著一種「有可玩說、不可攬採之意」（錢謙益〈石臼集序〉，〈牧齋集補〉），在歸有光的散文中別具一種風味。

文章將筠溪翁安逸幸福的生活與作者自己不幸的遭遇放在一起，通過二者互相之間的反差對照，來增強對筠溪翁的羨意，同時也用以增加作者對自己可悲的家庭往事的傷悼。

作者將去看望筠溪翁、接受他饋贈圖書這一件事情，分成二段寫。第一段只寫了他去拜訪筠溪翁，接受圖書後「謝而還」。第二段重新回憶那次去拜訪筠溪翁時的氣候景色，以及挾著筠溪翁贈書回到家裡，家人高興的情形。在兩段文字之間，敘述筠溪翁晚年得子、神氣益清等事。作者此處不將一件事情原原本本敘述完，再敘述第二件，而是將它剖為兩截，安排在兩處敘述，這有利於增強對筠溪翁一貫的歡樂與作者自己先歡後悲作對比的力度，從而也有利於增強抒發作者對生活的感愴和對筠溪翁真心嚮慕之情。本文的詩意一部分也來自這種自由起訖、靈動變化的構思。

為善居銘

【題解】陶震，崑山人，正德二年（西元一五〇七年）舉人，官至饒州府通判。本文應他兒子之請而作，寫於陶震死後十四年。陶震卒年不詳。根據本文所述他生前自撰墓誌「乙未秋，得末疾」的話，嘉靖十四年乙未（西元一五三五年）尚在世，則本文最早寫於嘉靖二十八年（西元一五四九年），歸有光已經過了四十四歲。

崑山之俗，自昔號為淳朴。葉文莊公❶嘗稱：「鄉先達❷自吏部尚書余公熫❸、盧兗州熊❹、林參政鍾❺、呂沁州昭❻、其子僉事旦❼、朱舍人吉❽、范御史從文❾七人者，其孝弟❿忠誠，足以為鄉里表式⓫，後生小子有所憚而不敢為非。」然當文莊公在時，已憂老成⓬彫謝，而典刑⓭之日遠矣。況今去文莊之世又遠，鄉之亂俗者，如蘇明允⓮之所謂「其輿馬赫奕⓯，婢妾靚麗，足以蕩惑里巷之小人；官爵貨力⓰，足以搖動府縣；矯詐修飾，足以欺罔君子⓱，為⓲鄉里之大盜者」，往往而然也。

予幼及見饒州通判陶先生，於文莊公時猶近。其人安貧自足，無營於世，卒⓳窮困以沒。嘗自為生誌⓴曰：「曾大父㉑始居崑山，五傳至予，更其舊廬㉒。

然自宦饒[23]還，歲典衣以供薪粟，卒又易主。僦居[24]三年，始定今居。自正德丁卯[25]鄉薦[26]，丁丑[27]除授[28]寧波府學訓導[29]，己卯[30]福建同考試官[31]，嘉靖六年丁亥[32]，九載[33]秩滿[34]，陞饒州府通判[35]。上任甫[36]三月，內舍幼子夭折之戚，外受風寒跋涉之勞，病眩[37]氣鬱，良久而呼吸僅屬[38]。累乞[39]致仕[40]，上官抑不以聞，為御史劾，當改調，幸遂[41]歸志。乙未[42]秋，得末疾[43]，杜門不出，待終于家。自念居常無駭俗之行，遊宦無出眾之能，恐沒後乞銘於人，少譽之過情，秖[44]貲識者談笑。乃備述履歷，刻諸壙石[45]。昔漢東平王蒼[46]嘗曰：『為善最樂。』每愛其言，學而未能也。愧無以遺後人，而不敢不為善，實吾之所遺也。」

予讀其辭，真質可愛，信乎其為有德君子耶？先生沒後十有四年，子秉端即其室扁之曰「為善居」。觀其所以能遵其乃考[47]之訓，益見先生之所以遺之者厚矣。如明允所謂者，身且未歿，積不善之殃昭著目前，尚不覺悟，方猶眩耀於鄉里之人，不媿先生也哉？銘曰：

玉山[48]之圍[49]，婁江[50]之垠[51]。山明水秀，其民屯屯[52]。自古先哲，抱朴含淳。彼何人斯[53]，汩[54]其彝倫[55]。為夔魍魎[56]，白日見[57]形。自彼小人，駭惑逡巡[58]。流俗奔化[59]，俱為風塵。于車上舞[60]，芬華日陳。維[61]是令[62]門，子孫循循63。究其德音，厥64考是遵。為善最樂，我懷其人。

【注釋】❶葉文莊公　葉盛，見〈世美堂後記〉注⓫。❷先達　道德文章受人尊敬的前輩。❸余公熑　余熑，字茂本，崑山人。洪武初年，舉明經，選授承勅郎，進通政司參議，十七年（西元一三八四年）任吏部尚書，次年被誅。❹盧兗州熊　盧熊，字公武，崑山人。洪武間，舉秀才，歷任工部照磨、中書舍人、兗州知府。被誣而誅。著有《清溪集》、《吳邦廣記》、《蘇州府志》。❺林參政鍾　林鍾，華亭（今屬上海市）人。明宣宗宣德間，任崑山訓導，入侍經筵，歷遷山東參政。❻呂沁州昭　呂昭，字克明，崑山人。洪武中，任徐州訓導、浦城縣丞。永樂中，以治行遷知沁州。❼僉事旦　呂旦，呂昭兒子。永樂四年（西元一四〇六年）進士，官至建昌推官，有廉吏之名。僉事，按察使下屬官，分領各道。❽朱舍人吉　朱吉，字季野，崑山人。有文學，被薦授給事中，以善書改中書舍人，官終湖廣僉事。明代的中書舍人，以繕寫文書為職責。❾范御史從文　范從文，字復之，崑山人，范仲淹十三世孫。洪武中，以國子生奉使稱旨，擢監察御史，改戶部總部主事，後謫戍。永樂初，官金華訓導。年八十餘卒。著有《小學章詁》、《後齋集》、《遺復齋集》。❿弟　即「悌」。敬愛兄長。⓫表式　楷模。⓬老成　年高有德。⓭典刑　舊法，常規。以上兩句語出《詩經・大雅・蕩》：「雖無老成人，尚有典刑。」鄭玄箋：「猶有常事故法可案用也。」⓮蘇明允　蘇洵（西元一〇〇九～一〇六六年），字明允，眉山（今屬四川）人。蘇軾父親，曾任祕書省校書郎。著有《嘉祐集》。以下引文自蘇洵〈蘇氏族譜亭記〉，文字略有不同。⓯赫奕　顯赫貌。⓰貨力　財富。⓱足以欺罔君子　蘇洵原文「足以」前有「言語」二字。⓲為　蘇洵原文作「是」，意思同。⓳卒　最終。⓴生誌　在世時寫好的墓誌銘。㉑曾大父　曾祖父。㉒更其舊廬　意為搬遷到新居。㉓宦饒　任饒州府通判。㉔僦居　租屋而居。僦，租賃。㉕正德丁卯　正德二年（西元一五〇七年）。㉖鄉薦　考中舉人。㉗丁丑　正德十二年（西元一五一七年）。㉘除授　授予官職。㉙寧波府學訓導　寧波府，今屬浙江。訓導，掌協助同級學官教育所屬生員。㉚己卯　正德十四年（西元一五一九年）。㉛同考試官　指鄉試的考試官成員。㉜嘉靖六年丁亥　西元一五二七年。㉝九載　自西元一五一九年任福建同考官至西元一五二七年，一共九年。㉞秩滿　任期結束。㉟饒州府通判　饒州府，今江西波陽。通判，明朝各府設通判，分掌糧運及農田水利等事務。㊱甫　才。㊲病眩　精神昏亂。㊳僅屬　僅存。㊴累乞　多次請求。㊵致仕　歸還官職，指辭官。㊶遂　實現。㊷乙未　嘉靖十四年（西元一五三五年）。㊸末疾　足病。㊹秖　只。㊺壙石　墓碑。㊻東平王蒼　劉蒼

（?～西元八三年），東漢光武帝子。封東平王，為驃騎將軍，寬博有謀。卒諡憲。以下引文見《後漢書・東平憲王蒼傳》。㊼乃考　他的父親。考，稱去世的父親。㊽玉山　指崑山。據傳前人譽華亭陸機、陸雲降生，如玉出崑，因名馬鞍山為崑山。一說馬鞍山出奇石，似玉，煙雨晦冥，時得佳氣，如藍山，故人亦呼其為玉山。㊾闉　城隅。㊿婁江　即瀏河，經江蘇崑山、太倉入海。51垠　邊際。52屯屯　淳樸。53斯　語氣詞。54汩　滅。55彝倫　倫常。56夔魍魎　山林中的精怪。《國語・魯語下》：「（孔）丘聞之，山石之怪曰夔、蝄蜽。」蝄蜽，即魍魎。57見　現。58逡巡　徘徊不進。59奔化　迅速被改變。60于車上舞　形容得意忘形。《莊子・列禦寇》：「如而夫者，一命而呂鉅，再命而於車上儛，三命而名諸父。」意謂你們這些人，一旦當了官就神氣活現（呂鉅的意思是脊骨硬），官職提升一級便手舞足蹈（儛，同「舞」），再提升一級更是目中無人了。莊子說的「名諸父」，意謂直呼叔伯的名字。61維　同「惟」。62令　美。63循循　循規蹈矩。64厥　其。

【語　譯】崑山習俗，自古有淳樸的稱號。葉文莊公曾稱讚說：「鄉里道德文章受人尊敬的前輩，從吏部尚書余公爌以下，還有盧兗州熊、林參政鍾、呂沁州昭及兒子僉事呂旦、朱舍人吉、范御史從文，這七個人，孝敬父母，敬愛兄弟，態度忠誠，足以為鄉里典範，後生小子因此而有所畏懼，不敢為非作歹。」然而，當文莊公在世時，已經擔憂年高有德者紛紛謝世，從前的模範離人們越來越遠。何況如今離文莊公的時代又遠了，鄉里淆亂風俗者，如蘇洵所謂「車馬顯赫，婢妾靚麗，足以使里巷小人目迷心惑；官爵財力，足以收買官府；欺詐偽飾，足以矇騙君子，實是鄉里的大盜」，這樣的人到處都能看見。

我年幼時還能有幸見到饒州通判陶先生，於文莊公的時代還比較近。他處世的態度是安貧自足，對人世無所營求，最終因窮困而去世。他曾經在生前為自己寫了墓誌銘，說：「從曾祖父開始才在崑山安家，五代傳到我，方從老屋搬出。然而自從饒州做官回來後，每年依靠典當衣服換取柴米，最後房子又換了主人。租房住了三年，才安定在今天的居處。自從正德二年考中舉人，十二年授官寧波府學訓導，十四年任福建同考試官，到嘉靖六年，九年任期滿，陞饒州府通判，上任才三個月，心靈忍受幼子夭折的哀戚，身體經受風寒跋涉的艱勞，精神昏亂，體氣鬱積，好久僅存有一口氣而已。多次請求致仕，上司押著我的疏章不向上面遞交，後來遭御史彈劾，本當改調別地為官，幸而使我實現了歸鄉的願望。嘉靖十四年秋，患軟足病，閉門不出，在家等待死日來臨。我想自己居家沒有駭俗的行為，做官沒有出眾的才能，恐怕死後家人向別人乞請墓誌銘，不免會寫一些過情的稱讚，只會招來有識者閒話和取笑。於是詳備地敘述履歷，刻在墓碑。從前漢代東平王劉蒼曾經說過：『行善最快樂。』我喜愛這句話，學著這樣做而沒能做到。慚愧沒有給後人留下什麼，然而不敢不做善事，這是我留給後人的心願。」

我讀他的文辭，真質可愛，確實他是一位有德君子吧？先生死後十四年，他兒子秉端即為自己的室取名「為善居」。從他能夠遵守其父親的遺訓，更加可以看出先生遺留給下一輩的是多麼的豐厚。如蘇洵所說的那種傢伙，人還沒有死，多積不善招來的禍殃已經明明白白出現在其眼前，卻依然不能覺悟，還在鄉里人面前眩耀自己，對照先生不感到慚愧嗎？銘文曰：

在崑山城邊，在婁江岸畔，這裡山明水秀，民風樸實簡單。自古先賢，淳樸自然。那是什麼人，破壞法則人倫。如鬼魅魍魎，在太陽下現形。世上小人，駭惑不知所從。流俗遷變，只見風塵飛揚。在車上手舞足蹈，整天崇尚奢靡的生活。這一家門風純正，子孫循規蹈矩。究其美好的家風，源於父親遺訓。行善最為愉快，我不由思念其人。

【研 析】歸有光感慨世風澆薄，每以淑世為自己的責任，這也是他寫作古文的一個重要目的。本文讚揚陶震「安貧自足」的處世態度、真樸無飾的稟性品格，對明代淳樸漸散、偽華日盛的習俗提出批評，措辭嚴厲。陶震子嗣用他父親所喜愛的「為善最樂」一語，為自己居室起名「為善」。歸有光又將「為善」二字在文章中醒目地揭出，希望用以喚起溺於窳敗風俗中的人們儘早覺悟。

本文大段引錄陶震生前為自己撰寫的墓誌銘，它是這篇〈為善居銘〉文中之文，如歸有光所評，它寫得「真質可愛」。歸有光自己的文章以它為軸心，復加以引申和展開，二者銜接自然，相得益彰，文字風格也渾然一體。這是歸有光喜歡並且擅長使用的作文方法，〈跋唐道虔答友人問疾書〉一文也是用這種方法寫成，同樣精彩可讀。

書齋銘

【題　解】這是歸有光為自己的書齋寫的一篇銘文，用以勵志並自警，也是認識歸有光早期求學生涯和他內心精神的一篇重要作品。銘文，古人放置於座右，故又稱座右銘。一般有兩種形式，其一是純粹的銘文，其二在銘文之前，還有一段用散文寫的序，敘述寫銘文的緣由。本篇銘文，就是由序和銘兩部分組成。

本文寫於歸有光早年在崑山讀書時期。

齋，故市廛❶也，恒市人居之。鄰左右，亦惟市人也。前臨大衢❷，衢之行，又市人為多也。挾策❸而居者，自項脊生❹始。無何，同志者亦稍稍來集，與項脊生俱。

無中庭❺，以衢為庭。門半開，過者側立凝視。故與市人為買賣者，熟舊地，日不暇舉，信足❻及門，始覺而去。已乃為藩籬，衷❼以脩扉，用息人影，然耳邊聲閧然。每至深夜，鼓鼕鼕，坐者欲睡，行者不止。寧靜之趣，得之目而又失之耳也。

項脊生曰：余聞朱文公❽欲於羅浮山❾靜坐十年。蓋昔之名人高士，其學多得之長山大谷之中，人跡之所不至，以其氣清神凝而不亂也。夫莽蒼❿之際，小丘卷⑪石，古樹數株，花落水流，令人神思爽然。況天閟⑫地藏，神區鬼奧邪？其亦不可謂無助也已。然吳中⑬名山，東亙⑭巨海⑮，西浸林屋⑯、洞庭⑰，類非人世，皆可宿舂遊⑱者。今遙望者幾年矣，尚不得一至。即今欲稍離市廛，去之尋丈⑲，不可得也。蓋君子之學，有不能屑屑⑳於是者矣。

管寧與華歆讀書，戶外有乘軒者，歆就視之，寧弗為顧㉑。狄梁公㉒對俗吏，不暇與偶語㉓。此三人者，其亦若今之居也。而寧與歆之辨㉔，又在此而不在彼㉕也。項脊生曰：書齋可以市廛，市廛亦書齋也。銘曰：

深山大澤，實產蛇龍㉖。哲人靜觀，亦寧其宮㉗。余居于喧，市肆紛那㉘。欲逃空虛，地少天多。日出事起，萬眾憧憧㉙。形聲變幻，時時不同。蚊之聲雷，蠅之聲雨。無微不聞，吾惡吾耳。曷敢懷居㉚，學顏㉛之志。高堂靜居，何與吾事。彼美室者，不美厥身；或靜於外，不靜於心。余茲是懼，惕㉜焉靡寧。左圖右書，念念㉝兢兢。人心之精，通於神聖。何必羅浮，能敬斯靜㉞。魚龍萬怪，海波自清。火熱水濡㉟，深夜亦驚。能識鳶魚㊱，物物道真。我無公朝㊲，安有市人？是內非外，為道為釋㊳。內外兩忘，聖賢之極。目之畏尖，荊棘滿室㊴。厥恐惴惴，危堦是習㊵。余少好僻，居如處女。見人若驚，噤不能語。出應世事，有如東縛。所養若斯，形穢心忸㊶。矧㊷伊同胞，舉目可惻㊸。藩籬已多，去之何適㊹？皇風㊺既邈，淳風日漓㊻。誰任其責，吾心孔㊼悲。人輕人類，不滿一瞬。孰塗㊽之人，而非堯、舜？

【注釋】❶市廛　店鋪。❷大衢　大街。❸挾策　帶著書籍。策，同「冊」。❹項脊生　歸有光所居名項脊軒，故自稱項脊生。❺中庭　庭院。❻信足　隨步而至。❼衷　正中。❽朱文公　朱熹，卒謚文。❾羅浮山　在廣東增城、博羅二縣境內。相傳昔有山浮海而來，與羅山合而為一，故名羅浮山。又稱晉人葛洪曾在此學道，得仙術，故道教稱第七洞天。❿莽蒼　空曠迷茫。⓫卷　曲折。⓬閟　隱蔽。⓭吳中　指蘇州一帶。⓮亙　接連。⓯巨海　指東海。⓰林屋　山名，在太湖的洞庭西山。⓱洞庭　山名，分為東、西兩部分，在太湖中。⓲宿春遊　隔夜春糧準備乾糧就行，意為路近而容易前往。《莊子・逍遙遊》：「適百里者，宿春糧。」⓳尋丈　指很短的距離。尋，八尺。⓴屑屑　專注於很小的事情。㉑管寧與華歆讀書四句　事見《世說新語・德行》。管寧（西元一五八～二四一年），字幼安，三國魏北海朱虛（今山東林朐東南）。聚徒講學，不就魏官。華歆（西元一五六～二三一年），字子魚，平原高唐（今山東禹城西南）人。入魏仕至太尉，封博平侯。乘軒者，坐在車上的大官。㉒狄梁公　狄仁傑（西元六〇七～七〇〇年），字懷英，太原（今山西太原西南）人。官至宰相。死後追封梁國公。《新唐書》本傳記載，他年少時，不以吏卒詰問為事，誦書不置，說：「黃卷中方與聖賢對，何暇偶俗吏語耶？」㉓偶語　雙方交談。㉔辨　區別。㉕在此而不在彼　指管寧、華歆的不同，主要在於志趣的高下，不在於讀書專心與否。㉖深山大澤二句　語出《左傳・襄公二十一年》。㉗宮　室。㉘紛那　雜亂。那，多。㉙憧憧　往來不絕。㉚曷敢懷居　《論語・憲問》：「子曰：士而懷居，不足以為士矣。」這是說，士應當追求道，不應當只想個人舒適的居所。曷敢，豈敢。㉛顏　指顏回。孔子稱讚他雖然「一簞食，一瓢飲，在陋巷」，仍然「不改其樂」。㉜惕　警懼。㉝念念　心裡的每一個念頭。㉞能敬斯靜　周敦頤主靜，程顥主敬。歸有光更接近程顥的思想。㉟火熱水濡　用水火比喻欲望，謂欲望強烈。濡，沾濕；淹沒。㊱鳶魚　《詩經・大雅・旱麓》：「鳶飛戾天，魚躍於淵。」謂鳥飛魚潛皆各得其所。鳶，一種力大兇猛的鳥。㊲公朝　朝廷官員。此句謂，自己沒有仕祿之心。㊳釋　佛教。㊴目之畏尖二句　程頤：「目畏尖物，此事不得放過，使與克下。室中率置尖物，須以理勝他，尖必不刺人，也何畏之有？」（《二程遺書》卷二下）這是說人只要堅持對理的信仰，不妄生疑心，那麼令人畏懼的東西就不復存在了。㊵危堦是習　《朱子語類》卷九十九：「問：『前輩說，治懼，室中率置尖物。』曰：『那箇本不能害人，心下要恁地懼，且習教不如此妄怕。』問：『習在危堦上行底，亦此意否？』曰：『那箇卻分明是危，只教習教不怕著。』」朱熹的意思是說，人只有經過鍛鍊才能克服害怕的心理，才能雖處危疑之際而不為動心。危堦，很高的臺階。好像滿屋都長著荊棘會刺痛眼睛，好像在危險的階梯上行走。形容做人立身應當戰戰兢兢，如履薄冰。㊶忸　羞愧。㊷矧　何況。㊸惻　同情；悲憫。㊹適　至；到。㊺皇風　遠古淳樸的世風。皇，羲皇，即伏羲氏，傳說中遠古時期中華部落的首領。㊻漓　澆薄。㊼孔　甚。㊽塗　同「途」。

【語　譯】書齋，從前是一家店鋪，一直為生意人所居住。左鄰右舍，也儘是生意人。面朝大街，街上行走的，又以生意人為多。挾帶書籍而住在此地，從項脊生開始。不久，志趣相投的同志漸漸聚攏過來，與項脊生做伴。

沒有庭院，以街為庭院。門戶半開，路過的人側身而立，朝裡凝視。以前與生意人做過買賣的，這裡是熟悉的舊地，不必用眼辨認，信步走至門口，才發覺已經不是從前的主人，又掉頭離去。後來隔起了一道籬笆，籬笆正中安上一扇高高的門，用來遮擋來來往往的人影，然而耳邊仍舊雜聲哄然。每至深夜，鼓聲鼕鼕，坐在屋裡的人正想入睡，外面的行人卻走動不息。寧靜的樂趣，雖然滿足了雙眼，卻又失之於兩耳。

項脊生想說的是：我聽說朱文公希望能到羅浮山靜坐十年。因為往昔的名人高士，他們的學問造詣多得之於深山大谷之中，人跡不至，這樣才能使自己保持氣清神凝，不受擾攘。置身於空曠蒼茫中，對著小丘曲石，古樹數株，看著花冉冉飄落，隨水流走，令人神思清爽。更何況是天地之間蘊藏奧祕、鬼神出沒的區域？置身其中不能說無助於人的精神。然而吳中名山，東與大海相連，西有林屋山、洞庭山浸潤於太湖之中，大概非人間所有，都就在眼前，路近易往，隨時可遊。至今已經遙望幾年，還不曾一往。現在想稍稍離開一會兒市井之人所住的房屋，去極近的地方，都不可能實現。君子為了求學，有時是不能太計較這些東西的。

管寧與華歆一起讀書，門外有乘車者經過，華歆靠近門去窺視，管寧則不為所動。狄梁公面對俗吏，沒有空暇與他們應酬。這三個人遭遇的情況，與我今天所住書齋周圍發生的很相似。而管寧與華歆的區別，主要又在於志趣而不在於讀書專心與否。項脊生認為：書齋可以是市井之人居住的屋子，市井之人居住的屋子也可以成為書齋。銘文曰：

在深山大澤中，那裡能產生神龍。哲人以靜觀物，也選擇寧靜的居處。我住在喧譁的區域，市肆淆雜紛紛。想逃往空靜的地方，天空雖大地卻狹小。太陽升起人事紛競，萬眾往來不絕。人影聲響多變，每時每刻不同。蚊子的聲音如雷，蒼蠅的聲音如雨。再微細的聲音都能聽見，我討厭自己的耳朵。豈敢嚮往良居，願學顏回的志向。高堂大屋安靜的居處，與我毫無關係。

擁有華美住宅的人，心靈不一定美好；所處的環境雖然安靜，心情卻很不安逸，這都是我最擔憂的，為此時時保持著警惕。身邊全是圖書，每一個意念都非常謹慎。每個人心靈的精微，都可以與神聖交通。何必一定要到羅浮山，內心誠敬自然就會虛靜。雖然大海有魚龍萬怪，波濤仍是那麼清碧。假如欲望如火似潮，即便深夜也難以入眠。能覺悟魚鳥各得其所，便能了然凡物皆合大道。我心裡沒有貴官高爵，又怎麼會有市井俗人？

崇尚心境而排斥外物，不是道家便是佛家。心境和外物都不受攖擾，才是聖賢極高境界。如果你想像眼睛會被尖物刺傷，到了長滿荊棘的房間就知道這樣的擔心是多餘的。如果有事讓你惴惴不安，就該到很高的臺階練習行走以消除恐懼。我從小愛好獨自相處，生活如處女一般安靜。看見生人就會受驚，合攏嘴巴說不出話。讓我出去應付世事，好像渾身被人束縛。養成的習慣本來如此，我形身醜陋內心慚愧。何況周圍的同胞，舉目所見都值得同情。藩籬和障礙很多，路在哪裡又能走到何處？羲皇時代早已是十分遙遠，淳樸的風俗日漸澆薄。誰來擔負拯救的責任，我為此深深感到悲哀。人很輕微這一點都相似，在世的時間不過一眨眼。路上行走的哪一個人，又不能成為堯舜呢？

【研析】一篇大旨在「書齋可以市廛，市廛亦書齋也」十二字。作者的意思是說：一個人若無真誠嚮往學問的精神，即使坐在幽靜的書齋裡，也會像市肆中人一樣充滿俗氣；反之，如果一個人真心向學，志無旁騖，那麼，即使居住於淆鬧爭利的市肆之中，也能夠像置身在清淨的書齋裡一樣，十分平靜泰然。若引用古人的詩句來概括本文的題旨，陶淵明〈飲酒〉詩「心遠地自偏」是再恰當不過了。

全文圍繞著這一主旨，從四周左右反覆論說。先極力形容作者作為書齋的場所原是市井之家，旁邊晃動的身影，大多為利害所驅使；耳邊傳來的聲音，也大多因利害而產生。無論白晝還是黑夜，總是熙熙攘攘，噪噪雜雜。結論顯然是，這並不像是一個適合於讀書的環境。接著，作者想起朱熹欲往羅浮山靜坐十年的話，是為了能夠遠離塵囂，進修學業。他說這固然很好，人跡所不至的幽雅境域不會無助於學習，然而作者說自己並沒有這樣優越的條件，所以對此不敢奢望。作者又舉管寧、狄仁傑專心致志於學業，以及華歆捧著書本，心念富貴的例子，從正反兩面肯定，一個人能不能潛心讀書其實最終決定於他的信念和意志，而不是決定於他所處的讀書環境。寫到這裡，文章前面的內容頓時發生大逆轉：作者目前的書齋未必不適合讀書，而清雅的幽境對於讀書人來說，未必真的有那麼重要。文章的銘文部分，則用更加精練的韻文將作者以上對讀書的認識重新演述一遍，並且表示要承擔起挽救「淳風日漓」的責任，表明作者讀書的目的，這又將〈書齋銘〉的境界拔高了一層。

古人說讀書窮理，靜字功夫最要，所謂靜坐後，萬物皆有春意，於是一種極端的意見以為，如果能夠潛入深山多年，養得心極靜，看書識理自然透徹。這是讀書人的經驗之談，固然是有其道理的。可是世上道理往往不止是一種，畢竟能進入深山去讀書的人很少，多數人還得在人間煙火縈繞中進修學業，其實也惟有在喧鬧的環境裡，才能考驗一個人的定力。這就關係到一個人是否懷著誠敬之心，是否有高尚堅定的追求和信仰，有了可以變不靜為靜，否則「深山大澤」「高堂靜居」也會無聲而為有聲，來煩亂你的心思，所以「靜」最主要是指人的心境和意志，而不是客觀的處境。歸有光此篇〈書齋銘〉故意拗轉過來說理，對普通的讀書人來說，更有借鑒的意義。

王氏畫贊並序

【題解】這是歸有光為繼室王氏遺像寫的一篇贊。王氏（西元一五一八～一五五一年）十八歲嫁歸有光，時為嘉靖十四年（西元一五三五年），三十年（西元一五五一年）去世。二人共同生活十七年，琴瑟諧和，感情深篤。關於王氏身世，參見〈世美堂後記〉題解。

本文寫於王氏去世後二月，歸有光四十六歲。

余妻太原王氏❶，嘉靖三十年❷五月二十九日卒。余哀念之至，恨無善畫者。因記唐人有云：「景暖風暄，霜嚴冰淨。」❸此為吾妻畫也。又流涕誦楊子雲❹之詞云：「春木之芚兮，援余手之鶉兮。去之百歲，其人若存兮。」❺

後二月，門人許進士使其弟來畫。余口授之，許默然良久，為作此畫。家人見之，莫不悲慟。以示諸姨❻，皆流涕。小姨以為真是吾姊，但不言耳。然如余所稱楊子雲、虞伯施❼語，未能畫也。涕泣而為作贊曰：

哀窈窕，思〈關雎〉❽。杳不見，乘雲霓。墮明月，遺輕裾。風蕭蕭，慘別離。來陳寶❾，景帝珠❿。何珊珊，是耶非⓫？

【注釋】❶余妻太原王氏　〈世美堂後記〉稱王氏祖上大名（今屬河北）人。大名春秋時屬晉，太原（今山西省府）古屬晉地，故互稱。❷嘉靖三十年　西元一五五一年。❸景暖風暄二句　形容女子性情溫和，節操堅貞。引自虞世南〈文德皇后哀冊文〉。景，影；日光。暄，和煦；溫暖。❹楊子雲　揚雄（西元前五三～西元一八年），字子雲，蜀郡成都（今屬四川）人。成帝時官給事黃門郎，王莽時官為大夫。他是西漢著名辭賦家。❺春木之芚兮四句　引自《揚子法言・寡見篇》，原是表達對孔子的敬仰。芚，盛貌。兮，句末或句中的助詞。援余手，伸手拉我脫離困厄之境。之，至。鶉，淳；美。百歲，揚雄原文為「五百歲」，謂孔子已經去世五百年（舉成數而言）。其人，指孔子。❻姨　妻子的姐妹。❼虞伯施　虞世南（西元五五八～六三八年），字伯施，越州餘姚（今屬浙江）人。隋官祕書郎，入唐累官至祕書監。❽「哀窈窕」二句　《詩經・周南・關雎》：「關關雎鳩，在河之洲。窈窕淑女，君子好逑。」關關，鳥鳴聲。雎鳩，水鳥。相傳雌雄雎鳩遊常相伴。窈窕，嫻靜美好。〈關雎〉，《詩經》第一篇。古人多說這是一首稱讚周文王和太姒的詩。❾陳寶　《漢書・郊祀志》顏師古注引臣瓚曰：「陳倉縣有寶夫人祠，或一歲二歲與葉君合。葉君神來時，天為之殷殷雷鳴，雉為之雊也。」❿景帝珠　歸莊注：「不可曉，疑有誤。」按《莊子・天地》：「黃帝遊乎赤水之北，登乎崑崙之丘，而南望還歸，遺其玄珠。」景，大。帝珠，黃帝遺落之玄珠。歸有光可能用這個典故，將王氏比作遺失的寶珠。⓫何珊珊二句　《漢書・外戚傳》載：李夫人死，漢武帝思念不絕，術人設計讓武帝與夫人之神相見，可望不可即，武帝作歌曰：「是邪非邪？立而望之，偏何姍姍其來遲。」姍姍，形容走路緩慢從容的樣子。珊珊，玉佩發出的聲音。歸有光此處是有意改變原來詞語，還是誤文，難以判斷。

【語　譯】我妻子太原人王氏，嘉靖三十年五月二十九日去世。我哀念很深，而遺憾沒有善於畫像的畫師。因此想起唐人的話：「像陽光一般溫暖，春風一般和煦；又像嚴霜一般堅貞，寒冰一般清瑩。」這是我為妻子所作的畫像。又流淚誦讀揚雄的文章，其詞說：「春天的樹木茂盛，伸手將我引入美境。雖然已經離開百年，其人猶如還在身旁。」

過了兩個月，門人許進士讓他兄弟來畫像。由我給他講述，許默默無語良久，然後畫出了這幅像。家人見了，無不悲傷痛哭。給妻子的姐妹們看，她們都流下了眼淚。小姨以為真像姐姐，只是不說話而已。然而我上面引用的揚雄、虞世南的話，卻無法通過畫像描摹出來。我流淚為畫像題上贊語：

為嫻靜美好的你哀傷，難忘昔日形影相隨。渺杳之間不得相見，如今你在飄遊的雲頭。明月沉墜了，只留下輕輕的衣裾。風淒淒厲厲吹著，如此分別真是殘酷。陳倉寶夫人神靈來會，那是一顆黃帝遺落的寶珠。為何你姍姍來遲，究竟那是你呢還不是你？

【研　析】作者曾稱：「有光自嘆生平於世，無所得意，獨有兩妻之賢，此亦釋家所謂『隨意眷屬者』也。」（〈請敕命事略〉）「兩妻」指魏氏和王氏，對於這二人，歸有光皆寫過充滿深情的悼念文章。本文寫作者因思念王氏而請人繪像，又因睹像而對前妻倍加思念。文中的贊辭，猶如一首出色的三言體詩歌，聲情並茂。

古人繪像，基本的方法是對著本人寫真，或者照著圖像重繪。除此之外，第三種方法是以比較相像的人為模特兒，如〈先妣事略〉「鼻以上畫有光，鼻以下畫大姊。以二子肖母也」。第四種方法是通過語言的形容，使之現為形象。後面兩種方法是在無奈情況下的特殊選擇。本文所敘歸有光為妻子王氏畫像，採取的是第四種方法。由於歸有光的母親和妻子王氏都死得早，死得突然，生前沒有留下畫像，故都採用非常之法繪真，這本身就是一件很悲哀的事情。

繪像易得者形，不易得者神與情，尤其是深情人更是經常為後者之故而懷著遺憾。本文先寫王氏之像被畫出後，「家人見之，莫不悲慟。以示諸姨，皆流涕。小姨以為真是吾姊，但不言耳。」這是肯定繪像的形貌逼真。然而，歸有光自己猶不滿足，他覺得畫像雖然逼真，但畢竟只是紙上的畫像，他心中的妻子，她的溫情、品性、節操，還有他對妻子深刻的思念和愛，都是無法出現在畫像上，所以他還感到很多的缺憾。這樣就出現了一種與前面「家人」、「諸姨」對畫像種種肯定不同的聲音，文章通過這兩種聲音的「抗訴」，反襯出作者對亡妻哀思的悠長而深切。

祭外姑文

【題　解】古代稱妻子的母親為外姑。本文祭悼歸有光髮妻魏孺人母親顧氏，她卒於嘉靖二十五年（西元一五四六年）八月二十五日，六十二歲，第三年正式安葬，本文即為她安葬而作。此時，魏孺人已經去世十五年，歸有光在文章中同時抒發了對妻子深切的思悼。

文章云：「母子相聚，復已三年。」又說「及今兒女幾有成」，而不及長子歸翿孫去世。又〈亡兒翿孫壙志〉記嘉靖二十七年十二月「會外氏之喪」，實指翿孫外祖母正式安葬事。據這些可知，本文寫於嘉靖二十七年（西元一五四八年）十二月前。歸有光四十三歲。

昔吾亡妻，能孝於吾父母，友于❶吾女兄弟❷，知夫人❸之能教也；麤食之養，未嘗不甘，知夫人之儉也；婢僕之御❹，未嘗有疾言厲色，知夫人之仁也。癸巳❺之歲，秋冬之交，忽遘❻危疾，氣息掇掇❼。猶日念母，扶而歸寧❽。疾既大作，又扶以東❾，沿流二十里，如不能至。十月庚子❿，將絕之夕，問侍者曰：「二鼓⓫矣。」聞戶外風淅淅，曰：「天寒，風且作，吾母其不能來乎？吾其不能待乎？」嗚呼！顛危困頓，臨死垂⓬絕之時，母子之情何如也。

甲午丙申三歲⓭中，有光應有司之貢⓮，馳走二京⓯。提攜二孤⓰，屬⓱之外母⑱。夫人撫之，未嘗不泣。自是每見之必泣也。

嗚呼！及今兒女幾有成矣，夫人奄忽⑲長逝。聞訃之日，有光寓松江之上⑳，相去百里，戴星而往，則就木㉑矣。悲夫！吾妻當夫人之生，既以遺夫人之悲，而死又無以悲夫人。夫人五女㉒，撫棺而泣者獨無一人㉓焉。今茲歲輤車將次于墓門㉔。嗚呼！死者有知，母子相聚，復已三年也。哀哉！尚享㉕。

【注　釋】❶友于　友愛。❷女兄弟　姐妹。❸夫人　指魏孺人母親顧氏。❹御　使喚。❺癸巳　嘉靖十二年（西元一五三三年）。❻遘　遇；患。❼掇掇　呼吸急促。掇，通「惙」。❽歸寧　女子結婚後回家看望父母。❾扶以東　指扶妻子從娘家回來。歸有光家在魏孺人娘家的東面。❿十月庚子　趙伯陶《歸有光文選》：「按嘉靖十二年農曆十月無『庚子』日，庚子當為該年農曆十一月初二日。」⓫二鼓　二更，相當於現在的晚上九時至十一時。⓬垂　將。⓭甲午丙申三歲　嘉靖十三年至十五年（西元一五三四～一五三六年）以干支紀年分別為甲午、乙未、丙申。⓮有司之貢　指歸有光嘉靖十三年參加南京鄉試，嘉靖十五年膺選貢赴北京廷試。有司，官吏。⓯二京　北京、南京。⓰二孤　指魏孺人生育的女兒和兒子。兒子名歸翻孫。⓱屬　付託。⓲外母　外祖母。⓳奄忽　忽然。⓴松江之上　指安亭（今上海市嘉定）。松江，又稱吳淞江，上游自太湖，流經青浦、上海之界，匯進黃浦，入於海。㉑就木　入棺。㉒夫人五女　顧孺人生育三個女兒，另兩個女兒為她丈夫與妾所生（見歸有光〈外舅光祿寺典簿魏公墓誌銘〉）。㉓一人　指歸有光妻子魏孺人。㉔今茲歲句　指顧孺人正式入葬。今茲歲，今年。輤車，裝靈柩的車。次，停駐。㉕尚享　亦作「尚饗」。意謂希望死者享用祭品。是古代祭文結尾用語。

【語　譯】我亡妻在世時，能孝敬我父母，又友愛地待我姐妹，由此而知岳母教子有方；過著粗茶淡飯的生活，未嘗不以為甘甜，由此而知岳母平時持家簡樸；使喚婢僕，從來不曾疾聲厲色，由此而知岳母心性仁厚。嘉靖十二年，秋冬交替之際，她忽然身患重病，氣息急促，還日夜思念著她母親，由人攙扶著回去探望。隨後疾病迸發，又被攙扶著東行，返回自己的家，沿河二十里水路，彷彿不能走完似的。十月庚子日，行將氣絕之夜，她對伺候的婢女說：「已經二更了。」聽到窗外絲絲風聲，說道：「天氣寒冷，大風將起，我母親大概趕不來了吧？或許我等不到這一刻了？」天啊！在顛危困頓，臨死將絕的時刻，母女的這種感情表現得多麼深厚啊！

在嘉靖十三年到十五年中，有光參加南京鄉試，又膺官府選貢赴北京廷試，來回奔馳於二京之間。我攜領著失去母親的二個女兒、兒子，託付給他們的外祖母。岳母撫摩著孩子，忍不住哭泣。自此以後，她每一次看見外孫和外孫女，都會因傷心而落淚。

天啊！到今天兩個兒女眼看快要長大成人，岳母卻忽然永遠離開了世界。訃告傳來之日，有光寓居在吳淞江邊的安亭，相隔百里，晚上披著星光奔喪，等我趕到，岳母已經入棺。真悲痛啊！我妻子在她母親生時，已經帶給她母親悲傷，而當她母親死時，又不能為她母親哀悼。外姑共有五個女兒，如今撫棺哭泣的人群裡，惟獨少我妻子一人。今年，車將裝載靈柩停駐於墓門，正式入葬。天啊！死者如果能夠知覺，母女相聚以來，已經又過去了三年。太令人哀傷了啊！敬請享用祭品。

【研　析】作者思悼外姑，又思悼妻子。第一段正面的文字全是寫妻子，外姑則從側面映出，由女兒善良的心性，逆推其母親身上的美德；由女兒對母親的深情，逆推其母親對女兒的慈愛。最後一段，說外姑在世，女兒的早喪使她悲痛，而她去世，女兒因為已經先她而死又不能為她送葬，這是寫外姑的不幸，實又是寫作者妻子的不幸。文章借此形彼，相互映照，寫一人而收寫二人之功，行文簡潔，而又使抒寫悲悒之情的效果倍加濃郁。這種複調的筆法，在歸有光文章中經常可見，是他散文藝術的一個特色。

己未會試雜記

【題解】「己未會試」指嘉靖三十八年（西元一五五九年）春天的進士考試。歸有光於上一年十二月入京趕考，揣著希望，結果仍然落第而歸。本文雜記這次考試前後各事，尤其對落第的原因及態度做了許多記述，可與〈解惑〉篇互相參看。據歸有光這次落選的知情人徐學謨〈書歸僕丞解惑篇後〉一文所云，歸有光以為自己考試不中是鄉人阻試卷於簾外所致，事實並非如此，這是歸有光事後聽信流言所產生的誤會。其說當可信。然而此文流露的痛苦是歸有光真實的痛苦，文中雜記作者和親友、隨從在考試前的各種夢兆，反映出在這次臨考之前歸有光和關心他的人心理和精神都極度緊張，他自己充滿了對失敗的嚴重擔憂，這是舊時文人在科舉考試的沉重壓迫下痛苦體驗的真實寫照，因此本文也為人們認識科舉制度下文人的內心世界提供了不可多得的詳細的第一手資料。

本文寫於嘉靖三十八年（西元一五五九年）四月，歸有光五十四歲。

臘月❶二十四日，風日暄和，行丹陽❷道中。余垂老有此遠役，意中忽忽❸不樂。欲慕古人之高致而不可得，有欲言者而口不能道。忽憶馬季長❹客涼州❺，關西❻饑亂，因嘆息曰：「古人有言，左手據天下之圖，右手刎其喉，愚夫不為。所以然者，生貴于天下也❼。今以世俗咫尺之羞❽，滅無貲之軀❾，非老、莊❿所謂也。」遂往應鄧騭⓫之命。嗟夫！此予今日之意也。因諷⓬其言，感慨者久之。

常熟瞿諭德景淳⑬為博士弟子⑭時，予常識之白下⑮。及登第⑯，兩為禮闈同考⑰，在內簾⑱，對諸學士未嘗不極口推獎。一日過訪，道及平生以予不第，諸公嘗以為恨，為吾江南未了之事。因言為考官亦有難者，蓋內中有一榜，外間亦有一榜，必內榜與外榜合，始無悔恨。方在內時，惓惓⑲未嘗不在公也。又為予同年⑳義興楊準㉑道予少時之夢。予少夢吳文定公㉒授以文字一卷，予歲貢鄉舉㉓皆與之同，故瞿每對人言之，實以文定公見待云。

諸考官命下之日，相約必欲得予，及在內簾，共往白兩主考。常熟嚴學士訥㉔因言，「天下久屈此人，雖文字不入格，亦須置之第一，人必無異議。」金壇曹編修大章㉕尤踴躍，至與諸內翰決賭，以為摸索可得。然盡閱落卷中，無有也。揭曉後，曹使人來，具道如此。而人有後來言予卷為鄉人所忌㉖，不送謄錄所，蓋外簾同官言之。然此乃命也，「臧氏之子，焉能使予不遇哉㉗！」

予自石佛閘㉘與鉛山費楙文㉙步行至濟州㉚城外，遇泉州㉛舉子㉜數人，共憩市肆中。數人者問知予姓名，皆悚然環揖，言吾等少誦公文，以為異世人，不意今日得見。往往相目私語。比㉝在京，吾鄉有託泉州舉子之語以相詆，不知予已在濟州先識之。設果有言，亦不當傳道之，而乃假託其語，其謬如此。所謂外簾官者，亦對人毀予。予時方出國門[34]，亟書數語寄其同官徐學謨[35]。蓋一時有不能平，亦予之褊[36]也。

己未禮闈《易》題[37]，〈節〉六四爻象[38]。予講「安」字之意，大略云：使聖人之制禮不出乎其心，而欲驅率天下以從我，則必齟齬而不合；天下之由禮不出乎其心，而欲勉強以從聖人，則必勞苦而不堪。「齟齬不合」、「勞苦不堪」，秦、漢間語，眉山蘇氏[39]文多有之。今某人摘此八字，極加醜詆，以數萬言中用此八字為罪詬，亦太苛矣。前浙省元[40]姜良翰[41]久不第，高時[42]為給事中[43]，每論其文切齒，姜後亦登第。予老矣，能望姜君乎？惜乎，某之以高時自處也。嘉定金喬[44]送予出國門，偶道此。喬自徐祠部[45]所[46]來，祠部與予舊相知，因書寄之，然勿與他人道也。先是丁未[47]，予試卷《中庸》「天地位，萬物育」講語[48]，用「山川鬼神，莫不乂安[49]；鳥獸魚鱉，莫不咸若[50]。」房考[51]大劄批一「粗」字，有輕薄子每誦以為嬉笑，事亦類此。蓋今舉子剽竊坊間熟爛之語，而五經[52]、二十一史[53]不知為何物矣。豈非屈子[54]所謂「邑犬群吠，吠所怪也」歟？

今次將北上，夢多奇者，當別記之。

二月，得兒子家書，言夢予獲雋[55]，《易》題乃〈離〉卦[56]「乃化成天下」，而里人夢見龍起宅中，發[57]屋拔木。時《易》題果出〈離〉卦，頗以為異，對坐中言之。傳至瞿侍讀[58]，亦為予喜。

又張憲臣[59]夢余在殿陛間，走度一木，跨其肩上，謂予名必在張前。榜出，張中《禮》卷第二，而予不得，有不盡驗者。家人任慎，少隨余，每夢輒應。今歲隨在京，數有奇夢，類[60]非其能自為者，然亦不驗。獨于二十六夜夢報中會元[61]，謂今年二十九揭曉，何得先三日有報？其人云：「預報會元耳。」夢中因念甲午[62]歲有人來報鄉舉[63]第二，此預報之證也。頗自疑之。

又夢在大內[64]，嚴學士送予下階，予辭以公為吾座主，不宜降屈，乃與瞿侍讀相攜而出。初得此夢，以嚴為座主必中，而又不驗。豈瞿後主考，乃得舉也？然予無望此矣。

又二十七日，夢一卷書乃為狗所吞。人言書為狗吞，乃狗兒年，非羊兒年也[65]。

李元禮[66]、郭有道[67]生此世，必在塵埃中，無人知貴之者。杜子美[68]詩云：「溫溫[69]士君子，令我懷抱盡[70]。靈芝冠眾芳，安得闕親近[71]？」子美此意曖然[72]，甚可愛也。人無此，安得謂之能親賢？吾苟且與之，豈不自賤？荀子「度己以繩，接人則用繼」[73]，莊周「達之入于無疵」[74]，其亦枉其性矣。孔子，七十子服之，謂之聖人，則無一人之服之者，可以為賢乎？孔子則自言：「遯世不見知而不悔，唯聖者能之。」[75]孔子之言，乃所謂知性命之理者也。

予每北上，常翛然[76]獨往來，一與人同，未免屈意以狥[77]之，殊非其性。杜子美詩「眼前無俗物，多病也身輕。」[78]子美真可語也。昨自瓜州[79]渡江[80]，四顧無人，獨覽江山之勝，殊為快適。過滸墅[81]，風雨蕭颯如高秋。西山[82]屏列，遠近掩映，憑闌[83]眺望，亦是奇遊，山不必陟乃佳也。

四月初五日，夜泊滸墅。夢魏孺人[84]別居一所，予往見之，孺人亦來就[85]余所，尋[86]復去。相見時甚歡，以為世間未有之事，約與相迎為夫婦如故，孺人意亦允諧[87]。方躊躇[88]間，岸上鼓鼕鼕，夢覺矣。自孺人歿，幾及三紀[89]，未嘗夢。俗以為淚著殮[90]時衣，不夢也。今始一夢，慘然甚感。王孺人[91]亦無夢，王子[92]冬北上，雪夜宿句曲[93]道中，夢孺人來。二君德容，常在吾目中。今自數千里還，去家益近，愴然有隔世之悲。

初六日，發滸墅。自丹陽[94]無一日不遇風，是日，冒風雨僅至婁門[95]，宿跨塘橋[96]下。中夜，風雨勢益惡。予惺然[97]不寐，念此行得失有命，略無芥蔕于心，獨以三四千里至此，又阻風雨，不得亟見老親。思昔丙辰❾❽南還，見吾祖，云：「不第不足言，汝還，慰吾懷矣。」今吾祖長逝，還更不可見，更不復聞此語，悲痛胡可言也。明日，過沙河❾❾，風雨微止，將到家矣。命童子索筆硯，聯事記之。人之毀譽，不足為之有餘不足，顧獨以廟堂諸公譽之愛之者無所用其力，而鄉里知識⑩⓪毀之嫉之者必中其計。信乎，予之窮⑩①也！夢兆本不足道，具存一時之事，故并書焉。

嘉靖三十八年四月書，時過陸市⑩②。

【注釋】❶臘月　指嘉靖三十七年（西元一五五八年）農曆十二月。❷丹陽　今屬江蘇。❸忽忽　失意的樣子。❹馬季長　馬融（西元七九～一六六年），字季長，東漢右扶風茂陵（今陝西興平東北）人。曾任校書郎、南郡太守。博通經籍，遍注群經，是重要的古文經學家。以下引述自《後漢書・馬融傳》。❺客涼州　《後漢書・馬融傳》：「永初二年，大將軍鄧騭聞融名，召為舍人，非其好也，遂不應命，客於涼州。」涼州，西漢置，東漢時治所在隴縣（今甘肅張家川）。❻關西　函谷關（今河南靈寶東北）以西。❼左手據天下之圖五句　劉安《淮南子・精神》中語。文字略異。圖，圖籍。版圖和戶籍。❽咫尺之羞　小的羞辱。指鄧騭召馬融為舍人。❾無貲之軀　無法用金錢計算的生命的價值。貲，資。❿老莊　老子、莊子。老莊學派創始人。主張適性自然，珍惜生命，反對束縛。⓫鄧隲　亦作鄧騭。騭，《方言》：「魯衛之間曰騭。」字昭伯，東漢南陽新野（今河南新野南）人。安帝太后兄，任大將軍，專斷朝政，後自殺。⓬諷　誦讀。⓭瞿諭德景淳　瞿景淳，字師道，號昆湖，常熟（今屬江蘇）人。瞿式耜祖父。嘉靖二十三年（西元一五四四年）會試第一，殿試第二。歷翰林、侍讀學士、南京吏部右侍郎、禮部左侍郎。死後贈禮部尚書，謚文懿。好《左傳》，擅長制藝，著有《瞿文懿詩文集》。諭德，官名，掌侍從贊諭，職同常侍。⓮博士弟子　秀才。⓯白下　今南京。⓰登第　考中進士，進入名次。⓱禮闈同考　會試同考官。⑱內簾　考官分內簾官和外簾官，外簾官在外監試，內簾官在內評卷。實際上試卷經過外簾官初步揀選，再送內簾官評定。⑲惓惓　關心貌。⑳同年　此指同一年中舉人者。㉑義興楊準　楊準，嘉靖三十二年（西元一五五三年）進士，宜興（今屬江蘇）人。曾任衢州知府。義興，即宜興，避宋太宗趙光義諱改。㉒吳文定公　吳寬，字原博，號匏庵，長洲（今江蘇蘇州）人。成化八年（西元一四七二年）進士第一，官至禮部尚書，謚文定。㉓歲貢鄉舉　每年參加鄉試舉人考。㉔嚴學士訥　嚴訥，字敏卿，常熟（今屬江蘇）人，嘉靖二十年（西元一五四一年）進士，撰青詞稱旨，擢翰林學士，官至武英殿大學士，謚文靖。著有《嚴文靖公集》。㉕曹編修大章　曹大章，字一呈，號含齋，金壇（今屬江蘇）人，嘉靖三十二年（西元一五五三年）進士，官翰林院編修，以廢疾罷。著有《曹太史含齋集》。㉖予卷為鄉人所忌　據徐學謨〈書歸僕丞解惑篇後〉，歸有光所謂「鄉人」指沈紹慶，字子善，崑山人，嘉靖二十九年（西元一五五〇年）進士。徐學謨力辯歸有光誤聽讒言，「己未卷，予親見考官靛筆塗抹，亦何嘗格之于簾外？」並說「子善忠厚人」，絕無格卷不入之可能。㉗臧氏之子二句　參見〈解惑〉注㉙。㉘石佛閘　運河泊船處，在今山東濟寧。㉙鉛山費楙文　費楙文，其人不詳。鉛山，今屬江西。㉚濟州　此指今山東濟寧，為當時濟州治所。㉛泉州　今屬福建。㉜舉子　舉人。㉝比　及至。㉞國門　北京城門。㉟徐學謨　見〈與徐子言〉題解。㊱褊　心胸狹小。㊲禮闈易題　會試初場試《易》、《書》、《詩》、《春秋》、《禮記》諸經義，考生在試前可以選擇考何經。歸有光這次考的是《易》經義。㊳節六四爻象　〈節〉是《易》第六十卦。其曰：「六四，安節，亨。」六四，陰爻所處之位。六代表陰爻，凡陰爻居卦第四位者，稱「六四」。該爻辭的意思是，安然奉行節制，前途亨通。該卦《象傳》更曰：「安節之亨，承上道也。」意謂下承上而安。㊴眉山蘇氏　指蘇洵、蘇軾、蘇轍父子，眉山（今屬四川）人。唐宋八大家成員。㊵省元　一省鄉試第一名，稱解元。㊶姜良翰　字希召，浙江金華人。嘉靖七年（西元一五二八年）解元，二十三年（西元一五四四年）進士。任廣東布政司左參政等職。㊷高時　浙江臨安（今杭州）人。嘉靖十四年（西元一五三五年）進士，任都給事。㊸給事中　明代六部皆設都給事中一人，左右給事中各一人，給事中若干人。給事中的責任是抄發章疏，稽察違誤。㊹金喬　其人不詳。㊺徐祠部　徐學謨。祠部，東晉設所祠部，後變為禮部，祠部則為禮部所屬四司之一。㊻所　處；那裡。㊼丁未　嘉靖二十六年（西元一五四七年）。㊽予試卷二句　《中庸》，原是《禮記》中的一篇，傳說為戰國時子思所作。宋儒將它和《大學》、《論語》、《孟子》並列為「四書」。位，各安其位。講語，闡講經義的文字。此指八股文。㊾乂安　安定。㊿咸若　《尚書．皋陶謨》：「皋陶曰：『都！在知人，在安民。』禹曰：『吁！咸若時，惟帝其難之。』」後以「咸若」謂萬物皆能應時得宜，順遂其性，以稱頌帝王的教化。(51)房考　科舉考試按考生所考儒家經典分房進行，主持各房考試的即稱為房考官。52五經　指儒家經典《詩》、《書》、《禮》、《易》、《春秋》。53二十一史　二十四史除《舊唐書》、《舊五代史》、《明史》之外的二十一部史書。54屈子　屈原。以下引自《九章・懷沙》，文字略有不同。55獲雋　「獲雋公車」之略。原指漢代以公家車馬送應舉的人。後指會試考中進士。56離卦　《易》第三十卦。離，象徵附麗，依附。以下所引自該卦《彖辭》。57發　掀翻。58瞿侍讀　瞿景淳，曾任侍讀學士。59張憲臣　字敘伯，崑山人，嘉靖二十二年（西元一五四三年）舉人，三十八年（西元一五五九年）進士。官戶部給事中、浙江右參政，分守金衢嚴三郡。60類　皆；大抵。61會元　會試第一名。62甲午　嘉靖十三年（西元一五三四年），歸有光二十九歲。該年他落選。63鄉舉　鄉試。考中者為舉人。64大內　皇宮。65人言書為狗吞三句　嘉靖三十八年以干支紀年是己未年，「未」對應羊年。下一次會試是嘉靖四十一年，干支紀年是壬戌年，戌對應為狗年。意思是說，此夢預兆這回考不取，要等到下一回。66李元禮　李膺（西元一一〇～一六九年），字元禮，東漢潁川襄城（今屬河南）人。桓帝時為司隸校尉。反對宦官，深受太學生擁戴，遭黨錮之禍，後死於獄中。67郭有道　郭泰（西元一二八～一六九年），字林宗，東漢太原介休（今屬山西）人。早孤，發憤讀書，博通墳籍。為李膺所賞，名震京師。不應官府徵召，世稱為「郭有道」。黨錮之禍起，唯閉門教授學生。68杜子美　杜甫。以下引詩自〈贈鄭十八〉。69溫溫　溫潤。形容君子品德。70盡　全部嚮往之。71闕親近　不去接近或親近。72曖然　溫潤，繁茂。73度己以繩二句　引自《荀子・非相篇》。度己，正己。繩，繩墨，木匠用以畫直線的工具。接人，引薦人。紲，與枻、抴同，船旁板，人們利用它上下船。荀子接著說：「度己以繩，故足以為天下法則矣；接人用抴，故能寬容，因求（『眾』之誤）以成天下之大事矣。」74達之入于無疵　《莊子・人間世》：「彼且為嬰兒，亦與之為嬰兒；彼且為無町畦，亦與之為無町畦；彼且為無崖，亦與之為無崖，達之入于無疵。」意謂達者趨時應變，與物無忤。75遯世不見知二句　引自《中庸》。遯世，避世隱居。76翛然　不受拘束。77狥　曲從。78眼前無俗物二句　引自杜甫〈漫成〉。79瓜州　亦作「瓜洲」。鎮名，在江蘇邗江南部，與鎮江隔江相望，是長江南北水運重要埠頭。80江　長江。81滸墅　鎮名，在長洲（今屬蘇州）。元明清在此地設關，徵收商船之稅。82西山　即洞庭西山，在太湖中。83闌　欄杆。84魏孺人　歸有光髮妻。85就　依隨。86尋　時間短。87允諧　亦作「諧允」。允諾。88躊躇　滿足；自得。89三紀　三十六年。紀，十二年。魏孺人死於嘉靖十二年，至此年實際為二十七年。超過二紀，按習慣稱整數三紀。90殮　給死者穿衣入棺。91王孺人　歸有光繼室。92王子　嘉靖三十一年（西元一五五二年）。該年冬歸有光赴北京應次年春會試。93句曲　山名，又名茅山，是道家第八洞天。在今江蘇句容東南。94丹陽　在今江蘇。95婁門　蘇州城東門。96跨塘橋　又名安邑橋。97惺然　清醒。98丙辰嘉靖三十五年（西元一五五六年）。[99]沙河　小川名，在江蘇太倉。[100]鄉里知識　鄉紳。[101]窮　無法進入仕途，與「達」相對。[102]陸市　渡口名，即陸市鋪渡，在吳淞江上。

【語　譯】臘月二十四日，風和日暖，行進在回家的丹陽路上。我年歲將老，還去遙遠的京城參加會試，心裡悶悶不樂。想仰慕古人超脫功名的情懷，又實在辦不到；有許多話想要訴說，卻又無法開口講述。突然想起東漢馬融，他客居涼州，關西一帶到處是饑荒和戰爭，他於是歎息道：「古人曾說，左手捏著天下的版圖和戶籍，右手卻要割下自己的頭頸，即使是傻瓜也不願意這麼做。之所以如此，因為生命與天下相比，更加寶貴。現在我為了不願意忍受世俗生活中小小的羞辱，而毀掉自己無價之寶的身軀，這並不符合老子、莊子的主張。」結果他回到中原接受了鄧騭的任命。唉！馬融說的正是我今天真實的心境。誦讀他的話，使我感慨很久。

常熟人瞿景淳身任諭德，他當年為秀才時，我與他曾經結識於南京。考中進士以後，他兩次擔任禮部同考官，在任內簾閱卷官時，未嘗不向其他各位翰林學士極力誇獎我。一天，他來訪問，說起因為我一直未考中進士，諸位翰林學士都為之感到遺憾，以為我不中進士是江南的缺憾。接著他又說，當考官也有他們的難處，因為內簾官有一份錄取的名單，外簾官也有一份錄取的名單，必須內簾官和外簾官兩份名單完全吻合，才不會有落選的痛苦。他們在內簾閱卷時，都未嘗不關心我的試卷。他又對和我同一年考中舉人的宜興人楊準談起我少年時的一個夢。我小時候，夢見文定公吳寬授予我一卷文字，我每年參加舉人考試都與他在一起，所以瞿景淳常常向別人談到這個夢，他其實是以吳文定公期待於我。

諸位考官從接受朝廷任命之日起，互相約定一定要取我為進士，他們被分任內簾試官後，一起前往兩位主考官處表達這樣的願望。常熟嚴訥學士這樣說：「天下曲抑此人已經太久，即使文字不甚合格，也應當拔他為第一名，別人必定不會有異議。」金壇曹大章編修尤其熱心踴躍，乃至與各位翰林學士打賭，認為我的卷子不看也能摸索出來。然而，將黜落的試卷兜底找遍，也沒有發現我的一份。進士名單揭曉以後，曹大章派人來，對我說的情況就是如此。後來有人告訴我，說我的卷子遭到同鄉人的嫉恨，故意不送交謄錄處，這是外簾同考官說的話。然而，這是命該如此，「臧倉這種傢伙，又怎麼能壓制得了我出頭呢？」

我從山東運河石佛閘與鉛山人費楙文一起，步行到濟寧城外，遇見福建泉州幾位舉人，一道在店堂裡休憩。那些人問明我的姓名，都驚訝不已，團團環列向我作揖，說：「我們從小就讀您的文章，都以為您是過去的人，沒有料到今日能在此地相見。」他們不時地看來瞧去，竊竊議論。到京城以後，我的同鄉中有人假託泉州舉人的話對我進行詆毀，卻不知道我此前在濟寧已經與他們認識了。假如他們真的說過那樣的話，也不該再加以傳播，更何況還是假託他們的話，做人竟壞到如此程度。所謂那個外簾官，也向別人毀損我。我當時剛走出北京城門南還，匆匆寫了幾句話寄給那人的同僚徐學謨。這是因為一時心情無法平靜，也說明自己心胸狹小吧。

三十八年禮部進士考《易經》的試題，是取〈節〉六四爻象裡的內容。我回答題目中「安」字的意思，大略這樣說：假如聖人制訂的禮不是出於人的本心，而是為了駕御天下人聽從於我，那麼就會齟齬不合；假如天下人遵從禮不是出於其本心，而只是為了勉強地去服從聖人，那麼大家就一定會感到勞苦不堪。「齟齬不合」、「勞苦不堪」，都是秦漢時的語言，眉山蘇氏父子的文章裡常常出現。現在，某人摘出這八個字，極力加以醜化和詆毀，在一篇數萬言的試卷中，拿這八個字進行責備、討伐，這也太苛刻了。以前浙江有一個鄉試解元姜良翰，開始久久考不中進士，身為給事中的高時，每次談到他的文章都非常鄙夷，姜良翰後來也中了進士。我年紀老了，怎能奢望與姜君一般呢？可惜啊，某人卻把自己當作了高時。嘉定人金喬送我離開北京城門，偶爾與他講了這些。金喬從徐學謨那兒來，徐與我從前是舊交，所以寫了一封信給他，然而叮囑他不要與別人說。之前嘉靖二十六年那次考試，我解答《中庸》的試題「天地各安其位，萬物生化繁育」，在闡講時說：「山川鬼神，無不安定；鳥獸魚鱉，無不得宜。」考官批了一個很大的「粗」字，有些輕薄的人常常將這幾句掛在嘴上，作為嘲笑，此事也與現在的相類似。這都是因為考八股的人剽竊書坊印刷的熟爛語言，而不知道五經、二十一史是什麼。這難道不是屈原所謂「村邑的狗一起吠叫，吠牠們覺得奇怪的現象」嗎？

這次北上，有不少奇異的夢，宜另外將它們記下來。

二月，收到兒子家書，說做夢見到我考中了進士，《易經》的試題是〈離〉卦的句子「從而感化生成天下萬物」，鄰里有人夢見龍從住宅升騰而起，掀翻房屋，拔起樹木。今年的試題果然出自〈離〉卦，覺得很是奇怪，向在座的人講了此事。傳到瞿景淳侍讀的耳裡，他也為我感到高興。

又張憲臣做夢看到我在朝廷宮殿的臺階間，走過一根木頭，跨在他的肩膀上，說我考試的名次必定在他前面。榜一公佈，張憲臣考中《禮》經，名列二甲，我卻榜上無名，夢未必應驗。我家僕人任慎，從小跟隨我，他每次做的夢都很準。今年隨我來到京城，多次做到奇異的夢，這些夢不像是他所能編造的，然而也都沒有應驗。惟獨我二十六日做夢，夢裡報告說考中了第一名，我說今年要到二十九日才揭曉，為什麼三天前就有這樣的報告？那人說：「這是預報你中第一名。」我在夢裡因此想起，嘉靖十三年有人來報告我考中鄉試第二名，這是有預報的證明。我心裡疑惑重重。

又夢見身在皇宮，嚴學士送我走下臺階，我說您是我的考官，不宜屈降送行，表示辭謝，於是與瞿景淳侍讀扶攜著走出皇宮。開始對於這樣一個夢，以為嚴是考官自己必中無疑，然而又未應驗。難道這是預示將來瞿做主考，我才能考中嗎？然而我對此不抱希望了。

又二十七日，夢見一卷書被狗吞了。有人說，書被狗吞，預示中進士是在狗年，不是在羊年。

東漢人李膺、郭泰如果生在當今世上，必被埋沒在塵埃之中，沒有人會尊重他們。杜甫詩說：「品德溫潤的君子，你令我無限傾心。群芳之冠的靈芝，又怎能不去親近？」杜甫詩的含義溫煦親切，非常令人慕悅。人沒有這樣的心襟，怎麼談得上好士愛賢？我如果苟且地與他們作計較，豈非顯得自輕自賤？荀子說：「對待自己要用繩墨尺度嚴格要求，對待別人則要寬恕和幫助。」莊子說：「曠達之士對於遭遇無所計較。」這些說法不免曲撓人的本性。孔子，七十弟子都敬服他，稱他為聖人，如果一個敬服的人也沒有，那麼他還可以算是賢人嗎？孔子則說：「避世隱居，不被別人知愛賞識，卻不後悔，只有聖人才做得到。」孔子的話，是指那些所謂已經知曉性命道理的人說的。

我每次北上，常常是無拘無束一個人往來，一與別人同路，就難免要屈意去遷就別人，這很不符合我的性格。杜甫詩寫道：「眼前沒有庸俗的人和事，那怕疾病纏身也輕鬆自在。」杜甫真是可以與他交談的人。昨日從瓜州渡過長江，身邊沒有一個人，獨自放眼觀賞江山勝景，特別感到愉快舒適。經過滸墅鎮，風雨蕭颯，如同秋季。太湖的西山，排列得好像屏風，遠近景致互相掩映，靠著船舷眺望，也是奇妙的遊歷，山不一定非要攀登才能領略到它的美妙。

四月初五日，晚上船停泊滸墅鎮。夢見魏孺人另外住在一個地方，我前去見她，孺人也到我的住處來依隨於我，不久又離去。相見時極盡歡樂，覺得這是世上沒有過的幸福，我相約娶她仍舊像從前一樣做夫妻，孺人也表示允諾。正當我們沉浸在高興中，岸上傳來一陣鼕鼕的鼓聲，夢頓時驚醒。自從孺人去世，將近三十年，從來沒有夢見過她。世俗有一種說法，認為眼淚掉到死者入殮時的衣服，夢就不會發生。直到今天才有一夢，覺得非常哀慘感傷。王孺人也沒有在我的夢裡出現過，嘉靖三十一年冬天北上，一天下雪夜，住在茅山的路旁，夢見了王孺人。二人德義音容，常常在我眼前出現。今天從數千里之外回來，離家越近，心情感傷恍若有隔世的悲戚。

初六日，從滸墅鎮出發。到丹陽以後，沒有一天不遇到大風。這天，冒著風雨，勉強抵達蘇州東門的婁門，眠宿於跨塘橋下。半夜，風雨來得益發猛烈，我神思清晰，無法入睡，默默想到，這次赴考，得失皆是命中註定，心裡基本不懷芥蒂，難過的只是經過三四千里跋涉至此，又被風雨所阻，不能立刻與年老的家親見面。想起上次嘉靖三十五年考試後南還，見到祖父，他說：「考不中沒啥關係，你回到家裡，我就欣慰了。」現在祖父已經長辭人世，即使還家，已經再也見不到他，再也聽不到他這樣的話，我內心的悲痛又怎能用語言傳述。第二天，行過沙河，風雨漸漸停息，家已經出現在眼前。吩咐跟隨的童僕拿出筆硯，連綴前後各事，記為一篇。別人的毀譽，都不足以表示一個人了不起或不如人，令我不明白的是，朝廷諸公讚揚我、愛惜我，都起不了什麼作用，而鄉里紳士毀損我、嫉恨我，其陰謀竟然能夠得逞。看來真該相信，我命裡確是出不了頭啊！夢兆原本不足掛齒，為了完整保存這次經歷的真實性，所以我將它們一併記在這裡。

嘉靖三十八年四月撰，船正駛過陸市鋪渡。

【研　析】歸有光在科舉考試中長期遭受挫折，可是都沒有像第七次試進士失利後那樣痛苦和憤怒。他聽了傳言，感到他這次是被嫉妒自己的「鄉人」從中做手腳給壓下來的，心情因此被攪得很亂，雖然他想竭力克制自己，調整自己心理，但是心情總是無法恢復平靜。那則傳言的內容其實並不真實。由此可以想見，歸有光確實在屢經考試失敗之後，神經已經變得很敏感，風吹草動就能讓他在心裡翻起層瀾，精神狀態相當糟糕。讀了這一篇雜記，對於科舉制度如何戕傷文人的心靈就會看得很清楚。關於這樣的摧殘和斫害，以及科舉制度下文人的精神和心理狀態，在清人小說《聊齋志異》、《儒林外史》等作品中，有許多深刻和出色的描寫、刻畫。本文則以作者記述自己親身的經歷和感受，對此作出反映，其實際和真切又有非虛擬之代言可以比擬者。作者以東漢馬融終於無奈地接受鄧騭的任命，比喻自己欲擺脫科舉束縛卻始終下不了告別的決心；又以夢見與瞿景淳相攜步出皇宮，卜測自己或許在將來瞿氏任主考官時方得中式，然而表示「予無望此矣」，可是，對於未來羊年的考試，似乎又沒有放棄希望；對於他所怨恨的「鄉人」，一方面表示不足於作計較，另一方面又說這種曠達的姿態其實是枉屈本性。前後互相撐拄，左右都不逢源，內心充滿矛盾和彷徨，文章將作者這種心態表現得淋漓盡致。雜記的後半篇寫作者對家鄉、對親人的依歸之情，記述與亡妻魏氏、王氏夢中相遇，回憶往年考試歸來得到祖父的安慰，這些反而更增重了作者感情的傷淒，「今自數千里還，去家益近，愴然有隔世之悲」，猶如唐人詩「近鄉情易怯」，都是實實經歷過的人發自內心極真的聲音，極苦的聲音。

遊海題名記

【題解】又名〈遊海紀行〉。此文記述歸有光偕子與友人坐船遊覽崇明島的一次經歷。題名記，記述某事或某物，列出與此相關涉各人的姓名，是「記」文體的一種，宋代以後大量出現。此次遊海，歸有光還寫有詩歌。寫於嘉靖三十八年（西元一五五九年），歸有光五十四歲。

嘉靖己未❶中秋前二日，王永美❷邀予遊海❸。午後登舟，至太倉❹。明日午，出州東門，遂行。待沙船❺不至，宿天妃宮❻。十五日，得沙船，行。至海口，風雨大作，波濤際天。初猶見海中長沙❼，及濤高，沙反出其下，不復見。還，宿天妃宮。

明日❽，至海口，雨不止。使人問郭帥❾，已往新城❿，因宿其營。營前頗有戰船，戍兵寥落，皆兩粵⓫人。營中寂然。半夜，大風雨，波濤之聲滿耳。郭帥方自新城乘浪而至。明日，留飲，及暮而別。夜三鼓⓬，潮生，舟忽高數丈，水聲鳴激。永美呼余起，登岸。岸北邐迤⓭隔碍，僅見東南半海。月色微明，因列坐飲，鼓琴，潮平乃還。連日雖風雨，海中風帆交錯，沙上⓮人載荻葦⓯西來⓰

不絕。劉家河⑰船皆逆風張帆，南北斜行如織。篙師云：「海行恃風波，患無風，不患風也。」

余與張德方、陸希皋⑱同自崑發，永美子一夔、余子福孫⑲從。至州，希皋不行。劉大倫、楊正學⑳以沙船至。楊百戶㉑，海上彈琴者也。李旌㉒未冠㉓。皆同行。凡㉔七日，竟不見月，亦不至大海而還。

【注釋】❶嘉靖己未　西元一五五九年。❷王永美　曾任詹事。❸海　指長江口外的東海。❹太倉　屬今江蘇，地處崑山東。❺沙船　一種大型平底的帆船，遇沙灘不易擱淺。❻天妃宮　在今崇明（今屬上海市）西關外施翹河。天妃，即媽祖。姓林，名默娘，宋時莆田都巡檢林願之女，生而神異，能言人禍福，海邊之民多崇信。宋元祐崇祀於閩，後江南多立廟祭祀。元朝加封天妃神號，明洪武改封聖妃，永樂七年復天妃號。❼長沙　島名，故址在今崇明島中部。今崇明島由崇明、長沙、南沙三島相連而成。❽明日　第二天。❾郭帥　駐紮在崇明軍隊的統令。其人不詳。❿新城　指鎮海衛（設在太倉）下屬的一個地方。⓫兩粵　即兩廣。指廣東、廣西。《歸震川先生未刻稿》「兩」作「西」，則指廣西。⓬三鼓　三更。相當於現在的晚上十一時至次日一時。⓭邐迤　曲折連綿貌。⓮沙上　島上。長江口因淤泥而形成島。此指前面寫的長沙島。⓯荻葦　似蘆葦一類水邊生草。⓰西來　崇明島在東面，此指由島往西，渡江到大陸。⓱劉家河　亦稱劉河。太湖水東流經太倉入海的河道，入海口西北七十里為劉河。⓲張德方陸希皋　崑山人，歸有光友。⓳福孫　見〈二子字說〉題解。⓴劉大倫楊正學　不詳。㉑楊百戶　他的名或字是昭信。百戶，明代衛所兵制，以百戶為所，其長稱百戶，統兵一百十二人。㉒李旌　不詳。㉓未冠　古代男子二十歲成年，加冠禮。未冠，不足二十歲。㉔凡　共。

【語譯】嘉靖三十八年中秋節前二天，王永美邀請我一起遊東海。中午後登船，行駛至太倉。第二天中午，出了太倉城東門，於是大家約齊一起成行。沒有等來乘坐的沙船，那天住宿在祭祀天妃的寺廟。十五日，等來了沙船，才走。駛至入海口，暴風驟雨，來勢兇猛，海上波濤，拍擊天空。開始還能望見海裡的長沙島，到後來浪濤高捲，長沙島反而處在海浪之下，不再見其影子。返回，還是住宿在那座天妃宮。

第二天，駛至入海口，雨仍然沒有停。派人問候駐軍統令郭帥，他已經前往鎮海衛新城，於是我們住宿在兵營。兵營前停泊著不少戰船，衛戍的士兵寥寥無幾，都是兩廣籍人。兵營裡很安靜。到了半夜，風雨大至，波濤之聲滿耳。郭帥剛從新城駕船乘浪回到兵營。次日，他挽留我們一起飲酒，直到傍晚才向他告辭。半夜三更，江上漲潮，船忽然被湧起數丈之高，水聲呼嘯。永美將我喚起，一起上岸。岸的北邊曲曲折折，蜿蜒不絕，擋住了視線，只能看到東南半個海面。月色微明，我們大家便依次坐下，飲酒，彈琴，等潮水落下後，才重新回到船上。連續幾天雖然都颳風下雨，海裡風帆交錯往來，島上住民載著蘆葦，往西渡江而行，絡繹不絕。劉家河上的船隻，皆逆風張帆而駛，南北斜行，猶如穿梭織布。撐船的師傅說：「海上行駛，全憑仗風波的力量，只擔心不起風，不擔心風雨猛。」

我與張德方、陸希皐一起從崑山出發，永美的兒子一夔、我的兒子福孫隨從。到了太倉，希皐不再與我們一道遊海。劉大倫、楊正學隨沙船而來。楊百戶，就是那天晚上在海上彈琴的人。李旌還不滿二十歲。大家一路同行。前後一共七天，終於沒有觀賞到清月，也沒有到達海上，就折返了。

【研　析】歸有光很顧家，又長期忙於教書、著文、應付科舉考試，閒暇時間不多，所以很少外出遊覽觀光。他在〈書齋銘〉談到：吳中名山如林屋山、洞庭山，雖然宿春可遊，可是「今遙望者幾年矣，尚不得一至。」這說的雖是他早年的情形，其實他一生大概都是如此的，很少親緣山水。本文記友人邀請歸有光遊崇明島，一行結伴坐船而往，原想在中秋之夜，共賞東海明月。像這樣的好心情，在歸有光生活中並不經常出現，而像這樣的文章，在他的文集裡也很少見到。該年春，歸有光第七次參加進士考試落第，心情極不愉快（參見〈己未會試雜記〉），從本文看，他此時心裡的陰霾已經不見了。作者此行因為遇到風雨，中秋僅見「月色微明」，可是這並沒有使他失望，他從水聲激鳴，波濤高湧的景象中，得到了中秋海月的另一面印象，也是難遇的經歷。文章描寫友人夜半列坐彈琴賞景，描述水漲船高，逆著風勢斜行如織，都富有畫面感。

與沈敬甫（選二篇）

【題解】今所見《震川先生別集》「小簡」，收歸有光寫給沈敬甫的信最多，內容多為討論學問，商量文字，議論士人文風。這裡選的兩封信是批評和談論寫作風氣的。沈敬甫，其人不詳。似崑山人，從歸有光學，也是歸有光的同志。〈與沈敬甫〉其中之一說：「但文字難作，每一篇出，人輒異論，惟吾黨二三子解其意耳。世無韓、歐二公，當從何處言之？」其密切的關係略可見一二。

兩封信的寫作時間不詳，可能寫於作者中年時期。

其一

近來頗好剪紙染采之花，遂不知復有樹上天生花也。偶見俗子論文，故及之。

其二

求子之文，如璞❶中之玉，沙中之金，此市人❷之所以掉❸臂而不顧❹也。

【注釋】❶璞　含玉的石頭。❷市人　商人。❸掉　搖動。❹顧　回頭。

【語譯】

其一

近來世人熱衷於愛好剪紙和染色的花，於是都不知道還有長在樹上、自然綻放的花了。偶然讀到俗子談論作文的東西，故寫下以上的想法。

其二

讀了你的文章，感到它們像是含在璞石的美玉，掩於黃沙的金子，正因為如此，逐利的商人才搖臂而過，不屑一顧。

【研　析】這裡選的兩封小簡，第一封是批評世上的文字，以「剪紙染采之花」為美，天生自然的花反而遭到冷落，被人們輕賤。第二封肯定沈敬甫的文章，如玉似金，純潔美好，而正因為如此，時人拒絕予以接受。兩封信都共同對文壇上真偽美醜顛倒的反常現象作了抨擊，矛頭指向明代前後七子一派摹擬的主張。文章寫得輕靈，後來公安派小品與此頗有幾分相近。

與沈敬甫（選一篇）

【題解】這封信抨擊前後七子「文必秦漢」的主張。可以參照〈項思堯文集序〉。可能寫於中年以後，具體時間不詳。

僕文何能為古人？但今世相尚以琢句為工，自謂欲追秦漢❶，然不過剽竊齊梁❷之餘，而海內宗之，翕然❸成風，可謂❹悼嘆耳。區區里巷童子強作解事者，此誠何足辨也。

【注釋】❶欲追秦漢　李夢陽、何景明、李攀龍、王世貞等前後七子主張「文必秦漢，詩必盛唐」，追隨者眾多，江南吳中地區其風氣尤盛。❷齊梁　南朝齊梁文人追求華麗，自隋朝以後就視其為綺靡文風的代表。❸翕然　一致貌。❹謂　通「為」。

【語譯】我的文章怎麼作得到與古人一般？不過，今世文人標榜，以為雕字琢句就是佳作，稱自己是在追摹先秦兩漢，然而他們不過是剽竊齊梁時代的餘風，而海內文人都取以為宗，形成了一致的風氣，這是應當為之感到悲哀和歎息的。微不足道的里巷小孩子硬是不懂裝懂，對此其實犯不著與他們爭辯。

【研析】由於徐禎卿、王世貞的關係，明代前後七子的文學復古主張在江南吳中地區產生的影響特別廣泛。歸有光的文學宗趣與他們不同，個人遭際又不得意，所以他倍感壓抑，時時與他的同道和弟子們一起譏議時下文風。本文指出，前後七子標榜「秦漢」，其實僅僅竊得「齊梁之餘」，這未必是說他們的文風與齊梁相似，而主要是沿用以「齊梁」代稱衰颯文風的傳統批評用語，對模擬復古一派表示蔑視。相對於王世貞在當時文壇的地位和作用，歸有光是一個「小人物」，他的文學批評的聲音也很微弱，可是隨後的歷史證明，明代文學風氣的潛換暗轉，恰恰也在這個時期漸變顯著，所以，文學批評的強與弱不是一個定數，而是一個變數。現實中來勢洶洶的一方未必就是歷史長河中的主流，誰代表主流需要歷史來做出鑑定，任何人說了都難以作數。

與曾省吾參政

【題解】歸有光在長興縣令任上，「用古教化為治」（《明史》本傳），所採取的一些具體措施頗不合上吏的心願，因此遭到他們排抑。為此，他不得不給有關官員（包括親知和熟友）寫信，替自己辯白。這是其中的一封信。曾省吾，江西彭澤人。嘉靖三十五年（西元一五五六年）進士，隆慶間任浙江承宣布政司左參政，為一省最高層行政長官之一。

《震川先生集》卷七〈與曾省吾參政書〉：「沈比部過浙，奉短啟，想已得達。」「短啟」可能就是指這封小簡。當寫於隆慶一、二年之間（西元一五六七～一五六八年），歸有光六十二、三歲。

張虛老❶行，附記❷不知為達否？僕非敢緣舊識求門下有所掩護也。在縣❸，比古人則不及，比今日亦當萬萬，何向❹越中乃似無聞知者？直是可恨。門下❺行省❻，所在問民疾苦，若彼處一二鰥寡民得自言，則白矣。區區❼非愛爵祿者，名亦不得不自愛。夫奸人豪右❽，非民情也。好人所惡，惡人所好，非是非之真也。察民情與是非所究竟，實門下之責，不得不瀆告❾。伏惟不罪❿，幸甚。

【注釋】❶張虛老　張虛岡，歸有光相知，《震川先生別集》卷七〈與張虛岡〉即寫於此人。老，對年輩和資歷高於自己的人的敬稱。❷附記　指託人帶去的信函。❸在縣　指在長興縣令任上。❹向　過去。❺門下　閣下，對人的尊稱。❻行省　朝廷派省官出使地方，查訪民情。也指省官。❼區區　微細。歸有光自謙之辭。❽豪右　世家、富豪。❾瀆告　輕率相告。⑩不罪　不加之以罪，意謂寬恕。

【語　譯】張慮老臨走時，曾經託他捎去一封信，不知收到沒有？我不敢借助與您認得這一層關係請求您對我有所掩護。我在知縣期間，與古人相比自然不及，與今人相比肯定超過他們一億倍，為什麼過去浙江一帶竟好像對我的政績一無所知？真是讓人感到惱恨。您到地方上巡查，所到之處，訪問民間疾苦，如果在那裡隨便給幾個鰥寡窮人講講他們心裡話的機會，加在我身上的一切誣陷自然就洗刷了。渺小如我並非貪愛官爵俸祿之人，對於名聲我卻不得不自加愛惜。至於奸邪之徒，豪門貴族，他們並不足以代表民情。好人所恨，恰是壞人所愛，所以壞人所持的是非並不是真正的是非。察訪民情及瞭解真實可靠的是非，正是您的職責。我不得不輕率地向您稟告自己的想法。乞望您不怪罪於我，是我的萬幸。

【研　析】歸有光踏進仕途很艱難，進入仕途以後的遭遇又充滿波折，總之，他是一個不順利的人。這其中的原因卻是複雜的。考試且不說，就以在長興縣令任上被排擠一事而言，如果一定要說歸有光自己方面的原因，那只能說他方便於民而不方便於吏的做法顯得過分天真，在官場上吃不開，不受歡迎，而他又態度執拗，不能靈活處事，所以上司不能容忍他繼續待在位子上。從是與非的角度講，顯然對的是歸有光，錯的是他的上司。正是基於這樣的判斷，歸有光一直相信自己是遭小人排擠，他始終相信公論在民間。本文要求行省官真正到下層去查訪民意，不要偏聽世家豪富不實之辭，以便給他一個公正的結論。他認為，判斷一個人優劣，值得重視的是來自好人而不是來自惡人的輿論。雖然這些都是針對他本人的具體情況說的，其包括的道理不是也含有普遍性嗎？

與慎御史

【題解】歸有光被不公平地調任順德通判，消息傳出，縣諸生出於正義，集體要求留任歸有光，他們因此遭到迫害。歸有光〈與曾省吾參政書〉對此作了反映，「向去縣時，縣學諸生保留，朱大順以為首被斥。……今之為暴者，何甚於（王）莽？然彼非有仇于朱生，惟於鄙人加嫉惡之甚，故無所不至也。明公掌憲越中，豈容一夫濫冤？如令朱生還業，亦可使東海無大旱矣。」此信也可能是反映同樣的事件。

慎蒙，字子正，浙江歸安人，嘉靖三十二年（西元一五五三年）進士，任福建漳浦令，明察善斷，不避豪貴，陞南京御史。著有《明文則》（一名《文則大成》）、《名山一覽記》、《山棲志》。御史，明朝指監察御史，分道行使糾察；或指分任出巡之官，如巡按御史等。

此信寫於隆慶三年（西元一五六九年），歸有光已改官順德府通判，該年他六十四歲。

有光叨竊❶貴郡❷，而山城僻處，日治文書，東脩❸之問，不行于境外。執事❹獨念生平，數賜存問❺，顧❻無以為報者。比❼得改官，一時匆遽，又不得詣別❽。恨恨。當其在貴郡，甚邇也，可以見而不見；今去之，雖欲見而不可得矣。縣事無足言者，執事姻親在彼，必能略道之。

聞郡中罝獄，大異，為善者懼矣。謂隨、夷溷而蹻、跖廉❾，昔賢❿云然，今乃真見之。東坡先生⓫為〈孔北海贊〉⓬云：「使⓭操⓮害公時，有魯國⓯男子一人爭之，公庶幾⓰不死。」執事為鄉邦重望，不獨故人私情。天下公義，亦可發憤言之乎？博士學官⓱，至閒冷⓲也，微文及之，輒點汙⓳，尤可嘆訝。適⓴來特求書為西道㉑解之，幸勿靳㉒也。

【注釋】❶叨竊　謂不當得而得。是歸有光對任長興令的謙辭。❷貴郡　指浙江湖州府。長興、歸安皆屬湖州府。慎蒙，歸安人。❸束脩　十條乾肉。從前用作饋贈的普通禮物。❹執事　對對方的尊稱。❺存問　慰問。多指尊對卑、上對下而言。❻顧　卻。❼比　近。❽詣別　登門道別。❾謂隨夷溷而蹻跖廉　賈誼〈弔屈原賦〉：「謂隨夷溷兮，謂蹠蹻廉。」隨，卞隨，商朝武湯時廉士，湯以天下讓而不受。夷，伯夷，不食周粟，餓死於首陽山下。溷，濁。蹻，莊蹻，楚國大盜。跖，柳下跖，春秋齊魯之間柳下（今山東西部）的強盜，《莊子・盜跖》對他作了寓言式的記敘。❿昔賢　指賈誼，西漢洛陽（今河南洛陽東）人。文帝時召為博士，任太中大夫，後謫為長沙王太傅。⓫東坡先生　蘇軾，號東坡居士。⓬孔北海贊　蘇軾贊評孔融的文章。原文有敘和贊兩部分，歸有光所引是其中敘的內容，文字略有不同。孔融（西元一五三～二〇八年），字文舉，魯國（治所在今山東曲阜）人，東漢末年名士，曾任北海相。性剛直敢言，被曹操殺害。贊，文體名，用作對人物、事件的讚揚或評論，一般有韻。⓭使　假如。⓮操　曹操。⓯魯國　春秋魯國都，秦置縣，東漢屬豫州，以曲阜為治所。⓰庶幾　或許。⓱博士學官　指府州縣各級儒學的教授、學正、教諭等官員。⓲閒冷　冷清，閒職。⓳點汙　用筆墨批抹，指遭到否定。⓴適　是；此。㉑西道　具體所涉人事不詳。㉒靳　吝惜；拒絕。

【語譯】有光不才而任貴郡湖州長興知縣，小城地處山鄉僻壤，每日忙於處理公務文書，對於縣境之外一切拜訪禮節諸事，都未行施。承蒙你念及於我，多次賜我以慰問，而我卻沒有給你報答。近來我已經改任他職，一時匆忙，又沒有時間向你道別。我感到非常遺憾。當我在貴郡的時候，與你距離很近，那時可以相見而沒有見面；現在我離開了長興，即使想見面也不可能做到了。在長興任上所發生的事情不足以向你提起，你有親戚在那裡，必定會向你反映大概的情況。

聽說湖州興起獄事，我感到很震驚，真替善良的人們擔心。說卞隨、伯夷品質惡劣，莊蹻、盜跖情操高尚，這種顛倒黑白的說法原來只見於古代賢者文章裡的記載，今天才在生活中真的遇上了。蘇東坡先生寫過一篇〈孔北海贊〉，文章說：「倘若曹操想殺害孔融，此時，魯國有一個男子站出來諫諍，孔融尚有一線生存的希望。」你在湖州聲譽卓絕，為眾望所歸，這並非是我出於老朋友私情才這麼說。為了天下人的公義，是否能夠發憤為大家說幾句話呢？州縣儒學官員，是最不受重視的閒職，他們用隱隱約約的語言議論些什麼事，一下子就給否定了，這尤其令人歎息驚訝。此次寫信給你，特意請求你寫封信調解此事，希望你不至於拒絕吧。

【研　析】歸有光從長興縣令一職被迫離任，當地的上司接著又打擊替歸有光講公道話並要求他留任的秀才學生，以及下屬同僚。歸有光不願他們因為自己而受到連累，而且他明白，上司打擊他們的真正目的，也是針對他本人的。他寫此信反映情況，激勵慎蒙站出來主持公道，掩護善類。第二段「博士學官」以下是說，儒學官雖然是閒職，也應當允許他們議論大事，上司應當尊重他們的意見。文章引用蘇軾有關孔融將被殺害，卻無人為他向曹操諫諍，作者藉此表示對發生這類事情極為遺憾又極為沉痛的心情。他是希望，如果遇到天下公論不明時，士大夫不應該只是停留在心裡想著這件事情，而是應當「向人哀鳴」，實現自己的責任（見〈與曾省吾參政書〉）。官場上奉行「事不關己，高高掛起」的保身哲學，歸有光對這種以麻木的方式表現出來的精明很不以為然。

與陳伯求

【題　解】這是歸有光寫給自己的知己陳伯求的信，訴說在長興遭到排抑，被調任順德通判，極不愉快的心情。

他在接到調職令以後，曾遞上〈乞休申文〉，談到：「職近者被命改除，即日當歸田里。」此信說「已上疏乞解官」，即指此而言。隆慶二年（西元一五六八年）歸里途中，他應詔寫了〈請敕命事略〉，為自己父母、妻子請求封號。作者在此信說：「及先人所得恩命須先行。」據此，這封信寫於〈請敕命事略〉之後，也是在隆慶二年（西元一五六八年），歸有光六十三歲。

在縣❶未嘗致書中朝❷士大夫，雖足下之素知愛，音問殆至隔絕。今一月兩致書，有所迫不得已也。已上疏乞解官❸，只恐所使人或有邅迴❹。及先人所得恩命❺，須先行，幸留念。

媢嫉❻之人，亦足以快志矣，而狺狺❼猶不已。今世亦有一種清論，但其人方受阨❽，莫肯言，向後乃稍稍別白❾，則其人已焦爛矣。吳興❿方置獄⓫，掠無罪人鍛鍊⓬，為罪人解脫，甚可駭。此其于僕，非直⓭蚊虻之噆膚⓮而已，不得不恐。為知己言之。

【注　釋】❶縣　長興縣。❷中朝　朝廷中。❸上疏乞解官　歸有光任長興知縣，得罪上司，受排擠，隆慶二年（西元一五六八年）改遷順德府通判。他對此任命不滿，寫了〈乞休申文〉，以申不復仕進之意。❹邅迴　難行不進；輾轉不達。❺先人所得恩命　舊時朝廷命官依例可為自己父母、妻子請求封號。歸有光為此而撰〈請敕命事略〉。寫這封信時，封號已經授予。先人，指歸有光父母。他父親贈文學公，母親贈孺人。❻媢嫉　嫉妒。❼狺狺　犬吠聲。比喻造謠中傷的話到處喧嚷。❽受阨　蒙難；遭殃。❾別白　辯護。❿吳興　郡名，三國吳置，治所在今浙江湖州。此指明朝湖州府，長興是其下屬縣。⓫置獄　興起獄事。歸有光改任以後，有諸生要求上司留任歸有光，卻遭到迫害，為首的朱大順遭懲治尤為嚴厲（見歸有光〈與張虛岡〉、〈與慎御史〉、〈與曾省吾參政書〉等）。信裡說的獄事，指此。參見〈與慎御史〉注⓬。⓬鍛鍊　拷問，羅織罪名。⓭非直　不止。⓮蚊虻之噆膚　形容不堪其繁擾痛苦。虻，一種昆蟲，雌者吸人和動物的血。噆，叮；咬。

【語　譯】在長興縣時，未嘗給在朝廷任職的士大夫寫信，雖然你一向瞭解我、愛惜我，我也幾乎沒有與你通問音訊。這一次在短短的一個月內，兩次給你寫信，是事有所繫，迫不得已。我已經向上遞交呈文，請求辭去官職，只擔心所託付的人可能將辭呈擱置起來，不向上面轉達。近日朝廷授予先父母的官爵、封號已經下達，我需要先離開這裡，希望以此信表達對你的惦記。

嫉妒我的人，也完全可以滿足稱快了，可是他們依然四處傳播謠言，不肯罷休。現實中雖然也存在清正公平的議論，只是在當事人蒙難之際，大家都不肯站出來講話，等到事過境遷，才慢慢地為該人作辯白，而受害人早已經焦頭爛額了。浙江湖州正在興起獄事，拷打平白無辜的人，羅織罪名，而讓真正的罪犯解脫繫禁，逍遙法外，這讓人十分震驚。此事對於我來說，痛苦更甚於蚊虻叮膚，不堪其劇，不得不為之心生畏懼。向知己談一談這些感想。

【研　析】歸有光從長興縣令任上被擠走，他為此寫過多封信，訴說心中不平。通過這件事情，使他看到了在官場起作用的潛規則是上司的個人喜惡，而不是公正和正義；是豪門勢力的輿論，而不是下層百姓的口碑。同時他也從自己這一次經歷中加深了對所謂的「清論」的認識。他在此信說：「今世亦有一種清論，但其人方受阨，莫肯言，向後乃稍稍別白，則其人已焦爛矣。」說明正義的聲音如果不及時發出，與濁惡的勢力做較量，以阻止不合理事態的發生、發展，那麼這樣的所謂「清論」其實是一種無益的「馬後炮」，是可悲哀的。他在〈與慎御史〉信裡引用蘇軾〈孔北海贊〉的話，感慨當時無人及時地為孔融被害進行諫諍，與本文說的意思相同，都流露出作者同樣悲憤的心情。

與王禮部

【題解】這是歸有光在京留掌內閣制敕房時寫給僚友的信。王禮部，不詳。歸有光雖然已經離開擔任過知縣的長興，他依然關心那裡百姓的生計，一方的安寧，他在信裡拜託王禮部轉告負責湖州獄事的孫百川，請他尊重民情，治好地方。他自己也給孫氏寫信，「只求察於彼處民情而已。」（〈與孫百川〉）表現出一個有責任的官員對民生的切切關懷。

此信當寫於隆慶三年（西元一五六九年）冬以後，歸有光六十四歲多。

昨者輕詣❶，尋❷辱枉顧，造次❸不及有所言。

百川孫丈❹，僕舊同學相知也，今司理吳興❺。僕前所治縣，事多相關，欲乞一書，致僕鄙意。僕業已❻解去❼，不當復有顧念，但在彼殊苦心，理冤❽捕盜，平徭省賦，無慮數十事，恐姦巧之徒有不便❾者，乘其❿去而反之，僕以此不能忘情于彼地之民耳，須求孫丈留意。但有錯謬，亦不敢偏執以求覆護也。

平日不敢虐煢獨⓫而畏高明⓬，以此取怨不少。古人所至，問民疾苦，民間疾苦與其是非甚真。今在位者，徒信流言，小民之情，其伏⓭也久矣。如孫丈肯留意于此，僕三年辛苦，亦得暴白⓮。然不敢求人之知也，以求知者知耳。

書不必別賜，但求左右便中及之。草草，幸恕。

【注釋】❶輕詣 冒昧訪問。❷尋 不久。❸造次 匆忙；時間短暫。❹百川孫丈 歸有光友，負責湖州獄事。丈，對人的尊稱。歸有光〈與孫百川〉所言亦關如何治理州縣獄事，可與此信互相參看。❺吳興 指浙江湖州。❻業已 已經。❼解去 指從長興縣令離任。❽理冤 審理冤情，指治獄。❾不便 不服。❿其 指歸有光自己。⓫煢獨 孤獨無依者。⓬高明 權貴豪富，上司長官。⓭伏 隱而不彰。⓮暴白 顯揚，大白於世。暴，曬。

【語譯】上次我冒昧訪問你，接著你又屈尊來看我，由於時間匆促，有些事情沒有來得及談起。

孫百川尊者，是我從前的同學知己，現在他負責司理浙江湖州的獄事。我以前所管轄的長興縣，不少是屬於他分管的事情，想請你給他寫封信，轉述我區區想法。我已經離開長興縣令之任，不宜再思慮那裡的事情，可是我在長興的時候，用心頗勤苦，審理冤情，捕辦盜賊，攤派徭役，減省賦稅，大約有數十樁事情，擔憂心懷不滿的奸邪狡黠之徒，在我離任後乘機翻案，我因此不能忘懷長興縣的老百姓，必須請求孫百川尊者對此多加留意。當然，如果真的有錯謬之處，我也不敢偏執己見而讓他為我袒護。

我平日不敢欺凌鰥寡孤獨，也不敢敬畏權貴豪富，由於這緣故，招來不少怨恨。古代官員每到一處，便訪問百姓的疾苦，因此探得民間疾苦以及是非意見甚是真確。而時下的官員，只採信不實的流言，小老百姓的情狀，掩抑而無法伸揚已經很久了。假如孫百川尊者肯留意於此，我在長興三年的辛苦，也就能夠大白於天下。然而我不敢奢望別人都理解我，只求瞭解我的人能夠理解我。

你不必特地為此事給他寫信，只求你在談別的事情時，順便提一下。草草寫這些，敬請寬恕。

【研析】歸有光〈與孫百川〉寫道：「在縣時事，僕不敢求尊丈私庇，只求察於彼處民情而已，若問堯於蹠，不可也。」歸有光向來重視民情民意，然而他又十分清楚，要真的求得民情民意，還有賴於找到合適的詢問對象，不可「問堯於蹠」。這種意見與他在〈與曾省吾參政〉說的一致，他說：「夫奸人豪右，非民情也。好人所惡，惡人所好，非是非之真也。」只有向真正的良民問訊，才能得到真正的民情，瞭解真正的是非。否則只能弄出一個是非顛倒的世界。歸有光深知，「小民之情」向來不被真正重視，也不被真正瞭解，因為在位者不肯踏踏實實地走到他們中間去察訪，往往只是非常粗糙地去意思一下，撿拾一些流言，以為這就是民聲，其實離開真正實際很遠。於是便出現了這樣的現象：官府以為已經掌握了民情，而真正的民情其實長期隱而不彰。歸有光在文中談到的這類情況，是非常普遍的社會現象，所以他在這封信裡提出的建議，也就給官員帶來了普遍的借鑒意義。

與徐子言

【題解】徐學謨，字子言，一字叔明，嘉定（今屬上海市）人。嘉靖二十九年（西元一五五〇年）進士，為職方主事，忤仇鸞、嚴嵩意，出為荊州守，在任剛毅不撓，以廉著聲。隆慶間任提刑按察副使，分巡湖廣，官至禮部尚書。著有《南宮奏稿》、《老子解》、《世廟識餘錄》等。徐學謨曾向人表示欣賞歸有光的為人和才能。歸有光在官場遭到不公正排擠後，聽到他對自己的肯定，感到欣慰。寄此信向他示謝。

此信寫於隆慶三年（西元一五六九年），歸有光六十四歲。

向❶僻處山縣❷，不與世通，遂不覺違離數載，懷仰何可言。

常❸怪吾吳中宰縣者，坐貴之甚，幾與民庶隔絕，頗不然之。故為縣一切弛解，雖兒婦人，悉至榻❹前與語。每日庭中嘗❺千人，必盡決遣而後已，不為門戶闌入❻之禁。至所排擊，皆大奸，待士大夫必以禮，而未嘗不以情處。獨流俗所以為訾❼者，不馭❽吏也。實亦無負于百里之民。不幸有所忤犯，致凶德參會❾，極其排陷。幸當世士大夫猶有憐之者，僅不竄謫❿，然于儕輩⓫，已不比數⓬矣。

昨歲因遣人領先人勅命⓭，即具疏乞解職⓮。南岷王公⓯故相知，抑不上，復貽書勸勉。然次且⓰乃至五月到邢⓱，意已悔恨此行矣。銅梁張公⓲近按察⓳天雄⑳，云遇執事㉑江陵㉒，備道見憐之語，且云當時亦未意來此。張公以是頗相禮遇。隔越數千里，無尺素之文，而兩公獨相與語于江、漢㉓之間，即謦欬㉔無不聞，極令人感嘆。特遣人托子完寄謝。會晤未卜，不勝瞻跂㉕。

【注　釋】❶向　以前。❷山縣　山區縣邑。指長興縣。❸常　曾。❹榻　几案。❺嘗　曾。❻闌入　擅自進入。❼訾　非議。❽馭　限制。❾凶德參會　禍端叢集。❿竄謫　貶謫，流放。⓫儕輩　同輩；相同職務的其他官員。⓬不比數　無法相比。⓭先人勅命　指朝廷授予歸有光死去父母的封號。⓮具疏乞解職　指歸有光於隆慶二年（西元一五六八年）所撰〈乞休申文〉，提出辭職。疏，文體名，臣向君主呈獻的文書。⓯南岷王公　王廷，字子正，號南岷，四川南充人。嘉靖十一年（西元一五三二年）進士，由戶部主事改御史，曾任蘇州知府，升南京禮部尚書，年登八十。卒贈少保，諡恭節。著有《拊缶集》、《兩漢書抄》等。⓰次且　猶豫不進貌。⓱乃至五月到邢　歸有光於隆慶三年五月赴順德通判任。邢，邢州，隋置，治所在今河北邢臺。蒙古中統三年（西元一二六二年）升為順德府。⓲銅梁張公　張佳印（?～西元一五八八年），字肖甫，初自號𡾊山，改號居來山人，四川銅梁人。嘉靖二十九年（西元一五五〇年）進士。初知滑縣，遷戶部主事，仕至兵部尚書，總督薊遼三鎮，進太子太保。諡襄憲。著有《崌崍集》、《督撫奏議》。⓳按察　巡查。⓴天雄　唐朝建方鎮魏博，為河北三鎮之一，長期為田承嗣等割據，天祐元年（西元九〇五年）號天雄軍，故又稱魏博為天雄。治所在魏州（今河北大名東北）。㉑執事　指徐學謨。㉒江陵　唐陞荊州為江陵府，治所在今湖北江陵。㉓江漢　長江、漢水。㉔謦欬　談吐。㉕瞻跂　翹盼。跂，踮起腳跟。

【語　譯】過去幾年，我在偏僻的小縣城，很少與人交往，於是不知不覺與你分別已有數載，對你的想望難以言述。

從前感到不理解的是，到我們吳中來做縣令的人，官架子擺得很大，幾乎不與普通百姓往來，我對此很不以為然。所以自己到長興縣理治庶務，清規戒律一概撇開，即使是小孩子、婦女，也都讓他們站到我的辦公桌前，與他們交談。每天在公堂上要接待百千人，直到把所有的事情都調解好才結束，從來不搞不准進入衙門之類的禁令。至於我所懲治的，都是大奸大惡之徒，對士大夫則處處以禮相待，處理他們之間的糾紛，未嘗不是度之以情理，惟獨對於被民眾輿論一致譴責者，我才不去限制役吏的行動。對於這一方百姓，我確實沒有做過愧對他們的事情。不幸自己冒犯了某一些人，致使禍端叢生，極盡其排擠陷害之能事。所幸當世士大夫尚有人對我寄予同情，使我僅免於被貶謫流放，可是與我資歷、職位相當的人相比，遭遇簡直太懸殊了。

去年因派人往京城領受朝廷授予先父母的官職和封號，我便上疏請求辭去官職。南岷王廷公從前就是我的知己，沒有將我的辭呈向上遞交，並且還寫信慰勸、勉勵我。於是猶豫拖延至五月，我才來赴順德通判任，對於這次赴任我其實是抱著悔恨的心情。銅梁張佳印公最近到天雄一帶巡查，同我談起，他曾在江陵與你相遇，你向他講了許多替我感到委屈的話，而且還說，當時也沒有料到我會被派到順德來。張佳印公因此對我以禮相待，甚是尊重。相隔數千里，平素並無書信往來，而你與張佳印公二人卻遠在長江、漢水之間，充滿善意地交談著我，雖然對於你們的談吐我一無所聞，這件事本身就令我產生極深的感歎。特派人委託子完寄上此信，以示謝忱。不知能否會面，我心裡充滿盼望，翹首以待。

【研　析】王慎中〈送明府宋仲石先生赴召序〉稱讚宋氏為縣令的風格，「能不以法勢逼制其民，欲以心諭意寤，使其訢然自勸，而惡色疾言不以出已，故尤樂與民傾盡，不為匿械畜機以深備而巧摘，凡有所為，諄諄曉語，不厭煩復，惟恐其心腹之不暴於民，而民之不共見之也。」歸有光在本文自述任縣令時的辦事風格，以及對民眾的態度，彷彿相似。除本文所言外，他在〈上王都御史書〉也說到：「有光之為縣，不敢自附古人，然惟護持小民，而奸豪大滑多所不便，遂騰謗議。」這樣做縣令的很少，所以王慎中才予以稱讚，歸有光才可以自詡，然而，先輩所稱讚的，在現實中卻要碰壁，歸有光被人奏了一本，在齷齪的官場栽了跟斗。歸有光並不因此而後悔，可是他也需要人們理解，心裡才會平衡，所以當聽說徐學謨向人稱讚他，對他表示同情的話，就覺得心情很舒坦。對歸有光來說，長興縣的遭遇是他一段不愉快的經歷，然而本文談論這件事情時，語氣寬緩，潛靜有節，說明人間一點點公道的輿論就能夠使他產生暖意，消融冰雪。可是，人們常常很吝嗇，所以有些人心裡的委屈和痛苦就很多。

與馮樵谷

【題　解】這是歸有光寫給友人馮樵谷的信。歸有光在順德另有一信〈與馮某〉，可能是同一個人。在〈與馮某〉信裡，歸有光說他與馮某已經闊別「五載」。又談到馮某奉朝廷「行省」（即巡查）浙江之命，故在信裡向他反映自己任長興知縣遭受誣告的情況。這封〈與馮樵谷〉信所談的內容亦與此有關。

歸有光隆慶三年（西元一五六九年）五月赴順德通判任，同年冬入京朝賀萬壽節，穆宗的生日是正月廿三日，所以，歸有光入京的時間宜在年末，以後他留京主筆劄，脫離了順德任事。此信說「河冰解，即謀南歸」，當寫於隆慶三年末入京之前，歸有光六十四歲。

在湖❶極自負，得意處不減兩漢循吏❷，非誇言，反被狺狺❸者不止。此是關係世道，僕一身何足惜？在邢❹無一事，可稱吏隱❺，然已覺世途不可行。河冰解❻，即謀南歸❼矣。

【注　釋】❶湖　湖州府，治所在今浙江湖州。此指長興縣，隸屬湖州。❷兩漢循吏　《漢書》、《後漢書》皆有〈循吏傳〉。循吏，良吏。顏師古注：「循，順也。上順公法，下順人情也。」❸狺狺　犬吠聲。比喻不斷遭到誣告。❹邢　順德。❺吏隱　以吏為隱，以官府為山林。白居易〈江州司馬廳記〉：「江州左匡廬，右江、湖，土高氣清，富有佳境。」「惟司馬綽綽，可以從容於山水詩酒間。」「苟有志於吏隱者，捨此官何求焉？」歸有光在順德府司理馬政，以白居易被貶江州司馬自況，讀〈江州司馬廳記〉而作〈順德府通判廳記〉。所以，此處「吏隱」是用白居易典故。❻河冰解　次年開春。❼南歸　辭官回鄉。歸有光家在南方，故云。

【語　譯】在長興令任上時，我自己非常自負，所做那些得意精彩的事情，彷彿與兩漢史書所記載的循吏差不多，這並非是自吹自擂，可是，反而遭到別人不斷誣告。這關係到世道世風的大事，我個人的得失又何足抱怨呢？我現在順德任上，閒無一事，可以說是過著一種以吏為隱的生活，然而已經感到世上沒有適合我行走的道路。等到明年春天河水解凍，我就打算辭官回南方的家鄉去了。

【研　析】歸有光任長興知縣，「志在生民，與俗人好惡乖方。」（歸有光〈與曹按察〉）他古書讀得多，對古代父母官治理地方的美好遺風由傾慕而想身體力行，加之他感到自己年歲已高，不必拘拘束束，聽命於後生小子，去迎合他們，博取嘉獎。《明史》本傳記載：他「用古教化為治。每聽訟，引婦女兒童案前，刺刺作吳語，斷訖遣去，不具獄。大吏令不便，輒寢閣不行。有所擊斷，直行己意。大吏多惡之。」這些大約都是信裡所謂「自負」、「得意處不減兩漢循吏」的具體事蹟。這在現實中卻行不通，調居閒職即標誌著歸有光「循吏夢」的幻滅。這封信流露了他對官場的失望，他選擇離開，想用這種方式對窳敗的吏治表示鄙夷，藉以維持他所護守的精神的優越和高貴。

與朱生大觀

【題　解】歸有光被迫離開長興縣令任，時有以朱大順為首的縣學生反映民情，要求歸有光留任而遭到迫害。歸有光多方舉報，並寫信託人公正處理，終於使獄事平息，正義得到一定伸張。此信寫給長興諸生朱大觀，與此事有關。他當時在北京掌內閣制敕房，纂修《世宗實錄》，心情愉快，讀者不難從信裡感受到作者的這種情緒。

此信寫於隆慶四年（西元一五七〇年），歸有光六十五歲。

令弟❶重趼❷數千里來，力不足以振之，然高義已動京師❸矣。鄙人官資何足道，只平日在貴縣❹，不曾欺神，不曾欺民，今見貴縣之人，真無慚色也。如得掛冠❺還，相近❻，可與一二知友時見過否？

【注　釋】❶令弟　對別人弟弟的尊稱。令，美。❷重趼　亦作「重繭」。手足長出厚繭，指經過長途艱辛跋涉。❸京師　北京。❹貴縣　指長興縣。❺掛冠　脫下官冠，還官於朝廷。❻相近　歸有光故鄉崑山與浙江長興縣不甚遠。

【語　譯】你賢弟經過艱苦跋涉，從幾千里之外來到京城，雖然能力不足以使事情出現根本轉變，然而，他高尚的精神已經引起京城人們的重視和尊敬。我個人陞遷進退何足掛齒，只是由於平日在貴縣，我不曾欺罔神靈，不曾欺負百姓，所以今天見到貴縣的來人，真的沒有絲毫慚愧之心。如果哪一天我辭官還鄉，崑山、長興相隔不遠，能否與一二知己經常相訪聚會？

【研　析】歸有光在長興治理縣事，順從民情，他雖然因此惹惱了上司同僚、豪強右族，卻贏得了平民的信任。對於這一點，歸有光很有自信。他在〈與周澱山〉的信裡談到自己在長興，「於世誠孤立，惟恃蚩蚩之民，猶欲俎豆於賢人之間耳。」如果每個地方官員都能夠坦然地對別人說：「我對治下的人民全無慚色。」那一定是個清平的天下。所以對於一個朝代和一個官員來說，歸有光的這句話都如同一塊試金石。

與沈敬甫

【題解】歸有光與沈敬甫通信頻繁，幾乎無話不談。這封信寫於歸有光任長興縣令時，訴說為官的怨惱及眷念家鄉的情愫。儘管作者志性極高，對出任偏於一隅的縣令之職很感屈抑，然而他對自己在任上能實施一部分利民的措施，心理上還是感到有所滿意。

從這封信的內容看，似出任知縣還不久，大約寫於嘉靖四十五年（西元一五六六年），歸有光六十一歲。

山城❶僻處，非當❷孔道❸。雖隔一湖❹，視❺燕京❻更遠耳。為五斗米折腰❼，意默默不能自得也。「生子癡，了官事。官事未易了。」❽奈何？

丙丞相不案吏❾。僕性實不喜案吏，人謂不能；稍案吏，人翕然稱之。僕獨笑謂：「吾非案吏者，聊以戲君。」然竟不案吏也。每視事，吏環立，婦人孺子繞案傍❿，日常有數百人，須臾決遣，自以為快。或勸自尊嚴如神人，又不能也。與太學生⓫飲，人或譏之，然無太學生肯相召飲者，恨不得與老兵飲耳。人須當任性，何可強自抑遏，以求人道好？

昨從顧渚山⓬望太湖風帆，半日可到家矣。以公相知，及之。

【注釋】❶山城　指長興縣城。❷當　處於。❸孔道　大道。❹一湖　指太湖。❺視　比照。❻燕京　北京。❼為五斗

米折腰　《晉書・陶淵明傳》：為彭澤令，「素簡貴，不私事上官。郡遣督郵至，縣吏白：『應束帶見之。』潛歎曰：『吾不能為五斗米折腰，拳拳事鄉里小人邪！』」五斗米，官俸。❽「生子癡」三句　晉人楊濟語。《晉書・傅咸傳》：楊濟素與傅咸善，與咸書曰：「江海之流混混，故能成其深廣也。天下大器，非可稍了。而相觀，每事欲了。生子癡，了官事。官事未易了也，了事正作癡，復為快耳。」楊濟原意是勸傅咸做官辦事不能太較真，糊塗一點才稱職。了，對付過去。❾丙丞相不案吏　丙吉（?～西元前五五年），字少卿，魯國（今山東曲阜）人。宣帝時封博陽侯，任丞相。《漢書》本傳載，丙吉「居相位，上寬大，好禮讓。掾史有罪臧，不稱職，輒予長休告，終無所案驗。……後人代吉，因以為故事，公府不案吏，自吉始。」案吏，向屬吏問罪，嚴懲。❿傍　同「旁」。⓫太學生　縣生員；秀才。⓬顧渚山　在長興縣西北四十七里，西達今江蘇宜興，旁有兩山對峽，號明月峽，石壁峭立，澗水中流，紫筍茶生其間，尤為異品。

【語　譯】長興小城偏處山地，不靠著大道。與家鄉雖然只是一湖之隔，離開京城卻更遙遠了。為了五斗米而折腰，心中常悶悶不歡，不能舒展。「生下的兒子愚癡，他才能對付衙門的事。然而衙門的事真不容易對付。」有什麼辦法呢？

西漢丙吉丞相不治屬吏們的罪。我的性格其實也是不願意懲罰手下役吏，於是別人都說我沒有本事；略微地懲治一下，大家便一致地稱讚我。我獨自笑道：「這並非是我要給役吏顏色看，只是藉此與諸君開一個玩笑。」然而我終究不懲治役吏。每當審理民間的糾紛和案件，屬吏們站成一圈，婦女、小孩環繞在案臺旁，一天經常要審理數百人，每樁事用不了多少時間就結案了，這樣辦事我自己覺得欣喜痛快。有人曾經勸我，辦案子的時候一定要保持威嚴，讓人看上去你好像是一尊天神，這又是我所做不到的。我與縣裡的秀才們一起飲酒，為此也受到某些人譏刺，其實，沒有哪個秀才肯招我一起飲酒，我真惱恨沒有機會與老兵一起開懷暢飲。一個人應當任從自己的性情，怎能強迫自己克制本性愛好，以此去換得別人的讚美？

昨日從顧渚山上遙望太湖風帆，估計半天光景就可以回到家鄉。你是我知己，所以順便在信裡談及。

【研　析】歸有光在文章裡比較多是談他個人的見地，一般不怎麼直接寫到他自己的性格，所以讀者對他的性情瞭解不多。其實他也是一個好惡鮮明、情性外露的人，他也會因高興而熱情洋溢，因得意而忘乎所以，從而顯出其真率、可親的一面。這封信述他自己如何斷案，以及與秀才們一起飲酒卻不能爽快，因而思與老兵開懷痛飲；又談到為了回答別人對他管理下屬官吏能力的懷疑，稍微也給他們一點厲害瞧瞧，以及揶揄勸他做縣令應當「尊嚴如神人」者，這些都顯示出歸有光的個人風格。他說：「人須當任性，何可強自抑遏，以求人道好？」像這樣的自我表白與李贄、袁宏道等人的言談幾乎也沒有什麼差別了。這有助於認識歸有光真實的性格。

與周瀫山

【題解】周大禮，號瀫山，是歸有光表兄。詳見〈瀫山周先生六十壽序〉題解。他廉明剛直，因此遭到忌者排擠。歸有光和他對官場的感受彷彿相似。此信表達了作者對為非作歹，信口雌黃的惡吏憎憤之情。第一段提到「今似落井而向人號者」，不知具體指何事，聯繫第三段作者表示年末入賀萬歲節後「即疏乞歸」，則以上求人之事當與仕途遭遇無關，可能是指作者家族內發生的事情。

信裡說：「冬杪入賀，即疏乞歸耳。」歸有光隆慶三年（西元一五六九年）末「入賀萬歲節，（次年）上疏乞改國子監一官，俾以五經訓誨學生。」（孫岱《歸震川年譜》）「疏乞歸」實即歸有光〈乞改調疏〉（見《歸震川別集》卷三）。則此信寫於隆慶四年（西元一五七〇年），歸有光六十五歲。

奴行，書略具，又使面陳，冀鑒私衷。平生不肯媕阿❶，今似落井而向人號❷者。然殊不然，直當明目張膽耳。

近得閣老❸書云：「祖宗有法度，朝廷有威福，天下有公論，國之所恃以立也。而今法度不在祖宗，威福不在朝廷，公論不在天下，人持其說，蒼黃❹翻覆，以與天下爭勝而敢為不顧。紀綱❺決裂，風俗頹靡，人心紛亂，而莫可收拾，不知何究竟！」偉哉斯言！錄以似❻吾兄，讀之一快也。

北地極寒，珠米桂薪❼，殆不能度日。冬杪入賀❽，即疏乞歸耳。〈聽記〉❾

并雜文，托傅體元⑩錄呈，至否？方⑪有書與陸希皐⑫、俞仲蔚⑬，頗覺暢也。〈廳記〉已入石⑭，再寄二通⑮，并〈神應記〉⑯，乞視之。

【注　釋】❶媕阿　阿諛奉承。❷號　哭泣，呼救。❸閣老　明人稱翰林中掌制誥敕的學士。❹蒼黃　青色和黃色，喻事物變化無常。❺紀綱　網罟的綱繩，引申為法度。❻似　予；給。❼珠米桂薪　形容柴米價格昂貴。❽冬杪入賀　指入京朝賀皇帝生辰，也稱萬壽節、萬歲節。穆宗朱載垕生於嘉靖十六年農曆正月二十三日，朝賀則在年末。杪，末。❾廳記　歸有光有〈順德府通判廳記〉、〈順德府通判廳右記〉二文。不知是否指此？❿傅體元　從歸有光學。歸有光在〈與傅體元書〉裡，勉勵他「於天下事不可不隨事究心，庶他日立朝，為有用之學。」⑪方　剛剛。⑫陸希皐　崑山人，嘉靖三十八年曾與歸有光乘船同遊東海。見〈遊海題名記〉注⑱。⑬俞仲蔚　俞允文，初名允執，字仲蔚，崑山（今屬江蘇）人。嘉靖中諸生，年四十即棄去舉子業，一意為詩。與王世貞相善，名列「廣五子」之一，然論詩甚不滿李攀龍。善書法，學米氏體，骨力古勁，而形狀不甚悅人。著有《俞仲蔚集》，編《崑山雜詠》。⑭入石　刻石。⑮通　用於文章、書信的量詞。⑯神應記　似歸有光佚文。

【語　譯】家僕臨走前，我在讓他捎去的信裡大略都說了，又囑咐他當面向你陳述，希望你能夠明白我的衷情。平生不肯阿諛奉承別人，今日好像成了掉進井裡向人呼救的難民。其實絕非如此，只是明目張膽地將事情說出來而已。

近來得到一位翰林學士的信，其中談到：「祖宗有傳之於今天的法度，朝廷有獎懲的威望，天下有是非的公論，這樣，國家才有憑恃而得以成立。可是，現在所施行的已經不是祖宗的法度，獎懲的權力也不在朝廷，公論也不是出於天下人的判斷，人人各持其說，黑白顛倒，反覆無常，以此與天下人爭比高低，無所不為而毫無顧忌。法律遭到踐踏，風俗日益頹敗，人心混亂，無法收拾，不知這些人何至於如此肆意妄為！」這一席話講得真精彩啊！抄錄給你，讀了一定會覺得非常淋漓痛快。

北方的氣候寒冷之至，柴米昂貴，恐怕是難以過日子。年底入京慶賀皇上生日，隨即將遞交辭呈，告求還鄉。〈廳記〉和另外一些雜文，曾拜託傅體元抄錄一份給你，是否已經送到？我剛剛給陸希皐、俞仲蔚寫了信，心情覺得很舒暢。〈廳記〉已經刻為石碑，再寄給你兩篇，還有〈神應記〉一文，請你一讀。

【研析】歸有光憂慮國事，好作直言不諱的議論，這是他經常採取的一種表達方式。有時他則是借別人的酒杯，澆自己的塊壘，通過引用他者文字，來表達自己的見解和感受。本文引某閣老抨擊吏治世風的文章，即是其例。這些批評剴切有力，道出了明代中期的社會危機已經達到了嚴重的程度。歸有光很為這樣的文字稱好，「偉哉斯言」、「讀之一快」，他閱讀、轉錄此文時的興奮心情彷彿如睹。

示廟中諸生

【題　解】歸有光在長興，作為一縣之長，也時時關心縣學。舊時縣學校往往設在孔廟、文廟或神廟，集中一方諸生（即秀才）進行講學，輔導讀書，進行應試訓練。此文是歸有光作為縣令對長興秀才的訓誨。

寫於嘉靖四十五年至隆慶二年（西元一五六六～一五六八年），歸有光六十一歲至六十三歲。

諸君在廟中者，志意脩潔，藝業❶亦精進，深以為喜。但歲月如流，人情易弛，願更加鞭策，以成遠大。日逐課程，須遵依條約❷，寧遲❸毋速，寧拙毋巧，庶幾❹有真實得力處。又此廟神靈，一方所崇奉，精神英爽❺，必萃於此。須朝夕提省❻此心，嘗❼與之對越❽，聰明睿智，自當日增月長而不自知矣。

【注　釋】❶藝業　八股文，亦稱制藝。❷條約　學校的規定和約束。❸遲　緩慢。❹庶幾　或許。❺英爽　英俊豪爽。❻提省　提醒。❼嘗　常。❽對越　祭祀神靈，與神靈交流。

【語　譯】諸位在這座文廟專心學業，意志美好高潔，時文才藝也不斷精益求精，我感到欣慰之至。然而，歲月如水流逝，人的精神也容易懈怠鬆弛，希望大家進一步鞭策自己，以成就遠大宏業。每日應當努力地完成課業，服從學校紀律條規，寧願遲緩而踏實，毋求速成而浮躁；寧可拙樸，毋求巧便，唯其如此，方才有可能培養自己的真才實學。此文廟的神靈為一方眾生所供奉和敬仰，精神英氣，必然會萃於此。大家應當朝夕始終淨化心靈，提醒自己，常常與冥冥之中的神靈對白交流，那麼，你的聰明睿智，一定會不知不覺地日增月長。

【研　析】歸有光任長興縣令時，關心一縣之教學，這既是與他職務內有關的事情，也是他一生最重要的志趣之一。後來他在隆慶四年曾上疏乞改國子監一官（見孫岱《歸震川年譜》），正是他長期懷有的這種志趣的表白。他以縣令的身份與秀才相處，有時態度非常隨意，因此而遭人譏笑，如他自述：「與太學生飲，人或譏之，然無太學生肯相召飲者。」（〈與沈敬甫〉）有時當然正襟危坐，對學生嚴格責求。這篇〈示廟中諸生〉就是他訓導學生努力求學、爭取上進的「警鐘式」的文章。先稱譽學生，「但」字一轉，提醒大家宜知珍惜時間和機會，接著逐一提出具體要求，寓鼓勵於鞭策，亦提亦頓，亦嚴亦慈，既顯尊者長者對學業的嚴格態度，又寓對青年學子細心呵愛的情懷。

與吳三泉

【題解】歸有光曾從吳三泉學，自稱門生。他在〈正俗編序〉稱吳三泉「善品題人物，不輕許可。」吳三泉也甚器重歸有光。他死後，歸有光曾協助編輯其遺集。《震川先生別集》卷八收〈與吳三泉〉書信十二通。

此信對吳三泉的知遇之恩表示謝忱，也流露作者抗行末俗，志在遠大的傲然性氣。

信裡談到，呂祖謙「初婚，一月不出，乃有《左氏博議》……然使僕效，亦無不可，但偶未能耳。」當寫於新婚之後不久。歸有光嘉靖七年（西元一五二八年）與魏孺人成婚，則此文寫於他二十三歲。

前夜得侍左右，語及僕家事，多方顧慮❶，言人所難言。僕何人斯❷，乃辱執事知愛如此！而來書又復推獎太過，以為與僕談論，比之飲醇❸。此非僕有所感動，蓋別久復聚，人情當爾。

僕以庸才，不能自恣放如古豪傑，幸而耳目未甚昏塞，自少讀前人書，往往若有概❹于中者。私心以為，是猶飢之必當食，寒之必當衣，非曰虛名美譽足以艷慕人而已也。顧❺末俗意見，自為一種。間出一語，稍或高聲，共訾笑之以為狂，掩耳走❻去，至不欲聞。用是默默無所言，以為雖言亦無益。頃歲補學官弟子員❼，衣冠之士二百餘人，時嘗會聚堂下，笑語喧譁，而僕踽踽❽無所與，讀壁上碑刻，仰面數屋椽耳。雖稍與往來謂之相厚者，至今亦不知僕為何如人。乃辱執事知愛，期以古人，以是不覺盡言于執事。在他人謂之嘿，在執事謂之辯❾，執事所謂可人意❿者，乃所以為拂人意者也。

執事恐南北仕宦，未免乖違⓫，亦不必為此無窮之慮。常憶去年此日，酌酒池上，于時梅花將發，天氣融融如春仲季⓬，日初沒，西南雲色郁然⓭，與溪水照映，兼有王生⓮餘樂。明旦，辱以詩召，有「花枝那負隔年期」之句。今豈可得耶？乃知離合自有數⓯，即今目前而已然矣。呂成公初婚，一月不出，乃有《左氏博議》⓰。人言有無叵測⓱，然使僕效，亦無不可，但偶未能耳。

來索前書，未敢如命，留之以志⓲吾過。

【注釋】❶顧慮　思慮。❷斯　語氣詞，用於句末。❸醇　醇酒。❹概　同「慨」。❺顧　然而。❻走　快速離開。❼頃歲補學官弟子員　歸有光嘉靖四年（西元一五二五年）應試，以第一名補蘇州府學生員。頃歲，近年。學官弟子員，縣學生員，即秀才。❽踽踽　寡合、獨行貌。❾辯　能言善辯。❿可人意　稱人心意。⓫乖違　離別。⓬春仲季　春天二三月。⓭郁然　充盛多彩貌。⓮王生　指王勃（西元六五〇～六七六年），字子安，絳州龍門（今山西河津）人，唐初文學家。他寫的〈滕王閣序〉是駢文名篇，景句「落霞與孤鶩齊飛，秋水共長天一色」尤其著名。⓯數　氣數；命運。⓰呂成公初婚三句　相傳呂祖謙新婚，一月之內撰成《左氏博議》二十五卷。按《四庫全書總目提要》作者通過排比呂祖謙結婚與撰寫《左氏博議》的時間，認為這種說法是「流俗所傳誤」。呂祖謙（西元一一三七～一一八一年），字伯恭，世稱東萊先生，南宋婺州（治所在今浙江金華）人。官國史院編修。與朱熹、張栻同稱「東南三賢」。著有《東萊集》等。《左氏博議》，呂祖謙為學生講授《左傳》而作，以資舉子試，全書二十五卷。⑰叵測　難料。⑱志　記。

【語　譯】前天晚上有幸侍候在您身旁，您談及我家的事情，思慮周到，言人之所難言。我算是什麼人，而能讓您對我如此謬愛！收到來信，又一次承蒙您過高的獎譽，以為與我交談議論，好比飲用醇酒。這並非是我受了感動才這麼說，實在是好比久別重逢，普遍的人情都會產生如此的反應。

我由於才能平庸，不能像古代豪傑那樣為所欲為，所幸的是，耳目還未曾太昏暗閉塞，從小讀前人的書，慨然之意往往從心底油然而生。竊以為，這就好比飢餓時想到吃食，寒冷時想到穿衣，並不是因為豔羨虛名美譽才做出來一副模樣。然而世上末俗的看法，又是另外的情形。偶爾說出一種見解，聲音稍微響一點，人們就合夥譏笑他狂妄，紛紛掩耳跑開，不願意再聽到他談話。於是，只好默默地不再說什麼，以為即使說了也毫無用處。前不久，我成為縣學生員，衣冠楚楚的文士二百餘人，曾定時會聚於學堂，笑語喧譁，而我卻落落寡合，無人可與交往，獨自默讀壁上的碑刻，或者仰望屋頂，數著椽子。即使與我往來尚多相交較深的人，直至今天也還並不知道我是怎樣一個人。而您卻瞭解我，愛護我，對我抱著古人的期待，正因為如此，我不知不覺將自己的肺腑向您盡情傾吐。別人看我沉悶寡言，您卻以為我能言善辯；您所謂我的談吐愜人心意，而別人卻以為這些都是拂逆人語。

您擔心南北為官，行蹤不定，未免有離別之苦，其實也不必對此懷著過多的憂慮。曾想起去年的今日，我們在水池邊一起飲酒，那時梅花行將綻放，天氣暖融融地，像春天二三月光景，夕陽剛沉落，西南的雲霞色彩斑斕，與溪水互相照映，兼有王勃陶醉於美景中的餘興。次日，承蒙您示以詩歌，其中有「花枝不辜負隔年的期許」之句。此情此景，現在豈復再有？由此可知，聚散離合原來都是命中註定的，即以目前的事而言，已經是如此了。呂祖謙先生剛結婚，一個月不離開家門，便撰成了一部《左氏博議》。人們說的究竟是有還是無，實在難料，然而假如讓我仿效的話，也不是不可能實現，只是偶然沒有做到罷了。

您欲將前一封信索取回去，這我不敢遵命，留著它以記著我的過錯。

【研　析】吳三泉很早就賞識歸有光的才華，並曾經給過他熱情的鼓勵，從而使年輕的歸有光更增加了自信。他對吳三泉的感激是發自內心的。

由此信可以看到，歸有光從青少年時代起，就會本能地接受古人所描寫的情境對他心靈的呼喚。他眼界很高，志性遠大，非同輩堪與相比，所以，往往同伴看不慣他，他也瞧不起同伴，大家相聚在一起，別人「笑語喧譁」，唯有他「讀壁上碑刻，仰面數屋椽耳」，表現出落落寡合、目空一切狀。即使與他相交比較深的友人，他覺得他們也不能真正理解自己。他在內心深處覺得自己很驕傲，又很孤獨。因此他感到惆悵，感到不滿，要想爆發而沒有適當的途徑，於是又加倍努力地去讀書。這是他早熟的心靈感受到的一種精神的痛苦，這種痛苦也是天才普遍所共有的。歸有光對自己的這些自我描述，為我們勾勒出了一個未來古文大家的初步輪廓，以及他即將展開的精神世界。

與吳三泉

【題　解】吳三泉，見前一封〈與吳三泉〉題解。歸有光寫此信的起因是，吳三泉一度誤以為歸有光對自己有所疏遠，寫信表示不滿。所以歸有光以此信向對方表明心跡，重申自己尊師之情，以消除誤會。〈項脊軒志〉：「吾妻死……其後二年，余久臥病無聊。」魏孺人死於嘉靖十二年冬十月，十三、十四年間歸有光「久臥病」。此信說：「彌年沉痾，無一日強健。」可能寫於嘉靖十四年（西元一五三五年）。該年他讀書於崑山馬鞍山下陳仲德家塾，三十歲。

彌年❶沉痾❷，無一日強健。而學荒落❸，坐視歲月之去，惴惴焉恐有所失墜。無聊之甚，大不類少年意趣，以故不能時修禮節于左右，可謂之簡，不可謂之負也。

僕雖極愚，然亦有耳目，黑白醜惡，不至甚顛倒。私自念，執事僕所當終身服事者。他人之望門下，曾不得側足而立，雖執事假之詞色❹，終以不類❺自引去❻。僕乃得置門籍❼，令比肩❽為人，如是而猶有背戾，非禽獸好惡與人異者不至此也。執事常時有所教訓，未嘗不佩服以為至言。顧僕外之所示者，常不及內十之一，若不能有所承受❾，此乃質性已成，不可矯強也。且執事業已知其可教而教之，又復疑其人之從之與否，則執事之過也。僕若好諛而惡聞善言，則見絕于門下亦久矣。水之為物，流動而善入，然丈五⑩之溝，朝盈而夕除⑪。頑石伏于道左，愈久而不易其處。執事將何所取乎？

早間⑫得書，意執事垂念之切，覺僕疎遠，教誨之至，惟恐其不從，故為此言激之也。無可答者，遂謝來使。然終不可不自明，輒復喋喋。病中遣辭昏晦，終不足以盡意，乞亮⑬之。

得《寓圃雜記》⑭甚喜，計八十餘葉⑮，可⑯留二三日，錄完奉納。

【注釋】❶彌年　連年。❷沉痾　重病。痾，疾病。❸荒落　荒廢，退步。❹假之詞色　以好言好語待人。假，給予。❺不類　不同。❻引去　退避。❼得置門籍　成為門生。門籍，弟子對老師的隸屬關係。❽比肩　並列。❾承受　接受。❿丈五　一丈五尺。⓫除　消失。⓬早間　先前。⓭亮　通「諒」。⓮寓圃雜記　明王錡撰。王錡（西元一四三二～一四九九年），字元禹，號葦菴，別號夢蘇道人，長洲（今江蘇蘇州）人。事蹟詳吳寬《家藏集》卷七十四〈王葦菴處士墓表〉。《寓圃雜記》十卷，記載明朝洪武至正統間朝野事蹟，於吳中故實尤詳。⓯葉　頁。⓰可　大約。

【語譯】連年遭受病苦折磨，沒有一天安康強健。學業漸漸荒疏，坐視歲月日復一日地流逝，心裡惴惴不安，惟恐從此墮落而不能振起。極感無聊，與少年時的意趣相比，大不相類了，由於這些緣故，我未能按時去給您問候請安，這可以說是失於疏簡，卻不能說是無情背負。

我雖然非常愚魯，然而也是有耳能聽，有目能視，對於黑與白，醜與惡，不至於發生大的顛倒。我私自裡想，我對於您是應當終身服事而不渝的。別人想投在您的門下，卻不曾有插足而立的機會，即使您以誠善之言待之，他們終於因為其志性不同而又各自離去了。我卻能夠成為您的門生，讓我得以與別人平等相處，既然這樣卻還背負於您，假如不是好惡與人類相異的禽獸，是決不至於如此的。您平時對於學生的教誨，我未嘗不感佩於懷，以為至理名言。只是我流露於外表的，常常不及內在衷情的十分之一，故爾看上去好像沒有接受似的，此乃是我的稟賦個性使然，是無法矯飾勉強的。況且，當初您既然已經把我看作是可教之人，開始對我教誨，又懷疑我是否會服從於您，這就是您的失當之處。我倘若是愛好阿諛奉承，拒絕接受苦藥良言，早就從您的門下被驅除走了。水的固有特性是，善於流動，易於引注，然而，一條一丈五尺寬的水溝，早上灌得滿滿盈盈，晚上又枯涸了。一塊愚頑的石頭，落在地上，時間愈久，愈不會從它所處的地點移開。您究竟是喜歡哪一種人呢？

先前收到您來信，以為是您對我關心深切，覺得我疏遠了，擔心對於您的教誨，不能遵從，所以用信裡的話來刺激我，使我清醒。我無可回答，於是沒有讓送信的人帶回片言隻語。然而終究不得不向您表白我自己的心情，便又喋喋不休寫了此信。病中遣辭用語昏暗不當，畢竟難以辭窮其意，乞請鑒諒。

收到《寓圃雜記》一書，甚高興，一共八十餘頁，大約需要留在我這裡二三天，抄完後隨即奉還。

【研　析】歸有光與他老師吳三泉之間發生的誤會，是他生活中的一個小插曲。不過它也反映出歸有光在他妻子魏氏突然病故以後生活和心情的變化，走動比從前更少，精神也顯低沉，所以更容易引起別人的誤會。「可謂之簡，不可謂之負」，這說出了他內心的真情。他說自己喜歡將對別人的尊敬放在心裡，表露出來的「不及內十之一」，於是給人造成不尊重別人的印象，他認為這只是看到了他質性的外表，而沒有看到他真實的性靈。他又說自己喜歡堅定的「頑石」，而不喜歡靈活善變、不求堅持的「流水」。藉此說明他的情性經得起時間的磨洗，歷久而彌堅，包括對師生之誼都是不會輕易改變。這些對於認識歸有光的性格和為人態度，甚至對於理解他的作品，都有幫助。

與傅體元

【題　解】傅體元，從歸有光學。歸有光曾教誨他，若接受官府採訪，反映民瘼，當攻其本，不當只在枝葉上說。又勉勵他，「於天下事不可不隨事究心，庶他日立朝，為有用之學。」（見〈與傅體元書〉）此信以尊才重才寄望於立朝大臣，對傅體元遭受曲抑和失意的痛苦，表示同情、安慰，同時又予以開導。

信云：「自歷任以來，覺此官最清高。」聯繫他〈順德府通判廳記〉以「吏隱」自況，此信當寫於隆慶三年（西元一五六九年），歸有光六十四歲，時任順德府通判。

得書，承❶相念。每讀李習之❷文，見其欲薦天下之士，急於若己之疾痛❸。使習之得志，真古之所謂大臣宰相之器也，而或有譏之者，隘矣。

省❹足下書意慘然，又自傷也。自歷任以來，覺此官最清高。前在京師❺，見居要路❻者，乃日騎馬上，伺候大官之門，高人達士以此較彼，殆若勝之。此晨門、封人之徒，所以見慕于孔氏也❼。特中間又有不容久處者耳。

兒子❽落魄❾，然身世之事，吾亦不能自慮，安能慮此。所謂「若夫成功，則天也」❿。有詩寄來，曾見之否？

宋廣平⓫墓在沙河⓬，有顏魯公碑⓭，前令方思道⓮于沙土中出之，此碑歐、趙⑮亦未見也。碑文頗有與史異同者，乞寫《舊唐書・宋璟列傳》⑯，便附還人，欲相稽考⑰也。

文字頗以為戒，絕少作。有一二篇寄兒子，欲觀，從彼取之，不悉。

【注釋】❶承　敬辭。蒙受。❷李習之　李翱（西元七七二～八四一年），字習之，唐隴西成紀（今甘肅秦安東）人，或作趙郡人，涼武昭王之後。貞元進士，官至山南東道節度使。卒諡文。從韓愈學古文。著有《李文公集》。❸見其欲薦天下之士二句　李翱〈答韓侍郎書〉：「汲汲孜孜，引薦賢俊，如朝饑求飧，如久曠思通，如見妖麗而不得親然。若使之有位於朝，或如兄儕得志於時，則天下當無屈人矣。」❹省　閱讀。❺京師　北京。❻居要路　喻各地大官。❼此晨門封人之徒二句　晨門，即石門晨門。封人，即儀封人。二人都是古代賢而隱者，為孔子所稱。見《論語・憲問》包咸注。❽兒子　指歸有光第二、三子歸子祜、歸子寧，或其中的一個。當時子祜三十一歲，子寧二十八歲。❾落魄　可能指試科舉失利。❿若夫成功二句　《孟子・梁惠王下》：「君子創業垂統，為可繼也。若夫成功，則天也。」作為在人，成功在天的意思。⓫宋廣平　宋璟（西元六六三～七三七年），邢州南河（今屬河北）人，祖先居廣平（治所在今河北雞澤東南）。官至宰相，多施善政。卒諡文貞。⓬沙河　在今河北邢州南。⓭顏魯公碑　顏真卿，京兆萬年（今陝西西安）人，官至太子太師，封魯郡公，世稱顏魯公。著名書法大家，自成「顏體」。他為宋璟撰神道碑文並書，該碑久不顯。明正德中，方豪始求得原石，已斷為二，以鐵錮之，重新立於宋璟墓。參見歸有光〈跋廣平宋文貞公碑〉、清魏裔介〈宋廣平碑跋〉。⓮前令方思道　方豪，字思道，浙江開化人。正德三年（西元一五〇八年）進士。著有《棠陵集》、《斷碑集》等。歸有光〈跋廣平宋文貞公碑〉：「丁丑（正德十二年，西元一五一七年）之年，太末方思道為沙河令，碑已斷沒，出之土中，熔二百斤鐵，貫而續之。」一說方豪未任沙河縣令。⓯歐趙　歐陽修、趙明誠。二人皆重視金石碑刻，歐陽修撰有《集古錄》，趙明誠撰有《金石錄》。⓰舊唐書宋璟列傳　《舊唐書》，後晉劉昫等撰。原名《唐書》，為了與歐陽修等所撰《新唐書》相區別，改今名。〈宋璟傳〉在第九十六卷。⓱稽考　考索。稽，求。

【語譯】收到來信，承蒙你想念。每次讀李翱的文章，覺得他欲推薦天下英才的急迫心情，更甚於想解除自己患病之痛楚。如果李翺在仕途一旦得志，他真是古人所謂大臣宰相的宏偉之器，然而，竟然還有譏議他的人，真是太狹隘了。

讀了你的來信，感到辭意慘澹，這又引起我對自己的傷懷。自從出任官職以來，覺得現在的職位最為清高。以前在京城，看到各地大官，雖身居要職，卻每日騎著馬，伺候於大官的門口，高曠放達的隱士逸民，與他們相比，恐怕還更加得意幸福。正因為如此，像石門晨門、儀封人這樣一些古代的隱逸之士，才會受到孔子羨慕。只是長時期地出世隱居，困難很多，此中的況味也不好受呀。

兒子失意落魄，可是身世出處這種事情，我對自己都沒有什麼把握，不枉費心思，又怎麼能為他們戚戚於心呢。此誠如孟子所謂，「若說能否成功，那要看天意了。」我曾有詩寄給你，是否已經讀到？

宋璟的墓在沙河縣，有顏真卿為他撰述並書寫的神道碑，以前任縣令的方豪從沙土之下將它發掘出來，這塊墓碑歐陽修、趙明誠都未曾見過。刻在碑上的文字與史書所載頗有不同，請你將《舊唐書・宋璟列傳》抄錄一遍，就交付給回來的人好了，我想用來對神道碑作一番考索。

我已經將文字之戒很當一回事，所以寫得非常少。曾有一二篇東西寄給兒子，你若想讀，從他們那裡取來就是。別的不多說了。

【研　析】歸有光在這一封信裡談及的內容比較多，主要還是圍繞對仕途的態度而說的，這可能是傳體元寫給他的信主要是談這方面的事，所以他覆信也以此為重點。首先，歸有光稱讚唐人李翺以引薦賢俊、不屈人才為在位者之大責任的看法，這既是批評不負此責任的大臣，也是同情被屈抑不得伸志者，對傳體元則是一種安慰。其次，歸有光以他自己從前在京師時所見到的官場景象，各地官員卑躬地迎候京官、大官伺候更大的官，以此說明做官無異於降低人格，反不如隱者逍遙自在，這是對傳體元的開導。再次，歸有光借他自己兒子功名無著落，表示這種事體本不可強求，得失之際乃有天命，再一次對傳體元進行安慰。事事似乎都是從旁邊說，卻句句又都關係著需要安慰的人的心思；有文字處是事和理，無文字處是意和情。

與王子敬

【題　解】王執禮，字子敬，歸有光同鄉，二人同年考中進士。王執禮出任建寧推官，官終應天府丞。參見〈送王子敬之任建寧序〉題解。

信云：「初到。」又云：「明春非討差，即請老。」還談到「子長、孟堅，今世何可得也。」當寫於歸有光陞南京太僕寺丞，留掌內閣之初。時在隆慶四年（西元一五七〇年），歸有光六十五歲。

老況不堪。明春非討差❶，即請老❷。子長、孟堅❸，今世何可得也。

與麓❹已進奉常❺，太巖❻改璽丞❼。初到，未相見。阜南❽衙門熱喧，亦少會，然每見，殊有猜疑。兌隅❾行邊❿，久不還，方念之。

大抵今日京師風俗，非同鄉同署⓫者，會聚少。人情泛泛，真如浮萍之相值，不獨世道之薄，而亦以有志者之不多見也。

【注　釋】❶討差　請求差使，以便回鄉。❷請老　告老還鄉。❸子長孟堅　司馬遷，字子長，著《史記》。班固，字孟堅，著《漢書》。❹與麓　其人不詳。❺奉常　秦官名，即後世太常寺卿，司祭祀禮樂之官。歸有光在文章裡愛用古官名、古地名。此亦一例。❻太巖　其人不詳。❼璽丞　掌管皇帝印信和冊命文書的官。❽阜南　指陸樹聲，華亭阜南（今上海市松江）人。官至禮部尚書。詳見〈與陸太常書〉題解。❾兌隅　其人不詳。❿行邊　到邊疆巡訪辦事。⓫署　官署。

【語　譯】老年景況，不堪言說。明年春天，不是向上司討求一件差使，藉以回鄉，就是提出辭呈，告老乞休。司馬遷、班固，在當今之世又怎能遇到呀。

與麓已經陞為奉常官，太巖改掌皇室冊命文書。我剛剛履任不久，與他們都還未及見面。松江陸樹聲尚書的衙門熱鬧喧闐，我與他也難得一會，而且每次相見，周圍會對我有許多猜疑。兌隅去邊疆巡訪辦事已經很久了，至今還沒有還朝，我也正在想念他。

大抵時下京城的風氣是，不是同鄉，又非同一官署的人，很少互相會聚。人與人的感情浮泛如隔，真像是浮萍漂流，沒有根底。這不僅是因為世道澆薄，而且，也說明有志向和抱負的人實在是太少。

【研　析】歸有光希望得到一個適合自己的官職，能夠發揮他的長處，實現抱負。他暮年留掌內閣制敕房，纂修《世宗實錄》，這是他滿意的。他又希望能夠有一個理想的人際環境，同事之間互相信任，不用戒備。然而這在官場上無異於緣木求魚，所以他又為此而感到傷懷。他在這封信裡談到，官場上人情泛泛，好比浮萍相遇。他認為所以如此，不單是世風澆薄的緣故，還因為「有志者」不多見，大家的眼界太低。這樣的時代和環境，對於不甘平庸的人來說是痛苦的。他說：司馬遷、班固「今世何可得也」。他當時參與纂修《世宗實錄》，是屬於修史的一部分，發出這樣的感歎，表示他內心的某種失望。

與沈敬甫（選二篇）

【題解】沈敬甫，從歸有光學。以下二封信，一者抨擊仕宦薄惡習俗，恃勢晲人；一者勸人放寬心胸，勿生間氣。

二封信寫於中年，具體時間不詳。

其一

風俗薄惡。書生才作官，便有一種為官氣勢。若一履任，望見便如堆積金銀。俗人說：「無餓死進士。」此言尤壞人❶也。

其二

喉中嘗有痰，殊不快耳。不如意事，不如意人，須勿置之胸中可也。

【注釋】❶壞人　壞人心術。

【語譯】

其一

世上風氣澆薄而可惡。讀書人才做上官，便拿出一副做官的氣勢。如果一上任，一眼望去，便好像堆金積銀似的。人們常說：「沒有餓死的進士。」這句話對人心的腐蝕敗壞尤其嚴重。

其二

喉嚨若有痰，是極其不舒服的。不如意的事情，不如意的人物，千萬別把他們放在心上才是。

【研　析】「無餓死進士」這句民諺，概括出文人考中進士後，不擇手段地攫取財物、「撈一把」的貪婪本性。歸有光〈乞休申文〉引用民間俗語說：「官非酷，無以濟其貪。」這句話與「無餓死進士」一樣，都是對官場敗惡的靈魂鞭辟入裡的刻畫。歸有光一些諷刺性的文章，借用俗諺，往往言簡意賅。

古籍今注新譯叢書

書種最齊全
注譯最精當

哲學類

新譯四書讀本	謝冰瑩等編譯
新譯學庸讀本	王澤應注譯
新譯孝經讀本	賴炎元等注譯
新譯論語新編解義	胡楚生編著
新譯易經讀本	郭建勳注譯
新譯周易六十四卦經傳通釋：上經	黃慶萱注譯
新譯周易六十四卦經傳通釋：下經	黃慶萱注譯
新譯乾坤經傳通釋	黃慶萱注譯
新譯易經繫辭傳解義	吳　怡著
新譯禮記讀本	姜義華注譯
新譯儀禮讀本	顧寶田等注譯
新譯孔子家語	羊春秋注譯
新譯老子讀本	余培林注譯
新譯帛書老子	趙　鋒注譯
新譯老子解義	吳　怡著
新譯莊子讀本	黃錦鋐注譯
新譯莊子讀本	張松輝注譯
新譯莊子本義	水渭松注譯
新譯莊子內篇解義	吳　怡著
新譯列子讀本	莊萬壽注譯
新譯管子讀本	湯孝純注譯
新譯墨子讀本	李生龍注譯
新譯公孫龍子	丁成泉注譯
新譯晏子春秋	陶梅生注譯
新譯鄧析子	徐忠良注譯
新譯荀子讀本	王忠林注譯
新譯尹文子	徐忠良注譯
新譯尸子讀本	水渭松注譯
新譯鶡冠子	趙鵬團注譯
新譯鬼谷子	王德華等注譯
新譯韓非子	傅武光等注譯
新譯呂氏春秋	朱永嘉等注譯
新譯韓詩外傳	孫立堯注譯
新譯淮南子	熊禮匯注譯
新譯春秋繁露	朱永嘉等注譯
新譯新書讀本	饒東原注譯
新譯新語讀本	王　毅注譯
新譯潛夫論	彭丙成注譯

新譯論衡讀本　蔡鎮楚注譯
新譯申鑒讀本　林家驪等注譯
新譯人物志　吳家駒注譯
新譯張載文選　張金泉注譯
新譯近思錄　張京華注譯
新譯傳習錄　李生龍注譯
新譯呻吟語摘　鄧子勉注譯
新譯明夷待訪錄　李廣柏注譯

文學類

新譯詩經讀本　滕志賢注譯
新譯楚辭讀本　林家驪注譯
新譯楚辭讀本　傅錫壬注譯
新譯文心雕龍　羅立乾注譯
新譯六朝文絜　蔣遠橋注譯
新譯世說新語　劉正浩等注譯
新譯昭明文選　周啟成等注譯
新譯古文觀止　謝冰瑩等注譯
新譯古文辭類纂　黃　鈞等注譯
新譯樂府詩選　溫洪隆注譯
新譯古詩源　馮保善注譯
新譯千家詩　邱燮友等注譯
新譯詩品讀本　成　林等注譯

新譯花間集　朱恒夫注譯
新譯南唐詞　劉慶雲注譯
新譯絕妙好詞　聶安福注譯
新譯唐詩三百首　邱燮友注譯
新譯宋詩三百首　陶文鵬注譯
新譯宋詞三百首　汪　中注譯
新譯宋詞三百首　劉慶雲注譯
新譯元曲三百首　賴橋本等注譯
新譯明詩三百首　趙伯陶注譯
新譯清詩三百首　王英志注譯
新譯清詞三百首　陳水雲等注譯
新譯唐人絕句選　卞孝萱等注譯
新譯唐才子傳　戴揚本注譯
新譯拾遺記　石　磊注譯
新譯搜神記　黃　鈞注譯
新譯唐傳奇選　束　忱等注譯
新譯宋傳奇小說選　束　忱注譯
新譯明傳奇小說選　陳美林等注譯
新譯容齋隨筆選　朱永嘉等注譯
新譯明散文選　周明初注譯
新譯明清小品文選　鄭　婷注譯
新譯人間詞話　馬自毅注譯
新譯白香詞譜　劉慶雲注譯

新譯幽夢影　馮保善注譯
新譯菜根譚　吳家駒注譯
新譯小窗幽記　馬美信注譯
新譯圍爐夜話　馬美信注譯
新譯郁離子　吳家駒注譯
新譯歷代寓言選　黃瑞雲注譯
新譯賈長沙集　林家驪注譯
新譯揚子雲集　葉幼明注譯
新譯曹子建集　曹海東注譯
新譯建安七子詩文集　韓格平注譯
新譯阮籍詩文集　林家驪注譯
新譯嵇中散集　崔富章注譯
新譯陸機詩文集　王德華注譯
新譯陶淵明集　溫洪隆注譯
新譯江淹集　羅立乾等注譯
新譯庾信詩文選　歸　青注譯
新譯初唐四傑詩集　李福標注譯
新譯駱賓王文集　黃清泉注譯
新譯王維詩文集　陳鐵民注譯
新譯孟浩然詩集　楊　軍注譯
新譯李白詩全集　郁賢皓注譯
新譯李白文集　郁賢皓注譯
新譯杜甫詩選　張忠綱等注譯

新譯百喻經 顧寶田注譯
新譯楞嚴經 賴永海等注譯
新譯梵網經 王建光注譯
新譯圓覺經 商海鋒注譯
新譯法句經 劉學軍注譯
新譯六祖壇經 李中華注譯
新譯禪林寶訓 李中華注譯
新譯維摩詰經 陳引馳等注譯
新譯經律異相 顏洽茂注譯
新譯阿彌陀經 蘇樹華注譯
新譯無量壽經 邱高興注譯
新譯無量壽經 蘇樹華注譯
新譯妙法蓮華經 張松輝注譯
新譯景德傳燈錄 顧宏義注譯
新譯大乘起信論 韓廷傑注譯
新譯釋禪波羅蜜 蘇樹華注譯
新譯八識規矩頌 倪梁康注譯
新譯永嘉大師證道歌 蔣九愚注譯
新譯華嚴經入法界品 楊維中注譯
新譯地藏菩薩本願經 李承貴注譯
新譯悟真篇 劉國樑等注譯
新譯无能子 張松輝注譯
新譯坐忘論 張松輝注譯

新譯列仙傳 張金嶺注譯
新譯抱朴子 李中華注譯
新譯神仙傳 周啟成注譯
新譯性命圭旨 傅鳳英注譯
新譯老子想爾注 顧寶田等注譯
新譯周易參同契 劉國樑注譯
新譯道門觀心經 王　卡注譯
新譯養性延命錄 曾召南注譯
新譯樂育堂語錄 戈國龍注譯
新譯冲虛至德真經 張松輝注譯
新譯長春真人西遊記 顧寶田等注譯
新譯黃庭經・陰符經 劉連朋等注譯

軍事類

新譯司馬法 王雲路注譯
新譯尉繚子 張金泉注譯
新譯三略讀本 傅　傑注譯
新譯六韜讀本 鄔錫非注譯
新譯吳子讀本 王雲路注譯
新譯孫子讀本 吳仁傑注譯
新譯李衛公問對 鄔錫非注譯

教育類

新譯爾雅讀本 陳建初等注譯
新譯顏氏家訓 李振興等注譯
新譯聰訓齋語 馮保善注譯
新譯曾文正公家書 湯孝純注譯
新譯三字經 黃沛榮注譯
新譯百家姓 馬自毅等注譯
新譯幼學瓊林 馬自毅注譯
新譯增廣賢文・千字文 馬自毅注譯
新譯格言聯璧 馬自毅注譯

政事類

新譯商君書 貝遠辰注譯
新譯鹽鐵論 盧烈紅注譯
新譯貞觀政要 許道勳注譯

地志類

新譯山海經 楊錫彭注譯
新譯水經注 陳橋驛等注譯
新譯佛國記 楊維中注譯
新譯大唐西域記 陳　飛等注譯
新譯洛陽伽藍記 劉九洲注譯
新譯徐霞客遊記 黃　珅注譯
新譯東京夢華錄 嚴文儒注譯